NIKO KAZANTZAKIS · GRIECHISCHE PASSION

NIKO KAZANTZAKIS

# Griechische Passion

ROMAN

EFSTATHIADIS GROUP

Titel der griechischen Originalausgabe

'Ο Χριστός ξανασταυρώνεται'

Deutsch von Werner Kerbs

Efstathiadis Group S.A.
Agiou Athanasiou Street,
GR - 145 65 Anixi, Attikis

ISBN 960 226 541 8



Printed and bound in Greece by Efstathiadis Group S.A.

Wie sollen wir Gott lieben?
Indem wir die Menschen lieben.
Wie sollen wir die Menschen lieben?
Indem wir sie auf den rechten Weg führen.
Welches ist der rechte Weg?
Der Weg empor.

N. K.

## 1

Der Aga in Likovrisi saß auf seinem Balkon, der auf den Markt des Dorfes hinausblickte; er rauchte seinen Tschibuk und trank seinen Raki. Es fiel ein feiner Regen; an seinem dicken, schwer herabhängenden Schnurrbart, den er frisch geschwärzt hatte, hingen glänzende Tropfen. Vom Raki erhitzt, schleckte er sie in sich ein, um sich zu erfrischen. Rechts von ihm stand seine Leibwache, ein gewaltiger, barscher Anatolit, schieläugig und gräßlich anzusehen, mit seiner Trompete, und zu seiner Linken saß mit gekreuzten Beinen auf einem Sammetkissen ein hübsches, rundes türkisches Mädchen, das ihm seinen Tschibuk immer von neuem in Brand setzte und sein Glas ständig mit Raki füllte.

Der Aga schloß die schläfrigen Augen zur Hälfte und freute sich der Welt. Allah hatte alles wohl geordnet. Sie war eine herrliche Schöpfung, diese Welt, nichts fehlte in ihr; wenn man hungrig war, gab es Fleisch und Brot mit Tomatensoße und Pilaw mit Zimt. War man durstig, gab es dieses auserlesene Wasser, das sich Raki nannte; war man schläfrig, hatte Allah den Schlaf geschaffen, der herrlich und ohne Makel war; war man zornig, hatte er die Peitsche und den Rücken der Griechen geschaffen; war man melancholisch gestimmt, hatte er das Amán-Lied geschaffen; und wollte man Sorgen und Kummer der Welt vergessen, so hatte er Giousoufaki geschaffen.

»Allah ist groß«, murmelte er gerührt, »ein großer, wunderbarer Meister; und so erfindungsreich ist er, der den Raki hat schaffen können und Giousoufaki!«

Die Augen des Aga verschleierten sich unter der religiösen Andacht und dem reichlichen Raki. Er lehnte sich über den Balkon und ergötzte sich daran, die Griechen frisch rasiert und festlich gekleidet, mit breiten roten Schärpen, frisch gewaschenen kurzen Hosen und blauen Westen dort unten auf dem Markt spazierengehen zu sehen. Einige trugen einen Fez, einige einen Turban, andere wieder Lammfellmützen. Die Fröhlichsten und Vergnügtesten unter ihnen trugen einen Basilikumzweig oder eine Zigarette hinter dem Ohr.

Es war Karsamstagmorgen, die Messe war beendet. Ein milder, lieblicher Tag. Die Sonne schien, einige Regentropfen fielen, die Zitronenblüten dufteten, die Bäume trugen schwellende Knospen, das Gras brach aus der Erde hervor, aus jeder Scholle war Christus auferstanden. Die Griechen gingen auf dem Markt spazieren, Freunde trafen sich, sie umarmten einander und grüßten sich mit dem Ruf »Christos anesti« (Christus ist auferstanden), und dann setzte man sich in des Kostantis Café oder unter die große Platane in der Mitte des Marktes, bestellte seine Nargileh und seinen Kaffee und begann das unterhaltsame Gespräch, das wie ein milder Frühlingsregen kam und ging.

»So muß es im Paradiese sein«, sagte der Kirchenwächter und Lampenanzünder Charalampos, »ein milder Sonnenschein, ein stiller Frühlingsregen, blühende Zitronenbäume, Tabakspfeifen und ein süßes Plaudern ohne Ende.«

Am anderen Ende des Dorfes, dort hinter der Platane, erhob sich die Kirche des Dorfes, Christi Kreuzigungskirche, frisch geweißt mit ihrem hübschen Glockenturm. Ihr Tor war heute mit Oliven- und Lorbeerzweigen geschmückt. Weit in der Runde lagen die Läden und Werkstätten des Dorfes um sie verstreut. Dort lag die Sattlerwerkstatt des barschen Panagiotaros — man nannte ihn auch den Gipsesser, denn man hatte eine kleine Gipsstatue Napoleons ins Dorf bekommen, und er hatte sie aufgegessen, dann hatte man eine andere von Kemal Pascha bekommen, und auch sie hatte er aufgegessen, zu guter Letzt hatte man eine von Venizelos erhalten, und auch sie hatte er verzehrt. Neben ihr lag Antonis' Rasierstube »Erotokritos«, mit einem Schild über der Tür, auf dem in großen Buchstaben: »Auch Zähne werden gezogen!« stand.[1] Weiter fort lag der Schlächterladen des dicken Herrn Dimitros: »Frische kleine Köpfe oder Herodias.« Jeden Samstag schlachtete er ein Kalb; bevor er es schlachtete, vergoldete er ihm die Hörner, die Stirn des Tieres strich er bunt und hing ihm rote Bänder um den Hals, dann lief er hinkend mit ihm durch das Dorf und rief seine Vorzüge aus. Zuletzt schließlich, langgestreckt und schattig, kam des Kostantis berühmtes Café. in dem es nach Kaffee und Tabak und im Winter nach Kamillen duftete. An der rechten Wand hingen drei große glänzende Lithographien — sie waren der Stolz des Dorfes —: auf der einen Seite, halbnackt in einem tropischen Urwald, die Heilige Genoveva, auf der anderen Seite, dick, blauäugig und mit gewaltigen Brüsten wie eine Amme, die Königin Viktoria, und in der Mitte, barsch, mit grauen, zornigen Augen und einer hohen Astrachanmütze, Kemal Pascha.

Alle waren nette arbeitsame Menschen, ein wohlhabendes Dorf, und auch der Aga war ein netter Kerl, als er dort träumend saß und sich an dem Raki und den schweren Düften von Moschus und Patschuli und dem drallen kleinen Türkenmädchen erfreute, das auf seinem Sammetkissen zu seiner Linken saß. Er blickte auf die Griechen hinab und fühlte sich glücklich und zufrieden.

Nette Menschen, dachte er, sie haben auch dieses Jahr wieder meinen Keller mit Ostergeschenken gefüllt — Käse, Sesambrötchen, Apostelkuchen, roten Eiern... Einer ist auch so nett gewesen und hat meiner Giousoufaki einen Krug Mastix aus Chios geschenkt, daß sie ihn kauen und gut aus dem Munde riechen kann... und er warf einen liebevollen Blick auf das kleine, fette, schwellende Mädchen, das dort saß und seinen Mastix kaute.

Als er so saß und seines Kellers mit all den herrlichen Sachen gedachte und draußen ein milder Regen niederging, die Steine glänzten, die Hähne zu krähen begannen und Giousoufaki zusammengekauert zu seinen Füßen saß, Mastix kaute und mit der Zunge schnalzte, da fühlte der Aga plötzlich, daß ihm sein Herz überging. Er reckte den Hals und wollte die Amané beginnen, aber er beherrschte sich. Er wandte sich zu seiner Leibwache und gab ihr ein Zeichen, die Trompete zu blasen, daß das Volk sich still verhielte, und dann wandte er sich zu seiner Linken:

»Sing für mich, Giousoufaki, und du sollst meinen Segen haben, sing für mich

Dünyá tabir, ruyá tabir, amán, amán![2]

sing es für mich, sonst vergehe ich!«

Ohne sich zu beeilen, zog das kleine dicke Mädchen den Mastix aus dem Mund, klebte ihn auf ihr nacktes Knie, legte die rechte Hand an die Wange und begann das geliebte Lied ihres Aga: »Die Welt und der Traum sind eins, amán, amán!«

Einschmeichelnd und schmachtend stieg die Stimme auf und nieder, sie gurrte wie eine Taube. Der Aga schloß die Augen, und die ganze Zeit, die der Gesang währte, war er so ergriffen und stumm, daß er zu trinken vergaß.

»Der Aga ist guter Laune«, murmelte Kostantis, während er seine Gäste bediente, »das ist gewiß dem Raki zu danken.«

»Das ist gewiß Giousoufaki zu danken«, sagte mit einem bitteren Lächeln Giannakos, der Händler und Briefträger des Dorfes, ein Mann mit einem kurzen, rundgeschnittenen weißen Bart und flinken Vogelaugen.

»Es ist ein glücklicher Zufall, der ihn gerade hier zum Aga machte«, murmelte Chatzis Nikolis, der Bruder des Priesters, der der Schullehrer des Dorfes war, ein dürrer Kerl mit einer Brille und einem großen, spitzen Adamsapfel, der auf und nieder hüpfte, wenn er sprach. Er geriet in Feuer, gedachte der Ahnen und seufzte:

»Einmal«, fuhr er fort, »haben die Griechen, unsere Landsleute, hier im Lande regiert. Das Rad drehte sich, und die Byzantiner kamen, auch sie waren Griechen und Christen, das Rad drehte sich nochmals, und dann kamen die Mohammedaner... Aber Christ ist erstanden, Kameraden, auch das Vaterland wird auferstehen! Kostantis, komm und schenk den Burschen ein!«

Unterdessen hatte der Gesang geendet. Das Türkenmädchen hatte den Mastix in den Mund gesteckt und wieder stumpfsinnig zu kauen begonnen. Dann ertönte die Trompete aufs neue, und die Griechen durften wieder frei lachen und reden.

Kapitän Fourtounas, einer der fünf Gemeindeältesten des Dorfes, erschien in der Tür des Cafés. Er war ein langer und kräftiger alter Seemann, der Jahre hindurch das Schwarze Meer befahren, russischen Roggen geladen und Schmuggel getrieben hatte. Er hatte nicht eine Strähne auf dem Kopf, kahlköpfig und gelblichbraun war er, nur Haut und Knochen, mit tiefen Furchen und kleinen, funkelnden schwarzen Augen. Er war alt geworden, auch sein Schiff war alt geworden und eines Nachts vor Trapezunt zerborsten; schiffbrüchig und voller Überdruß war Kapitän Fourtounas in sein Dorf zurückgekehrt, um sich noch so viel Raki, wie Gott ihm zugemessen hatte, einverleiben zu können und dann, wenn die Zeit gekommen war, das Gesicht zur Wand zu kehren, sterben zu dürfen. Viel hatte er mit eigenen Augen gesehen und erlebt, er hatte genug bekommen, mehr als genug, und hatte alles satt, aber er schämte sich, es einzugestehen.

Heute hatte er die hohen Seestiefel und den Regenmantel angezogen und seine gute Mütze aus echtem Astrachan aufgesetzt. Er hatte auch seinen langen Stock bei sich, der ihn als Gemeindeältesten kenntlich machte. Einige Bauern erhoben sich, um ihn zu bitten, einzutreten, und ein Glas Raki zu trinken.

»Ich habe keine Zeit, Kameraden, nicht einmal für Raki«, sagte er. »Christus ist auferstanden! Ich bin auf dem Wege zum Priester, wo wir Ältesten eine Zusammenkunft haben. In einer Stunde seid ihr, die ihr bestellt seid, willkommen. Macht das Zeichen des Kreuzes und kommt! Ihr versteht, wir haben heute zu tun. Einer soll hingehen und Panagiotaros, den Sattler, mit seinem Satansbart, holen. Ihn gerade brauchen wir.«

Er schwieg einen Augenblick, und seine Augen spielten verschmitzt. »Wenn er nicht daheim ist, ist er gewiß bei der Witwe«, sagte er, und alle brachen in Lachen aus.

Aber der alte Christofis, der alle Wege und Pfade der Gegend kannte, sprang auf. In seiner Jugend hatte er viel gelernt, mag sein, daß es ihn einiges kostete, doch was tat man nicht für den Wissensdurst, sagte er.

»Worüber lacht ihr, Idioten?« schrie er. »Er tut recht daran. Schieß deine Kanonen ab, Panagiotaros, und höre nicht auf sie!«

Der dicke Dimitros, der Schlächter, wiegte den frisch geschorenen Kopf. »Gott segne unsere Witwe Katarina«, sagte er. »Der Teufel mag wissen, vor wieviel Hörnern sie uns bewahrt!«

Kapitän Fourtounas lachte.

»Streitet euch nicht, Jungens!« sagte er. »Ein solches Weib muß es in jedem Dorf geben, damit die anständigen Leute nicht in Ungelegenheiten kommen. Sie ist wie die Quelle am Wege, wißt ihr. Die Dustigen gehen hin und nehmen sich einen Schluck. Sonst schlagen sie uns allen der Reihe nach Türen und Fenster ein. Und die Frauen, wenn man um Wasser bittet . . .«

Er wandte sich um und sah zum Lehrer hinüber.

»Bist du noch hier, Chatzis Nikolis?« sagte er. »Auch du bist

Gemeindeältester, und du weißt, daß wir eine Zusammenkunft haben. Du hast immer nur deine Schule und deinen Krug im Kopf. Eile dich und komm mit.«

»Soll ich auch mitkommen?« fragte der alte Christofis und blickte spitzbübisch in die Runde. »Ich werde den Judas darstellen.«

Aber Kapitän Fourtounas war schon hinausgegangen und stieß den Stock hart auf das steinerne Pflaster. Er fühlte sich heute nicht wohl, der Rheumatismus quälte ihn, er hatte die ganze Nacht kein Auge zugetan. Frühmorgens hatte er einige große Gläser Raki als Medizin getrunken, aber es war nutzlos gewesen. Die Schmerzen hörten nicht auf. Nicht einmal Raki konnte sie beheben.

»Ach, wenn ich mich nicht schämte«, murmelte er, »würde ich schreien. Vielleicht würde es dann auch weniger schmerzen. Aber das läßt das arme Selbstbewußtsein nicht zu. Ich muß sicher dahergehen und aussehen, als ob ich lachte. Und wenn ich den Stock jetzt verliere, darf ich mir von keinem Idioten helfen lassen, sondern ich muß mich selbst bücken und ihn aufheben. Beiß die Zähne zusammen, lieber Kapitän Fourtounas, geh in Luv, gerade gegen die Wellen, gib acht, demütige dich nicht und halte dein Ansehen im Kurs. Das Leben ist ein stürmisches Wetter, siehst du, es geht vorbei!«

Er stöhnte auf und fluchte leise vor sich hin, während er sich bückte; einen Augenblick blieb er stehen und sah sich um, niemand hatte ihn bemerkt. Er blickte auf und sah das Haus des Priesters dort oben mit Blumen in den Fenstern weiß hinter den Bäumen hervorleuchten.

»Das ist doch ein Teufelspriester, daß er sich sein Haus am allerhöchsten im ganzen Dorf hat bauen müssen!« murmelte er und begann wieder aufwärts zu streben.

Drinnen beim Priester hatten sich schon einige Gemeindeälteste zusammengefunden, sie saßen stumm mit übergeschlagenen Beinen auf dem Sofa und warteten auf die Bewirtung. Der Priester war in die Küche hinausgegangen und hatte seine Anweisungen erteilt; seine einzige Tochter Mariori war gerade dabei, das Tablett mit dem Kaffee, dem frischen Wasser und den eingemachten Früchten zurechtzumachen.

Am Fenster hatte sich der vornehmste Gemeindeälteste Likovrisis niedergelassen; ein vornehmer Herr aus feiner Familie, wohlgenährt, mit Tuchhosen, goldgesticktem Rock und einem dicken goldenen Ring am Zeigefinger – seinem Siegel mit zwei großen Buchstaben in einem Monogramm: G. P. – Georgios Patriarcheas. Seine Hände waren dick und weich wie die eines Bischofs. Er arbeitete nicht, er hatte eine Menge Diener und Pächter, die für ihn arbeiteten und ihn umsorgten. Sein Leib war geschwollen, Hüften und Schenkel waren breit geworden wie die Lenden einer Stute, der große Leib wälzte sich herab, das Doppelkinn hing in drei speckigen Falten auf die fette, behaarte Brust, einige Vorderzähne fehlten, sonst aber war kein Fehler an ihm. Wenn er sprach, redete er kreuz und quer und verhaspelte sich, aber das erhöhte nur seine Würde, denn man war dadurch gezwungen, sich vorzubeugen, um zu hören und zu verstehen, was er sagte.

In der Ecke rechts von ihm saß zusammengekauert der zweite Gemeindeälteste, der alte Ladas, der Roheste und Unangenehmste des ganzen Dorfes, er war ein magerer, unsauberer Kerl mit einem kleinen Kopf, triefenden Augen und beiden Händen voller Schwielen. Siebzig Jahre war er über die Erde gegangen, hatte gegraben, gesät und geerntet, Olivenbäume und Wein gepflanzt, die Erde gequält und ihr Blut getrunken. Seit seiner Kinderzeit hatte er die Erde nie aus den Klauen gelassen, unersättlich und mit unstillbarem Hunger sich über sie geworfen, ihr wenig gegeben und tausendfaches von ihr verlangt, niemals hatte er »Gott sei es gedankt« gesagt, stets hatte er mürrisch gebrummt und war unzufrieden gewesen. Im Alter aber reichte die Erde nicht für ihn; als er sich dem Ende näherte und spürte, daß ihm nicht mehr viel zu leben blieb, bekam er es mit der Eile, Verwirrung und Elend zu stiften. Er begann zu hohen Zinsen Geld zu verleihen, die armen Kerle setzten ihre Höfe und Häuser zum Pfand, und wenn die Stunde der Bezahlung kam, hatten sie nichts, um zu zahlen. Ihr Eigentum kam unter den Hammer, und der alte Ladas riß alles an sich.

Seine Frau weinte beständig, sie mußte hungern und barfuß einhergehen; eine Tochter hatte er bekommen, aber er ließ sie sterben, weil er keinen Arzt hinzuzog, als sie krank und bettlägerig geworden war.

»Allzu große Ausgaben«, sagte er, »die großen Städte sind zu weit entfernt, um einen Doktor zu holen, und was verstehen sie denn auch? Der Teufel hole sie! Wir haben hier unseren Priester, der versteht sich auf die alte Hausmedizin, ich werde ihn bezahlen, wenn er kommt und das Haus von den bösen Geistern befreit. Er kann sie heilen, das wird billiger.«

Aber die Tropfen des Priesters halfen nicht, seine Salbe hatte keine Wirkung, und das Mädchen starb; sie war zehn Jahre alt und blieb von ihrem Vater verschont, doch er blieb auch von den großen Ausgaben verschont. Einige Monate nach ihrem Tod saß er eines Tages da und grübelte: Die Mitgift, so viel ungefähr; Kleider, Tische und Stühle, so viel; man war gezwungen, die Verwandten zur Hochzeit einzuladen, die würden Fleisch und Brot und Wein, alles in sich hineinstopfen, und das wäre so viel... Er zog die Summe, allzu große Ausgaben, seine Tochter würde ihn leergekratzt haben, es diente zu nichts, wir müssen ja alle sterben... Sie war den Sorgen der Welt entgangen – Männer, Kinder, Krankheiten, Wäsche... Sie hatte Glück gehabt, Gott sei mit ihr!

Mariori kam mit dem Tablett herein. Sie grüßte die Gemeindeältesten mit niedergeschlagenen Augen und blieb vor Herrn Patriarcheas stehen. Blaß, mit großen Augen und langen Wimpern, zwei dicke, kastanienbraune Zöpfe zum Kranz gewunden über dem Kopf. Der alte Herr füllte seinen bauchigen Löffel mit rotem Gelee, er sah das Mädchen an und hob sein Glas.

»Auf dein Wohl, Mariori«, sagte er, »mein Sohn hat es eilig.«

Die Tochter des Priesters war mit seinem einzigen Sohn Michelis verlobt, der Priester war auf diese Verwandtschaft stolz und hoffte, daß er bald Enkelkinder bekommen werde.

»Ich kann nicht begreifen, weshalb der Dummkopf es so eilig hat, er hält es nicht mehr aus, sagt er«, fügte Herr Patriarcheas hinzu, er lachte und blinzelte das Mädchen an.

Sie errötete bis in die Halsgrube, wurde verwirrt und konnte kein Wort hervorbringen.

»Jetzt wollen wir es uns gemütlich machen!« sagte der Priester Grigoris und kam mit einer Flasche Muskateller herein. »Mit Christi und der Panagia[3] Segen!«

Er war ein bäuerlicher Typ, kräftig und stattlich mit dem geteilten weißen Bart; wohlhabend und wohlgenährt, duftete er nach Weihrauch und Käse. Er sah das Mädchen erröten, und um das Gesprächsthema zu wechseln, fragte er:

»Nun, wann gedenkst du deine Adoptivtochter Lenio zu verheiraten?«

Lenio war ein uneheliches Kind, das Herr Patriarcheas mit einem seiner Dienstmädchen in die Welt gesetzt hatte. Er hatte sie mit einem friedfertigen, treuen Hirten, der Manolios hieß, verlobt und hatte ihr eine fürstliche Mitgift, eine Herde Schafe und Ziegen, geschenkt, die Manolios auf dem Berge Panagias gegenüber hütete.

»Ja, so Gott will, soll es in diesen Tagen nun geschehen«, antwortete er. »Lenio sagt, daß sie Eile habe, sie hat Eile, der Glücksvogel. Die Brüste schwellen ihr, und sie will einen kleinen Jungen haben, ihn anzulegen. Der Mai kommt, sagte sie vorgestern zu mir, der Mai kommt, Herr, wir müssen uns beeilen.« Er lachte herzlich, und das Doppelkinn tanzte.

»Im Mai« fuhr er fort, »heiraten die Esel, Lenio hat recht, wir müssen uns beeilen. Auch sie sind Menschen, wenn sie auch arme kleine Leute sind.«

»Manolios ist gut«, sagte der Priester, »sie werden ausgezeichnet miteinander auskommen.«

»Auch ich habe ihn gern, als wäre er mein eigener Sohn«, sagte Herr Patriarcheas. »Als ich einmal am Kloster Ai Panteleimon vorüberkam, sah ich ihn. Er mochte fünfzehn Jahre alt sein und kam mit dem Tablett, mich zu begrüßen. Er war ein richtiger Engel, nur die Flügel fehlten ihm. Das tat mir weh. Schade, dachte ich, daß ein so frischer Junge wie ein Eunuch im Kloster dahinkümmern soll. Da bin ich denn zu dem alten Vater Manasis in die Zelle gegangen, in der er Jahre hindurch gelähmt gesessen hat. Vater, sagte ich, ich erbitte eine Gnade von dir; wenn du meiner Bitte willfährst, werde ich dem Kloster eine silberne Lampe schenken. – Begehre nur nicht den Manolios von mir, sagte Manasis. – Gerade ihn will ich haben, mein Vater, ich will ihn in meine Dienste nehmen. – Der Alte seufzte. Ich betrachte ihn als meinen Sohn, sagte er, ich habe keinen Kummer seinetwegen. Krank bin ich und einsam, habe keine andere Gesellschaft. Jeden Abend spreche ich mit ihm von den Heiligen und Asketen, er lernt viel, und für mich vergeht die Zeit. – Gib ihn frei, alter Vater, daß er hinauskommen kann in die Welt, sich Kinder schaffen und sein Leben leben kann; hat er vom Leben genug bekommen, mag er Mönch werden. – Schließlich gelang es mir, ich bekam ihn, und jetzt gebe ich ihm Lenio. Möge das Glück sie geleiten!«

»Es möge dir auch Enkelkinder schenken«, sagte der alte Ladas mit einem boshaften Lachen; er schob sich einen Löffel Gelee in den Mund, kaute, nahm einen Schluck Wein und fuhr fort: »Wenn nur die Arbeit uns Verdienst gibt und Gott es so lenkt, daß wir nicht Hungers sterben! Der Wein und das Getreide stehen nicht gut. Es sieht schlecht für uns aus.«

»Gott lenkt«, antwortete der Priester mit seiner strengen Stimme. »Gott ist mutig und stark. Zieh den Leibriemen an, halte dich mäßig, viel Essen schafft mehr Schaden als Nutzen. Gib deine geizigen Gewohnheiten auf und teile deinen Reichtum mit den Armen!«

Herr Patriarcheas brach in ein Gelächter aus, daß das Haus erbebte. »Gott bewahre mich, ihr Freunde, der alte Ladas stirbt vor Hunger!« Und er begann zu wimmern und streckte seine fette Hand wie ein Bettler aus.

Schwere Schritte waren zu hören, die Treppe knarrte.

»Das ist Kapitän Fourtounas, der alte Seebär«, sagte der Priester und erhob sich, um die Tür zu öffnen. »Bleib, Mariori, geh nicht fort, wir müssen ihm etwas anbieten. Ich werde ein Glas und Raki holen, er will keinen Wein.«

Der Kapitän blieb einen Augenblick vor der Tür stehen, um Luft zu holen. Dann trat er lachend ein, aber der Schweiß perlte ihm auf der Stirn. Hinter ihm streckte atemlos der Lehrer den Kopf hervor. Er war gelaufen, um ihn einholen zu können; in der Hand hielt er die Mütze, und fächelte mit ihr. Im gleichen Augenblick kam auch der Priester mit dem Raki herein.

»Christus ist auferstanden, Freunde!« sagte der Kapitän zu den drei Alten. Er biß die Lippen zusammen und setzte sich, so gewandt er vermochte, auf das Sofa. Dann wandte er sich an das Mädchen.

»Ich will kein Gelee und keinen Kaffee, Mariori. Das ist für Weiber und alte Männer. Dieses Glas hier, das ihr ein Wasserglas nennt, das reicht für mich. Auf dein Wohl!« sagte er und leerte es in einem Zug. »Heute ist ein großer Tag«, sagte der Lehrer und schlürfte seinen Kaffee. »Bald werden die Leute kommen; wir müssen uns beeilen, einen Beschluß zu fassen.«

Mariori ging mit dem Tablett hinaus, und der Priester verriegelte die Tür. Sein breites, sonnengebräuntes Gesicht bekam plötzlich einen prophetischen und majestätischen Zug, seine Augen glänzten unter den dichten Augenbrauen. Er aß und trank gut, der Herr Priester, er lärmte und fluchte, wenn er in Stimmung war, er schlug um sich, wenn er böse war, und noch in alten Tagen geriet sein Blut in Wallung, wenn er die Frauen im Dorfe sah, sein Kopf, seine Brust, alle Fasern waren voll menschlicher Leidenschaften.

Doch wenn er zur Messe ging, wenn er die Hand zum Segen oder Fluch erhob, dann war es, als ob ein Wind der Wüste über ihn striche, und der Priester Grigoris, der Prasser, Saufbruder und Schwätzer, wurde zum Propheten.

»Meine Herren und Brüder«, sagte er mit tiefer Stimme, »heute ist ein feierlicher Tag. Gott sieht uns, Gott hört uns, alles, was wir in diesem Raum sagen, verzeichnet er in seinem Buch, vergeßt das nicht. Christus ist auferstanden, doch in uns ist er noch ans Kreuz geschlagen, laßt ihn auch in uns auferstehen, Brüder Gemeindeälteste! Vergeßt für einen Augenblick das Weltliche! Herr Patriarcheas, du hast es hier auf Erden für dich und deine Familie wohl gestellt, du hast gegessen und getrunken und reichlich geliebt, erhebe dich nun einen Augenblick über all dieses Gute und hilf uns, einen Beschluß zu fassen. Und du, alter Ladas, vergiß an diesem Feiertag dein Öl und deinen Wein und deine türkischen Pfunde in Gold, mit denen du deine Kisten füllst. Und du, Schullehrer, mein Bruder – dir habe ich nichts zu sagen; deine Gedanken sind stets weit über das Essen, die Goldpfunde und die Frauen hinausgegangen, du redest mit Gott und mit Griechenland. Doch du, Kapitän, alter Sünder, du hast das ganze Schwarze Meer mit deiner Gesetzwidrigkeit erfüllt, denke heute an Gott und hilf auch du uns, einen rechten Beschluß zu fassen.«

Der Kapitän ergrimmte. »Laß, was geschehen ist, Priester!« schrie er. »Gott wird richten. Dürften wir frei heraussprechen, würden wir wohl mancherlei über deine Heiligkeit zu sagen haben, glaube ich.«

»Rede, Priester, doch bedenke, was du sagst. Du sprichst zu den Ältesten der Gemeinde«, sagte Patriarcheas und runzelte die Augenbrauen.

»Ich spreche zu Würmern«, brach der Priester ärgerlich aus. »Auch ich bin ein Wurm, unterbrich mich nicht. Die Leute kommen, und wir haben einen Beschluß zu fassen. Hört zu. Es ist ein alter Brauch von Väters und Urväters Zeiten hier im Dorf, daß wir in jedem siebenten Jahr von allen Einwohnern des Dorfes fünf oder sechs erwählen, die, wenn die Osterwoche herangekommen ist, persönlich Christi Leiden darstellen sollen. Sechs Jahre sind vergangen, das siebente hat begonnen. Wir, die wir die Ersten im Dorfe sind, wir müssen nun bestimmen, wer von allen Dorfbewohnern würdig ist, die drei großen Apostel, Petrus, Jakobus und Johannes, darzustellen, wer Judas Ischariot und wer die Hure Magdalena sein soll. Und vor allem andern — verzeih mir, Gott, meine Sünden —, wer im kommenden Jahre reinen Herzens den gekreuzigten Christus darstellen kann.«

Der Priester unterbrach sich einen Augenblick und holte Luft. Der Lehrer erfaßte die Gelegenheit, sein Adamsapfel begann auf und nieder zu gehen.

»Ein Mysterienspiel haben die Alten es genannt«, sagte er. »Am Palmsonntag beginnt es in der Kirche und am Osterabend endet es um Mitternacht im Garten mit Christi Auferstehung. Die Heiden hatten Theater und Zirkus, die Christen Mysterienspiele.«

Doch der Priester Grigoris unterbrach seinen Eifer.

»Schon gut, schon gut«, sagte er. »Wir wissen es, Lehrer, laß mich zu Ende kommen. Das Wort wird Fleisch, und wir dürfen mit eigenen Augen Christi Leiden sehen und erleben. Aus allen Dörfern umher strömen die Pilger zusammen, die ganze Osterwoche weinen sie und schlagen sich an die Brust, und wenn dann Christus auferstanden ist, beginnen sie zu feiern und zu tanzen ... Viele Wunder geschehen in diesen Tagen — ihr erinnert euch, Brüder Gemeindeälteste —, viele Sünder fallen in Tränen und Reue, viele beichten die Sünden, die sie begingen, um Schätze zu häufen; und um ihre Seele zu retten, schenken sie der Kirche einen Acker oder Weinberg. Hörst du es, alter Ladas?«

»Fahre fort, aber laß die Sticheleien«, antwortete der alte Ladas nervös. »Das betrifft mich in keiner Weise, daß du es weißt.«

»Wir sind zusammengekommen, um mit Gottes Hilfe die Dorfbewohner auszuwählen, denen wir das heilige Mysterienspiel anvertrauen wollen. Sprecht frei heraus, ein jeder soll seine Meinung sagen. Herr Patriarcheas, du bist der vornehmste Älteste, sprich du zuerst, wir werden auf dich hören.«

»Den Judas haben wir!« rief der Kapitän aus und sprang auf. »Panagiotaros, den Gipsesser, einen besseren können wir nicht bekommen. Er ist pockennarbig und häßlich, hat starke Fäuste, ein richtiger Orang-Utan. So einen habe ich in Odessa gesehen. Und was am wichtigsten von allem ist, er hat gerade den Bart und das Haar, das dazu nötig ist, feuerrot, wie der leibhaftige Teufel.«

»Du bist noch nicht an der Reihe, Kapitän«, sagte der Priester ernst. »Übereile dich nicht, andere haben den Vorrang. Nun, Herr Patriarcheas?«

»Was soll ich sagen«, antwortete er. »Ich habe nur den einen Wunsch, daß ihr meinen Sohn zum Christus nehmt.«

»Das geht nicht«, unterbrach ihn der Priester sofort. »Dein Sohn ist ein feiner Bursche, dick, wohlhabend und wohlgenährt. Christus war arm und mager. Verzeih mir, das schickt sich nicht. Außerdem ist Michelis für eine so schwere Aufgabe nicht geschaffen. Er soll gestäupt und geschunden werden, man wird ihm die Dornenkrone aufs Haupt setzen, man wird ihm das Kreuz auferlegen – Michelis hält das nicht aus, willst du, daß er krank werden soll?«

»Aber das wichtigste«, sagte der Kapitän und sprang wieder auf, »Christus war blond und Michelis' Haar und Schnurrbart sind rabenschwarz.«

»Die Magdalena haben wir«, sagte Ladas und kicherte, »die Witwe Katarina, meine ich. Das verfluchte Stück hat alles, was dazu nötig ist. Sie ist eine Hure, sie ist schön, und sie hat ein so teuflisch langes, blondes Haar – es reicht ihr bis auf die Knie herab. Ich sah sie eines Tages, als sie sich auf dem Hofe kämmte, Teufel noch eins, sie könnte mit ihm sogar einen Metropoliten fangen.«

Der Kapitän öffnete den Mund, um eine lange Rede vom Stapel zu lassen, aber der Priester warf ihm einen wütenden Blick zu, und er verschluckte, was er hatte sagen wollen.

»Die Schlechten finden wir leicht«, sagte der Priester, »den Judas, die Magdalena, aber die Guten? Deshalb habe ich euch hergebeten. Wir müssen sorgfältig prüfen, meine ich. Wo können wir einen finden, der Christus ähnlich ist? Gott erbarme sich meiner! Nur so weit, daß er ihm körperlich etwas ähnlich ist. Tage und Wochen habe ich darüber nachgedacht, und es gab viele Nächte, in denen ich keinen Augenblick schlief. Aber Gott scheint sich meiner erbarmt zu haben. Ich habe ihn gefunden.«

»Wen?« sagte der alte Herr Patriarcheas säuerlich. »Laß hören!«

»Mit deiner Erlaubnis, Herr Patriarcheas, einer von den Deinen, einer, den du sehr gern hast – dein Hirte Manolios. Er ist sanft und still – kann lesen und schreiben, ein alter Klosterschüler, du verstehst, er hat auch blaue Augen und einen kleinen Bart wie Honig so blond. Genau so hat man Christus gemalt. Er ist gottesfürchtig, jeden Sonntag kommt er von den Bergen herab und geht zur Messe, und kein einziges Mal, da er zum Abendmahl ging oder ich ihm die Beichte abnahm, habe ich einen Makel an ihm gefunden.«

»Er ist etwas einfältig«, schrie der alte Ladas, »er hat Erscheinungen.«

»Das ist gut«, versicherte der Priester. »Denk daran, seine Seele ist rein.«

»Und er erträgt es, Prügel zu bekommen, er erträgt es, die Stacheln der Dornenkrone zu spüren, und er vermag das Kreuz zu heben. Er ist ja ein Hirte, und Christus war auch ein Hirte der Menschen«, sagte der Lehrer.

»Ich gebe meine Zustimmung«, sagte Herr Patriarcheas, nachdem er eine Weile nachgedacht hatte. »Und mein Sohn?«

»Er soll der Johannes sein«, sagte der Priester begeistert. »Er hat, was dazu nötig ist. Er ist dick und rund, hat schwarzes Haar und Mandelaugen und ist aus guter Familie, so war auch der liebste Jünger des Herrn.«

»Nun, und Jakobus?« sagte der Lehrer und blickte vorsichtig auf seinen Bruder, den Priester, »ich finde, der Wirt Kostantis wäre gut, ich wüßte keinen besseren, er ist bäurisch und hitzig, kindlich und starrköpfig, genau so, wie man sich den Apostel Jakobus denkt.«

»Er hat auch eine Frau, die ihm zusetzt, daß es zischt«, sagte der Kapitän wieder. »Ist der Apostel auch verheiratet gewesen? Was meinst du, mein hochgelehrter Freund?«

»Spotte nicht mit heiligen Dingen, du Gottesleugner«, brach der Priester gereizt aus. »Du bist nicht mehr auf deinem Schiff und schimpfst auf deine Besatzung. Hier geht es um ein Mysterienspiel.«

Der Lehrer faßte Mut.

»Als Petrus, meine ich, wäre der Händler Giannakos nicht schlecht. Er hat eine niedere Stirn, lockiges, graues Haar, ein kleines, spitzes Kinn, er wird schnell böse, aber beruhigt sich bald, er fängt Feuer wie Zunder, erlischt aber schnell, und er hat ein gutes Herz. Einen besseren Petrus kann ich hier im Dorfe nicht finden.«

»Er ist ein bißchen diebisch veranlagt«, sagte der Herr Patriarcheas, »aber was kann man von einem Händler anderes erwarten. Das tut nichts.«

»Man sagt«, fauchte der alte Ladas, »er habe seine Frau erschlagen . . .«

»Das ist eine Lüge, ist Lüge!« schrie der Priester. »Fragt mich! Sie war zu gierig, sie machte sich eines Tages daran und verzehrte einen ganzen Topf frischer Erbsen. Danach wurde sie durstig und trank einen Eimer Wasser. Sie war durstig, die Ärmste, aber dann schwoll sie auf und krepierte. Nimm deine Zunge in acht, daß dich nicht die Verdammung trifft, alter Ladas!«

»So geht es!« sagte der Kapitän, »das Wasser war schuld daran. Hätte sie nur Raki getrunken!«

»Wir müssen auch einen Pilatus und einen Kaiphas haben«, sagte der Lehrer.

»Das ist wohl nicht so leicht.«

»Einen besseren Pilatus als Euer Hochwohlgeboren können wir nicht finden«, sagte der Priester und wandte sich an Herrn Patriarcheas. Er machte seine Stimme so sanft und weich, wie er nur konnte. »Runzle nicht die Brauen. Pilatus war auch ein großer

Herr, er war stattlich anzusehen, war ein Herrenmensch, wohlgenährt und wohlgepflegt und mit einem großen Doppelkinn. Er war ein anständiger Kerl, der alles tat, was er vermochte, um Christus zu retten, und schließlich sagte er: ›Ich wasche meine Hände‹ und sprach sich von dem Verbrechen frei. Tu es, Herr Patriarcheas, wir wollen dem Mysterienspiel einen vornehmen Charakter geben. Denk, welche Ehre es für unser Dorf sein wird und wie viele Leute herströmen werden, wenn man erfährt, daß der große Herr Patriarcheas den Pilatus darstellen wird.«

Herr Patriarcheas lächelte zufrieden, zündete seinen Tschibuk an und sagte nichts.

»Den berühmten Kaiphas soll der alte Ladas machen!« Der Kapitän war wieder aufgesprungen. »Wo können wir einen besseren Kaiphas finden? Du malst doch noch, willst du mir nicht sagen, wie man den Kaiphas auf den Ikonen wiedergibt?«

»Tja...«, sagte der Priester etwas rauh in der Kehle. »Ungefähr wie der alte Ladas, Haut und Knochen, mit einem spekkigen Rock, mit hängenden Backen und einer gelben Nase...«

»Hatte er nicht auch den Schnurrbart eingebüßt?« fragte der Kapitän anzüglich. »War er nicht ein Gierhammel und Geizkragen? Und hielt er nicht die Schuhe in der Hand, um nicht die Sohlen abzunutzen?«

»Ich gehe meiner Wege!« schrie Ladas und flog vom Sofa auf. »Aber du mußt auch dabei sein, du Glatzkopf von Kapitän. Wird nicht auch ein kahlköpfiger Kerl gebraucht?«

»Ich bleibe in Reserve«, sagte der Kapitän und lachte und tat, als ob er sich den Schnurrbart streiche. »Bald, vielleicht in diesem Jahre schon – wir sind ja Menschen und alt –, wird einer von euch, du, alter Ladas, oder der Herr Pilatus, das Zeitliche segnen. Und dann werde ich seinen Platz einnehmen, damit das Mysterienspiel nicht in die Brüche geht.«

»Ihr dürft euch einen anderen Kaiphas suchen, sage ich euch«, schrie der Alte außer sich vor Wut. »Ich muß jetzt hinaus und Wasser lassen.« Und er ging zur Tür.

Doch der Priester tat einen langen Schritt, er stellte sich an die Tür und streckte die Hände aus.

»Wohin willst du?« sagte er. »Die Leute kommen, du darfst nicht hinaus. Wir dürfen uns nicht lächerlich machen.«

Dann fügte er in milderem Tone hinzu: »Du mußt ein Opfer bringen, auch du, Herr Gemeindeältester. Denk an die Hölle, viele Sünden sollen dir vergeben sein, wenn du uns in unserem gottwohlgefälligen Werke hilfst. Einen besseren Kaiphas können wir nicht finden, weigere dich nicht! Gott wird es in sein Buch schreiben.«

»Ich werde nicht Kaiphas«, schrie der alte Ladas. »Versucht einen anderen zu bekommen. Das Buch, von dem du da redest ...«

Doch er konnte seine Worte nicht beenden, die Bauern waren schon die Treppe heraufgekommen, und der Priester entriegelte die Tür.

»Christus ist auferstanden, ihr Herren Gemeindeälteste«, grüßten zehn bis zwanzig Bauern; sie legten die Hand auf die Brust, auf die Lippen und auf die Stirn und stellten sich längs der Wände auf.

»Ja, er ist auferstanden«, antworteten die Ältesten und setzten sich auf dem Sofa zurecht. Herr Patriarcheas zog den Tabaksbeutel hervor und reichte ihn herum, damit sie sich ihre Zigaretten rollen konnten.

»Wir haben eben unseren Beschluß gefaßt, meine Kinder«, sagte der Priester. »Ihr seid im rechten Augenblick erschienen, seid willkommen!«

Er klatschte in die Hände, und Mariori trat ein. »Mariori«, sagte er, »gib den Burschen etwas zu trinken und gib jedem sein rotes Ei, weil Christus auferstanden ist!«

Sie tranken und nahmen ein jeder sein rotes Ei in die Faust und warteten.

»Meine Kinder«, begann der Priester und strich sich seinen geteilten Bart. »Ich sagte euch gestern nach der Messe, was wir tun wollen. Zum nächsten Osterfest soll hier im Dorfe ein großes Mysterienspiel gefeiert werden, und wir alle — Kleine und Große — müssen unsere hilfreiche Hand dazu leihen. Ihr erinnert euch der Osterwoche vor sechs Jahren. All des Schluchzens in der Kirche, der herzzerreißenden Klagelieder und dann am Ostersonntag all der Freude, der entzündeten Lampen, der Umarmungen und Tänze; wir sangen von Christus, der auferstanden war von den Toten, und wir alle waren Brüder. Dasselbe soll nun in einem Jahre wieder geschehen und noch besser geschehen, Christi Leiden sowohl wie seine Auferstehung. Seid ihr damit einverstanden, Brüder?«

»Ja«, antworteten alle wie aus einem Munde, »mit deinem Segen!«

»Mit Gottes Segen!« sagte der Priester und stand auf. »Wir Gemeindeältesten haben die Dorfbewohner ausersehen, die in diesem Jahre Christi Leiden darstellen sollen; wer die Apostel sein sollen, wer Pilatus und Kaiphas und Christus sein soll. In Gottes Namen, tritt vor, Kostantis!«

Der Gastwirt hob seine Schürze auf, er befestigte ihren Zipfel an der breiten, roten Schärpe und trat heran.

»Dich, Kostantis, haben wir Gemeindeältesten zu Jakobus – Jesu strengem Bruder – auserwählt. Es ist eine schwere, göttliche Aufgabe, du mußt sie auf ehrenhafte Weise erfüllen und nicht den Apostel entehren.

Von heute ab mußt du ein neuer Mensch werden, Kostantis, du bist wohl gut, aber du mußt noch besser werden, noch ehrlicher, noch freundlicher im Ton, noch regelmäßiger in der Kirche. Tu weniger Korn in den Kaffee, meng nicht die Reste aus den Gläsern in den Wein, den du verkaufst, teile nicht die Konfektstücke mitten entzwei und verkaufe die Hälften als ganze, und höre auf, deine Frau zu prügeln, denn von heute an bist du nicht nur Kostantis, sondern auch Jakobus, verstehst du? Sag, daß du es verstehst!«

»Ja«, antwortete Kostantis beschämt und zog sich an die Wand zurück. Er hätte gerne gesagt, daß nicht er es war, der seine Ehefrau schlug, sondern daß sie es war, die ihn schlug, aber er wagte es nicht.

»Wo ist Michelis?« fragte der Priester. »Wir brauchen ihn.«

»Er ist in der Küche geblieben, um mit deiner Tochter zu reden«, sagte Giannakos.

»Sagt ihm, daß er hereinkommt. Aber tritt du statt seiner vor, Herr Giannakos!«

Der Händler trat einen Schritt vor und küßte des Priesters Hand.

»Auf dich, Giannakos, ist das schwere Los gefallen, der Apostel Petrus zu sein. Bedenke es wohl! Gib deinen alten Menschen auf, dies ist eine mystische Taufe, der Diener Gottes

Giannakos wird getauft und wird der Apostel Petrus. Nimm das Evangelium, du kannst ein wenig lesen, dort wirst du sehen, wer Petrus war, was er sagte und tat. Ich will dir einen Rat geben. Du bist schwierig im Umgang, Giannakos, auch du, aber du hast ein gutes Herz. Vergiß die Vergangenheit, mache das Kreuzeszeichen und schlage neue Wege ein. Schlage den Weg Gottes ein: Betrüge nicht, sag nicht, der Kuckuck sei eine Nachtigall, wenn du ihn verkaufen willst, öffne die Briefe der andern nicht und schnüffle nicht in ihren Geheimnissen. Hörst du? Sag, daß du es hörst und gehorchen willst!«

»Ich höre und gehorche«, antwortete Giannakos und zog sich schleunigst an die Wand zurück. Er fürchtete, der Teufel von Priester werde noch mehr von seinen dunklen Gewohnheiten ans Tageslicht ziehen.

Aber der Priester erbarmte sich seiner und schwieg; da faßte Giannakos Mut:

»Ich wollte dich um einen Gefallen bitten... Ich glaube, im Evangelium steht etwas von einem kleinen Esel. Als Christus am Palmsonntag nach Jerusalem kam, ritt er auf ihm, glaube ich. Wir brauchen also einen kleinen Esel, und ich kann ihn zur Verfügung stellen.«

»Wie du es willst, Petrus. Er soll auf deinem Esel reiten dürfen«, antwortete der Priester, und alle brachen in Lachen aus.

Im gleichen Augenblick kam Michelis herein, er war drall, dick und rund und hatte rote Backen; er trug ein Veilchen hinter dem Ohr und einen goldenen Verlobungsring am Finger. Seine Kleider waren aus Tuch und Seide, und seine Wangen glühten. Er hatte eben Marioris Hand berührt, und die Röte stand ihm noch im Gesicht.

»Da ist ja unser lieber Michelis«, sagte der Priester voller Stolz auf seinen künftigen Schwiegersohn. »Dich haben wir ausersehen, den liebsten Jünger Christi, Johannes, zu verkörpern. Das ist eine große Ehre, eine große Freude für dich, Michelis. Du sollst dich über Christus neigen und ihn trösten, bis zum letzten Augenblick sollst du ihn begleiten, bis ans Kreuz, nachdem die anderen Jünger davongegangen sind. Und dir will Christus seine Mutter anvertrauen!«

»Mit deinem Segen, Vater«, sagte Michelis und errötete entzückt. »Schon als kleiner Junge hab ich den Apostel auf den Ikonen bewundert. Er war so jung, so hübsch und anmutig, ich habe ihn sehr geliebt. Danke! Hast du eine besondere Vorschrift für mich?«

»Keine, Michelis, deine Seele ist wie eine unschuldige Taube, dein Herz ist voller Liebe, du wirst den Apostel nicht entehren, meinen Segen gebe ich dir.

Nun müssen wir den Judas Ischariot finden«, sagte er und warf auf jeden der Dorfbewohner einen forschenden Blick. Sie erschauerten, als sie seinen Blick auf sich gerichtet fühlten. »Hilf mir, Gott!« murmelten sie, »ich will nicht der Judas sein.«

Seine Augen verharrten auf des Gipsessers rotem Bart.

»Panagiotaros«, vernahm man die Stimme des Priesters, »komm her, daß ich dich um einen Gefallen bitten darf!«

Panagiotaros schüttelte seine Schultern und den dicken Hals wie ein Ochse, der sich losreißen will. Einen Augenblick war er nahe daran, zu sagen: »Ich komme nicht.« Aber vor den Gemeindeältesten wagte er es nicht.

»Zu deinen Diensten«, sagte er und näherte sich ihm mit schweren Schritten wie ein Bär.

»Es ist ein schwerer Dienst, den wir von dir erbitten, aber du darfst uns nicht betrüben, denn wenn du auch mürrisch und widerspenstig erscheinen magst, so hast du doch ein warmes Herz. Du bist wie eine Mandel – außen eine Schale wie Stein, innen der gute Kern. Hörst du, was ich sage, Panagiotaros?«

»Ja, ich höre, ich bin nicht taub«, antwortete er, und das Gesicht des Ärmsten wurde feuerrot. Er begriff, was sie von ihm wollten, und er verabscheute alle durchtriebene Schlauheit und Schöntuerei.

»Ohne Judas gibt es keine Kreuzigung«, fuhr der Priester fort, »und ohne Kreuzigung gibt es keine Auferstehung. Deshalb ist es notwendig, daß einer der Dorfbewohner sich opfert und Judas wird. Wir haben das Los gezogen, und das Los ist auf dich gefallen, Panagiotaros.«

»Ich will nicht Judas sein!« rief der Gipsesser jäh. Er ballte die Faust, das rote Ei zerbrach, es war weich gekocht, und seine Hand füllte sich mit dem Dotter.

Herr Patriarcheas sprang auf und hob drohend den Tschibuk.

»Das ist das Ende der Welt!« schrie er. »Hier können nicht alle kommandieren. Dies ist eine Gemeindeversammlung und keine Synagoge. Die Gemeindeältesten haben ihren Beschluß gefaßt, alles ist klar, und das Volk hat zu gehorchen. Hörst du es, Gipsesser?«

»Ich achte die Ältesten«, antwortete Panagiotaros, »doch verlangt nicht, daß ich Christus verraten soll, das tue ich nicht!«

Herr Patriarcheas atmete schwer und keuchend; er wollte sprechen, aber er war zu sehr in Wut geraten, um etwas hervorzubringen. Mitten in dem Wirrwarr fand der Kapitän Gelegenheit, sein Glas mit Raki zu füllen.

»Du bist widerspenstig und mißverstehst das Ganze, Panagiotaros«, sagte der Priester Grigoris und versuchte seine Stimme so weich und sanft wie nur möglich zu machen. »Du sollst nicht Christus verraten, Dummkopf, du sollst nur tun, als seiest du Judas und verrietest Christus, daß wir ihn kreuzigen und wieder auferstehen lassen können. Du hast einen etwas dicken Schädel, aber denke nach, dann wirst du verstehen: damit die Welt gerettet werden kann, muß Christus ans Kreuz geschlagen werden, damit Christus gekreuzigt werden kann, muß er von jemandem verraten werden ... Du siehst also, daß für die Rettung der Menschen Judas unumgänglich ist. Er ist notwendiger als irgendein anderer Apostel. Ein Apostel kann fehlen, das macht nichts, wenn aber Judas fehlt, geschieht nichts ... Nach Christus ist er der Unentbehrlichste ... begreifst du das?«

»Ich will nicht Judas sein!« rief Panagiotaros aus und knetete das zerbrochene Ei in der Hand. »Ihr wollt mich zum Judas machen, aber ich will es nicht, und damit basta!«

»Lieber Panagiotaros, tu uns den Gefallen«, sagte der Lehrer, »wenn du Judas wirst, wird dein Name unsterblich werden.«

»Auch der alte Ladas bittet dich«, sagte der Kapitän und strich sich die Lippen. »Das Geld, das du ihm schuldig bist, wird er nicht einfordern, sagt er und er erläßt dir die Zinsen ...«

»Misch dich nicht in anderer Leute Geschäfte, Kapitän!« zischte der alte Geizkragen wütend. »Ich habe kein Wort gesagt, tu du, Panagiotaros, was Gott dir rät. Ich erlasse keine Zinsen!«

Sie schwiegen. Von Panagiotaros war ein tiefer Seufzer zu

vernehmen, er ächzte, als steige er einen steilen Berg hinauf.

»Laßt uns nicht die Zeit verlieren«, sagte der Kapitän wieder, »laßt den Mann zur Besinnung kommen und die Sache verdauen. Das läßt sich so stehenden Fußes hier nicht machen. Es ist keine Kleinigkeit, Judas zu sein, das bedarf der Überlegung und des Raki, wie es in der Schrift geschrieben steht. Wo ist Manolios, daß wir ein Ende machen können?«

»Wir sahen ihn draußen mit seiner Verlobten Lenio tändeln. Er dürfte sie jetzt wohl losgelassen haben«, sagte Giannakos.

»Ich bin hier«, sagte Manolios feuerrot. Er war unbemerkt hereingekommen und stand in einer Ecke. »Ich stehe zu euren Diensten, ihr Herren Gemeindeältesten.«

»Komm, Manolios!« sagte der Priester, und seine Stimme troff von süßem Honig, »komm und nimm meinen Segen!«

Manolios trat heran und küßte des Priesters Hand. Er war ein junger blonder Kerl, scheu und ärmlich gekleidet. Er roch nach Milch und Käse, und in den blauen Augen lag etwas Unschuldvolles und Treuherziges.

»Das schwerste Los ist auf dich gefallen, Manolios«, sagte der Priester feierlich. »Gott hat dich erwählt, mit deinem Körper, deiner Stimme und deinen Tränen die heiligen Worte der Schrift zum Leben zu erwecken. Du sollst die Dornenkrone tragen, du sollst geschunden werden, du sollst das teure Kreuz tragen und gekreuzigt werden. Von heute an soll nur eines in deinen Gedanken leben, Manolios, nur eines — nämlich würdig zu sein, die furchtbare Schwere des Kreuzes zu tragen.«

»Ich bin nicht würdig«, murmelte Manolios und zitterte.

»Keiner ist würdig, aber dich hat Gott erwählt.«

»Ich bin nicht würdig«, murmelte Manolios wieder. »Ich bin verlobt, ich habe ein Weib berührt, ich trage die Sünde in meinem Herzen, in einigen Tagen werde ich heiraten. Wie sollte ich Christi schwere Bürde tragen können?«

»Du darfst dich Gottes Willen nicht widersetzen«, sagte der Priester. »Nein, du bist nicht würdig, aber die göttliche Gnade vergibt, sie lächelt und wählt. Dich hat sie erwählt, so schweige jetzt!«

Manolios schwieg, doch sein Herz erbebte vor Freude und Schrecken, als ob es brechen sollte. Er blickte zum Fenster hinaus. Dort draußen lagen die Felder, friedlich, feucht und grün, der tauige Regen hatte aufgehört, und als Manolios seinen Blick erhob, durchfuhr es ihn entzückt, ein gewaltiger Regenbogen hing dort oben, er strahlte von Smaragden, Rubinen und Gold, und fern in der Weite des Raumes vereinte er dort den Himmel mit der Erde.

»Sein Wille geschehe«, sagte Manolios und legte die breite Hand auf seine Brust.

»Nun sollen die drei Apostel vortreten«, befahl der Priester, »komm auch du, Panagiotaros, und sei nicht länger böse, wir werden dich nicht fressen. Kommt her und empfanget den Segen!«

Die vier traten vor und stellten sich rechts und links von Manolios auf. Der Priester breitete seine Hände über ihre Köpfe aus.

»Gottes Segen möge euch geleiten«, sagte er. »Möge der Geist des Herrn über euch weilen, und wie im Frühling die Bäume knospen und ausschlagen, so mögen auch eure Herzen Knospen treiben, auch wenn sie nur wie dürres Brennholz sind. Und dann soll das Wunder geschehen, und alle Gläubigen sollen euch sehen und sagen: Sind das Giannakos, Kostantis oder Michelis? Nein, das sind Petrus, Jakobus und Johannes. Und sie werden Manolios mit der Dornenkrone krönen, er wird zum Berge Golgatha hinaufgehen, und ein Beben wird sie ergreifen ... Die Erde wird erzittern, die Sonne wird sich verdunkeln, und der Vorhang im Tempel wird in euren Herzen zerreißen. Die Augen werden sich mit Tränen füllen, und sie werden wieder klar werden und plötzlich sehen, daß wir alle Brüder sind. Und Christus wird auferstehen, nicht im Vorraum der Kirche — in unseren Herzen. Amen!«

Die drei Apostel und Manolios spürten den kalten Schweiß hervorbrechen, und die Beine gaben unter ihnen nach. Es schien, als stünde unbeweglich ein Falke über ihnen in der Luft, und sie erschauerten; wie unter einem Zwang ergriffen sie sich bei den Händen und drückten sie, sie wurden gleichsam eine Kette, in der Gefahr vereint. Nur Panagiotaros ballte die Faust, er wollte sich ihnen nicht anschließen, blickte nur zur Tür und hatte es eilig, hinauszukommen.

»Geht nun in Christi Namen«, sagte der Priester. »Ein neuer Weg öffnet sich jetzt vor euch, er ist sehr schwer. Zieht die

Gürtel enger und schlagt das Kreuzeszeichen. Gott sei mit euch!«

So sprach er, und sie verneigten sich einzeln vor ihm, verabschiedeten sich von den Ältesten und schlichen zur Tür hinaus. Die dort drinnen aber erhoben sich und reckten Arme und Beine, um die Gelenke weich zu machen, die wie taub waren.

»Mit Gottes Hilfe wird alles gut gehen«, sagte der Herr Patriarcheas. »Das hast du gut gemacht. Unsere Augen sind ganz blank geworden dabei.«

Doch gerade als die Gemeindeältesten über die Schwelle stiegen, schlug Kapitän Fourtounas sich in die Seite und brach in Lachen aus.

»Mein Gott! Wir haben vergessen, die Magdalena zu wählen!«

»Reiz nicht die Galle in uns, Kapitän«, sagte der alte Patriarcheas und schluckte. »Ich werde sie zu mir bitten und mit ihr reden ... Ich glaube schon, daß ich mit ihr einig werde«, fügte er lachend hinzu.

»Wenn du dich mit ihr einlassen willst«, sagte der Priester, »wirst du deine Gottesfurcht wohl beiseite legen müssen. Sobald sie Magdalena geworden ist, ist das eine große Sünde, verstehst du!«

»Das hört sich ja gut an«, sagte Herr Patriarcheas und ließ einen Seufzer der Erleichterung hören, als ob er einer großen Gefahr entronnen sei.

»Verdammt noch einmal«, murmelte Kapitän Fourtounas, als er allein geblieben war und schwer auf seinen Stock gestützt zu des Agas Haus hinunterstelzte, wo er zum Mittagessen geladen war. »Verdammt noch einmal, diese Dinge verlangen ein reines Herz, wir aber sind das reine Sodom und Gomorra.

Der Priester? – ein gieriger Wolf – er hat eine Apotheke eröffnet, nennt sie Kirche und verkauft Christus nach Gewicht. Er heilt alle Krankheiten, sagt der Scharlatan. Was hast du für ein Leiden? Ich habe gelogen. Ein Gramm Christus, soundso viel Piaster. Ich habe gestohlen. Einundeinhalb Gramm Christus, so viel. Und du? Ich habe einen Mann erschlagen. Ach, ein schweres Leiden, Ärmster. Du mußt es am Abend einnehmen, bevor du schlafen gehst, fünf Gramm Christus, das kostet viel, soundso viel. Geht es nicht billiger? Das ist die Taxe, besser du zahlst, sonst fällst du hinab in die Tiefe der Hölle. Und dann zeigt er das Gemälde da, das er in seinem Laden hat und das die Hölle mit Feuer, Heugabeln und Teufeln darstellt, und der Kunde zittert und lüpft den Beutel.

Der alte Patriarcheas? Das reine Schwein, vom Kopf bis zu den Füßen ein einziger Bock, ja, auch sein Kopf ist ein Bock, und wenn man auf die eine Seite alles legt, was er im Leben gegessen hat, und auf die andere Seite alles, was herausgekommen ist aus ihm, werden es zwei riesige Berge aus lauter Dreck. Und so wird er eines schönen Tages vor Gott stehen mit diesen riesigen Bergen zur Rechten und zur Linken.

Chatzis Nikolis, der Lehrer? Ein armer halber Mensch, häßlich wie die Nacht, ein Angsthase, wie er geschrieben steht, dazu die Brille – und dann glaubt er, er sei Alexander der Große. Er geht mit einem Papierhelm daher und füllt die Hirne der Kinder mit solchen Helmen aus Papier.

Der alte Ladas? Ein Geizkragen ohne Ehrgefühl, ein armer Kerl, der auf seinen vollen Weinfässern, Ölkannen und Mehlsäcken sitzt und vor Hunger stirbt. Er ist immer hungrig und durstig, barfuß, nackt an den Beinen und am Hintern, und wozu? Um reich zu sterben! Der Teufel hole ihn!

Und fragt man dann nach mir? Dann gibt es Strick und Galgen. Man muß mich mit der Zange anfassen, wenn man sich nicht besudeln will. Hab ich nicht gegessen und getrunken, gestohlen, Leute erschlagen und Hurerei getrieben mein Leben lang? Hab ich das nicht alles fertiggebracht? Seht, das sind meine Hände und Füße, mein Mund und meine Schenkel, bravo! Sie haben eine gute Arbeit geleistet, meinen Segen haben sie!«

So redete Kapitän Fourtounas vor sich hin und schlug mit dem Stock gegen die Steine, während er hinunterging. Er hatte die Mütze abgenommen und trug sie in der Hand, denn es war ihm warm geworden. Dann blieb er vor des Agas Haus stehen und spie aus, wie er immer zu tun pflegte, wenn er sich seines Zornes entledigen wollte. Es war, als speie er die ganze Türkei damit aus, als hisse er eine kleine, kleine Freiheitsflagge, um sich einen Augenblick frei fühlen zu können. Er spie und wurde seines Zornes ledig und klopfte dann an die Tür. Er schluckte noch einmal zufrieden, er würde gut essen und trinken, der Aga war ein anständiger Kerl, ein flotter Kerl; sie würden sich die Servietten fest um die Köpfe binden, damit sie nicht zersprangen, und würden Raki aus Wassergläsern trinken.

Man hörte Holzschuhe auf dem Hof klappern, kleine, kleine Schritte; die Pforte öffnete sich, die alte Sklavin des Aga, die bucklige Martha, grüßte den Kapitän mit saurer Miene.

»Wenn du an Christus glaubst, Kapitän, dann sauft euch nicht wieder voll«, sagte sie, »ich kann das nicht leiden!«

Der Kapitän lachte und klopfte ihr auf den Buckel.

»Sei ruhig, Martha. Wir werden uns nicht besaufen. Und wenn wir es tun, werden wir nicht speien, und wenn wir speien, wirst du die Waschschüssel bringen, damit wir nicht das Zimmer verunreinigen. Mein Wort darauf!«

So sprach er und schritt stolz über die Schwelle.

## 2

Gegen Abend begaben sich die drei Apostel mit Manolios auf den Weg zu dem kleinen See Voidomata außerhalb des Dorfes, um dort spazierenzugehen und zu plaudern. Sie suchten die Einsamkeit und das Schweigen der Natur und wollten in aller Stille miteinander sprechen, denn sie empfanden alle einen geheimen Schauder, als ob sie das Abendmahl empfangen hätten.

Der Sprühregen hatte aufgehört, die Steine und Bäume glänzten feucht, es duftete nach schwerer, schwarzer Erde, ein Kuckuck ließ sich fröhlich und spöttisch vernehmen. Die Sonne hatte gnadenvoll ihre Kraft gemildert und liebkoste mitleidig die Erde mit fieberfreier Hand. Leicht und still zitterten und spielten noch die Tropfen auf den Blättern, die Welt lächelte und weinte zugleich in dieser weichen Luft nach dem Regen.

Eine Weile gingen die vier stumm ihres Weges. Sie waren nun zu den feuchten Pfaden zwischen den Gärten gelangt, die Mispelbäume waren aufgeblüht, im tiefgrünen Laub glänzten die Zitronenblüten. Es schien, als sei Christus noch nicht auferstanden, die ganze Erde mit ihren Blumen und Träumen duftete wie eine Karfreitagsmesse. Es wehte ein lauer Wind, der den Saft in den Bäumen steigen ließ, und alle Zweige — auch die kleinsten — schwollen und jubelten.

Kostantis war der erste, der den Mund öffnete:

»Eine schwere Bürde hat der Priester auf unsere Schultern gelegt«, sagte er langsam. »Möge Gott uns helfen, mit ihr fertigzuwerden. Das letztemal — ihr erinnert euch — war es Meister Charalampis, der den Christus darstellte, er war ein guter Kerl und ein anständiger Familienvater. Aber er mühte sich so, Christi Spuren zu folgen, die ganze Zeit bemühte er sich so, dessen würdig zu werden, das Kreuz zu tragen, daß er schließlich ein bißchen komisch wurde und Ostern am gleichen Tag noch sich die Dornenkrone aufsetzte, das Kreuz auf die Schulter nahm, alles daheim verließ, sich zum Ai-Giorgis-Kloster hinter Trapezunt begab und Mönch wurde. Die Familie wurde ruiniert, die Ehefrau starb, die Kinder gehen jetzt im Dorf umher und betteln. Erinnerst du dich des Meisters Charalampis, Manolios?«

Aber Manolios schwieg, er hörte wohl, was Kostantis sagte, aber er war in eigene Gedanken vertieft; die schnürten ihm die Kehle so zu, daß er kein Wort hervorbringen konnte. Wonach er sich von klein auf gesehnt, was er so eifrig gewünscht hatte, als er in vielen Nächten zu den Füßen des alten Manasis saß und dem Leben und den Wundern der Heiligen lauschte, das wurde ihm heute von Gott beschert. Den heiligen Märtyrern folgen zu dürfen, das Fleisch abzuwerfen, für Christi Glauben zu sterben und mit den Symbolen des Märtyrertums — der Dornenkrone, dem Kreuz und den fünf Wundmalen — ins Paradies zu kommen.

»Sollten wir auch so töricht werden?« fragte sich Michelis verwundert und lächelte ironisch. In seinem Innern empfand er jedoch eine eigenartige und unerwartete Unruhe. »Sollten wir wirklich glauben, daß wir Apostel sind? Der Himmel bewahre mich davor!«

»Was weiß ich?« antwortete Giannakos und schüttelte den sonnengebräunten Kopf. »Der Mensch ist eine empfindliche Maschine, die leicht in Unordnung gerät. Es fehlt nur, daß eine Schraube sich löst.«

Sie waren an den Voidomata gekommen und blieben stehen, dunkelgrünes Wasser, dichtes Schilf, Wildenten. Zwei Störche stiegen auf und flogen langsam und schwer über ihre Köpfe davon. Die Sonne sank tiefer und tiefer.

Sie blickten auf den See, der wie weltentlegen im Abendschimmer lag, doch niemand nahm ihn wahr. Von einer seltsamen Unruhe bewegt, weilten ihre Gedanken in der Ferne. Sie schwiegen. Endlich öffnete Giannakos den Mund:

»Es ist wirklich eine schwere, eine gewaltig schwere Aufgabe, Kostantis«, sagte er. »Habe ich schlechte Gewohnheiten – Gott vergebe sie mir –, wie soll ich sie loswerden? Die Leute nicht um ihr Gewicht betrügen, sagte er, anderer Leute Briefe nicht öffnen, es ist leicht für den Priester, das zu sagen ... Wenn man aber die Leute nicht im Gewicht betrügt, wie soll man dann Geld verdienen und ein Mensch werden? Und wenn man nicht anderer Leute Briefe liest, sag mir, wie soll mir dann die Zeit vergehen? Seit dem Tode meiner seligen Frau habe ich diese Unsitte angenommen. Nicht aus Bosheit, Gott bewahre mich, nur deshalb, weil ich solche Langeweile empfand. Es ist die einzige Freude, die mir geblieben ist, und dann meine Eselin natürlich ... Gott segne sie! Eine andere Freude habe ich nicht. Wenn ich nach einer Reise durch die Dörfer nach Hause komme, schließe ich mich in meiner Kate ein, ich lasse Wasser aufkochen und öffne die Briefe über dem Dampf. Ich lese sie, ich erfahre, was die Bauern im Dorfe treiben und planen, dann klebe ich sie wieder zu und trage sie am nächsten Morgen aus. Und da sagt nun der Priester ... Ach, es ist schwer für einen Raben, eine weiße Taube zu werden – Gott vergebe mir!«

Michelis lächelte, er war zufrieden mit sich selbst und strich sich den kleinen schwarzen Schnurrbart. Er betrog niemand, er las nicht anderer Leute Briefe, der Priester hatte keinen Fehler an ihm gefunden, er war stolz. Er zog seinen Tabaksbeutel hervor, reichte ihn den anderen, und sie begannen sich große, starke Zigaretten zu rollen. Sie zündeten sie an, sogen den Rauch ein und wurden sofort ruhiger.

Michelis konnte nicht an sich halten:

»Ich brauche keine meiner Gewohnheiten zu ändern, hat der Priester gesagt, so wie ich bin, werde ich den Apostel nicht entehren.« Doch sobald er es gesagt hatte, errötete er, denn er schämte sich etwas. Aber er hatte es schon gesagt.

Manolios wandte sich um und blickte ihn streng an. Er wollte nichts sagen, wollte nichts erwidern, Michelis war ja der Sohn seines Herrn, aber dann erinnerte er sich, daß er von heute an nicht nur Manolios war, sondern etwas Wichtigeres und Größeres, und so faßte er Mut. »Wer weiß«, sagte er, »ob nicht auch du viele deiner Gewohnheiten ändern mußt. Weniger essen — denke daran, wie viele im Dorfe hungern. Nicht so viel mit den kurzen Hosen aus Tuch, den gestickten Westen und Gamaschen angeben — denke daran, wie viele nichts anzuziehen haben und während des Winters vor Kälte zittern und frieren ... Öffne hin und wieder den Keller deines Vaters und gib den Armen ... Es ist genug für dich da, Gott sei Dank!«

»Wenn nun aber der Alte darauf kommt, daß ich Almosen gebe«, sagte Michelis erschrocken.

»Du bist jetzt fünfundzwanzig, ein reifer Mann, du bist kein Kind mehr«, antwortete Manolios. »Über deinem Vater steht Christus, der der wirkliche Vater ist. Er schützt dich.«

Michelis wandte sich um und blickte verwundert den Hirten Manolios an. Es war das erstemal, daß er so kühne Worte führte ... Es ist ihm in den Kopf gestiegen, daß man ihn zum Christus gemacht hat, dachte er. Ich werde meinen Vater bitten, ihn auf dem Boden der Erde zu halten. Er warf erregt die Zigarette fort und sagte nichts.

»Wir müssen ein Evangelium haben«, begann Kostantis, »soviel begreife ich, damit wir wissen, wie wir gehen und was wir tun sollen.«

»Wir haben ein großes Evangelium daheim bei meinem Vater«, sagte Michelis. »Es ist in Holzdeckel und Schweinsleder eingebunden, jeder Deckel wie ein Stadttor so groß, es hat auch Schlösser und einen großen Schlüssel. Wenn man es öffnet, ist es, als trete man in eine große Stadt. Jeden Sonntag versammeln wir uns zu Hause und lesen in ihm.«

»Ich brauche eines auf dem Berg«, sagte Manolios. »Bis jetzt habe ich Langeweile in der Einsamkeit gehabt. Ich habe Holzstücke genommen und Löffel, Tabaksdosen, Heilige, Böcke und alles, was mir eingefallen ist, geschnitzt. Ich habe meine Zeit ganz und gar vergeudet, aber jetzt ...«

Er schwieg und versank wieder in tiefe Gedanken.

»Ja, und was mich betrifft ... wenn ich mit meinem Esel in die Dörfer gehe und mich unter eine Platane setze, um auszuruhen, wäre es nicht dumm, ein Evangelium zu haben, in dem man lesen könnte... Das heißt, nicht weil ich soviel davon verstehe, aber das ist nicht so schlimm, es reicht mit dem, was ich verstehe.«

»Aber ich, ich brauche es um so mehr«, brach Kostantis aus. »Wenn meine Frau zu schreien anfängt und sich aufregen will, dann schlage ich es auf, um Ruhe zu bekommen. Was sind meine Sorgen und Leiden, kann ich dann denken, gegen Christi Märtyrertum? Sonst... vergib mir, Giannakos, sie ist deine Schwester, aber sie ist unerträglich. Einmal raste sie auf mich mit der Gabel los, um mir die Augen auszukratzen. Gestern nahm sie den Topf, in dem die Bohnen kochten, und jagte hinter mir her, um ihn mir über den Kopf zu schütten. Und sie schrie, daß sie entweder mich töten würde oder ich sie. Doch jetzt werde ich das Evangelium lesen, und dann darf sie schreien, soviel sie will.«

Giannakos lachte.

»Armer Kostantis«, sagte er mitleidig. »Gott weiß, wie sehr ich dich beklage, doch nur Geduld! Eine Frau ist eines jeden Mannes Schicksal. Gib ihr nur eine Abreibung, daß sie schweigt.«

»Das Unglück ist«, fuhr Kostantis fort, »daß es mir so schwer fällt, zu buchstabieren. Ich stolpere von einem Buchstaben zum andern, und es geht mir alles im Kopf herum.«

»Das macht nichts«, versicherte Manolios, »um so besser. Du liest eine Silbe nach der andern. Und dann verstehst du das ganze Wort. Die Apostel sind einfache, ungebildete Menschen gewesen. Die meisten waren Fischer.«

»Hat der Apostel Petrus lesen können?« fragte Giannakos ängstlich.

»Ich weiß nicht«, antwortete Manolios. »Ich weiß nicht, wir können den Priester fragen.«

»Wir wollen ihn fragen, ob er die Fische verkauft hat, die er fing, oder ob er sie an die Armen verteilte«, murmelte Giannakos. »Gewiß hat er die Leute nicht im Gewicht betrogen. Aber hat er sie verkauft? Das ist die Frage. Verkaufte er sie, oder hat er sie verschenkt?«

»Wir wollen auch über das Leben der Heiligen lesen«, warf Michelis ein.

»Nein, nein«, erwiderte Manolios, »wir sind einfache Menschen, wir bringen uns damit nur durcheinander. Als ich Klosterschüler war, habe ich von ihnen gelesen, und ich war nahe daran, verrückt zu werden. Einöden, Löwen, entsetzliche Krankheiten — Aussatz, auf ihrem Körper saßen Ausschläge und Würmer, oder er schrumpfte zusammen und wurde dürr wie eine Schildkrötenhaut... Und dann kommt die Versuchung in Gestalt einer schönen Frau... Nein, nein! Nur das Evangelium!«

Langsam schritten sie in der abendlichen Dämmerung um den See, und zum erstenmal in ihrem Leben führten sie ein so eigenartiges Gespräch. Es war, als ob in ihnen eine neue Quelle mit frischem Wasser aufgesprungen sei und die alte harte Schale zu durchdringen und ans Licht zu kommen suchte... Sie drehten und wendeten an den eigenartigen Worten des Priesters Grigoris: »Der Geist des Herrn möge über euch schweben...« War dann also der Geist ein Wind, der weht? Ein Wind, der den Saft in den Bäumen steigen, der milde, laue, feuchte Abendwind, der die dürren Zweige schwellen und ausschlagen läßt? Ist nicht der Geist ein solcher Wind, der in unserer Seele weht?

So grübelten die Vier und befragten sich und versuchten zu verstehen. Doch keiner wollte den Nachbarn fragen, denn er empfand eine geheime und eigenartige Befriedigung darin, von dieser Unruhe gequält zu sein.

Lange sagte keiner ein Wort. Froh und gerührt, von der Stimmung ergriffen, sahen sie stumm den Abend sich herniedersenken; der Abendstern strahlte am Himmel, die Frösche begannen ihr Lied in den Tümpeln. Zur Linken lag wie ein schwarzer Fleck der friedliche, grüne Berg Panagias, an dem Manolios seine Hirtenhütte hatte und die Schafe und Ziegen seines Herrn hütete, zur Rechten hatten sie den wilden Berg Sarakina, der von violett zu dunkelblau wechselte, an dessen Hängen viele Grotten als schwarze Höhlen gähnten. Auf seinem Gipfel lag zwischen riesigen Felsen eingekeilt die kleine Kapelle des Propheten Elias; frisch gekalkt und weiß leuchtete sie wie ein Ei hervor.

Unten auf der feuchten Erde hatte hier und da im Schilf ein Glühwürmchen sein Licht entzündet und leuchtete still und geduldig in erwartungsvoller Liebe.

»Es ist spät geworden«, sagte Michelis, »kommt, kehren wir um.« Doch Giannakos, der voran schritt, stockte plötzlich. Er hielt die Hand ans Ohr und lauschte. Man vernahm Schritte und Getrappel von Menschen, die sich näherten, ein entlegenes Brausen wie von einem Bienenschwarm, ein Trompetensignal ... Und hin und wieder eine kräftige Stimme, die ermunterte oder befahl.

»Seht doch, seht«, sagte Giannakos laut. »Was ist das für ein Ameisenhaufen, der sich dort auf dem Felde bewegt? Das sieht aus wie eine Prozession.«

Alle rissen die Augen auf, um in der Dämmerung zu erkennen, was es war, und spitzten die Ohren.

Es war wirklich eine lange Prozession von Männern und Frauen, die sich da auf dem Felde bewegte. Sie zogen an den Weingärten vorbei und schienen zu laufen, als ob sie von weitem schon das Dorf gesehen hätten und darauf zueilten.

»Hört ihr?« sagte Michelis. »Es klingt, als ob sie Kirchenlieder sängen.«

»Es hört sich an, als ob sie weinten«, sagte Manolios.

»Nein, nein, sie singen Kirchenlieder. Haltet einmal den Atem an, damit wir hören können.«

Sie blieben stehen und lauschten. In der abendlichen Stille hörte man jetzt klar und triumphierend den alten Kriegsgesang; »Errette, Herr, dein Volk ...!«[4]

»Es sind Brüder von uns, Griechen!« rief Manolios aus. »Kommt, beeilen wir uns, sie zu begrüßen.«

Alle vier begannen zu laufen. Der Anfang des Zuges war nun bei den ersten Häusern des Dorfes angelangt, die Hunde rasten auf den großen Weg hinaus und bellten wie von Sinnen, die Türen öffneten sich, die Frauen steckten die Köpfe heraus, die Männer kamen mit dem Essen im Munde herausgelaufen; es war zur Vesperzeit, die Leute saßen mit gekreuzten Beinen um den niedrigen Tisch und aßen. Sie hatten das Singen der Kirchenlieder, das Weinen und Schluchzen, das Geräusch der vielen Schritte gehört und waren aufgesprungen. Jetzt waren auch die drei Apostel mit Manolios herangekommen.

Die Abenddämmerung hielt noch an; nun, da sie näher gekommen waren, erkannten sie es klar und deutlich. An der Spitze schritt ein sonnengebräunter, hagerer Priester mit großen, schwarzen Augen, die unter den buschigen Augenbrauen Feuer sprühten, und einem zusammengezwirbelten dünnen, weißen

Bart. Er hielt ein dickes Evangelium in silbernem Einband in seine Arme gepreßt und hatte die Stola umgelegt.

Rechts von ihm schritt ein gewaltiger Riese und trug das Banner der Kirche mit einem großen goldgestickten Ai Giorgis. Ihm folgten fünf oder sechs ausgemergelte Greise, die große Ikonen trugen, und dann eine Schar Frauen und Männer und Kinder, welche schrien und weinten; Männer mit Bündeln, Handwerkzeug, Sensen, Hacken und Spaten, Frauen mit Wiegen, Kochgestellen und Wannen.

»Was seid ihr für Landsleute? Woher kommt ihr, und wohin führt euch der Weg?« rief Giannakos und blieb vor dem Priester stehen, gerade als die Schar sich über den Markt des Dorfes ergoß.

»Wo wohnt der Priester Grigoris?« fragte der alte Priester mit rauher Stimme. »Wo sind die Gemeindeältesten?«

Er wandte sich an die Dorfbewohner, die unruhig und verwundert herbeiliefen und sie betrachteten.

»Wir sind Christen, fürchtet euch nicht, Brüder, wir sind Griechen, Flüchtlinge und Verfolgte. Ruft die Großen des Dorfes her, ich will mit ihnen reden ... Läutet die Glocken!«

Ermattet sanken die Frauen auf die Erde, die Männer legten ihre Lasten ab, wischten sich den Schweiß von der Stirn und blickten stumm auf ihren Priester.

»Woher kommt ihr?« fragte Manolios einen Greis, den die Jahre weiß wie Baumwolle hatten werden lassen und der einen schweren Sack trug, der immer noch auf seiner Schulter lag.

»Beruhige dich, mein Junge«, antwortete der Alte. »Beruhige dich, der Priester Fotis wird alles erzählen.«

»Und was hast du da im Sack?«

»Nichts, mein Junge, nichts. Nur meine eigenen Sachen ...«, sagte er und legte vorsichtig den Sack auf die Erde.

Der Priester stand aufrecht und gerade und hielt das Evangelium dicht an sich gepreßt. Ein Junge lief zum Glockenturm, packte das Seil und begann heftig die Glocke zu läuten. Zwei Eulen wurden aufgeschreckt, sie flogen lautlos aus der Platane auf und verschwanden im Dunkel. Der Aga trat auf seinen Balkon hinaus, er war betrunken. Der Markt schien ihm voller Leute zu sein, die nicht seine eigenen waren; es sauste ihm in den Ohren, eine Mischung von Schreien und Weinen und Gesang – er vermochte nichts zu verstehen –, und was ihn fast verrückt machen konnte, war das nicht die Glocke?

»Komm her, mein glatzköpfiger Freund«, sagte er und wandte sich nach hinten. »Komm her und erkläre mir dieses Mysterium. Was ist das für ein Haufen da auf dem Markt? Was ist das für Geschrei? Weshalb läuten sie die Glocke? Oder träume ich?«

Kapitän Fourtounas tauchte auf dem Balkon auf. Sein Kopf war mit einem nassen Handtuch umwunden, damit er nicht zerspringen sollte. Immer wenn er sich mit dem Aga vollsoff, machte er es so, denn der Raki, sagte er, konnte einem den Kopf in tausend Stücke sprengen. Hin und wieder nahm er das Handtuch ab, tauchte es in einen Wassereimer und wand es wieder um den Kopf.

Der Kapitän beugte sich vor, riß die Augen auf und blickte hinab. Es war ihm, als erkenne er dort unten um die Platane Männer, Frauen und Standarten.

»Was ist das?« fragte Aga wieder. »Begreifst du, was da unten los ist?«

»Leute!« antwortete der Kapitän. »Es sieht wie Leute aus, oder was findest du selbst, Aga?«

»Ich finde auch, daß es Leute sind ... Woher sind die über uns gekommen? Was wollen sie? Soll ich sie aus dem Dorfe jagen? Soll ich sie in Ruhe lassen? Soll ich mit der Peitsche 'runtergehen? Was meinst du?«

»Nimm es mit Ruhe, Aga! Du brauchst jetzt nicht zu drohen, mit der Peitsche hinunterzugehen und dir die gute Laune zu verderben! Laß sie, wo sie sind ... Komm, nehmen wir noch ein Glas!«

»Giousoufaki«, rief der Aga, »komm her, mein Gold, komm her mit dem Kissen, den Gläsern, dem Schnapsballon und dem Essen. Geh einmal da hinunter, Giousoufaki ... Da sind Griechen, die werden sich wohl bald in die Wolle kriegen!«

»Wo ist der Priester Grigoris? Wo sind die Gemeindeältesten?« rief der Priester Fotis wieder. »Gibt es nicht einen christlichen Menschen hier, der sie holen könnte?«

»Ich werde gehen«, sagte Manolios, »beruhige dich, Alter.«

Er wandte sich zu Michelis. »Sei so gut, Michelis, und geh und hole deinen Vater. Sag ihm, es seien Griechen gekommen, die verfolgt worden sind und sich nun zu seinen Füßen werfen und um Schutz bitten wollen. Er ist ein Herr, es ist seine Schuldigkeit. Ich werde zum Priester Grigoris eilen. Du, Kostantis, kannst zum alten Ladas laufen und ihm sagen, daß Leute aus einem anderen Kirchspiel gekommen sind und ihre Sachen für nichts verkaufen, sag ihm das, sonst kommt er nicht. Und du, Giannakos, begib dich zum Hause des Kapitäns und sag, daß Schiffbrüchige vom Schwarzen Meer gekommen seien, sie hätten von ihm gehört und seien deshalb hierhergekommen. Wenn du am Hause des Lehrers vorbeigehst, sage ihm, daß Griechen da sind, die sich in Not befinden!«

Ein kleiner Kerl kam herbeigestürzt.

»Der Kapitän ist beim Aga drinnen und ißt und trinkt ... Sieh, eben ist er auf den Balkon gekommen ... Ei, ei, ei, er hat ein Handtuch um den Kopf gewunden, Herrgott, er ist betrunken.«

»Und der Herr Patriarcheas schläft und schnarcht!« vernahm man eine fröhliche Stimme hinter ihnen. »Nicht ein Kanonenschuß kann ihn wecken.«

Sie wandten sich um. Es war die Witwe Katarina, die atemlos herbeigelaufen kam. Sie war rund und nett und hatte schwellende Lippen. Sie trug einen grünen Schal mit großen roten Rosen, und ihre Wangen glühten. Sie hatte die Zähne mit Walnußblättern eingerieben, daß sie glänzten.

»Er schläft, er ist im siebenten Himmel und schläft«, wiederholte Katarina. Sie blickte schelmisch Manolios an und lachte. »Es ist nicht recht, ihn jetzt zu stören, Manolios!«

Manolios wandte sich um, doch er zuckte zusammen und senkte die Augen. Ein wildes Tier ist sie, dachte er, ein wildes, reißendes Tier, das Menschen frißt ... Hebe dich weg von mir, Satanas!

Die Witwe näherte sich mit einschmeichelnder Miene, sie duftete nach Moschus, war sie nicht wahrhaftig wie ein kleines, gereiztes, wildes Tier? Doch da vernahm man hinter ihr ein dumpfes Brüllen, sie wandte sich um. Mit saurer Miene und finsteren Augen stand Panagiotaros da und blickte sie an. Er war offensichtlich gerannt, denn er keuchte, und sein pockennarbiges Gesicht war feuerrot geworden.

»Kommt, gehen wir!« sagte Manolios und eilte davon.

Sie stürzten zu dritt die Straße hinauf und verschwanden in den dunklen Gassen.

Irrsinnig vor Wut biß Panagiotaros die Zähne zusammen und näherte sich Schritt für Schritt der Witwe.

»Was hast du in dem Haus des alten Schweines zu suchen?« schrie er und beugte sich zitternd über ihre Schulter. »Was hast du da zu tun? Ich werde dich in Stücke schlagen, du Hure!«

»Ich bin nicht aus Gips, daß du mich in Stücke schlagen und aufessen kannst«, kicherte die Witwe; sie schlich sich unter die Menge und stellte sich neben den Koloß, der das Banner trug.

»Behaltet Mut, meine Kinder«, rief der Priester und ging in der Menge auf und ab. »Verzaget nicht, jetzt werden bald die Gemeindeältesten kommen, jetzt wird auch bald der Priester Grigoris kommen, und unser Kummer wird ein Ende nehmen. Mit Gottes Hilfe sind wir Charons Zähnen entgangen; wir werden in dieser Erde hier Wurzel schlagen, unser Volk wird nicht vergehen, es ist unsterblich.«

Wie das Summen eines Bienenschwarms stiegen frohe Rufe auf und legten sich wieder. Einige Frauen öffneten ihre Mieder und gaben ihren Kindern die Brust, damit sie nicht weinen sollten. Der Koloß stellte das Banner auf die Erde; und der hundertjährige Alte breitete die knochigen Hände über den Sack, den er getragen hatte, und lächelte.

»Ehre sei Gott!« murmelte er. »Wir werden wieder Wurzel schlagen.« Und er machte das Zeichen des Kreuzes.

Inzwischen strömten von allen Seiten atemlos die Dorfbewohner herbei, auch alte Frauen kamen, die Hunde hörten auf zu bellen und begannen die Fremden zu beschnüffeln. Doch der Junge, der am Seile hing, läutete noch immer die Glocke und fühlte sich leicht ums Herz.

Blau und daunenleicht wölbte sich der unendliche Himmel mit vereinzelten großen Sternen über ihnen. Die weitgereisten Wanderer hoben den Blick, sie sahen zu ihm empor und warteten vertrauensvoll, daß die Gemeindeältesten kommen und über ihr Schicksal beschließen sollten. Einen Augenblick waren sie alle still, zwischen den Steinen hörte man das Wasser fröhlich und munter rieseln.

»Höre, du Teufel von Kapitän, schenk ein«, sagte der Aga, als er das Wasser rinnen hörte. »Es ist wie ein Traum, es ist so schön, schenk ein, daß wir trinken können und nicht zu wachen brauchen. Und vergiß nicht, mir zu sagen, wenn die da aneinandergeraten, daß ich mit der Peitsche hinuntergehen kann.«

»Sei ruhig, Aga, ich werde nicht vergessen, es dir zu sagen. Ich halte Wacht.«

»Sag der Leibwache Bescheid, daß sie mit der Trompete kommt, ich könnte sie brauchen. Giousoufaki, zünde mir den Tschibuk an.«

Giousoufaki entzündete den langen Tschibuk mit dem Bernsteinmundstück, und der Aga schloß die Augen und rauchte. Auf seinem Kissen sitzend, wanderte er mit dem großen Rakibehälter und Giousoufaki kürzesten Weges hinein ins Paradies.

Manolios kehrte atemlos zurück. Er streckte die Arme aus und schrie: »Macht Platz, ihr Brüder, der Priester kommt!«

Die Männer sprangen auf, die Frauen reckten den Hals und seufzten. Das Banner bewegte sich und stellte sich wieder neben den Priester, auch die Alten, die die Ikonen trugen, stellten sich in einer Reihe vor ihm auf. Der Priester machte das Zeichen des Kreuzes.

»Gott sei mit uns!« murmelte er und wartete unbeweglich.

Nun kam auch Michelis. Er näherte sich Manolios und neigte sich an sein Ohr.

»Er schläft und schnarcht. Ich kann ihn nicht wecken«, sagte er leise. »Er hat zuviel gegessen und getrunken. Ich habe ihn angefaßt, aber er rührte sich nicht; ich schrie, aber er hörte nicht; da bin ich wieder gegangen.«

Auch Kostantis kam.

»Der Alte ist ein listiger Fuchs«, sagte er erschöpft. »Er witterte eine Falle; er habe zu tun, sagte er, er komme nicht. Wenn es sich aber um eine Sammlung für die Lumpengesellschaft da handle, die sich über das Dorf ergossen habe, dann habe er keinen verschimmelten Groschen übrig, sagte er. Es lohne sich nicht für sie, zu ihm zu kommen und an seine Türe zu klopfen, er werde nicht öffnen.«

Dann kam auch Giannakos.

»Ich habe den Schullehrer zu fassen bekommen. Er saß und las einen Schmöker. Er wolle jetzt erst zu Ende lesen, sagte er, dann würde er kommen. Was der Priester Grigoris macht, ist gut, sagte er.«

»Ja, ja, das sind mir Gemeindeälteste!« murmelte Manolios und seufzte. »Einer schnarcht, ein andrer ist gestrichen voll, ein dritter sitzt und liest, und der alte Geizkragen brütet nur auf seinem Geld ... Doch ich vertraue auf den Priester, der kommt; er ist Gottes Stimme, er wird sprechen!«

Ausgemergelt und grün vor Hunger stieß eine junge Frau einen gellenden Schrei aus und ließ den Kopf auf die Brust fallen. Seit drei Tagen hatte sie nichts gegessen, es war ein feines und vornehmes Mädchen; sie hielt es nun nicht mehr länger aus und fiel in Ohnmacht.

»Mut, Fräulein, Mut ...«, sagten die Frauen um sie und verschafften ihr Luft. »Wir sind in das vornehmste und reichste Dorf gekommen; bald werden wir zu essen bekommen, vielleicht dürfen wir uns hier für immer niederlassen. Nur Mut!«

Doch sie schüttelte den Kopf und schloß die Augen.

Jetzt hörte man frohe Stimmen, die Menge geriet in Bewegung.

»Er kommt! Er kommt!«

»Wer kommt, mein glatzköpfiger Freund?« sagte der Aga und hob die schweren Lider.

»Laß dich nicht aus deiner Stimmung reißen, Aga, sage ich ... Du bist im Paradies, bleibe dort. Ich sitze draußen, ich habe meinen Verstand noch beisammen. Ich werde dir erzählen, was geschieht. Ich glaube, der Priester Grigoris kommt.«

Der Aga lachte. »Haben die Menschen, die hergekommen sind, auch einen Priester?« fragte er.

»Ja«, antwortete der Kapitän und füllte sein Glas von neuem.

»Dann wird es lustig werden, wirst du sehen. Die beiden Priester werden aneinandergeraten. Die Priester sind wie die Weiber, meiner Seel, wenn sie aneinandergeraten, gehen sie sich in die Haare. Wo ist die Wache? Geh hinunter und sage ihnen, daß sie laut reden sollen, damit ich es hören kann.«

Inzwischen war Panagiotaros in seiner Jagd nach der Witwe in die Nähe des Banners gekommen.

»Soll ich dich in Stücke schlagen, du Hure«, schrie er ihr wieder ins Ohr. »Was hast du hier unter so viel Männern zu suchen? Scher dich sofort nach Hause, weg von hier! Ich komme nach.«

»Hast du kein Herz im Leib?« sagte die Witwe und wandte

sich verärgert um. »Siehst du nicht, daß es Christenmenschen sind, die sich in Not befinden? Hast du kein Mitleid mit ihnen allen hier, die Hunger leiden?«

Sie schwieg einen Augenblick und wandte ihm den Rücken. Doch dann konnte sie nicht länger an sich halten, sie war nahe daran, zu ersticken, und so wandte sie sich um und schrie:

»Judas!« Und damit verschwand sie und verbarg sich unter den Flüchtlingen.

Panagiotaros fühlte die Erde unter seinen Füßen wanken. Es drehte sich um ihn. Das war ja wie ein Messerstich in sein Herz. Er griff nach der Stange des Banners, um nicht zu fallen. So stand er vornübergebeugt, mit offenem Mund und wartete, daß die Erde zur Ruhe kommen und er sich davonmachen konnte.

»Da ist er! Da ist er! Der Priester Grigoris«, wurden rundum Stimmen laut.

Die Leute hoben den Blick und sahen ihn an. Stattlich und wohlgenährt, ein wirklich feiner Priester in seiner violetten Seidentunika, mit der breiten, schwarzen Schärpe und dem schweren silbernen Kreuz auf dem dicken Leib, stand der Priester Grigoris vor dem ausgehungerten Haufen, Gottes Repräsentant in Likovrisi.

Die Männer und Frauen beugten die Knie; der magere Priester öffnete die Arme und machte einen Schritt, um diesen wohlhabenden Diener Gottes als Amtsbruder zu umarmen. Doch der streckte seine fette Hand aus, runzelte die Brauen und hielt ihn zurück. Einen scharfen Raubvogelblick warf er um sich, sah auf die zerlumpten, verhungerten und todmüden Menschen, es gefiel ihm nicht, und er erhob die Stimme:

»Was seid ihr für Leute?« fragte er. »Warum habt ihr eure Heimat verlassen? Was wollt ihr hier?«

Die Frauen hockten sich nieder, als sie seine Stimme vernahmen, die Kinder liefen zu ihren Müttern und faßten sie bei den Röcken, die Hunde begannen zu bellen. Der Kapitän auf dem Balkon spitzte die Ohren, um zu hören.

»Ich bin der Priester Fotis«, antwortete der Priester ruhig und bestimmt. »Ich komme aus einem Dorf weit in der Ferne, Ai Giorgis, und das hier sind die Seelen, die Gott mir anvertraut hat. Die Türken haben das Dorf verbrannt, uns von unserer Erde verjagt und so viele sie nur konnten, getötet; wir sind entkommen und geflohen. Christus ging uns voran, und wir sind ihm gefolgt; wir suchen eine neue Erde, um uns auf ihr niederlassen zu können!«

Er schwieg einen Augenblick, die Kehle war ihm eingetrocknet, und die Worte kamen nicht heraus.

»Wir sind Christen, auch wir«, fuhr er fort. »Wir sind Griechen, wir alle sind eine große Familie, wir dürfen nicht zugrunde gehen.«

Über das Balkongitter geneigt, hörte der Kapitän in seinem Rausch die dürre majestätische Stimme des erregten Priesters. Der Raki begann sich langsam zu legen, und seine Gedanken erhellten sich.

Teufel, was sind wir nur für ein Volk! dachte er. Welch eine Ausdauer, welchen Mut haben wir! Wie Tintenfische! Man schlägt uns hier einen Arm ab und dort einen – und uns wachsen neue.

Ihm war heiß geworden, er dampfte. Er nahm das Handtuch vom Kopf, tauchte es in den Wassereimer neben sich, wand es wieder um den Kopf und fühlte sich frischer.

Der Priester Fotis erhob seine Stimme von neuem:

»Wir werden nicht vergehen! Tausende von Jahren haben wir gelebt, wir werden noch Tausende von Jahren leben ... Wir sind froh, daß wir hergekommen sind.«

Der Priester da ist ein richtiger Kapitän! dachte Kapitän Fourtounas. Welche Elastizität, welch einen Mut, welch eine Courage hat der Kerl! Bei allen Teufeln der See, glaube ich nicht, daß er recht hat? Wir Griechen sind ein unsterbliches Geschlecht. Man reißt uns mit den Wurzeln aus, man brennt uns nieder, schlachtet uns, doch wir gehen nicht unter. Wir nehmen die Ikonen, die Backtröge und Kochgestelle und das Evangelium und machen uns auf den Weg, um uns in der Ferne irgendwo niederzulassen ...

Er bekam Tränen in die Augen, und plötzlich beugte er sich zum Balkon hinaus und rief:

»Bravo, Papaflessa[5]!«

Mehrere Gesichter wandten sich zum Balkon empor, doch seine Stimme ging in dem Lärm unter, der durch die Worte des Priesters entstanden war. Die Frauen schrien, sie dachten an ihre Heime, und die Kinder dachten an das Brot und weinten.

Plötzlich aber stockte der Lärm. Der Priester Grigoris hob die wohlgenährte Hand und begann zu sprechen:

»Was in der Welt geschieht, geschieht mit Gottes Willen«, sagte er mit lauter Stimme. »Er blickt von dort oben auf die Erde, er hält die Waage und wägt. Er läßt Likovrisi sich seines Wohlstandes erfreuen und senkt euer Dorf in Trauer und Sorge. Gott weiß die Sünden, die ihr getan habt.«

Er schwieg einen Augenblick, damit die Menge die ernsten Worte verstehen sollte, die er äußerte. Dann erhob er wieder die Hand und rief in vorwurfsvollem Ton:

»Die Wahrheit! Die Wahrheit! Berichtet, was ihr getan habt und wie euch ein solches Unglück getroffen hat.«

»Auch ich bin ein Diener des Höchsten«, antwortete der Priester Fotis und versuchte den Zorn zu zügeln, der in ihm zu kochen begann. »Auch ich lese die Heilige Schrift, auch ich halte in meinen Händen den Kelch mit Christi Blut. Ob du es willst oder nicht, so sind wir doch gleich. Du bist vielleicht reich, und ich arm; du hast vielleicht fette Weiden für deine Schafe und Ziegen, ich habe — wie du siehst — nichts, woran ich mein Haupt lehnen könnte. Vor Gott aber sind wir gleich. Vielleicht stehe ich auch Gott näher, da ich Hunger leide. Mildere deinen Ton ein wenig, wenn du willst, daß ich dir antworten soll.«

Dem Priester Grigoris schwoll der Hals. Ein irritierendes Gefühl stieg in ihm auf, doch er beherrschte sich. Er sah ein, daß er unrecht hatte, er merkte, daß alle Dorfbewohner Zeugen waren und dem ungeschliffenen fremden Priester recht gaben.

»Rede!« sagte er so weich und sanft wie möglich. »Sprich! Gott hört uns, die Leute hören uns, auch wir sind Christen, verstehst du, und Griechen dazu. Und was wir können und mehr noch dazu, das werden wir tun, um die Seelen zu retten, die dir anvertraut sind.«

»Dort in unserem Dorf haben wir deinen Namen gehört, Grigoris«, ertönte sofort wieder die Stimme des fremden Priesters. »Jetzt sehen wir dich leibhaftig vor uns, und wir sind stolz auf dich; wir hören deine Worte und fassen wieder Mut. Du hast gefragt, wie das Unglück über unser Dorf gekommen ist, und ich werde es dir sagen. Höre also, Grigoris, und auch ihr, Gemeindeälteste, ihr Christen alle in Likovrisi, habt die Güte, uns zu sehen und anzuhören ...«

Manolios' Herz klopfte heftig, und er wandte sich an seine drei Kameraden:

»Kommt, gehen wir näher heran«, murmelte er, »daß wir ihn sehen und hören können.«

»Höre, Manolios«, sagte Kostantis, »genau so denke ich mir den Apostel Jakobus.«

»Und ich den Apostel Petrus ...«, sagte Giannakos.

Der Priester begann schnell und nervös, als ob er sich nicht erinnern und die Wunden wieder aufreißen mochte. Die Worte sprangen aus der einen Erinnerung in die andere, sie flatterten umher, als ob sie das, was sie zu berichten hatten, nicht anrühren wollten.

»Eines Tages hörte man über alle Dächer unseres Dorfes eine Stimme rufen: ›Das griechische Heer kommt! Die Foustanellen zeigen sich in den Pässen!‹ — ›Läutet die Osterglocken‹, rief ich, ›daß das Volk zusammengerufen wird und ich zu ihm sprechen kann.‹ Aber das Volk hatte sich schon über den Kirchhof verteilt, sie suchten die Grabsteine auf, und ein jeder rief seinem Vater zu: ›Vater, sie kommen! Vater, sie kommen! Vater, sie kommen!‹ Sie zündeten Lampen auf den Kreuzen an und gossen Wein aus, daß die Toten wieder Leben erhalten sollten. Nachdem man mit dieser Zeremonie fertig war, drängte man sich in die Kirche. Ich trat auf die Kanzel und rief: ›Meine Brüder, meine Kinder, alle ihr Rechtgläubigen hier! Die Griechen sind gekommen, Erde und Himmel vereinen sich, greift zu den Waffen, Männer und Frauen, laßt uns die Türken wieder in ihre Heimat jagen!‹«

»Nicht so laut«, flüsterte Giannakos dem Priester ins Ohr. »Nicht so laut, der Aga sitzt auf dem Balkon und hört zu.«

Im gleichen Augenblick zuckte der Aga zusammen; er war eingeschlafen, doch das Ohr hatte einige aufrührerische Worte vernommen, und er zuckte zusammen.

»Höre, Freund Glatzkopf, mir will das hier nicht ganz gefallen. Mir schien, als sei mir da etwas zu Ohren gekommen ...«

»Erzürne dich nicht, Aga, sage ich, schlafe! Schlafe nur, ich habe Augen für zwei.«

»Ich bin müde und schläfrig, mein lieber Kapitän. Doch wenn du hörst, daß die Priester einander beschimpfen und losgehen aufeinander, dann stoß mich an, daß ich erwache und mit der Peitsche hinuntergehen kann, um Ordnung zu stiften.«

Dann wandte er sich an Giousoufaki.

»Komm, Giousoufaki, streiche mir die Schläfen, daß ich einschlafe«, sagte er und senkte die schweren Lider.

Der Priester Fotis hatte nun seine Stimme gesenkt.

»Wir nahmen die Waffen von den Dachbalken herunter, auch ich legte den Patronengurt um und das Kreuz und sammelte die Leute auf dem Dreschplatz. ›Kinder‹, sagte ich, ›bevor wir uns auf den Weg machen, wollen wir zusammen die Hymne singen.‹ Welch eine Stimmkraft wuchs da auf, welch ein gewaltiges ›Christus ist auferstanden‹ war da zu hören! Die Erde erdröhnte ... Wir legten unsere ganze Kraft in den Gesang ...« Und der Priester Fotis vergaß sich wieder und begann laut zu singen:

»Du stiegst hervor im Morgenlicht
Aus den heiligen Gebeinen der Hellenen empor.«[6]

»Nicht so laut! Nicht so laut!« murmelte Giannakos wieder dem Priester ins Ohr.

Im gleichen Augenblick jedoch dröhnte des Kapitäns heisere Stimme vom Balkon herab:

»Und mit entschwundener Vorzeit Kraft und Stärke
Heil dir, o Freiheit, heil!«

Der Aga bewegte sich einen Augenblick, als ob ihn eine Laus gebissen hätte, versank aber bald wieder in seinen Schlaf.

Unten auf dem Markt zuckten alle zusammen und richteten ihre Blicke zum Balkon empor. Doch der Kapitän hatte sich schon wieder mit gekreuzten Beinen aufs Kissen gesetzt und füllte sein Glas mit Raki. »Auf dein Wohl, mein liebes Griechenland«, murmelte er, »du sollst die Welt auf den Kopf stellen!«

»Kapitän Fourtounas ist betrunken«, sagte Kostantis, »er brennt an beiden Enden. Möge Gott seine Hand zurückhalten, daß er nicht dem Aga die Pistole aus der Schärpe zieht und sie auf ihn abfeuert. Dann sind wir verloren.«

»Das macht nichts«, sagte Michelis völlig in Ekstase. »Dieser Priester macht mein Herz blöken wie ein kleines Kalb.«

»Sei still, daß wir hören können ...«, sagte Manolios. Und es schien, als hinge seine ganze Seele an den Lippen des Priesters.

Der Priester Grigoris aber atmete unruhig und schwer. Dieser Lumpenkerl von einem Priester fängt sie alle, dachte er. Es wird schwierig werden für mich, ich muß etwas erfinden, damit ich ihn aus meinem Gebiet herausbekomme.

»Sprich, mein Freund, sprich«, sagte er in fürsorglichem Ton. »Weshalb schweigst du? Wir hören.«

»Verlange nicht, daß ich die Fortsetzung erzählen soll«, klagte der Priester Fotis und seufzte. »Mein Herz ist nicht aus Stein, es wird brechen.«

Seine Augen begannen zu tränen, und die Stimme stockte ihm im Halse.

Der Kapitän neigte sich über den Balkon und trocknete sich mit dem nassen Handtuch die Augen.

»Der Teufel hole mich, ich werde verrückt«, murmelte er.

»Gottes Wille«, sagte der Priester Grigoris, »klage nicht, das ist eine große Sünde.«

»Ich klage nicht«, brach der Priester Fotis aus, der jetzt seine Stimme wieder in der Gewalt hatte. »Ich habe keine Angst, wir sind unsterblich. Das Herz ist nun wieder an seinem Platz, ich werde reden. Die Euzonen wurden geschlagen und machten sich auf und davon, wir blieben zurück, und dann kamen die Türken ... Die Türken kamen, ich brauche nicht mehr zu sagen. Sie brannten, erschlugen und schändeten, sie sind Türken, versteht ihr? Ich sammelte um mich, so viele ich noch am Leben fand. Sie sind es, die ihr hier auf den Knien vor euch liegen seht, einige wenige Männer, etwas mehr Frauen und viele Kinder ... Wir nahmen die Ikonen mit, das Evangelium und das Banner des Ai Giorgis; wir nahmen alles mit, was wir vermochten, ich ging voran, und so begann die Wanderung. Verfolgt, verhungert und krank sind wir nun drei Monate gewandert, viele von uns sind auf dem Wege geblieben. Wir begruben sie und machten uns wieder auf den Weg, so viele wir noch waren. Jeden Abend fielen wir ermattet zusammen; ich gab ihnen neuen Mut, und sie erhoben sich wieder; ich las ihnen das Evangelium vor, ich sprach zu ihnen von Gott und Griechenland, wir bekamen neue Kraft, und am Morgen begann die Wanderung von neuem. Wir erfuhren, daß weit in der Ferne am Berge Sarakina ein reiches Dorf mit freundlichen Menschen liegt, Likovrisi. Christen und Griechen seien es, sie hätten die Scheunen voll und reichlich Land, sie würden uns nicht zugrunde gehen lassen. Und so sind wir hierher gekommen; wir sind froh, euch gefunden zu haben.«

Der Priester Fotis trocknete sich den Schweiß von der Stirn, der ihm herniederrann, er schlug das Zeichen des Kreuzes, beugte sich über das Evangelium, das er trug, und küßte es.

»Irgendeine andere Hoffnung haben wir nicht«, sagte er, »keinen anderen Trost haben wir als diesen.«

Und er hob das schwere, silberbeschlagene Evangelium empor. Es schimmerte allen vor den Augen. Das Volk erschauerte und bebte. Manolios stützte sich auf Giannakos' Arm, um nicht zu fallen, auch Michelis strich sich nervös den schwarzen Schnurrbart, um nicht in Tränen auszubrechen. Sogar die Augen des Panagiotaros hatten sich verschleiert, und er blickte auf alle Menschen, die um ihn waren, mit Milde und Güte... Auch die Witwe weinte über die Christenheit und Griechenland, über die Männer und Frauen um sie her und über ihre eigene Nichtigkeit und Schande... Und oben auf dem Balkon hatte der Kapitän Fourtounas die Faust an den Mund gepreßt, um ein Schluchzen zu unterdrücken und nicht den Aga zu wecken.

Nur die beiden Priester weinten nicht. Der eine, weil er all dieses Elend erlebt hatte und über dieses Stadium hinaus gekommen war, und der andere, weil er mit wachsender Unruhe darüber sann, was er anstellen sollte, um den ausgehungerten Haufen und seinen ungepflegten Sprecher, der die Gefühle des Volkes so erregte, loszuwerden.

»Einige von uns«, fuhr der Priester Fotis fort und milderte seine Stimme, »eilten zum Friedhof, sie gruben die Gebeine der Väter aus und nahmen sie mit sich, um den Grund für unser neues Dorf zu legen. Seht hier den hundertjährigen Alten, er hat sie über drei Monate auf der Schulter getragen!«

Doch der Priester Grigoris begann nervös zu werden.

»Das ist alles sehr schön und fromm«, sagte er, »aber was wollt ihr von uns?«

»Erde«, antwortete der Priester Fotis. »Erde, um Wurzel schlagen zu können. Wir haben gehört, daß ihr Felder über Felder habt, die unbestellt brachliegen. Gebt sie uns, daß wir sie bebauen, und wir werden säen und ernten und uns Brot und Lebensunterhalt schaffen. Das ist es, was wir wollen.«

Der Priester Grigoris spitzte wie ein Schäferhund die Ohren. Was waren diese ausgehungerten Menschen für Leute, daß sie in seine Hürde kommen wollten? Er strich sich langsam den weißen Bart und fiel in Gedanken. Männer und Frauen warteten, etwas zu hören. Die Stille begann drückend zu werden.

Der Aga zuckte verärgert zusammen.

»Warum schweigen sie?« fragte er. »Habe ich nicht befohlen, daß sie laut reden sollen?«

»Schlaf, Aga, schlaf, der Streit hat noch nicht begonnen.«

»Was ist mit dir los? Weshalb zittert deine Stimme? Bist du betrunken?«

»Der Raki nimmt keine Rücksicht. Siehst du, er ist kein Wasser. Er hat mich umgeworfen«, murmelte der Kapitän und wischte sich die Augen, die zu laufen begannen.

Manolios konnte nicht länger an sich halten. Woher hatte der Junge so viel Mut genommen, daß er vorzutreten wagte und vor dem ganzen Dorf sprach?

»Vater Grigoris«, rief er, »erhöre sie, Christus hungert und fleht um Erbarmen.«

Außer sich vor Wut wandte der Priester Grigoris sich um: »Schweig!«

Drückender und schwerer noch lastete die Stille. Kostantis und Giannakos standen bei Manolios, als ob sie ihn beschützen wollten. Michelis näherte sich erregt.

»Geh und wecke deinen Vater«, sagte Manolios, »er hat ein Herz, er mag vielleicht Erbarmen mit ihnen haben. Meinst du nicht auch, daß es ein Jammer ist um sie?«

»Gewiß meine ich das ... aber ich wage es nicht, ihn zu wekken.«

»Fürchte Gott, Michelis«, sagte Manolios, »doch fürchte dich nicht vor den Menschen!«

Michelis errötete. Wie konnte der Hirte da so reden? Zu wem sprach er? Wer beschützte ihn? Er runzelte die Stirn, aber er sagte nichts. Auch rührte er sich nicht, um zu gehen und seinen Vater zu wecken.

Unterdessen stand der Priester Grigoris noch immer in Schweigen vertieft und überlegte, was er sagen und wie er sich verhalten sollte, daß die hungrigen Wölfe da sich von den Hürden seiner Schafe entfernten. Er fühlte, wie rund um ihn die Herde sich in Aufruhr befand und nahe daran war, zu fliehen ... Was sollte er tun? Den Aga rufen? Was würden die Dorfbewohner sagen, wenn er den Türken über jene zum Richter setzte, die alles verloren hatten und getötet worden waren, weil sie gegen die Türken kämpften? Die Gemeindeältesten herbeirufen? Nur auf den alten Ladas konnte er sich verlassen. Herr Patriarcheas war so unüberlegt, ihn kam so leicht das Weinen an, er würde »ja« sagen, und der andere, der arme Kapitän, würde bestimmt »ja« sagen, was hatte er dabei zu verlieren? Und der Lehrer? Der hatte ja ein völlig leeres Hirn, so ein bebrillter Alter mit großen Ideen, der nicht einmal unter zwei Esel Stroh verteilen konnte ...

»Gott zögert, Gott zaudert, dir zu raten«, sagte der Priester Fotis, der die Geduld zu verlieren begann.

»Ja, er zögert«, antwortete der Priester Grigoris wütend, »denn ich habe auch Seelen, für die ich Gott Rechenschaft schuldig bin.«

»Alle Seelen der Welt liegen jedem Menschen am Herzen!« erwiderte der Priester. »Scheide nicht zwischen den deinen und meinen.«

Wenn sie allein gewesen wären, die beiden, hätte der Priester Grigoris sich über ihn geworfen, ihn an der Gurgel gepackt und erwürgt. Doch was sollte er jetzt tun? Er beherrschte sich. Aber er konnte nicht länger schweigen, alle hielten die Augen auf ihn gerichtet und warteten. So öffnete er den Mund:

»Hört zu«, sagte er.

»Ich höre«, antwortete der Priester Fotis und packte das schwere Evangelium fest mit den Händen, als ob er es auf ihn werfen wollte.

Der Priester Grigoris hatte sich noch nicht genau überlegt, was er sagen wollte. Doch gerade in dem Augenblick, da es gebraucht wurde, geschah das Wunder, auf das er gewartet hatte: Ein wilder Schrei erscholl, und das vornehme Mädchen fiel plötzlich der Länge nach zu Boden. Das Volk sprang hinzu, um sie aufzuheben, schrak aber entsetzt zurück. Sie war grüngelb im

Gesicht, die Füße geschwollen, der Magen wie eine Trommel und die Lippen völlig blau. Da hob der Priester Grigoris seine Hände zum Himmel empor.

»Meine Kinder«, rief er, und es fiel ihm schwer, seine Freude zu verbergen, »in diesem ernsten Augenblick hat Gott uns die Antwort gegeben. Seht die Frau dort, beugt euch nieder und betrachtet sie genau: der aufgetriebene Leib, die geschwollenen Füße, das Gesicht, das völlig grün geworden ist — Cholera!«

Das Volk wich entsetzt zurück.

»Cholera!« wiederholte der Priester Grigoris. »Diese Fremden bringen die große Pest in unser Dorf, wir sind verloren! Verriegelt eure Herzen, denkt an eure Frauen und Kinder und an das Dorf. Ich fasse keinen Beschluß, Gott hat es getan! Der Priester wollte eine Antwort, da ist sie!«

Und er zeigte auf die Tote, die dort mitten auf dem Markt lag.

Der Priester Fotis preßte das Evangelium an die Brust, seine Hände zitterten. Er machte einen Schritt auf den Priester Grigoris zu und wollte etwas sagen, aber er vermochte es nicht, die Worte kamen nicht heraus.

Der Kapitän auf dem Balkon erhob sich schwankend, er tauchte das Handtuch wieder in den Eimer. Das Blut war ihm erneut zu Kopfe gestiegen und brannte. Er band das Handtuch dicht und fest um die Stirn und erholte sich. Das Wasser rann die abgezehrten Wangen hinab, auf das bartlose Kinn, auf die haarlose, salzwassergepeitschte Brust.

»Der Geizkragen, der Bocksbart«, murmelte er, und seine Zunge verwickelte sich in der Trunkenheit, »der Teufel von einem Priester. Er hat den armen fremden Priester begaunert! Cholera, sagte er ... pfui Teufel, was für ein gottloser Tropf! Aber das soll nicht so ablaufen, wie du glaubst. Ich werde die Treppe hinuntergehen und werde ›Lügner, Lügner!‹ schreien. Ich bin Gemeindeältester, ich auch, ich halte auch das Steuer des Dorfes in Händen, ich habe auch ein Wort zu sagen, und ich werde es sagen.«

Er erhob sich schwankend und ging mit taumelnden Schritten zur Tür, er gab ihr einen Stoß, daß sie aufflog. Einen Augenblick blieb er auf der Treppe stehen. Das Haus schaukelte wie verrückt, es war ein gewaltiger Sturm; die brennende Lampe, die Büchsen an den Wänden, die Yatagane, die roten Feze und die Wache, die wie ein Bündel auf der Schwelle schlief: alles ging mit dem Hause auf und nieder. Er griff nach dem Treppengeländer, er streckte den Fuß aus, der Flügel bekommen zu haben schien, er trat in die Luft, die Treppenstufen gingen auf und nieder wie Wellen, und er rollte sie kopfüber hinab, daß es im ganzen Hause dröhnte.

Der Aga sprang aus dem Schlaf auf.

»Nanu, Kapitän, was ist denn da gefallen?«

Es war dunkel. Er streckte die Hand aus, tastete sich zum Balkon, niemand war dort. Dann versuchte er sich zu erheben, rollte aber auf die Kissen neben Giousoufaki zurück, die mit dem Mastix im Munde eingeschlafen war. Der Aga streckte die Hand aus, bekam den warmen, duftenden Körper zu fassen und lächelte.

»Giousoufaki«, sagte er weich, »schläfst du, Giousoufaki?«

Er lehnte den Kopf an ihre weiche Brust und schloß glückselig die Augen.

Nun vernahm man wieder, jetzt ruhig und milde, die Stimme des Priesters Grigoris.

»Mein Freund, du hast von euren Leiden berichtet, sie schneiden uns ins Herz. Du siehst, daß wir alle Tränen in den Augen haben. Wir haben unsere Arme geöffnet, um euch aufzunehmen, doch in diesem Augenblick hat Gott sich unser erbarmt und uns ein furchtbares Zeichen gesandt. Ihr führt die Pest mit euch, Brüder. Setzt eure Reise fort, und Gott sei mit euch, aber zerstört nicht unser Dorf!«

Man hörte Klagerufe aus der Flüchtlingsschar. Die Frauen begannen sich an die Brüste zu schlagen und zu jammern, die Männer blickten unruhig auf ihren Priester. Die Einwohner in Likovrisi wurden von Furcht gepackt und blickten mit Entsetzen auf die erstarrte Leiche im Herzen des Dorfes.

»Sie müssen fort von hier! Sie müssen fort von hier!« vernahm man von allen Seiten Stimmen.

»Holt Kalk herbei und werft ihn über die Cholerabefallene, damit die Luft nicht verpestet wird«, schrie ein Alter.

»Habt keine Furcht, Brüder«, sagte der Priester Fotis, »es ist nicht wahr, hört nicht auf ihn! Wir haben nicht die Pest unter uns, wir sind nur ausgehungert. Die Frau dort starb an Hunger. Ich schwöre es.«

Er wandte sich an den Priester Grigoris.

»Du Priester mit dem vollen Bauch«, donnerte er, »mit deinem Doppelkinn, Gott, der dort oben waltet und uns hört, mag dir verzeihen, ich kann es nicht.«

»Macht euch in Gottes Namen auf den Weg!« rief ein alter Bauer. »Ich habe Kinder und Kindeskinder. Steckt uns nicht an.«

Die Dorfbewohner begann Entsetzen zu packen, ihre Herzen verhärteten sich, sie schwenkten die Hände und schrien:

»Schert euch weg, schert euch weg! Macht euch auf den Weg!«

»Volkes Stimme ist Gottes Stimme!« sagte der Priester Grigoris und machte das Zeichen des Kreuzes. »Glück auf die Wanderschaft.«

»Ja, wir werden uns auf den Weg machen«, sagte der Priester Fotis. »Verliert nicht den Mut, meine Kinder. Sie wollen hier von uns nichts wissen, wir wollen auch von ihnen nichts wissen. Die Erde ist groß. Wir werden weiterwandern!«

Die Frauen erhoben sich schwankend und nahmen ihre Bündel wieder auf, die Männer ergriffen ihre Säcke und Geräte, das Banner hob sich und schritt ihnen voran. Manolios weinte, er beugte sich nieder, half dem Hundertjährigen aufzustehen und legte den Sack mit den Gebeinen der Ahnen auf seinen Rücken.

»Vertrauet auf Gott«, sagte er, »verzaget nicht. Vertrauet auf Gott ...«

»Was?« schrie der. »Auf die Menschen? Siehst du sie nicht? Nein, nein, wir werden vergehen.«

Als sie im Begriff standen, die Wanderung fortzusetzen, hielt der Priester Fotis an. Er blickte rund um sich auf die Seinen, die dort ausgezehrt und halb tot standen, und es stach ihm ins Herz.

»Brüder in Likovrisi«, rief er, »wenn ich allein wäre, wenn ich mich nicht vor Gott für mehr zu verantworten hätte als für mich allein, würde ich mich nicht erniedrigen und meine Hand ausstrecken, um zu betteln. Ich würde lieber vor Hunger vergehen. Aber ich flehe um Erbarmen für die Frauen und Kinder, sie ertragen nichts mehr, sie werden auf dem Wege zusammenbrechen und Hungers sterben. Um ihretwillen vergesse ich allen

Stolz und jedes Schamgefühl und strecke die Hand aus. Habt Erbarmen mit uns, christliche Brüder, wir breiten unsere Decken aus, so daß ein jeder geben kann, was er will, eine Scheibe Brot, eine Schale Milch für die Kinder, eine Handvoll Oliven ... wir hungern!«

Zwei Männer entfalteten eine Decke und hielten sie.

»In Gottes Namen«, sagte der Priester und schlug das Zeichen des Kreuzes. »Jetzt machen wir uns auf den Weg. Auf, Kinder, behaltet Mut, wir werden auch diesen Kelch trinken. Ehre sei Gott! Wir werden durch das Dorf gehen, an die Türen klopfen und sagen: ›Erbarmen, Erbarmen. Gebt uns etwas von eurem Überfluß, gebt uns das, was ihr vor die Hunde werft.‹ Beißt die Zähne zusammen, meine Kinder, behaltet Mut! Christus wird siegen!«

Er wandte sich dem Priester Grigoris zu. »Eines Tages werden wir uns wiedersehen, Grigoris«, sagte er. »Auf Wiedersehen am Tage des Jüngsten Gerichts! Dann werden wir beide vor Gott stehen, und er wird richten!«

Die Witwe Katarina war die erste, die hinzulief. Sie nahm den neuen grünen Schal mit den roten Rosen ab und warf ihn auf die ausgebreitete Decke. Sie tastete an sich herum und fand einen kleinen Spiegel und eine kleine Parfümflasche und warf auch sie auf die Decke. »Ich habe nichts anderes«, sagte sie weinend, »ich habe nichts anderes, verzeiht mir ...«

Kostantis grübelte einen Augenblick. Dann erinnerte er sich plötzlich, daß er den Mantel des Apostels angezogen hatte, und er ging hinüber, öffnete das Café und nahm ein Paket Zucker, eine Dose Kaffee, eine Flasche Kognak, einige Tassen und ein Stück Seife heraus und legte alles auf die Decke.

»Wenig, aber gut gemeint«, sagte er.

Sie gingen die Türen entlang. Eine Hand streckte sich hervor und warf hastig ihren Inhalt in die ausgebreitete Decke, dann wurde die Tür sofort wieder geschlossen, damit die Cholera nicht hineinkommen sollte.

Sie kamen auch zu des alten Ladas Haus. Man klopfte an, doch niemand öffnete. Ein Licht, das im Fenster stand, wurde gelöscht. Giannakos, der mit seinen drei Kameraden folgte, pochte hart und rief:

»Alter Ladas, es sind christliche Menschen, die hungern. Alle geben einen Bissen Brot, gib auch du etwas!«

Doch von innen hörte man nur die zornige Stimme des alten Ladas: »Wenn einer selbst durstig ist, gießt er kein Wasser aus.«

»Eines schönen Tages werde ich dir das Fell abziehen, du Antichrist«, schrie Giannakos und hob die Faust.

»Kommt, gehen wir zu Herrn Patriarcheas' Haus«, rief nun Michelis aus und wandte sich an seine drei Kameraden.

»Kommt, beeilen wir uns«, sagte er wieder. »Der Alte schläft, wir wollen in den Keller gehen und nehmen, was wir finden.«

»Aber wenn der Alte böse wird«, sagte Manolios im Scherz.

»Dann darf er Essig trinken, um wieder gut zu werden«, sagte Michelis, »kommt, gehen wir.«

Froh eilten die vier davon, als ob sie sich auf einen Plünderungszug in eine feindliche Stadt begäben.

Unterdessen kehrte die Witwe in ihre kleine Hütte zurück. Ihre Schultern zitterten ein wenig, sie fror, aber sie lächelte froh. Es tut nichts, dachte sie. Eine andere Frau wird sich in meinen Schal hüllen und nicht zu frieren brauchen...

Plötzlich hörte sie eine zornige Stimme hinter sich, ein heißer Hauch traf ihren nackten Hals, zwei Hände packten sie.

»Du Hure, ich habe den Schal mit meinem Herzblut gekauft, und du gibst ihn weg? Erwürgen könnte ich dich!«

Der Weg lag verlassen, und die Witwe fürchtete sich. Sie roch den Weindunst, und zwei Augen, die zugleich von Haß und Begierde erfüllt waren, blickten sie an.

»Panagiotaros«, murmelte sie, »du bist wie ein wildes Tier. Hab Erbarmen mit mir, ich werde es nicht wieder tun.«

»Weshalb hast du mich Judas genannt? Du hast mir ein Messer ins Herz gestoßen, du willst, daß ich Erbarmen haben soll mit dir, aber hast du denn Erbarmen mit mir? Darf ich heute abend zu dir kommen?«

Er wartete und zitterte. Nach einer Weile kam es bittend:

»Ich habe keine andere Frau als dich, Katarina...«

Die Witwe spürte des Mannes Leidenschaft, heftig, heiß und weinberauscht, von Schweiß und Tränen feucht. Sie schauderte.

»Komm«, sagte sie und ging mit wiegenden Hüften voran.

Schleichenden Schrittes folgte Panagiotaros ihr im Dunkel die Mauer entlang und atmete schwer.

Die Flüchtlingsschar war nun zu Herrn Patriarcheas' Haus gelangt. Vier Männer mit vier vollen Körben standen ihrer wartend auf der Schwelle.

»Brüder«, rief Giannakos, »es geht nicht in die Decke, es ist am besten, vier Männer kommen und holen es.«

»Glück zu!« sagte Michelis, »und vergebt uns, vergebt auch Herrn Patriarcheas!«

»Ja, gerne!« hörte man frohe Stimmen von Frauen und Kindern, die den einen Korb schon geleert hatten und nun aßen und kauten.

»Was brauchen wir, Kinder, um Charon zu besiegen?« sagte der gewaltige Riese, der das Banner trug. »Was brauchen wir? Ein Stück Brot, seht her!« sagte er und nahm eine Scheibe Brot aus dem Korb.

»Der Alte schnarcht noch«, sagte Manolios, als er den Hof verließ.

»Er schnarcht und träumt«, sagte Giannakos, »daß er ins Paradies kommt und daß es nicht vier Engel, sondern vier Körbe sind, die ihm vorangehen und den Weg bereiten.«

Sie lachten und fühlten sich leicht ums Herz.

So zogen sie an den Außenrand des Dorfes. Leicht und blau und duftend war die Nacht herniedergesunken. Die Hunde waren am Außenrande des Dorfes stehengeblieben, sie bellten noch ein wenig, liefen dann aber doch zufrieden zurück. Der Berg Sarakina erhob sich plötzlich wild und unzugänglich und voller steiler Höhen und Abstürze vor den Flüchtlingen.

»Kommt, gehen wir und verabschieden wir uns von dem Priester«, sagte Manolios zu seinen Kameraden. »Das ist kein gewöhnlicher Priester, er ist ein Moses, der sein Volk durch die Wüste führt.«

Sie beschleunigten ihre Schritte.

Manolios ergriff die Hand des Priesters Fotis und küßte sie.

»Ich glaube, unser Dorf hat eine große Sünde begangen«, sagte er. »Bitte Gott, daß die Verdammnis nicht über uns kommt.«

Der Priester legte ihm freundlich seine magere Hand auf den blonden Kopf.

»Wie heißt du, mein Junge?« fragte er.

»Manolios.«

»Ich zürne nicht dem Dorf, Manolios. Es sind einfache, leichtgläubige Menschen. Sie haben nur einen Führer und tun, was er ihnen sagt, so soll es auch sein. Aber Gott verzeihe mir, der Führer eures Dorfes ist schlecht.«

Er überlegte einen Augenblick.

»Es war ein hartes Wort, das ich eben sagte«, fuhr er fort. »Er ist nicht schlecht, er hat ein hartes Herz. Das Unglück wird ihn weich machen. Und du, mein Junge, wer bist du?« fragte er, als er Michelis seine Hand ergreifen sah.

»Es ist Michelis, des Herrn Patriarcheas' Sohn«, sagte Manolios.

»Grüße deinen Vater, mein Junge, sag ihm, daß Gott die vier Körbe in das Buch schreiben wird, das er über jedes lebende Wesen führt, und nächstes Mal, im anderen Leben, wird er sie ihm mit Zinsen bezahlen. So zahlt Gott, sollst du ihm sagen, die vier Körbe werden sich um die fünf Brote vermehren.«

Giannakos näherte sich ihm zusammen mit Kostantis.

»Ich bin Giannakos, ein sündiger Kaufmann, und dies hier ist Kostantis, der Gastwirt. Deinen Segen, Vater.«

Der Priester Fotis legte seine knochige Hand auf die Köpfe und segnete sie.

»Und jetzt, meine Kinder, geht wieder heim. Gott sei mit euch.«

Er wandte sich und blickte sich um. Die Nacht war tief und still, nicht ein Blatt rührte sich. Über dem Himmel lag ein starker heller Schein. Der Berg Sarakina erhob sich gewaltig über ihren Köpfen.

»Es gibt dort viele Grotten«, sagte Giannakos, »ich habe gehört, daß in der Vorzeit die ersten Christen in diesen Grotten lebten. In einer Grotte kann man noch Panagia und die Kreuzigung auf die Felswände gemalt erkennen. Dort soll ihre Kirche gewesen sein.«

»Es gibt auch Wasser dort«, fügte Kostantis hinzu, »es rinnt Sommer und Winter aus einem Felsen. Wenn ihr ein wenig weiter hinauf kommt, werdet ihr es plätschern hören. Dort gibt es auch Rebhühner, und auf dem Gipfel ist der Prophet Elias.«

»Heute nacht könnt ihr euch in den Grotten ausruhen«, sagte Manolios. »Der Berg ist voller Stachelpimpernellen und dürrer Zweige. Ihr könnte euch Feuer machen und Essen bereiten, daß dein Volk zu essen bekommt. Und wenn ihr wollt, könnt ihr auch hineingehen und dort schlafen. Der Prophet Elias, der Beschützer des Berges, liebt Flüchtlinge und Verfolgte.«

Der Priester Fotis hob den Blick und richtete ihn auf den Berg. Eine Weile stand er in Gedanken. Die vier Kameraden betrachteten ihn gerührt, auf seinem Asketenantlitz zuckten die Gedanken, und die Augen waren in ein stilles, geheimes Sinnen versunken.

Plötzlich machte er das Zeichen des Kreuzes, als ob er einen Beschluß gefaßt habe.

»Gott spricht durch deinen Mund, Manolios«, sagte er, »die Menschen verfolgen uns überall, laßt uns also die Grotten mit den wilden Tieren teilen. In Gottes Namen!«

Er hob das Evangelium und segnete den Berg.

»Du, des Allmächtigen Geschöpf«, murmelte er, »du gewaltiger Berg und du schlafloses Wasser, das von den Felsen rinnt und den Schwalben und den Falken zu trinken gibt, und du Feuer, das in dem Baume schläft und darauf wartet, daß der Mensch dich zum Leben erwecken und in seinen Dienst nehmen soll – ich grüße euch. Wir sind Menschen, die von Menschen gejagt wurden; Turmschwalben und Falken, einfache und betrübte Seelen, nehmt uns gut auf. Wir führen unserer Väter Gebeine, unsere Arbeitsgeräte und die Frucht des menschlichen Leibes mit uns. In Gottes Namen, möge unser Volk diese unbewohnten Felsen in Besitz nehmen und hier Wurzel schlagen.«

Er tastete sich im Dunkel vor und fand den Pfad, er wandte sich zu der Schar, die auf ihn wartete, um und sagte:

»Folgt mir!« Und dann zu den vier Kameraden: »Christus ist auferstanden!«

»Ja, er ist auferstanden«, antworteten sie; aneinandergelehnt standen sie und sahen die Schar der Flüchtlinge den Berg hinaufziehen. An der Spitze schritten der Priester und das Banner, die Alten mit den Ikonen und der Hundertjährige mit den Gebeinen. Dann folgten, eine nach der anderen, die Frauen mit den kleinen Kindern im Arm und zuletzt die Männer, die den Zug beschlossen.

Nach einer Weile waren sie im Dunkel verschwunden.

## 3

Eine ganze Woche hatten Christi Leiden und seine leuchtende Auferstehung über den kleinen Häusern gestrahlt und sie mit Osterbrezeln und roten Eiern gefüllt, sie hatten über den Gärten geleuchtet und sie mit Blumen gefüllt, sie hatten die schweren Köpfe der Bauern erfüllt und mit einem Schlag für einige Tage die griesgrämige, eigennützige Vernunft verjagt. Für eine Woche war das graue Alltagsdasein unterbrochen und erhellt. Heute aber schüttelte es wieder seinen schweren Kopf mit den feuchten Nüstern und spannte sich von neuem vor das Tagewerk.

Am frühen Morgen des Tages, an dem die Feiertage vorüber waren, ging Giannakos in den dunklen Stall, in dem seine geliebte Eselin stand und träumte. Der Stall duftete nach Mist und feuchter, lebenspendender Wärme, so, wie man meinte, daß die Welt geduftet haben müßte am ersten Tage der Schöpfung.

Das verständige Tier öffnete ruhig die großen sammetweichen Augen und wandte suchend den Kopf. Die Eselin erkannte ihn. Giannakos war es — alle nannten ihn so —, ihr Begleiter und Mitarbeiter, der sie jeden Tag durch die Dörfer führte, um dann mit ihr in diesen Stall heimzukehren, wo es frisches Wasser zu trinken und Korn und Stroh zu fressen gab. Sie erkannte ihn, hob den Schwanz und begann vor Freude zu schreien.

Giannakos näherte sich ihr, streichelte die schwarzen, glänzenden Seiten, den weißen, flaumigen Bauch und den warmen Hals. Dann steckte er die eine Hand in die großen, weit offenen Ohren, die jeden Laut auffingen, mit der anderen griff er ihr ins Maul, wandte es zu sich herum und begann mit ihr zu reden.

»Liebe Giousoufaki« — das war ihr Kosename, wenn sie allein waren und der Aga es nicht hören konnte —, »liebe Giousoufaki, jetzt sind die Feiertage vorbei, Christus ist auferstanden, alles ist gut gegangen, du hast über nichts zu klagen gehabt. Ich habe dir doppelte Portionen gegeben, damit du besseren Appetit bekommst. Als Ostergeschenk hast du von mir ein Halsband mit blauen Steinen bekommen, das ich dir um den Hals hängte, damit du von den Gefahren des bösen Blickes unbehelligt bliebst. Um noch sicherer zu gehen, habe ich dir auch ein Halsband aus weißen Zwiebeln umgehängt, denn du bist sehr schön, Giousoufaki, und die Menschen haben einen bösen Blick, sie werden leicht eifersüchtig und können dir schaden. Wie sollte es mir wohl ergehen, wenn ich dich nicht hätte? Denn du darfst nicht vergessen, daß es nur uns beide gibt, daß ich keinen andern habe in der Welt als dich. Ich habe keine Kinder bekommen, meine Frau hat sich aus dem Staube gemacht, weil sie zuviel Kichererbsen gegessen hat, du bist die einzige, die mir geblieben ist, Giousoufaki.

Jetzt komme ich mit einer großen Neuigkeit zu dir, und du darfst dich freuen: Nächste Ostern werden wir Christi Leiden im Dorf aufführen, das hast du sicher gehört, und wir brauchen einen Esel, eine Eselin. Ich habe die Gemeindeältesten gebeten, daß du es sein sollst, Giousoufaki. Auf dir soll Christus in Jerusalem einreiten. Verstehst du, welch eine Ehre! Mit den Aposteln und mit dir, mein Kind. Du sollst vorangehen und Gott tragen, man wird Myrten- und Ölzweige zu deinen Füßen ausbreiten, Gottes Gnade wird auf deinem Rücken, deinen Hüften und deinem Bauche ruhen, und dein ganzes Fell wird wie Seide glänzen.

Und wenn ich sterbe und Gott mich Elenden ins Paradies aufnehmen will, werde ich an der Pforte stehen, die Hand des himmlischen Wächters küssen und sagen: ›Eine Gnade begehre ich von dir, Petrus: Laß auch meine Eselin ins Paradies. Dürfen wir zusammen kommen? Sonst will ich nicht hinein.‹

Und der Apostel wird lachen, er wird deine Seite klopfen und sagen: ›Na ja, geschehe, wie du willst, Giannakos, reite ein auf deiner Giousoufaki. Gott liebt die Eselinnen.‹

Und wie herrlich wird es dann sein, Giousoufaki! In Ewigkeit! Ohne schwere Körbe wirst du umherstreifen dürfen, frei und ledig wirst du auf den Wiesen mit unsterblichem Klee umherspringen dürfen, er soll mannshoch sein, so daß du dir keine Mühe zu machen brauchst, dich zu bücken. Und jeden Morgen wirst du zum Himmel schreien und die Engel wecken, und sie werden lachen und auf dir reiten und federleicht sein, und du wirst mit blauen, roten und violetten kleinen Engeln auf dem Rücken über die Felder springen... Genau so wie ein Esel, den ich eines Tages im Bazar von Smyrna gesehen habe und der nach Rosen, Lilien und Flieder duftete.

Der Tag wird kommen, Giousoufaki, habe keine Angst. Inzwischen aber müssen wir für das Futter arbeiten, mein Mädchen. Komm denn, laß dir deinen Sattel auflegen, komm, laß dir die Körbe mit den Waren auflegen. Wir wollen wieder unsere Reise durch die Dörfer antreten und Garnrollen, Stecknadeln, Nähnadeln, Kämme, Benzoetinktur, Seidentücher und Heiligenbilder verkaufen. Hilf mir, Giousoufaki, es durchzuführen. Wir sind doch Kameraden, verstehst du, Kompagnons, und was wir hereinbekommen, teilen wir ehrlich miteinander, das weißt du — ich bekomme das Korn und du die Halme —, und wenn es gut geht, werde ich bei Panagiotaros einen weichen, feinen Saumsattel bestellen, der nicht drückt, und eine rote Decke mit roten Quasten.

Ja, ich würde gerne zu dir sagen: mache dein Kreuzeszeichen, aber du bist ja kein Christ, du bist eine Eselin. Streck dich also, mach deine Beine breit, laß laufen, was du hast, und komm, laß dich beladen. Es ist jetzt hell geworden, komm, Giousoufaki, komm in Gottes Namen.«

Giannakos belud seine kleine Eselin, nahm seinen Stock und eine kleine Trompete, die er bei sich hatte, wenn er seine Waren ausrief. Er öffnete die Tür, machte das Zeichen des Kreuzes, und so begaben sie sich froh und ausgeruht, einer hinter dem andern, auf den Weg, auf ihre erste Reise nach dem Osterfest.

Der Tag strahlte, er tanzte vom Himmel hernieder und ergoß sich über die Erde und das ganze Dorf. Die Steine, die Torluken in den kleinen Höfen, alles lachte im strahlenden Licht. Giannakos war hungrig, er holte aus seiner Tasche ein Stück Brot, eine Handvoll Oliven und eine Zwiebel hervor und begann vergnügt zu essen.

Ach, was ist das für eine Welt, dachte er, so schön ist sie! So schön wie Weizenbrot!

Die Tür zum Nachbarhof stand offen. Katarina stand dort mit hochgezogenem Rock und offener Bluse. Sie goß Wasser aus und wusch die Schwelle. Rund und fest glänzten die Beine bis zu den Knien hinauf, und aus der Bluse sprangen die Brüste wie zwei kleine, junge Waldtiere.

Eine schlechte Begegnung so in der Frühe, dachte Giannakos und schlug seine Eselin in die Seiten, um vorüberzukommen. Doch die Witwe hatte ihn schon gesehen, sie richtete sich auf und lehnte sich an den Pfosten.

»Glück auf die Reise, Giannakos!« rief sie heiter. »Ich bin froh und stolz auf dich, Nachbar. Wie bringst du es fertig, so einsam zu leben wie der Kuckuck und doch immer zu lachen und zu kauen. Ich kann es nicht. Ich kann es nicht und habe so schlechte Träume ...«

»Hast du mir irgendwelche Aufträge zu geben, Katarina?« fragte Giannakos, um das Gesprächsthema zu wechseln. »Einen kleinen Spiegel, eine Flasche Lavendel? Was brauchst du?«

Die Ziege der Witwe kam auf die Schwelle heraus und mekkerte ungeduldig. Sie hatte ein rotes Band um den Hals, und das Euter war voller Milch.

»Sie will gemolken werden«, sagte die Witwe und seufzte. »Das Euter ist voll und quält sie. Ja, ja, auch sie ist eine Frau, die Ärmste ...« Sie beugte sich nieder und streichelte sie sanft.

»Beruhige dich, beruhige dich«, sagte sie, »erst will ich die Schwelle scheuern und sie von all den schmutzigen Füßen säubern.«

Sie jagte die Ziege hinein und wandte sich an Giannakos.

»Ich habe schlechte Träume, Nachbar«, sagte sie wieder und seufzte. »Heute nacht, es war in der Dämmerung, sah ich Manolios Scheiben aus dem Monde schneiden und mir zu essen geben ... Du, Giannakos, der du weit umherirrst — du bist bis nach Smyrna gekommen, habe ich erzählen hören —, verstehst du dich auf Träume?«

»Hab Erbarmen mit den Menschen, Katarina, belästige sie nicht«, antwortete Giannakos. »Glaubst du, ich hätte es nicht gesehen, wie du gestern abend Manolios schöne Augen machtest? Willst du dich mit diesem unschuldigen Geschöpf einlassen, du gottloses Ding? Findest du nicht, daß es schade wäre um ihn? Er ist verlobt, der Ärmste, bring ihn nicht durcheinander. Und begreifst du denn nicht, daß Panagiotaros ihn erschlägt, wenn er Wind davon bekommt? Ändere dein Leben, Katarina, bessere dich. Hat der alte Patriarcheas nicht mit dir gesprochen? Hat er dir nicht gesagt, daß die Gemeindeältesten beschlossen haben, daß du zu Ostern über ein Jahr im Mysterienspiel die Magdalena sein sollst?«

»Aber ich bin doch jetzt schon die Magdalena, lieber Giannakos«, sagte die Witwe und knöpfte die Bluse zu, um zu zeigen, daß sie offenstand. »Braucht der Herr Patriarcheas mich darum zu bitten? Der Alte ist sehr geschäftig. Ich habe ja blondes Haar, behauptet man . . .«

»Das ist eine andere Sache, Katarina«, sagte Giannakos, »eine ganz andere Sache. Wie soll ich es dir erklären, da ich es selbst nicht recht verstehe? Na ja, du sollst nicht mehr Panagiotaros haben, sondern Gott. Ihm sollst du nachfolgen. Du sollst seine Füße mit duftenden Salben waschen und sie mit deinem Haare trocknen, verstehst du?«

»Das ist dasselbe, du Dummkopf. Höre, was ich dir sage: Ein jeder Mann, ja auch Panagiotaros, ist einen Augenblick ein Gott, ein wirklicher Gott, das ist kein Geschwätz. Aber dann fällt er wieder zusammen und wird Giannakos oder Panagiotaros oder der alte Patriarcheas, ein leerer Strohsack, verstehst du?«

»Der Teufel hole mich, wenn ich das verstehe . . . Das ist das Ende der Welt, wie der alte Patriarcheas zu sagen pflegt.«

Die Witwe riß hastig den Eimer an sich, goß mit einem kräftigen Schwung das Wasser über die Schwelle, durchnäßte Giannakos' Füße und ließ die Eselin die Ohren spitzen.

»Ach, du bist ein Mann«, sagte Katarina spöttisch, »du bist ein Mann, Ärmster, was begreifst du schon? Na, lebe wohl dann und Glück auf die Reise! Auf deine Geschäfte verstehst du dich ja wohl wenigstens?«

Giannakos berührte die Eselin leicht, sie erschrak und sprang ihres Weges, und froh, der Witwe entkommen zu sein, lief ihr Herr hinter ihr her.

Ich sollte eigentlich erst beim Priester vorbeigehen, dachte er. Dann erfahren wir, ob er mir einen Auftrag zu geben hat. Wenn ich nicht bei ihm beginne, wird er wütend wie ein Türke. »Erst zu mir, dann zu den Gemeindeältesten«, sagte er. »Ich bin Gottes Vertreter in Likovrisi.« Es ist also wohl am besten, zuerst zum Wolf Nummer eins zu gehen, damit wir keine Scherereien bekommen.

Er wandte sich um und sah, daß Katarina noch immer fast zur Hälfte nackt in der Türe stand und mit aufgeschürzten Rökken die Schwelle scheuerte.

»Die Sau«, murmelte er. »Welche Beine, welche Knie und Brüste hat ihr Gott doch gegeben, nur um die Menschen in Ver suchung zu führen ...! Armer Manolios, wenn er in ihre Klauen gerät!«

So ging Giannakos seines Weges und schwatzte vor sich hin. Der Priester Grigoris aber spazierte im violetten Hemd mit schwarzer Sammetschärpe, ohne Mütze und barfuß, in seinem Hofe auf und ab und spielte mit dem langen Rosenkranz aus schwarzen Korallen, den er vom Bischof erhalten hatte; zuweilen reckte er sich nervös, zuweilen sank er in sich zusammen.

Mariori kam still heraus und stellte auf die steinerne Bank unter dem Weinspalier ein Tablett mit dem Morgenkaffee, dem Zwieback und einem Stück Käse, das der Alte jeden Morgen mit gutem Appetit zu verzehren pflegte. Nach einer Stunde würde er dann seine zwei weichgekochten Eier essen und ein großes Glas alten Weins trinken — der so bekömmlich für seinen »Kleinen Liebling« war, wie er seinen Magen scherzhaft zu nennen pflegte —, und dann würde er Gott preisen.

Sie stellte das Tablett auf die Bank und begann, ihre Blumentöpfe mit den Basiliken, Geranien und Veilchen zu gießen. Mariori war auch heute wieder blaß und müde. Unter ihre mandelförmigen Augen hatten sich zwei blaue Ringe gelegt, und ihre Lippen brannten. Ihre Mutter war jung an der häßlichen Krankheit gestorben, die die Lungen der Menschen verseucht. Auch Mariori war von ihr befallen. Hin und wieder blickte der Vater zu ihr hinüber und seufzte. Wenn sie nur bald heiratet, dachte er, daß ich Enkelkinder bekomme, dann mag es gehen, wie Gott es will. Michelis ist fett und kräftig, ein tüchtiger Schlag, und reich ist er auch, das Geschlecht wird nicht aussterben.

Mariori hatte aufgehört zu gießen und wollte gerade hineingehen. Der Alte schlürfte schnell einige Schluck Kaffee.

»Bleib«, sagte er, »wohin willst du? Ich muß mit dir reden.«

Er konnte seinen Zorn nicht länger zurückhalten, er mußte ihm freien Lauf geben. Mariori lehnte sich an den Türpfosten, verschränkte die Hände und wartete; sie wußte, was er sagen würde, von wem er reden würde, und zitterte. Sie hatte einige Worte aufgefangen, als Panagiotaros ging. Sie hatte gehört, wie der Vater den Gipsesser begleitete und zu ihm sagte: »Es war gut, daß du es mir erzähltest ... Das war deine Schuldigkeit. Ich werde die Sache in Ordnung bringen!«

»Ich stehe zu deinen Diensten, Vater«, sagte Mariori und senkte den Blick.

»Hörtest du, was Panagiotaros mir erzählte?«

»Ich war drinnen und habe den Kaffee zubereitet«, antwortete Mariori.

»Es ging um deinen feinen Bräutigam Michelis.«

Der Priester stieß einen tiefen Seufzer aus, die Adern schwollen ihm an den Schläfen, und er wollte gerade beginnen. Doch im gleichen Augenblick klopfte es ans Tor. Mariori zuckte erleichtert zusammen. Gott hatte sich ihrer erbarmt und sie vor seinen Grobheiten bewahrt. Sie eilte, zu öffnen.

»Wer ist es?« fragte der Priester und goß hastig den Rest des Kaffees hinunter.

»Christus ist auferstanden. Ich bin es, Giannakos. Ich will meine Reise durch die Dörfer machen und komme, deinen Segen zu erbitten. Und wenn du einen Auftrag hast, einen Brief ...«

»Komm herein und schließ das Tor«, sagte der Priester.

Zum Teufel, er ist heute schlechter Stimmung, dachte Giannakos und beugte sich nieder, die Hand des Priesters zu küssen.

»Laß die Handküsserei, du Gottesleugner. Erst wollen wir miteinander reden. Ich werde fragen, und du wirst antworten. Was habe ich zu hören bekommen, was? Und du bist der Übeltäter, der allererste? Hast du das vergessen? Spiel nicht den Unwissenden. Man ist zu mir gekommen und hat mir reinen Wein eingeschenkt. Ehrlose Schänder, Diebe!«

»Aber ...«

»Kein Wenn und kein Aber. Du hast mein Eigentum gestohlen, hast mein Haus geplündert, und dann kommst du wiegend und scharwenzelnd herein und willst mir die Hand küssen. Heuchler, Jesuit! Ein Jammer, daß ich dich zum Apostel Petrus machte! Willst du dein Aposteltum mit Diebstahl beginnen?«

»Ich ...?« murmelte Giannakos verblüfft. »Ich ...?«

»Ja, gerade du und deine schönen Freunde, Kostantis und Manolios. Und ihr habt den unschuldigen Michelis, dieses Lamm Gottes, begaunert und verführt. Ihr wißt, daß er ein gutes Herz hat. Ihr habt euch beeilt, eins, zwei, drei die Körbe zu füllen und das ganze Haus zu leeren ... ihr Diebe! Gott vergebe mir, daß ich euch zu Aposteln machte.«

»Aber es war nicht aus deinem Keller . . .« wagte Giannakos einzuwenden.

»War es vielleicht aus deinem, du Taugenichts? Gerade aus meinem eigenen, ja. Michelis wird Mariori heiraten. Die beiden Häuser sind eins. Aus meinem eigenen Keller habt ihr Käse, Brot, Öl, Wein, Oliven und Zucker genommen und es in die Körbe gelegt. Und wem habt ihr es gegeben? Den Choleraverseuchten! Mit solchen Freunden und Idioten wird er bald alles, was er sein eigen nennt und besitzt, an die Armen und Aufrührer verteilen und meine Tochter der Straße überlassen.«

Er wandte sich an das Mädchen, das unbeweglich und erschrocken daneben stand und nicht den Blick zu heben wagte.

»Hörst du, Mariori, hast du das Schamlose gehört, das unserem Hause widerfahren ist? Wenn dein Zukünftiger ein solcher Idiot ist, was soll ich dir da sagen? Am besten, wir überlegen es uns noch einmal, bevor wir einen Entschluß fassen.«

Die Tränen zitterten ihr in den langen Augenwimpern, sie tropften hernieder und rannen warm die bleichen Wangen hinab. Aber sie biß die Lippen zusammen.

»Hörst du?« fragte der Priester wieder.

Der Kopf des Mädchens sank noch tiefer, als ob sie sagen wollte: Ich höre, ich gehorche.

Die Eselin, die an die Pforte gebunden war, begann zu schreien. Giannakos sprang auf.

»Verzeih mir, ich muß gehen«, sagte er. »Wenn wir auch schlecht handelten, haben wir doch nur den Reichen genommen und den Armen gegeben. Das wird uns Gott verzeihen!«

»Gott spricht durch meinen Mund«, sagte der Priester laut und warf den Kopf empor. »Du kannst mit ihm nicht reden. Was du sprichst, geht über mich, und ich sage dir: du, Kostantis und Manolios, ihr seid Diebe! Ich werde die Gemeindeältesten zusammenrufen, dann werden wir sehen, was sie sagen. Es sind Choleraverseuchte hergekommen, und sie haben bereits das ganze Dorf verseucht.«

»Mit deiner Erlaubnis«, sagte Giannakos und zog sich hastig an das Tor zurück.

Der Priester kochte vor Wut, aber er antwortete nicht, sondern wandte sich zu seiner Tochter:

»Gib mir meine Schuhe, die Mütze und den Stock. Ich werde Herrn Patriarcheas und die Gemeindeältesten aufsuchen.«

Er ging hinein, um seine weichgekochten Eier zu essen, und Mariori lief Giannakos nach, der gerade dabei war, die Eselin loszumachen, und sie sagte hastig und ein wenig verlegen:

»Tu mir den Gefallen, Giannakos, und kauf mir etwas von dem, womit die Frauen in den Städten sich die Wangen färben, und gib es mir dann so, daß niemand es sieht. Und was es kostet...«

»Sei ruhig, Mariori«, antwortete Giannakos. »Ich werde es dir beschaffen. Ich verstehe, was du meinst.«

Von drinnen hörte man den Priester mit vollem Munde rufen: »Wir sprechen uns wieder, Giannakos.«

»Teufel von einem Priester«, murmelte Giannakos und warf heftig die Pforte zu. »Gottes Repräsentant, sagt er! Wenn Gott wäre wie er, dann wäre es ein Jammer um die armen Leute.«

Leicht und spielerisch versetzte er seiner Eselin einen Stoß.

»Auf, Giousoufaki, bewege deine Stelzen, Mädchen. Wir haben so viel Zeit mit diesem Bullen von Priester verloren. Beunruhige dich nicht, mein Mädchen, das geht uns einen Dreck an. Halt dich nur immer gerade. Jetzt werden wir ins Café gehen und uns Aufträge holen, und dann machen wir uns auf den Weg. Diebe, sagte er... Fahr zur Hölle, du reißender Wolf.«

Das Café war voller geschäftiger, lärmender Leute. Alle Dorfbewohner hatten sich dort versammelt und besprachen die entsetzlichen Ereignisse des gestrigen Tages, die sie mit eigenen Augen gesehen hatten – die Schar der Flüchtlinge, den energischen Priester mit dem Evangelium, die Frau, die zu Boden gefallen war und über die man Kalk geworfen hatte, damit sie das Dorf nicht mit Cholera verseuche, und den alten Mann mit dem Sack voller Gebeine. Einige lobten den Priester Grigoris, der sie von der Pest befreit hatte, andere bemitleideten die ausgehungerten Frauen und Kinder, und andere wieder schworen, daß sie um Mitternacht auf dem Berge Sarakina Feuer gesehen hätten.

Panagiotaros kam herein, er blickte wütend um sich wie ein Stier und setzte sich in eine Ecke. Dann rief er nach dem Wirt.

»Einen Kaffee«, befahl er mürrisch, »ohne Zucker.«

»Du bist ja schlaftrunken, Nachbar«, sagte Kostantis. »Hast du nicht gut geschlafen?«

Der Sattelmacher runzelte die stachligen, roten Augenbrauen.

»Einen Kaffee ohne Zucker«, wiederholte er und wandte ihm den Rücken. Im gleichen Augenblick kam der alte Patriarcheas mit seinem langen Stock und seiner Pelzmütze herein und grüßte mit einer leichten Handbewegung die Dorfbewohner, die sich verbeugten und ihm einen guten Tag wünschten. Seine Stimme war matt und noch ein wenig verschlafen, die Augen waren geschwollen, er war noch nicht ganz wach geworden. Seine Zunge war dick, und es fiel ihm schwer, zu sprechen.

Kostantis gab ihm seinen dicken, süßen Kaffee mit dem Gelee und einem Glas frischen Wassers.

»Guten Morgen, Herr Patriarcheas«, sagte er.

Doch dieser antwortete nicht. Er tauchte den Löffel mit dem Gelee ins Wasser und verzehrte seinen Inhalt mit einem einzigen Schluck, er trank das Wasser, zog ein großes Taschentuch heraus und schnaubte, daß es im Café dröhnte. Dann wurde er ruhiger und begann mit großen Schlucken seinen Kaffee zu trinken. Die Augen bekamen ihr gewöhnliches Aussehen, er wurde klarer, und die Stimme kehrte in die Kehle zurück. Die Nargileh kam herbei, und Herr Patriarcheas war nun endlich hellwach geworden. Er wandte sich um, erblickte Chatzis Nikolis, den Lehrer, und winkte ihm zu. Der Lehrer ergriff seine Nargileh, näherte sich seinem Tisch und grüßte.

»Etwas Neues?« fragte der alte Patriarcheas. »Ich habe heute nacht so schwer geschlafen. Ich glaubte im Schlaf irgendeinen Lärm zu hören, aber ich erwachte nicht, und nun, da ich hierherging, hörte ich etwas auf dem Wege. Es seien einige sonderbare Leute gekommen, erzählte man, eine Frau sei gestorben, zwei Priester seien aneinandergeraten, was ist das eigentlich? Das Ende der Welt! Kannst du mir erzählen, worum es sich handelt, mein lieber Chatzis Nikolis?«

Der Lehrer hustete zufrieden, er beugte sich vor und begann mit leiser Stimme und vielen Gesten zu erzählen, froh, etwas Neues und Spannendes vortragen zu können. Er berichtete mit einer solchen Einfühlung, daß Herr Patriarcheas nur dasaß, lauschte und staunte. Panagiotaros sah zu ihnen hinüber und drehte nervös an seinem Schnurrbart. Er riß die Augen auf und beobachtete ungeduldig die herabhängende Nase und den Mund des alten Herrn Patriarcheas. Er erwartete, ihn feuerrot im Gesicht aufbrausen, seinen Stock ergreifen und nach Hause eilen zu sehen.

Doch vergebens. Herrn Patriarcheas' Gesicht wurde keineswegs feuerrot. »Diese Elendsgestalt von einem Lehrer«, murmelte Panagiotaros und rückte auf seinem Stuhl hin und her, als ob Nägel in seinem Sitz wären, »dieser Wicht von einem Lehrer, er wagt es nicht, alles zu erzählen, um ihn nicht zu verärgern, aber ich werde es ihm erzählen, ich werde es tun.«

Er erhob sich entschlossen und näherte sich dem Tisch, an dem die beiden Gemeindeältesten saßen.

»Mit deiner Erlaubnis, Herr Patriarcheas«, sagte er, »ich glaube, daß der gelehrte Herr da dir nicht alles gesagt hat. Er hat Angst. Aber ich habe keine Angst, und ich werde es dir sagen, wenn wir zwei allein geblieben sind.«

»Chatzis Nikolis«, sagte Herr Patriarcheas, »laß uns bitte einen Augenblick allein, damit wir sehen, was der Sattelmacher von mir will.«

Dann wandte er sich an Panagiotaros.

»Nur wenige Worte«, sagte er, »der Lehrer hat mir die Ohren völlig zugestopft.«

»Ich bin keine Schwatzmühle«, antwortete Panagiotaros gekränkt. »Du kennst mich, also um es kurz zu machen, der Halleluja-Vers lautet folgendermaßen: Manolios hat deinem Sohn den Kopf verdreht; sie nahmen Kostantis, den Gastwirt hier, und den Händler Giannakos mit und gingen in deinen Keller; dort füllten sie vier große Körbe und verteilten sie an die Choleraverseuchten, während du schliefst und schnarchtest. Nur das habe ich dir sagen wollen, und jetzt gehe ich meiner Wege.«

Herrn Patriarcheas schoß das Blut in den schweren Kopf, die Augen schwollen ihm wieder zu, und seine Stimme wurde heiser.

»Fahr zur Hölle«, schrie er, »und reize mir nicht die Galle so früh am Morgen.«

Er warf den Schlauch seiner Nargileh beiseite und blickte sich um, aber er bemerkte niemand, das Café drehte sich vor ihm. Dann erhob er sich, machte einige Schritte, gelangte zur Tür, schritt hinaus und wanderte keuchend den Berg zu seinem Haus hinauf.

»Was, zum Teufel, hast du ihm ins Ohr geflüstert, daß er so außer sich geraten ist, Panagiotaros?« sagten halb aus Scherz, halb aus Ärger einige Bauern zu dem Sattler. »Fürchtest du nicht Gott? Er ist ein alter Mann, bedenke das; er ist dick, ihn kann leicht der Schlag treffen.«

Aber Panagiotaros war schon über die Schwelle gestiegen und verschwunden.

Froh und einladend ertönte da Giannakos' Trompete.

»He, ihr Burschen«, schrie Giannakos, als er mitten auf dem Markt wie ein Hahn auf dem Misthaufen stand, »jetzt beginnt meine Reise über Land und Reich. Ihr alle, die ihr irgendwelche Aufträge habt, kommt her! Ihr alle, die ihr irgendwelche Briefe zu schicken habt, bringt sie herbei! Ihr alle, die ihr Verwandte, Kinder, Freunde, Geschäfte in den Dörfern der Umgebung habt, kommt zu mir! Ich habe eine Menge Aufträge, ich reise über die große Landstraße, und so Gott es will, komme ich am Sonntag mit der Antwort zurück.«

Einige Bauern erhoben sich und gingen zu Giannakos. Sie gaben ihm mit leiser Stimme ihre Aufträge, und auf den Esel gelehnt, schrieb Giannakos alles sorgfältig in seinem Gedächtnis auf.

Zuletzt näherte sich Kostantis und neigte sich an sein Ohr.

»Sei klug und geh jetzt nicht am Hause des alten Patriarcheas vorbei, sonst ist es dein Unglück. Der freche Judas da hat ihm etwas ins Ohr geflüstert, er flog wie von Sinnen in die Höhe und schwenkte den Stock, und jetzt ist er auf dem Weg nach Hause, um seinen Sohn zu verdreschen.«

»Ist es wegen der Körbe?« fragte Giannakos leise.

»Ja, natürlich, es wird uns übel ergehen, glaube ich.«

»Mir ist es schon so ergangen. Der Priester war außer sich vor Wut und hat mich ordentlich heruntergeputzt. Doch das schert mich den Teufel. Laß sie toben, wir haben unsere Schuldigkeit getan.«

»Auch ich hab mein Teil bekommen«, seufzte Kostantis. »Deine Schwester ging heute früh auf mich los und hat mir die Augen auskratzen wollen. ›Du Gauner, du Schuft, du Schurke‹, schrie sie. ›Ich habe alles erfahren. Dieser heiligen Lumpenbande wegen, die unser Dorf überfallen hat, dieser Choleraverseuchten wegen ruinierst du uns. Wir hungern, deine Kinder gehen vor Entbehrungen ein, und du, Schurke, du gehst hin und verschenkst Kaffee, Zucker und Seife.‹«

»Welcher Teufel hat ihr das heute früh ins Ohr geflüstert?« sagte Giannakos verwundert.

»Der rote Teufel da natürlich. Du erinnerst dich, er hat uns gestern abend die ganze Zeit nicht verlassen. Und dann ist er herumgelaufen und hat uns bei allen verklatscht, beim Priester, bei meiner Frau und zuletzt eben beim alten Patriarcheas. Er ist außer sich vor Wut, daß sie ihn zum Judas und uns zu Aposteln gemacht haben.«

»Nur Geduld, Kostantis«, sagte Giannakos, der den armen Gastwirt wegen all der Leiden, die er von seiner Schwester zu erdulden hatte, bedauerte. »Nur Geduld, verschließ deine Ohren, am Sonntag bin ich zurück, und dann wollen wir weiter darüber reden. Lebe wohl!« Giannakos gab seinem Esel einen Stoß und verschwand am Hang.

»Du hast es gut«, flüsterte Kostantis, als er Giannakos verschwinden sah, »du hast es gut! Alles läuft für dich ab, wie du es willst. Du hast keine Kinder, deine Frau ist tot, du bist frei ...«

Giannakos klopfte seiner Eselin die glänzenden Seiten.

»Ja, Giousoufaki, wir passen gut zueinander, wir beide«, murmelte er. »Wir zwei sind wie Brüder. Haben wir uns je gezankt? Niemals, Gott sei Dank! Denn wir beide sind anständige Menschen oder anständige Esel, das ist das gleiche, und wir tun keinem Unrecht ... Geh jetzt nach rechts hinüber, heute nehmen wir einen anderen Weg. Hast du nicht gehört, was Kostantis sagte? Nicht zum Hause des Herrn Patriarcheas, nimm deinen Kurs auf den alten Ladas, der so entzückt von dir ist, daß es ihm im Munde zusammenläuft ... Dann sind wir fertig, wir werden das Dorf hinter uns lassen, all diese verfluchten Gemeindeältesten und Priester loswerden und allein sein, wir beide.«

Er bog nach rechts ab und steuerte auf das Haus des alten Geizkragens zu.

Nur den armen Manolios würde ich gern treffen, bevor ich mich auf den Weg mache, dachte er. Ich würde gerne über Katarina mit ihm reden, daß er sich in acht nimmt und sich nicht besudelt. Er soll doch Christus sein, Vorsicht also vor Frauen!

Abgerissen gekleidet, barfuß und zufrieden saß der alte Ladas auf seinem Hofe auf der Steinbank neben der Tür. Frau Penelope, seine Alte, brachte ihm in einer angestoßenen Schale den Morgenkaffee, der aus Kichererbsen und Korn zubereitet war, und stellte ihn mit einer Scheibe Roggenbrot und einer Schüssel Oliven auf die Bank. Der Alte aß und trank und redete mit seiner Alten, die stumm und gleichgültig auf einem Schemel vor ihm saß und Strümpfe strickte. Sie war eine gebrechliche, magere, kleine alte Frau, auch sie war abgerissen gekleidet und barfuß und hatte eine riesige, herabhängende Nase. Sie sah wie ein zerrupftes Storchenweibchen aus, das seine Federn eingebüßt hatte.

In den ersten Jahren, als sie noch jung waren, widersprach sie noch ihrem Mann und zankte mit ihm; sie war hübsch und liebte den Luxus, sie kam aus einer guten Familie. Allmählich aber wurde sie gleichgültig und müde, ihr Körper welkte, gegen ihre Gewohnheit ging sie ohne Widerstand und Klage einher und begann zu schweigen. Sie hörte ihm zu, sie wurde manchmal böse und lehnte sich in ihrem Innern auf, aber sie schwieg. Von dem Tage an jedoch, an dem ihre einzige Tochter starb, hörte sie weder dem zu, was der Alte erzählte, noch leistete sie irgendwelchen Widerstand. Sie war wie eine Tote, sie ging umher, aß und schlief und wachte wieder auf, aber sie lebte nicht mehr. Und sie trug des Todes ewige Seligkeit, Selbstlosigkeit und Würde.

Der alte Ladas schlürfte seine Gerstensuppe in sich hinein, er blickte auf die Alte, die still und gleichgültig ihre Strümpfe strickte, und erzählte ihr von einem großen Plan, den er während der Nacht ausgeheckt hatte, als er nicht schlafen konnte, und der seine Kisten mit Ohrgehängen, Halsbändern, Ringen und Goldkonstantinen[7] füllen sollte.

»Ich habe alles genau überlegt, Penelope, bis in die kleinste Einzelheit, aber ich weiß keinen, dem ich mein Geheimnis anvertrauen könnte, denn es ist eine große Arbeit und erfordert zwei Personen. Die Welt ist heute voller Falschheit und Lüge, alle Menschen sind unersättlich und gierig und wollen nur einander fressen. Wem soll ich mein Geheimnis anvertrauen? Chatzis Nikolis ist ein Schwätzer, er will den Ehrenhaften spielen, der Ärmste ist Lehrer, was kann er tun? Und wenn man an seinen Bruder denkt, den Priester Grigoris, der ist ein reißender Wolf, begabt und voller Kniffe, aber er will alles in die eigene Tasche stecken, das geht nicht, denn ich will alles selbst in der Hand behalten. Du schüttelst den Kopf, Penelope, willst du, daß wir von dem alten Patriarcheas reden? Nein, zur Hölle mit ihm. Das ist ein Bock, kein Mensch, er ist zu reich, aus zu guter Familie, er hat nie etwas getan, er weiß nicht, was Schweiß und Arbeit bedeuten. Ich habe erzählen hören, daß es eine Art dicker Ameisen geben soll, Königsameisen nennt man sie wohl, die Tag und Nacht liegen und schlafen und eine Heerschar von Sklavenameisen haben, die sie bedienen und ihnen zu essen geben, und wenn sie nicht bedient werden, sterben sie vor Hunger... Genau so ist er. Ihn mag meinetwegen der Schlag treffen! Eine dicke Königsameise! Nein, das geht nicht. Und wenn man an den andern Gemeindeältesten, den Kapitän Fourtounas, denkt, weh uns, das ist kein Mensch, das ist ein Schnapsbrennerkessel, der dauernd siedet und kocht. Nein, ich muß einen andern finden, der mir helfen könnte. Aber wen? Hast du jemand vorzuschlagen, Penelope?«

Doch sie strickte und strickte, in eine Art unpersönlichen seligen Traumes entrückt, sie hörte nichts. Nur einen Augenblick hob sie die Augen, ohne Trauer oder Freude lagen sie wie erstorben im Dunkel. Und ihr Blick schien durch Haut und Knochen des alten Ladas hindurchzugehen. Sie starrte durch die Mauer des Hauses und über sie hinaus, über Straße und Dorf und Feld bis zum Berge Sarakina, und weit hinter Sarakina sah sie das Meer, und hinter dem Meer sah sie ein dunkles Unendliches, unbewegt und nebelhaft – das leere Nichts. Dann ließ sie die Augen wieder sinken und begann ihre Strümpfe zu stricken. Geschwind, geschwind, um voranzukommen.

Im gleichen Augenblick ließ sich Giannakos' Trompete vernehmen. Der alte Ladas sprang hoch, in den kleinen verschlagenen Augen leuchtete es auf.

»Ihn schickt mir Gott!« rief er aus. »Da haben wir ihn, ihn habe ich gesucht, ausgezeichnet! Was sagst du, Penelope? Er ist es, genau er, den ich brauche, ein Händler, der in Städten und Dörfern umherreist, hier ein bißchen lügt, dort ein bißchen stiehlt, ein Meister der kleinen Kniffe, ein Lehrling der großen

... ein Kurzwarenhändler! Er ist ausgezeichnet, er soll sammeln und sammeln und dann – paff! Ich werde das Spiel gewinnen!«

Überentzückt rieb er seine knochigen Hände. Nun war die Eselin vor der Pforte stehengeblieben. Der alte Ladas eilte hinaus, um zu öffnen. »Guten Tag, Giannakos«, rief er, »guten Tag. Gott hat dich mir gesandt, binde deinen Esel an den Ring und komm herein. Ich habe dir etwas zu sagen.«

Was, zum Teufel, kann der alte Fuchs von mir wollen? dachte Giannakos. Halte die Augen offen, armer Giannakos!

Er band seine Eselin an den Ring und trat ein.

»Schließ die Pforte gut, verriegele sie, daß man uns nicht hört ... Ich habe dir ein großes Geheimnis anzuvertrauen. Setz dich. Du bist ein Glückskind, Giannakos, du sollst reich werden wie ich, so reich, daß du keinen Finger mehr zu rühren brauchst, nicht mehr wie ein Bettler in den Dörfern umherzugehen und Garnrollen zu verkaufen brauchst ... Gold, Giannakos, Gold, ich werde dich mit Gold überhäufen.«

Giannakos staunte.

»Laß mich nicht krepieren, alter Ladas, mach keine Scherze. Was für Gold?«

»Sperr die Ohren auf und hör zu. Die Choleraverseuchten da, die durch unser Dorf gezogen sind, sind einmal wohlhabende Bauern gewesen. Die Türken haben sie verjagt, und nun haben sie nichts zu essen. Doch höre: Als sie flohen, haben sie gewiß zu sich gesteckt, was sie an Goldsachen besaßen, Ohrgehänge, Armbänder, Ringe, Goldkonstantinen ... Begreifst du, Giannakos?«

»Nicht so ganz, ich bin etwas schwer von Verstand, fahre fort.«

»Es ist eine Gott wohlgefällige Tat, sage ich dir, Giannakos. Heute nacht sah ich Feuer auf dem Berge Sarakina, sicher sind sie dort in die Grotten eingezogen; nimm also deinen Esel und begib dich geradewegs zum Berg. Blase deine Trompete, versammle sie alle, Männer und Frauen, um dich und sprich zu ihnen: ›Ihr sterbt vor Hunger, Brüder, findet ihr nicht, daß es ein Jammer ist um eure Kinder? Die ganze Nacht habe ich nicht schlafen können, weil ich an euch gedacht habe, wie ich euch helfen könnte, Brüder, wie ihr gerettet werden könntet. Da gab mir Gott einen Rat und sagte, daß ihr die Goldsachen hervorholen sollt, die euch mitzunehmen gelang, und daß ich einen Tausch mit euch machen soll. Ich soll geben, was die Menschen zum Leben brauchen, Korn, Öl und Wein, und ihr sollt geben, was der Mensch nicht notwendig braucht, einen Schmuck, den ihr vielleicht habt ...‹ Verstehst du jetzt, du Dickschädel?«

»Ja, ich fange an ... Ich fange an zu begreifen ...«, antwortete Giannakos stotternd. Aber er konnte sich nicht klar darüber werden, ob Gott oder der Teufel dem alten Ladas diesen Plan ins Ohr geflüstert hatte.

»Du bist Gottes Auserwählter, sage ich dir. Aber nicht den leisesten Muck zu irgend jemand! Niemand darf es wittern oder ahnen. Auch du sollst Gottes Antlitz sehen ... Ich finde, es ist eine Schande, daß du Sommer und Winter auf den Straßen umherstreifen und deine Jugend vergeuden sollst ... Wie alt bist du?«

»Fünfzig Jahre«, sagte Giannakos und zog nur zehn Jahre ab.

»Na also, noch in der Blüte deines Alters, siehst du. Wirf dein Leben nicht weg, Giannakos. Du sollst dir ein schönes Haus bauen, du sollst dich verheiraten, mit wem du im Dorfe nur willst – ich glaube, das Priestermädchen hat ein Auge für dich –, du sollst dir Kinder schaffen, auch du ... Du wirst dann auch deinen Freunden helfen, dem Dorfe helfen, und wenn du kommst, wird man sich erheben und dich mit Verbeugungen und Bücklingen begrüßen ... Ein neues Leben, Giannakos, ein Herrenleben, kein Lumpendasein mehr. Wie viele Jahre leben wir denn in der Welt, wir wollen wie Menschen leben ... Ich will dein Bestes, wenn uns nur niemand zuvorkommt. Ich fürchte den Priester!«

»Ich fürchte Gott«, sagte Giannakos, der noch unentschlossen war, »ich fürchte Gott, alter Ladas. Ist es recht, seine verfolgten Brüder zu rupfen?«

»Wir wollen sie nicht rupfen, du Spatzenhirn, wir wollen sie mit dem Notwendigen versehen und vor dem Tode retten. Sieh zu, daß die Armen zu essen bekommen und leben, es sind unsere Brüder. Auch ich besitze ein Herz, und sie tun mir leid. Wir tauschen, wir stehlen ihnen nichts ... Man muß ja auch an sein eigenes Bestes denken. Wir machen Geschäfte, wir sind klug, der Gewinn ist herrlich ... Komm und nimm eine Scheibe Brot, hier sind Oliven. Wir wollen Teilhaber sein und müssen alles teilen. Ich habe noch etwas Kaffee, nimm und trink!«

»Ich bin nicht hungrig«, erwiderte Giannakos. »Es geht mir im Kopfe herum, ich muß mich auf die Bank setzen, um zu verdauen, was du da sagtest. Du öffnest neue Wege für mich, alter Ladas. Laß mich meine Gedanken sammeln, die Sache überlegen und meinen Entschluß fassen.«

»Das schlimmste ist, daß wir nicht viel Zeit haben. Die Sache eilt. Warum willst du sitzen und grübeln? Geh nach Sarakina. Wir dürfen keine Zeit verlieren, ich habe Angst vor dem Priester, dem Priester, sage ich, dem gierigen Wolf!«

Giannakos setzte sich auf die Bank, er faßte sich mit beiden Händen an den Kopf, stützte die Ellenbogen auf die Knie und sagte lange Zeit kein Wort. Es brodelte in seinem Hirn wie in einem Kessel, und es klopfte in seinen Schläfen. Ihm war, als ob sein Kopf in den Nähten den Zusammenhalt verlöre. Da kamen Ohrgehänge von einer Unmasse Ohren, Halsbänder von einer Menge Hälsen, Ringe von Fingern, Goldkonstantinen aus zusammengeschnürten Geldbeuteln ... Sie kamen herbei und häuften sich in einer großen Kiste, die in seinem Keller stand und die mit den alten Kleidern seiner seligen Frau gefüllt war ... Gleichzeitig wuchs aus dem Boden ein gewaltiges Haus empor, es war kein Haus, es war ein Palast mit Gärten, offenen Plätzen, Balkonen, weichen Betten und einer schönen Frau, die sich das Haar kämmte. Und ein großes Tor ging auf, es war Sonntagmorgen, die Sonne schien, die Glocke läutete zur Messe, und Giannakos sah sich selbst wie die alten Gemeindevertreter mit der Pelzmütze, dem großen Stock und den langen Tuchhosen feierlichen Schrittes zur Kirche gehen, und alle Bauern erhoben sich, wenn er vorüberging, und grüßten ihn mit tiefen Verbeugungen ... Dann wieder sah er sich auf seinem Hof sitzen und Kostantis ergebungsvoll vor ihm stehen; und er sah sich einen Beutel mit Goldpfunden vom Gürtel nehmen ... Komm, lieber Kostantis, hier ist Geld, schleck dir die Lippen ... Mit meiner Schwester, der Hexe, hast du viel Ärger gehabt. Nichts für ungut! Komm her, Manolios, dir habe ich eine Schafherde gekauft, sie ist dein, höre auf, als Knecht für den alten viehischen Patriarcheas zu arbeiten ... Giannakos' Gedanken fuhren eine Weile wild umher. Er sah die Dorfkirche und auf dem Glockenturm eine gewaltige Uhr von der gleichen Art, wie er sie in Smyrna gesehen hatte, und er las, was dort mit großen Goldbuchstaben rund um die Uhr geschrieben stand: Geschenk des großen Wohltäters des Dorfes, des Herrn Giannakos Papadopoulos! Seine Gedanken jagten weiter, die Uhr war verschwunden, jetzt leuchtete vor ihm ein weicher Saumsattel auf mit Sammetsitz und goldenen Körben zu beiden Seiten. Er nahm ihn in seine Arme und ging mit ihm in den Stall. »Giousoufaki«, sagte er, »hier ist der neue Sattel, den ich für dich bestellt habe. Sieh, einen solchen Sattel hat nicht einmal ein König. Jetzt sind unsere Strapazen zu Ende. Du sollst zu essen und trinken bekommen, Giousoufaki, und jeden Sonntag nach der Messe mit deinem neuen Sattel auf dem Markt spazierengehen, und alle werden dir ergebungsvoll Platz machen und dich wie einen Menschen grüßen.«

Giannakos lachte und schüttelte den brennend heißen Kopf, als ob er erwache. Er sah die Alte, in selige Entrücktheit versunken, in rasendem Tempo stricken, immerfort stricken, er sah den alten Ladas, der ihn mit großen Augen anstarrte und wartete.

»Jeder die Hälfte, oder wie, alter Ladas?« sagte er.

Der alte Ladas streckte ihm die Hand entgegen.

»Deine Hand, Giannakos. Wir sind einig, jeder die Hälfte, feine Sache! Jeden Abend wirst du mit den Goldsachen, die du bekommen hast, herkommen, und ich werde dir Früchte, Öl und Wein geben, wie du es willst. Und wenn wir alles eingeheimst haben, wirst du herkommen, und wir werden Abrechnung halten. Schreib dir ins Buch, was wir ausgeben und hereinbekommen, damit du nicht zu glauben brauchst, ich betröge dich. Und damit du siehst, wieviel Vertrauen ich dir schenke, gebe ich dir jetzt drei türkische Goldpfunde als Handgeld.«

Er zog einen kleinen Beutel hervor, der mit einer Schnur fest zugebunden war, er löste sie, zog das Geld heraus und zählte mit zitternder Hand, eines nach dem andern, drei Pfunde auf. Giannakos nahm sie in seine gierige Hand, seine Augen leuchteten im Glanze des Goldes.

»Ich werde den Vertrag aufsetzen«, sagte der alte Ladas, »und wenn du zurückkommst, wirst du ihn unterschreiben, hoffe ich... Bist du zufrieden? Glaubst du meinen Worten jetzt? Aber du hast nicht Worte erhalten, sondern Goldpfunde! Beeile dich jetzt, vergeude nicht die Zeit, Gott sei mit dir!«

Er gab Giannakos einen Knuff und öffnete das Tor.

»Gott sei mit dir«, sagte er wieder und verriegelte hastig das Tor, damit sein Teilhaber keine Zeit fände, es zu bereuen.

Dann rieb er seine mageren Hände und wandte sich zu seiner Frau: »Penelope«, sagte er und legte den Finger an den Mund, »nicht einen Mucks. Hast du gesehen, wie es mir wieder geglückt ist, hast du gesehen, wie geschliffen ich bin? Wie ein Rasiermesser, sage ich dir. Ich habe ihn beim Goldhaken gefaßt. Drei Pfunde habe ich ihm gegeben, ich werde tausend zurückbekommen ... Mach bitte die Kiste zurecht.« Aber sie rührte sich nicht vom Fleck. Sie strickte und strickte und blickte, ohne ihn zu sehen, auf die Stricknadeln, die zusammenschlugen und sich trennten und wieder zusammenschlugen und die Strümpfe, die sie dem alten Ladas strickte, größer und größer werden ließen. Aber in den Strümpfen sah sie nicht die knochigen und knotigen Füße des Alten, sondern die gleichen knotigen Gebeine schwarz und dürr und von Maden halb zerfressen.

Unterdessen schritt die Eselin die Straße hinauf und Giannakos in Gedanken versunken ihr nach. Er empfand eine bittere Schwere im Herzen und gleichzeitig eine andere, angenehme Schwere in seiner Westentasche. Ihm war, als sei er berauscht. Einmal sprang er mit tanzenden Schritten von Stein zu Stein, dann wieder blieb er stehen und grübelte. Auch die Eselin wandte sich um, sah ihn an, blieb stehen und wartete.

»Ich will keinem begegnen –, ich will nicht, daß mich irgend jemand sieht«, murmelte Giannakos. »He, Giousoufaki, frisch drauflos, weshalb bleibst du stehen? Komm hier entlang, wir nehmen einen andern Weg. Das wird eine verzwickte Geschichte, Giousoufaki.«

Die Eselin schüttelte zweifelnd den klugen Kopf und konnte es nicht begreifen. Wohin sollte sie gehen? Was fiel ihrem Herrn ein? Was für Idioten doch die Menschen sind!

»Ich will keinem begegnen, nicht einmal Manolios. Jetzt habe ich anderes zu bedenken. Er ist nahe daran, mit Katarina ins Verderben zu geraten, doch das soll mich den Teufel scheren ... Beeil dich, Giousoufaki.«

Doch als er am Ende des Dorfes, dort, wo die Felder begannen, angekommen war, sah er unmittelbar vor sich Manolios und zwei andere Dorfbewohner, die den Kapitän Fourtounas stützten. Sie bewegten sich langsam und ließen die Köpfe hängen, und vor ihnen ging der Leibwächter des Aga mit seinem roten Fez.

Giannakos führte die Eselin zur Seite, um vorbeizukommen. Er kam näher heran und sah, daß der arme Kapitän fast besinnungslos und das weiße Handtuch um den zerschlagenen Kopf voller Blut war ...

»Wie steht es mit dem Kapitän, Jungens? Rede, Manolios.«

»Er fiel die Treppe des Aga hinunter, der Ärmste, und schlug sich den Schädel entzwei«, antwortete Manolios. »Wenn du die alte Mantalenia siehst, sag ihr, daß sie kommen und die Wunde pflegen soll. Sie versteht sich darauf, sie war Hebamme, bevor sie Totenfrau wurde.«

»Der Ärmste«, murmelte Giannakos. »Er muß sternhagelvoll gewesen sein.«

Der Leibwächter wandte sich um und lachte.

»Beunruhige dich nicht, kleiner Grieche«, sagte er, »er hat Löcher im Schädel, die werden sich aber bald wieder schließen, die Glatzköpfigen haben sieben Leben.«

»Manolios«, sprach Giannakos, »ich möchte dir etwas sagen.«

»Ich auch«, erwiderte Manolios. »Aber wir müssen erst den Kapitän in sein Bett legen. Komm mit und warte vor der Tür.«

Sie begannen wieder sehr langsam zu gehen, denn bei jedem Schritt brüllte der Kapitän vor Schmerz. Als sie ans Ziel gekommen waren, führten sie ihn hinein; Giannakos stellte die Eselin in den Schatten eines Olivenbaumes und wartete.

»Ach, diese Nacht ist voller Unannehmlichkeiten gewesen«, murmelte er. »Sehen wir zu, was geschieht! Möge Gott seine Hand über uns halten!«

Er zog den Tabaksbeutel hervor, rollte sich eine Zigarette, lehnte sich an den Olivenbaum und begann zu rauchen, um die Zeit verstreichen zu lassen. Er bereute es schon, daß er gesagt hatte, er wolle mit Manolios reden, das große Geschäft, das er vor sich hatte, würde sich verzögern, dachte er, es galt, schnell zu handeln. Er suchte in der Westentasche, fühlte das Geld und lächelte.

»Gott sei Dank«, murmelte er, »es ist kein Traum. Wie oft

habe ich im Traum gemeint, ich hätte Pfunde in den Händen ... Und am Morgen habe ich dann unterm Kopfkissen nachgesehen, ich Idiot. Aber jetzt, Ehre sei Gott!«

Er berührte die Pfundstücke von neuem und beruhigte sich.

Manolios kam heraus, er trocknete sich die Stirn, bekam Giannakos unter dem Olivenbaum zu Gesicht und näherte sich.

»Er war sehr schwer, der Ärmste. Er hat uns völlig ausgepumpt«, sagte er.

»Ich bin in Eile, nur wenige Worte deshalb, bevor ich mich auf den Weg mache. Ich habe heute viel zu tun ... Hör zu, Manolios. Vor allem darfst du heute nicht in das Haus des Herrn Patriarcheas gehen, er hat von den Körben da erfahren und ist außer sich geraten, er hat den Stock genommen und ist nach Hause gegangen, um seinen Sohn zu verprügeln. Sieh dich vor und warte, bis das Unwetter vorüber ist.«

»Wenn es so ist, muß ich auch die Prügel mit Michelis teilen, ich bin auch schuldig.«

»Ich auch, aber ich gehe nicht. Es ist feige und schändlich, meinst du, aber es ist schön, davonzukommen. Geh nicht hin, bleib hier. Ich habe dir auch noch anderes zu sagen. Die Witwe Katarina legt ihre Netze aus, um dich zu fangen. Sie sagt, daß sie dich in ihren Träumen sieht, und gestern abend blinzelte sie dir zu, aber du hast es nicht bemerkt. Du mußt das wissen. Sieh dich vor, Manolios, Katarina ist ein wildes Tier, sie kann sogar Metropoliten den Kopf verdrehen ... Denk an das nächste Osterfest und besudele dich nicht.«

Manolios hob den Kopf und errötete. Auch er hatte in der gleichen Nacht die Witwe im Traume gesehen, doch er erinnerte sich nicht mehr, wie. Als er erwachte, waren seine Augen fast blind.

»Christus wird mir helfen«, murmelte er.

»Ja, aber er darf sich beeilen, Manolios, und auch du darfst die Beine in die Hand nehmen. Wie gesagt, ich habe es eilig. Jetzt aber bist du an der Reihe, du hattest mich gewiß um etwas bitten wollen.«

Manolios zögerte. Er wußte nicht, wie er sich ausdrücken sollte, um seinen Freund nicht zu verletzen.

»Verzeih mir, was ich dir nun sage, aber wir haben etwas

Großes und Heiliges vor uns. Wir sind gewissermaßen eins ... Wenn einer von uns einen Fehltritt begeht, müssen die andern ihm den Rücken stützen. Wenn einem von uns etwas schiefgeht, geht es auch für die andern schlecht aus. Deshalb wage ich ...«

»Sprich, Manolios, sprich und steh nicht länger da und spinne«, sagte Giannakos und begann seine Eselin vom Baum loszubinden. »Ich habe es eilig!«

»Heute fängst du wieder deine Arbeit an«, sagte Manolios in weichem Ton und faßte Giannakos vorsichtig am Arm. »Du beginnst wieder deine Rundreise mit den Handelswaren durch die Dörfer. Vergiß nicht, ich beschwöre dich bei Christus, vergiß nicht, was der Priester gestern zu dir sagte ...«

»Was hat der Priester zu mir gesagt?« brach Giannakos aus, und seine Stimme bekam einen scharfen Ton.

»Nimm es nicht übel auf, Giannakos ... Er sagte, daß du die Leute nicht mehr im Gewicht übervorteilen sollst, von nun an nicht mehr ...«

Giannakos schoß das Blut ins Gesicht. Er machte hastig die Eselin los und schlug die Zügel nervös über seinen Arm.

»Gut, gut ... Seine Heiligkeit meint, das wäre leicht. Was würde er wohl sagen, wenn ich ihn gebeten hätte, seinen Leibriemen ein wenig anzuziehen, nicht für sieben zu essen und den Rest den Armen zu geben? Er soll nicht Stärke und Mehl und Gewürze zusammenmengen und sie als Majoran verkaufen und sagen, daß es alle Krankheiten heilt, der Gauner. Ließ er nicht im vergangenen Jahr den alten Mantoudis drei Tage lang unbegraben liegen, weil er wollte, daß die Erben ihn schon am ersten Tage bezahlen sollten? Bei einer anderen Gelegenheit ließ er den Weinberg des Flickschneiders Geronimus unter den Hammer gehen, weil er ihm Geld schuldig war. In diesem Jahre endlich hat er einige Tage vor der Osterwoche eine Taxe aufgesetzt — so viel für eine Taufe, so viel für eine Trauung, so viel für ein Begräbnis, sonst, erklärte er, werde er weder taufen noch trauen noch begraben. Und jetzt hat der aufgeblasene Bauch die Unverschämtheit, von mir, einem armen Menschen, zu verlangen ...«

»Rede nicht schlecht von dem Priester«, unterbrach ihn Manolios, »ein jeder muß für seine Seele geradestehen. Denke du an die deine, Giannakos. Wir müssen diese ganze Zeit hindurch rein und heilig sein, du sollst der Apostel Petrus sein, vergiß es nicht. ... Was tun wir denn, wenn wir zum Abendmahl gehen? Wir fasten, essen kein Fleisch, kein Öl, wir lästern nicht, geraten nicht in Wut ... genauso müssen wir uns jetzt verhalten, Giannakos ...«

Doch Giannakos war die Röte ins Gesicht gestiegen. Er fühlte, daß Manolios recht hatte, und das reizte ihn noch mehr. So gab er denn den Priester auf und machte sich an den Freund.

»Und du, Manolios, vergiß nicht, daß du kein Apostel, sondern Christus selbst sein sollst. Darfst du eine Frau berühren? Nein. Und dein Herr will dich jetzt verheiraten! Ja oder nein? Verdammt noch einmal, die Heiligkeit ist eine anstrengende Sache ...«

Manolios senkte den Kopf und sagte nichts.

»Ja oder nein?« schrie Giannakos wieder und wurde wütend. »Du siehst die Lenio an und leckst dir die Lippen ... Und der Teufel kommt mit ihr zu dir im Schlaf. Ich bin auch einmal jung und schön gewesen wie du, ich kenne die Künste des Teufels ... Mit ihr kommt er im Schlaf zu dir und du sündigst, und wenn du dich am Morgen erhebst, sind deine Augen ganz verschleiert ... Und wenn du später dann der gekreuzigte Christus sein sollst, bist du jung verheiratet ... Man wird dich ans Kreuz schlagen, aber das berührt dich nicht. Du weißt, daß alles ein Spiel ist, daß ein anderer ans Kreuz geschlagen wird, und wenn du am Kreuze ›Eli, eli, lama sabachtani!‹ rufst, denkst du daran, daß du bald wieder zu Hause sein wirst und daß Lenio dich mit warmem Wasser und sauberen Kleidern erwartet, dann werdet ihr nach der Kreuzigung beide schlafen gehen ... Schweige, Manolios, gib mir keine Ratschläge! Keine Schullehrermanieren ...«

Manolios hörte mit gesenktem Kopf zu, er zitterte.

Er hat recht ... dachte er ... Er hat recht, ich bin ein Lügner, bin ein Lügner, ein Lügner!

»Weshalb schweigst du? Lüge ich?« fuhr Giannakos fort und freute sich, Manolios zittern zu sehen.

»Aber nur gestern, Giannakos ...«, begann Manolios.

Doch Giannakos ließ nicht locker.

»Gestern«, sagte er und zog seine Eselin heran, um sich auf den Weg zu machen, »gestern war es anders, Manolios. Das war ein Feiertag, verstehst du, wir hatten uns gütlich getan, der Esel war angebunden, die Geschäfte ruhten ... Aber heute, siehst du, heute ist der Esel beladen, der Magen ist leer, Ostern ist vorbei, die Geschäfte beginnen ... Und Geschäfte, siehst du, mein Junge, das heißt: sich etwas vornehmen und übers Ohr hauen, wen man kann. Sonst will ich nichts damit zu tun haben, dann kann ich ebensogut auf den Berg Athos gehen und Mönch werden ... Verstehst du?«

Nun schwieg er einen Augenblick, er hatte sich etwas erleichtern dürfen. Dann zerrte er wieder an der Eselin und blickte zu Manolios hinüber, froh, daß er sich hatte Luft machen und seine Gewissensbedenken abladen können.

»Lebe wohl, Manolios, jetzt reden wir nicht mehr davon.«

Doch sein Zorn hatte sich noch nicht ganz gelegt, und er wandte sich noch einmal um und sagte:

»Ein Kaufmann muß betrügen, Manolios, aber ein Heiliger darf es nicht. So ist das. Wir wollen es nicht durcheinanderbringen ... Angenehme Hochzeit, Manolios. Komm, jetzt gehen wir, Giousoufaki.«

Manolios blieb allein. Die Sonne war aufgegangen. Menschen, Ochsen, Hunde und Esel hatten sich zu des Tages Arbeit in die Sielen gelegt, der alte Ladas hatte sich die Brille aufgesetzt und schrieb langsam mit bedächtigem Lächeln den Schuldschein über die drei Pfunde. Der Priester, der voller Wut fortgegangen war, um den alten Patriarcheas zu treffen, war zu einem Sterbenden gerufen worden, um ihm das Abendmahl zu reichen, und hatte einen anderen Weg eingeschlagen. Kapitän Fourtounas aber lag auf seinem Bett und brüllte, er schimpfte die alte Mantalenia aus, die den Verband um seinen zerfetzten Kopf wechselte.

Lenio saß am Webstuhl und webte die letzten Handtücher. Sie sang leise, und ihr Herz tanzte, es sprang hinauf in den Hals und hinab in die Nieren, es sprang von der einen Brust in die andere und ließ sie gurren.

Im Zimmer des Hausherrn oben hörte Lenio Stimmen. – Der Herr schimpfte, der Sohn antwortete, beide gingen erregt auf und ab, es hörte sich an, als ob sie sich schlügen, und der Fußboden krachte. Doch Lenio saß über den Webstuhl gebeugt und kümmerte sich nicht um ihr Gezänk. Sie hatte auch keine Angst, als sie die wütende Stimme des Hausherrn hörte. Sie würde aus der Abhängigkeit von ihm freikommen, sie war bereit, das Band zu lösen und sich mit Manolios auf den Berg zu den Schafen und Ziegen zu begeben. Sie hatte vom alten Patriarcheas genug, obwohl er sie wie sein eigenes Kind geliebt hatte, ihr einen Mann verschafft und eine so schöne Mitgift gegeben hatte. Sie war seiner überdrüssig geworden und wollte von ihm nichts mehr wissen.

Das Gezänk dort oben wurde immer heftiger, einen Augenblick hörte man die wütende Stimme des Alten deutlicher, und Lenio spitzte ihre kleinen Ohren, um zu horchen.

»Solange ich noch lebe«, schrie der Alte, »bin ich es, der kommandiert und nicht du. Das ist ja das Ende der Welt!«

Der Alte war rasend geworden und stotterte, die Worte verwickelten sich, und Lenio konnte sie nicht mehr unterscheiden. Nach einer Weile hörte sie jedoch wieder deutlich: »Ich will nicht, daß du zu Manolios irgendeine Verbindung unterhältst, vergiß nicht, daß er Knecht ist und du Herr bist. Achte auf deine Stellung!«

»Der unverschämte Alte«, murmelte Lenio, »dieser liederliche aufgeblasene Pfau, der nicht einmal Achtung vor dem eigenen weißen Haar hat, daß er die Katarina herholt und sie ihren Unsinn reden läßt. Und den Manolios kann er nicht leiden ... er dürfte seinen Goldjungen wohl nicht glauben machen wollen ... Ach, ich will fort von hier, fort, dich nicht mehr sehen, dich nicht mehr hören, alter Pfau!«

Sie sprang vom Webstuhl auf; sie hielt es nicht mehr im Zimmer aus, sondern eilte auf den Hof, um Luft zu bekommen.

»Der aufgeblasene alte Pfau!« murmelte sie. »Ich wünschte, ihn träfe der Schlag.«

Sie ging in den Garten hinaus, um frisches Wasser zu suchen, in das sie den Kopf tauchen und sich erfrischen konnte. Klein und rund war sie, mit schwellenden Lippen und pfiffigen glänzenden Augen und mit einer Adlernase, die wahrhaftig an den Herrn Patriarcheas erinnerte. Sie war schwarzhaarig und hübsch, eine richtige kleine Unruhestifterin. An den Abenden pflegte sie auf der Schwelle zu stehen, und wenn ein Mann vorüberging, reckte sie den Hals und sah ihn voller Begehren, Neugier und Mitleid an. Lenio glich einem hungrigen, kleinen Raubtier, das die angezogenen Pranken hob, um zuzuspringen, plötzlich aber

Mitleid mit dem armen Geschöpf vor sich empfand, ihn seines Weges gehen ließ und ungeduldig auf den nächsten wartete... Eine stille, wilde und unbarmherzige Jagd, die zugleich voller Klagen und Schmerzen war, gab es jeden Abend auf der Schwelle, und wenn die dunkle Nacht herniedersank, ging Lenio erschöpft ins Haus.

Gerade als sie den Eimer heraufgewunden hatte und ihr kleines, erhitztes Gesicht hineintauchen wollte, öffnete sich das Gartentor, und Manolios kam herein.

»Guten Tag, Manolios!« rief das Mädchen und war im Begriff, ihm entgegenzulaufen, aber sie beherrschte sich. Sie sah ihn nur mit heißer Leidenschaft an und warf einen blitzschnellen, forschenden Blick auf seine Arme, seinen Hals und seine Brust, seine Hüften und Knie... Als ob sie mit ihm ringen sollte und abschätzen wollte, wo der Widerstand einzusetzen sei und wie schwer es fallen würde, ihn zu Boden zu werfen.

Manolios antwortete nicht. Er trat in den Hof, stellte seinen Stab in eine Ecke und wollte die Steintreppe hinaufgehen, die ins Zimmer des Hausherrn führte. Er hatte die Stimmen schon auf der Straße gehört und beeilte sich, das Unwetter mit Michelis zu teilen.

Er wirkte müde und unruhig. Sobald er Lenio sah, spürte er erschrocken, wie es in ihm zuckte. Sie wollte er von allen jetzt am wenigsten sehen. Er eilte über den Hof, um an die Treppe zu gelangen, aber Lenio ließ ihn nicht los.

»Na«, sagte sie und hielt ihn fest. »Jetzt sind wir beide hier, mein Herr!« rief sie aus.

»Guten Tag, Lenio«, antwortete Manolios, »vergib mir, ich bin in Eile, ich muß den Herrn treffen.«

»Laß ihn, was willst du mit dem alten, aufgeblasenen Pfau?« sagte Lenio mit unterdrückter Stimme und fast leidenschaftlich, »er ist gerade dabei und zankt seinen Goldjungen aus, laß sie sich gegenseitig die Augen auskratzen, komm herein und sieh dir die Handtücher an...«

Sie ergriff ihn bei der Hand und wollte ihn hineinziehen, ihr Duft überflutete ihn, sie hüllte ihn gewissermaßen in sich ein, lehnte sich einen Augenblick an ihn, zog sich aber sofort rot und erregt zurück, als ob man sie fortgejagt hätte; die ganze Zeit jedoch suchte sie ihn zu ihrem Zimmer hinüberzudrängen.

»Wann werden wir heiraten, Manolios? Der Alte hat es eilig.«

»Wenn Gott will«, antwortete Manolios und versuchte zu entkommen.

»Ich neige mich tief vor seiner Gnade«, sagte Lenio und wurde plötzlich ernst. »Ich neige mich tief vor seiner Gnade, aber sag ihm, daß es eilt. Es ist bald Mai, und im Mai heiratet man nicht. Wollen wir denn bis zum Juni warten? Zum Juli? Wir verlieren nur Zeit.«

»Wir gewinnen Zeit, Lenio. Übereile dich nicht. Die Jahre fliegen nicht davon, ich habe etwas zu tun, das ich erst abschließen muß. Dann, wenn Gott es will . . .«

»Was hast du zu tun?« fragte Lenio verwundert. »Was denn? Du hast ja nichts anderes zu tun, als die Schafe und Ziegen zu hüten.«

»Jaja«, sagte Manolios und zog sich langsam zur Steintreppe zurück.

»Was denn? Weshalb sagst du nichts? Ich soll bald deine Frau sein, ich muß es wissen.«

»Ich will erst den Herrn treffen, dann, Lenio . . . Ich will erst mit ihm reden, Lenio . . . Laß mich . . .«

»Manolios, sieh mir gerade in die Augen, sieh nicht zur Erde, was ist los mit dir? An einem einzigen Tag bist du völlig zusammengefallen, Manolios. Was hat man mit dir gemacht?«

Sie blickte ihn unruhig und verärgert an und atmete tief auf. Dann brach sie plötzlich aus:

»Man hat dich behext. Wir wollen Tante Mantalenia bitten, daß sie Blätter von der Karfreitagmesse räuchert, um dich zu beschwören, Manolios. Komm herein, ich will dir die Handtücher zeigen . . .«

Manolios spürte ihren Atem an seinem Hals. Ein scharfer Duft stieg aus ihrem erhitzten Körper auf, hin und wieder berührte ihre feste schwellende Brust seine Hand, sein Blut geriet in Wallung und wollte die Adern sprengen.

»Ich werde gehn und Tante Mantalenia holen, ich kann es nicht mit ansehen. Geh bitte nicht, geh nicht«, sagte Lenio entschlossen. Sie ging hinein, zog ihren hübschen Rock an, band ein Tuch um das Haar und legte einige rohe Eier, etwas Kaffee und Zucker und eine Flasche Wein in einen Korb, um die alte Mantalenia für ihre Mühe zu entschädigen. Dann wandte sie sich um und sah Manolios unentschlossen oben auf der Treppe an Herrn Patriarcheas' Türe stehen.

»Geh nicht«, rief sie, »geh nicht, ich bitte dich.«

Drinnen waren die Stimmen verstummt. Michelis schien gegangen zu sein. Manolios hörte hinter der Tür nichts als die schweren Schritte seines Herrn, der auf und ab ging, brummte und murrte und seinen Zorn noch nicht losgeworden war.

Er stieß die Tür auf und ging hinein. Sobald der Alte ihn zu sehen bekam, stürzte er auf ihn zu.

»Es ist deine Schuld«, brüllte er und hob die Hand, um ihn zu schlagen. »Du bist es, der meinem Jungen den Kopf verdreht hat, du hast ihn dazu gebracht, mein Hab und Gut, mein Herzblut, zu verschenken und den Fremden zu geben.«

Die Adern an den Schläfen, am Hals und an den Händen waren dunkelblau geworden; er hatte das Hemd aufgerissen, und die alte Brust ging keuchend auf und nieder, als ob sie zerspringen wollte. Er sank auf dem kleinen Sofa in der Ecke nieder, griff sich mit beiden Händen an den Kopf und begann zu röcheln und ächzend zu husten.

Manolios lehnte sich an die Wand. Er sah, wie der alte Mann sich quälte und wurde von Trauer und Mitleid gepackt. Das Menschenherz ist wie ein wildes Tier, dachte er, wie ein ungezähmtes, wildes Tier. Christus, kannst du es nicht zähmen...?

Der Alte sprang wieder auf, als habe er neue Kraft bekommen, und packte Manolios am Kragen.

»Es ist deine Schuld!« schrie er wieder, und sein Speichel sprühte Manolios über Wangen und Hals. »Es ist deine Schuld! Ich habe dich vom Berg heruntergeholt, um dich mit meiner Lenio zu verheiraten, die ich wie meine eigene Tochter liebe; ich habe vergessen, daß du mein Knecht und Hirte bist; am Ostertag habe ich dich an meinen Tisch geholt und gemeinsam mit mir essen lassen, und du, du undankbarer Lümmel, wie zahlst du mir dafür? Du hast meinem Jungen den Kopf verdreht, ihr seid heimlich, als ich schlief, in meinen Keller gestiegen und habt mich bestohlen. Dieb! Dieb! Und damit nicht genug! Zum erstenmal hat sich Michelis mir heute widersetzt.

›Ich bin ein Mann‹, sagte er, ›ich tue, was mir gefällt!‹ Hörst du, welche Frechheit! Er hob den Kopf und sagte, er werde tun, was ihm gefiele. Und als ich ihn anschrie: ›Hast du denn keine Ehrfurcht vor deinem Vater?‹ antwortete der Lümmel, ohne sich zu schämen: ›Ich habe nur Ehrfurcht vor Gott!‹ Hörst du, vor keinem andern! Das ist deine Teufelei, Manolios, und ich wünschte, du hättest dir deine Beine gebrochen, als du vom Berg herunterkamst, um mit mir Ostern zu feiern! Weshalb sagst du nichts, weshalb stehst du da und stierst mich an? Rede, sonst werde ich dir ...«

»Ich bin gekommen, Herr, dich um Erlaubnis zu bitten, auf den Berg zurückkehren zu dürfen«, sagte Manolios mit ruhiger Stimme.

Der Alte riß die Augen auf, es zuckte um die Lippen, und er stammelte:

»Was? Was ist dein Wunsch? Auf den Berg zurückzukehren? Sag das noch einmal, wenn du es wagst!«

»Ich bin gekommen, Herr, dich um Erlaubnis zu bitten, auf den Berg zurückkehren zu dürfen.«

»Und die Hochzeit?« schrie der Alte. Und der Hals begann ihm wieder anzuschwellen. »Wann soll die Hochzeit sein, du Idiot? Im Mai? Im Mai, da die Esel Hochzeit halten? Es wird jetzt im April geschehen, deshalb habe ich dich heruntergeholt, und ich bin es, der hier befiehlt!«

»Laß mir noch ein wenig Zeit, Herr ...«

»Weshalb? Wozu brauchst du sie? Was ist denn mit dir los?«

»Ich bin noch nicht bereit.«

»Du bist noch nicht bereit? Was meinst du damit?«

»Ich weiß es nicht ... Aber ich fühle, daß ich noch nicht bereit bin. Meine Seele ...«

»Was für eine Seele? Ich glaube, du bist verrückt geworden ... Deine Seele, sagst du? Hast du eine Seele, du?«

»Wie soll ich es ausdrücken, Herr? Eine Stimme in mir ...«

»Schweig!«

Manolios streckte die Hand aus, um die Tür zu öffnen, aber der Alte hielt ihn zurück.

»Wohin willst du gehen? Bleib.«

Er machte einige Schritte durch das Zimmer, schlug mit der Faust auf den Tisch und biß sich auf die Lippen.

»Ihr werdet mich noch beide um die Ecke bringen. Ich werde verrückt. Das ist das Ende der Welt! Mein Sohn sagt, er fürchte mich nicht mehr, er fürchte nur noch Gott, und dieser Halunke von Knecht redet von seiner Seele.«

Irrsinnig vor Wut wandte er sich an Manolios:

»Zieh zur Hölle, geh mir aus den Augen! Wenn du in diesem Monat nicht heiratest, kannst du deinen Dienst bei mir als beendet ansehen. Scher dich aus meinem Haus. Ich werde schon einen andern und besseren Mann für Lenio finden. Hinaus mit dir!«

Manolios öffnete die Tür und ging die Treppe Stufe für Stufe hinab. Er warf einen Blick auf den Hof, Lenio war noch nicht zurückgekehrt, da nahm er hastig seinen Stock aus der Ecke und eilte die Anhöhe zum Berge hinauf.

An der Ai-Vasilis-Quelle außerhalb des Dorfes blieb er stehen, um Atem zu holen. Es war eine alte berühmte Quelle, von Schilf umgeben und mit einer glänzenden Marmorkante eingefaßt, in die seit Jahrhunderten die Seile scharfe Furchen geschnitten hatten, wenn sie sich herniedersenkten und die Wassereimer heraufzogen. Abends kamen die Mädchen und holten das frische Wasser vom Berge. Man sagte, es sei wundertätig und könne viele Krankheiten heilen, vor allem die Steine in Galle, Leber und Nieren. Jedes Jahr am Dreikönigstag kam der Priester her und segnete sie. Ai Vasilis aus Cäsarea, der zu allen Kindern der Welt mit Spielsachen kam, war, so erzählte man sich, an dieser Quelle vorbeigegangen und hatte hier getrunken, bevor er seine Wanderung am Neujahrsabend begann. Deshalb hieß sie auch die Ai-Vasilis-Quelle, und deshalb war das Wasser auch wundertätig.

Die Sonne stand hoch oben am Himmel, und ihre Strahlen fielen wie ein erstarrter Wasserfall auf die Erde herab. Das frische, grüne Schilf, das noch nicht in Blüte stand, hob seine zarten Spitzen und trank unbewegt das Sonnenlicht und zog aus ihm seine Nahrung. Jedes Blatt der Olivenbäume tropfte Licht, in der Ferne dampfte der Berg Sarakina in seinen flammenden, durchscheinenden Schleier gehüllt, seine Grotten gähnten mit ihren schwarzen Öffnungen, und auf dem Gipfel hatte sich die Kapelle des Ai Lias gewissermaßen aufgelöst und war in dem strahlenden Lichtmeer verschwunden.

Manolios ergriff das Seil und zog Wasser herauf. Er tauchte sein Gesicht in den Eimer, trank und erfrischte sich, riß das Hemd auf und trocknete den Schweiß von der Brust. Dann richtete er den Blick auf den Berg Sarakina, und das Bild des Priesters Fotis erschien ihm, ein derber und harter Asket, nur Feuer und Licht, als ob er ganz aus Sonne gestaltet sei. Ohne an etwas zu denken, ohne etwas zu fragen, ganz in stille Seligkeit versunken, blickte Manolios ihn an.

Lange hielt er die Augen auf das Licht mit dem Bildnis des Asketen gerichtet und sog unbeweglich den lebenspendenden Strahl des Lichtes auf die gleiche Weise in sich ein, wie der kleine, zarte Blütenstiel. Nach mehreren Monaten noch konnte er sich dieses stillen Augenblicks am Rande der Quelle erinnern, und er empfand, daß dieser Augenblick die größte Verzückung seines Lebens gewesen war; keine Verzückung, nein, etwas viel Tieferes, Strengeres, Ewiges, etwas wie eine Kreuzigung.

Als er sich erhob und sich zum Berge Panagias, gerade gegenüber, wandte, um zu seiner Hirtenhütte zu gehen, war die Sonne im Untergehen.

»Ich werde wohl müde«, sagte er, »es ist schon spät . . .«

Er streckte die Arme aus, zog den Leibriemen fest, nahm den Hirtenstab von der Erde auf und beeilte sich, seine lieben Kameraden in der Einsamkeit aufzusuchen — die Schafe, Ziegen und Hirtenhunde. Und seinen wilden, sonnengebräunten Hütejungen, den lockigen Nikolios. Er hatte gerade einen Schritt getan, als es plötzlich im Schilf raschelte und er hinter sich eine frische Stimme vernahm, die zugleich bittend und spöttisch klang.

»Na, Manolios, hast du Angst? Bleib stehen, ich habe dir etwas zu sagen.«

Er wandte sich um. Es war die Witwe Katarina, die mit dem Krug auf der Schulter dem Schilf entstieg. In Hast umfing sein Blick den glänzenden Hals, die bloßen Arme und die roten Lippen, die ihn anlächelten.

»Was willst du von mir?« fragte er, schlug die Augen nieder.

»Weshalb verfolgst du mich, Manolios?« sagte die Witwe, und ihre Stimme war voller Leidenschaft und Klage. Sie stellte den Krug an den Rand der Quelle und seufzte. »Jede Nacht kommst du zu mir im Traum, du läßt mich nicht in Frieden schlafen. Heute in der Frühe träumte ich, du habest den Mond in deinen Händen gehalten und Scheiben aus ihm geschnitten, als sei er ein Apfel, und du gabst mir zu essen davon ... Was willst du von mir, Manolios? Weshalb verfolgst du mich? Denn wenn ich dich in meinen Träumen sehe, bedeutet es, daß du an mich denkst.«

Manolios blickte nicht von der Erde auf; er spürte, wie der heiße Atem der Witwe ihn traf, seine Schläfen klopften, und er schwieg.

»Du wirst rot, du wirst rot, Manolios!« sagte die Witwe, und ihre Stimme klang warm, erfreut und ein wenig heiser. »Du denkst also an mich, Manolios, ich habe recht! Ich denke auch an dich ... Und wenn ich es tue, schäme ich mich, als wäre ich nackt, und du sähest mich ... Als wäre ich nackt, und du wärst mein Bruder und sähest mich.«

»Ich denke an dich«, antwortete Manolios und blickte nicht auf, »ich denke an dich, und du tust mir leid. Die ganze Osterwoche haben meine Gedanken bei dir geweilt. Vergib!«

Die Witwe setzte sich an den Rand der Quelle, sie empfand plötzlich eine angenehme Müdigkeit, sie konnte nicht länger auf den Beinen stehen. Nun schwieg auch sie. Sie neigte sich über die Quelle und erblickte in dem dunkelgrünen Wasser in der Tiefe ihr Gesicht. Ihr ganzes Leben glitt wie ein Blitz an ihr vorbei: Eine elternlose Priesterstochter aus einem großen Dorf weit in der Ferne, hatte sie ihren Mann auf dem Fest der Panagia Mirtiotisa kennengelernt. Er war viel älter als sie, fast ein alter Mann, aber nett und wohlhabend, und sie war arm. Er nahm sie, er nahm sie nicht, er kaufte sie, heiratete sie und nahm sie mit nach Likovrisi. Sie wollte Kinder haben, aber er vermochte sie nicht zu zeugen und starb. Mit zwanzig Jahren Witwe, konnte sie auf ihrem Bett nicht schlafen, und den unverheirateten Burschen im Dorf erging es nicht anders; nachts strichen sie um ihre Tür, ihr Fenster und ihren Hof, sangen ihre Liebeslieder und blökten wie die jungen Kälber. Sie hielt ein Jahr, zwei Jahre stand, eines Samstagabends aber ging es nicht mehr. Sie hatte gebadet, Lorbeeröl ins Haar gegossen. Sie betrachtete ihren Körper, es tat ihr leid um ihn, und sie öffnete einem Burschen das Tor — wer es war, wußte sie nicht —, und er kam herein. Im Morgengrauen, bevor die Leute erwachten, verließ er sie; die Witwe fühlte eine süße Wärme sie durchfluten, sie spürte, daß das Leben etwas bedeutete, und daß es eine große Sünde war, es verrinnen zu lassen. Und in der nächsten Nacht öffnete sie wieder das Tor . . .

Sie hob ihr Gesicht von dem dunkelgrünen Wasser auf.

»Weshalb tue ich dir leid, Manolios?« fragte sie.

»Ich weiß es nicht, Katarina, frage mich nicht. Du tust mir leid, als ob du meine Schwester wärst.«

»Schämst du dich meinetwegen?«

»Ich weiß es nicht, frag mich nicht. Du tust mir leid!«

»Was willst du von mir?«

»Nichts, ich will nichts«, brach Manolios erschreckt aus und wollte davonlaufen.

»Geh nicht, geh nicht, Manolios!« Ihre Stimme bebte.

Manolios blieb stehen, ohne sich umzukehren. Sie schwiegen wieder. Nach einer kleinen Weile sagte die Witwe:

»Ich finde, du bist wie ein Erzengel, Manolios, wie ein Erzengel, der meine Seele nehmen will.«

»Laß mich gehen«, sagte er, »ich will nichts, ich will gehen.«

»Du hast es eilig«, sagte die Witwe gekränkt, und die Stimme hatte wieder einen spöttischen Unterton. »Du hast es eilig, auf den Berg zu kommen, um Milch zu trinken und Fleisch zu essen und Kraft in die Knochen zu bekommen. Du wirst heiraten, Manolios, und Lenio treibt keinen Scherz!«

»Ich werde nicht heiraten«, brach Manolios aus und erschrak. Zum erstenmal dachte er daran. »Ich werde nicht heiraten, werde nie heiraten, ich will sterben!«

Es erleichterte ihn, frei heraus reden zu können. Dann wandte er sich um und sah der Witwe in die Augen, als ob er keine Furcht mehr vor ihr habe, als ob er von einem schweren Druck befreit worden sei.

»Lebe wohl«, sagte er ruhig und still, »ich gehe jetzt.«

Die Witwe sah ihn sich entfernen, und es gab ihrem Herzen einen Stoß.

»Denk nicht an mich, Manolios«, rief sie hoffnungslos, »komm nicht mehr zu mir im Traum, quäle mich nicht mehr, geh deines Weges und laß mich in Frieden!«

Du tust mir leid, meine Schwester, ich will nicht, daß du untergehen sollst! dachte Manolios, aber er wandte sich nicht um und antwortete nicht. Er hatte den Pfad zum Berg eingeschlagen und schritt hinauf.

## 4

Die Sonne lächelte und liebkoste den Gipfel des Sarakina, sie färbte die kleine Kapelle des Ai Lias über und über rot, die Rebhühner auf den Hängen begannen zu schreien. Der ganze Berg leuchtete auf, hier und dort sah man in den steilen Felsen einige hart mitgenommene Johannisbrotbäume, dornige Büsche und vom Winde zerzauste Eichen. Sicherlich hatten hier einmal Menschen gehaust — man konnte noch halbabgetragene Mauern, die Reste zerschlagener Krüge und vernachlässigte und verwilderte Obstbäume erkennen. Die Wege waren verschwunden, voller Unkraut und kleiner Steine, die Häuser hatten sich in ihre ursprünglichen Bestandteile aufgelöst, die Bäume bildeten ein enges Dickicht, und Wölfe, Füchse und Hasen, die vor den Menschen geflohen waren, kehrten in ihre Heimat zurück. Die Erde, die Bäume, die Tiere lebten wieder auf. Sie hatten ihre Freiheit zurückerhalten, sie wurden nicht mehr von dem vergänglichen zweibeinigen Wesen gejagt, das sich einen Augenblick gezeigt hatte, in Ewigkeit in die Irre ging und dann wieder verschwunden war.

Jetzt aber kehrte dieses unruhige Geschöpf zurück. Die wilden Tiere mußten sich wieder in den hohen Felsen verbergen. Sobald die Sonne aufgegangen war, kamen Menschen aus den Grotten hervor, Männer, Frauen und Kinder, sie fanden das Wasser, das sich zwischen den Felsen gesammelt hatte, sie neigten sich darüber, sammelten Steine und zündeten Feuer an. Sie reckten sich auf die Zehenspitzen und blickten weit hinaus; drunten in der Ebene sahen sie das fette Dorf Likovrisi, das von Hügelwellen und Olivenbäumen, Feigen und Weingärten umgeben war, hinter dem Dorf erblickte man den frischen, grünen Berg Panagias mit

Schafen und Ziegen, und weiter noch schimmerten hohe, blaurote Berge am fernen Horizont.

Der Priester Fotis schlug das Zeichen des Kreuzes.

»Kinder«, sagte er, »Gott hat den Tag aufgehen lassen, es gibt viel Arbeit heute, kommt alle her, lasset uns Gott anrufen, daß er uns erhöre!«

Die Greise und Greisinnen versammelten sich um den Priester Fotis, der hoch aufgerichtet auf einem Stein stand, die Frauen eilten mit ihren Kindern herbei, und zuletzt traten, die von Sorgen bedrückten Köpfe gebeugt, mit schweren Schritten die Männer heran. In Lumpen gekleidet, mit von Müdigkeit und Hunger eingesunkenen Wangen, standen sie barfuß und wehrlos inmitten dieser ungastlichen Felsen und den wenigen unfruchtbaren Bäumen. Man hätte Gebete und Schluchzen und flehend zum Himmel erhobene Hände erwarten können, doch plötzlich stieg aus den ausgezehrten Brüsten froh, zuversichtlich und triumphierend der Gesang des alten, untergegangenen Kaisertums, und der ganze Berg hallte wider:

»Errette, Herr, dein Volk
und segne dieses Erbe,
den Sieg verleih uns über die Barbaren! ...«

Der Priester bewegte die Hände im Takt und führte die Stimmen, während seine eigene Stimme als erste tief und kampfesfroh erklang. Die gebeugten Köpfe hoben sich, die Frauen entblößten ihre Brust und gaben ihren Kleinen Milch, während andere sich bückten, Zweige auf die Feuer legten und die Töpfe daraufsetzten.

»Meine Kinder«, sagte der Priester Fotis, »hier auf diesem harten, beschwerdereichen Berg werden wir uns mit Gottes Hilfe einen Halt schaffen. Drei Monate sind wir gewandert, die Kinder und Frauen sind am Ende, und die Männer schämen sich, betteln zu gehen. Der Mensch ist wie ein Baum, er will Erde haben. Hier wollen wir Wurzel schlagen. Ich habe heute nacht im Traum unseren Landsmann Ai Giorgis gesehen, genauso wie er auf dem Banner abgebildet ist, das wir aus unserer Heimat mitgenommen haben. Hell und schlank wie der Frühling saß er auf einem weißen Pferd, und hinter ihm saß die schöne Prinzessin, die Ai Giorgis von dem schrecklichen Ungeheuer an der Quelle befreit hat; sie reichte ihm eine goldene Schale mit Wasser und gab ihm zu trinken ... Wer ist die schöne Prinzessin, meine Kinder? Sie ist Griechenlands Seele, unsere eigene Seele. Ai Giorgis hat uns auf sein Pferd gesetzt und uns zu diesem öden Berg geführt, auf dem wir jetzt stehen. Heute nacht nun kam er im Traum zu mir, er streckte seine Hand aus und legte in mich die Saat zu einem neuen Dorf – einem winzig kleinen Dorf, das mit seiner Kirche, seiner Schule, seinen Häusern und seinen Gärten in meiner Handfläche Platz fand. Und er sagte zu mir: ›Pflanze und baue!‹« Aus der Menge war ein Rufen und Wispern zu vernehmen, wie wenn ein Windhauch über Schilfhalme fährt. Und als der Priester Fotis seine Hand ausstreckte, meinten viele Frauen, in ihr ein kleines Dorf wie ein Ei liegen zu sehen, das in der Sonne lag und reifte.

»Hier wollen wir pflanzen«, fuhr der Priester Fotis fort und reckte die Arme aus und umfing den Berg. »Hier auf diesen Steinen und in diesen Grotten rund um die kleinen Wasserläufe und unter den kargen, wilden Bäumen wollen wir den Samen aussäen, den der heilige Ritter mir anvertraut hat. Mut, meine Kinder! Auf, und folget mir, heute ist ein großer Tag. Wir wollen unser neues Dorf bauen! Auf mit dir, alter Panagos, nimm den Sack mit den Gebeinen wieder auf den Rücken und komm.«

Der hundertjährige Greis hob den ausgezehrten Kopf, und die Augen funkelten:

»Dreimal habe ich gesehen, wie Dörfer aufgebaut und zerstört worden sind. Zum ersten Male zerstört durch die Pest, zum zweiten Male zerstört durch das Beben der Erde und zuletzt nun zerstört durch die Türken. Aber dreimal habe ich auch den Menschen diesen Samen säen sehen. Einmal in die gleiche Erde, ein andermal in ferne fremde Erde. Ein Priester segnete ihn, die Maurer begannen zu bauen, alle stürzten sich auf die Erde und bestellten sie, die Burschen verheirateten sich, und es war eine Freude, zu sehen, wie die Erde junge Schößlinge trieb, wie der Rauch aus den Schornsteinen stieg, wie die kleinen Kinder schrien – das Dorf war wieder neu gepflanzt und gebaut! Kommt, Freunde! Jetzt wollen wir wieder pflanzen und bauen!«

»Bravo, alter Panagos«, riefen die Männer und lachten. »Du hast Charon zu Boden geschlagen, Väterchen. Du bist unser Digenis Akritas!«[8]

»Gewiß bin ich das!« antwortete der Alte ruhig und sicher.

Unterdessen hatte der Priester Fotis seine Stola umgelegt, er hatte aus Thymian und Quendel einen Weihwasserwedel gemacht; er hatte in eine trockene Kürbisschale Wasser gefüllt und rief nun einige Kinder zu sich, die er singen und den Ton halten gelehrt hatte.

Die ganze Schar erhob sich und ordnete sich hinter ihrem Anführer, die Männer zur Rechten, die Frauen zur Linken.

»In Gottes Namen, Kinder«, rief der Priester Fotis aus, »in Gottes und des Vaterlandes Namen. Unser Dorf ist zerstört worden, unser Dorf wird neu gegründet, unsterblich ist das griechische Volk. Wie soll ich mich ausdrücken, meine Brüder? Ich bin ja ein Mensch und ich bin froh, wenn mir etwas Gutes widerfährt, aber noch froher bin ich, wenn ich gegen Schwierigkeiten ankämpfen darf. Dann denke ich: Jetzt sollst du zeigen, Fotis, ob du ein wirklicher Kerl oder ein Hase bist.«

Die Männer und Frauen lachten. In diesem wichtigen Augenblick wurden ihre Herzen durch die männlichen und geschickten Worte erleichtert. Es war, als erhöbe sich in jeder einzelnen Brust ein alter Ringer, als blicke er die Steine, die dürren Bäume und die hungrigen Mäuler an und streife sich die Ärmel auf, um zu beginnen.

»Folgt mir jetzt alle, ich werde die Grenzen des Dorfes abschreiten«, sagte der Priester und tauchte den Weihwasserwedel ins Wasser. »In Gottes Namen!«

Der Riese hob das Banner Ai Giorgis' hoch, die Männer ergriffen ihre Hacken und Spaten, die Greise nahmen die Ikonen in die Arme, und allen voran schritt der greise Alte, den Sack, in dem die Gebeine der Ahnen ruhten, auf der Schulter. Einige Hunde waren ihnen gefolgt und sprangen und bellten froh. Da erscholl ein gellender Schrei, und eine Trompete ertönte am Fuße des Berges, aber niemand hörte es.

Der Priester tauchte den Weihwasserwedel ins Wasser, er besprühte mit kräftigem Schwung die Felsen, die wilden Gebüsche und Johannisbrotbäume und zog in der Luft die Grenzen des Dorfes. Zum ersten Male gründete und weihte er ein neues Dorf. Mit überschwellendem Herzen ließ er die Gebete ihre Sprache sprechen und sang.

»Herr, Herr! Mit dem geweihten Wasser stecke ich die Grenzen ab für unser Dorf. Möge der Türke es nicht zerstören, die Pest es nicht erreichen, das Erdbeben es nicht erschüttern! Vier Tore werden wir in ihm errichten, sende, o Herr, vier Engel, ihre Wächter zu sein!«

Er hielt inne, besprengte kreuzweise einen großen Stein und wandte sich an seine Gemeindekinder.

»Hier im Osten werden wir das eine Tor des Dorfes errichten, Christi Tor!«

Dann erhob er die Hände zum Himmel:

»Dies ist Dein Tor, o Herr. Durch dieses Tor sollst Du zu uns kommen, wenn Du uns in Stunden der Gefahr zu erhören würdigst und die Erde betrittst, denn wir sind ja Menschen, wir haben eine Seele und eine Stimme, und wir werden rufen. Und wenn wir einmal ein Wort zuviel sagen, werde nicht böse auf uns, wir sind Menschen, gequälte Wesen, wir haben reichlich Kummer und Sorgen, und es kommt eine Zeit, da unser Herz es nicht mehr erträgt, da es ausbricht und ein Wort zuviel hinausschreit, sich zu erleichtern. Das Leben ist schwer, und wenn Du nicht wärest, Herr, würde es ein Ende nehmen mit uns allen, Männern und Frauen. Aber Du bist da, eine Freude, ein Trost, ein rächender Geist, mein Gott! Dies ist Dein Tor, tritt ein!«

Sie setzten sich wieder in Bewegung und gingen nach Süden. Wieder wurden die Grenzen in der Luft gezogen. Der Priester sang ein Kirchenlied, und um seine Baßstimme her erklangen die zarten Stimmen der Kinder wie zwitschernde Schwalben.

Bei einer Vertiefung des Felsens, die voller kristallklaren Wassers war, blieb der Priester stehen.

»Hier«, sagte er, »wollen wir das Tor der Panagia errichten. Sie ist die Beschirmerin der Menschheit, machet hier ein Zeichen!«

Er streckte die Hand zur Erde aus:

»Jungfrau Mutter«, sagte er, »Unvergängliche Rose, Blühender Rebstock, der die gewaltige Eiche Gott umschlingt, wir sind bescheidene Menschen, gehetzte Flüchtlinge, vernimm unsere Stimme. Du sitzt auf der Erde hier neben uns, und Deine Schürze ist wie ein warmes Nest voller Menschen. Du bist Mutter und weißt, was Seufzer, Hunger und Tod bedeuten, Du bist Frau und weißt, was Geduld und Liebe bedeuten. Laß sie über unser Dorf kommen, gib den Frauen Geduld und Liebe, daß sie den gefährlichen Kampf bestehen und ohne zu klagen Männer und Kinder und die Sorgen des Haushalts ertragen. Gib den Männern die Kraft, zu arbeiten und nicht den Mut zu verlieren, zu sterben und hinter sich den Hof voller Kinder und Kindeskinder zu lassen. Gib auch den Greisen und Greisinnen ein gutes und christliches Ende! Dies ist Dein Tor, Panagia Portaitissa[9], tritt ein!«

Im gleichen Augenblick lugte hinter der Schar ein beladener Esel hervor, doch keiner beachtete ihn. Er blieb verwundert stehen und richtete die großen, weichen Augen auf seinen Begleiter, als ob er ihn fragen wollte. Atemlos und verschwitzt, die Sonne und die Felsen verfluchend, erschien Giannakos hinter dem Esel.

Auch er blieb wie Giousoufaki verwundert stehen. Er hatte die Kirchenlieder gehört, auch die Worte des Priesters waren an sein Ohr gedrungen, er blickte um sich und verwunderte sich: »›Dies ist Panagias Tor‹, sagte der Priester. Was für ein Tor? Wollen Sie hier ein Dorf bauen? Womit wollen sie es bauen? Mit Luft? In der Luft? Sie sterben vor Hunger und wollen Dörfer bauen? Sie können sich nicht auf den Beinen halten und singen den Kriegsgesang ›Herr, gib uns über die Barbaren Sieg!‹ Hab Erbarmen mit mir, Herr!«

Er band seine Eselin an einen Baum und ging still dem Zuge nach, ohne daß jemand ihn bemerkte. Seine Augen waren weit aufgerissen, die Ohren standen weit offen, er wußte noch nicht, ob er lachen oder weinen sollte. Er folgte den andern und sah den Priester mit dem Weihwedel Wasser sprengen und die Grenzen mit einer erstaunlichen Sicherheit festlegen, als ob er die künftigen Straßen und Häuser, die Kirche und das Gemeindehaus schon vor sich sähe.

Der Priester blieb nun zum dritten Male stehen, nach Westen hin, gerade dem Tore Christi gegenüber, und deutete auf einen großen Felsen, an dem ein blühender Zweig aus einer Spalte hervorgewachsen war.

»Hier wollen wir das Tor des Ai Giorgis, des Arbeiters, errichten«, sagte er. »Jenes Ai Giorgis, der in der Erde arbeitet und gräbt, der die Schafe und Ziegen hütet, der die Ochsen führt, der die Bäume schneidet und veredelt, genau wie wir

Menschen es tun. Denn er – Ai Giorgis – ist nicht nur ein strahlender Jüngling, er ist auch ein tüchtiger Arbeiter. Dir danken wir unsere Zuversicht, du Beschirmer unseres Dorfes. Laß unsere Schafe und Ziegen sich mehren, laß sie uns Milch geben, daß die Kinder trinken dürfen und Mark in die Knochen bekommen. Laß die Schafe uns Fleisch geben, daß der Körper Nahrung erhält und den Seelen Schwingen zu geben vermag, laß sie uns Wolle geben, daß wir uns im Winter bedecken können. Segne, Ai Giorgis, alle lebenden Wesen, die dem Menschen dienen und ihn lieben – die Ochsen, Esel, Hunde, Hühner und Kaninchen.

Neige dich zur Erde hinab und segne auch sie. Wir werden das Getreide in ihren Schoß werfen, du wirst den Felsen sprengen, wenn es nötig ist, und er wird Frucht tragen. Alle – Erde, Menschen, Heilige – sollen hier eine Einheit werden! Vor uns geht Gott und weist uns den Weg! Ai Giorgis, hier ist dein Dorf, dies ist dein Tor, wir wollen es hoch errichten, daß du zu Pferde hereinkommen kannst. Tritt ein!«

Giannakos gaffte und lauschte. Er rieb sich die Augen und blickte sich um. Nur steile Klippen und Gestrüpp, dornige Büsche und Thymian . . .

Eine Wüste. Zwei Krähen in einem Johannisbrotbaum wurden aufgeschreckt und hoben die Flügel; sie krächzten, als ob sie eine Verwünschung ausriefen.

Was sind das für Menschen, dachte er verwundert, Wilde oder Heilige? Und er blickte auf die Männer mit den langen, herabhängenden Schnurrbärten und die Frauen mit ihren dicken Flechten und ihren breiten Hüften. »Herr, erbarme Dich!«

Gegen Norden, gerade gegenüber Panagias Tor, blieb der Priester wieder vor einer zusammengestürzten, grasüberwachsenen Mauer stehen. Er hob den Weihwedel, segnete dreimal die Steine, seufzte und wandte sich an die Dorfbewohner.

»Hier«, sagte er, und seine Stimme zitterte, »hier werden wir das Tor des Konstantinos Paleologos[10] errichten. Hier wird er gewiß – zu Fuß und von Schweiß überströmt – eines Tages erscheinen, Kinder, und wird sagen: Brüder, die Stadt ist genommen!«

Alle wurden erregt, rauhe Stimmen erhoben sich, sie blickten nach Norden auf den Staub, der sich über den Feldern erhob. Es schien, als sähen sie ihn schon heranlaufen.

»Alter Panagos«, rief der Priester, »komm her, bring deinen Sack hierher an des Paleologos Tor!«

Dann wandte er sich an die Männer mit Hacken und Spaten: »Grabt hier!«

Sie gruben hastig ein breites Grab, eine Mannshöhe tief, und der Alte stieg hinein. Eines nach dem andern nahm er die Gebeine, die Schädel, Schienbeine, Arme und Rippen aus dem Sack und legte sie, ohne etwas zu sagen, vorsichtig ins Grab. Dann goß der Priester das Weihwasser über sie aus, legte den Weihwedel obenauf und rief:

»Väter, habt Geduld, wanket nicht! Er kommt, Er kommt! Wo Er auch sein mag, soll seine Botschaft vernommen werden!«

Giannakos rieb sich die Augen. Sie waren voller Tränen, und ihm war, als sei ihm der Hals zugeschnürt.

»Komm herauf, alter Panagos«, sagte der Priester, »komm herauf, daß wir das Grab schließen können.«

Zwei junge Männer eilten herbei, um ihm heraufzuhelfen.

»Laßt mich, Jungens«, sagte der Alte. »Ich habe es gut hier. Findet ihr nicht, daß es unrecht von mir ist, das Brot zu essen? Ich kann nicht mehr arbeiten, kann keine Kinder mehr in die Welt setzen, kann keinen Nutzen mehr bringen, laßt mich!«

»Alter Panagos«, sagte der Priester streng, »deine Zeit ist noch nicht gekommen. Übereile dich nicht.«

»Ach, laßt mich hier«, antwortete der Greis flehentlich. »Ich habe es so gut hier. Ich habe sagen hören, daß ein Dorf nicht Bestand haben wird, wenn nicht eine Menschenseele in seinem Grundstein Zuflucht gefunden hat.[11] Wo könnte ich einen schöneren Tod finden? Schüttet mich zu, ihr Jungen!«

»Das geschieht nicht«, erwiderte der Priester, »Gott hat dir das Leben gegeben, Gott wird es zurücknehmen. Wir haben kein Recht, es zu tun, alter Panagos ... Helft ihm herauf, Jungens.«

Die beiden jungen Männer bückten sich nieder, streckten die Hände aus, um ihn zu fassen, aber der Alte hatte sich schon mit dem Gesicht zur Erde auf die Gebeine gelegt und rief:

»Laßt mich in Ruhe, laßt mich, ich habe es hier gut!«

Giannakos konnte sich nicht länger halten, er beugte sich zum Grab vor und sah den Alten dort unbeweglich liegen. Er hatte jetzt das Gesicht zum Licht hinaufgewendet und lächelte glücklich.

»Ich habe es hier so gut... Ich habe es hier so gut«, murmelte er und faltete die Hände über der Brust.

In Giannakos' Hals löste es sich, und ein Schluchzen war zu hören. Der Priester wandte sich um, bemerkte Giannakos und erkannte ihn.

»Macht Platz, Kinder«, rief er. »Das ist ein anständiger Mann aus Likovrisi, er ist hergekommen, um uns zu treffen und uns in unserem Unglück Mut zu geben. Grüßt ihn, Brüder. Er ist einer von den vieren mit den Körben, die uns in der ersten Nacht zu essen gaben!«

Er erinnerte sich auch seines Namens.

»Guten Tag, Giannakos«, sagte er und drückte gerührt seine Hand. »Um deiner selbst und deiner Freunde willen wird Gott kein Feuer auf Likovrisi werfen, um das Dorf zu verbrennen!«

Giannakos konnte sich nicht länger halten und brach in Tränen aus.

»Weshalb weinst du, mein Junge?« sagte der Priester und umarmte ihn.

»Ich habe gesündigt! Ich habe gesündigt!«

»Komm!«

Er faßte ihn am Arm und zog ihn ein wenig zur Seite.

»Weshalb weinst du? Was ist dir? Hast du irgendwelchen Kummer, mein Junge? Du bist der Wohltäter unseres Dorfes!« sagte er, dabei streckte er die Hände aus und zeigte auf das künftige Dorf. Die Beine gaben unter Giannakos nach, und er fiel auf einem Stein zusammen. Der Priester betrachtete ihn unruhig.

»Willst du etwas?« fragte er. »Hast du etwas getan? Weine nicht!«

»Ich habe gesündigt, ich werde dir alles erzählen, um mich zu erleichtern.«

Und unter ständigem Stocken, um Luft zu holen, bekannte er kurz, weshalb er nach Sarakina gekommen war, sein Übereinkommen mit dem alten Ladas und die drei Pfunde, die er als Handgeld bekommen hatte.

Der Priester hörte zu und sagte nichts. Giannakos sah ihn erschreckt an.

»Woran denkst du?« fragte er endlich, und seine Stimme zitterte.

»Ich denke daran, daß der Mensch ein wildes Tier ist, mein Junge, ein ungezähmtes, wildes Tier ... Weine nicht; ich denke auch, daß Gott groß ist.«

»Schlimmer als ein wildes Tier«, murmelte Giannakos und spie aus, als ob ihm plötzlich übel geworden sei. »Ein ekelhafter Wurm ist der Mensch, ein kleiner, unnützer, häßlicher Wurm. Rühr mich nicht an. Findest du nicht, daß ich verabscheuungswürdig bin?«

Der Priester schwieg, er zog seine Hand zurück, blickte zu Boden.

Giannakos sprang plötzlich von dem Stein, auf dem er zusammengesunken war, auf, griff mit den Fingern in die Westentasche und zog die drei Pfunde hervor.

»Tu mir einen Gefallen, nimm diese drei Pfunde hier und kaufe einige Ziegen für das Dorf, für die Kinder, die Milch brauchen. Und wenn du es vermagst, leg mir deine Hand auf den Kopf und vergib mir.«

Der Priester stand unbeweglich still.

»Wenn du sie nicht nimmst, wird meine Seele keinen Frieden finden.«

Und nach einer Weile:

»Der Mensch ist ein wildes Tier, sagtest du, zähme es. Ein gutes Wort kann es zähmen. An deinen Lippen hängt jetzt, gerade jetzt, meine Rettung.«

Der Priester warf sich in Giannakos Arme und brach ebenfalls in Tränen aus.

»Weinst du über mich?« sagte Giannakos.

»Über dich und mich und die ganze Welt, mein Junge!« murmelte der Priester Fotis und trocknete seine Tränen.

Er küßte Giannakos auf die Augen und legte seine Hand auf dessen krauses, graues Haar.

»Meine Vergebung hast du, Giannakos. Auch Petrus hat Christus dreimal verraten, und dreimal retteten ihn die Tränen. Sie sind wie ein großer Taufstein mit reinigendem Wasser, diese Tränen. Ich nehme das Sündengold, auf daß es zu Milch werde für die hungernden Kinder. Mein Segen sei mit dir!«

Giannakos warf sich dem Priester zu Füßen und küßte sie. Aber der Alte beugte sich hastig hinab und hob ihn auf.

»Nein, nein, man sieht uns«, sagte er, »sie kommen.«

»Fotis, Fotis!« waren erschrockene Stimmen zu hören.

»Was gibt es?« rief der Priester Fotis unruhig.

»Mit dem alten Panagos ist es zu Ende. Wir haben ihn eben aus dem Grabe gezogen, doch da war er tot!«

Der Priester Fotis machte das Zeichen des Kreuzes.

»Gott vergebe ihm«, sagte er, »er starb glücklich, er hat einen Grund für unser Dorf gelegt ... Gott gebe, daß auch wir ein solches Ende finden, meine Kinder! Ich gehe nun, meinen Segen über ihn zu sprechen.«

Dann wandte er sich an Giannakos:

»Möge Gott dich siebenfach segnen, Christus sei mit dir!«

Giannakos beugte sich nieder, küßte des Priesters Hand und ging, um seinen Esel zu holen.

Er sprühte vor Freude und sprang wie ein Zwanzigjähriger von Stein zu Stein; er fühlte, wie seine Schultern zuckten und vibrierten, als ob sie Schwingen bekommen hätten.

»Zur Hölle mit dem alten Ladas!« murmelte er, »zur Hölle mit seinem Gold!«

Er streichelte seine Eselin, die geduldig im Schatten des Baumes auf ihn wartete.

»Komm, Giousoufaki«, sagte er, »die Geschäfte sind gut gegangen, wir haben gut verdient, Ehre sei Gott!«

Er wandte sich um und blickte auf die wilden Felsen, die schwarzen Grotten und die ausgezehrten Menschen, die das Grab umstanden, in dem der Alte lag. Er blickte auf das künftige Paleologos-Tor und hörte die Totenmesse und das Klirren der Kreuzeszeichen.

»Möge Gott eurem Dorfe einen festen Grund geben«, murmelte er. Summend ging er den Hang hinab.

Wahrhaftig, der Mensch ist ein wildes Tier, dachte er. Er tut, was er will, er schlägt den Weg ein, den er will. Das Tor der Hölle und das Tor des Paradieses liegen nahe beieinander, er aber geht hinein, wo er will. Der Teufel kann nur in die Hölle, der Engel nur ins Paradies gehen, der Mensch aber geht dort hinein, wo er will.

Er lachte.

»Ja, Adam war ein gewaltiges, wildes Tier!« rief er aus und

begann wieder zu singen, ein altes Lied, an das er seit Jahren und Tagen nicht mehr gedacht hatte, das ihm nun aber in den Sinn kam:

»Ich bin ein Sohn des Blitzes,
ein Enkel des Donners bin ich,
und wenn ich will, dann blitze ich,
dann donnere ich und werfe Schnee um mich!«

Am Fuße des Berges blieb er stehen.

»Ich bin hungrig«, sagte er, »ich möchte essen. Giousoufaki ist auch hungrig, ich will Gras sammeln, daß sie auch zu essen bekommt und nicht eifersüchtig auf mich wird. Seite an Seite wollen wir miteinander essen wie Brüder.«

Er wich seitwärts vom Wege ab, sammelte Gras und Disteln zusammen, sprang über einen Bach und riß einige fette Salatblätter aus, dann raffte er alles in seine Arme und ging damit zu seiner Begleiterin. »Iß, Giousoufaki, iß. Auch ich werde essen, laß es dir gut schmecken.« Er öffnete seinen Ranzen, zog Brot, Oliven und Zwiebeln heraus und begann langsam und still zu kauen.

»Wie schön ist es, den Segen zu erhalten!« murmelte er. »Mir ist, als äße ich zum ersten Male Brot. Das hier ist kein gewöhnliches Brot, es ist Abendmahlsbrot, es geht geradenwegs ins innerste Mark.«

Er zog aus dem Ranzen auch eine Flasche hervor, die auf ihrem Etikett ein Messer und einen doppelköpfigen Adler trug. Er setzte sie an den Mund und ließ es in sich hineinlaufen.

»Mir ist auch, als tränke ich zum ersten Male Wein«, sagte er. »Wie geht er geradenwegs ins Herz und erwärmt es. Gesegnet sei Gott, der die Weingärten und Trauben geschaffen hat, und gesegnet sei der Mensch, der die Trauben zu zertreten und Wein zu bereiten verstand ... Laß mich noch einen Schluck nehmen!«

»Wohl bekomm's, Giannakos«, ließ sich im gleichen Augenblick eine frische Stimme vernehmen.

Giannakos riß die Augen auf und erblickte vor sich die Witwe Katarina mit einem großen Bündel auf dem Rücken und einer Ziege mit einem roten Band um den Hals hinter ihr.

»Was machst du denn hier, Katarina? Wohin wanderst du mit deiner Ziege? Willst du sie verkaufen?«

»Ja«, antwortete die Witwe und lachte.

»Komm und setz dich, nimm ein Stück Brot und trink einen Schluck. Der Priester Fotis will gerade eine Ziege kaufen, um Milch für die Kinder zu bekommen ...«

Die Witwe hockte sich mit den Knien auf die Erde. Mit ihrem schwarzen Kopftuch wischte sie sich den Schweiß von ihrem erhitzten Gesicht und vom Hals. Ihre Augen leuchteten froh.

»Es ist warm«, sagte sie, »der Sommer ist da, Giannakos.«

»Iß«, sagte Giannakos wieder, er schnitt eine Scheibe Brot für sie ab und legte eine Reihe Oliven zurecht. »Willst du eine Zwiebel haben?« fragte er.

»Nein, ich esse keine Zwiebeln«, sagte die Witwe, und sie nahm das Brot und die Oliven.

»Damit du nicht aus dem Munde riechst, du Kobold«, rief Giannakos und lachte.

»Sieh mal, Nachbar, wir müssen immer nach Moschusseife und Lavendel duften.«

Sie ließ das Brot und die Oliven liegen.

»Ich bin nicht hungrig«, sagte sie, »verzeih ...«

Giannakos schämte sich und schluckte.

»Verzeih du mir, Katarina«, murmelte er, »ich bin ein Esel.«

Die Witwe riß einen Grashalm aus und steckte ihn in den Mund. Sie sagte nichts.

Eine Weile schwiegen sie. Giannakos hatte keine Lust mehr zu essen und schnürte den Ranzen zu.

»Was hast du in deinem Bündel, Katarina?« fragte er, um das drückende Schweigen zu brechen.

»Kleider für die Kinder.«

»Willst du sie ihnen geben?«

»Ja.«

»Und die Ziege?«

»Sie auch. Für die Milch.«

Giannakos senkte den Kopf. Wie um sich zu rechtfertigen, fuhr die Witwe fort:

»Sieh mal, ich habe keine eigenen Kinder, und ich finde, daß alle Kinder auf der Welt meine Kinder sind.«

»Katarina«, sagte er mit schwacher Stimme, ich möchte vor dir niederfallen und dir die Füße küssen.«

»Der alte Patriarcheas, diese liederliche Gestalt, rief mich vorgestern zu sich«, erzählte die Witwe. »Er sagte, daß die Gemeindeältesten beschlossen hätten, ich solle Magdalena sein. Ich schämte mich. Ich habe erzählen hören, wer Magdalena war. So ist es also dahin gekommen, daß ich die Magdalena des Dorfes bin ... Als er mir das sagte, schämte ich mich. Aber jetzt schäme ich mich nicht, Giannakos. Wenn ich Christus begegnen würde und hätte eine Flasche Lavendel bei mir, würde ich sie ausgießen und seine Füße waschen, und sie dann mit meinen Haaren trocknen ... So denke ich und würde neben Panagia stehen und mich nicht schämen, und auch sie würde sich nicht schämen, mich neben sich zu sehen ... Verstehst du, was ich meine, Giannakos?«

»Ich verstehe, ich verstehe, Katarina ...«, antwortete Giannakos, und es schimmerte ihm vor den Augen. »Von heute morgen an beginne ich zu verstehen, Katarina.«

Und dann nach einer Weile:

»Ich bin sündiger als du, Katarina, deshalb verstehe ich. Erst war ich ein kleiner Händler, der ein bißchen gestohlen und ein bißchen gelogen hat ... Heute morgen bin ich ein Lump geworden ... Aber jetzt ...« Er schwieg und hatte das Gefühl, als ob sein Herz Schwingen hätte. Dann griff er zur Flasche.

»Dein Wohl, Katarina«, sagte er, »ich habe dich gekränkt, vergib mir. Ich bin ein Esel und mache nichts als Dummheiten.«

Er trank und wischte die Flasche sorgfältig ab.

»Trink auch du, Katarina, damit ich erkenne, daß du mir vergibst.«

»Dein Wohl, Giannakos«, sagte die Witwe und hob den weißen Hals.

»Ich gehe jetzt«, sagte sie, wischte sich den Mund und stand auf.

»Sieh dir die Ziege an, wie sie da auf und ab läuft und so traurig meckert. Ich habe die Ärmste nicht gemolken — das muß ich die da oben tun lassen.«

»Wirst du sie nicht vermissen, Katarina? Ich weiß, wie gern du sie hast.«

»Wenn du deine Eselin fortgeben würdest, würdest du sie nicht vermissen?«

Giannakos zitterte.

»Sprich nicht so, es schneidet mir ins Herz.«

»Es schneidet auch mir ins Herz, Giannakos, leb wohl.«

Sie stand einen Augenblick und zögerte.

»Triffst du Manolios?« fragte sie schließlich.

»Ich mache jetzt eine Reise durch die Dörfer. Wenn ich zurückkomme, gedenke ich einen Umweg einzuschlagen und bei ihm vorbeizugehen . . . Soll ich ihm etwas sagen, Katarina?«

Die Witwe hatte das Bündel über ihre Schulter geworfen und zog gereizt die Ziege, die ihr widerstrebte.

»Nein, nichts«, antwortete sie. Und sie schlug den Weg aufwärts ein.

Manolios war auf dem Berge angekommen. Die Hunde hatten ihn von weitem gewittert. Sie kamen herbeigelaufen und wedelten mit den Schwänzen, und hinter ihnen erschien Nikolios, der sonnengebräunte Hirtenjunge mit den spitz zulaufenden Ohren. Er sprang von Stein zu Stein wie eine Ziege, um ihm zu begegnen. Er war mit den Schafen und Ziegen auf dem Berge aufgewachsen, hatte eine schwarzbraune Hautfarbe und sah recht verwildert aus. Und wenn er sprach, klang es, als ob ein Widder blöke, sein Haar war lockig, mit Kien und Pinienharz verklebt und stand hart und starr wie zwei geschwungene Hörner steil nach oben. Er war fünfzehn Jahre alt und blickte die Ziegen, genau wie ein Bock, mit tückischen Augen an.

Als sie bei der Hirtenhütte und dem Gatter der Tiere angekommen waren, legte Nikolios Brot, Käse und gebratenes Fleisch auf die steinerne Bank.

»Iß«, sagte er.

»Ich bin nicht hungrig, Nikolios, iß du.«

»Weshalb bist du nicht hungrig?«

»Das ist nun einmal so.«

»Haben die Leute da unten dir etwas zuleide getan?«

»Ja.«

»Weshalb bist du dann hinuntergegangen?«

Manolios antwortete nicht. Er streckte sich auf dem Strohlager aus und schloß die Augen. Ja, weshalb war er hinuntergegangen? Bisher war er jeden Sonntag früh ins Dorf gezogen, hatte die Messe gehört, das geweihte Brot empfangen und sich dann beeilt, wieder auf den Berg zu kommen. Er streifte dort unten umher, sah die Frauen und wurde erregt, er sah die Männer im Café sitzen, die Luft dort erstickte ihn, und er ging schnell seines Weges, um wieder an die frische Luft zu gelangen. Und jetzt...

Er dachte an Lenio — ihr spöttisches Lachen, ihre verschlagenen Augen, die gezierte Stimme und die beiden Brüste, die sich strafften, als ob sie die rosenfarbene Bluse durchdringen wollten.

Er setzte sich auf dem Strohlager auf, ihm war warm geworden, und er warf das von Schweiß durchtränkte Hemd ab.

Ich muß Geduld haben, dachte er. Ich muß rein bleiben und darf keine Frau berühren. Ich habe mein Wort gegeben. Mein Körper gehört nicht mehr mir, er gehört Christus.

Die Christusgestalt machte ihm Zeichen, wie er es auf der Ikonostase in der Kirche gesehen hatte, als er zum erstenmal in ein Kloster gekommen war. Christus trug einen langen, blauen Mantel, er war barfuß und bewegte sich so leicht auf dem Rasen, den er betrat, daß er ihn nicht niederdrückte. Schlank, durchsichtig und luftig wie Rauhreif war er, von den Händen, den Füßen und der entblößten Brust rannen einige rote Blutstropfen. Ein Mädchen mit ausgebreitetem goldenem Haar eilte herbei, um ihn zu berühren, doch er erhob abweisend und streng die Hand. Und von seinem Munde ging ein Band mit Buchstaben aus. Manolios hatte sie gelesen, aber konnte ihren Sinn nicht so ganz verstehen. Er hatte den alten Mönch gefragt: »Was sagt Christus dort?« Der hatte es ihm erklärt: »Rühre mich nicht an, Weib!« Und wer war dieses Weib? »Magdalena.«

»Rühre mich nicht an, Weib.« Manolios schloß die Augen — und plötzlich schritt die Witwe Katarina langsam vor seinem Blick vorbei. Sie schüttelte den Kopf, warf das schwarze Kopftuch ab, und das blonde Haar fiel über die Schulter nieder, es ging bis zu ihren Knien hinunter und bedeckte die Nacktheit. Plötzlich aber ließ ein kleiner Windhauch die Haare sich bewegen, und ein Schimmer ihrer Brüste wurde sichtbar...

Manolios zuckte zusammen, er schrie: »Hilfe!« und fuhr von seinem Lager auf.

Der Hirtenjunge saß noch und aß. Er schmatzte und schien nicht satt werden zu können. Ganz ruhig wandte er sich mit vollem Munde um.

»Träumst du?« fragte er. »Jagen sie dich? Auch mich jagen sie im Schlaf. Aber das sind nur Lügen und Träume. Sei nicht dumm jetzt, schlaf nur.«

»Mach Feuer an, Nikolios, ich friere . . .«

»Es ist viel zu heiß hier. Ich krepiere«, sagte der Hirtenjunge, der Brot und Fleisch nicht aufgeben wollte.

»Ich friere . . .«, sagte Manolios wieder, und die Zähne schlugen ihm klappernd aufeinander.

Der Junge erhob sich und holte unter unablässigem Kauen verärgert Holz aus der Ecke hervor, schichtete es im Herde auf und zündete es an. Dann näherte er sich Manolios, betrachtete ihn genau und schüttelte den Kopf.

»Sie haben dir mit dem bösen Blick den Kopf verdreht«, sagte er und ging zu seinem Essen zurück.

Manolios hüllte sich in eine Decke und rollte sich in der Ecke zusammen. Er sah die Flamme das Holz verzehren – Lenio, Magdalena, Christus durchschritten im Tanz die Flammen, sie vereinten sich, trennten sich, vereinten sich wieder . . . Plötzlich schwanden die Frauen im Rauch, und Manolios sah nur noch Christus auf einer feurigen Flamme gekreuzigt, er sah ihn deutlich, das bleiche Antlitz auf die Brust geneigt, die Hände an das Holz genagelt . . . Die Flamme bewegte sich ein wenig, und Christus richtete sich auf, Er sprang aus der Asche auf, zitterte und wurde kleiner und schmaler. Dann stieg Er empor und verschwand.

Manolios war müde geworden, er lehnte den Kopf gegen die Knie und schlief ein.

Es war ein schwerer und trüber Traum. Er war wie schmutziges Wasser, und Manolios kämpfte die ganze Nacht, um hindurchzukommen und frei zu werden. Als ob er sich in klebriges Gras und Wasserschlangen verstrickt hätte . . . Er schrie – und im Morgengrauen rollte eine Woge blonden Haares mit riesiger Geschwindigkeit heran und riß ihn mit. »Hilfe!« schrie er wieder, aber er konnte nicht erwachen und lag nun ausgestreckt auf der Woge und jammerte.

Ein paarmal war der Hirtenjunge von den Rufen erwacht.

»Der Ärmste träumt noch immer, daß man ihn jagt«, murmelte er und lachte. Dann wandte er sich sofort auf die andere Seite um und schlief wieder ein.

Als Manolios am Morgen erwachte, die Augen aufschlug und durch das kleine Fenster den milchweißen Himmel erblickte, schlug er das Zeichen des Kreuzes.

»Gott sei Dank«, murmelte er, »die Nacht ist vorüber, ich bin davongekommen.«

Seine Gelenke waren wie gebrochen, die Augen brannten, und er zitterte. Das Feuer war erloschen. Er sehnte sich danach, warme Milch trinken zu können, aber Nikolios hatte die Ziegen schon auf die Weide geführt. Es fiel ihm schwer, sich zu erheben. Er blickte umher, als ob er alles zum ersten Male sähe, die Töpfe, Milcheimer und Flaschen. An der Wand hingen Holzlöffel, die er selber geschnitzt und reich verziert hatte. Sobald er ein Stück Holz gewahr wurde, hatte er, seit er ein kleiner Junge war, sein Messer hervorgeholt und Zypressen und Vögel geschnitzt, später fing er an, Frauen und Männer zu Pferde zu schnitzen. Und als er ins Kloster gekommen war, wurden es Heilige.

»Du hättest nicht Ziegenhirt werden dürfen, mein Junge«, hatte einmal ein Mönch gesagt, der an seiner Hütte vorbeigekommen war. »Du solltest Mönch werden, dann würden wir dir Holzstücke geben, um Ikonen daraus zu schnitzen.«

Die Sonne fiel durch das kleine Fenster herein, Manolios schleppte sich nach vorn, setzte sich mitten in die Sonnenstrahlen und wärmte sich. Und plötzlich, sobald er warm geworden war, erinnerte er sich der Träume der Nacht, der Flutwoge des blonden Haares, und schauderte. »Christus«, murmelte er, »laß mich nicht in Anfechtung fallen!«

Er beruhigte sich etwas, stand auf, machte Feuer, nahm Milch aus einem Eimer, wärmte sie und trank. Er fühlte sich jetzt kräftiger, ging hinaus und setzte sich auf die Steinbank vor der Hütte. Die Sonne war aufgegangen, die Welt erwachte, der Berg strahlte. Weit in der Ferne hörte man Nikolios die Ziegen rufen und pfeifen.

»Es geht mir jetzt gut«, murmelte er, »die Anfechtung kommt in der Nacht. Die Sonne ist aufgegangen, Gott sei Lob und Dank!«

Er blickte zur Seite und sah neben sich auf der Bank ein Stück Lindenholz. Er zuckte vor Freude zusammen. Dann bückte er sich, nahm es auf die Knie und streichelte es. Es war dick und rund, und die Maserung des Holzes verästelte sich wie Adern.

Manolios juckte es in den Fingern, er sprang auf, ging hinein und holte die kleine Säge, das scharfe Messer und die Feile. Dann schlug er das Zeichen des Kreuzes, bückte sich hernieder, küßte das Holz und begann zu arbeiten.

Die Sonne stand fast lotrecht am Himmel, und Manolios saß noch immer über das Holz gebeugt. Er hatte seine Müdigkeit vergessen, die Luft hatte Erde und Himmel gereinigt, alle Versuchungen waren vergangen. Lenio war weit, weit fort, weit hinter der Sonne, und auch die andere, die Witwe.

Über das bearbeitete Holzstück gebeugt, hatte er den Blick nur nach innen gerichtet. Seine ganze Seele war sehend geworden und erblickte in seinem Herzen eine friedliche Gestalt voller Güte, Schweigsamkeit und Trauer. Manolios arbeitete daran, die ausgezehrten Wangen, die traurigen Augen, die breite Stirn mit den dicken dunklen Blutstropfen, genau wie er sie in sich erblickte, hervorzubringen ... Und auch die Wunde, die zwischen den Augenbrauen stand, die es nicht auf den Ikonen gab, die nur er, Manolios, sah.

Der Schweiß rann ihm von der Stirn, seine Finger hatten sich am Messer verletzt und das Holz mit Blut beschmiert. Aber Manolios hörte nicht auf, er hatte es eilig, die heilige Gestalt herauszuarbeiten und sie im Holz festzuhalten, bevor sie entschwand.

Während er dort saß und schnitzte, kamen zwei Frauen den Pfad herauf, eine junge Frau und eine alte mit schwarzem Kopftuch hinter ihr. Sie sahen Manolios, die junge Frau wandte sich um und legte den Finger auf den Mund; sie begannen leise zu gehen, als ob sie sehen wollten, womit Manolios beschäftigt war, da er dort so gebückt saß. Zuweilen stolperte die Alte, ein Stein kam ins Rollen, aber Manolios hatte seine Seele so fest auf das Holzstück gerichtet, daß er nichts vernahm. Die junge Frau konnte sich nicht länger zurückhalten. Sie eilte voraus und berührte Manolios an der Schulter.

»Na, Manolios!« sagte sie.

Manolios zuckte zusammen, die heilige Gestalt in ihm schwand dahin, er zitterte und lehnte sich völlig verwirrt an die Wand.

»Was ist mit dir, Manolios? Weshalb siehst du mich an, als

ob ich ein Gespenst wäre? Wir sind es doch, Lenio, deine Braut, und deine Tante Mantalenia, die gekommen ist, deinen bösen Geist zu beschwören.«

»Es ist irgendein böser Geist, mein Junge, der von dir Besitz ergriffen hat«, sagte die Alte und näherte sich ihm außer Atem.

Manolios sah sie bestürzt an.

»Was wollt ihr?« fragte er schließlich und drehte das bearbeitete Stück Holz hin und her, damit sie nicht sehen sollten, was er schnitzte.

Die Alte wollte gerade antworten, aber Lenio zog sie zur Seite.

»Geh und sammle erst die Kräuter, die du brauchst; laß uns allein, ich habe ihm etwas zu sagen.«

Die Alte murmelte etwas und ging, ihre Kräuter zu suchen. Lenio setzte sich zu ihrem Verlobten auf die Bank.

»Manolios«, sagte sie leise und nahm seine Hand, »dreh dich um und sieh mich an. Willst du mich nicht länger haben? Liebst du mich nicht mehr?«

»Ich liebe dich«, sagte Manolios ruhig.

»Wann wollen wir heiraten?«

Manolios schwieg. Ach, wie weit waren alle seine Gedanken von der Heirat!

»Weshalb sagst du nichts? Mein Herr hat mir alles gesagt.«

»Ich wollte nicht, daß du kommen solltest«, sagte Manolios und stand auf.

»Muß ich dazu um Erlaubnis bitten?« rief Lenio aus und errötete. »Noch bist du nicht mein Mann, noch bin ich frei.«

Auch sie erhob sich, trat vor ihn hin und streckte die Hand aus.

»Geh nicht fort«, sagte sie bittend.

Manolios lehnte sich an die Wand und wartete. Lenio blickte ihn an, in ihrem erregten Innern lagen Haß und Liebe miteinander im Kampf.

»Meine Mutter war eine Dienstmagd«, sagte sie schließlich mit leiser Stimme. »Meine Mutter war eine Dienstmagd, aber mein Vater war ein Herr. Ich will mich dir nicht aufdrängen. Ich habe meine Mitgift. Ich habe meine Jugend, ich werde sehr wohl einen Besseren finden.«

Manolios drückte das kleine ausgehöhlte Stück Holz so heftig an die Brust, daß es schmerzte.

»Leb wohl, Lenio«, sagte er und hatte ein Gefühl, als ob ihm das Herz brechen wolle. Doch sobald er das schwere Wort gesagt hatte, bereute er es, und er zitterte. Er zauderte.

»Lenio«, sagte er und senkte den Blick, »laß mich einige Tage hier in der Einsamkeit, damit ich einen Entschluß fassen kann ... Tu mir den Gefallen, wenn du mich liebst.«

»Liebst du eine andere? Und wen? Sag es ehrlich, und ich werde meiner Wege gehen.«

»Nein, nein, Lenio, ich schwöre es dir!«

»Gut, dann gib mir Nachricht, wenn du deinen Entschluß gefaßt hast. Ich werde warten. Aber du sollst wissen, daß es nur auf ein einziges Wort von dir, ein Ja oder Nein, ankommt, ob ich dich mein ganzes Leben lieben oder mein ganzes Leben hassen werde. Du hast die Wahl.« Sie wandte sich zu der Alten:

»Komm, gehen wir, Tante Mantalenia.«

Sie machten sich wieder auf den Weg den Hang hinab. Lenio ging zornig voran, nicht ein einziges Mal wandte sie sich nach ihm um. Das stolze Herrenblut ihres Vaters kochte in ihr.

Manolios sank auf die Bank zurück. Er blickte auf das Holz – er hatte keine Lust, weiterzuarbeiten, die Flamme war erloschen, die heilige Gestalt in ihm war geschwunden. Er konnte sie nicht wieder zum Leben erwecken.

Er ging hinein, hüllte das Stück Holz in ein großes Handtuch, langsam und vorsichtig, wie wir die Glut in der Asche bergen, daß sie nicht erlöschen soll. Er konnte nicht mehr länger einsam sein, er ging hinaus, nahm den Hirtenstab aus einer Ecke und machte sich auf den Weg, um Nikolios mit den Schafen und Ziegen zu treffen.

Die Sonne schien auf den Berg herniederzurieseln, die Luft stand still, die Schatten hatten sich erschrocken unter die Bäume geduckt. Die zwitschernden Vögel waren verstummt, sie hatten sich im Laub verborgen und warteten, daß die schwere Stunde vorübergehen sollte. Nikolios fühlte plötzlich seine schwellende Kraft überhandnehmen, er wandte sich um, um zu sehen, ob es nicht jemand gäbe, mit dem er seinen Kräfteüberschuß messen könnte. Eine verlassene Einöde, nicht ein Mann, den man packen konnte, nicht eine Frau, die man zu Boden werfen konnte. Die Ziegen hatten sich bequem und friedlich im Schatten der Eichen niedergelassen. Plötzlich jedoch zeigte sich der große Leitbock Dasos mit den runden, geschwungenen Hörnern, dem fetten, dichten Pelz und der schweren Leitglocke am Hals. Mit einem tückischen Blick sah er auf die Ziegen, die dort auf der Erde lagen, meckerte vergnügt, und schwer und wild schritt er mit königlicher Würde dahin. Es lag etwas Derbes und Männliches in der Luft, und Nikolios stürzte sich auf ihn, als ob er plötzlich den Verstand verloren hätte; er begann ihn mit dem Stab auf die Hörner, den Rücken und die Seiten zu schlagen, als ob er in völlige Raserei geraten sei. Der stolze Bock wandte sich um, der Gegner imponierte ihm nicht — er hatte keine Hörner, katte kein dickes Fell, er ging nur auf zwei Beinen, und mit einem leichten Stoß konnte man ihn umwerfen. Verächtlich setzte er seinen Spaziergang unter den Ziegen fort.

Doch Nikolios folgte ihm, packte ihn an den Hörnern, tat einen Satz und schwang sich rücklings auf ihn. Doch nun wurde der Bock zornig, er schüttelte den Kopf und warf Nikolios ab, daß er die Beine zum Himmel streckte.

»Du Schuft! Jetzt werde ich es dir zeigen«, schrie Nikolios und raste mit den zerschundenen Armen auf ihn los.

Er kauerte sich zusammen, senkte den Kopf, um zuzustoßen und nahm einen Anlauf. Ihm gegenüber machte auch Dasos einen Satz, und sie stießen zusammen. Nikolios flog zur Seite und war wie betäubt, der ganze Berg ging mit ihm rund. Aber er hielt sich auf den Beinen, packte seinen Stock, stürzte vor und begann wie von Sinnen den Bock zu schlagen, um ihm das Horn zu zerschmettern.

In diesem Augenblick kam Manolios heran, er steckte zwei Finger in den Mund und pfiff. Nikolios wandte sich um und blickte zu ihm hinüber, er war aber so in Fahrt, daß er sich nicht aufhalten ließ. Manolios warf einen Stein nach ihm.

»Nikolios«, rief er, »was hast du mit dem Bock zu schaffen? Komm her!« Knurrend, fluchend und durchschwitzt näherte sich Nikolios. Sie setzten sich auf einen Felsen. Der Junge war ganz außer sich, dampfte und roch wie ein Bock. Hin und wieder stieß er einen Pfiff aus und warf einen Stein. Er suchte seinen Zorn zu verbergen, aber in ihm kochte es, denn Dasos hatte ihn umgeworfen.

Manolios starrte in die Weite und versuchte, seine verlorene Ruhe wiederzufinden, um die heilige Gestalt erneut zu Gesicht zu bekommen. Wie herrlich war es heute morgen gewesen, er hatte alle Sorgen vergessen. Die Welt war verschwunden, und es gab nur sie zwei zwischen Himmel und Erde, Manolios und ein Stück Holz. Und dann plötzlich eine weibliche Stimme, zwei rote Lippen ...

»Nikolios, zieh deine Flöte hervor und spiele ... Mir ist nicht gut, Nikolios. Ich habe Sorgen. Spiel auf der Flöte, daß mir leichter zumute wird!«

Der Junge lachte.

»Es geht mir wie dir. Manolios«, sagte er, »auch ich habe Sorgen. Stets und ständig will ich schlagen und prügeln, ich spiele auf der Flöte, aber das hilft nichts.«

»Was hast du für Sorgen, Nikolios? Doch nur Kindereien.«

»Der Teufel hole mich, wenn ich es begreife. Ich bin einsam, Manolios, mutterseelenallein. Es ist mir alles zuwider«, antwortete der Junge aufrichtig.

Er ergriff die Flöte, legte seine sonnengebräunten Finger auf die Löcher und begann zu spielen.

Die Hänge füllten sich mit Schafen und Ziegen und ihren Glocken. Der Berg bekam ein anderes Aussehen und wurde grün. Die Welt lockerte sich und bewegte sich, sie wurde zu einem leisen Ruf, der heranwehte. Doch plötzlich quoll Wasser hervor, es sprang perlend von Stein zu Stein. Das Wasser, die Glocken, der Berg verstummten allmählich. Sie verstummten nicht, sie wurden wie ein frisches, herausforderndes, frohes Lachen, wie ein Meer, das sich mit einem stillen Brausen zur Ruhe legte, wie schimmernde kleine Steine an den Ufern, wie Frauen, die badeten und lachten. Mit ausgestreckten Armen warfen sie sich ins Meer, sie liefen gegen die Wogen an, wurden umgeworfen, schrien verzückt und brachen in Lachen aus. Der ganze Strand war ein einziger Jubel. Niedergebückt und ängstlich lauschte Manolios. Das Frauenlachen hüpfte spöttisch und spielerisch auf dem gekräuselten Meer, es hüpfte und entschwand und kam in den Armen der Wogen zurück – und dann wurde es plötzlich still, der Strand wurde ruhig, und Katarina stieg stumm und nackt aus dem Meer.

»Hör auf«, brach Manolios aus und sprang auf.

Nikolios wandte sich um und blickte ihn an, aber er spielte noch, auch ihn hatte die Musik gepackt, er hielt die Flöte noch an den Lippen und brachte es nicht über das Herz, sie loszulassen.

»Hör auf, sage ich!« schrie Manolios wieder.

»Du hast mich unterbrochen, als es gerade am schönsten war«, sagte Nikolios ärgerlich und wischte die Flöte an seinen Knien ab.

In Manolios Augen traten Tränen.

»Was ist denn, Manolios, du weinst?« sagte der Hirtenjunge verwundert.

»Kümmere dich nicht darum, es ist nur eine Flöte, ist nur Schall und Rauch.«

Manolios wollte fortgehen, aber die Beine gaben unter ihm nach.

»Mir ist nicht gut«, murmelte er, »mir ist nicht gut . . .«

»Hast du das Wasser gehört?« fragte der Junge und lachte.

»Welches Wasser?«

»Ich dachte an Wasser, viel Wasser, als ich auf der Flöte spielte, denn ich war durstig«, sagte er und war mit einem Sprung an der Eiche, an die er seinen Ranzen mit der großen Wasserflasche gehängt hatte. Manolios hatte sie ihm gegeben und hatte einen Bock hineingeschnitzt.

Ich werde mich hinlegen, dachte Manolios. Ich habe Schüttelfrost . . .

»Sieh nach den Ziegen«, rief er Nikolios zu. »Ich gehe in die Hütte zurück und mache Käse.«

»Ich habe alles für das Feuer zurechtgemacht«, antwortete Nikolios und trocknete sich die Lippen und die Brust. Er sah ihn fortgehen und über die Steine stolpern, und er tat ihm leid.

»Wenn dir nicht gut ist«, rief er wieder, »laß mich den Käse machen und leg dich hin.«

»Weshalb sagst du das?«

»Weil du stolperst, wenn du gehst, und du bist ganz blaß.«

Du armer Kerl, dachte er mitleidig, als er ihn hinter den Eichen verschwinden sah. Ich sah von weitem die Lenio kommen. Das verfluchte Mädchen wird dir noch alle Kraft aus den Knochen saugen, armer Kerl . . . Er nahm einen Stein und warf ihn wütend fort.

»Die verfluchten Weiber«, rief er laut, »die verfluchten ...«

Er sah den Leitbock Dasos wieder herankommen, um ihn herauszufordern. Er beugte wütend seinen spitzen Kopf und raste auf ihn los.

Als Manolios zur Hütte gekommen war, wollte er Feuer anzünden und anfangen, Käse zu machen, doch er hatte keine Kraft dazu. Er setzte sich auf die Bank in der Sonne, um warm zu werden, er zitterte. Die Sonne war im Sinken, bald hörte man die Glocken sich nähern und das Rufen des Nikolios, der die Schafe und Ziegen mit Steinen und Pfiffen in die Hürden trieb.

Manolios' Gedanken bekamen Flügel. Sie flogen ins Dorf hinunter, in die Häuser, ins Café, auf den Markt. Sie flogen ins Haus des Priesters, er sah die Gemeindeältesten, die bestimmten, wer Petrus, Judas, Christus sein sollte. ... Er sah den Priester Fotis und die heimatlosen, flüchtigen Griechen, er sah seinen stolzen Zweikampf mit dem anderen Priester und die Frau, die aufschrie und ihren letzten Seufzer tat. ... Und dann hörte er wieder Giannakos' Worte. Sie waren hart und hänselnd, aber doch so wahr: »Du sollst Christus sein und gedenkst zu heiraten und dich zu beflecken. ... Heuchler, Heuchler, Lügner!« Seine Gedanken flogen in das Zimmer seines Herrn, und zuvor auf den Hof zu Lenio, die ihm entgegengelaufen war und ihn ungeduldig und einschmeichelnd gefragt hatte. »Wann werden wir heiraten, Manolios? Wann? Wann?« und dann, als er zum Berg hinaufging und einen Augenblick stehenblieb, um an der Quelle zu rasten ...

Sein Herz wurde weich.

»Katarina tut mir leid«, murmelte er. »Es ist schade um sie. Sie hat den schlechten Weg eingeschlagen, sie wird untergehen.«

Sie tauchte wieder vor ihm auf mit ihrem schwarzen Kopftuch, ihrem weißen Hals und den gefährlichen Lippen, die mit Walnußblättern eingerieben waren. ... Er hörte wieder ihren hoffnungslosen Ruf: »Geh nicht, geh nicht, Manolios«, als ob sie erwartete, daß er sie retten solle. ... Und plötzlich stand ihr Traum zum ersten Male klar und deutlich vor ihm. Ja, ja, die Witwe hatte recht, nur er konnte sie retten. ... Gott selbst hatte es ihr im Traum gesagt, in seinen Händen hielt Manolios den Mond und gab ihr zu essen. ... Jetzt verstand er plötzlich die geheime

Bedeutung und zuckte vor Freude zusammen. Der Mond war das heilige Licht, es war Gottes Wort, das die Nacht erhellt. ... Und es ist Gottes Wille, Gottes Befehl, daß ich, Manolios, es ihr geben soll. Er wird Magdalena, die sündige Witwe, retten.

»Ich muß sie treffen«, sprach er zu sich. »Ich muß, jetzt, sofort. Jeder Augenblick, der vergeht, kann sie noch tiefer in Sünden stürzen. ... Ich muß, ich muß. Es ist meine Schuldigkeit.«

Er sah den kleinen, schmalen Weg, das gewölbte Tor, das grün gestrichen war, und den Eisenzaun ... er sah die Hausschwelle, die so sauber glänzte ... er war dort nie eingetreten, aber eines Sonntags erinnerte er sich, als das Tor geöffnet war und er hastig einen Blick hineinwarf, hatte er einen kleinen Hof, der mit großen frisch gewaschenen Steinen ausgelegt war, gesehen, er hatte Blumentöpfe, eine Basilikumblüte auf der Steinbank und üppige, rote Nelkenstauden am Brunnen gesehen ...

Und Manolios' Gedanken eilten den Berg hinab. Sie erreichten das Dorf, schlugen den kleinen, schmalen Weg ein und überschritten die saubere Schwelle ...

»Ich muß sie treffen! Ich muß sie treffen!« wiederholte er. »Das ist meine Schuldigkeit ...«

Er empfand eine eigenartige Freude. Nun, da es ihm klargeworden war, weshalb es so notwendig für ihn war, sie zu treffen, da es nämlich nicht sein eigener Wille, sondern Gottes Geheiß war, fühlte er sich erleichtert. Nun verstand er, weshalb er so hartnäckig sich Tag und Nacht gesehnt hatte, die Witwe zu treffen. Er hatte geglaubt, daß die große Versuchung ihn triebe und hatte sich geschämt, aber jetzt ... Freudig sprang er auf. Nun fror ihn nicht mehr, und die Beine versagten ihm nicht ihren Dienst. Er machte Feuer, stellte den Topf auf, goß Milch hinein, um sie zu kochen ... Welche Wege wählt nicht Gott, um einen Menschen zu erleuchten. Jetzt wurde sein Wille zum Traum und stieg zu den Kissen der Witwe hinab ...

Nikolios kam näher, die Luft war vom Lärm erfüllt, die Schafe und Ziegen gingen in ihre Gehege, die Sonne senkte sich.

»Gut, Nikolios«, rief Manolios von der Tür, und seine Stimme klang froh und klar, »melke die Tiere und komm herein, daß wir essen können, ich bin hungrig.«

Tagsüber hatte er nicht einen Bissen zu sich genommen, der Hals war ihm wie zugeschnürt, doch jetzt spürte er Hunger.

Nikolios sah ihn verwundert an und lachte.

»Was ist mit dir? Eine frohe Nachricht?«

»Ich bin hungrig, komm, ich werde dir helfen.«

Sie nahmen die kupferbeschlagenen Eimer, legten sich nebeneinander auf die Knie und begannen sofort, die Ziegen zu melken. Und die Tiere standen dort froh, ihre liebliche Last loszuwerden, die geschickten Finger empfanden sie wie Lippenpaare, die sogen.

Als sie geendet hatten, setzte Nikolios das Essen auf die steinerne Bank. Sie schlugen das Zeichen des Kreuzes und machten sich hungrig an das Brot, das Fleisch und den weißen Käse. Nikolios dachte zornig an den starken Bock und Lenio. In seinen Gedanken vereinten sich der Leitbock und das dralle Mädchen, sie wurden eins, zuweilen saß Lenio rittlings auf dem Bock, zuweilen lag sie unter ihm und lachte...

»Der Teufel hole sie... Der Teufel hole sie«, murmelte er plötzlich und ergriff einen Stein und warf ihn durch die Luft.

»Was sitzt du da und murmelst, Nikolios?« fragte Manolios. »Wen wirfst du mit Steinen?«

»Der Teufel schlägt seine Kreise um mich«, sagte der Hirtenjunge und lachte. »Ich werfe Steine nach ihm.«

»Hast du ihn gesehen, Nikolios?«

»Ja, natürlich.«

»Und wie sah er aus?«

»Das ist meine Sache«, antwortete der Hirtenjunge und tauchte sein erhitztes Gesicht in eine Schüssel mit Wasser.

Manolios beendete das Essen. Er schlug das Zeichen des Kreuzes und erhob sich.

»Nikolios«, sagte er, »ich gehe heute abend ein wenig ins Dorf hinunter, leb wohl.«

»Wieder ins Dorf?« brach Nikolios aus und wurde ärgerlich. »Was willst du wieder im Dorf? Ich glaube, der Teufel zieht seine Kreise auch um dich.«

»Nicht der Teufel, Nikolios, der ist vertrieben, aber Gott.«

Er benetzte sein Haar, blickte in den Spiegel und kämmte sich, dann ging er hinein und zog seinen feinen Rock, den

Sonntagsrock, an. Spiegel, Kamm und ein Kopftuch steckte er in die Schärpe, wozu? Was sollte das? Er wußte es selber nicht.

»Es ist der Teufel, sage ich, es ist der Teufel«, wiederholte der Junge wütend, als er Manolios sich so zurechtmachen sah.

»Es ist Gott, es ist Gott ...«, sagte Manolios wieder, schlug das Kreuz und ging seines Weges.

Er geht, um Lenio zu treffen, der Teufel hole sie alle beide, dachte Nikolios und spie aus. Und noch einmal wurden der Leitbock und Lenio vor seinem inneren Auge eins.

## 5

Es war schon dunkel geworden. Liebesdurstig und hungrig begannen die Nachtvögel ihr Lied, am Himmel hingen die ersten großen Sterne. Wenn es doch noch dunkler würde, daß man mich nicht im Dorfe sieht, dachte Manolios, als er langsam den kleinen gewundenen Pfad hinunterstieg. Er sann darüber nach, was er ihr sagen sollte, damit Gottes Worte geraden Weges Eingang fänden in ihr Herz. Ich werde ans Tor klopfen, dachte er, sie wird kommen und öffnen. ... Sie wird erstaunt sein, mich zu sehen, sie wird das Tor schließen, und wir werden hineingehen. ... Den kleinen Hof hatte er gesehen, vor ihm hatte er keine Furcht, auch die Blumentöpfe, die Basilikumstauden, den Brunnen. ... Aber drinnen? Manolios zitterte, er blieb stehen, um Atem zu holen. Drinnen ist gewiß das Bett, dachte er.

Er wurde verwirrt, er wußte nicht mehr, was er ihr sagen sollte – weshalb er so spät in der Nacht vom Berg herunterkam und an ihr Tor pochte. Sie würde ihn erröten und in Verlegenheit geraten sehen, und sie würde lachen. »Du kommst also doch, Manolios«, würde sie sagen, »und weißt selbst nicht, weshalb du kommst. Hast du nicht auch einen Traum gehabt? Hat der Böse dir den Traum geschickt oder die Jungfrau Maria? Oder waren es vielleicht beide? – auch das kann geschehen, Manolios – und da kommst du und wirst erst von Gott und dem Paradiese reden und dann, ohne daß du es verstehst, Manolios, und ohne daß ich Ärmste es verstehe, werden wir uns im Bett in den Armen liegen. ... Du bist ein Mann und ich eine Frau, so hat Gott uns geschaffen, ist es unsere Schuld? Wenn wir beieinander sind, wird die Leidenschaft uns packen, wir werden die Besinnung verlieren ...«

Das Blut stieg Manolios zu Kopf. Die schamlosen Gedanken stiegen brausend in ihm auf, er hörte klar und deutlich die Worte der Witwe, wie sie lachte und sich ihm näherte. ... Er spürte schon ihren Atem, er sog schon den Duft von Mastix und Nelken aus ihrer offenen Bluse ein, den Duft ihres warmen Leibes ...

Da wurde er plötzlich schwach, die Beine versagten ihm den Dienst, und er setzte sich auf einen Stein.

Wer ist es, der in mir spricht? fragte er sich erschrocken. Wer ist es, der da lacht? Was ist das für ein Knie, das sich dem meinen nähert? Er hatte wirklich diese Worte und das Lachen der Witwe in sich gehört – und seine Nasenflügel waren noch von ihrem Duft erregt. »Hilf mir, mein Gott!« schrie er und hob den Blick zum Himmel auf.

Doch der Himmel schien ihm heute so hoch, so weit fort von den Menschen zu liegen, gleichgültig und stumm, weder freundlich noch feindlich, und er zitterte. Die Sterne blickten auf ihn herab, und sein Herz erstarrte. Mitunter konnte er in Winternächten von der Hirtenhütte unter den verschneiten Zweigen die Augen der Wölfe leuchten sehen – gelb, unbeweglich und voller Haß –, so erschienen ihm auch heute abend die Sterne.

Der Gedanke an die Witwe umschmeichelte ihn wieder wie Honig. In all der Kälte und Feindseligkeit der Welt kam er wie eine Erquickung zu ihm. Nun sagte sie nichts mehr, sie lachte nicht, sie lag bebend auf ihrem breiten Bett und gurrte – dankbar und vorwurfsvoll zugleich – wie eine Taube.

Manolios hielt sich die Ohren zu, um nicht mehr hören zu müssen, es surrte in seinem Kopf, seine Halsadern schwollen. Er spürte, wie das Blut ihm wieder zu Kopfe stieg, wie es die Schläfen fast sprengte, wie die Augenlider schwer wurden und sein ganzes Gesicht juckte und brannte. Ihm war, als ob tausend Ameisen über seine Wange, sein Kinn und seine Stirn liefen.

Der kalte Schweiß brach ihm aus, er hob die Hand, glitt hastig mit ihr über sein Gesicht – und fuhr jäh empor.

»Mein Gott! Mein Gott!« wollte er rufen, aber er konnte es nicht. Er legte die Hand wieder an die Wangen, an die Lippen, an den Hals; sie waren geschwollen, der Mund war vollkommen verstopft, er konnte ihn nicht öffnen.

Was ist mit mir? Weshalb bin ich so geschwollen? dachte er und fuhr sich verzweifelt über Gesicht und Kinn. Sein ganzes Gesicht war wie eine Trommel, aber es schmerzte nicht. Nur die Augen brannten und begannen zu rinnen.

Ich muß sehen, was es ist, ich muß wissen, was es ist, dachte er; er zog den kleinen Taschenspiegel heraus, bückte sich, zündete eine dürre Distel an. ... In dem flackernden Licht sah er sein Gesicht und schrie auf. Das ganze Gesicht war in Schaum gehüllt, die Augen waren zu zwei kleinen Perlen geworden, die Nase war in den geschwollenen Wangen verschwunden und der Mund nur noch eine schmale Öffnung. Das war kein Menschenantlitz mehr, das war eine fleischige Maske, widerwärtig und ungeheuerlich. Mein Gott, das wird doch nicht Aussatz sein? schoß es ihm plötzlich in den Sinn, und er sank zu Boden.

Er zog wieder den Spiegel hervor, wandte jedoch sofort den Kopf voller Abscheu ab. Ist das ein Mensch? Ein Teufel? Er sprang auf.

»Ich kann nicht weitergehen. ... Wie sollte sie mich ansehen, wie sollte ich mit ihr reden können? Ich ekele mich, ich gehe wieder zurück!«

Er wandte sich um und lief wie gehetzt den Pfad hinauf.

Als er zur Hütte kam, blieb er stehen. Er schlich sich hinein, um Nikolios nicht zu wecken, und machte Licht. Morgen früh wird es mir mit Gottes Hilfe gewiß besser gehen, dachte er und beruhigte sich ein wenig.

Er setzte sich auf sein Strohlager, schlug das Zeichen des Kreuzes und bat Gott, ihn zu heilen. »Mein Gott, töte mich lieber«, sagte er, »aber entehre mich nicht vor den Menschen. ... Weshalb hast du diesen Unrat auf mein Gesicht geworfen? Nimm ihn fort, Gott, nimm ihn fort! Laß mich morgen wieder, rein und menschlich wie bisher, mein gewöhnliches Gesicht besitzen!«

Er vertraute auf Gott und gewann ein wenig Trost. Er schloß die Augen und sah im Traume, wie eine schwarzgekleidete Frau, es konnte Panagia sein, erschien, sich über ihn neigte und ihm weich übers Antlitz fuhr. Manolios fühlte sich erleichtert, er streckte die Hände aus und griff nach der wundertätigen Hand, um sie zu küssen, doch da erscholl spöttisches Gelächter, der schwarze Schleier fiel, und Manolios schrie auf und erwachte. Es war nicht Panagia, es war die Witwe ...

Aber auch Nikolios hatte den Schrei gehört und war in der anderen Ecke erwacht. Er richtete sich auf und sah Manolios zur Wand gekehrt liegen. Verärgert lachte er auf.

»Ach, bist du schon zurückgekommen, Manolios? Hast du schon erledigt, was du vorhattest?«

Aber Manolios lag mit dem Gesicht zur Wand und fuhr sich verzweifelt über sein Gesicht. Die Schwellung hatte sich durchaus nicht gelegt, und es waren Wunden entstanden, denn die Fingerspitzen waren feucht geworden von einer dicken, zähklebrigen Flüssigkeit.

Es geht zu Ende mit mir. ... Es geht zu Ende mit mir, dachte er, vielleicht ist es der Aussatz.

Er warf sich vornüber auf das Bett und barg den Kopf in den Kissen.

»War es nett?« fragte Nikolios verdrossen. »Ist es dir gut ergangen? Du bist müde, armer Kerl, schlaf nur jetzt!«

»Es geht zu Ende mit mir ... es geht zu Ende ...«, murmelte Manolios hoffnungslos, »vielleicht ist es gar der Aussatz!«

Es dämmerte bereits, Nikolios sprang auf, um die Schafe und Ziegen auf die Weide zu treiben. Er wollte gerade zur Tür hinausgehen, die ersten Sonnenstrahlen fielen durch das kleine Fenster herein und erhellten die Hütte. Der Hirtenjunge wandte sich um.

»Auf Wiedersehen, Manolios«, sagte er.

Manolios vergaß sich und drehte sich um, um ihm zu antworten. Nikolios sah ihn, machte einen Sprung und raste zur Tür hinaus.

»Panagia«, rief er aus, »ein Kallikantzaros!«[12]

Manolios rannen die Augen. Überall, wo er sich im Gesicht gekratzt hatte, rann es. Er versuchte zu sprechen und den

Hirtenjungen zu beruhigen, aber er brachte nichts hervor. Er bewegte nur die Hand, um ihn nicht zu erschrecken.

Nikolios steckte den Kopf zur Tür herein, er ließ den ganzen Körper draußen, bereit, sofort in wilder Flucht davonzurennen, und schaute ihn mit aufgerissenen Augen an. Langsam gewöhnte er sich an das, was er sah, und sein Herz kam wieder an den rechten Fleck.

»Um Gottes willen, bist du es, Manolios?« sagte er. »Schlag das Zeichen des Kreuzes, daß ich es glauben kann.«

Manolios machte das Kreuzeszeichen, Nikolios faßte Mut, er stieg über die Schwelle und trat ein, aber näherte sich ihm nicht.

»Was ist mit dir, armer Manolios?« fragte er mitleidig. »Der leibhaftige Satan muß sich über dich geworfen und dir diese Maske aufgeklebt haben. Gott schütze mich. Das ist gewiß der Teufel gewesen. Mit meinem Großvater war es das gleiche.«

Manolios schüttelte den Kopf, er drehte sich wieder zur Wand, um den Jungen nicht zu erschrecken, und gab ihm ein Zeichen, sich auf den Weg zu machen.

»Leb wohl«, sagte Nikolios wieder vorsichtig und raste hinaus.

Manolios atmete auf, sobald er allein geblieben war, und sprang mit einem Satz auf. Er fühlte sich frisch und stark, er empfand keinen Schmerz, er empfand keinen Schüttelfrost mehr, und was von allem das Eigenartigste war, er spürte eine unerklärliche Freude in seinem Innern. ... Er nahm den Spiegel, näherte sich dem kleinen Fenster und blickte hinein. Das Gesicht war wie eine Trommel, die Haut war gesprungen, und es rann eine dunkelgelbe Flüssigkeit heraus, die sich im Schnurrbart und Backenbart verhärtet hatte. Das ganze Gesicht war feuerrot geworden wie rohes Fleisch. Er schlug das Zeichen des Kreuzes. »Wenn es vom Satan kommt, beschwöre es, Christus«, sagte er zu sich selbst, »wenn es von Gott kommt, soll es willkommen sein. Ich glaube nicht, daß er mir Böses will, mein Unglück hat einen geheimen Sinn. Ich soll Geduld beweisen, solange er seine Hand über meine Gesichtszüge hält.«

Als er so sein Unglück überdacht und es sich in seinem Innern zurechtgelegt hatte, wurde er ruhiger. Er zündete das Feuer an, setzte den Topf auf und goß die Milch des gestrigen Abends hinein. Er war hungrig. Er füllte sich eine Schale, aber er konnte den Mund nicht öffnen und nahm ein Rohr. Er steckte es in die Schale und begann gierig die Milch in sich einzusaugen.

Dann ging er hinaus und setzte sich auf die steinerne Bank. Die Sonne hatte jetzt die Vögel zum Leben erweckt und strahlte weich vom Berggipfel über den Hang und das Feld hernieder, sie öffnete die Türen im Dorf und leuchtete in die Häuser hinein. Sie traf die Witwe noch ausgestreckt auf dem Bett, in dem sie wach und bleich lag, und drängte sich in ihr Haar, sie traf Mariori auf dem Hof, wo sie die Blumentöpfe goß, und streichelte wie ein Bräutigam ihren Hals, den noch keiner geküßt hatte, sie traf alle Frauen im Dorf und streichelte sie mit freundlicher Hand. Sie ließ sich auch neben Manolios auf der Steinbank nieder, und er streckte seine Hände aus und begrüßte sie.

Was ist das für eine Freude, die ich empfinde, dachte er. Was ist das für ein wunderbares Gefühl; ich begreife es nicht...

Er trocknete sich mit dem Kopftuch sein zerfetztes Gesicht und hob es zur Sonne.

»Ich begreife es nicht, ich begreife es nicht«, sagte er zu sich selbst und schwenkte das Tuch in der Sonne, um es zu trocknen. Als er im Kloster war, hatte Vater Manasis einmal mit ihm über einen Asketen gesprochen, der sich die Haut aufgeschnitten und aus der Wunde Maden hervorgeholt hatte. Und wenn eine Made zu Boden gefallen war, hatte er sich niedergebeugt, sie vorsichtig aufgenommen und wieder in die Wunde gelegt. »Iß«, hatte er gesagt, »iß von dem Fleisch, daß es schwindet und nur meine Seele übrigbleibt...«

Viele Jahre hindurch hatte sich Manolios dieser Made nicht erinnert, doch jetzt, welch ein Trost war sie für ihn, welch eine Lehre in Zuversicht und Geduld!

Er erhob sich und ging hinein, er nahm das Handtuch, in das er das Holzstück gehüllt hatte, nahm die Feile und das Messer und ging wieder hinaus und setzte sich in die Sonne. Er hatte plötzlich gespürt, wie die heilige Gestalt in ihn eingegangen war und sein Herz in Besitz genommen hatte. Deutlich sah er sie jetzt mit allen ihren Zügen, er richtete seinen Blick fest auf sie und begann gebückt, sie in dem Holzstück festzuhalten.

Die Stunden vergingen blitzschnell. Die Sonne stand einen Augenblick in der Mitte des Himmels und begann langsam niederzugehen. ... Die Späne fielen zu Boden, das Holz wurde leichter; ruhig und traurig, voller Geduld und Güte trat Christi Antlitz hervor. Lange arbeitete Manolios daran, Christi Mund herauszuarbeiten, er sah in sich, wie er sich bewegte und veränderte und konnte ihn nicht festhalten – bald lächelte er, bald hingen die Mundwinkel herab, und er weinte, einmal preßten sich die Lippen zusammen, um den unsäglich bitteren Schmerz zu ertragen.

Es war schon Abend geworden, und als Nikolios mit den Tieren zurückkam, fand er Manolios mit dem geschnitzten Christusgesicht zwischen den Knien auf der Steinbank. Er war ganz darin vertieft, diesen Ausdruck wollte auch er haben, wenn für ihn Christi Leiden begannen... Nikolios blieb stehen, er warf ihm einen Blick zu, aber wandte sich sofort ab. Er konnte ihn nicht ansehen. Auf dem ganzen Gesicht und dem Bart war jetzt der Eiter erstarrt und bildete eine gelbe Kruste. Es schien, als säße ein böser Geist dort auf der Bank und hielte das Christusgesicht auf den Knien.

»Hilf mir nicht, ich melke allein«, sagte er. Er wollte ihn nicht neben sich haben.

Manolios lehnte den Kopf an die Wand und schloß die Augen. Er war ganz erschöpft, fühlte sich aber erleichtert. Die Hände hielt er fest um das geschnitzte Holz gepreßt, er war glücklich darüber, daß er das Bild in seinem Herzen so getreu hatte hervorbringen können. Es würde ihm nun nicht mehr zitternd Zeichen geben und in die Luft entschwinden, es konnte ihm nun nicht länger mehr entfliehen, er hatte es im Holz festgehalten und war erleichtert. Er hatte Christi Mund geformt, wie er ihn mit seinen vielen wechselnden Ausdrücken in sich gesehen hatte. Manolios berührte leise das Bild und war stolz über Christi Mund. Wenn man ihn von vorn sah, lächelte er, wandte man ihn nach links, war er stolz zusammengepreßt... Mit geschlossenen Augen streichelte Manolios nun mit den Fingerspitzen langsam und zart Christi Antlitz, wie Maria ihr Gotteskind gestreichelt haben würde.

Er nahm wieder das Handtuch, legte vorsichtig das geschnitzte

Bild hinein, wie man einen Säugling einzulegen pflegt, und nahm es in die Arme.

Unterdessen hatte Nikolios seine Melkarbeit beendet; ohne sich umzuwenden und Manolios anzusehen, ging er hinein und begann das Abendessen zuzubereiten. Der Ärmste, dachte er mit einer unerklärlichen Freude in sich, wie soll er mit einem solchen Gesicht heiraten können? Wenn Lenio ihn zu sehen bekäme, würde sie schreien und davonlaufen.

Er steckte den Kopf zur Tür hinaus.

»Willst du essen?« fragte er. »Kannst du den Mund aufmachen und essen?«

Manolios erhob sich, er war hungrig. Er hatte den ganzen Nachmittag vergessen, etwas zu sich zu nehmen. Er füllte wieder eine große Schale Milch, nahm das Rohr, legte sich auf die Knie und begann zu saugen. Dann füllte er die Schale von neuem.

Es war schon dunkel geworden, aber sie machten kein Licht, und Nikolios konnte im Dunkel Manolios' geschwollenes Gesicht nicht erkennen. Er fürchtete sich nicht mehr, er war heute abend in gute Stimmung gekommen, er wußte nicht, weshalb, und als er zu essen aufgehört hatte, setzte er sich an den Herd, nahm einen Stock und rührte in der Glut.

Ihm war nicht warm zumute, aber es war ihm unangenehm, dort drinnen mit Manolios zusammen zu schlafen. Er erhob sich.

»Ich habe das Bett für dich zurechtgemacht, schlafe jetzt, morgen geht es dir wieder gut.«

Er nahm seine Decke, breitete sie im Hof auf der Erde aus, legte sich einen Stein als Kopfkissen zurecht, schloß die Augen und dachte an Lenio. Er war nahe daran, wieder zornig zu werden, aber er war müde, er drehte sich auf die andere Seite und schlief ein.

Manolios warf mehr Holz ins Feuer, er fürchtete sich, im Dunkel allein zu sein. Er sah die Flammen steigen und züngeln, er spitzte die Ohren und vernahm durch die offene Tür die Stimme der Nacht – das Schreien der Eulen, die winzigen kleinen Tiere, die in der Erde arbeiteten, und über seinem Kopf die Ratten, die zwischen den Dachbalken liefen und pfiffen ... Und in sich vernahm er die unablässige Stimme, die nur nachts zu hören war, in ihrer Stille und Einsamkeit.

Er erhob sich, trat an die Tür und blickte zu den Sternen empor. Der Jordan[13] floß dort ruhig dahin, der spöttische Jupiter strahlte, der ganze Himmel glänzte froh und stumm mit all seinen Sternen. Ihm war, als senke er sich auf ihn herab, und als Manolios hineinging und sich wieder vor den Herd setzte, fühlte er sich erleichtert und zufrieden.

»Christus«, sagte er zu sich selbst, »ist nicht gerade dies das Wunder? Hast Du nicht Deine schützende Hand ausgestreckt, gerade als ich am Abgrund und nahe daran war, ins Verderben zu stürzen?«

Er berührte, nun ohne Widerwillen, ohne Furcht, sein Gesicht. Fast dankbar betastete er die geschwollenen Wangen und das zerfetzte Fleisch.

Wer weiß, wer weiß? dachte er und liebkoste in Gedanken seine Krankheit, dir habe ich für die Rettung zu danken ...

Er lehnte sich beruhigt an die Wand, eine milde Wärme stieg vom Herde auf, und er wünschte, daß der Schlaf bald kommen möge. Mitunter, wenn seine Seele im Dunkel Qualen erlitt, pflegte ein Traum im Schlaf zu ihm zu kommen und ihm den Weg zu weisen.

Vielleicht kommt Gott auch in dieser Nacht im Traum zu mir und erleuchtet mich, dachte er.

Er schloß die Augen und schlief sofort ein.

Das Feuer erlosch, die Nacht verging, die Hähne hatten begonnen zu krähen, als Manolios im Morgenwind erschauerte und die Augen öffnete. Er erinnerte sich nicht, geträumt zu haben, aber sein Herz war von Frieden erfüllt, er schlug das Zeichen des Kreuzes und bewegte die Lippen. Aber es schmerzte ihn wie eine Wunde, die aufgerissen wird, dennoch konnte er heute deutlich sagen: »Ehre sei Gott!«

Er erhob sich, ging hinaus und setzte sich auf seine geliebte Bank. Feuerrot, rund und voller Entzücken ging die Sonne am Himmelsrande auf. Sie blickte wieder mit Freuden auf ihren reichen Besitz, alles war, wie sie es gestern verlassen hatte — die fetten Äcker, Panagias grüner Berg, der unzugängliche Sarakina, der spiegelklare, runde See Voidomata und das liebe Dorf Likovrisi mit den Ameisen, die sich in den engen Dorfstraßen bewegten und die man Menschen nannte. Sie warf einen Blick zur Seite, erhellte Manolios' Gesicht, wärmte es und begann aufs neue ihre rollende Reise.

»Ehre sei Gott!« murmelte Manolios wieder und trocknete sich mit dem Handtuch sein zerfetztes Gesicht.

So kämpfte Manolios dort oben auf dem Berge, bald kämpfte er, seinem Holzstück ein Gesicht zu geben, bald kämpfte er mit Gott oder den Dämonen, bald mit Lenio und der Witwe... Auf dem Berge Sarakina aber herrschte und regierte der Priester Fotis. Er teilte ein, was ein jeder tun sollte – wer in den kleinen Erdstücken zwischen den Felsen graben und pflanzen sollte, wer bauen sollte, wer auf die Jagd gehen sollte, um Hasen, Kaninchen oder Rebhühner zu fangen. Mit Giannakos' drei Pfunden hatte er drei Ziegen gekauft, außerdem hatte er die Ziege der Witwe, und die Kinder bekamen Milch... Selbst dachte er daran, das wundertätige Bild des Ai Giorgis zu nehmen und eine Rundfahrt durch die Dörfer und Klöster zu machen, um Hilfe zu suchen. »Wir sind Griechen«, sagte er, »wir sind Christen, eine unsterbliche Rasse, wir werden nicht untergehen.«

Unten in Likovrisi tobte immer noch Kapitän Fourtounas auf seinem Bett über seinen zerschlagenen Kopf, der sich nicht heilen lassen wollte. Dem Aga tat er leid, er sandte ihm hin und wieder mit seinem Leibwächter neue Salben und befahl, schleunigst gesund zu werden, um zurückzukehren und wieder zu saufen. Dem alten Patriarcheas aber ging es nicht gut. Er hustete, es fiel ihm schwer, zu atmen, und er redete irre. Seit man ihn ins Bett gelegt hatte, aß und verschlang er alles, was er bekam, dann brach er es wieder aus und aß von neuem... Und unaufhörlich sandte er Boten zu Katarina, sie solle kommen und ihn massieren, aber die Witwe beschwindelte ihn und ließ ihn grüßen, sie sei krank und bedürfe selbst der Massage. Der Priester Grigoris seinerseits hatte Kummer um seine einzige Tochter Mariori. Er sah, wie sie täglich bleicher wurde, und es eilte ihm damit, sie mit Michelis zu verheiraten, damit er Enkelkinder bekäme. In ihr ruhte seine einzige Hoffnung im Leben, daß sein Geschlecht nicht aussterben werde – nur so glaubte der Priester Grigoris Charon besiegen zu können.

Auch Panagiotaros, der Gipsesser, wurde von schweren Sorgen heimgesucht: Drei Nächte hatte die Witwe ihm nicht das Tor geöffnet, sie wollte nichts mehr von ihm wissen, sie hatte anderes im Sinn, beständig ging sie in die Kirche und zündete Lichter an, die kleine Heilige... Panagiotaros soff, um sie zu vergessen, er kam jeden Abend volltrunken nach Hause, verprügelte seine Frau und seine beiden Töchter und legte sich dann, so lang wie er war, auf den Hof und schnarchte. Wenn die Kinder des Dorfes ihn betrunken sahen, liefen sie ihm auf der Dorfstraße nach und schrien: »Judas, Judas!« Und er raste ihnen nach, aber er trat fehl und stolperte und fiel auf dem Steinpflaster hin.

Jeden Morgen sprach der alte Ladas mit seiner Frau, die ihm gegenüber saß und Strümpfe strickte, ohne etwas zu sagen oder ihm zuzuhören...

»Er läßt sich Zeit, Penelope, er läßt sich Zeit, der verfluchte Giannakos. Und noch haben wir die Schuldanerkenntnis über die drei Pfunde nicht unterschrieben, noch hat er mir nicht eine einzige Handvoll Ohrringe gebracht... Was meinst du, Penelope? Es gibt keine einzige Frau, wie arm sie auch sei, die nicht ein Schmuckstück aus Gold besäße, nein, es gibt keine. Das verbietet Gott. ... Du wirst sehen, Giannakos kommt mit Gold, sei nicht unruhig, Penelope.«

Dem alten Ladas sauste es in den Ohren, ihm schien, als klopfe es ans Tor, und er glaubte, einen Esel schreien zu hören. Er lief barfuß, das Tor zu öffnen und blickte auf die Dorfstraße hinaus — aber kein Giannakos.

Dieser hatte seine Reise durch die Dörfer beendet, Kämme, Garnrollen, Taschenspiegel, Heiligengeschichten, bunte Stoffe verkauft und an deren Stelle Saatgut, Wolle, Küken und Eier erhalten. Er hatte Geschäfte gemacht, aber seine Gedanken waren weit in der Ferne. Und deshalb gab er rechtes Gewicht und maß genau mit der Elle...

»Wann ist ein Mensch erlöst?« hatte er einmal einen mohammedanischen Heiligen gefragt. »Wenn er kauft und verkauft und seine Gedanken in den Gärten sind«, hatte der Heilige geantwortet. Giannakos' Gedanken weilten in den Gärten.

Hin und wieder dachte er an den alten Ladas und das Geschrei und den Jammer, den er erheben würde, oder an seine Schwester, die Hexe, die dem armen Kostantis das Leben zur Hölle machte, oder an Manolios, der jetzt wohl auf den Berg gestiegen war und sich bemühte, zwischen den beiden — Christus und Lenio — die Dinge ins reine zu bringen. Und an den großen Brotlaib und den satten Hund. ... All dieses kam und ging, und dann blieben seine Gedanken am Priester Fotis hängen, an dem dürren, ungastlichen Berg und an den Menschen, die sich in den Felsen festsetzten und die Charon dort nicht vertreiben konnte.

Im Café des letzten Dorfes traf er seinen Freund, den Gastwirt Chirogiorgis, den man auch Kounelos nannte. Er hatte Giannakos mit Freuden willkommen geheißen, ihm abladen geholfen und seine Eselin in den Stall geführt und kehrte sofort zurück, um den Freund zu bewirten und mit ihm zu plaudern. Unterdessen hatte sich das ganze kleine Dorf um Giannakos, den weitgereisten Kaufmann, eingefunden, der von Dorf zu Dorf zog und neue Nachrichten brachte. Auf alles, das man ihn fragte, vermochte er Antwort zu geben. »Fragt, Freunde, fragt«, rief der Gastwirt, »denn morgen zieht er weiter, und vergeßt nicht, Kaffee zu bestellen.«

Dicht um ihn versammelt, hatten sie schon eifrig nach allem zu fragen begonnen, was in der Welt geschah — den Großmächten, den Bolschewiken, dem Krieg, Erdbeben. ... Sie senkten die Stimmen und zitterten. »Herr Giannakos, weißt du etwas von den griechischen Truppen, die gekommen sind und dann wieder wie ein Blitz verschwanden? Was geschieht dort in den griechischen Ländern, aus denen unsere Euzonen gekommen sind? Welche Blutbäder, welche Brände, welche Unglücksfälle? Wir hier, Likovrisi und die Dörfer rundum, liegen abseits, selten erfahren wir etwas. Die Klagerufe sind nicht zu uns gedrungen, aber du, Giannakos, du fährst umher, etwas schnappst du auf, erzähle es uns, wir sind so neugierig, wir bersten vor Wißbegier.«

Auch Giannakos zuckte zusammen. Er mußte an den Priester Fotis und sein Dorf denken, das die Türken aus Rache niedergebrannt und dessen Einwohner sie in alle Himmelsrichtungen verstreut hatten ... Von Smyrna bis Afiuru-kara-Nisar und weiter rauchte es in den Ruinen ganzer Reihen griechischer Dörfer, das griechische Volk wurde verjagt, Griechenland war in Gefahr ...

Doch sie taten Giannakos leid, und er wollte sie nicht betrüben.

»Fürchtet euch nicht, Freunde«, antwortete er, »wieviel tausend Jahre hat Griechenland bereits erlebt! Es ist unsterblich. Einige Dörfer sollen niedergebrannt sein, sagt man, einige Menschen sind erschlagen worden, aber die Euzonen werden zurückkommen, sie werden die Dörfer wieder aufbauen, sie werden neue Kinder in die Welt setzen, um Anatolien wieder aufzufüllen. Laßt uns trinken, ich lade euch ein.« — »Gesegnet seist du, Giannakos«, rief ein alter Mann, der, mit dem Kinn auf den Stab gestützt, in der Ecke saß, mit offenem Munde lauschte und jedes Wort des weitgereisten Kaufmannes einsog. »Gesegnet seist du, Giannakos! Es wäre betrüblich, wenn du nicht in unser Dorf fändest, du bist willkommen, da du mit Neuigkeiten aus der großen Welt zu uns kommst.«

Das Schwatzen hatte sich schon gelegt, als Ali Aga Soulatzades ins Café kam. Er war der alte Herr des Dorfes, der in seinem Gürtel ein Schlüsselbund aller Häuser, die er vermietete, hängen hatte. Das Café des Kounelos gehörte ihm. Er hatte von dem bekannten Reisenden reden hören, seine roten Pantoffel angezogen, seinen längsten Tschibuk ergriffen und erschien nun, um mit dem berühmten Kaufmann zu reden. Eine große Sorge quälte ihn. Vielleicht konnte der verfluchte Grieche da die Sache für ihn ins reine bringen.

Giannakos erhob sich, er legte die Hand aufs Herz, auf die Lippen und auf die Stirn, um ihn nach allen Regeln der Kunst zu begrüßen. Er war ja sein bester Klient, er hatte einen großen Harem, und seine Frauen, Töchter und Enkelkinder liebten Gewürze, Schminken, Parfums und Süßigkeiten. Er erhob sich also, grüßte ihn und bestellte Kaffee für ihn.

»Ich habe eine große Sorge, mein lieber Kaufmann.«

»Nenne sie, Aga, und was ich vermag ...«

»Was ist das eigentlich, was man die Schweiz nennt, kleiner Grieche?« Giannakos rieb sich den Schädel. Er hatte auch davon reden hören, aber nur sehr unbestimmt.

»Weshalb fragst du?« sagte er, um Zeit zu gewinnen.

»Weil mein Sohn Chouseinis in die Schweiz gereist ist, um dort zu studieren und Arzt zu werden. Ich möchte ihm eine Kanne mit Reis und Spinat[14] schicken und eine zweite mit Holzkohle, um seine Nargileh damit anzuzünden, aber ich weiß nicht, wo die Schweiz ist, und wie ich es schicken soll.«

Während der Aga redete, dämmerte es in Giannakos, und er erinnerte sich.

»Die Schweiz ist ein Land, das Milch und Uhren macht.«

»Macht sie nicht auch Ärzte?« fragte der Aga unruhig.

»Ja, Ärzte auch, die besten der Welt. Wenn Charon sie sieht – wie soll ich es sagen, Aga, daß es nicht im ganzen Kaffeehaus riecht? –, ja, dann macht er sich in die Hosen.«

»Gut, kleiner Grieche, du hast das Herz auf dem rechten Fleck. Aber die zwei Kannen?«

»Ja, das will ich dir sagen, die Kohle läßt die Schweiz nicht zum Lande hinein, aber den Reis und Spinat kannst du mir geben, ich weiß einen Weg ...«

Giannakos hatte schon seinen Plan gemacht. Er würde mit dem Reis und Spinat nach Sarakina gehen, um die verhungerten Menschen ihn für Chouseinis Wohlergehen essen zu lassen.

»Ich gehe gleich und hole ihn dir«, sagte der Alte und erhob sich. An der Kaffeehaustür blieb er stehen und überlegte, dann wandte er sich zu Giannakos um.

»Und was kostet es, ihn in die Schweiz zu schicken?«

»Das übernehme ich«, erklärte Giannakos und hob die Hand. »Um Ali Aga einen Dienst zu erweisen.«

»Wir dürfen uns nicht daran vergreifen und es aufessen«, brach der Gastwirt aus, sobald der Aga gegangen war.

»Gott bewahre mich«, protestierte Giannakos. »Ein ehrlicher Handel, mein Freund.«

Dann wandte er sich zu den Bauern:

»Verzeiht mir, Freunde«, sagte er, »ich bin nach der Reise müde und möchte schlafen. Morgen könnt ihr mich wieder fragen und mir Aufträge und Briefe geben. Ruft dann auch eure Frauen und Töchter, wenn ihr die Trompete hört, daß sie kommen und ihre Käufe machen können. Gute Nacht.«

Er lehnte sich an die Wand, streckte sich aus und schlief ein.

Es war mitten am Tag. Giannakos hatte seine Geschäfte im Dorf glücklich und erfolgreich beendet und näherte sich Likovrisi. Die Eselin trottete fröhlich voran, als ob sie wüßte, daß sie die Kanne mit Reis und Spinat trug. Sie witterte ihren lieben Stall, die volle Krippe und die Schale mit frischem Wasser. Das Herz pochte ihr wie einem Menschen, und sie hob bereits den Schwanz, um zu schreien.

Doch ihr Herr packte den Schwanz und zog ihn herab.

»Beeil dich nicht so, Giousoufaki, erst den Weg zum Berge hinauf, wir wollen erst Manolios begrüßen.«

Giannakos war vor einigen Tagen unfreundlich zu ihm gewesen, er hatte ihm einige garstige Worte gesagt und ihn ausgescholten. Jetzt ärgerte er sich. Er sehnte sich danach, Manolios zu treffen und ihn um Verzeihung zu bitten.

»Ich hatte recht«, murmelte Giannakos, »aber wie dem auch sei — Manolios ist ein empfindsamer, schamhafter Junge, eine Feder kann ihn verletzen, und ich, meine liebe Eselin, ich habe zum Vorschlaghammer gegriffen.«

Seine Gedanken gingen zum Priester Grigoris, zum alten Ladas, zu Michelis, zur Witwe, sie glitten über das ganze Dorf und kehrten zu Manolios zurück.

»Ich habe mich häßlich benommen«, murmelte er. »Ich vergaß, daß wir vier dieses ganze Jahr aneinandergebunden sind, wir sind Teilhaber, doch nicht am Geld, sondern am Paradies.«

Er lachte über seinen Einfall, dann fiel er in Gedanken.

Zum Teufel, dachte er, Geld und Paradies sind doch wohl nicht dasselbe[15]? Unmöglich, ganz unmöglich. Dann würde ja Gott und der Teufel dasselbe sein. Gott verzeihe mir.

Er hörte hinter sich einen Esel schreien und wandte sich um. Es war der Wegweiser Christofis, der auf seinem Esel vom Dorf herangeritten kam. Alt war er, von grobem Korn und voller Scherze. Er war dreimal verheiratet gewesen, hatte viele Kinder in die Welt gesetzt, er erinnerte sich nicht, wie viele, einige waren gestorben, andere verschwunden, jetzt war er frei und ging umher und lachte und trieb seine Scherze.

Giannakos blieb stehen, um ihn zu erwarten.

»Guten Tag, alter Christofis«, sagte er, »willst du mir einen Gefallen tun? Du würdest eine gute Tat vollbringen!«

»Sag's, dann werden wir sehen. Ich bin es müde, gute Taten zu tun, Giannakos.«

»Halte einen Augenblick bei Sarakina, du gehst ja dort vorbei, und gib diese Kanne dem Priester Fotis. Und wenn er dich fragt, wer sie dir gegeben hätte, sag: ein Sünder habe sie dir gegeben, nicht mehr.«

»Was ist darin, Giannakos? Sie ist schwer zu heben«, sagte der alte Christofis und stieg vom Esel.

»Reis und Spinat«, sagte er und erzählte ihm die ganze Geschichte.

Der alte Christofis brach in Lachen aus.

»Meinen Segen, Gianakos!« sagte er. »Wenn doch Gott deine Talente hätte! Dann würde es keine hungrigen Kinder und keine trostlosen Witwen geben. Ich mache mich sofort auf den Weg.«

»Nicht so eilig, nicht so eilig, ich bin einige Tage fort gewesen. Gibt es etwas Neues im Dorf? Lebt der alte Ladas noch?«

»Der Geizkragen entzieht sich dem Tod. Allzu große Ausgaben, verstehst du? An dem Begräbnis verdient er nichts. Aber der verfluchte Kapitän Fourtounas, der ist übel dran.«

»Der Raki wird billiger«, sagte Giannakos und lachte.

»Aber die Barbiere machen Konkurs«, antwortete Christofis.

»Na, und der feine Priester Grigoris?«

»Zum Teufel, der lebt und gedeiht. Er hat ein neues Mittel für unfruchtbare Frauen erfunden, sagt man, lang wie eine Wurst, und er verkauft es nach der Elle. Eine Elle verzehrt, und die schlimmste dürre Kuh kann kalben.«

Beide brachen in Lachen aus.

»Mögest du hundert Jahre alt werden, alter Christofis. Wenn du stirbst, stirbt auch das Lachen aus. Leb wohl denn, ich werde hundert Ellen von der Wurst da kaufen und das Dorf mit Jungen und Mädchen füllen.«

»Leb wohl, Giannakos. Und viel Glück bei den Geschäften!«

Sie trenten sich. Doch nach kurzer Weile vernahm man wie das Läuten einer Glocke des alten Christofis Stimme:

»Der Gauner, die Wurst da hat Gott vor tausend Jahren erfunden und sie Adam verliehen!«

So sprach er, und der Abhang hallte von seinem Lachen wider.

Manolios sah von weitem Giannakos mit seiner Eselin heraufkommen. Er empfand einen Stich im Herzen und erhob sich.

»Jetzt beginnt dein Martyrium von neuem, Manolios«, sagte er, »halte aus!«

Einen Augenblick dachte er daran, hineinzugehen und sich im Dunkeln in eine Ecke zu setzen. Er empfand Scham, sich in seinem Zustand im hellen Licht vor Leuten zu zeigen. Heute hatte er wieder sein Gesicht im Spiegel betrachtet. »Es ist nur ein böser Geist«, murmelte er, »es ist nur ein Dämon, der eine solche abschreckende Häßlichkeit zustande bringen konnte.«

Nur um den Mund hatte die Geschwulst sich gelegt, so daß er reden konnte.

Giannakos ging, leise vor sich hin singend, den Berg hinauf... Der alte Christofis hatte sein Herz zu einem Garten gemacht, er freute sich, Manolios sehen und freundlich mit ihm reden zu können.

Manolios stand im Mittagslicht und zitterte. Er dachte an Christi Lippen, die sich zusammenpreßten, um den Schmerz zu beherrschen, und auch er biß die Lippen zusammen, so gut er konnte. Ich gewöhne mich noch daran, dachte er. Im Anfang ist es schwer, aber allmählich... Hilf mir, Christus!

Der leise Singsang Giannakos' kam näher und näher, und plötzlich hörte man froh und triumphierend die Trompete. Giannakos hatte sich auf einen Stein gestellt und blies, um seine Ankunft zu verkünden. Jetzt kommt er, dachte Manolios, jetzt wird er mich sehen. Halt aus, mein Herz.

»Hallo, Manolios, komm heraus«, hörte man eine Stimme.

»Hier bin ich«, rief Manolios, so laut er konnte, und ging hinaus. Giannakos hob den Blick, er öffnete die Arme, doch sobald er ihn zu sehen bekam, blieb er unbeweglich stehen und starrte. Er rieb sich die Augen und traute ihnen nicht. Dann kam er etwas näher, sah nochmals hin und rief aus:

»Manolios, Manolios, was ist mit dir?«

Er wollte ihn umarmen, erschrak aber und zuckte zurück.

»Giannakos«, sagte Manolios leise, »wenn du es nicht ertragen kannst, geh deines Weges.«

Und er wandte sich zur Hütte um, damit Giannakos nicht sein Gesicht sehen sollte.

Giannakos band die Eselin an eine kleine Eiche und folgte ihm. Manolios hörte die Schritte hinter sich.

»Giannakos«, sagte er, ohne sich umzuwenden, »wenn du es nicht ertragen kannst, geh deines Weges.«

»Ich kann, ich kann ...«, antwortete Giannakos, »geh nicht.«

Manolios stieg über die Schwelle, ging in die Hütte hinein, schloß das Fenster und kroch in die dunkelste Ecke. Es ging gut, dachte er, Ehre sei Gott. Giannakos bückte sich, als er über die Schwelle trat. Er nahm die Mütze ab und wischte sich den Schweiß von der Stirn. Kurze Zeit herrschte Schweigen.

»Was ist mit dir, Manolios?« sagte er und blickte nieder.

»Nichts«, antwortete Manolios.

»Nichts?« brach Giannakos aus. »Ein böser Geist hat sich auf dein Gesicht gesetzt, Manolios, ein Dämon, sage ich, das bist du nicht.«

»Ich bin es«, antwortete Manolios ruhig. »Niemals bin ich mehr ich selbst gewesen.«

Er schwieg eine Weile.

»Nein, niemals, nie!« sagte er und trocknete sich das rinnende Gesicht mit dem Handtuch.

»Ein böser Geist hat sich auf dir niedergelassen«, rief Giannakos wieder und versuchte seine Furcht zu unterdrücken. »Ich sehe dich an und erschrecke. Setz dich auf die Eselin, daß wir uns auf den Weg ins Dorf machen können.«

»Was soll ich im Dorf? Ich habe es gut hier.«

»Du sollst zum Priester Grigoris gehen und ihn heimlich für dich eine Messe lesen und den Dämon beschwören lassen.«

»Ich bitte dich um einen Gefallen, Giannakos, sprich zu niemandem davon.«

»Ich werde es nur dem Priester erzählen, Manolios. Wenn du dich schämst, ins Dorf hinunterzugehen, kann er selbst heraufkommen und hier die Messe lesen.«

»Nein, nein«, rief Manolios und erhob sich erschrocken. »Ich muß diese Krankheit im Gesicht haben, Giannakos, ich muß ...«

»Ich verstehe nicht«, sagte Giannakos und erhob sich ebenfalls. »Weshalb mußt du?«

»Um erlöst zu werden, Giannakos, sonst werde ich es nicht ... Sieh mich nicht an, ich kann es dir nicht erklären.«

»Ist es ein Geheimnis?«

»Nur Gott kennt es«, antwortete Manolios. Er wurde wieder ruhiger und setzte sich in die Ecke. »Nur Gott und ich. Und wir sind einig.«

»Aber wenn es der Dämon ist?« sagte Giannakos vorsichtig.

»Es ist der Dämon. Giannakos, du hast recht. Der Dämon hat sich über mich geworfen. Ehre sei Gott! Sonst wäre ich verloren.«

»Ich begreife nichts, ich begreife gar nichts«, rief Giannakos ganz verzweifelt aus.

»Auch ich begriff es im Anfang nicht, Giannakos ... Aber dann verstand ich. Ich war außer mir, aber jetzt habe ich mich beruhigt. Ich habe mich nicht nur beruhigt, ich hebe die Hand und preise Gott.«

»Du bist ein Heiliger«, murmelte Giannakos und wurde plötzlich von Ehrfurcht ergriffen.

»Ich bin ein Sünder, ein großer Sünder«, beteuerte Manolios, »aber Gott ist die Barmherzigkeit selbst.«

Sie schwiegen. Von ferne hörte man die Glocken der Tiere und das Bellen der Hunde. Die Sonne begann niederzugehen, blaue Schatten drängten sich in die Hütte. Die Eselin, die darüber bekümmert war, daß sie ihren Begleiter nicht sah, begann leise zu schreien, um ihn zu sich zu rufen.

»Kannst du essen?« fragte Giannakos.

»Ja, Milch durch ein Rohr.«

»Hast du nirgendwo Schmerzen?«

»Nein, nirgendwo ... Geh jetzt, Giannakos, es ist genug. Versprich mir, es niemandem zu erzählen ... Ich muß den Kampf allein ausfechten, verstehst du?«

»Mit dem Dämon?«

»Ja, mit dem Dämon.«

»Und wenn er dich überwindet?«

»Er überwindet mich nicht, Giannakos, Gott ist mit mir.«

»Du bist ein Heiliger ...«, murmelte Giannakos wieder, »brauchst du niemanden? ... Leb wohl, aber ich komme zurück, um nach dir zu sehen, das sollst du wissen.«

»Wenn du es nur erträgst, Giannakos ...«

»Ja doch, gewiß ... Leb wohl!«

Einen Augenblick wurde er von dem eigenartigen Gedanken gepackt, Manolios' Hand zu ergreifen und sie zu küssen. Aber er beherrschte sich. Er schritt über die Schwelle, machte die Eselin los, die froh mit dem Schwanz wedelte, und ging den Hang hinab, ohne sich umzusehen.

»Die Welt ist ein Mysterium«, murmelte er, während er den Hang hinunterschritt, »ein großes Mysterium ... Man kann Gott nicht von den Dämonen unterscheiden ... Sie sehen sich oft so gleich. Herr, erbarme Dich meiner!«

Am nächsten Morgen stieß Manolios vor Tagesanbruch Nikolios, der zufrieden auf dem Hof lag und schlief, mit dem Fuße an.

»Auf, Nikolios! Ich habe einen Auftrag für dich!«

Der Junge hob verwundert den kleinen, spitzen Kopf, er schlug die Wimpern auf, und das Weiße des Auges leuchtete wild im Dämmerlicht des grauenden Tages.

»Was willst du«, grunzte er und gähnte.

»Auf, wasch dich, daß du wach wirst. Dann werde ich es dir sagen. Beeil dich!«

Der Junge erhob sich mürrisch, er reckte die Arme, der bronzefarbene Körper glänzte, die Arme, Schenkel und Schienbeine waren mit schwarzem, glänzendem Haar bedeckt. Er roch wie ein Bock und nach Thymian.

»Schlage das Zeichen des Kreuzes«, sagte Manolios, »und wenn du es auch nie tust, tu es heute, Nikolios!«

»Nicht so eilig ...«, sagte Nikolios. Er hatte sich zu strecken begonnen, und es knackte in seinen Gelenken.

Er war mit den Ziegen zusammen auf dem Berge aufgewachsen, er hatte nie Lust empfunden, das Zeichen des Kreuzes zu machen, und auch keine Lust, zur Kirche zu gehen. Wozu brauchte Nikolios das? Er wollte es nur gut haben, heiraten, wenn die Zeit heran war, Kinder in die Welt setzen, eigene Schafe und Ziegen haben und dann fest und stark und kräftig wie die Eiche älter werden ... Kreuz und Panagia, das war etwas für die Leute des flachen Landes.

Manolios saß auf der Schwelle und wartete, bis Nikolios wach geworden und mit dem Waschen fertig war. Er hatte über Nacht einen schweren Entschluß gefaßt: Kein Schlaf war ihm beschieden gewesen; denn Gott und der Dämon rangen miteinander. Im Morgengrauen hatte Gott gesiegt.

»Jetzt bin ich fertig«, sagte Nikolios und strich sich das zerzauste Haar mit den Fingern. »Jetzt bin ich wach. Sag nun, was du von mir willst.«

»Nikolios«, sagte Manolios ganz leise, »höre jetzt genau zu. Sieh mich nicht an; wenn du Furcht hast, sieh weg, aber höre genau zu, was ich sage.«

»Ich höre«, sagte Nikolios und wandte sich ab, um ihn nicht ansehen zu müssen.

»Geh ins Dorf hinab zu des Herrn Patriarcheas Haus. Es ist schon Tag, das Tor wird gewiß offen sein, geh hinein. Geh über den Hof und halte dich zur Rechten, geh ins Erdgeschoß, wo der Webstuhl steht. Dort suche Lenio, meine Verlobte, auf.«

»Lenio?« sagte Nikolios und wandte sich hart um, seine Augen blitzten auf.

»Du sollst Lenio aufsuchen und ihr sagen ... Höre genau zu, was ich sage: ›Manolios grüßt dich und bittet dich, auf den Berg zu kommen, er hat dir etwas zu sagen‹ ... Nicht mehr. Geh sofort und sag es ihr ... Begreifst du?«

»Ja, das ist nicht schwer, ich gehe sofort.«

Ungeduldig wollte er sich auf den Weg machen.

»Warte einen Augenblick, du Wildbock«, sagte Manolios und packte ihn am Arm. »Wenn sie fragt, wie es mir geht, sollst du sagen, daß es mir gut geht. Du darfst ihr nicht erzählen, daß ich krank bin. Hüte dich davor!«

»Sei beruhigt, ich werde sagen, ›es geht ihm gut!‹. Und dann werde ich die Beine in die Hand nehmen.«

»Mach, daß du weiterkommst!«

Nikolios bekam Flügel und verschwand.

Lenio war bereits erwacht. Sie hatte Pfefferminz gekocht, etwas Rum hineingegossen und ging damit die Treppe hinauf zu ihrem Herrn, dem alten Patriarcheas. Drall und ungekämmt und barfuß ging sie die Steintreppe hinauf und zwitscherte wie ein Stieglitz.

Der alte Herr hatte sich in dem breiten Bett aufgesetzt, er sah zum Fenster hinaus auf die Dächer des Dorfes, und seine Gedanken gingen zu den Dorfbewohnern rund umher, er pochte an die Türen, ging hinein und sprach einige freundliche Worte. Seine Gedanken gingen noch weiter. Sie wanderten den Berg hinauf, fuhren hastig über die Schafe und Ziegen und kamen zu Manolios. Was, der Hirte da widersetzt sich mir? Seine Seele, sagte er... seine Seele war nicht bereit?... Wenn er Ende April nicht die Lenio nimmt, werde ich ihn aus dem Hause jagen, dann kann er ins Kloster zurückkehren als Mönch. Zur Hölle mit ihm, dem undankbaren Gauner. Er hat meinem Sohn den Kopf verdreht, er ist es gewesen. Ihm tun die armen Leute leid. Sie sind Menschen, auch sie, sagte er, sie sind unsere Brüder. Das ist gewiß gut und fromm in der Kirche, wenn der Priester es an Sonntagen von der Kanzel verkündet, aber nach Hause gehen, du Hennenhirn, und es verwirklichen, das ist die reinste Narrheit Gottes!

Die Tür öffnete sich, und Lenio kam mit dem Pfefferminz herein. Die Gedanken des alten Patriarcheas verließen sofort den Sohn und gingen zu dem kleinen, naseweisen jungen Ding, das in den Hüften wiegend hereinkam und den Pfefferminz balancierte. Er schloß die Augen zur Hälfte und sah sie herankommen und sich mit den herausfordernden Brüsten, den schwellenden Hüften und den festen Knien spreizen... Wie du, ist auch einmal in ihrer Jugend deine Mutter gewesen, dachte er... Das war eine Nacht! Gott verzeihe es mir... Und er seufzte.

»Wie geht es dir heute, Herr?« fragte Lenio mit gezierter Stimme. »Weshalb seufzt du?«

»Weshalb sollt ich nicht seufzen, liebe Lenio? Ich habe meinen feinen Sohn und ich habe den Manolios, die bringen mich um... Du bist ja oben auf dem Berg gewesen und hast ihn vorgestern getroffen. Was hat der Gauner gesagt?«

»Was er zu mir gesagt hat?« fragte Lenio und seufzte auch. Sie setzte sich dem Alten zu Füßen auf den Bettrand. »Es war, als sei er verhext. Er redete kreuz und quer, ohne Sinn und Verstand... Anstatt mich wie ein Mann anzusehen, senkte er den Blick zuweilen zu Boden, zuweilen hob er ihn zum Himmel hinauf und fuhr mit den Augen rund umher...

Was soll ich sagen, Herr? Willst du ihn nicht zum Priester Grigoris mitnehmen, daß er für ihn eine Messe liest? Lach nicht, Manolios geht es nicht gut.«

Der Alte sah Lenio sich wiegen, erröten und seufzen.

»Liebst du ihn«, fragte er und begann den Pfefferminz in sich hineinzuschlürfen.

»Was soll ich sagen? Du hast ihn mir gegeben, ich nehme ihn. Wenn du mir einen anderen gegeben hättest, würde ich ihn auch genommen haben. Alle Männer sind gleich, finde ich.«

»Und die alten Männer, Lenio?« fragte der alte Herr und zwinkerte mit den Augen.

»Nein«, antwortete das Mädchen zornig und bestimmt. »Nur die jungen.«

»Wie alt denn?« blieb der Alte hartnäckig dabei.

»Daß sie Kinder in die Welt setzen können«, antwortete Lenio ohne Zögern. Als ob sie all diese Fragen schon lange erwogen habe und zu einem endgültigen Resultat gekommen sei.

»Du bist wie ein Marder, Lenio! Du wirst dich durchsetzen, denn du weißt, was du willst.«

Das Mädchen erhob sich und kicherte. Sie nahm die geleerte Tasse und ging zur Tür hinaus.

»Was ist denn heute für ein Tag?« fragte der Alte.

Lenio rechnete an den Fingern nach, Sonntag, Montag, Dienstag ...

»Der siebenundzwanzigste April«, antwortete sie.

»Wir wollen drei Tage warten, vielleicht würdigt uns dein vornehmer Manolios einer Antwort. Wenn er verrückt wird und einen solchen Leckerbissen fahrenläßt, sei ruhig, Lenio, ich werde dir einen besseren Mann schaffen, einen richtigen Kerl, ohne Seele und solche Dummheiten, und er soll dir deinen Hof mit Kindern füllen. Geh jetzt, ich glaube, ich werde heute aufstehen, in die Kirche gehen und einen Gang ins Dorf machen ... Ich brauche etwas Abwechslung.«

»Der alte Luderjan«, murmelte Lenio, während sie die Treppe hinabging und kicherte, als ob man sie gekitzelt hätte. »Wie er mich mit den Augen gefressen hat ... Ich glaube bestimmt, wenn er nicht mein Vater wär, der Alte wär imstande, mich zu heiraten. Und wenn er keine Kinder mehr zeugen kann, geht die Welt deshalb nicht unter, das können andere. Aber der Teufel hat ihn auf den Kopf gestellt, na ja, auch Manolios ist gut.«

Im gleichen Augenblick tauchte Nikolios auf der Schwelle zum Außentor auf. Er war warm, sein ganzer Körper dampfte, der Hof roch nach Bock. Er sah auch wirklich wie ein Bock auf Hinterbeinen aus, glänzend, grauenerregend, brünstig, aber gleichzeitig auch wie ein junger Erzengel.

Lenio sah ihn, zuckte zusammen und blieb stehen.

»Wer ist denn der?« murmelte sie. »Das ist gewiß der Hirtenjunge Nikolios. Was ist er derb und wild geworden! Und wie heftig er riecht, der Schnurrbart wächst ihm schon. Was willst du?« sagte sie. »Bist du Nikolios?«

»Ja«, antwortete der Hirtenjunge. Und die Stimme rollte dumpf und tief.

»Du bist ein richtiger Mann geworden. Was willst du?«

»Manolios schickte mich heute früh, dir ein Wort auszurichten.«

»Manolios?« fragte Lenio, und ihr Herz pochte heftig. Sie näherte sich Nikolios. »Schrei nicht«, sagte sie, »du bist nicht auf dem Berg, sprich leiser. Was hast du mir auszurichten?«

»Manolios grüßt dich und bittet dich, auf den Berg hinaufzukommen, er hat dir etwas zu sagen.«

»Ist das alles? Gut, sag ihm, ich komme ... Bleib, geh nicht, wie geht es ihm?«

»Es geht ihm gut, es geht ihm gut!« schrie Nikolios. Er raste davon und ließ hinter sich einen scharfen Geruch zurück.

Michelis trat auf den Hof hinaus. Er war fein gekleidet, in seiner Sonntagstracht, frisch rasiert und frisch gekämmt. Man hatte ihm gesagt, er solle zur Kirche gehen, um das Evangelium zu hören und dann Mariori zu treffen. Er leuchtete auf dem Hof wie ein junger Adler. Lenio blieb einen Augenblick stehen und bewunderte ihn. So sollte mein Mann sein, dachte sie, wie ein Ai Giorgis in seiner vollen Jugend und Kraft.

»Guten Tag, Lenio«, sagte Michelis und setzte die Pelzmütze auf, die er in der Hand hielt. »Ich will zur Kirche gehen.«

»Halt mich fest«, sagte Lenio scherzend, »wenn du geraden Weges zur Kirche gehen willst, irr dich nicht im Weg.«

»Du wirst bestimmt nicht im Wege irren, du bist auf dem Weg

zu Manolios, verstehe ich«, sagte Michelis, der den Boten hatte verschwinden sehen. »Du hast nichts zu klagen.«

»Nein, wer hat das gesagt?« antwortete Lenio verletzt. »Auch wir sind Menschen, wir Diener. Gott hat uns nicht in Not und Klage gelassen; wenn Manolios deine Kleider hätte, würde auch er ein feiner Herrensohn sein!«

»Du hast recht, Lenio«, antwortete Michelis und schritt über die Schwelle. »Du hast recht, es sind nur die Kleider, die uns unterscheiden.«

In diesem Augenblick läutete die Glocke zur Messe.

»Ich gehe jetzt, Lenio, und ich hoffe, du bringst gute Nachricht vom Berge.«

»Und du von der Priestertochter«, sagte Lenio, die um eine Antwort nie verlegen war.

Die Kirche duftete nach Wachslichtern und Weihrauch. Auf der Ikonostase leuchteten die großen Ikonen. Die Wände waren von den Steinplatten bis hinauf zur Kuppel mit Heiligenbildern und vielfarbigen Engelsflügeln geschmückt. Trat man in diese uralte byzantinische Kirche, konnte man glauben, daß man in ein Paradies voll hübscher Vögel und mannshoher Blumen kam, in dem die Engel von Blume zu Blume schwebten und Honig sammelten. Und oben in der Kuppel saß streng und drohend über den Köpfen der Menschen der Allmächtige.

Die Menschen unten auf den steinernen Platten summten auch wie Bienen. Sie kamen herein, fielen auf die Knie, berührten die Ikonostase und standen dann unbeweglich und lauschten der Musik, vorne die Männer, hinten die Frauen. In den Bänken des Kirchenrates mit den Tellern und Lichtern pflegten die Gemeindeältesten zu sitzen. Doch heute wußte niemand, ob der alte Patriarcheas kommen würde. Und fragte man nach Kapitän Fourtounas, dann wälzte er sich in seinem Bett hin und her und stöhnte. Nur der Schullehrer war mit seiner Brille und seinem weißen Kragen erschienen. Neben ihm stand der alte Ladas, und seine Lippen troffen von neunerlei Gift. Er hatte gestern abend Giannakos gesehen, der ihm die traurige Nachricht gebracht hatte — während der drei Monate, die die Lumpengesellschaft sich auf den Straßen herumgetrieben hatte, hatten sie ihre Ringe verkauft und nur die nackten Finger behalten.

Was sollte der alte Ladas mit den Fingern anfangen. Was sollte er mit den Ohren ohne Ohrringe tun? Er verfluchte sein Geschick. »Was für ein Pech habe ich«, murmelte er, während er dort hinter der Bank stand. »Das zerstörte Dorf hätte näher an Likovrisi liegen müssen, damit es mir gelungen wäre ... welch ein Pech.«

Die Bauern kamen herein, sie warfen ihre Geldstücke auf die Teller, ergriffen ein Licht, schlugen das Zeichen des Kreuzes und gingen zu den Ikonen. Aber die Gedanken des alten Ladas waren weit fort: Gut, daß der Idiot da den Schuldschein über die drei Pfund unterschrieb, sonst würde ich ...

Aber er kam nicht dazu, zu Ende zu denken. Ein gewaltiger Koloß kam und setzte sich neben ihn, das Chorgestühl krachte. Er wandte sich verärgert um und sah den alten Patriarcheas mit blassen, hängenden Wangen, tiefen Ringen unter den Augen und gelben trockenen Lippen. Es ist noch nicht verreckt, das Herrenschwein, dachte er, wandte sich um und grüßte.

»Ich hoffe, du erholst dich bald«, sagte er zwischen den Zähnen und vertiefte sich in sein eigenes Mißgeschick.

Michelis trat ein, und die Kirche leuchtete auf. Er hatte sich verspätet, denn er hatte Mariori getroffen, die ihn erwartete. Sie wolle mit ihm reden, hatte sie gesagt. Nur ihre alte Amme war zu Hause, und die war taub und ergeben.

»Du hast mich warten lassen«, sagte Mariori, die hinter dem Tor stand und ihn erwartete.

Auch sie war fein gekleidet, sie hatte ihr bestes Kleid an und ein Goldhalsband mit Konstantinen, ein Erbteil ihrer Mutter. Mit dem Rot, das ihr Giannakos gestern abend heimlich gegeben hatte, hatte sie ihre blassen Wangen ganz leicht gefärbt. Aber die Augen waren matt, als ob sie geweint habe, es lagen dunkelblaue Ringe unter ihnen. Sie hielt das Taschentuch in der Hand und führte es hin und wieder an den Mund.

»Weshalb hast du nach mir geschickt?« fragte Michelis unruhig. »Weshalb bist du so bekümmert und traurig, Mariori?«

»Papa hat es eilig«, sagte Mariori und schlug die Augen nieder, »er hat es eilig und wünscht, daß wir sofort heiraten.«

»Hatten wir nicht Weihnachten gesagt, Mariori? Es ist noch kein Jahr her, seit meine Mutter starb. Es geht nicht früher.«

»Er hat es eilig«, wiederholte das Mädchen leise. »Jeden Tag schimpft er mit mir, nachts steht er auf, geht auf und ab und kann nicht schlafen.«

»Aber weshalb? Was ist mit ihm, daß er es so eilig hat?«

»Ich weiß es nicht, Michelis, ich weiß es nicht«, murmelte Mariori, und ihre Stimme zitterte.

Sie wußte sehr wohl, weshalb ihr Vater es so eilig hatte, aber sie konnte es nicht sagen. In ihrem Innern spürte sie, daß er recht hatte, daß er Eile haben mußte.

»Mein Vater hat meine Mutter nicht geliebt«, sagte Michelis, »sie war älter als er, wurde alt und zankte mit ihm. ... Und er, er wurde ihrer überdrüssig, er trauerte keineswegs um sie, als sie starb. Aber jetzt schämt er sich, gegen den Brauch zu verstoßen. Es ist noch nicht ein Jahr vergangen, er ist ja der vornehmste Mann im Dorf und muß mit gutem Beispiel vorangehen. ... Du verstehst, Mariori!«

»Ich verstehe, ich verstehe. ... Aber er hat es eilig, er läßt mir keine Ruhe. Ich halte es nicht mehr aus!«

Sie wollte husten, aber sie beherrschte sich und führte das Taschentuch an den Mund. Ihre kleine Hand war feucht und zitterte in Michelis' Hand.

Michelis sah sie an und wurde ängstlich. Sie hatte wirklich abgenommen. Unter der zarten Haut zeigten sich die Knochen, man konnte geradezu den Umriß des Schädels erkennen.

»Mariori ...«, murmelte er und preßte ihre Hand an seine Brust, »meine liebe Mariori ...«

Es war, als entschwinde sie ihm, da er sie zurückhalten wollte, als ob sie wie eine Handvoll Sand langsam seiner Hand entrann, als ob sie Abschied nehmen wollte von ihm.

»Michelis«, sagte das Mädchen und versuchte, die Tränen zurückzuhalten, »geh in die Kirche, Michelis, ich komme sofort. ... Wir sind verspätet, möge Gott uns schützen.«

Sie nahm seinen Kopf, legte ihn an ihre Brust und hielt ihn dort lange fest. Ihr ganzer Körper bebte.

»Möge Gott uns schützen«, murmelte sie wieder und ging hinein, dann fiel sie halb besinnungslos ihrer alten Amme in die Arme.

Michelis öffnete leise das Tor und ging schnell zur Kirche

hinab; auf sein Herz hatte sich ein schweres, drückendes Gewicht gelegt. Die Kirche strahlte, als er eintrat; er stellte sich neben den Chorstuhl des Vaters. Der Alte wandte sich um und sah ihn stolz an. So bin ich auch einmal gewesen, dachte er, so war ich auch einmal. Das elende Leben, es schwindet dahin wie ein Traum!

Lenio hatte sich gekämmt. Sie hatte sich Orangenduftwasser ins Haar und auf die Brust gegossen, das gelbe Halstuch mit den roten Fransen umgelegt, das sie von ihrem Herrn zu Ostern bekommen hatte, und ging auf die kleine Dorfstraße hinaus, um dann den Pfad zum Berge Panagias einzuschlagen.

Die Messe war schon beendet, die Bauern hatten sich über den Markt verstreut, sie gingen dort in ihren Sonntagskleidern und ihrer Sonntagsstimmung auf und ab, einige waren in Kostantis' Café gegangen, wo sie saßen, tranken und lachten.

Der Aga saß wieder auf dem Balkon, er rauchte seine Nargileh und hatte zu seiner Rechten den Leibwächter mit der Trompete und zu seiner Linken Giousoufaki, die Mastix kaute und sein Glas mit Raki versah. Der alte Aga schloß seine triefenden Augen zur Hälfte und blickte freundlich und liebevoll auf seine Bauern drunten auf dem Markt, wie ein Hirt von einem hohen Stein auf seine Herde herniederblickt. Er wußte, daß er ein Mensch und die anderen Schafe waren, daß er Fleisch aß und die andern Gras. Der Aga ließ sie in Frieden weiden, damit sie ihm reichlich Wolle brachten zu seiner Kleidung und Fleisch zu seiner Nahrung.

Lenio schritt den Berg hinauf, und ihr Herz begann zu klopfen. Sie fragte sich verwundert, was Manolios von ihr wolle, in dieser Woche sollte ja die Hochzeit sein, sollte die Unruhe aufhören und das wirkliche Leben beginnen — Haushaltsverrichtungen und Essenbereitung am Tag, Umarmungen in der Nacht und nach neun Monaten dann das Wiegen des Kindes. ... Ich werde keine Dienstmagd mehr sein, ich werde Frau und Mutter sein ...

Sie hatte Manolios gern. Er war ruhig, arbeitsam und hübsch mit dem blonden Bart, den blauen Augen und dem friedlichen Gesicht, wahrhaftig genau wie Christus. Ihr Herz flog davon, es flog vor ihr den Berg hinauf, kam zur Hirtenhütte, setzte sich wie ein kleiner Vogel auf Manolios' Schulter, wie ein kleiner, flaumiger, runder Vogel, der zärtlich an seinem Halse pickte...

Jetzt sitzt er auf dem hohen Stein, wo der Steilhang endet, und wartet auf mich. Auch sein Herz fliegt wie das meine davon, dachte sie.

Manolios saß wirklich auf dem hohen Stein und trocknete unaufhörlich sein geschwollenes Gesicht, das wieder aufgerissen war und von neuem zu rinnen begann.

Sie tut mir leid, die Ärmste, dachte er. Aber es muß sein. Ich muß von jeder Versuchung frei werden, meine Seele und mein Leib müssen rein sein, damit ich würdig zu sein vermag.

Er horchte, er vernahm die schnellen, leichten Schritte, er witterte das Orangenduftwasser in der Luft, seine Nasenflügel bebten. Er erkannte ihn wieder, es war Lenios Duft.

Sie kommt, sie kommt, dachte er. Da ist sie!

Lenio bückte sich nieder und gab sich den Anschein, als ob sie ihn nicht sähe, um ihm Gelegenheit zu geben, ihr entgegenzulaufen, sie um den Leib zu fassen und ihr hinaufzuhelfen. ... Doch heute blieb Manolios unbeweglich stehen.

»Manolios«, rief sie, als sie sich nicht länger zurückhalten konnte. Aber Manolios antwortete nicht, er stand still und unbeweglich auf dem Stein. Lenio beeilte sich, sie näherte sich ihm, hob den Kopf, blickte ihn an und schrie auf.

»Meine Panagia!« rief sie und brach zusammen.

Manolios ging hinab und hob sie auf. Doch sie hielt die linke Hand vor die Augen, um ihn nicht zu sehen, und mit der rechten stieß sie ihn fort; sie wollte nicht, daß er sie berühre.

»Geh ...«, schrie sie, »geh deines Weges, geh!«

»Sieh mich noch einmal an, Lenio«, sagte Manolios still, »sieh mich an, daß du den rechten Abscheu vor mir bekommst und frei bist ...«

»Nein!« schrie das arme Mädchen. »Nein! Geh deines Weges, geh!«

Manolios trat zurück und setzte sich wieder auf den Stein. Eine Weile schwiegen beide. Schließlich sagte Lenio:

»Was ist mit dir? Sag in Gottes Namen, was mit dir ist?«

»Aussatz«, antwortete Manolios still.

Lenio erschauerte, sie wandte das Gesicht zum Dorf.

»Ich gehe«, sagte sie. »Hast du mich deshalb hergebeten?«

»Ja«, antwortete Manolios, ebenso ruhig wie zuvor. »Kannst du mich noch lieben? Das kannst du nicht. Willst du aussätzige Kinder haben mit mir? Das willst du nicht. Geh jetzt!«

Beide schwiegen, eine Weile verging. Das Mädchen weinte in trostlosem Schmerz.

»Leb wohl, Lenio«, sagte Manolios und wandte sich der Hütte zu. Lenio antwortete nicht. Sie trocknete sich die Augen mit dem gelben Halstuch und blickte sich um – sie wußte nicht, was geschehen sollte oder wohin sie sich wenden sollte. Manolios war verschwunden, die Welt drehte sich um sie.

Die Sonne stand hoch in der Mitte des Himmels, man hörte nichts als die Glocken der Schafe und Ziegen, die sich unter der großen, schattigen Eiche zu lagern begannen. Einen Augenblick klang ein Flötenton durch die Einsamkeit, doch auch er erstarb sofort mit einem klagenden Ton.

»Aussatz ... Aussatz ...«, wiederholte Lenio und zitterte. Sie fröstelte und bebte geradezu in der mittäglichen Hitze.

Wie lange sie so zusammengesunken auf den Steinen gesessen hatte, wußte sie nicht. Ihr schien, als seien tausend Jahre vergangen, aber es waren nur einige Augenblicke, denn als sie sich erhob, um zu gehen, stand die Sonne noch immer unbeweglich hoch oben am Himmel.

Wieder ließ sich klagend, froh und unbeirrbar die Flöte hören, wie eine Seele, die seufzt und tanzt, die in der Einöde ruft und völlig einsam ist und die Einsamkeit nicht zu ertragen vermag.

Ohne sich darüber Gedanken zu machen, bewegte sich Lenio unfreiwillig dorthin, wo die Flöte spielte. Ihr war, als habe sie ihren Namen gehört, als werde sie von jemand gerufen, bedrängt und bezwungen zog es sie dorthin. Auch sie war einsam und verlassen unter den Steinen mitten in der Sonne. Sie konnte die Einsamkeit nicht länger ertragen, sie schritt voran. Die Töne wurden stärker und dringender, immer bittender, sie lockten sie zu sich. Lenio konnte ihnen nicht länger widerstehen.

Plötzlich sah sie unter einer großen, schattigen Eiche in einer Senke eine Menge Schafe und Ziegen. Sie lagen und ruhten. Nur zwei Tiere standen aufrecht, und es schien, als jagten sie einander. Vor ihnen stand halb nackt der Hirtenjunge und sprang und tanzte. Er hatte eine lange Flöte im Munde und spielte. Hin und wieder nahm er die Flöte vom Mund und brach in wilde Schreie aus, er klatschte in die Hände, meckerte irrsinnig wie ein Bock und begann wieder – höher und höher stiegen die Töne –, die Flöte zu spielen.

## 6

»Ach, mein Aga, dem armen Kapitän Fourtounas geht es nicht gut. Die Knochen im Schädel wollen sich nicht zusammenfügen, was haben wir nicht alles getan? Öle und Salben haben wir genommen, der Priester Grigoris ist gekommen und hat Gebete gelesen, eine Zigeunerin war bei ihm und hat ihre Karten gelegt, wir haben dem heilkundigen Ai Panteleimon eine Lampe angezündet, wir haben dem Kranken auch das Unaussprechliche einer Katze, die, wie man sagt, sieben Leben besitzt, zu essen gegeben – aber nichts will helfen, nichts hilft. Weder Gott noch der Teufel wollen, daß der Kapitän wieder gesund werden soll.«

Es waren betrübliche Worte, die Frau Mantalenias Mund entströmten, und sie biß sich auf die Zunge.

»Der Schlaue ist taub«, murmelte sie, dann geriet ihre Zunge wieder in Bewegung. »Heute hat er Michelis, des Herrn Patriarcheas Sohn, rufen lassen, er solle zu ihm kommen, daß er ihm sein Testament diktieren kann. Jetzt werde ich hingehen und den Priester Grigoris bitten, ihm das Abendmahl zu reichen. Er hat seinen Anker gelichtet, unser Kapitän; er ist bereit hinauszusteuern, sagte er kürzlich zu mir, und er bat mich: ›Tu mir einen Gefallen, Mantalenia, geh zum Aga und sage ihm: Viele Grüße vom Kapitän Fourtounas, er hißt jetzt die Segel und fährt hinaus. Lebt wohl!‹ Und deshalb bin ich nun gekommen, ich bin Frau Mantalenia.«

Halb wach, mit verschwollenen Augen und schlaffen Wangen, barfuß, ungewaschen und ungekämmt, saß der Aga auf dem Sofa und trank Kaffee, um wach zu werden. Er lauschte der alten Mantalenia, wie man einem Regen lauscht. Sobald sie geendet hatte, öffnete der Aga gelangweilt den Mund:

»Das Gehirn?« fragte er und gähnte.

»Das geht wie ein Uhrwerk.«

Er schwieg weiter und gähnte.

»Hat er Angst«, fragte er mitten im Gähnen.

»Ganz und gar nicht, der Ärmste. Spricht man mit ihm von Gott, lacht er, spricht man vom Teufel, lacht er auch. Er kümmert sich weder um den einen noch den anderen, Gott erbarme sich!«

»Trinkt er?«

»Ja, aber nur wenig.«

»Gut, sag ihm, daß ich komme, ihm Lebewohl zu sagen, sobald ich wach geworden bin. Sag ihm auch, daß ich meinen Leibwächter mitbringen werde, damit er die Trompete zu hören bekommt, und die Giousoufaki, damit er noch einmal das Amánlied hören kann, das er so liebt. Ich werde jetzt meinen Kaffee trinken, dann werde ich meinen Tschibuk und etwas Raki zu mir nehmen, und dann wird Giousoufaki mir die Füße kneten, damit ich wach werde – dann komme ich. Hör zu, sag ihm, daß er sich nicht überstürzt und stirbt, bevor ich komme! Er muß auf mich warten! Und jetzt scher dich weg!«

Fahl, blaß und erschöpft, nur Haut und Knochen, saß Kapitän Fourtounas an die Wand gelehnt. Sein Kopf war mit einer breiten, roten Schärpe, die von geronnenem Blut fast starr geworden war, fest umwunden, aber er war ganz ruhig und zeigte keinerlei Furcht oder Reue. Die kleinen Augen wanderten voller Leben auf und ab, wie bei einem Affen, den er einmal in Odessa gesehen hatte.

Auf dem Tisch neben ihm stand ein Glas Raki, daneben lag sein Tschibuk, daneben stand auch eine kleine Gipsfigur, die er vor langer, langer Zeit einmal in einem entlegenen Hafen gekauft hatte und die Königin Viktoria von England darstellte. »Ein feines Weib, gut genährt und mit hohem Busen, die gefällt mir«, hatte er gesagt und sie genommen, und seitdem hatte er sie nicht von sich gelassen.

»Das ist meine Frau«, pflegte er zu sagen und lauthals zu lachen, »meiner Treu, hat sie nicht einen längeren Schnurrbart als ich?«

Er ließ den Blick über sein kleines, einfaches Zimmer gleiten – die schmutzigen Wände, die Dachbalken mit den Spinnweben, die leeren Regale, eine längliche Kiste mit alten Kleidern, einen Wasserkrug auf der Bank, eine Ballonflasche mit Raki in einer Ecke. Jeden Gegenstand blickte er lange an und nahm Abschied von ihm. An einer alten Fotografie an der gegenüberliegenden Wand blieben seine Blicke träumend hängen. Es war eine große Fotografie seines einstigen Schiffes – mit schwellenden Segeln, einer griechischen Flagge am Heck und einer üppigen Gallionsfigur am Bug. Und er selbst, ein dreißigjähriger Kapitän, stand am Ruder.

In Gedanken ging er an Bord, das Schiff fuhr aus der fliegenschmutzübersäten Fotografie aufs Meer hinaus. Als ob er in einen gewaltigen Nebel geraten sei, erkannte Kapitän Fourtounas nur undeutlich Inseln und Ufer, Türken mit roten Fezen, Frauen mit hohen Brüsten wie die Gorgonen, an den Kais schimmerten Hafencafés, die in den Rauch von Zigaretten und Tschibuks und in den Dunst von kleinen Fischen, von gebratener Niere und Leber gehüllt waren ...

Alles drehte sich in einem dunklen Wirbel vor ihm, seine Freude und seine Trauer, die Wunden, die er erhalten hatte, als er im Kriege von 97 als Freiwilliger Munition und Proviant nach Griechenland gebracht hatte. ... Einmal hatte er sich närrisch in ein türkisches Mädchen verliebt, wo oder wann, erinnerte er sich nicht mehr. In Konstantinopel, in Smyrna, in Aivalyk, in Alexandria? Hieß sie Gioulsoumi, Fatoume oder Emine? Er erinnerte sich dessen nicht mehr. Der Nebel war stärker geworden, hier oben war alles dick und fest wie Rauhreif geworden. ... Aus seinem ganzen Leben blieb nur ein Ereignis, das sich in dem dichten Nebel klar und deutlich abzeichnete und wie von Sonnenlicht erhellt aus ihm hervorhob. An einem lauen Apriltag war er in Batum mit drei Freunden in einen Garten mit arabischem Schilf und dicken, roten Blumen gegangen, sie hatten sich auf die feuchten Steine gesetzt und unter leisem Singen zu essen und trinken begonnen und hatten sich weiße Tücher mit Fransen um die Köpfe gewunden. Die Sonne brannte, das Meer duftete, und sie hatten keine Frauen bei sich. Sie waren nur Freunde, frische Burschen, dunkel und blond. Während sie saßen und tranken und Lieder sangen, fiel sprühendleicht ein milder, warmer Regen. Auf den dicken Blättern standen die Regentropfen wie Perlen, und auf den weißen Steinen des Gartens bildeten sich feuchte Flecken. Die Erde begann wie das Meer zu duften, drei Armenier erschienen mit Flöte, Mandoline und Tamburin, sie setzten sich mit gekreuzten Beinen unter das blühende Schilf und begannen ihr Amánlied zu singen.

Welch eine Freude war das! Wie lieblich war das! Das Leben bebte in des Menschen Hand wie ein warmer, zarter, junger Vogelleib. Er bemühte sich, nachzudenken, doch an anderes konnte Kapitän Fourtounas sich nicht erinnern. An nichts sonst. Sein ganzes Leben war gleichsam zu Rauch geworden, nur das kleine Fest, dieses kleine Fest in Batum mit dem Sprühregen hatte sich herausgehoben und war wie ein lebendes Bild in seiner Erinnerung haftengeblieben.

»Ach, war das alles?« murmelte er. »War dies mein ganzes Leben? Ein leichter Regen, drei Freunde, arabisches Schilf ...? Ach, ist nichts anderes geblieben? Und ich hatte geglaubt, ich hätte die ganze Welt gefangen!«

Er streckte die Hand aus, um das Glas mit Raki zu ergreifen, das auf dem Tisch stand, doch im gleichen Augenblick ging die Türe auf, und der Aga kam herein. Er hatte seine große Uniform angelegt, die roten Hosen, die silberbeschlagenen Pistolen und die Gamaschen, er hatte seinen Schnurrbart geschwärzt und ein Seidentuch über die Schulter geworfen; es sah aus, als ginge er zu einer Hochzeit. Nach ihm kam weiß und schwellend wie ein Weizenbrot, rund, halb im Schlafe noch und kauend, Giousoufaki und hinter ihr barsch und verdrossen der Leibwächter mit der Trompete.

»Schönes Wetter heute, und der Wind steht in den Segeln, Kapitän Fourtounas!« grüßte der Aga heiter. »Du scheinst an Bord gehen und deines Weges ziehen zu wollen!«

»Ich habe die Segel gehißt, Aga, der Wind bläst und steht günstig, leb wohl.«

»Wohin willst du dich begeben, mein Freund?« fragte der Aga lachend und setzte sich auf die längliche Kiste. »Du gedenkst doch wohl nicht unsere Welt hier zu-verlassen? Warte ein wenig! Gestern bekam ich eine Flasche Raki, reinen und herrlichen

Branntwein, er duftet wie schwarze Maulbeeren. Warte ein wenig, wir trinken sie zusammen aus, und dann kannst du deines Weges ziehen.«

»Leb wohl, Aga, es ist zu Ende jetzt, sage ich. Ich habe die Anker gelichtet und das Ruder gefaßt. Den Raki da mußt du allein austrinken.«

»Wohin geht denn die Reise? Weißt du, wohin du fährst?«

»Verflucht noch mal, ich weiß es nicht, ich fahr aufs Geratewohl.«

»Und was sagt deine Religion, mein lieber Grieche?«

»Ach«, erwiderte der Kapitän und winkte mit der Hand, »wenn ich an die Religion glaubte, würde ich geraden Weges zur Hölle fahren.«

Der Aga lachte.

»Ja, wenn ich an meine glaubte, würde ich geraden Weges ins Paradies einziehen. Reichlich Pilaw, Frauen und Giousoufaki gibt es dort. Ich frage mich, ob die beiden Religionen nicht ihren schlechten Spaß mit uns treiben, mein lieber Kapitän. Die Welt ist ein Traum – hab ich nicht recht, Giousoufaki? –, das Leben ist Raki, wir trinken und saufen uns voll. Unser Verstand ist wie eine Wetterfahne, die sich dreht. Du wirst Grieche und ich ein türkischer Aga. Laß uns nicht davon reden – ich will dir die Wahrheit sagen: Ich habe genug!«

Er wandte sich zu dem kleinen runden Mädchen:

»Auf, Giousoufaki, mein Auge hat dort in der Ecke eine Schnapsflasche entdeckt, auf, erhebe dich und gieß uns ein.«

Die alte Mantalenia kam herein und neigte sich an das Ohr des Kapitäns:

»Der Priester kommt gleich mit den heiligen Sakramenten und wird dir das Abendmahl reichen. Trink keinen Raki!«

»Welcher Priester, du alte Hexe? Sei still! Nimm die Schnapsflasche und gieß uns ein.«

Die Alte murmelte etwas, und ihre Hand zitterte, als sie die Gläser füllte. Der Aga erhob sich, trat an das Bett heran und stieß mit dem Kapitän an.

»Glückliche Reise!«

»Glück zu, Aga!«

Sie lachten herzlich alle beide.

»Wenn unser Mohammed«, sagte der Aga und strich sich den Schnurrbart, »wenn unser Mohammed und euer Christus beisammensäßen, Raki tränken und anstießen wie du und ich, würden sie richtige Freunde werden und sich nicht gegenseitig die Augen auskratzen ... Aber sie haben sich nicht hingesetzt und getrunken, sondern statt dessen die ganze Welt in Blut getaucht ... Ja, weshalb sind wir Freunde geworden? Wir haben herrlich, in Ruhe und in Frieden miteinander gelebt, oder wie?«

»Der Priester kommt und will mir das Abendmahl geben«, sagte der Kapitän, »leb wohl.«

Es begann, ihm im Kopf rund zu gehen, und er wollte die Augen schließen.

»Warte, nicht so eilig! Ich habe Giousoufaki mitgebracht, daß sie dir ein Abschiedslied lingt, die Amané, die du so liebst. Mach dich nicht davon, ohne sie gehört zu haben ... Nun, Giousoufaki, beginn deine Amané.«

Giousoufaki nahm den Mastix aus dem Mund, klebte ihn aufs Knie, legte schmachtend die rechte Hand an die Wange und wollte gerade beginnen, als der Aga die Hand erhob. »Warte, Giousoufaki«, sagte er, »erst soll die Trompete blasen.«

Er wandte sich an den Wächter.

»Öffne die Tür«, befahl er, »stell dich auf die Schwelle und blase ordentlich hinein!«

Der Leibwächter öffnete die Tür, er hob die Trompete und begann zu blasen, als ob es zum Angriff ginge.

»Genug!« rief der Aga, »und nun deine Amané, Giousoufaki!«

Dann erklang die klare, rührende Stimme, der Kapitän spitzte die Ohren, und die Brust schwoll ihm vor Entzücken und Schmerz.

»Dünya tabir, ruya tabir – Die Welt und der Traum sind eins – amán, amán ...«

Nie hatte der Kapitän es so tief empfunden, wie wahr es ist, daß die Welt und der Traum eins sind ... Gewiß würde er schlafen und träumen, daß er Kapitän gewesen und in die Häfen des Weißen und Schwarzen Meeres eingefahren war, daß er 1897 in den Krieg gezogen war, daß er Grieche und Christ war und nun sterben sollte ... Doch er starb nicht, er wachte, der Traum nahm ein Ende, es tagte.

Er streckte die Hand aus.

»Danke, Aga, du bist der einzige, der meinen Kummer versteht, Dank auch dir, Giousoufaki, möge dein kleiner Mund nie vergehen, sondern ein Rubin in der Erde werden.«

Der Aga wurde gerührt und wischte sich die Augen.

»Mein lieber Kapitän, wenn ich dich je einmal Kahlkopf genannt habe, so hab ich es aus Liebe und Freundschaft getan, verzeih!«

Er beugte sich vor und küßte den Kapitän. Beiden wurden die Augen feucht.

»Ach, ich habe nicht gewußt, daß ich dich so gern habe, Aga«, sagte der Sterbende mit schwacher Stimme. »Leb wohl!«

Sie trennten sich. Auf der Dorfstraße wandte sich der Aga zum Leibwächter.

»Blas noch einmal die Trompete, aber ordentlich, daß der Kapitän es hört und Mut in den Leib bekommt, daß auch das Dorf es hört und die Leute zusammenlaufen und ihn begraben. Ein Pfeiler des Dorfes ist geborsten.«

Der Himmel hatte sich mit dünnen Sommerwolken bedeckt, einige Regentropfen begannen zu fallen.

»Nehmt die Beine in die Hand«, sagte der Aga, »ich habe meinen neuen Rock angezogen.«

Und die drei begannen zu laufen.

Michelis erschien mit Papier und Tintenflasche in der Hand.

»Wie steht es mit unserem Kapitän?« fragte er den Aga.

»Gut, er hat keine Angst, mein guter Freund. Es geht ihm besser als den Lebenden, beeil dich nur.«

Die alte Mantalenia riß die Tür weit auf, sie erwartete den Priester mit den heiligen Sakramenten. Doch an Stelle des Priesters war es Michelis, der atemlos erschien.

»Beeil dich nicht, mein Junge«, sagte die Alte, »er hält noch aus, der Gesegnete hat sieben Leben. Komm herein.«

Michelis trat ein und schloß die Tür.

Ermattet hatte der Kapitän die Augen geschlossen. Das Blut rann wieder auf Wangen und Laken. Die Alte näherte sich und wischte es ab, dann neigte sie sich an sein Ohr.

»Kapitän, Michelis ist mit der Tinte gekommen.«

Der Kapitän hob seinen zerfetzten Kopf und schlug die Augen auf. »Willkommen«, sagte er.

Er schloß die Augen wieder und schlief ein. Michelis setzte sich an das Kopfende, legte das Papier zur Seite und wartete.

»Ein anständiger Kerl ist er gewesen, der Ärmste«, sagte die Alte leise und wischte sich die Augen und die laufende Nase. »Ein anständiger Kerl, wenn er auch manchmal böse gewesen ist. Mein seliger Mann ...« Und nun begann sie die Sorgen ihres Lebens zu erzählen, um etwas Trost zu finden. Michelis rollte sich eine Zigarette und zündete sie an. Auch er hatte seine Sorgen. Aber über sie sprach er zu niemandem ... Er hörte der Alten zu, doch seine Gedanken waren weit in der Ferne.

Ein Hund begann in der Nachbarschaft zu bellen. Die Alte sprang wütend auf.

»Der verfluchte Tunichtgut! Charon kommt, und er bellt!«

Sie öffnete die Tür, bückte sich, ergriff einen Stein, warf ihn und kam wieder herein.

Der Kapitän schlug die Augen auf.

»Michelis«, sagte er, »wo bist du? Komm näher, ich kann nicht so laut sprechen. Hol das Papier hervor und schreib!«

»Ermüde dich nicht, Kapitän«, sagte Michelis, »es hat keine Eile.«

»Schreib, sage ich, und hör auf zu schwatzen. Ich habe sieben Leben, sechs sind dahin. Eines ist noch da und geht auf meinen Lippen spazieren, um sich davonzustehlen. Schreib schnell, schreib, solange ich es noch habe!«

Michelis näherte sich dem Kopfkissen des Kapitäns. Er breitete das Papier aus und tauchte die Feder in das Tintenfaß.

»Ich höre, Kapitän«, sagte er.

»Schreib zuerst, daß ich ein kluger und vernünftiger Mann und ein rechtgläubiger Christ bin. Mein Vater hieß Theodoros Kapantais, Kinder habe ich nicht gehabt, ich bin nicht verheiratet gewesen, Gott sei Dank! Ich habe Geld gehabt, ich bin es losgeworden, ich habe Äcker und Wiesen gehabt, ich habe sie verkauft, und sie sind den Weg aller Wege gegangen. Ich habe sie nicht aufgegessen, ich habe sie aufgetrunken, das ist das gleiche. Ich habe ein Schiff besessen, das da auf der Fotografie, es wurde vor Trapezunt zerschlagen und ging auf den Grund. Das, was du hier siehst, ist mein ganzes Vermögen, es ist alles, was übriggeblieben ist.«

Und er zeigte auf die Trümmer im Zimmer.

»Ich will es unter die Dorfbewohner verteilen, daß sie sich meiner erinnern. Komm her, Mantalenia, und hilf mir, alles zu erfassen. Vergesse ich etwas, gehört es dir. Schreib jetzt, Michelis, bist du bereit?«

»Ja, Kapitän.«

»Die Ballonflasche da in der Ecke mit dem Raki gebe ich dem Aga, daß er auf mein Wohlergehen trinken soll. Einen Goldzahn, den ich habe, soll man herausnehmen und der Witwe Katarina geben, daß sie sich ein Ohrgehänge daraus macht; meinen Tschibuk mit dem Bernsteinmundstück gebe ich dem Gastwirt Kostantis, daß er ihn habe, wenn ein Fremder kommt und von Heimweh gepackt wird; die zehn Liter Gerste gebe ich Giannakos' Eselin – sie soll sie an dem Abend essen, an dem sie mit Christus auf dem Rücken in Jerusalem einzieht ... Einige Groschen liegen gewiß in der Börse, die soll der Priester Grigoris haben, sonst begräbt mich der Bocksbart nicht, sondern läßt mich liegen und stinken. Im Kasten dort sind einige Lumpen und Wachstücher, einige alte Mützen und Flanellwesten, Seestiefel, eine Blendlaterne, ein Kompaß und sonstiges Gerümpel. Nehmt es und gebt es den Armen, die in den Grotten auf dem Sarakin leben. Gebt ihnen auch meine Töpfe, meine Spirituslampe, meinen Teller und den Rock, den ich habe. Und auch den Kaffee, den Zucker, die Zwiebeln, die Flasche mit dem Öl, den Käse und eine Schale mit Oliven ... Alles, alles – ich finde, es ist ein Jammer um die Ärmsten. Hast du es aufgeschrieben, Michelis?«

»Warte einen Augenblick, daß ich schreiben kann. Hab nicht solche Eile, Kapitän!«

»Ich habe Eile, um alles zu schaffen. Schreib schnell. Ich habe ein Buch, ›Tausendundeine Nacht‹, in ihm lese ich ein wenig jeden Sonntag, wenn die andern zur Kirche gehen. Und so pflegt mir die Zeit zu vergehen. Dieses Buch soll der Gastwirt Kostantis haben, und jeden Sonntag nach der Messe, wenn die Dorfbewohner ins Café kommen, soll einer aus ihm vorlesen, daß ihr etwas daraus lernt. Das Evangelium ist gewiß gut, aber ›Tausendundeine Nacht‹ steht nicht weit hintenan. Hast du es aufgeschrieben, Michelis?«

»Ja, Kapitän«, sagte er, »aber ermüde dich nicht.«

»Sieh nach, Mantalenia, sieh im Zimmer nach, ob ich einen Schmuck vergessen habe!«

»Ja, deine Pantoffel, Kapitän.«

»Gewiß, das ist wahr. Sie können auf den Schutthaufen. Aber nein, warte, ich vermache sie dem armen, alten Ladas. Immer, wenn ich bei ihm war, habe ich ihn barfuß angetroffen. Der Geizkragen mag sie gerne haben, damit er sich nicht erkältet und krepiert und Venedig nicht etwa eine Nähnadel verliert[16]. Noch etwas, Mantalenia?«

»Die Fotografie.«

»Nein, die nehme ich mit! Denk daran, mit Glas und Rahmen! Ich nehme auch das Rakiglas mit, das lasse ich nicht zurück. Aber wir haben ja die Gipsfigur da, die kann der Gipsesser nehmen, dann kann er auch die englische Königin aufessen.«

»Aber das Wichtigste steht noch aus«, sagte Michelis, »das Haus.« — »Das gebe ich der alten Mantalenia hier, die mich wie eine Schwester umsorgt hat. Ich bin ihr viel zur Last gefallen, der Ärmsten, ich habe viel auf sie geschimpft, und ich glaube, sie hat sogar zuweilen Prügel mit meinem Stock bekommen. Vergib mir, Mantalenia, und weine nicht! Du weinst doch wohl nicht aus reinem Entzücken?« Er versuchte zu lachen, aber es gelang ihm nicht, es schmerzte. Das Blut begann wieder zu rinnen.

»Das ist meine ganze Habe«, sagte er. »Schreib alles auf und gib mir dann das Papier, daß ich meinen Namen daruntersetzen kann.« Michelis nahm das Papier, die Alte richtete den Kapitän auf, und Michelis ergriff seine Hand. Er schrieb: Kapitän Giakoumis Kapantais, des Theodoros Sohn.

Jetzt war Kirchenliedergesang zu vernehmen.

»Der Priester kommt mit den heiligen Sakramenten«, sagte die Alte und beeilte sich zu öffnen.

»Auch das wird anstrengend werden«, murmelte der Kapitän. »Kommt, laßt uns damit zu Ende kommen.«

Zuerst kam der alte Lampenanzünder mit einer brennenden Laterne. Nach ihm trat der Priester Grigoris im Meßgewand ein, den heiligen Kelch mit einem goldgestickten violetten Sammettuch überdeckt in der Hand.

»Der Herr tritt ein!« sagte der Priester Grigoris mit ernster und feierlicher Stimme und schritt über die Schwelle. »Laßt uns allein!« Michelis und die alte Mantalenia schlugen das Zeichen des Kreuzes, sie küßten des Priesters Hand und gingen hinaus. Auch der Lampenanzünder blieb mit der Laterne draußen. Sie warteten.

»Kapitän Fourtounas«, sagte der Priester und näherte sich dem Sterbenden. »Die furchtbare Stunde ist gekommen, da du vor den Herrn treten sollst. Beichte deine Sünden, reinige deine Seele, sprich!« – »Was soll ich dir sagen?« antwortete der Kapitän verdrossen. »Kann ich mich ihrer erinnern? Gott führt Buch, er schreibt sie darin auf. Was geschrieben ist, kann er auslöschen, wenn er meint, daß es lustig war. Nur einen Gegenstand würde ich ihm als Geschenk von der Erde mitbringen mögen, nur einen einzigen Gegenstand: Ich habe den Verdacht, daß es ihn im Himmel nicht gibt.«

Der Priester hörte widerstrebend zu, der Ton in der Stimme des Kapitäns ging ihm auf die Nerven.

»Nur ein Ding«, fuhr der Kapitän eigensinnig fort, »nur ein einziges Ding würde ich als Geschenk mit zu Gott nehmen wollen.«

»Was denn?« fragte der Priester und runzelte die Stirn.

»Einen Schwamm.«

»Schämst du dich nicht?« fragte der Priester. »Fürchtest du dich nicht in dieser furchtbaren Stunde, du Gottesleugner?«

»Wir sind Ameisen«, fuhr der Kapitän fort, »wir essen ein Saatkorn zuviel, eine tote Fliege zuviel, eine gewaltige Angelegenheit. Lösch sie aus! Was willst du dich um Ameisen kümmern! Du bist ein großer Elefant!«

»Kapitän«, sagte der Priester streng, »fürchte Gott, du stehst jetzt vor Seiner Tür, Unglücklicher, nun wird sie sich öffnen, und du wirst Ihn sehen. Ergreifen dich nicht Furcht und Zittern?«

»Mein lieber Priester«, sagte der Kapitän und wollte nicht zuhören. »Ich bin müde. Der Aga ist hier gewesen und hat mit mir gesprochen. Michelis ist gekommen und hat mein Testament geschrieben. Ich schenke auch dir, während ich mich dessen erinnere, die Piaster, die noch da sind, damit du mich begraben und mich nicht stinkend liegenlassen sollst... Jetzt kommst du und willst mich erschrecken, wie man Kinder mit dem Popanz zu schrecken pflegt. ... Ich halte es nicht mehr aus, ich bin müde, sage ich. Leb wohl!« Er wandte sich zur Wand und schloß die Augen. Es fiel ihm schwerer, zu atmen, langsam und leise begann das Todesröcheln im Halse aufzusteigen.

»Gute Nacht«, vermochte er noch zu sagen.

Der Priester deckte den heiligen Kelch mit dem Sammettuch zu.

»Ich kann dir Christi Fleisch und Blut nicht reichen«, sagte er, »möge Gott dir verzeihen.«

»Gute Nacht!« murmelte der Kapitän wieder im Todeskampf.

Das Bett erzitterte einige Male, er wimmerte leise, als ob etwas in ihm entzweigegangen sei. Dann öffnete er den Mund, und Kissen und Laken wurden voller Blut. Der Priester schlug das Zeichen des Kreuzes über ihm.

»Gott möge dir verzeihen«, murmelte er wieder, »ich habe nicht das Recht, es zu tun.«

Dann öffnete er die Tür und rief die alte Mantalenia, die Totenfrau.

Als der Tote am nächsten Tage begraben wurde, fiel ein leiser, leiser Regen, genau wie an jenem Tag in Batum, als er mit seinen Freunden auf den Steinen im Garten sein Fest feierte. Durchsichtige Wolken segelten am Himmel, wehmütig läutete die Glocke im Dorf, lieblich dufteten die Kamillen auf dem kleinen Friedhof des Dorfes. Alle Dorfbewohner folgten dem Leichenzug, und vor ihnen schritt als Klageweib die alte Mantalenia und raufte ihr offenes Haar. Und als alles zu Ende war und ein jeder eine Handvoll Erde in das offene Grab geworfen hatte, gingen sie ins Café und begannen den Verstorbenen zu preisen und von seinen Verdiensten zu reden.

Giannakos hatte auch seine Eselin im Leichenzuge mitgehen lassen wollen, denn er hatte durch Michelis von der Gerste im Testament erfahren. Aber der Priester Grigoris wurde böse. »Ist sie nicht auch ein Geschöpf Gottes?« erwiderte Giannakos.

»Sie hat keine unsterbliche Seele«, antwortete der Priester gereizt. »Wenn ich Gott wäre«, murmelte Giannakos, »würde ich auch die Eselinnen ins Paradies lassen.«

»Das Paradies ist kein Stall, es ist Gottes Wohnung!« brach der Priester aus und jagte Giannakos davon.

»Ich würde sie ins Paradies lassen«, murmelte er hartnäckig, während er dem Leichenzug folgte. »Ich würde Giousoufaki hereinlassen, aber nur unter der Bedingung, daß sie nicht den Himmel verunreinigt!« Als das Grab geschlossen war und die Dorfbewohner sich entfernt hatten, nahm Giannakos Michelis und Kostantis zur Seite. Er konnte das Geheimnis nicht länger bei sich behalten, sondern mußte mit ihnen darüber sprechen.

»Es ist da etwas, das ich euch anvertrauen muß, Brüder, aber haltet es geheim, es weiß noch niemand davon. Manolios hat eine Krankheit im Gesicht, es sieht aus wie ein Tintenfisch, wie ein Stück Fleisch, als habe sich ein böser Geist auf ihm niedergelassen ... Ich weiß nicht, was ich sagen soll ... Oder Manolios ist vielleicht ein Heiliger und zeigt erst jetzt seine wahre Gestalt. Solche Krankheiten haben nur Heilige und Asketen, soviel ich erfahren habe.«

»Gewiß kommt es von seiner Heiligkeit«, sagte Kostantis. »Er ist ein Heiliger, und wir haben es alle diese Jahre nicht geahnt.«

»Werde nicht gleich Feuer und Flamme, Kostantis«, warf Michelis ein, der traurig wurde, als er die Nachricht erfuhr. »Warte, laß uns die Sache überdenken und einen Arzt holen.«

»Ich schlage vor«, sagte Giannakos, »daß wir drei am Sonntag zum Berg hinaufgehen und ihn begrüßen. Ich habe ein Geschenk für ihn.« Er zog ein kleines Buch in goldenem Einband hervor. »Es ist das Evangelium. Der Priester Fotis sandte es mir gestern abend mit dem alten Christofis. Damit wir vier mit den Körben, wie er sich ausdrückte, darin lesen sollten. Er hat den Reis und Spinat erhalten, von dem ich euch erzählte, die ausgehungerten Menschen bekamen zu essen, und deshalb schickte er uns seinen Segen und das Evangelium.«

Sie stiegen über die Grabhügel, in denen ihre Väter ruhten und die jetzt von Kamillen überzogen waren. Die Erde war durch den Regen gelockert und duftete. Sie blieben einen Augenblick stehen und sogen den feuchten, warmen Duft in sich ein, es war, als fülle sich der ganze Körper mit einem leichten, milden Kamillenduft.

Michelis seufzte. Er mußte plötzlich an seine Verlobte Mariori mit dem bleichen, mageren Gesicht und den blauumränderten Augen denken und an das weiße Taschentuch, das sie krampfhaft an den Mund hielt, um den Husten zurückzuhalten.

Er erinnerte sich daran, wie man einmal, da er als kleiner Junge mit seinem Vater hergekommen war, ein kleines Mädchen ausgegraben hatte, das er früher zu Hause gesehen hatte, ein hübsches Mädchen mit blauen Augen und lockigem Haar, das beständig lachte. ... Er war mit dem Vater an dem offenen Grab stehengeblieben, und der Totengräber warf Schaufeln mit Erde herauf, die sich am Rande des Grabes häuften. Er suchte nach den Gebeinen des Mädchens, und ihr Vater stand mit einer Holzkiste daneben, um sie hineinzulegen. Plötzlich griff der Totengräber mit beiden Händen in die Erde und nahm einen mit Erde bedeckten Totenschädel heraus. ... Der kleine Michelis begann zu weinen, war dies das kleine Mädchen mit dem lockigen Haar? Wo waren ihre Augen und ihre Lippen, die immer lachten?

Seitdem waren zwanzig Jahre vergangen, aber er konnte diesen Kirchhof nicht betreten, ohne an das hübsche kleine Mädchen und den Totenschädel zu denken.

»Weshalb seufzt du? Was ist dir, Michelis?« fragte Giannakos.

Aber Michelis stieß das Tor mit dem eisernen Kreuz darauf zu.

»Kommt, gehen wir!« sagte er.

Still gingen sie durchs Dorf. Plötzlich vernahmen sie schwere Schritte hinter sich und blieben stehen. »Panagiotaros«, sagte Kostantis, »der gräßliche Kerl ging auch im Leichenzug mit.«

»Ich habe gehört, daß er auch etwas geerbt hat«, sagte Giannakos. »Er ist jetzt auf dem Weg zum Hause des Kapitäns, um die Gipsstatue der englischen Königin zu holen und sie dann aufzuessen.«

»Bleiben wir stehen, und nehmen wir ihn mit«, schlug Michelis vor. »Wir wollen ihn beruhigen und etwas sanfter stimmen.«

Sie blieben stehen. Ohne zu grüßen, eilte Panagiotaros heran, um an ihnen vorbeizukommen. Von der Stunde an, da die Gemeindeältesten ihn zum Judas ausersehen hatten, weil er einen roten Bart besaß, konnte er sie, die zu treuen und heiligen Aposteln erwählt worden waren, nicht länger sehen und ertragen.

Diese Gestalten da sollen Apostel sein! dachte er. Ich bin viel besser als sie. Mag sein, daß ich häßlich bin, aber ich habe viel mehr daheim und draußen und auch in mir selbst zu ertragen. ... Wenn ich einsam bin, weine ich. Die weinen, wenn andere sie sehen. ... Ich weiß, was Liebe heißt, und ich bin ein Narr, ein Spielball der Triebe und weine. Wenn sie lieben, sind sie glücklich und lachen. ... Ich verabscheue sie, zur Hölle mit ihnen! Der eine hat seine Eselin, der zweite sein Café und der dritte sein Geld und die Mariori, ich habe nichts. ... Ich hätte Lust, meine Werkstatt in Brand zu stecken, Frau und Töchter auf die Straße zu jagen und die Frau, die ich liebe, totzuschlagen. Wer ist Judas? Die bescheidenen, genügsamen Männer da oder ich?

»Hallo, Panagiotaros«, rief Giannakos. »Willst du uns nicht kennen?«

»Guten Tag, ihr sogenannten Apostel!« schrie der Gipsesser. »Wo ist euer sogenannter Christus?«

»Hast du es noch immer nicht verdaut?« erwiderte Kostantis. »Es ist doch nur ein Spiel, verstehst du das nicht?«

»Spiel oder nicht«, antwortete der Sattelmacher. »Mir habt ihr ein Messer ins Herz gestoßen. Meine eigene Frau nennt mich Judas, die Kinder pfeifen auf der Straße hinter mir her, und wenn die Frauen im Dorf mich vorbeikommen sehen, schließen sie erschreckt die Türen. Ihr macht mich, verflucht noch einmal, zu einem richtigen Judas; das ist eure Schuld!«

»Du tust den Leuten leid«, sagte Michelis. »Werd nicht böse, der Kapitän hat doch an dich gedacht, als er starb, und dir eine Kleinigkeit geschenkt ...«

»Weil ich Gips essen soll, weil ich auch die englische Königin aufessen soll. Der Teufel hole ihn!«

»Verfluche ihn nicht«, mahnte Michelis, »sein Leib ist noch nicht vergangen, nimm deine Worte zurück.«

»Der Teufel hole ihn«, schrie Panagiotaros wieder, und sein pockennarbiges Gesicht flammte auf. »Laßt mich in Frieden, sage ich euch!« Er entfernte sich unter anhaltenden Flüchen und beeilte sich, davonzukommen.

»Wo du auch den Seeigel anpackst, sticht er dich«, meinte Giannakos.

»Es wäre besser gewesen, wir hätten nicht mit ihm gesprochen.«
»Er trägt eine Wunde im Herzen«, sagte Michelis bekümmert.
»Das ist die Witwe«, erwiderte Kostantis, »und der Schnaps. Jetzt geht er heim und verprügelt Frau und Töchter. Beständig droht er ihnen, sie auf die Straße zu jagen.«
»Das ist der Judas, der in ihn eingedrungen ist und jetzt von ihm Besitz ergriffen hat«, sagte Giannakos. »Wir werden noch manche Unannehmlichkeit haben, und es wird uns schwerfallen, uns zurechtzufinden. Ich habe Angst um Manolios.«
»Manolios?« fragte Michelis verwundert.
»Die Witwe ist in Manolios verliebt, glaube ich«, antwortete Giannakos. »Ich sah sie vorgestern mit ihm an der Quelle reden. Panagiotaros hat es erfahren und ist außer sich vor Wut. ›Ich werde ihn totschlagen‹, schreit er jedesmal, wenn er betrunken ist. ›Ich werde ihn totschlagen, den Schuft.‹ Und dann setzt er sich hin und schleift sein Messer an den Steinen.«
»Wir wollen Manolios noch heute abend besuchen«, schlug Michelis vor. »Du hast mich wirklich beunruhigt, Giannakos.«
»Ja, kommt, gehen wir sofort!« erwiderte Giannakos. »Ich fürchte, daß Panagiotaros uns zuvorkommt. Mich dünkt, er schlug die Richtung zum Berge Panagias ein.«
»Wir kehren um und nehmen gleich den Pfad«, sagte Kostantis, »das geht schneller und ist angenehmer.«
Sie kehrten um und schlugen die Richtung zum Pfade ein. Ohne ein Wort eilten sie darauf zu, als ob sie ein Unglück witterten.
Am Fuße des Berges sahen sie Panagiotaros, den Kopf in die Hände gestützt, in Gedanken versunken, auf einem Stein sitzen. Er sah sie nicht, und sie gingen an ihm vorbei, ohne etwas zu sagen. Der leichte Sprühregen hatte aufgehört, die Wolken hatten sich zerstreut, frisch und blau wölbte sich der Himmel. Die Sonne stand noch hoch am Himmel, sie war nun frei von Wolken und lächelte froh. Man hörte das helle Geklingel von Glokken, eine Flöte erklang in schnellen, schelmisch-perlenden Tönen. Sie gingen an den Schafen und Ziegen vorbei. Nikolios nahm die Flöte vom Mund und sah sie an.
»Na, Nikolios«, rief Michelis ihm zu, »ist Manolios in der Hütte?«

»Nein, ich habe ihn nicht gesehen, seht selbst!«

»Wie geht es ihm, Nikolios?«

»Wie der Krabbe im Topf!« antwortete der Junge und brach in Lachen aus. »Er kocht und singt.«

»Der Wildbock da hat wahrhaftig Schwung im Leib!« sagte Giannakos.

Michelis lachte.

»Ich will euch ein Geheimnis verraten«, sagte er. »Gestern abend kam Lenio zu meinem Vater herein. Sie war verteufelt sauer, denn sie hatte auf irgendeine Weise von Manolios' Krankheit erfahren. – Ich nehme den Manolios nicht, sagte sie kurz und knapp dem Alten. – Weshalb denn nicht? Liebst du einen andern? – Ja! – Und wen? – Nikolios, den Hütejungen! – Aber das ist doch ein bartloser, unfertiger Junge! Was willst du mit dem anstellen? Kann er Kinder in die Welt setzen? – Ja, ja! sagte Lenio. Er ist gut, er kann es, ich liebe ihn! Und sie begann den Alten zu bearbeiten und weich zu machen. – Gut, sagte er, nimm ihn dir, er sei dir gegönnt!«

»Ja, sie würde sogar den Bock nehmen. Gott verzeih mir«, sagte Giannakos.

»Manolios ist frei, Gott sei Dank!« bemerkte Kostantis und dachte an seine Frau.

Sie waren zur Hirtenhütte gekommen und traten ein. Niemand war dort. Sie gingen um die Hütte herum, stiegen auf einen Stein und riefen.

Niemand.

»Gott schütze ihn«, murmelte Giannakos, »er wird sich doch nicht das Leben genommen haben?«

»Was sagtest du?« fragte Michelis.

Doch Giannakos erschrak über die Worte, die ihm entschlüpft waren.

»Nichts«, antwortete er.

Stumm gingen sie den Pfad zurück. Die Sonne begann niederzugehen, und der Berg füllte sich mit Schatten. Sie wichen vom Pfade ab und kamen an einer Einödskapelle vorbei, die, alt und von den Menschen vergessen, zwischen den Felsen eingekeilt lag. Man erinnerte sich ihrer nur einmal im Jahr, am 8. November, dem Tage des heiligen Michael. Dann gab es dort ein kleines

Fest; man zündete Lichter an, und die halbverwischten Wandmalereien leuchteten auf. Die Schwingen des Erzengels Michael bekamen Leben, wie sie dort dunkel mit roten Rändern erstrahlten. Gegen Abend ging man fort und löschte die Kerzen aus. Die Schwingen der Engel erloschen wieder und durften aufs neue ein ganzes Jahr warten.

Sie traten ein. Es roch nach Feuchtigkeit und Moder wie in einem Grab. Ein großes Licht brannte vor dem Kruzifix. Es war nahe daran zu erlöschen. Sie gingen tiefer in die Kapelle hinein und sahen sich um. Es war niemand da.

»Er ist hier sicher vorbeigegangen und hat das Licht angezündet«, sagte Giannakos. »Aber dann . . .«

»Möge Gott seine Hand über ihn halten«, murmelte Michelis.

Manolios war wirklich an der Einödskapelle vorbeigegangen und hatte das Licht angezündet. Im Zwielicht kniend, hatte er den ganzen Tag Christus angesehen und mit ihm sprechen wollen, aber er schämte sich und wußte nicht, wie er sich ausdrükken sollte. Und Christus auf der Ikonostase hatte ihn angesehen und mit ihm reden wollen, aber er fürchtete sich, ihn zu erschrecken und schwieg.

Den ganzen Tag hatten sie so ohne ein Wort miteinander verbracht, wie zwei Verliebte, denen die Herzen übergehen, denen jedoch der Mund beharrlich verschlossen ist.

Gegen Abend, unmittelbar bevor die drei Freunde dort vorbeikamen, hatte Manolios sich erhoben, und Christi Hand geküßt — sie hatten sich alles gesagt und hatten einander nichts mehr zu sagen —, dann hatte er die kleine Tür geöffnet und war ins Dorf hinuntergegangen.

Ich habe gesagt, was ich zu sagen hatte, dachte er froh. Wir sind einig, er hat mir seinen Segen gegeben. Nun gehe ich.

Froh und erleichtert schritt er den Pfad hinab.

Er hatte das große Handtuch ums Gesicht gewunden und nur für die Augen Platz gelassen. Als er ins Dorf kam, war es beinahe Nacht. Er schlug die abseitigen Wege ein und ging schnell. Keiner Seele begegnete er. Dann schwenkte er um die Ecke, niemand stand auf der Straße, er streckte entschlossen die Hand aus und pochte an Katarinas Tor.

Nach einer Weile hörte man die Schritte der Witwe auf dem Hof.

»Wer ist dort?« vernahm man ihre frische Stimme von innen.

»Öffne«, antwortete Manolios, und sein Herz begann heftig zu schlagen.

»Wer ist dort?« war wieder ihre Stimme zu hören.

»Ich bin es, Manolios.«

Das Tor wurde plötzlich geöffnet, und die Witwe breitete die Arme aus.

»Bist du es, Manolios?« sagte sie entzückt. »Welch ein Glück, komm herein.«

Er ging hinein und schloß hinter sich das Tor. Er zitterte. Dann blieb er stehen. Er blickte auf die beiden Blumentöpfe mit Nelken, die im Dunkel schimmerten, und auf die glänzenden, weißen Steine im Hof. Das Herz pochte ihm voller Schrekken.

»Weshalb hast du dein Gesicht verhüllt?« fragte die Witwe. »Hattest du Furcht, daß man dich sehen würde? Schämtest du dich? Komm herein, Manolios, und hab keine Furcht, ich werde dich nicht verschlucken.« Manolios blieb stumm und unbeweglich in der Mitte des Hofes stehen. Undeutlich erkannte er das Gesicht der Witwe, die weißen Hände und die halbe Brust...

»Tag und Nacht denk ich an dich, Manolios«, sagte die Witwe, »ich kann nicht schlafen. Und wenn ich schlafe, seh ich dich im Traum... Tag und Nacht rufe ich: Komm, komm! Und heute abend bist du gekommen. Willkommen, Manolios!«

»Ich bin gekommen, damit du frei werden sollst von mir, Katarina«, sagte Manolios ruhig. »Denk nicht mehr an mich, ruf nicht mehr nach mir. Ich bin gekommen, damit du Abscheu bekommen sollst vor mir, Katarina, meine Schwester!«

»Ich, Abscheu bekommen vor dir, Manolios?« rief die Witwe aus. »Aber ich habe keine andere Hoffnung in der Welt. Ohne daß du es weißt oder willst, ohne daß ich es will, bist du meine Rettung... Sei nicht unruhig, Manolios. Es ist nicht mein Körper, nicht mein Leib, der zu dir spricht, sondern meine Seele; denn auch ich habe eine Seele, Manolios.«

»Du hast die Lampe angezündet, laß uns hineingehen, daß du mich sehen kannst.«

»Ja«, sagte die Witwe und nahm Manolios liebevoll an der Hand. Sie gingen hinein. Das mit einer schönen Decke überzogene breite Bett der Witwe nahm fast den ganzen Raum ein. Über ihm hing ein Bild der Panagia mit einer kleinen Laterne aus rosenfarbigem Glas, an dem hohen Lampenhalter brannte eine kleine Lampe mit drei Flammen.

»Nimm dein Herz in beide Hände, Katarina, und halte es fest«, sagte Manolios und stellte sich unter die drei Flammen. »Komm, sieh mich an!« Und er begann das Handtuch abzuwikkeln.

Da zeigten sich aufgesprungen und blau die geschwollenen Lippen, die geschwollenen Wangen, aus denen gelb wie Eiter dickes Wasser rann, und feuerrot wie Fleisch die zerfetzte Stirn.

Die Witwe stand mit aufgerissenen Augen vor ihm und sah und sah... Plötzlich hob sie die Hand vor die Augen, um nicht mehr sehen zu müssen. Sie umarmte Manolios und begann zu weinen.

»Manolios, Manolios, mein Geliebter!« rief sie aus.

Manolios führte sie langsam zur Seite.

»Sieh mich an! Sieh mich an!« sagte er. »Weine nicht, umarme mich nicht, sieh mich an!«

»Mein Geliebter! Mein Liebster!« rief sie aus und wollte ihn nicht freigeben.

»Bekommst du keinen Ekel vor mir?«

»Wie sollte ich Ekel bekommen vor dir?«

»Du mußt, Katarina, du mußt, damit du frei wirst von mir... damit auch ich frei werde.«

»Ich will nicht frei werden! Wenn ich frei werde von dir, Manolios, ist es zu Ende mit mir.«

Manolios sank auf einem Schemel neben dem Bett zusammen. Er fühlte sich völlig untröstlich.

»Hilf mir, Katarina«, bat er flehentlich, »hilf mir und rette mich. ... Auch ich denke an dich und ich will es nicht. Hilf mir, daß meine Seele nicht befleckt wird und verlorengeht.«

Die Witwe lehnte sich bleich an die Wand. Sie sah Manolios an, und ihr Herz wurde weich, als höre sie ihr eigenes Kind in der Nacht nach ihr rufen und schluchzen.

»Was kann ich für dich tun, mein Junge?« murmelte sie endlich. »Was willst du, daß ich tun soll?«

Manolios schwieg.

»Willst du, daß ich mir das Leben nehmen soll?« sagte die Witwe.

»Nein! Nein!« brach Manolios erschrocken aus. »Dann geht deine Seele unter, und das will ich nicht.«

Sie schwiegen wieder. Nach einer Weile sagte Manolios:

»Ich will dich retten. Nur so kann auch ich mich retten, meine Schwester. Ich trage Verantwortung für deine Seele.«

»Trägst du Verantwortung für meine Seele, Manolios?« rief die Witwe aus, und ihr Herz zuckte vor Freude auf. »Nimm sie, tu mit ihr, was du willst. Denk an Christus, er nahm sich Magdalenas Seele an.«

»Ich denke an Ihn!« sagte Manolios, und fühlte sich sofort leichter. »Tag und Nacht denke ich an Ihn, meine Schwester.«

»Folge seinem Weg, Manolios. Wie rettete er die Sünderin Magdalena? Weißt du es? Ich weiß es nicht. Tu mit mir, was du willst.«

Manolios stand auf.

»Ich gehe jetzt. Du hast ein Wort gesagt, meine Schwester, und ich fühle mich erleichtert.«

»Auch du hast ein Wort gesagt, Manolios, das es leichter für mich hat werden lassen. Du sagtest: Meine Schwester.«

Manolios wand das große Handtuch wieder um sein Gesicht, so daß nur die Augen zu sehen waren.

»Leb wohl, meine Schwester. Ich komme wieder«, sagte er.

Die Witwe faßte ihn wieder bei der Hand, und sie gingen zum Garten hinaus. Katarina pflückte einen Strauß Nelken im Dunkel.

»Nimm sie«, sagte sie. »Christus sei mit mir, Manolios.«

Im Dunkel der Nacht legte sie die Nelken in seine Hand. Sie öffnete das Tor und blickte hinaus. Kein Mensch war auf der Straße zu sehen.

»Ich werde das Tor niemandem öffnen«, sagte die Witwe. »Ich werde warten, bis du wiederkommst.«

Manolios schritt über die Schwelle und verschwand in der Nacht.

## 7

Der Mai kam, das Wetter wurde schön, auf den fetten Feldern wuchs die Saat. Die Einwohner Likovrisis aßen um der Gesundheit willen Knoblauch, das ganze Dorf roch jetzt nach Knoblauch. Der alte Patriarcheas tat ihn sich wieder ins Essen, er wurde fett, das Blut geriet in Wallung, vorgestern erst hatte ihn der Barbier Antonis zur Ader gelassen, damit er keinen Schlaganfall bekam. Auch der alte Ladas kaute Knoblauch, vorsichtig und ordentlich, und vertiefte sich in sein Debet und Kredit, wieviel Öl und Wein und Früchte er in diesem Jahr erhalten würde, wie viele ihm etwas schuldig waren und wieviel sie ihm zahlen würden. Er vergaß die drei Pfunde des Giannakos und überlegte, wie er ihn zum Konkurs treiben und ihm seine Eselin fortnehmen könnte.

Die Verlobten mußten sich gedulden. Im Mai wurden keine Hochzeiten gefeiert, im Juni hat man allzu dringende Arbeiten, um an Vergnügungen denken zu können. Im nächsten Monat kam das Dreschen, dann die Weinlese, und so mußte man bis zum Fest der Kreuzesaufrichtung warten, daß die Arbeit ein wenig abnehmen sollte, nachdem die Ernte eingebracht war. Dann würde der Priester kommen und die jungen Paare segnen, die an nichts anderes mehr zu denken brauchten, sondern nun sollten sie essen und trinken und für den Fortbestand des Geschlechtes sorgen dürfen.

Der Priester Grigoris hatte viele Sorgen. – Es galt, Mariori zu verheiraten. Michelis war auf Abwege geraten, er war nie allzu hell im Kopfe gewesen, aber jetzt hatten Manolios und seine Freunde ihm völlig den Kopf verdreht und ihn dazu gebracht, in aller Heimlichkeit von seines Vaters Mehl und Öl zu nehmen und es an die Armen zu geben. Und von Zeit zu Zeit ging Giannakos' verfluchte Eselin – der Teufel soll sie holen – zu den Fremden auf dem Berge Sarakina mit Körben voller Essen ... »Mit solch verrückten Einfällen«, murmelte der Priester Grigoris, »wird der Idiot bald sein Vermögen vertan haben, und was soll dann aus meiner Tochter werden?«

Doch das schlimmste von allem: Der ungehobelte Priester von Sarakina las jeden Sonntag in einer Grotte die Messe. Das Gerücht sprach sich herum, so daß mehr und mehr Leute aus Likovrisi sich hinaufbegaben, um den herumzigeunernden Schelm von einem Priester zu hören. »Ein jedes Dorf ist wie ein Bienenkorb«, murmelte Grigoris, »für zwei Königinnen ist in einem Korb nicht Raum. Er mag seinen Schwarm nehmen und sich an anderer Stelle niederlassen, Sarakina ist mein Bienenkorb!«

Der Mai kam auch nach Sarakina. Jedoch in ärmlicher Kleidung und mit Fastentagen. Hier und dort ragten einige wilde Blumen unter den Felsen hervor, einige Büsche gingen in Blüte, und Massen von grünen und grauen Eidechsen huschten in die Maisonne hinaus, um sich zu wärmen ... Es gab keine Olivenbäume, keine Weinberge und Gärten dort, nur wilde, unzugängliche Felsen, hier und da einen gebeugten, vom Winde gepeitschten und krummgebogenen Baum mit trockenen, sauren Früchten voller Kerne – wilde Oliven, Johannisbrotbäume, wilde Birnen, nur Stacheln und Dornen, zum Ärger und zur Enttäuschung der Menschen. Am heutigen Sonntag war die Grotte mit den halbzerstörten Wandmalereien erhellt, die Asketen waren wieder zum Leben erwacht, einige mit vom Zahn der Zeit und von der Feuchtigkeit angenagten Kinnpartien und Bärten, andere wie Verkrüppelte ohne Brust und Füße. Von der Kreuzigung war nichts mehr erhalten als Christi Gesicht, das einen grünlichen Ton angenommen hatte und voller Schimmel war, sowie ein Stück des Kreuzes mit den beiden bleichen Füßen, von denen das Blut rann.

Männer und Frauen waren zeitig in die Grotte geströmt und hatten gemeinsam gesungen. Dann waren sie hinausgegangen und hatten sich in die Sonne gesetzt, und der Priester Fotis stand mitten unter ihnen. An den Sonntagen pflegte er nach der Messe stets zu seiner Herde zu sprechen und sie zu ermuntern. Erst begrüßte er einen jeden und sagte ihm ein freundliches Wort, dann begann er, Gottes Wort und sein eigenes Wort zu verkünden. Zu Beginn war seine Stimme immer ruhig und still, allmählich aber geriet er in Feuer, und die Worte strömten wie kleine Hagelkörner vom Himmel und legten sich auf die Seelen.

»Wir leben noch. Wir haben nicht nachgegeben, meine Kinder«, sagte er auch heute froh, um ihnen Mut und Zuversicht zu verleihen.

»Seid beruhigt. Ich schließe die Augen und sehe: rundumher Steinhäuser, eine Kirche mit einem Glockenturm, eine Schule in zwei Geschossen mit einem Hof voller Kinder, und um das Dorf Gärten, Weinberge und Äcker... Wir haben bereits begonnen. Zwischen den Felsen haben wir etwas Erde gefunden, sie werden wir bebauen. Das Wasser, das hier und dort rinnt, werden wir in Kanäle leiten, die wilden Obstbäume werden wir beschneiden und veredeln, wir haben auch schon zu bauen begonnen... Unten im Dorf, dem feinen Dorf, das sich Likovrisi nennt, gibt es einige anständige Menschen, die sich unser erinnern. Einer von ihnen hat uns sein ganzes Vermögen — drei Goldpfunde — geschenkt. Ein anderer hat uns Körbe mit Essen geschickt, und eine Sünderin hat uns ihre Ziege gegeben... Und ein anderer Sünder, der gestern starb, hat unser in seiner Todesstunde gedacht und uns eine volle Kiste vermacht — Gott vergebe seiner sündigen Seele! Wir schlagen wieder Wurzeln, Kinder, wir fassen wieder in der Erde Fuß, wir werden neue Schößlinge treiben. Habt nur Vertrauen und Zuversicht!«

»Sollen wir wieder mit dem gleichen beginnen wie bisher?« schrie ein Mann erregt. Er hatte Lumpen um die Hüften und war blaß vor Hunger. »Das gleiche wie bisher? Und wieder von neuem? Du wirst dich wohl erinnern, es gab nicht nur Reiche in unserm Dorf, es gab auch Arme. Meine Mutter starb an Hunger, während das Dorf in Öl und Wein schwamm, als alle Öfen der Nachbarschaft Brot buken und meine Mutter von dem Duft in Ohnmacht fiel. Soll es das gleiche werden wie bisher? Wieder Reiche und Arme?«

Der Priester Fotis senkte den Kopf und sann lange nach.

»Petros«, sagte er schließlich, »du bist aufrichtig und bitter, das gefällt mir. Was du mich fragst, frage ich Gott Tag und Nacht, und ich bitte ihn, mir Antwort zu geben. Eine neue Grundlage, sage ich zu Gott, wir wollen eine neue Grundlage, Herr, ein neues Grundgesetz für unser Dorf. Keine Ungerechtigkeiten mehr, entweder sollen alle hungern und frieren, oder es sollen sich auch alle satt essen und warme Kleider haben. Herr, können wir nicht Gerechtigkeit schaffen in der Welt?«

»Und was antwortete Gott?« fragte heiser der Mann.

»Sein Licht kommt langsam. Das Unglück hat uns gleich arm

gemacht, wir alle sind arm geworden. Es gibt keine Häuser mehr in der Nähe, in deren Öfen das Brot bäckt. Und keiner kann nun in Sünde fallen und es unterlassen, seinem Nachbarn zu helfen. Was früher schwer war, das gibt es jetzt nicht mehr, meine Kinder. Unsere Seele ist von Essen und Trinken befreit, sie kann Schwingen bekommen und fliegen.«

Er wandte sich an einen Greis, der auf einen Stab gelehnt ihm zuhörte und den Kopf schüttelte.

»Wer hätte vor drei Monaten«, sagte er, »von deinen Olivenbäumen und Rebstöcken nehmen dürfen, alter Charilaos, um es an die Armen zu verteilen? Würdest du ihnen haben geben wollen, was dein eigen war?«

»Gott verzeihe mir, niemals!« antwortete der Alte. »Würdest du dir Hände und Füße abschlagen, um sie deinem Nachbarn zu geben? Das waren auch mein Wein und meine Oliven für mich.«

»Auch du, alter Paulis, würdest deine Geldkiste nicht geöffnet und deine Pfunde nicht den Armen gegeben haben.«

Ein Greis, der dem Priester gerade gegenüberstand, runzelte die Stirn und antwortete nicht. Er seufzte nur tief auf und dachte an seine Geldkiste.

»Wer Erde hat«, rief der Priester Fotis plötzlich aus und wurde Feuer und Flamme, »wer Erde und Bäume hat, der wird Baum und Erde, seine Seele verliert ihr göttliches Gesicht. Wer eine Geldkiste besitzt, wird zur Geldkiste. Du bist zur Geldkiste geworden, armer Paulis, du bist zu Erde geworden, armer Charilaos, noch bevor du gestorben bist. Doch Ehre sei Gott, wir sind frei! Ihr reichen Grundbauern, ihr habt schließlich erfahren müssen, was Nacktheit und Hunger bedeuten, ihr habt das Schicksal der Armen erfahren.«

»Ja«, seufzte der alte Paulis, »das habe ich erfahren.«

»Jetzt wollen wir alles ausgleichen«, fuhr der Priester Fotis fort, »es gibt kein Mein und Dein mehr, keinen Zaun, keine Schlösser, keine Geldkisten. Hier werden wir alle arbeiten und uns alle satt essen. Ein jeder soll tun, was er kann und soviel er kann. Der eine soll im See Voidomata fischen, der andere die Tiere hüten, die Gott uns gibt. Wir sind Brüder, verstehst du, eine einzige Familie, und wir haben nur einen Vater, das ist Gott.

Einen neuen Grund wollen wir in unsere Seele legen«, rief der Priester und streckte über alle weit die Arme aus, »einen neuen Grund! Das ist sehr schwer, doch helft mir, Brüder! Arbeit, Geduld und Liebe – und der Glaube an Gott!

Wie waren die ersten Christen? Sie versammelten sich in Katakomben tief unten in der Erde und legten den Grund zu einer neuen Welt. Diese Grotten hier im Innern der Erde sind auch unsere Katakomben, wir haben auch Christus bei uns. Wir haben die Ungerechtigkeit erlebt, wir wollen Ordnung schaffen und Recht. Fürchte dich nicht, Petros, vergiß das Vergangene, es muß ausgelöscht sein. Helft mir, eine neue Welt zu gründen.«

Alle waren ergriffen, sie erhoben sich und sammelten sich um ihren Priester.

»Alle gemeinsam!« rief der Priester wieder. »Alle gemeinsam! Dieses neue Wort wird uns retten.«

»Alle gemeinsam«, riefen die Männer und Frauen und hoben ihre Hände wie zu einem Eid.

Der alte Charilaos schlug das Zeichen des Kreuzes.

»Die Armut hat mein Herz schwellen gemacht«, sagte er, und seine Augen füllten sich mit Tränen. »Gib mir keinen Reichtum, Gott, denn dann werde ich wieder schlecht.«

»Hab keine Angst, alter Charilaos«, rief Petros und lachte, »wir werden dich nicht reich werden lassen.«

Der Priester nahm seine Stola ab, faltete sie zusammen und übergab sie einer kleinen alten Frau, die er zur Kirchendienerin ernannt hatte.

»Heute ist Sonntag, Kinder«, sagte er, »heute könnt ihr euch ausruhen. Aber morgen beginnt wieder die Arbeit. Ihr Jungen sollt Steine brechen, die Männer sollen sich versammeln und Beschlüsse fassen, die Frauen sich gegenseitig trösten. Ich muß auf den Berg dort gegenüber, wo unsere Freunde mit den Körben mich erwarten. Guten Abend, meine Kinder, Gott sei mit euch!«

So sprach er, nahm seinen Stab und ging.

Die drei Apostel Petrus, Jakobus und Johannes hatten sich um Manolios versammelt und das kleine Evangelium aufgeschlagen, mit dem Giannakos heute morgen gekommen war; sie wollten mit dem Lesen beginnen. An Manolios' geschwollenes, rinnendes Gesicht hatten sie sich gewöhnt. Der erste Schrecken hatte sich gelegt, sie konnten ihn jetzt ohne Abscheu oder Furcht betrachten. Ohne daß Manolios davon wußte, war Giannakos zum Priester Fotis gegangen und hatte ihn gebeten, zu kommen, sich die Krankheit des Freundes anzusehen und zu sagen, was es seiner Meinung nach sei. Er war ein weitgereister und vielerfahrener Priester, er kannte viele Krankheiten des Leibes und der Seele, er würde vielleicht ein Heilmittel finden. Manolios brauchte vielleicht irgendeine Salbe oder Paste, vielleicht hatte diese plötzliche Krankheit ihre Wurzel auch anderswo, sie war vielleicht ein Dämon, und der Priester konnte den unreinen Geist vielleicht beschwören.

Sie waren zu dritt auf den Berg hinaufgegangen, und jeder von ihnen trug ein Geschenk für den kranken Freund. Giannakos das kleine Evangelium, Kostantis ein Glas Gelee und Michelis eine kleine Ikone, die die Kreuzigung darstellte. Sie war sehr alt, ein Erbstück seiner Mutter; man sah auf ihr den gekreuzigten Christus, und rund um ihn saßen eine Menge Schwalben, sie hatten sich auf seine Arme und die Spitze des Kreuzes gesetzt und hielten die Schnäbel weit offen, als ob sie sängen. Und von unten herauf bis zur höchsten Spitze blühte das ganze Kreuz, es war voller Rosen und sah aus wie ein blühender Mandelbaum. Mitten unter den Blumen und Vögeln war Christus gekreuzigt, er lächelte, und am Fuße des Kreuzes stand keine andere als die Sünderin Magdalena, und sie trocknete mit ihrem offenen Haar das Blut, das von Christi Füßen rann.

Manolios saß auf der Bank vor der Hirtenhütte und erwartete sie. Er hatte sich gewaschen und seine Sonntagskleider angelegt, in der Hand hielt er das kleine heilige Bild, das er geschnitzt hatte, und er blickte auf Christi Mund, einmal gerade von vorn, dann von links und von rechts, um Gottes Tränen, sein Leiden und sein Lächeln zu erfassen. Er erhielt die Geschenke, verneigte sich ehrfurchtsvoll vor dem Evangelium und betrachtete lange die Kreuzigung.

»Das ist nicht die Kreuzigung, das ist der Frühling«, murmelte er. Er sah die Frau am Fuße des Kreuzes mit dem offenen blonden Haar und seufzte. Dann führte er die Lippen an Christi Füße, aber er zuckte erschrocken zusammen, er glaubte, er habe das blonde Haar und den entblößten Hals der Sünderin geküßt.

Giannakos nahm Manolios die Ikone fort.

»Komm, Manolios«, sagte er, »nimm das Evangelium und lies.«

»Was wollen wir lesen, Giannakos?«

»Schlag es auf und lies, was du willst. Und wenn wir etwas nicht begreifen, dann wollen wir zusammen darüber sprechen, bis wir es verstehen.«

Manolios nahm das Evangelium, beugte sich nieder, küßte es und schlug es auf.

»In Gottes Namen«, sagte er und begann langsam zu lesen, ja fast sich vorwärts zu buchstabieren.

»Und als er das Volk sah, stieg er auf einen Berg. Und als er sich gesetzt hatte, traten seine Jünger zu ihm. Und er öffnete seinen Mund, lehrte sie und sprach: ›Selig sind, die da geistig arm sind, denn das Himmelreich ist ihrer.‹«

»Das war leicht«, sagte Giannakos froh. »Gott sei Dank, ich begreife alles. Und du Kostantis?«

Aber Kostantis war ein wenig im Zweifel. »Was ist mit den ›geistig Armen‹ gemeint?« fragte er.

»Die Ungebildeten«, erklärte Giannakos, »die nicht in eine Schule gegangen sind.«

»Nicht die Ungebildeten«, beruhigte Manolios. »Man kann gelehrt sein wie der Priester Fotis und ins Himmelreich kommen, man kann ungebildet sein und nicht hineinkommen, wie der alte Ladas ... Es bedeutet etwas anderes, Giannakos. Was glaubst du, Michelis?«

»Die reinen Herzens sind«, schlug Michelis vor, »die einen reinen und einfachen Sinn besitzen, keine Haarspaltereien im Schilde führen, sondern auf eine unschuldsvolle und treuherzige Art gläubig sind. Das glaube ich. Aber wir können ja den Priester Fotis fragen.«

»Weiter«, sagte Giannakos ungeduldig, »es ist gut, weiter.«

Manolios nahm sein Lesen wieder auf.

»Selig sind die Trauernden, denn sie sollen gebeten werden!«[17]

»Das ist schwerer«, sagte Giannakos und kratzte sich den Kopf. »Was ist mit ›gebeten werden‹ gemeint?«

»Sie sollen gebeten werden«, erklärte Kostantis. »Aber wer soll sie bitten? Das verstehe ich nicht.«

»Ich verstehe ungefähr«, sagte Manolios, »die Trauernden, die betrübt sind, das heißt, die Kummer und Sorgen haben, brauchen nicht traurig zu sein, Gott wird sie bitten.«

»Danach wollen wir auch fragen«, sagte Giannakos, der Eile hatte. »Weiter.«

»Selig sind die Sanftmütigen, denn sie sollen die Erde erben.«

»Das ist sonnenklar!« rief Giannakos. »Die Anständigen, das heißt, die, die gut und nett und friedlich sind, werden schließlich siegen, und die ganze Erde wird ihnen gehören, das heißt, nicht im Krieg, sondern mit Liebe werden sie die Welt gewinnen. Nieder mit dem Krieg! Wir alle sind Brüder!«

»Aber die Türken?« fragte Kostantis, der damit nicht ganz einverstanden war.

»Die Türken auch!« antwortete Giannakos begeistert. »Sowohl der Aga und sein Leibwächter als auch Giousoufaki, alle!«

»Auch die, die das Dorf des Priesters Fotis zerstörten?« fragte Kostantis, der noch nicht überzeugt war.

Giannakos kratzte sich wieder den Kopf.

»Das weiß ich nicht«, sagte er. »Wir müssen den Priester Fotis fragen ... Weiter!«

»Selig sind die, die da hungert und dürstet nach der Gerechtigkeit, denn sie sollen gesättigt werden!«

»Ach«, sagten alle, »möge Gott es geben, daß wir mit Gerechtigkeit gesättigt werden!«

Giannakos geriet in Feuer und erhob sich.

»Selig sind die, die da hungert und dürstet nach der Gerechtigkeit!« rief er aus. »Das sind wir, zu uns spricht Christus, zu uns vieren, die es nach Gerechtigkeit hungert und dürstet ... Mein Herz bekommt Schwingen, Brüder. Es ist, als wende Christus mir sein Gesicht zu und spräche zu mir. Weiter, Manolios.«

»Selig sind die Barmherzigen, denn ihnen soll Barmherzigkeit widerfahren.«

»Hör es, alter Patriarcheas!« rief Giannakos und sprang wieder auf.

»Hör es, du Großesser, der uns nicht mehr grüßt, wenn du uns auf der Dorfstraße triffst, weil wir barmherzig waren und vier Körbe mit Essen den Armen gaben. Hör es, Grigoris, der du so wütend wurdest und die verhungerten Menschen fortjagtest, obwohl dein Tisch von Nahrung überläuft und dein Magen dazu, so daß er platzen könnte. Höre es, alter Ladas, du Geizkragen, der einem nicht einmal Wasser zu trinken gönnt. Aber du, Michelis, du gleichst deinem Vater nicht, du wirst ins Himmelreich kommen mit den vier Körben, denn es sind deine und nicht unsere . . . Weiter!«

»Selig sind, die reinen Herzens sind, denn sie werden »οψονται τον δεον« (Gott sehen).«

»Ich verstehe nicht alle Worte«, sagte Kostantis, »aber ich verstehe den Sinn. Nur das »οψονται« da klingt eigenartig. Was ist damit gemeint[18]?«

»Sie werden in Wirklichkeit Gottes Antlitz sehen dürfen, du Dummkopf. Die, die ein reines Herz haben, sollen Gottes Antlitz sehen dürfen, verstehst du?«

»Aber wie kannst du all das herausbekommen, Giannakos?« sagte Kostantis verwundert. »Du bist weise wie Salomo.«

»Ach, ich schaffe das nicht mit meinem Verstand«, antwortete Giannakos. »Ich tue es mit meinem Herzen. Das ist weise wie Salomo. Weiter!«

»Selig seid ihr, wenn sie euch um meinetwillen beleidigen und verfolgen und lügnerisch Übles reden über euch. Freuet euch und seid froh, denn euer Lohn ist groß im Himmelreich, denn ebenso haben sie die Propheten verfolgt, die vor euch gewesen sind.«

»Noch einmal, Manolios«, sagte Giannakos, »und langsamer, bitte. Gott verzeih mir, aber ich finde, es klingt ein wenig verwickelt.«

Manolios las das Stück noch einmal.

»Ich finde, es ist sonnenklar«, sagte er. »Alle im Dorf, die Gemeindeältesten und die Bauern, alle Heuchler und Lügner werden eines Tages uns vier jagen und verfolgen, weil wir die Wahrheit sagen. Sie werden falsche Zeugen schaffen und gegen uns aussagen. Sie werden uns vielleicht steinigen und töten, taten sie es nicht mit den Propheten? Doch wir müssen dann eine große Freude empfinden, Brüder, denn wir sollen unser Leben um Christi willen geben. Gab er nicht auch sein Leben um unsertwillen? Das bedeutet es.«

»Du hast recht, Manolios«, sagte Giannakos, und seine Augen glänzten. »Ich sehe den Priester Grigoris wie Kaiphas vortreten und den alten Ladas ihm folgen und rufen: ›Tötet sie! Tötet sie! Sie wollen unsere Geldkisten öffnen und unsere Goldpfunde verteilen!‹ Und der alte Patriarcheas – verzeih mir, Michelis –, er wird der Pilatus sein und sagen: ›Ich wasche und wasche meine Hände, ich mische mich nicht hinein. Tötet sie!‹ Doch im Grunde genommen wird er innerlich froh darüber sein, daß wir dies für ihn anstellen. Wir lassen ihn nicht in Ruhe und Frieden seine Spanferkel knabbern, nach den Dienstmägden greifen und die Witwe Katarina rufen, um sich von ihr massieren zu lassen, weil er sich erkältet hat, wie er sagt ... Ja, ihr Gottesleugner, ihr Gierhälse und Jesuiten, sie wird kommen, sie kommt, die Gerechtigkeit Gottes!«

Er hatte sich heiß geredet und zum Dorf gewandt. Er schwenkte die Hand und drohte. Doch gerade, als er sich umwandte, erblickte er plötzlich den Priester Fotis vor sich.

»Verzeih mir«, sagte er zögernd, »aber wir lasen im Evangelium, und es brannte uns in den Herzen!«

Der Priester Fotis hatte sich ihnen auf Zehenspitzen genähert; die vier Freunde waren so ins Lesen vertieft gewesen, daß sie nicht bemerkt hatten, daß er dort stand und lächelnd lauschte.

»Guten Tag, meine Kinder«, sagte er und trat heran. »Gott sei mit euch!«

Froh erhoben sich alle und machten ihm auf der Bank Platz, daß er sich setzen konnte. Doch der Priester sah Manolios an und erschrak. »Was ist mit dir, mein Junge?« fragte er. »Was ist mit dir geschehen?«

»Gott hat mich gestraft«, antwortete Manolios und senkte den Kopf. »Sieh mich nicht an, sieh aufs Evangelium und erkläre es uns. Wir haben darauf gewartet, daß du herkommen und uns helfen würdest, denn wir sind ungebildet und verstehen nichts.«

»Unser Kopf ist wie ein ungespåltenes Stück Holz«, sagte Kostantis, »komm und spalte es für uns.«

»Bin ich es, der euch helfen soll?« fragte der Priester Fotis. »Alle weisen Männer der ganzen Welt sollten kommen, euch zu hören, und auch versuchen, Christi Wort zu verstehen. Du hast recht, Giannakos. Man liest das Evangelium nicht mit dem Hirn, dann versteht man nicht viel. Man liest es mit dem Herzen, dann versteht man alles. Eines Sonntags werde ich dich mit in unsere Kirche nehmen, Giannakos, in unsere Katakombe. Und du sollst uns Gottes Wort erklären. Lache nicht, ich meine es ernst.« Und er wandte sich wieder zu Manolios: »Alle Krankheiten, mein Junge, kommen aus der Seele. Sie ist es, die dem Körper befiehlt. Deine Seele ist vielleicht krank gewesen, Manolios, sie sollst du heilen. Und der Körper soll folgen, ob er will oder nicht ... Doch laßt uns erst darüber sprechen, weshalb ihr mich batet, herzukommen. Womit kann ich euch helfen? Erzählt es mir, dann wollen wir zwei miteinander sprechen, Manolios.«

»Aber es ist ja gerade Manolios' Krankheit, derentwegen wir dich zu kommen baten«, antwortete Michelis. »Wir glaubten, es sei vielleicht ein böser Geist, der sich in sein Gesicht gesetzt hat, und dachten, du wüßtest eine Beschwörung, ihn zu vertreiben ...«

»Da ist soviel, was ich nicht begreife«, sagte Giannakos und sprang auf. »Kommt nicht alles von Gott? Weshalb ist dies über Manolios und nicht über den Aga zum Beispiel oder den Priester Grigoris oder den alten Ladas gekommen? Was ist das für eine Gerechtigkeit? Ich verstehe es nicht!«

Er wandte sich zu Manolios.

»Weshalb sagst du nichts? Weshalb rufst du nicht Gott an und fragst ihn? Du sitzt nur mit gefalteten Händen da, senkst den Kopf und sagst: ›Gott straft mich.‹ Aber was hast du getan? Weshalb sollte er dich strafen? Steh auf und frage. Du bist kein Schaf, du bist ein Mensch! Ein Mensch ist doch ein lebendes Wesen, das aufsteht und fragt!«

Der Priester Fotis erhob sich und legte Giannakos die Hand auf den Mund.

»Du fragst zuviel und schreist zuviel«, sagte er. »Du willst, daß Gott herabkommen, sich vor dich stellen und Rechenschaft geben soll. Wer bist du, daß du Gott zur Erde herabholen willst?«

»Aber ich will verstehen«, murmelte Giannakos zaghaft.

»Willst du Gott verstehen, Giannakos?« sagte der Priester erschrocken. »Der Mensch ist vor Gottes Füßen ein blinder Wurm. Was kann er von dem verstehen, was unmeßbar und unfaßbar ist? Als ich jung war, habe ich auch gerufen und gefragt. Ich verstand nicht. Eines Tages erzählte mir ein Mönch auf dem Heiligen Berg[19] eine Sage. Friede sei seiner Seele.

Es war einmal, sagte er, ein kleines Dorf in der Wüste. Alle Einwohner dieses Dorfes waren blind. Eines Tages kam dort ein großer König mit seinem Heer vorbei. Er ritt auf einem gewaltigen Elefanten. Die Blinden hatten viel von Elefanten erzählen hören und wurden von einer heftigen Lust befallen, heranzutreten und den Elefanten des Königs berühren zu dürfen und ihn zu untersuchen, um eine Vorstellung zu bekommen, was das für ein Ding sei. Einige von ihnen – vielleicht waren es die Gemeindeältesten – traten vor und verneigten sich vor dem König und baten um die Erlaubnis, seinen Elefanten berühren zu dürfen. Der eine packte ihn beim Rüssel, der andere am Fuß, ein dritter an der Seite, einer reckte sich hoch auf und packte das Ohr, und ein anderer wieder durfte einen Ritt auf dem Rücken des Elefanten tun. Entzückt kehrten alle ins Dorf zurück, und die Blinden umringten sie und fragten eifrig, was denn das ungeheuerliche Tier Elefant für ein Wesen sei. Der erste sagte: ›Es ist ein großer Schlauch, der sich hebt und senkt, und es ist ein Jammer um den, den er zu packen kriegt.‹ Der zweite sagte: ›Es ist eine mit Haut und Haaren bekleidete Säule.‹ Der dritte sagte: ›Es ist wie eine Festungsmauer und hat auch Haut und Haare.‹ Der, der ihn am Ohr gepackt hatte, sagte: ›Es ist keineswegs eine Mauer, es ist ein dicker, dicker Teppich, der sich bewegt, wenn man ihn anfaßt.‹ Und der letzte sagte: ›Was redet ihr für Unsinn? Es ist ein gewaltiger Berg, der sich bewegt!‹«

Die vier Freunde lachten.

»Wir sind die Blinden«, sagte Giannakos. »Du hast recht, verzeih mir. Wir umwandern seinen kleinen Zeh und sagen: ›Gott ist hart wie ein Felsen.‹ Weshalb? Weil wir nicht weiter gelangen.«

»Wir dürfen nicht fragen«, warf Michelis ein. »Vielleicht hat

Gott einen Grund, Manolios zu schlagen. Aber wie können wir ihn sehen? Wir sind ja blind!«

»Wir vier«, sagte Manolios und hob den Kopf, »wir sind während dieses ganzen Jahres untrennbar vereint. Deshalb ist es richtig, glaube ich, daß ich vor euch eine Beichte ablege, daß wir alle erkennen, wo der Fehler liegt, für den Gott mich straft und wie ich ein Mittel der Heilung finde, denn ich glaube, daß Gott nichts von mir wissen will, solange ich den Dämon in meinem Gesicht habe, das will heißen, solange ich nicht wirklich Reue bewiesen habe.«

»Du hast recht, Manolios«, sagte der Priester. »So haben es die ersten Christen getan. Sie beichteten vor allen Brüdern, sprachen über ihre Sünden und fanden gemeinsam den Weg des Heils. In Gottes Namen, wir werden dich anhören, vergiß nicht, daß wir alle Sünder sind, und daß Gott jetzt dort oben sitzt und dich hört.«

Manolios saß lange in Gedanken vertieft, er durchlief sein ganzes Leben – Armut, keine Eltern, die Schwester seiner Mutter, Mantalenia, die ihn mit Schelten und harten Worten erzogen hatte. Dann der stille Frieden im Kloster, die Gebete in den Zellen, der Mönch Manasis, der mit seiner tiefen, milden Stimme ihm von den Asketen in Thebais, von den Aposteln am See Genezareth und von dem gekreuzigten Christus erzählt hatte... Welch eine Freude war das, welch ein Himmelreich auf Erden! Und dann erschien eines Morgens der Herr Patriarcheas mit seinem Gefolge und füllte den ganzen Klosterhof mit Mauleseln, roten Decken und frischen Stimmen...

Er hob den Kopf.

»Ich weiß nicht, wo ich beginnen soll«, sagte er zum Priester. »Mein ganzes Leben zieht in meinen Gedanken an mir vorbei. Hilf mir, frage mich, fragt auch ihr mich, Brüder!«

»Kümmere dich nicht um den Anfang, Manolios«, antwortete der Priester Fotis. »Es gibt keinen Anfang und kein Ende. Öffne den Mund, sag das erste, was dir in den Sinn kommt, und dann, du wirst es sehen, rollen die Worte wie auf einer Perlenkette. Eines zieht das andere nach sich, und sie fügen sich zur Kette. Schließe die Augen, Manolios, wohin siehst du? Wo bist du? Denke nicht, sprich!«

»Es war im Hause des Priesters Grigoris. Alle Gemeindeältesten waren dort. Es war eine große Versammlung, und sie beschlossen und verteilten die Rolle eines jeden in der nächsten, großen Passionswoche, in dem großen Mysterienspiel, das in der Vorhalle der Kirche aufgeführt werden soll. Der Priester Grigoris trat zu mir, er legte mir die Hand auf den Kopf und segnete mich. ›Dich, Manolios, hat Gott erwählt‹, sagte er, ›dich hat Gott ausersehen, das schwere Kreuz zu tragen.‹ Mir war zumute, als ob mein Herz in tausend Stücke sprang.«

Manolios schlug die Augen auf, seine Wimpern zitterten, und er dachte an seine Kameraden.

»Wahrhaftig, es war, als sei mein Herz in tausend Stücke gesprungen«, sagte er wieder, »als ob es die Alabasterflasche gewesen sei, die die Sünderin Magdalena bei sich hatte und über Christi Füßen zerschlug, um sie zu waschen ... Seit ich ein kleiner Junge war, habe ich gerne geträumt und phantasiert, ich habe vom Leben der Heiligen gelesen, und meine Gedanken waren davon erfüllt. Ich wollte auch ein Heiliger werden. Und als ich ins Kloster kam, dachte ich nur an eine Sache, wie die Asketen in Thebais ausziehen zu dürfen, nichts zu essen, nichts zu trinken, Wunder zu tun ... Ihr seht, Brüder, schon als kleiner Junge wurde ich gestraft. Der Morgenstern ließ mein Herz sich entzünden, ich verbrannte. Ich war eitel und wollte Wunder tun, ich habe gesündigt, Gott!

Und als ich das Haus des Priesters Grigoris verließ, brauste es mir in den Schläfen, mich dünkte, das Dorf schmelze vor mir zusammen, es habe keinen Platz für mich, ich sei nicht länger Manolios, der ungebildete Hirte des Herrn Patriarcheas, der Bauerntölpel, sondern Gottes Auserwählter, der eine große Aufgabe erhielt: Christi heiligen Spuren zu folgen und Ihm zu gleichen.«

»Welch unglaublicher Hochmut!« murmelte Kostantis, »du, der du so sanft und demütig bist, Manolios.«

»Lieber Kostantis«, sagte der Priester, »Manolios' Herz ist voll, übervoll. Laß es ihn ausschütten, dann magst du richten.«

»Verzeiht mir, Brüder«, sagte Manolios, »ich trug den Morgenstern in mir ... Ich schäme mich, es zu sagen. Aber ich lege meine Beichte ab, ich muß alles aufdecken, Gott hört mir zu.«

»Sprich, Manolios, sprich«, erwiderte der Priester, »du brauchst dich nicht zu schämen, das Menschenherz ist wie eine Grube voller Schlangen, Kröten und Schweine. Erleichtere dein Herz, und du sollst Frieden finden.« Manolios faßte neuen Mut.

»Ich blies mich auf wie ein Truthahn. Ich ging umher und brüstete mich und sagte: ›Dich hat Gott erwählt, Manolios, gerade dich!‹ Doch eines Tages kam glücklicherweise Giannakos ...«

Er ergriff Giannakos' Hand und wollte sie küssen, aber Giannakos zog sie verblüfft zurück.

»Was meinst du, Manolios? Willst du mir die Hand küssen?«

»Ja«, antwortete Manolios, »denn du öffnetest mir die Augen. Und ich durfte erkennen, daß ich ein Heuchler und Lügner war. Erinnerst du dich, Giannakos, als du mich vor dem Hause des Kapitäns trafst und ›Lügner, Lügner!‹ sagtest? ›Du willst Christus gleichen und stehst im Begriff, dich zu verheiraten? ... Und nach der Kreuzigung kommt Lenio mit sauberen Kleidern und warmem Wasser zu dir, damit du dich waschen kannst, und nach der Kreuzigung gehst du dann mit ihr ins Bett!‹«

»Vergib mir, Manolios!« rief Giannakos aus und warf sich ihm in die Arme. »Du weißt nicht, von welchem bösen Geist ich an jenem Tag besessen war ... Ich werde es einmal vor euch bekennen, und ihr werdet schaudern. Der Priester weiß es ...«

»Laß ihn ausreden und sein Herz erleichtern«, sagte der Priester wieder und veranlaßte Giannakos, sich zu setzen. »Sag, Manolios, ist dir nicht schon ein wenig leichter zumut?«

»Solange ich spreche, ja. Die Beichte ist ein großes Mysterium, ein großes Geheimnis. Nun habe ich Mut bekommen. Ich werde von allem, allem reden.«

»Wir hören, mein Junge«, sagte der Priester und legte Manolios die Hand auf die Schulter, als ob er ihm etwas von seiner Kraft abgeben wollte. »Erzähle!«

»Von dem Augenblick an, als Giannakos mein Herz so bloßgelegt hatte, erwachte ich, ich erkannte den Abgrund und blieb stehen. ›Schämst du dich nicht, Manolios?‹ sagte ich, ›Glaubst du, die Kreuzigung sei ein Spiel? Glaubst du, Gott und die Menschen betrügen zu können? Liebst du Lenio und sehnst du dich danach, mit ihr zu schlafen, zur gleichen Zeit, da du Christus sein willst? Schäme dich, du Heuchler! Entschließe dich, du Lügner!‹ Und von diesem Augenblick an faßte ich auch einen Entschluß, den nämlich, nicht zu heiraten, keine Frau zu berühren, rein und heilig zu bleiben!«

Giannakos konnte nicht an sich halten.

»Du bist ein Heiliger, Manolios!« rief er aus.

»Warte, warte«, sagte Manolios, »du wirst sehen, und es wird dir grauen. Noch bin ich zu meiner großen Sünde nicht gekommen ... Ich hatte meinen Entschluß wegen Lenio gefaßt, ich geriet mit meinem Herrn in Streit und gedachte auf den Berg in die Einsamkeit, fern von allen Versuchungen zu gehen. Hier oben in der reinen Luft wollte ich mich ganz Christus ergeben ... Und eben, da ich diesen Schritt tat und frei werden wollte von allem, begegnete mir an der Ai-Vasilis-Quelle außerhalb des Dorfes die Versuchung und lauerte mir auf.« Manolios seufzte und trocknete sich mit dem Tuch das Gesicht, das wieder zu rinnen begann. Er schwieg lange, und die Hände zitterten ihm.

»Mut, Manolios«, sagte der Priester, »ich bin ein größerer Sünder als du! Eines Tages möchte auch ich beichten vor euch, und die Haare werden sich euch sträuben. Ich habe meine Hände mit Menschenblut befleckt, der Teufel ritt mich eines Tages, ich war jung und mein Blut wallte auf. Ich war Hirte und war ins Dorf hinabgegangen, um mit meinen Freunden Ostern zu feiern. Auf der Schulter trug ich ein Lamm, das wir braten wollten. Es war Nachmittag, die Bäume waren in Blüte getreten, die Erde duftete, die Bauern hatten sich ins Gras gelegt, wir hatten ein Feuer angezündet und wendeten das Osterlamm am Spieß. Wir hatten die Leber als Zukost auf der Glut gebraten, wir streckten uns der Länge nach ins Gras. Ich ergriff ein langes Messer, wetzte es und wollte mir gerade ein Stück abschneiden. In diesem Augenblick trat die Versuchung an mich heran, und ich lachte und rief: ›Wenn jetzt ein Priester da wäre, würde ich ihn abstechen!‹ Der Teufel hatte mich erwischt und ließ es mich sagen, denn ich selbst war eines Priesters Sohn und achtete die Priester, und wenn ich einen auf der Straße traf, eilte ich hin und küßte seine Hand. Ich hatte es im Scherz gesagt, ich hatte getrunken und war in Stimmung. Aber ein anderer in der Gesellschaft, der betrunken war, lachte und rief mir zu: ›Sieh dich um, hinter dir steht einer! Und nun halte Wort, wenn du ein Mann bist!‹ Ich wandte mich um, erblickte einen Priester, stürzte mich auf ihn und stach ihn nieder.«

Der Priester Fotis schlug das Zeichen des Kreuzes und schwieg. Alle waren erschrocken und stumm. Ein jeder zog sich selbst zur Rechenschaft und erschauerte. Welche Saat zu Untaten, Schändlichkeiten und Mord ist nicht in jedem verborgen! Ehrlich und ehrbar bleibt man aus Furcht. Das ganze Leben brüten die Begierden voll blinder Wut unbefriedigt im verborgenen und vergiften das Blut, aber man beherrscht sich, man täuscht die Menschen und stirbt ehrbar und tugendhaft, nach außen hat man niemandem ein Unrecht zugefügt. Gott aber betrügt man nicht.

»Ich bin schlechter als du«, sagte schließlich Michelis und brach das Schweigen. Seine Stimme klang unterdrückt und fremd. »Als mein Vater krank war, empfand ich eine teuflische Freude, ein böser Geist stieg in mir auf und tanzte in mir, denn ich hatte mich über meinen Vater geärgert, ich meinte, er stehe mir im Wege, und es lag mir daran, daß er starb, daß der Mann, der mich gezeugt hatte und den ich liebte, sterben würde. Ich weiß nicht, wie die Seele eines Verbrechers beschaffen ist, die Seele des Guten und Ehrbaren ist eine Hölle! Alle Dämonen hausen in ihr. Wir nennen sie gute und anständige Christen, sie alle, die die Dämonen in sich verborgen halten und nicht hervorkommen lassen, um zu verführen, zu plündern und zu töten . . .«

Giannakos brach in Tränen aus. Er hatte sich zur Rechenschaft gezogen und zitterte. Doch der Priester streckte seine Hand aus.

»Meine Kinder«, sagte er, »die Reihe wird eines Tages an uns kommen, zu beichten. Heute aber ist Manolios daran. Verschließt eure Herzen, er hat das seine geöffnet. Laßt ihn fortfahren . . . Berichte, Manolios, was du gesehen und gehört hast. Wir sind schlechter als du, sowohl ich, der Priester, wie auch der liebe, hilfreiche Michelis, der Stolz eures Dorfes.«

Manolios trocknete sich die Augen, die feucht geworden waren, er faßte Mut und fuhr fort:

»Die Versuchung saß am Rande der Quelle und lächelte mich an. Es war die Witwe Katarina, die Sünderin des Dorfes. Sie hatte ihre Lippen bemalt, ihr Busen lag halb offen, ich sah die Furche zwischen den Brüsten, und das Blut stieg mir zu Kopf, ich war wie betäubt. Sie sprach mich an, bat mich, und ich wurde von der Begierde ergriffen, mich über sie zu werfen. Aber ich fürchtete die Menschen, ich fürchtete Gott und ging meiner Wege. Ich ging, aber ich nahm sie in meinen Gedanken, in meinem Blut mit mir, Tag und Nacht dachte ich an sie. Ich gab mir den Anschein, an Christus zu denken, aber es war Lüge, ich dachte an sie.

Eines Abends hielt ich es nicht länger aus. Ich wusch mich, kämmte mich, schlug den Seitenpfad ein und ging den Berg hinab zum Hause der Witwe. Ich sagte zu mir selbst, ich ginge, um ihre Seele zu retten, um mit ihr zu reden und sie auf Gottes Weg zu führen ... Aber das war Lüge. Ich ging, um mit ihr zu schlafen, und dann ...?«

Manolios stockte wieder. Es fiel ihm schwer, zu atmen. Alle wandten sich mitleidig zu ihm und sahen ihn an. Er sah ganz verstört aus. Von seinem geschwollenen Gesicht rann dunkles Wasser herab und erstarrte Tropfen für Tropfen in seinem Schnurrbart und Bart.

»Und dann kam die Rettung«, fiel der Priester ein und nahm Manolios' Hand in seine Hände und streichelte sie. »Ich verstehe, ich verstehe, Manolios, ich habe den verborgenen Pfad erkannt, den Gott eingeschlagen hat, um dich zu retten. Ein großes Wunder, meine Brüder! Wer vermöchte die wunderbaren, unfaßbaren Wege nur zu ahnen, die das Heil ergreift, um uns zu erreichen.

Und dann plötzlich ... – Laß es mich abschließen, Manolios – kamst du ganz außer dir. Du fühltest plötzlich dein Gesicht schwellen, fleischig und abscheulich werden, eine einzige rinnende Wunde. Das ist nicht der Dämon, der sich dort fortgesetzt hat, es ist Gott, der dir diese Maske auferlegt hat, um dich zu retten. Gott meinte, es sei schade um dich.«

»Ich begreife nicht, ich begreife nicht«, murmelte Kostantis.

»Auch ich nicht ... Auch ich nicht«, murmelten die andern. Nur Manolios schwieg und seufzte.

Der Priester Fotis klopfte Manolios die Hand, als ob er seinen Kummer lindern wolle.

»Du gingst am Rande des Abgrundes, Manolios, Gott legte

dir dies auf dein Gesicht, und du bliebst stehen. Du gingst, um zu sündigen, um dich ins Bett der Witwe zu legen, doch wie hättest du ihr mit diesem Gesicht begegnen können? Wie hätte sie dich ansehen können? Du schämtest dich und kehrtest um. Du kehrtest um und wurdest frei.«

Manolios hatte sein Gesicht in dem großen Handtuch verborgen. Hin und wieder wurde seine Brust von Schluchzen erschüttert. Er murmelte nur »Ehre sei Gott«, und schwieg dann wieder.

Auch die drei Freunde senkten entsetzt den Kopf. Sie spürten mit einem inneren Erschauern, wie Gott uns alle bloßstellt und wehrlos macht.

Der Priester schien ihre Gedanken zu ahnen.

»Es gibt ein inneres Auge in uns«, sagte er, »das Tag und Nacht geöffnet ist und sieht. Es gibt ein Ohr in uns, das im innersten Innern unserer Herzenskammer lauscht. Das ist Gott.«

Michelis brach aus:

»Aber weshalb hält uns Gott aufrecht und läßt uns über unser Verdienst am Leben? Weshalb tötet er uns nicht, damit seine Schöpfung rein wird?«

»Weil Gott wie ein Töpfer ist, Michelis«, antwortete der Priester. »Er arbeitet mit Ton.«

Doch Giannakos war ungeduldig.

»Das ist schon gut, was du da sagst. Jetzt haben wir aber einen Kranken hier. Kannst du ihm nicht die Hand auflegen und den Segen über ihn sprechen? Können wir nicht alle miteinander Gott bitten, seine Barmherzigkeit zu beweisen?«

»Manolios braucht keinen Segen«, antwortete der Priester Fotis, »auch keine Beschwörungen oder Amulette. Die Gebete anderer Menschen können ihn nicht heilen. Das Heil arbeitet Tag und Nacht, langsam, ohne Übereilung, ohne Hast in ihm. Habt ihr gesehen, wie ein kleiner Wurm in die Erde kriecht und sich während des Winters in sein Sterbekleid hüllt? Er bekommt ein anderes Aussehen, er schrumpft und liegt unbeweglich. Doch das Heil arbeitet im Dunkel langsam in seinem Innern. Hinter all dem Häßlichen wird das weiche Daunenkleid geschaffen, das klare Auge und die Schwingen. Und eines Frühlingsmorgens öffnet es einen Ausweg aus der Hülle und kommt als ein Schmetterling hervor. So arbeitet das Heil im Dunkel in uns ...

Mut, Manolios, geh deinen Weg voran, alles wird sich ordnen, hinter deinem zerstörten Gesicht liegt immer das Heil bereit, hab nur Vertrauen und Zuversicht!«

»Wie lange? Wie lange?« fragte Manolios und hob flehentlich die Augen zum Priester empor.

»Hast du Eile, Manolios?«

»Nein«, antwortete Manolios beschämt. »Was Gott will, und wann Gott will!«

»Gott kennt keine Eile«, sagte der Priester. »Er ist wie ein fester und ewiger Felsen, er sieht die Zukunft, als ob sie schon geschehen sei, er arbeitet in der Ewigkeit. Nur die zeitlichen Geschöpfe wissen nicht, was geschehen wird. Sie fürchten sich, sie haben es eilig. Laßt Gott in der Stille arbeiten, wie er es für gut befindet. Reckt nicht den Hals, fragt nicht; jede Frage ist eine Sünde.«

Die Sonne stand noch hoch am Himmel und fiel in schweren Tropfen auf die fünf Köpfe. Sie waren einander nähergekommen und blickten sich mit unaussprechlicher Liebe an.

Hinter dem Gipfel des Berges hörte man Nikolios' Flöte frisch und munter und voller Leidenschaft.

»Nikolios!« sagte Michelis und lächelte, »Nikolios hat auch seine Sorgen und will sein Herz erleichtern.«

Sie spitzten die Ohren und lauschten. Die Hirtentöne redeten, lachten und tanzten in der glühend heißen Luft. Ein weißer Schmetterling mit orangefarbenen Flecken flatterte einen Augenblick über den fünf Köpfen und setzte sich in Fotis' graues Haar. Er schlug mit den Flügeln, setzte sich in das graue Haar, als ob es ein blühender Busch sei, dann flog er auf und verschwand in der Sonne.

Nach einer Weile vernahm man Manolios' Stimme.

»Ach, ihr Brüder, verzeiht mir, und Gott möge euch verzeihen. Ich fühle mich erleichtert, mir ist, als sei ein schweres Gewicht von meinem Herzen gefallen. Ich habe gesehen und verstanden, ich finde mich in mein Geschick. Ich meine, diese Krankheit ist wie ein Kreuz, das ich aufnehme und trage. Ich weiß, daß auf die Kreuzigung die Auferstehung folgt. Ich will Kraft schöpfen, mein Kreuz zu tragen. Helft mir, daß ich nicht falle, Freunde!«

»Ja, das wollen wir tun«, rief der Priester aus und erhob sich. »Heute morgen habe ich mit den Meinen auf dem Berge geredet, denn auch wir gehen einen steilen Pfad und tragen unser schweres Kreuz. Wir stoßen und drängen uns und haben es eilig. Ich sagte zu ihnen: ›Alle gemeinsam!‹ das Wort wird uns retten. Alle gemeinsam! und wir sind gerettet.«

»Aber Kummer, Krankheit, Sünde ...«, sagte Giannakos.

»Alle diese Würmer können zu Schmetterlingen werden«, erwiderte der Priester. Er dachte daran, was die vier Freunde gelesen hatten. »Selig sind die Trauernden und Betrübten, denn sie sollen ›gebeten‹ werden.«

Kostantis zuckte froh zusammen. Jetzt würde der Priester ihnen das schwere Wort erklären.

»Was ist mit ›gebeten werden‹ gemeint?« fragte er.

»Sie werden Trost finden. Sie werden Heilung für ihre Trauer finden. Glücklich sind die, welche trauern und leiden, denn sie werden erkennen, wie groß und herrlich Gottes Barmherzigkeit ist. Während die, die da nicht trauern und leiden, nie die jubelnde himmlische Freude erfahren werden. Eine solche von Gott geschenkte Wohltat sind die Trauer und das Leid. Hörst du es, Manolios?«

Doch Manolios hatte sich erschöpft an Michelis Schulter gelehnt, er hatte die Augen geschlossen und war ruhig und friedlich in Schlaf gesunken.

Die Freunde hoben ihn auf, legten ihn auf sein Strohlager und gingen leise hinaus.

»Wie ein Schlaf ist Gottes Gnade erschienen und hat sich auf Manolios gesenkt«, sagte der Priester. »Überlassen wir ihn Gottes Barmherzigkeit! Kommt, laßt uns gehen!«

Einer hinter dem andern schritten sie in einer Reihe den Pfad entlang und gingen schweigend hinunter. Der Priester ging mit bloßem Haupt voran, das graue Haar fiel ihm auf die Schultern herab.

Als Manolios erwachte und die Augen öffnete, war es spät. Er sah Panagiotaros mit gekreuzten Beinen an seinem Kopfende sitzen und ihn im Zwielicht betrachten. Seine Augen waren rot und stierten wild, und er roch nach Wein

»Willkommen, Panagiotaros«, sagte Manolios und lächelte ihn

an. Aber Panagiotaros antwortete nicht. Der schwere, rothaarige Kopf hing über Manolios und starrte ihn unbeweglich an. Seine Unterlippe fiel herab, und die breiten, scharfen Zähne leuchteten gelb.

»Willst du etwas«, fragte Manolios, und es schauderte ihn. Er meinte einen häßlichen Traum zu erleben.

Nur mit Mühe öffnete Panagiotaros den Mund, und die Stimme kam dick und belegt heraus.

»Eine ganze Stunde sitze ich nun hier und betrachte dich«, sagte er stotternd.

»Willst du etwas von mir?« fragte Manolios wieder. »Weshalb siehst du mich so an?«

»Ich kann dich nicht anders ansehen«, knurrte Panagiotaros in einem zugleich wütenden und jammervollen Ton. »Ich kann es nicht.«

Und nach einer Weile sagte er:

»Du nimmst mir das Leben, Manolios!«

»Ich?« rief Manolios aus und setzte sich auf. »Ich? Was habe ich dir getan?«

»Alles Böse, das ein Mensch tun kann, hast du getan, du verfluchter Kerl! Alle Freude, die ich Ärmster in der Welt besaß, hast du mir zerstört. Ich halte es nicht länger aus! Ich bin mit einem Geschenk zu dir gekommen, und ich habe darauf gewartet, daß du erwachen solltest, damit ich es dir geben kann — hier ist es!«

Er griff mit der Hand in seinen Rock, zog ein langes, breites Messer hervor und legte es Manolios in den Schoß.

»Nimm es«, stotterte er, »nimm es, du verfluchter Kerl und töte mich! Beende, was du begonnen hast. Du sollst einen guten Lohn erhalten, töte mich!«

»Panagiotaros«, rief Manolios aus, »was habe ich dir getan? Weshalb sprichst du so? Ich sollte dich töten ...?«

Er versuchte seine Hand zu fassen, aber Panagiotaros stieß seinen Arm mit Widerwillen zurück.

»Rühr mich nicht an!« zischte er. »Keine schönen Worte. Sie widern mich an. Töte mich, beende, was du begonnen hast, sage ich. Was für Freude habe ich am Leben? Töte mich!«

Manolios brach in Tränen aus.

»Was habe ich dir getan? Was habe ich dir getan, Panagiotaros?« murmelte er wieder.

»Ich habe Leute, die Katarina folgen, wohin sie auch geht«, antwortete Panagiotaros. »Ich habe eine alte Frau, eine Nachbarin von ihr, die ich bezahle, und die Tag und Nacht hinter ihrer Pforte wacht und sie im Auge behält. Vorgestern nacht sah sie, wie du heimlich zu ihr gingst, und du bliebst ein und eine halbe Stunde bei ihr. Und nach dieser Nacht öffnet Katarina mir nicht mehr die Tür. Sie will mich nicht mehr sehen. Sie sitzt nur drinnen im Haus und weint, sagte diese Nachbarin ... Um wen weint sie? Um wessen willen mag sie nicht mehr essen, um wessen willen magert sie ab und schwindet dahin? Um wessen willen öffnet sie mir nicht mehr das Tor? Um deinetwillen, du mißgestaltetes Geschöpf, das anzusehen alle Welt mit Ekel erfüllt, um deinetwillen! Ich erfuhr von deinem Elend und freute mich und sagte, nun werde ich den Galgenvogel da los, der den Heiligen spielen will. Katarina wird Ekel empfinden und sich von ihm abwenden, und ich werde Frieden finden. Aber du schämtest dich nicht, sondern gingst so, wie du warst, zu ihr und bliebst ein und eine halbe Stunde bei ihr. Was für Zauber hast du mit ihr getrieben? Anstatt sich vor dir zu ekeln, kann sie dich nicht aus ihren Gedanken reißen. Sie schlägt sich und ruft deinen Namen, du verfluchte, aussätzige Gestalt! Tagtäglich verprügele ich meine Frau, aber das bringt mir keine Erleichterung. Ich schlage meine Tochter, aber ich spüre keine Erleichterung. Ich habe meine Werkstatt geschlossen, ich saufe und treibe mich auf den Straßen herum. Die Kinder laufen hinter mir her und schreien ein Wort, das mir wie ein Messer ins Herz dringt ... Du weißt, welches Wort! Verflucht sei die Stunde, da der Teufelspriester mich bat, in sein verfluchtes Haus zu kommen, seit jenem Tag ist es Schluß mit mir. Ich halte es nicht mehr aus, und deshalb komme ich heute abend mit diesem Messer zu dir. Erhebe dich, Manolios, und wenn du ein Mann bist, töte mich! Ich küsse deine Hände, töte mich! Ich will Frieden haben!«

Manolios lehnte seinen Kopf auf die Knie und konnte sein Schluchzen nicht zurückhalten.

Was kann ich tun, dachte er. Wie soll ich diese wilde Seele

retten, die sich in ihre Liebesleidenschaft verrannt hat und sie nicht loswerden kann und will?

»Hör auf zu weinen, du Hanswurst«, schrie Panagiotaros sinnlos vor Wut. »Nimm das Messer, hab keine Angst! Ich habe es gut geschliffen und biete dir jetzt meinen Hals. Töte mich!«

Und er streckte seinen Stiernacken Manolios entgegen.

»Weshalb willst du mich nicht töten?« fragte Manolios.

»Was gewinne ich daran?« antwortete Panagiotaros hoffnungslos. »Es würde nur mein Unglück vergrößern. Dann würde ich Katarina für immer verlieren. Nur, wenn du mich tötest, werde ich ruhig und frei. Und dann nehme ich auch dich in die Hölle mit!«

Dann aber brach er plötzlich in Tränen aus.

Er weinte und weinte und blökte wie ein Kalb, den Hals hielt er immer noch Manolios entgegengestreckt.

Manolios erhob sich und umarmte ihn. Panagiotaros konnte sich ihm nicht entziehen, Manolios lehnte sich über seine Schulter und sagte:

»Vergib mir, Panagiotaros, vergib! Ich werde sie nie wiedersehen. Ich werde nie mehr ihre Schwelle überschreiten. Ich werde sterben, und du wirst Frieden bekommen. Ich bin es, das schwöre ich dir, ich bin es, der sterben wird! Siehst du nicht, was aus mir geworden ist? Ich faule dahin. Weine nicht, ich bin es, der sterben wird.«

Aber Panagiotaros fuhr fort zu heulen. Er riß mit Gewalt Manolios' Arm von seinem Hals und sprang auf. Er machte ein paar Schritte zur Tür hin, stolperte jedoch. Und als er über die Schwelle steigen wollte, fiel er der Länge nach zu Boden.

Manolios lief hinzu, um ihn aufzuheben, aber er hatte sich schon selbst erhoben und stürzte, betrunken, wie er war, hinaus und wollte unter anhaltendem wildem Schreien den Berghang hinunter.

In diesem Augenblick kam gerade Nikolios mit den Schafen und Ziegen heran. Panagiotaros raste auf die Tiere los und jagte sie mit Steinen auseinander, daß sie sich erschreckt nach allen Seiten verstreuten.

»Was ist denn los?« schrie Nikolios zornig. »Streite doch nicht mit den Tieren!«

Doch Panagiotaros nahm wieder Steine von der Erde auf und fluchte und warf.

»Packt ihn«, schrie der Hirtenjunge seinen zwei Hunden zu, die mit heraushängenden Zungen herangejagt kamen.

Die Hütehunde stürzten sich auf Panagiotaros. Er lehnte sich an einen Felsen, griff einige große Steine auf und warf sie nach ihnen. Die Hunde bellten und fuhren fort, ihn anzufallen. Panagiotaros begann selbst zu bellen und stürzte ihnen entgegen. Doch die Beine gaben unter ihm nach, er stolperte, erhob sich wieder und fiel wieder hin. Wütend stürzten sich die Hunde auf ihn. Einer biß ihn in den Schenkel und ließ ihn nicht los. Der andere faßte ihn im Gesicht und biß ihn ins Kinn, daß der Bart sich mit Blut färbte.

»Packt ihn! Packt ihn!« schrie Nikolios erregt.

Manolios hörte das Schreien und Bellen und lief hinzu, um Panagiotaros zu befreien, aber der Hirtenjunge sah nur zu, lachte und schrie:

»Laß sie ihn fertigmachen!«

Manolios schrie die Hunde an, ergriff einen Stock und jagte sie fort. Dann wandte er sich, um Panagiotaros zu helfen, doch der hatte sich schon erhoben und begab sich schwankend und fluchend den Hang hinab.

Nikolios stieg auf einen großen Stein, legte die Hände wie einen Trichter an den Mund und schrie:

»Judas! Judas!« Und es hallte am ganzen Berghang wider.

»Schweig!« sagte Manolios. »Tut er dir denn nicht leid?«

»Judas!« rief Nikolios wieder und warf einen Stein hinter ihm her.

Die Nacht war aus der Erde aufgestiegen und hatte sich wie eine Decke über den Fuß des Berges gelegt. Sie stieg nun höher und höher hinauf. Die ganze Welt verdunkelte sich. Atemlos hatten die Hunde sich zu Nikolios' Füßen ausgestreckt und leckten ihre Wunden. Der große Bock Dasos stand und läutete mit der Glocke, er wartete, daß die Ziegen sich hinter ihm sammeln sollten, damit sie alle zusammen in die Hürde gehen konnten.

Manolios war hineingegangen und hatte das Messer unter seinem Kopfkissen verborgen. Dann nahm er die Ikone mit der Kreuzigung von der Wand und hängte sie über seinem Lager auf.

»Mein Gott«, murmelte er, »lege deine Hand auf sein Herz und heile ihn. Auch er leidet. Du bist allmächtig, nimm seine Sorgen fort und tröste ihn!«

## 8

Nach jenem Sonntag — dem Beichtsonntag, wie er später nach Manolios' Tod genannt wurde, da er an ihm seinen Freunden sein Herz geöffnet hatte — waren einige Tage vergangen.

Die Erde wirkte von unten und die Sonne von oben. Sie brachten das Korn zur Reife. Die Ähren wurden dicker und gelber, und das Feld leuchtete rot von Mohn.

Der alte Patriarcheas saß und trank und zankte bald mit der Lenio, die ihre Arbeit daheim vernachlässigte, sich auf dem Berg herumtrieb und wie närrisch darauf aus war, verheiratet zu werden, bald mit seinem Sohn, der sich aufs Lesen geworfen hatte, als ob er ein Mönch oder so ein gewöhnlicher Studierter war — bessere Leute lasen nicht.

»Bücher sind für Mönche und Schullehrer da«, sagte er, »ein vornehmer junger Mann aber ist für gutes Essen, für alte Weine und anderer Leute Frauen geschaffen. Du entehrst unser Geschlecht, Michelis!«

Hin und wieder sah er ihn zu seiner Verlobten Mariori gehen, aber er kehrte stets besorgt und still zurück. Da schüttelte der Alte hoffnungslos den Kopf. Mein Vater, dachte er, ritt in den Dörfern umher, wo er seine Geliebten hatte. Er band sein Pferd ans Tor, und wenn es ihr Mann sah, wich der vom Wege ab und ging nicht ins Haus, bevor mein Vater gegangen war. Ich hatte Geliebte, die ich insgeheim wie ein Dieb in der Nacht besuchte. Er da hat eine Braut. Gott verzeih es mir, aber ich glaube, er hat sie noch nicht anders berührt als mit der Hand. Wenn nur die Ärmste keine Schwindsucht bekommt und dahinsiecht. Eine Frau ist wie eine Basilikumblüte, sie welkt, wenn man ihr nichts zu trinken gibt ... Unser Geschlecht ist im Sinken. Es geht geraden Weges zur Hölle mit ihm.

Ein jedes Mal, wenn Giannakos und der alte Ladas sich trafen, hielt Ladas ihn an und sagte zu ihm:

»Giannakos, du mußt mir die drei Pfunde bezahlen. Du mußt sie mir mit Zinsen bezahlen, sonst nehme ich dir deine Eselin weg und verkaufe sie. Ich bin auch ein armer Mann. Du willst mich doch wohl nicht unglücklich machen?«

Auch für den Priester Grigoris gingen die Geschäfte schlecht. Schon lange hatte es keine Hochzeit im Dorfe gegeben, auch keine Taufe, und nicht einer der Bauern hatte daran gedacht, zu sterben. Der Totengräber hielt die Hand gegen die Sonne und blickte zum Dorf hinunter, niemand kam. Er lauschte, aber keine Kirchenlieder waren zu hören.

»Wenn der Teufel nicht bald einen holt, werden meine Kinder vor Hunger sterben«, murmelte er.

Die Witwe aber saß in ihrem Haus und öffnete niemandem die Tür. Panagiotaros schlug seine Kreise um das Haus. Er war voll und schrie und drohte, und die unruhigen Burschen streiften umher und wußten nicht, wie sie ihren Gefühlen Auslauf verschaffen sollten. Sie begannen die ehrbaren Häuser zu umschwärmen.

»Die verfluchte Witwe«, murmelten da alle, die schöne Frauen und hübsche Töchter hatten. »Seit sie begonnen hat, die Ehrbare zu spielen, können wir unsere Häuser nicht verlassen.«

Jeden Abend trafen sich die Bauern in Kostantis' Café. Sie waren müde von der Arbeit auf dem Felde, vom Wasserschöpfen und Wässern der Kohlfelder und Gemüsegärten. Sie rauchten ihre Nargileh, redeten zerstreut von dem und jenem und schwiegen wieder. Es gab keinen Dorfnarren, mit dem man seinen Spott treiben, den man auslachen konnte. Es gab keine Elster oder Drossel, die wie ein Mensch pfeifen und ihnen die Zeit vertreiben konnte. Immer nur die alten Bekannten und immer dasselbe, immer dasselbe. Der einzige, der sie noch ermuntern konnte, war Panagiotaros, denn er war wütend und wild, wenn er betrunken war, und wenn man ihn reizte, nahm er Steine auf und warf damit. Gestern hatte er den Lehrer genau zwischen die Augen getroffen und ihm die Brille zerschlagen.

Mitunter brachte der Aga sie dazu, unter der Platane zu tanzen, denn auch ihm war langweilig und traurig zumute. Doch das war kein richtiger Tanz, der aufgezwungen war. Sie hatten bald von ihm genug, kehrten zu ihren Nargilehschläuchen zurück, und das Café war wieder von dem eintönigen, glucksenden Geräusch erfüllt. Zuweilen geschah es, daß jemand sich ein Bein brach, daß jemand einen Dieb in seinem Garten traf, dann entstand für einen Augenblick ein Summen, aber bald hörte auch das auf, und alle fielen in ihr Schweigen zurück.

Dann kam plötzlich eines Morgens die grausige Nachricht. Sie ging von Tor zu Tor, von Mund zu Mund: Giousoufaki war in ihrem Bett ermordet aufgefunden worden!

Martha, die alte Sklavin, hatte sich aus dem Hause des Aga fortgeschlichen und erschrocken ihre alte Freundin, die greise Mantalenia, aufgesucht.

»Unser Dorf ist verloren«, so brach sie aus, sobald sie sich eingeschlossen hatten. »Es ist verloren, liebste Frau Mantalenia, Giousoufaki ist ermordet worden.«

»Wer kann es getan haben, liebste Martha? Herrgott, es ist, als sei der Blitz eingeschlagen. Das war die schlimmste Nachricht, die du bringen konntest. Er wird uns alle umbringen. Aber wer kann es nur getan haben?«

»Nur der Aga, Giousoufaki, der Leibwächter und ich sind zu Hause gewesen, es war kein anderer da. Sag den Griechen, sie sollen sich vorsehen. Wer kann, soll fliehen. Ich habe einen Verdacht, aber ich bin nicht sicher, deshalb ist es am besten, zu schweigen.«

Dann schlich sie auf Umwegen ins Haus des Aga zurück und schloß sich ein.

Die alte Mantalenia holte ihr schwarzes Kopftuch hervor und eilte von Tor zu Tor, von Pforte zu Pforte und überbrachte die ungeheuerliche Nachricht, nicht ohne eine gewisse Art von Freude dabei zu empfinden. Die Männer ließen ihre Arbeit im Stich und versammelten sich im Café, um zu sehen, wie die Sache sich entwickeln würde. Insgeheim sahen sie zum Balkon des Aga hinauf. Fenster und Türen waren verriegelt, hin und wieder hörte man drinnen wilde Schreie, Pistolenschüsse oder das Bersten von Gegenständen, die zerschlagen wurden, dann wurde es wieder still.

Die Gemeindeältesten trafen sich im Hause des Priesters Grigoris. Sie waren außer sich, und der alte Patriarcheas war nahe daran, vor Schreck einen Schlaganfall zu bekommen.

»Wenn man den Mörder nicht zu fassen bekommt«, sagte er und glotzte stärker als gewöhnlich, »wenn man den Mörder nicht zu fassen bekommt, ist es zu Ende mit uns. Der Aga wird uns alle in sein Kellerloch werfen, und wenn er betrunken ist, holt er auch noch Strick und Schlinge für den Galgen heraus.«

»Er wird uns allen Bußgelder auferlegen, um den Mord zu sühnen«, seufzte der alte Ladas.

»Er wird die Kirche und Schule schließen und uns alle für vogelfrei erklären«, sagte der Lehrer.

Der Priester Grigoris ging im Hof auf und ab. Er spielte nervös mit dem Rosenkranz und fühlte, daß das Schicksal des ganzen Dorfes auf ihm ruhte.

Ich habe die Verantwortung, dachte er. Gott hat mir die Seele des Dorfes anvertraut. Nimm meine Schafe und führe sie auf die Weide, befahl er mir. Es ist unbedingt notwendig, daß man den Mörder findet. Er ging in Gedanken alle Dorfbewohner der Reihe nach durch, um herauszufinden, wer es sein konnte, der das verfluchte Türkenmädchen ermordet hatte. Er überlegte, vermochte aber keinen zu verdächtigen. Jedoch ein Grieche mußte der Mörder sein, im Dorf gab es nur drei Türken – den Aga, den Leibwächter und Giousoufaki –, alle anderen waren Griechen. Ach, gewiß war ein Grieche der Mörder! Und dann war es aus mit dem Dorf!

Kostantis kam völlig außer Atem hereingestürzt.

»Der Aga hat seine Pistole hervorgeholt, er schießt und schlägt alles im Haus entzwei – Schemel, Schnapsflaschen und Krüge –, dann wirft er sich über die tote Giousoufaki und heult ... Ich habe es von der alten, buckligen Martha gehört.«

Wieder ging die Tür auf, und Giannakos stürzte herein.

»Der Leibwächter ist auf den Balkon hinausgetreten und bläst die Trompete«, sagte er.

Ein anderer rief: »Er hat dem Dorf etwas zu sagen. Er steht auf dem Markt und ruft.«

»Was sagt er?«

»Ich war so bestürzt, ich hörte mehrere Namen, aber ich erinnere mich nicht mehr, welche ...«

»Teufel noch einmal«, murmelte der alte Patriarcheas, und die Adern am Halse schwollen so stark, daß sie zu bersten drohten.

»Einer kann hinausgehen und es feststellen«, schlug der Priester Grigoris vor. »Geh du, Giannakos.«

Im gleichen Augenblick kamen die Rufe näher. Alle stürzten zur Tür, um zu hören. Der Leibwächer hatte am Kreuzweg haltgemacht, er hustete, um die Kehle zu reinigen, dann schlug er mit seinem Stab auf die Steine und hob den Kopf. Monoton wie ein Kirchengesang kamen die Worte und hallten an allen Türen der Nachbarschaft drohend wider:

»Bauern und Griechen! Vernehmt des Aga Befehl und gehorcht! Der Priester Grigoris, die Gemeindeältesten Herr Patriarcheas und Ladas, der Schullehrer Chatzis Nikolis und der Sattelmacher Panagiotaros, den man auch den Gipsesser oder Judas nennt – sie alle sollen sich sofort im Hause des Aga einfinden. Die anderen Griechen sollen sich zu Hause halten, sie dürfen sich weder im Café noch auf den Dorfstraßen zeigen. Sie sollen drinnen bleiben und warten. Bauern und Griechen, ich habe gesprochen. Gebt wohl acht auf das, was ich gesagt habe!«

Kostantis stützte den alten Patriarcheas, damit er nicht zu Boden sinken sollte, und brachte ihn dazu, sich auf eine Bank zu setzen. Mariori lief mit einem Glas Wasser für ihn herbei. Der alte Ladas lehnte sich wachsbleich an die Wand und gaffte vor sich hin. Giannakos tat er leid, und er näherte sich ihm.

»Halt nur den Mut aufrecht. Hast du mir einen Auftrag zu geben?« sagte er.

Der alte Ladas sah ihn verwirrt an. »Ist es Giannakos? Wer bist du?« fragte er, und der Speichel rann ihm aus dem Mund.

»Ja, gewiß. Ich bin doch der Kaufmann Giannakos. Hast du mir einen Auftrag zu erteilen?«

Die Augen des alten Ladas gewannen Leben.

»Du Gauner«, sagte er, »gib mir die drei Pfunde zurück, sonst schlage ich dich in Stücke!«

Unterdessen war der Priester hereingekommen. Er hatte sich sein silbernes Kreuz um den Hals gehängt, in dem auf der einen Seite die Kreuzigung und auf der anderen die Auferstehung eingraviert war. Er ergriff seinen langen Stab mit der Elfenbeinkrücke und schlug sorgenvoll vor dem Christusbild das Zeichen des Kreuzes.

»Christus, das wird eine schwere Stunde«, murmelte er. »Hilf mir, hilf den Christen. Halte deine Hand über das Dorf. Laß mich nicht untergehen!«

Er fiel vor der Ikone in die Knie und sah Christi ruhiges und mildes Antlitz an.

»Christus«, sagte er wieder, »laß mich nicht untergehen.«

Dann schlug er noch einmal das Zeichen des Kreuzes und ging auf den Hof hinaus.

»Kommt, laßt uns gehen!« sagte er ruhig und feierlich. »Erst du, alter Patriarcheas, vergiß nicht, daß du der Herr im Dorfe bist. Ein Herr ist nicht der, der besser ißt und trinkt als die andern, sondern der, der in der Stunde der Gefahr vor dem Volke einhergeht und es verteidigt. Beweise jetzt, wer du bist, und geh voran. Und du, alter Ladas, entehre nicht unser Dorf, behalte aufrechten Mut! Fang nicht vor dem Aga zu weinen an, zeig dich als ein tüchtiger Kerl! Wir sind unschuldig, aber wenn es sein soll, daß wir sterben müssen, um das Dorf zu retten, soll uns der Tod willkommen sein. Ich liebe das irdische Leben, aber mehr noch liebe ich das himmlische. Wir stehen jetzt an seiner Schwelle. Die Erde liegt hinter uns, der Himmel liegt vor uns, geschehe also, wie der Allmächtige es beschließt. Dir, Chatzis Nikolis, brauche ich nichts sagen. Was du in so vielen Jahren den Kindern von den Helden Griechenlands und den Märtyrern der Christen erzählt hast, dessen sollst du dich jetzt erinnern, das sollst du jetzt in die Tat umsetzen. Deine Schüler dürfen dich nicht erbleichen und zittern sehen, steh aufrecht vor dem Tode als ein Märtyrer und Held. Seid ihr bereit?«

»Ja«, antwortete der alte Patriarcheas und erhob sich mit Mühe. »Beunruhige dich nicht, der Körper ist's, der sich fürchtet, die Seele aber schämt sich. Ich werde unser Dorf nicht entehren.«

Der Priester Grigoris besichtigte seine Begleiter.

»Die Schärpe des alten Ladas hat sich gelöst. Er wird gleich die Hosen verlieren. Höre, Giannakos, zieh die Schärpe an und befestigte sie, er darf uns keine Unehre machen.«

Giannakos trat hinzu und zog die Schärpe des alten Ladas fest, der wie ein Kind die Arme erhob und ihn walten ließ.

»Wisch ihm auch den Mund, Giannakos. Er geifert«, befahl der Priester.

»Leb wohl, Mariori.«

»Kommt, gehen wir«, sagte Chatzis Nikolis. »Wir sind die Vornehmsten des Dorfes. Alle blicken auf uns. In Gottes Namen und Griechenlands Namen!«

Sie schlugen das Zeichen des Kreuzes und schritten über die Schwelle, erst der Priester, dann die drei Gemeindeältesten und zuletzt Kostantis und Giannakos.

»Höre, Kostantis, weshalb hat der Aga den armen Panagiataros zu sich gerufen? Weshalb soll er dabei sein?«

»Er soll gestern sternhagelvoll um das Haus des Aga gestrichen sein und geflucht, getobt und gedroht haben ...«

»Aber was hatte er mit Giousoufaki zu tun? Er läuft doch der Witwe nach.«

»Was weiß ich, Giannakos? Der Aga ist rasend geworden, er weiß nicht, was er tut. Die alte Martha sagte zu mir, sie fürchte, er werde sich aufs Pferd setzen und jedem den Kopf abschlagen, den er auf der Straße erblicke, Gott schütze uns!«

Die Türen öffneten sich zum Spalt, und man sah die Gemeindeältesten langsam zum Haus des Aga schreiten. Alle, die es sahen, schlugen das Kreuz wie vor einem Leichenzug.

»Seht, das geschieht den Gemeindevertretern recht«, sagte ein alter Mann. »Jetzt dürfen sie für alles zahlen, was sie in ihrem Leben gegessen und getan haben, für alles dürfen sie auf einmal die Rechnung begleichen.«

Sie gingen langsam und ohne Eile, als ob sie vom Dorf Abschied nahmen. Hin und wieder wandte sich der Priester Grigoris zu den halboffenen Türen und Fenstern um.

»Habt keine Furcht«, sagte er. »Gott ist mächtig.«

Der arme, alte Ladas hing an Herrn Patriarcheas' Arm.

»Bleib neben mir und halt mich aufrecht«, wimmerte er.

Der alte Herr neigte sich zu ihm.

»Hast du Angst?« fragte er ihn.

»Ja«, sagte der alte Ladas leise.

»Auch ich habe Angst«, sagte der Herr Patriarcheas. »Aber ich zeige es nicht. Das ist meine Pflicht.«

Der alte Geizhals schüttelte den Kopf, sagte aber nichts.

Sie gingen nun am Haus der Witwe vorbei. Katarina öffnete die Tür und wollte sie mit einem Zuruf ermuntern, aber sie wagte es nicht. Niemand von ihnen wandte sich, um zu ihr hinüberzusehen. Sie beschleunigten ihre Schritte, als ob sie an einem Ort vorbeigingen, an dem es übel roch. Um ein geringes mehr, und sie hätten sich die Nase zugehalten.

Nur Giannakos und Kostantis blieben stehen.

»Guten Tag, Katarina«, sagte Kostantis, »hast du die Bekanntmachung gehört? Geh in dein Haus.«

»Hast du Panagiotaros gesehen?« fragte Giannakos leise. »Der Aga hat ihn ebenfalls aufgefordert zu kommen.«

»Es ist schon lange her, daß ich ihn sah«, antwortete die Witwe. »Aber er treibt sich gewiß hier irgendwo herum, ich hörte ihn erst kürzlich, als er den Leibwächter des Aga verfluchte, der ihm nachjagte und ihn fassen wollte.«

»Geh hinein«, sagte Kostantis wieder, »und verriegele das Tor.«

Sie setzten ihren Weg fort. Am Marktplatz kam Michelis herangelaufen und trat zu seinem Vater.

»Lebe wohl, Michelis«, sagte der Alte.

»Mut, Vater!« sagte der Sohn und küßte seine Hand.

Der Priester Grigoris wandte sich um.

»Michelis«, sagte er, »und ihr andern beiden, geht jetzt heim. Wir gehen nun in die Höhle des Löwen. Aber Gott geht auch mit uns, habt keine Furcht!«

Das Tor zum Haus des Aga stand weit offen.

»In Gottes Namen!« sagte der Priester. Er hob den rechten Fuß und schritt über die Schwelle. Ihm folgten die andern drei, der alte Ladas strauchelte, aber der alte Patriarcheas hielt ihn aufrecht.

Der große Hof mit den grasüberwucherten Steinplatten lag verlassen. Links in der Tür des Stalles steckte das Pferd des Aga seinen Kopf hervor und wieherte. Ein struppiger Hund lag ausgestreckt im Schmutz, er hob den Kopf und bellte sie wütend an, aber er erhob sich nicht, er war zu faul dazu.

Der Leibwächter kam auf die Schwelle hinaus, er war gelb im Gesicht, das rechte Auge schielte, und der Unterkiefer zitterte. Er hatte heute seinen Schnurrbart noch nicht färben können, und einige weiße Haarsträhnen traten hervor. Er hatte seine Uniform angezogen, als ob ein großes Fest stattfände, in der breiten Schärpe hing sein Yatagan. Als er sie erblickte, runzelte er die Stirn.

»Zieht eure Schuhe aus, ungläubige Hunde!« schrie er. »Der Aga erwartet euch.«

Die alte, bucklige Martha kam herbei und half den Gemeindeältesten die Schuhe ausziehen, die sie vor der Schwelle aufstellte.

»Fürchtet euch nicht, meine Herren. Behaltet aufrechten Mut!« flüsterte sie ihnen zu.

Sie ergriffen einander bei der Hand, gingen eine schmale Holztreppe hinauf und traten ins Zimmer. Dort blieben sie stehen. Die Fenster waren geschlossen, und in dem Zwielicht konnten sie nichts unterscheiden. Doch alle spürten, daß irgendwo dort drinnen ein wildes reißendes Tier auf der Lauer lag, seinen Blick auf sie richtete und auf dem Sprunge war, sich auf sie zu stürzen.

Der alte Ladas drückte den Arm des Patriarcheas und zitterte. Der Priester Grigoris machte einen Schritt und noch einen, er tastete mit den Augen, um zu erkennen, wo der Aga saß. Im Zimmer roch es nach Raki, Tabakrauch und Schweiß.

Plötzlich donnerte eine heisere und schauerliche Stimme aus der rechten Ecke.

»Ungläubige Hunde!«

Alle wandten sich dorthin und erkannten den Aga, der dort zusammengekauert auf einem großen Kissen saß. Er lehnte sich an die Wand, und in der Schärpe leuchteten die silberbeschlagenen Pistolen. Vor ihm stand eine längliche Schale mit Raki und blinkte im Dämmerlicht.

»Wir stehen zu deiner Verfügung, Aga«, antwortete der Priester ruhig.

»Ungläubige Hunde!« brüllte der Aga. »Komm her, Wächter!«

Der Leibwächter eilte von der Schwelle, an der er gewartet hatte, herbei und stellte sich neben den Aga.

»Zieh deinen Yatagan und halte dich bereit!«

»Aber ...«, begann der Priester.

Der Aga ließ ihn nicht fortfahren.

»Ungläubige Hunde! Einer von euch hat mir sein Messer ins Herz gestoßen. Giousoufaki ...«

Die Stimme stockte ihm im Hals, und er brach in Schluchzen aus. Wütend wischte er sich die Augen, füllte das Glas mit Raki und leerte es in einem Zug. Dann seufzte er und warf das Glas an die Wand, daß es in tausend Stücke zersprang.

»Wer hat sie ermordet?« donnerte er. »Hier gibt es nur ungläubige Hunde, ein Hund hat sie getötet. Du, Panagiotaros, du Trunkenbold?«

Aus der entlegenen Ecke kam ein dumpfes Wimmern. Sie wandten sich um und sahen im Halbdunkel Panagiotaros, mit einer Kette an die Wand geschlossen, auf dem Boden liegen. Man hatte ihn offensichtlich auf den Kopf geschlagen, denn der Schullehrer, der ihm am nächsten stand, sah Blut von seiner Stirn und vom Halse rinnen. Der Aga wandte sich wieder den Gemeindeältesten zu.

»Ich werde euch in die Kellergrube werfen«, brüllte er. »Jeden Morgen werde ich einen von euch in die Platane hängen, so lange, bis ihr mir den Mörder findet. Erst werde ich euch hängen, die ihr die Vornehmsten seid, dann werde ich andere nehmen, und dann wieder andere, und die Frauen auch. Das ganze Dorf werde ich hängen, bis ihr mir den Mörder findet! Hörst du es, du Bocksbart von Priester? Hört ihr es, ihr Griechen? Was hatte Giousoufaki euch getan? Ist sie hier jemals jemandem zur Last gefallen? Hat sie jemals ein böses Wort gesagt? Sie saß auf dem Balkon und kaute Mastix und sang. Hat sie etwas Böses getan, ihr ungläubigen Hunde? Weshalb habt ihr sie ermordet?«

»Ich schwöre bei dem Allmächtigen ...«, begann der Priester Grigoris wieder.

»Schweig! Ich werde dir jede Strähne deines Bartes einzeln herausreißen, eine nach der andern! Ich werde dich nicht aufhängen, ich werde dich auf einen Pfahl spießen, du Teufel von Priester! Was hat meine Giousoufaki euch getan?«

Und er brach wieder in Tränen aus.

»Du weißt, Aga, daß ich immer ehrenhaft und gesetzestreu gewesen bin ...«, sagte der alte Patriarcheas, der sich schämte, den Priester das ganze Gewitter von Roheiten allein über sich ergehen zu lassen. »Schweig, du Schwein!« brüllte der Aga.

»Es gibt kein Seil, das einen solchen Ochsen hält wie dich. Ich werde ein rostiges Messer nehmen und es eines Tages in dich hineinjagen. Das wird meine Hände kühlen. Ich begreife, du Hund, daß du sie nicht getötet hast. Aber ich werde rasend, wenn ich sehe, daß ihr lebt, und Giousoufaki liegt tot im Zimmer nebenan ... Ich werde alle Ecken des Dorfes anzünden. Ich werde euch alle verbrennen, ihr verfluchten Hunde!« Außer sich vor Wut, sprang der Aga auf.

»Wer steht dort hinter dir, Patriarcheas? Hervor mit ihm!«

»Ich bin es«, stotterte der alte Ladas, und vor Schrecken gaben die Beine unter ihm nach.

»Aha!« donnerte der Aga. »Ich werde ein königliches Begräbnis für Giousoufaki veranstalten. Ich werde Imams aus Konstantinopel holen, um sie Lieder singen zu lassen. Ich werde Lampen aus Smyrna bestellen und einen Sarg aus duftendem Zypressenholz. Und ich brauche Geld, viel Geld ... Dann werde ich deine Kiste öffnen, du Geizhals, und werde all deine Goldpfunde rollen lassen ... Für wen, glaubst du, hast du all diese Jahre gesammelt? Doch, doch, gerade für Giousoufaki!«

Der alte Ladas fiel wie ein Sack zu Boden.

»Gnade, Aga«, wimmerte er. »Töte mich zuvor, laß mich nicht ein solches Elend ansehen müssen!«

Aber der Aga hatte sich zu Chatzis Nikolis gewandt:

»Und du? Du Satanslehrer? Du, der du die Griechenjugend zusammenrufst und sie lesen und schreiben lehrst, dir werde ich die Zunge herausreißen und sie meinem Hund vorwerfen. Weshalb lebt ihr, wozu lebt ihr? Und meine Giousoufaki ist tot! Ich halte es nicht mehr aus. Ich krepiere! Die Peitsche her, Wächter!«

Der Leibwächter beeilte sich, die Peitsche herunterzunehmen, die an der Wand hing, und reichte sie dem Aga.

»Öffne das Fenster, daß ich ihre Schnauzen sehen kann!«

Rasend hob der Aga die Peitsche. Im Lichte des Fensters erkannte man sein Gesicht. Verwüstet, gealtert, völlig verändert war es. In wenigen Stunden hatte die Trauer tiefe Spuren hinterlassen. Der Schnurrbart war weiß geworden und hing über die Lippen. Er biß in ihn hinein und brüllte.

Dann ließ er die Peitsche zischen und begann, die vier Griechen ins Gesicht, auf die Hände und überallhin zu schlagen. Der alte Ladas fiel sofort zu Boden; der Aga stieß und trat ihn, er stellte sich auf ihn und sprang auf und ab, währenddessen schlug er unbarmherzig zu und weinte und lachte und schrie.

Herrn Patriarcheas traten die Tränen in die Augen, aber er biß die Lippen zusammen und sagte nichts. Der Lehrer lehnte sich, den Kopf erhoben, an die Wand, und das Blut rann ihm von Schläfen und Kinn. Der Priester stand mit gefalteten Händen in der Mitte, nahm die Peitschenschläge entgegen und murmelte:

»Christus, Christus, laß es mich ertragen!«

Der Aga warf die Peitsche fort.

»In den Keller mit ihnen!« schrie er. »Hinab in den Keller mit ihnen! Morgen kommt der Galgen!«

Er trat zu Panagiotaros und spie ihn an.

»Hinab in den Keller mit ihm!« brüllte er wieder. »Der Gipsesser da, er soll zuerst an den Galgen!«

Dann wandte er sich zu seinem Leibwächter um.

»Bring Giousoufaki herein«, sagte er mit halberloschener Stimme. Der Leibwächter öffnete eine Tür, und bald hörte man, wie er an dem kleinen Eisenbett zog, in dem am frühen Morgen das kleine, dicke Türkenmädchen blutüberströmt aufgefunden worden war.

Der Aga warf sich über sie, er begann sie zu küssen und zu heulen. Dann löste der Leibwächter Panagiotaros vom Ring an der Wand. Er hob die Peitsche vom Boden auf, schwang sie in der Luft und schrie: »Hinab in den Keller, ihr ungläubigen Hunde!« und jagte sie alle die Treppe hinab.

Furcht und Entsetzen hatten sich über das Dorf gelegt. Die Straßen lagen verlassen. Die Werkstätten waren verriegelt. Hinter verschlossenen Türen horchten die Griechen in ihren Häusern auf die Stille und zitterten. Hin und wieder schlich ein Schatten von Tor zu Tor mit der Nachricht, daß die Gemeindeältesten noch nicht das Haus des Aga verlassen hätten. Man hatte Schreie und Pistolenschüsse gehört ... Und bald kam eine neue Nachricht: Man hatte die Gemeindeältesten in den Keller geworfen ... Der Leibwächter war mit Strick und Seife auf den Markt gegangen und hatte sie unter die Platane gelegt ... Und dann eine weitere: Der Aga drohte, wenn man den Mörder nicht finde, das ganze Dorf anzuzünden und sie alle zu verbrennen.

»Wir sind verloren, wir sind verloren«, schrien die Frauen und nahmen ihre Kinder auf den Schoß.

Die Männer hockten sich nieder und verfluchten die Stunde ihrer Geburt.

Nur Frau Penelope saß auf der Steinbank in ihrem Hof unter den Weinstöcken und strickte still und leblos wie eine Tote ihre Strümpfe. Sie hatte gehört, daß man ihren Mann geholt hatte, daß der Aga ihn in der Platane aufhängen und das ganze Dorf in Ruinen legen wollte. Sie schüttelte einen Augenblick den Kopf und dachte gleichgültig ... Dann ist es vorbei ... Und wieder begann sie in rasender Eile ihrem Mann Strümpfe zu stricken.

Giannakos saß im Stall und redete mit seiner Eselin:

»Was sagst du, Giousoufaki? Das ist eine verwickelte Geschichte. Ich sehe dunkel. Man sagt, der Aga wolle das Dorf verbrennen und dich mit, Giousoufaki. Was meinst du? Wollen wir uns heute abend davonmachen, wir beide? Wir haben keine Kinder und keine Hunde. Was tut es uns? Oder ist es schändlich, die Bauern zu verlassen, da sie sich in Gefahr befinden? Was sagst du, Giousoufaki? Ich habe keinen andern, mit dem ich reden könnte, keinen als dich, dem ich meinen Kummer anvertrauen könnte. Was meinst du, Giousoufaki?«

Doch die Eselin hatte ihren Kopf bis zu den Ohren in die Krippe gesenkt. Sie kaute und horchte auf die Stimme ihres Herrn, die wie Wasser plätscherte. Sie meinte, er habe einige zärtliche Worte gesagt, und wedelte froh mit dem Schwanz.

In der Dämmerung begannen die Tore sich vorsichtig zu öffnen und einige Köpfe sich zu zeigen. Der erste, der sein Tor öffnete, war Michelis. Er ging zum Haus des Priesters, um seine Verlobte zu trösten. Kostantis ging auch hinaus, um das Café zu öffnen. Doch als er den Schlüssel hervorholte, erblickte er unter der Platane eine Bank und auf der Bank einige Sachen, die er in der Entfernung nicht so genau erkennen konnte. Er näherte sich ihnen, prallte aber zurück: Strick und Seife. Er steckte den Schlüssel ein und schlich in sein Haus zurück.

Zu dieser Tageszeit, wenn die Schatten länger wurden und es draußen gelinde war, pflegte der Aga mit gekreuzten Beinen auf dem Balkon zu sitzen und Giousoufaki neben sich zu haben, die ihm sein Glas füllte und seinen Tschibuk in Brand setzte. Doch heute abend waren Fenster und Türen geschlossen, der Balkon lag verlassen, und der Aga stöhnte. Bitter und falsch war das Lied, das er so liebte: »Die Welt und der Traum sind eins . . .« Der Aga hielt den toten Körper in seinen Armen. Das war kein Traum, dachte er, das war kein Traum, das war Wirklichkeit, und er weinte.

Der Leibwächter wischte sich die betreten blickenden, schielenden Augen, er ging auf und ab und summte leise und klagend »Ach, Giousoufaki . . .«; er hatte Furcht, daß sein Herr ihn hören würde. Immer wieder geriet er in Zorn, dann ergriff er die Peitsche, ging in den Keller hinunter und begann – rasend vor Wut – zu toben und zu schlagen wie der Aga.

Etwas erleichtert ging er hinauf und umwanderte das kleine Eisenbett, und wenn er zuweilen den Aga vor Trauer und Raki eingeschlummert fand, beugte er sich über den Leib des Mädchens, küßte Giousoufaki gierig auf den Mund, biß rasend in ihre bleichen Lippen, die noch nach Mastix rochen, und warf sich zu Boden.

Im Keller erhob sich Priester Grigoris und stieß Panagiotaros an.

»Du verdammter Judas«, sagte er, »bist du es gewesen, der Giousoufaki getötet hat? Bekenne es, daß wir hier herauskommen und gerettet werden, daß das ganze Dorf gerettet wird. Wenn du bekennst, werde ich dir meinen Segen erteilen, und alle deine Sünden sollen dir vergeben sein!«

»Der Teufel hole euch alle!« schrie der Gipsesser und wischte sich das Blut ab, das von seinem zerschlagenen Kopf herniederrann. »Der Teufel hole das Dorf! Er mag ruhig alle verbrennen und mich mit! Das wird schön werden!«

»Du warst es, du hast sie ermordet, du verfluchter Kerl«, murmelte auch Herr Patriarcheas und lehnte sich erschöpft an die Wand. »Du warst es, du bist es gewesen, du Judas!«

»Du alter Fettwanst«, schrie der Sattelmacher, »was hatte ich mit ihr zu schaffen?«

Er schwieg, aber es kochte in ihm, und so schrie er wieder: »Es ist eure Schuld, der Teufel hole euch. Gerade ihr Gemeindeältesten und du, du Teufel von Priester . . .! Es ist eure Schuld und die Schuld der Satanswitwe, die mir das Tor nicht öffnen will. Der Teufel hole euch alle.«

Nach einer Weile brach er wieder aus:

»Ihr wollt mich zum Judas haben. Ich bin auch zum Judas geworden«, schrie er.

»Bekenne, daß du sie getötet hast, und Christus wird dir vergeben, Panagiotaros«, sagte der Priester wieder und gab seiner Stimme einen sanften und weichen Klang. »Jetzt hängen alle Seelen des Dorfes von dir ab, gerade von dir, Panagiotaros, steh auf, bekenne und rette sie!«

Vom Gipsesser kam nur ein höhnisches Lachen.

»Jetzt, da ihr mich beschuldigt, möchte ich wünschen, daß ich sie getötet hätte, um euch alle mit in die Hölle nehmen zu dürfen. Doch ein anderer ist mir zuvorgekommen. Ausgezeichnet, ihr großen Herren und Priester, ihr Geizkragen und Schullehrer, alle zusammen mit mir!«

Der alte Ladas hob seinen spitzen Kopf, der von den Peitschenschlägen über und über mit Blut besudelt war.

»Bekenne, Panagiotaros«, zischte er, »dann werde ich dir drei Goldpfunde geben. Ich werde Giannakos' Eselin verkaufen, die er mir schuldet, ich werde sie verkaufen und dir die Goldpfunde geben . . . Hörst du?«

Panagiotaros stützte die Hand auf, spreizte die Finger und zeigte ihm eine lange Nase.

»Hier hast du fünf Pfund, du Geizkragen!«

Die Türe öffnete sich, und der Aga kam herein.

»Ungläubige Hunde!« schrie er, »morgen beginnt der Galgen seine Arbeit. Ich habe schon Strick und Seife hervorgeholt und eine Bank unter die Platane gestellt. Morgen ist Mittwoch, ich werde mit dem Schlimmsten von euch beginnen. Als ersten werde ich Panagiotaros, den Gipsesser, hängen. Donnerstag bist du an der Reihe, du Geizkragen. Am Freitag du, Schullehrer, am Sonnabend kommt die Reihe an den alten Fettwanst Patriarcheas und am Sonntag während des Gottesdienstes an dich, du Teufelspriester. Ihr habt fünf Hälse, und fünf Schlingen habe ich zurechtgemacht. Dies ist der erste Schub, dann werde ich fünf andere nehmen, ganz gleich wen, und dann wieder fünf und wieder fünf ... Bis man den Mörder gefunden hat! Und unter die Platane werde ich Giousoufaki legen, ich werde sie nicht begraben, ich werde ihr nicht die Augen schließen, denn sie soll euch sehen und sich in ihrer Seele freuen.«

Mit diesen Worten ging er hinaus und warf die Tür hinter sich zu. Da fiel sein Auge auf den Leibwächter mit der Peitsche.

»Was?« sagte er, »weinst auch du, du Taugenichts? ... Trockne dir die Augen — es ist eine Schande, daß die Hunde da uns weinen sehen, geh und hole den Kaufmann Giannakos. Sag ihm, daß er sich schleunigst in die Stadt begeben und mir die feinste Benzoetinktur beschaffen soll, die es gibt, dazu Kerzen und Lampen, schwarzes Nesseltuch und Konfekt, und morgen in aller Frühe soll er damit zu mir kommen ... und eine Rolle dickes Seil, denn der Teufelspriester und das Aas Patriarcheas da sind schwer ... Beeile dich!«

Doch Giannakos hatte sich schon davongemacht, und der Leibwächter schlug vergebens an seine Tür. Giannakos war fort, er hatte den Weg zum Berge eingeschlagen und ging schnell, um Manolios zu treffen und ihm zu erzählen, was geschehen war, und ihn zu bitten, nicht ins Dorf hinunterzukommen.

Manolios hatte die Ziegen gemolken und einen Kessel mit Milch auf das Feuer gesetzt. Nikolios stand neben ihm, er rührte die Milch mit der großen Kelle um und sang vor sich hin.

»Was ist mit dir, Nikolios? Du singst beständig und springst wie ein Bock, und es sieht aus, als ob der Berg für dich nicht mehr reichen wollte«, sagte Manolios munter und freute sich über die gute Laune des Jungen.

»Was?« antwortete der Hirtenjunge. »Vergißt du, daß ich nur fünfzehn Jahre bin? Wie kannst du da glauben, daß der Berg für mich reichen sollte?«

Doch Lenio reichte für ihn. Wenn sie auf den Berg kam und ihn traf, umarmte sie Nikolios und wollte ihn nicht loslassen.

Die Milch war schon aufgekocht. Manolios setzte sich neben den Herd, und im Schimmer der Flammen blätterte und las er in dem kleinen Evangelium. Das war seine einzige Freude. Oft entzogen sich ihm die Worte, doch sein Herz verstand und deutete es, der Sinn trat deutlich und klar hervor, er überflutete ihn und erfrischte ihn wie frisches Wasser.

Was waren das für Schwingen, die seiner Seele ein so leichtes Gefühl verliehen, als ob sie fliegen wollte? Ihm war wie an jenem Tage zumut, als er Christus zum ersten Male begegnet war und seine Stimme vernahm! Denn damals beim erstenmal sah er Christus den Blick heben und in ruhigem, bittendem Tone sagen: »Folge mir!« Seitdem folgte Manolios still und glücklich Christus nach. Einmal war es auf dem frischen Gras Galiläas, einmal an den sandigen Ufern des Sees Genezareth, einmal auf den harten Felsen Judäas ... Und am Abend legte er sich unter einen Olivenbaum und sah die Sterne zwischen den silberschimmernden Blättern kreisen. So blau und tief war der Himmel, so rein und leicht wie ein Geist, wie Luft. Und wie duftete es nach schwarzer Erde.

Vorgestern waren sie miteinander zu einer Hochzeit in ein kleines Dorf gegangen, das Kana hieß. Christus war wie ein Bräutigam ins Haus getreten, und alle jubelten, da sie ihn sahen, und erröteten wie Bräute. Braut und Bräutigam hatten sich erhoben und legten die Ehegelübde vor ihm ab. Die Gäste streckten sich auf den Polsterbänken aus und begannen zu essen und zu trinken. Christus hob den Becher, segnete die Neuvermählten, sagte einige sehr einfache Worte, und die Neuvermählten fühlten plötzlich, daß die Ehe ein ernstes Mysterium war, daß Mann und Frau zwei Pfeiler sind, die die Erde tragen, sie nicht fallen lassen ... Das Fest wurde lebhafter, der Wein ging zu Ende, und die Mutter Christi wandte sich an ihren Sohn: »Mein Sohn, es gibt keinen Wein mehr ...« Die unverbrauchte Kraft in Christi Brust sprang auf. Zum ersten Male reckte er seine Hand aus und befahl der Natur, einen anderen Verlauf zu nehmen. Wie ein junger Adler, der vorsichtig die starken Schwingen öffnet und von dannen fliegt, erhob sich Christus leise, ging auf den Hof hinaus, beugte sich über die sechs Krüge mit Wasser und spiegelte sein Gesicht in ihnen. Und nachdem er sein Gesicht im Wasser gespiegelt hatte, wurde das Wasser plötzlich zu Wein — und Christus wandte sich zu Manolios um, der ihm auf den Hof gefolgt war, und lächelte ihn an ...

Eines anderen Tages war es sehr warm, Tausende von Menschen hatten sich am Ufer des Sees versammelt, Christus war in einem Boot hinausgefahren, Manolios war bei ihm, er hörte ihm zu und nahm all die guten Worte wie Brot in sich auf. Der Sämann ging aus, zu säen ... Manolios empfand sein Herz wie eine fruchtbare Erde, die Saat schlug Wurzeln und wurde Halm, der Halm wurde Ähre und die Ähre Brot mit einem tief eingegrabenen Kreuz.

Ein andermal gingen sie zwischen den reifen Getreidefeldern dahin, es war Mittag. Christus war hungrig, er streckte die Hand aus und brach eine Ähre. Das taten auch die Jünger und auch Manolios, sie schälten die Körner heraus und aßen sie. Wie lieblich war dieses grüne, frische Korn, als ob es voller Milch sei, wie sättigte es den Körper und die Seele!

Ein Pharisäer hatte sie eingeladen. Manolios stand am Türpfosten und sah zu. Mit welch herablassender Miene empfing der Pharisäer Christus in seinem Haus! Er wusch ihm nicht die Füße, goß ihm nicht wohlriechende Salbe ins Haar und bot ihm nicht den Friedenskuß ... Doch sieh, während sie schweigend aßen, war die Luft plötzlich von Duft erfüllt, eine Frau mit offenem Busen und blondem Haar kam herein und trug eine Alabasterflasche mit kostbarem Öl. Als Manolios sie erblickte, zuckte er zusammen. Wer konnte sie sein? Er hatte sie irgendwo gesehen, doch erinnerte er sich nicht mehr, wo. Die Frau kniete zu Christi Füßen nieder, schlug das Ölfläschchen entzwei und goß Öl über seine heiligen Füße aus, dann trocknete sie sie mit ihrem Haar und weinte. Doch Christus neigte sich nieder, legte die Hand auf ihr blondes Haupt, und milde kamen seine Worte: »Deine Sünden sind dir vergeben, Schwester, denn du hast viel geliebt ...« Manolios schlug das Evangelium zu, und sein Herz lief ihm über. Er blickte sich um — das Feuer flackerte fröhlich, die Hütte war voll blauer Schatten, und Nikolios ging leise singend umher und machte das Abendessen zurecht.

Manolios' Herz war vor Liebe und heißem Glück übergelaufen, er konnte es nicht für sich behalten, er wollte es mit allen teilen. Er empfand eine heftige Lust, sich zu erheben und den Steinen, Tieren und Menschen das Wort der Güte zu verkünden.

»Hör zu, Nikolios«, sagte er, »laß das Essen, setz dich her, vernimm Gottes Wort und werde ein Mensch. Jetzt bist du wie ein kleines wildes Tier.«

Der Hirtenjunge wandte sich um, blickte Manolios an und lachte.

»Ich mag nicht, Manolios, laß mich in Ruhe, ich bin gesund. Weshalb willst du mir den Kopf verdrehen?«

»Ich will dir nur aus dem Evangelium vorlesen, damit du siehst, wie schön es ist.«

»Das kannst du tun, wenn ich krank werde, jetzt bin ich gesund, sage ich ... Das Essen ist fertig, setz dich und iß.«

»Ich bin nicht hungrig, iß du ...«

Manolios schlug das Evangelium auf, neigte sich zum Fenster und las:

»Wenn jemand mir will nachfolgen, dann verleugne er sich selbst, nehme sein Kreuz auf sich und folge mir nach, denn wer sein Leben bewahren will, der wird es verlieren, und wer sein Leben um meinetwillen verliert, der wird es finden. Denn was hülfe es dem Menschen, wenn er die ganze Welt gewönne und nähme Schaden an seiner Seele?«

Manolios verstand voll und ganz den Sinn. Er schlug das Evangelium zu und schloß die Augen – auf der einen Seite die Seele, auf der anderen die ganze Welt. Die Seele besaß weit höheren Wert. Weshalb sich vor dem Tode fürchten? Weshalb sich vor den Mächtigen der Erde beugen? Weshalb fürchten, das irdische Leben zu verlieren? Du hast eine unsterbliche Seele, weshalb fürchtest du dich? Sie wird leben!

Giannakos stand seit geraumer Zeit auf der Schwelle und sah ihnen zu, doch keiner bemerkte ihn. Nikolios wandte ihm den Rücken zu und war darein vertieft, zu essen, er aß nur und aß und wollte sich frische Kräfte verschaffen, denn Lenio würde kommen, vielleicht schon heute abend, und er mußte sich auf das Zusammensein mit ihr vorbereiten. Manolios hatte die Augen geschlossen und war in unsagbares Glück versunken.

Er ist mitten im Paradies, dachte Giannakos, wenn ich nicht mit ihm rede, wird er es nie erfahren. Ich muß es ihm erzählen.

»Hallo, Manolios«, rief er und stieg über die Schwelle. »Guten Tag!« Manolios zuckte zusammen und erschrak, als er eine menschliche Stimme vernahm.

»Wer ist da?« fragte er, und es fiel ihm schwer, die Augen zu öffnen.

»Hast du schon meine Stimme vergessen, Manolios? Ich bin's, Giannakos.«

»Vergib mir, Giannakos. Ich war so weit fort, daß ich dich nicht erkannte. Was für ein Wind führt dich zu dieser Tageszeit auf den Berg?«

»Ein schlechter Wind, Manolios. Du bist im Paradies, ich komme, verzeih mir, mit Nachrichten aus der Hölle.«

»Aus dem Dorf?«

»Ja, aus dem Dorf. Man hat heute morgen Giousoufaki ermordet aufgefunden. Der Aga ist außer sich vor Zorn und hat den Priester Grigoris, die Gemeindeältesten und Panagiotaros in seinen Keller geworfen, und morgen soll das Hängen beginnen. Die Schlingen liegen schon unter der Platane bereit, morgen macht man mit dem armen Panagiotaros den Anfang, dann wollen sie andere nehmen, sagt man, und wieder andere, und sie gedenken damit fortzufahren, bis der Mörder gefunden ist. Im Dorf ist ein einziges Weinen und Klagen, die Tore sind verriegelt, wir sind verloren. Ich bin gekommen, um dir zu sagen, Manolios, daß du nicht ins Dorf hinuntergehen sollst, denn dann fassen sie dich. Hier bist du in Sicherheit.«

In Manolios' Augen blitzte es auf. Jetzt ist der Augenblick gekommen, dachte er. Jetzt ist der Augenblick gekommen, zu zeigen, daß du eine unsterbliche Seele hast. Aber er äußerte seine Freude nicht. Er hörte den Freund atemlos und niedergeschlagen alles berichten und wiederholte nur immer sich selbst: Jetzt ist der Augenblick gekommen, wenn du das Dorf untergehen läßt, wirst du selbst untergehen!

»Hast du gegessen, Giannakos?« fragte er.

»Nein, aber ich bin nicht hungrig.«

»Ich war auch nicht hungrig, aber jetzt bin ich es. Jetzt wollen wir essen und plaudern, und dann wirst du heute nacht hier schlafen. Morgen, sobald Gott der Herr den Tag aufgehen läßt, werden wir weiter sehen.«

Giannakos blickte verwundert den Freund an.

»Wie kannst du so ruhig sein, Manolios? Verstehst du nicht? Das ganze Dorf ist in Gefahr.«

»Ich weiß, wer der Mörder ist«, antwortete Manolios. »Fürchte dich nicht, das Dorf wird nicht untergehen.«

»Du weißt, wer der Mörder ist?« rief Giannakos aus und riß die Augen auf. »Woher weißt du es? Wer ist es?«

»Keine Eile«, sagte Manolios und lächelte. »Weshalb hast du es so eilig? Morgen wirst du alles erfahren, nur Geduld. Jetzt wollen wir essen und plaudern und dann schlafen. Mit Gottes Hilfe wird alles gut gehen. Komm, Nikolios, mach uns Platz, jetzt sind wir auch hungrig.« Sie setzten sich mit gekreuzten Beinen, schlugen das Zeichen des Kreuzes und machten sich ans Essen. Hin und wieder blickte Giannakos auf und sah Manolios an. Mitten in dem rinnenden, geschwollenen Gesicht sah er in der Tiefe Manolios' Augen froh und ruhig leuchten.

Ich begreife nichts. Ich begreife gar nichts, dachte er.

Er konnte nicht länger stumm bleiben.

»Wie geht es dir in der Einsamkeit, Manolios?« fragte er.

»Aber ich bin doch nicht einsam«, antwortete Manolios und zeigte auf das Evangelium. »Christus ist mit mir.«

»Und die Krankheit?«

Manolios geriet in Erstaunen. Sie hatte er vergessen,

»Welche Krankheit? Ach so, ja, gewiß. Ich bin noch immer ein Sünder, Giannakos, sie weicht nicht von mir. Ich scheine noch das Böse in meinen Gedanken zu haben, doch Gott wird sich meiner erbarmen.«

»Ich geh hinaus«, sagte Nikolios und wischte sich die Lippen. »Der Mond scheint, ich kann nicht schlafen, ich geh noch etwas hinaus ...« Er nahm seinen Stab und ging pfeifend seines Weges.

»Höre, Giannakos. Morgen müssen wir zeitig erwachen, jetzt müssen wir schlafen. Der Schlaf ist herrlich hier in der Einsamkeit, das habe ich gelernt. Gott spricht öfter zu den Schlafenden als zu denen, die wach sind.«

Es war draußen frischer geworden, sie breiteten eine große Decke auf der Erde aus und legten sich. Die Luft duftete von Thymian, die Stimmen der Nacht erhoben sich und vertieften die Stille. Der Mond stieg halb gerundet am Himmel empor.

»Ich denke an den armen Panagiotaros«, sagte Giannakos, der nicht schläfrig war.

»Ich auch«, sagte Manolios leise. »Mehr an ihn als an die andern.«

»Mehr an ihn als an die andern? Weshalb das?«

»Weil er vor allzuviel Liebe irregegangen ist, Giannakos. Er hat eine gewaltsame und verlorene Seele. Er hat sich in seine Begierde verstrickt und ist darüber rasend geworden. Er sucht auf jede Weise freizukommen, aber ach, er verwickelt sich nur immer mehr ... Er schlägt seine Frau, trinkt und flucht, um freizukommen, aber er sinkt nur immer tiefer ... Wenn er weniger lieben würde ... Nein ...« Manolios berichtigte sich. »Wenn er mehr lieben würde, würde er vielleicht frei werden ...«

»Ich möchte wetten, daß er nicht Giousoufaki getötet hat«, sagte Giannakos, der das Plaudern fortsetzen wollte. »Sag es mir, bitte, Manolios, damit ich Ruhe finden kann. Ist es Panagiotaros?«

»Leg dich hin und schlafe, Giannakos. Nein, es ist nicht Panagiotaros.«

»Gott sei Dank«, sagte Giannakos zufrieden und schloß die Augen.

Auch Manolios hatte die Augen geschlossen, er wollte mit seinen Gedanken allein sein. Sogar am Tage hielt er am liebsten die Augen geschlossen. Er meinte, auf diese Weise seine Seele deutlicher sehen zu können.

Oft erinnerte er sich eines Wortes, das er vom alten Manasis gehört hatte. Einmal war ein Asket zu Besuch gekommen und den ganzen Tag geblieben. Er hatte die Augen einen Augenblick geöffnet, sie dann aber sofort wieder geschlossen. »Öffne deine Augen«, hatte Vater Manasis gesagt, »öffne sie, um Gottes wunderbare Werke zu sehen.« – »Ich schließe die Augen«, hatte der Asket geantwortet, »und ich sehe Ihn, der sie vollbracht hat.«

So schloß nun auch Manolios die Augen, um Christus zu sehen und seine Stimme zu hören. Er las einen Satz im Evangelium und schloß dann die Augen, um weiterzuschreiten. Im Dunkel erkannte er deutlich den weißgekleideten Christus, der, von seinen Jüngern gefolgt, vor ihm ging, er selbst ging als letzter.

## 9

Welche Freude, eines Morgens aufgestanden zu sein und einen großen Beschluß gefaßt zu haben! Manolios ging den Berg hinab, er fühlte sich leicht, als ob er im Raume schwebe und nicht die Erde berühre, er fühlte plötzlich, daß die Engel ihn von

Felsen zu Felsen führten. Ihm war, als sei er ein Wolkenfetzen, der von einem leichten Winde getragen wird.

Giannakos lief ihm keuchend nach und konnte nicht Schritt halten. »Als habest du Flügel bekommen, Manolios!« rief er. »Warte ein wenig, daß ich dich einholen kann.«

Aber Manolios spürte Schwingen unter seinen Füßen und konnte nicht warten. Wie sollte er den Schwingen befehlen können, stehenzubleiben und auf Giannakos zu warten.

»Ich will, aber ich kann nicht, Giannakos«, sagte er, »ich habe es eilig.«

Es waren die gleichen Schwingen, die ihn trugen, wenn er die Augen schloß und Christus folgte, da er das gute Wort in die gute Erde und unter die Steine säte. Wie konnte er da fliegen und Christus von Genezareth nach Judäa folgen! Und so leicht mit den treuen Freunden die lieben kleinen Dörfer — Kaparnaum, Kana, Magdala, Nazareth — durchstreifen, dann mit einem Sprung Samarien überschreiten und von dort zu den geliebten Ortschaften rund um Jerusalem — Bethanien, Bethlehem, Jericho, Emmaus — gelangen? Genauso eilte Manolios heute nach Likovrisi hinab, genauso, als folge er Christi Spuren nach. Sein ganzer Körper wurde so leicht, er fühlte, wie ihm etwas über das Gesicht kroch, wie es ihn juckte, und wie die Schuppen eine nach der andern von seinen Wangen fielen. Er fühlte, wie sein Gesicht rein und frei und weich wie Binsenmark wurde. Manolios blieb verwundert stehen, er zitterte — ihm war, als ob eine Hand, er sah es mit eigenen Augen, über sein ganzes Gesicht strich und es leise und lind wie der Morgenwind vom Berge liebkoste ... Er war dessen gewiß, aber er wagte nicht, die Hand auf sein Gesicht zu legen, um nachzufühlen.

Das Wunder! Das Wunder! dachte er und zitterte.

Giannakos kam atemlos heran und holte ihn ein. Er hob seinen Blick, sah Manolios an und schrie auf.

»Manolios, Manolios!« Und er warf sich ihm in die Arme.

Manolios führte die Hände über sein Gesicht, gierig suchten die Finger überall, die scheußliche Geschwulst war wie Wachs zerschmolzen, das geschwollene Gesicht hatte seine alte Gestalt wiedergewonnen, er war wieder ein Mensch geworden.

»Ehre sei Gott«, murmelte Manolios und schlug das Zeichen

des Kreuzes. »Ehre sei Gott, Er hat mir meine Sünden vergeben.«

»Manolios«, rief Giannakos mit Tränen in den Augen, »laß mich deine Hand küssen. Du hast die Versuchung überwunden, deine Seele ist gereinigt, Satans Siegel ist von deinem Antlitz verschwunden.«

Giannakos streckte seine rauhe und schwielige Hand aus und liebkoste das Gesicht des Freundes ohne ein Wort.

»Vorwärts«, sagte Manolios. »Wir dürfen keine Zeit verlieren.«

Die Sonne war bereits aufgegangen. Man hörte die Hähne und Hunde. In der Ebene dort unten erschien in einem leichten Morgennebel das wohlhabende Dorf.

Manolios wandte sich an seinen Begleiter:

»Giannakos«, sagte er, »dem, was ich jetzt unten im Dorf sagen und tun werde, darfst du dich nicht widersetzen. Du mußt wissen, daß nicht ich es bin, der da spricht, sondern Christus, der mir befohlen hat, es zu tun. Ich erfülle seine Befehle, nichts anderes, verstehst du, Giannakos?«

»Was gedenkst du zu tun? Was gedenkst du zu tun?« fragte Giannakos beunruhigt, ihm schien, als ob sein Freund plötzlich von ihm Abschied nehme.

»Was Christus mir befohlen hat, sagte ich, nichts anderes. Ich weiß es selbst noch nicht so genau, aber ich bin dessen gewiß, und das sollst auch du sein, Giannakos, und sage es Michelis und Kostantis, daß sie keine Dummheiten begehen und mich stören.«

»Was gedenkst du zu tun? Was gedenkst du zu tun?« fragte Giannakos wieder und blieb erschrocken stehen.

»›Bleib nicht stehn, geh weiter!‹ sagte Christus gestern zu mir im Traum. Bleib nicht stehn, geh weiter, Giannakos! Beunruhige dich nicht! Hast du nicht gesehen, wie Satans Siegel eben von mir verschwand? Weshalb, was glaubst du? Weil ich Christi Stimme vernahm und mich in der Dämmerung auf den Weg machte, und das nicht widerwillig, sondern froh und tanzenden Schrittes. Du aber sagst: ›Bleib stehn!‹ Weshalb stehenbleiben, Giannakos? Christus geht mir mit großen Schritten voran!«

Giannakos schüttelte den Kopf.

»Ich vertraue dir, Manolios«, sagte er. »Ich habe mit eigenen Augen das Wunder an dir gesehen. Mir selbst aber vertraue ich nicht. Und wenn du etwas tust, was menschliches Vermögen übersteigt, werde ich schreien. Ich werde schreien, Manolios, ich bin ein Mensch, und wenn du in etwas hineingerätst, wenn dir etwas zustößt, werde ich dich nicht verlassen, ich werde Widerstand leisten.«

»Und wenn Gott es befiehlt?«

»Ich werde Widerstand leisten«, wiederholte Giannakos, »und Gott möge mir verzeihen.«

»Laß uns nicht mehr davon reden«, sagte Manolios. »Es ist besser, zu schweigen, komm, laß uns weitergehen!«

Sie beschleunigten ihre Schritte und näherten sich dem Dorf. Kostantis kam herangelaufen.

»Wohin geht ihr?« rief er, sobald er sie zu Gesicht bekam. »Kehrt um, ich wollte gerade zum Berg hinauf, um euch zu sagen, daß ihr nicht herunterkommen sollt, ein großes Unglück wird sich heute hier im Dorfe ereignen.«

»Panagiotaros?« fragte Manolios.

»Die Schlinge liegt fertig unter der Platane. Der Leibwächter des Aga hat heute morgen die Trompete geblasen und allen Männern und Frauen des Dorfes befohlen, sich auf dem Markt rund um die Platane zu versammeln, um zuzusehen und in Schrecken versetzt zu werden.«

»Komm, laß uns zurückgehen«, rief Giannakos erschrocken aus und wandte sich zum Berg. »Komm auch du mit, Kostantis!«

»Ich habe Frau und Kinder, die verlasse ich nicht. Aber ihr, kehrt ihr in Gottes Namen um.«

»In Gottes Namen werden wir weitergehen!« sagte Manolios und schritt aus. »Komm, Giannakos, fürchte dich nicht. Einer geht vor uns und gibt uns ein Zeichen. Siehst du ihn nicht? Es ist Christus, komm, laß uns weitergehen!«

Jetzt erst sah Kostantis, daß Manolios' Gesicht wieder rein und klar geworden war wie früher.

»Manolios!« rief er aus, »wie ist dieses Wunder geschehen?«

»Wie alle Wunder zu geschehen pflegen«, antwortete Manolios und lächelte, »ruhig und still und ohne daß wir es erwarten ... Aber wir dürfen uns nicht versäumen, kommt!«

Er faßte Kostantis unter den Arm, und sie gingen schnell dem Dorfe entgegen. Giannakos folgte ihnen nach.

»Kostantis«, sagte Manolios, »fürchte dich nicht. Das Dorf wird nicht untergehen. Ich weiß, wer der Mörder ist. Deshalb habe ich es eilig.«

»Wer ist es?« rief Kostantis aus und blieb erfreut stehen. »Hat ihn Gott dir im Traume gezeigt? Wer ist es?«

»Frage nicht, bleib nicht stehen, geh weiter«, sagte Manolios, und seine Stimme klang zugleich befehlend und liebevoll.

Sie beeilten sich wieder und gelangten bald ins Dorf.

Die Trompete des Leibwächters ertönte wild und heftig. Die Tore öffneten sich, erschrocken kamen die Männer und Frauen hervor. Sie schlugen das Zeichen des Kreuzes und eilten auf den Markt.

»Mut, Brüder«, rief Giannakos ihnen zu. »Gott ist groß!«

»Der Teufel hole dich, du Taugenichts«, schrie ein alter Mann, der mit seinem Enkel an der Hand herbeieilte. »Wenn Gott groß ist, wünschte ich, daß er jetzt sagte, wer der Mörder ist.«

Der alte Christofis ging vorbei.

»Jetzt legen sie Giousoufaki unter die Platane«, sagte er. »Es sind auch Lampen da und Weihrauch und Konfekt. Der Aga ist Witwer geworden und völlig verrückt.«

In Scharen eilten die Bauern herbei.

Michelis erblickte die Freunde von weitem und lief herzu. Er war blaß und verzweifelt. Als er Manolios' Gesicht erblickte, brach er in einen freudigen Ruf aus und umarmte ihn.

»Manolios, du bist gesund geworden! Du bist gesund geworden! Ehre sei Gott!«

»Panagiotaros?« fragte Manolios.

»Sie werden ihn jetzt holen. Sie haben ihn entsetzlich geschlagen, er kann keinen Widerstand leisten.«

Sie näherten sich dem Markt. Die Sonne war aufgegangen, es wehte ein leichter Wind. Alles war eine Freude Gottes. Das Dorf erstrahlte in reinem und hellem Licht. Die alte Platane bebte mit ihren frischen, grünen Blättern froh im leichten Morgenwind. Die alten Männer hoben den Blick und sahen erschrocken zu ihr empor. Wie oft zuvor hatten sie schon christliche Leichen in ihren Zweigen hängen sehen! Griechen, die das Haupt zu erheben und die Freiheit zu suchen gewagt hatten . . .

Jetzt ließ sich des Leibwächters barsche Stimme vernehmen.

»Platz, macht Platz, ihr ungläubigen Hunde!«

Groß und breit kam er als erster daher und bahnte den Weg. Danach kamen zwei Träger mit dem kleinen Eisenbett, auf dem das ermordete Türkenmädchen lag. Der Aga hatte sie von den Füßen bis zum Kinn mit Rosen und Jasmin bedeckt, und nur das bleiche Gesicht mit dem zerzausten Haar und den bleichen Lippen war zu sehen. Neben sie hatte er eine Tonschale mit Mastix aus Chios gelegt, damit sie ihn in den Hades mitnehmen und dort kauen könne...

Danach wurde Panagiotaros mit auf den Rücken gebundenen Händen, zerschlagenem Kopf und von all den Peitschenschlägen blau angelaufenem Körper herausgeschleppt. Nur die Augen glühten noch von Leben und blickten haßerfüllt auf die Bauern links und rechts.

»Tun dir die Frauen und Kinder nicht leid?« riefen einige ihm zu. »Bekenne!«

Panagiotaros blieb wütend stehen.

»Wem tue ich leid?« murmelte er.

Er kam zur Platane, lehnte sich erschöpft an den starken Stamm und versuchte sich mit der Schulter den Schweiß abzuwischen, der von seiner Stirne rann.

Währenddessen hatten die Träger Giousoufaki im Schatten der Platane niedergesetzt. Sie zündeten zwei Lampen zu ihren Füßen an und warfen Räucherwerk auf eine Platte mit brennender Glut.

Manolios und seine Begleiter drängten sich durch die Menge vor und stellten sich in die erste Reihe neben das tote Mädchen. Einen Augenblick wandte sich Panagiotaros um und bekam sie zu Gesicht. Seine Augen blitzten auf, er schüttelte die Fäuste, als ob er die Stricke zerreißen wollte und machte einen Schritt.

»Der Teufel hole dich, Manolios!« brüllte er und lehnte sich erschöpft an die Platane.

»Mut, Bruder!« antwortete Manolios. »Setze deine Zuversicht auf Gott!«

Panagiotaros öffnete den Mund, doch im gleichen Augenblick hörte man einen schreckerfüllten Schrei, der von Mund zu Mund ging und in der Luft wie eine Woge daherrollte:

»Der Aga!«

In weite Tuchhosen mit Silberstickereien gekleidet, mit seiner breiten, roten Schärpe, seinen silberbeschlagenen Pistolen und dem Yatagan mit dem schwarzen Griff, barhaupt, die Augen von Tränen verquollen, kam der Aga ganz allein mit schweren, langsamen Schritten heran und gab sich Mühe, nicht zu wanken und ein schlechtes Aussehen zu zeigen. Die Augen aller Griechen waren auf ihn gerichtet, und er schämte sich zu zeigen, daß er betrunken oder verzweifelt war und nicht straff und ordentlich dahergehen konnte. Er hatte seinen Schnurrbart und seine Augenbrauen geschwärzt, hin und wieder hob er die rechte Hand, riß einige Haare aus dem Schnurrbart und warf sie fort. Er blickte wie ein Stier tückisch umher, und seine Augen waren feuerrot. Ins Haar und auf die Arme hatte er sich Moschus gegossen, und wenn er vorbeiging, roch es, als sei ein gereiztes wildes Tier vorbeigezogen.

Er wandte sich nicht um, er schenkte Giousoufaki keinen Blick, er fürchtete, daß ihm die Tränen kommen würden. Er stellte sich unter die Platane, und der Leibwächter packte Panagiotaros, warf ihn vor des Agas Füßen zu Boden und hielt ihn dort mit dem Fuße fest.

Der Aga hob die Hand, und seine Stimme klang heiser:

»Ungläubige Hunde! Jeden Tag werde ich einen hängen, bis der Mörder gefunden ist! Das ganze Dorf soll hier unter die Platane kommen, in der einen Waagschale meine Giousoufaki, in der andern all die Leute hier! Ich werde euch alle hängen, ungläubige Hunde!«

Mit seinen Worten wuchs sein Zorn, und er stampfte den Boden mit den Füßen wie ein Pferd. Seine Augen richteten sich auf die Männer und Frauen, es schien, als habe er Eile, sie alle umzubringen. Sein Mund, sein Haar, seine Arme dampften. Er beugte sich hinab und begann Panagiotaros zu treten und zu schlagen. Gelber Geifer rann von seinem Mund.

»Du niederträchtiger Hund«, schrie er, »du bist es, der sie ermordet hat, du hast meine Giousoufaki totgeschlagen!«

Panagiotaros antwortete nicht, er stöhnte nur.

Der Aga geriet in Schweiß, er wurde müde und wandte sich an den Leibwächter.

»Häng ihn!« befahl er.

Doch im gleichen Augenblick vernahm man eine Stimme:

»Halt! Halt! Ich weiß, wer der Mörder ist!«

Der Leibwächter ließ Panagiotaros los. Aus der Menge ertönten Rufe der Zufriedenheit, man bewegte sich, um besser sehen zu können.

Der Aga wandte sich um.

»Wer hat da gesprochen?« schrie er. »Her mit ihm!«

Manolios trat ruhig vor und blieb vor dem Aga stehen. Der Leibwächter tat einen Sprung, er spitzte die Ohren, und das Kinn begann ihm zu zittern. Er war schwefelgelb geworden.

»Weißt du, wer sie ermordet hat?« sagte der Aga und packte Manolios, indem er ihn wütend schüttelte.

»Ja, ich weiß es.«

»Wer ist es?«

»Ich!«

Die Menge wogte auf und nieder wie die Wellen des Meeres, man empfand Beruhigung und Zufriedenheit. Die Frauen begannen das Zeichen des Kreuzes zu schlagen, die Gesichter erhellten sich, das Dorf war gerettet.

»Schweigt, ungläubige Hunde!« brüllte der Aga wieder und hob die Peitsche.

Giannakos fuchtelte mit den Armen und schrie: »Es ist Lüge! Es ist Lüge!«

Kostantis und Michelis versuchten zum Aga zu gelangen, aber die Menge drängte sie zurück, und ihre Rufe gingen im Gemurmel unter.

»Still, still! Er ist es! Sagt kein Wort, dann sind wir gerettet!«

Der Leibwächter lachte, er stürzte vor, um Manolios zu packen und ihm die Schlinge umzulegen. Aber der Aga stieß ihn zur Seite, näherte sich ihm und sah Manolios in die Augen.

»Du? Du verruchter Hund?« brüllte er.

»Ja!«

»Hast du sie getötet?«

»Ja, sage ich. Häng mich. Laß Panagiotaros frei, er ist unschuldig!«

Mit aufgerissenen Augen blickte Panagiotaros Manolios an. Er riß den Mund auf und schloß ihn wieder, er war völlig außer Fassung und konnte kein Wort hervorbringen. Hatte Manolios sie wirklich getötet? Nein! Nein! rief es in ihm, das ist unmöglich! Der verfluchte Kerl sagt es doch wohl nicht, nur um mich zu befreien? Das will ich nicht! Und er begann zu schreien und mit den Füßen zu stampfen. Der Leibwächter griff zur Peitsche.

»Schweig, du Hund!« brüllte er.

Der Aga war nun völlig nüchtern geworden, er sah Manolios an und versuchte es zu fassen.

»Weshalb? Was hat sie dir getan?«

»Der Teufel trieb mich, sie zu töten, Aga, sie hatte mir nichts getan. In der Nacht, da ich schlief, hörte ich eine Stimme: Töte sie! Frage mich nicht mehr, hänge mich!«

Der Leibwächter stürzte wieder mit der Schlinge herbei und packte Manolios am Arm.

Unter den Frauen ertönte ein wilder, verzweifelter Schrei.

»Er ist unschuldig, Aga! Hör nicht auf ihn! Er ist unschuldig! Unschuldig! Unschuldig!«

»Schweig, du schamloses Stück!« hörte man Stimmen um sie herum, und die Frauen warfen sich auf Katarina, um sie zum Schweigen zu bringen.

»Er sagt es nur, um das Dorf zu retten«, rief die Witwe. »Tut er euch nicht leid?«

Doch die Frauen hatten sie schon zu Boden geworfen und traten und schlugen sie.

»Manolios!« rief die Witwe und versuchte freizukommen.

»Er ist unschuldig! Unschuldig! Unschuldig!« riefen die drei Freunde, denen es gelungen war, sich einen Weg zu bahnen und zum Aga zu gelangen.

»Du darfst meinen Kopf nehmen, Aga«, sagte Michelis, »wenn dieser Mann hier ein Mörder ist. Er ist ein Hirte meines Vaters, er ist ein frommer Mann, rühr ihn nicht an!«

Der Aga sah Manolios an, er hörte die Rufe, sah zu Giousoufaki hinüber, wurde unsicher und wußte nicht, was er glauben und wie er urteilen sollte. Alles verwickelte sich für ihn, und es ging ihm völlig rund. Ist der da ein Mörder, dachte er und sah Manolios an, oder ist er verrückt? Oder vielleicht ein Heiliger? Der Teufel hole mich, wenn ich das herausbekomme.

Dann geriet er in Feuer, wurde böse und wandte sich an seinen Wächter, indem er auf Manolios zeigte.

»In den Keller mit ihm!« befahl er. »Morgen werde ich mein Urteil sprechen!« Dann wandte er sich an die Menge:

»Der Teufel hole euch alle, ihr Hunde, schert euch weg.«

Erschreckt und froh entfernten sie sich und sammelten sich dann in den Nachbargehöften, um zu reden und Gott zu preisen, daß man den Mörder gefunden hatte.

»Sollte es wirklich Manolios sein?« sagte einer zum andern. »Aber er ist doch ein gottesfürchtiger Mensch...«

»Forsche nicht zu tief, Nachbar. Ob er es ist oder nicht, was geht es uns an? Es genügt, daß er bekannt hat. Er wird gehängt, und wir werden frei. Alles andere ist Geschwätz. Gott verzeihe ihm!«

»Aber weshalb sagt er das? Ich verstehe nichts. Gewiß ist er nicht der Mörder, aber wenn auch...«

»Ach, kennst du den Manolios nicht? Er ist ein bißchen verdreht, das sagte er, um das Dorf zu retten... Was meinst du, er will selber sterben, um die anderen zu retten... Er ist etwas komisch unter der Mütze. Ist er je anders gewesen? Laß ihn...!«

Die drei Freunde hatten sich bei Michelis im Hause seines Vaters getroffen. Giannakos schlug sich die Hände vor die Stirn. »Es ist meine Schuld. Ich Idiot, ich hätte ihn nicht vom Berg herunterlassen sollen, hätte ich nur nichts gesagt!...«

»Er ist ein Heiliger...«, murmelte Michelis. »Er gibt sein Leben, um das Dorf zu retten.«

»Wir müssen ihn retten«, rief Kostantis verzweifelt aus. »Wir müssen... Wir müssen.«

»Wenn ich Kraft genug hätte, das zu tun, was Manolios tat, würde ich nicht wollen, daß man mich rettete«, sagte Michelis. »Saht ihr, wie seine Augen strahlten? Sein Gesicht leuchtete vor Friede und Glück. Er war schon ins Paradies eingegangen. Weshalb sollten wir ihn wieder zur Erde zurückholen? Ach, wenn wir mit ihm sein dürften!«

»Aber das können wir ja«, sagte Giannakos ergriffen. »Kommt, laßt uns zum Aga gehen und sagen, daß wir alle es gewesen sind, daß wir in der Nacht in sein Haus eindrangen und Giousoufaki töteten, und ihn bitten, daß er uns alle in die Platane hängt. Dann kommen wir zusammen ins Paradies.«

Michelis schüttelte den Kopf. »Ich habe nicht Kraft genug, Giannakos«, sagte er. »Wie sollte ich Mariori aufgeben können?«

»Ich auch nicht«, sagte Kostantis. »Ich habe Frau und Kinder.«

Ich auch nicht, dachte Giannakos. Ich habe meine Eselin. Wie sollte ich sie verlassen können?

Aber das sagte er nicht.

Währenddessen saßen die vier Gemeindeältesten, die Köpfe an die Wand gelehnt, im Keller und warteten. Dort unten hörten sie nichts von dem Lärm und Geschrei der Welt. Aus einem kleinen runden Fenster hoch oben kam ein Schimmer Licht, der war bleich wie der Tod.

»Ich habe Hunger«, seufzte der alte Patriarcheas.

»Wir alle sind hungrig und durstig«, sagte der Priester Grigoris, »aber wir müssen uns gedulden. Gott ist mit uns in der Löwengrube, seid unbesorgt.«

»Eben jetzt hängen sie den armen Panagiotaros auf«, sagte der Lehrer. »Morgen sind wir an der Reihe. Laßt uns Männer sein und den Hunger, den Durst und die Furcht besiegen.«

Er wandte sich zu seinem Nachbarn:

»Mut, alter Ladas«, sagte er. »Siehst du nun, daß ich recht hatte? Wie oft habe ich nicht zu dir gesagt: Weshalb sammelst du Schätze, alter Ladas? Keine deiner Geldkisten mit all dem Gold wird mit dir ins Grab kommen. Tu eine gute Tat, sie wird dir bis zu Gottes Thron folgen und dich beschützen! Was sagst du nun? Reut es dich nicht?«

Der alte Ladas seufzte. Er wandte seinen schmalen, kahlen Kopf und sah den Lehrer haßerfüllt an, doch er sagte kein Wort.

»Morgen bist du an der Reihe, alter Ladas«, sagte der Priester Grigoris. »Du wirst vor Gott stehen, du mußt deine Beichte ablegen. Beuge dich, erinnere dich all des Guten, das du getan, erinnere dich all des Bösen, das du getan, und bitte Gott um Verzeihung. Noch ist es Zeit.«

»Ich habe niemandem je etwas Böses getan«, murmelte der alte Ladas erschöpft. »Ich habe niemandem je etwas Böses getan, ich habe niemanden totgeschlagen, ich bin unschuldig!«

»Hast du niemandem je etwas Böses getan, alter Ladas?« rief der alte Patriarcheas aus. »Jetzt, da wir am Rande des Grabes stehen, will ich dir die Wahrheit sagen, ich kann nicht länger schweigen. Hast du niemandem je etwas Böses zugefügt? Und die Witwe Anazina, deren Haus du verkauft hast? Und der alte Anestis, dessen Weinberg du unter den Hammer brachtest? Die elternlosen Kinder, die auf den Straßen umherirrten? Deine eigene Tochter Argiroula, wer hat ihr das Leben genommen? Du, nur du, aus reinem Geiz! Geh hin und leg Rechenschaft ab vor Gott!«

Der alte Ladas wurde wütend und fuhr von der Wand auf.

»Sprich nicht vom Strick in gehängten Mannes Haus!« schrie er. »Du bist unverschämt genug, andere anzuklagen. Bedenke aber, wenn ich deine schmutzige Wäsche vor allen ausbreiten würde, du Taugenichts! Du Erzschwein, was hast du hier in der Welt getan? Du hast alles Essen, das du zu Gesicht bekamst, in dich hineingeschaufelt, hast tonnenweise Wein gesoffen, bist den Weibern nachgelaufen und hast unser Dorf und die Dörfer rundum mit deinen unehelichen Bälgern gefüllt. Du bist ein Taugenichts gewesen dein ganzes Leben lang, hast dich bei den Türken eingefunden, immer nur Verbeugungen und Geschenke gemacht ... Herren und Priester, ihr seid mit den Türken eins! Und deine eigene Frau, die ein anständiger Mensch gewesen ist, hast du sie nicht umgebracht? Sie konnte deine Liederlichkeiten nicht ertragen, die Ärmste. Du hast sie umgebracht!«

Der alte Patriarcheas sprang auf, um ihn an der Kehle zu packen, doch die andern traten dazwischen und trennten sie.

Der alte Ladas war außer sich geraten. Sein ganzes Leben hatte er geschluckt und geschwiegen, den Dummen gespielt, selbst Verbeugungen gemacht und gelogen, um sich mit den Mächtigen gut zu stellen. Jetzt, im Angesicht des Todes, aber brach es aus ihm hervor. Er wollte alles sagen, alles ausspeien, sich von seiner Galle befreien. Sie sollten nicht glauben, daß sie besser waren als er. Heraus also mit allem, wozu diente es, noch länger zu schweigen?

Und er wandte sich an den Priester:

»Und du, heiliger Onoufrios[20], der du möchtest, daß ich beichten soll, mit welchem Recht, wenn ich fragen darf, wirst du vor Gott auftreten?« schrie er. »Du gehst im Dorfe einher und brüstet dich wie ein Hahn. Alles, was du siehst, reißt du an dich, du heiliger Mann. Und wenn dann ein Armer kommt, an deine Tür pocht, da du von Essen und Wohlbehagen schwillst, dann machst du die Stimme so sanft und weich, du Jesuit, und sagst: ›Gott helfe dir, Bruder, ich hungere selbst!‹ Gleichzeitig aber rinnt dir das Fett den Bart herab, du Teufelspriester! Es ist ein Jammer um den armen Schlucker, der stirbt und nicht das Geld zum Begräbnis hat, du läßt ihn liegen und stinken! Du hältst nur immer die Hand ausgestreckt und verkaufst Christus um billiges Geld. So viel für den Segen, so viel für die Taufe, so viel für die Letzte Ölung, so viel für die Hochzeit — du hast einen Tarif aufgestellt, du Heiligenschänder, den hast du ans Tor zum Paradiese genagelt, und du stehst draußen davor und rufst: ›Bezahlt, ihr Griechen, bezahlt, sonst kommt ihr nicht hinein!‹

Sie sollen nur alle die Schnauze halten, die wünschen, daß der alte Ladas beichten soll. Der anständige und bescheidene Mensch, der sein ganzes Leben sparsam gelebt hat, der sich gescheut hat, ein Glas Wein zu trinken, der barfuß, in Lumpen und verhungert wie ein wirklicher Apostel umhergegangen ist ... Du bist es wahrlich, der beichten sollte, der es nötig hätte, du Teufelspriester!«

Der Priester hörte mit gesenktem Kopf und mit gespielter christlicher Duldsamkeit zu. Doch in ihm kochte es, er wollte sich auf den hageren, knochigen Hals stürzen und ihn umdrehen, damit er keine Lästerungen mehr ausstoßen konnte.

»Sprich, Ladas, sprich«, sagte er mit geheuchelten Seufzern. »Christus hatte mehr zu erdulden als ich sündiger Mensch. Er wurde geschändet, verleumdet, gestäupt und gekreuzigt, aber Er sagte nichts. Sollte ich da etwas sagen? Sprich nur, Ladas!«

Der alte Ladas öffnete wieder den Mund, aber der Lehrer warf sich dazwischen.

»Schämt euch, Brüder«, sagte er. »Wir haben nur wenige Stunden noch, und statt unsere Seele zu Gott zu erheben, wälzen wir uns in irdischen Leidenschaften. Schweig, alter Ladas, du hast gesprochen. Du hast gesprochen und dir Luft machen dürfen, und ihr, Brüder, schweigt still. Es gibt keine Grenzen für die Sünden der Menschen.«

Der alte Ladas kicherte.

»Du Tropf von einem Lehrer! Was soll ich von dir sagen?« rief er. »Kannst du mit deinem Hühnerhirn zwischen Tugend und Untugend unterscheiden? Alles, was du getan hast, Gutes wie Böses, ist Plunder. Große Werke hast du vollbringen wollen, du Tropf, aber du konntest es nicht. Du hast auch wahre Gemeinheiten begehen wollen, aber du konntest es nicht. Stinkender Mist ist alles, was du getan hast, reiner Mist. Du verkaufst Tafeln, Federn und Papier für billiges Geld ... ein Lehrer, pfui Teufel! Du verkaufst auch fette Worte, von denen du geschwollen bist, glaubst du aber selber an sie?«

Er hatte Eile, alles herauszusagen und sein Herz zu erleichtern und wandte sich an die beiden andern:

»Weshalb werft ihr euch nicht über mich?« schrie er.

Der Priester gab Patriarcheas ein Zeichen: »Sprich nicht mit ihm!« Und der alte Herr legte seinem Zorn Zügel an und schwieg.

Der Schullehrer schrak zusammen, er hörte draußen Schritte.

»Sie kommen«, murmelte er.

Der Priester Grigoris wandte sich zum alten Ladas und streckte die Hand aus, um ihn zu segnen.

»Ich vergebe dir, Bruder«, sagte er feierlich, »ich vergebe dir alles, was du gesagt hast. Deine Seele hat sich erleichtert und hat sich von allem Schmutz und aller Unsauberkeit befreit. Du hast deine Beichte abgelegt, Ärmster. Gott wird dir alles Böse, was du im Leben getan hast, verzeihen. Erhebe dich, alter Ladas, jetzt ist die Reihe an dir!«

Doch der alte Ladas fiel wie ein Sack zu Boden und zitterte.

Man hörte Flüche, Geschrei und Gestampf, die Tür öffnete sich, und der Leibwächter jagte Panagiotaros und Manolios mit Fußtritten herein. Dann schloß sich wieder die Tür.

»Manolios«, rief Patriarcheas aus. »Was hast du hier zu tun? Weshalb hat man dich hergebracht?«

»Ach, Panagiotaros, lebst du noch?« fragte der Schullehrer. »Hat man dich nicht gehängt? Ehre sei Gott!«

»Ich lebe, verflucht noch einmal!« brüllte Panagiotaros und rollte sich in einer Ecke zusammen.

Der alte Ladas reckte sich, starrte Panagiotaros an und berührte ihn mit der Hand.

»Lebst du?« fragte er. »Weshalb hat man dich nicht gehängt? Hat der Aga sich besonnen? Hat es ihn gereut?« fragte er, und er erbebte in seinem Herzen. Doch keiner antwortete ihm.

»Streck dich aus, Manolios«, sagte der Priester, »beruhige dich und schöpfe Atem.«

»Berichte uns, Manolios«, befahl Herr Patriarcheas, »wir können nicht mehr warten, hat man den Mörder gefunden?«

»Ja«, antwortete Manolios.

»Wer? Wer? Wer?« schrien alle vier und sprangen auf.

»Ich!« antwortete Manolios wieder.

»Du?«

Die vier fuhren zurück und starrten Manolios verwundert an und gafften. Lange sagte keiner ein Wort.

»Das ist unmöglich!« sagte schließlich der alte Herr Patriarcheas, nachdem er in Gedanken Manolios' ganzes Leben an sich hatte vorbeiziehen lassen. »Das ist nicht möglich! Nein, nein, das ist das Ende der Welt.«

»Auch ich glaube es nicht«, sagte der Schullehrer. »Weshalb solltest du sie getötet haben? Du kannst doch keinen totschlagen, Manolios? Das kannst du nicht.«

Nur der Priester Grigoris sah Manolios an und schwieg.

»Weshalb antwortest du nicht, Manolios?« fragte Patriarcheas.

»Was soll ich sagen?« erwiderte Manolios und strich sich den Schweiß aus dem Gesicht. »Ich bin der Mörder. Mehr habe ich nicht zu sagen. Reicht das nicht?«

»Es reicht!« schrie der alte Ladas. »Es reicht, mein lieber Manolios. Der Mörder ist gefunden, wir sind frei! Es gibt einen Gott!«

Manolios ließ sich in dem kleinen Licht, das aus dem Fensterspalt herabkam, nieder, zog sein kleines Evangelium hervor, schlug es auf gut Glück auf, begann zu lesen und vergaß die Menschen um sich her ... Er stieg mit Christus ins Boot, er verbarg sich unter den Jüngern, sie fuhren auf den See Genezareth hinaus, ein heftiger Sturm kam auf ... Christus war müde davon geworden, den ganzen Tag zum Volke zu sprechen. Er hatte sich auf die Netze im Bug des Schiffes gelegt und war eingeschlafen ... Doch der Nordwind kam mit rasender Gewalt von den Gebirgen in Galatien herab, er wühlte das Meer auf und warf die Wogen gegen das kleine Fischerboot. Die Jünger wurden erschreckt.

»Wir vergehen«, murmelten sie. »Wir vergehen! Laßt uns den Meister wecken!«

Aber keiner wagte den heiligen Schlaf zu stören. Petrus näherte sich, beugte sich herab und sah beim Aufleuchten eines Blitzes Christi Gesicht ruhig und glücklich lächeln.

»Weck ihn! Weck ihn!« riefen die Jünger, die zusammengedrängt hinter ihm saßen.

Petrus faßte Mut, er streckte die Hand aus und berührte Christus leicht an der Schulter.

»Meister, erwache«, sagte er, »wir vergehen!«

Christus schlug die Augen auf, sah die schreckerfüllten Apostel an, schüttelte den Kopf und murmelte traurig:

»Solange bin ich mit euch zusammengewesen, und ihr glaubt noch immer nicht?«

Er seufzte, erhob sich im Bug und streckte die Hand aus gegen den Wind.

»Schweig«, sagte er.

Er senkte die Hand auf den rasenden See.

»Still«, sagte er.

Und plötzlich schwieg der Wind, die Wogen wurden ruhig, die Welt wurde wieder klar und lächelte.

Manolios hob den Kopf. Er blickte die fünf Männer an, und seine blauen Augen strahlten glücklich und voller Frieden wie das Wasser des Sees Genezareth.

Der alte Ladas war wieder zum Leben erwacht, er war aufgestanden, ging umher und rieb sich die Hände.

»Der Mörder ist gefunden, Ehre sei Gott! Wir sind frei. Armer Manolios, du tust mir leid. Aber es ist gut so. Du bist ein armer, bedauernswerter Teufel, du bist noch jung, hast die Herrlichkeiten des Lebens noch nicht gekostet, dir bedeutet es nichts, wenn du stirbst. Es ist gut, daß du bekannt hast, daß ich frei werde ...«

Er zuckte zurück, schielte nach den andern und biß die Lippen zusammen.

Wie zum Teufel soll ich das in Ordnung bringen, dachte er, wenn ich jetzt freigekommen bin? Wie soll ich das mit dem Bocksbart von Priester und dem verfluchten Patriarcheas, den ich ein Erzschwein nannte, alles wieder in Ordnung bringen? Für den Schullehrer gebe ich nicht einen Deut, aber die anderen? Ich hatte es zu eilig, ich habe mich närrisch aufgeführt, aber was geschehen ist, ist geschehen! Die Hauptsache ist, ich bin frei!

Der alte Patriarcheas sah zu Manolios hinüber, der in das Lesen des Evangeliums vertieft war. Etwas in ihm war rebellisch, und er beugte sich zum Priester neben ihm hinüber.

»Mir fällt eben etwas ein«, sagte er leise.

Der Priester Grigoris verstand und hustete.

»Frage nicht, forsche nicht«, sagte er. »Laß es gehen, wie Gott es will ...«

»Wenn er nun aber unschuldig ist? Wenn er es nur sagt, um das Dorf zu retten? Sollen wir ihm seinen Willen lassen? Ist das nicht eine Sünde? Willst du die Verantwortung dafür tragen?«

»Gott ist barmherzig«, sagte der Priester, »er wird mir vergeben.«

»Gott wird dir vielleicht vergeben, aber das Volk?«

»Wenn ich mit Gott einig bin«, sagte der Priester und reckte sich, »fürchte ich nicht das Volk.«

»So, also dann ...«

Der Lehrer hatte sich ihnen genähert und ihnen zugehört. Jetzt unterbrach er sie: »Wir dürfen hier nicht zuviel fragen und forschen«, sagte er. »Überlassen wir es Gott. Er weiß. Wir dürfen auch nicht vergessen, daß Manolios mit dieser Tat seine Seele rettet. Das ist doch wohl keine kleine Sache!«

»Eine große und wichtige Sache!« versicherte der Priester. »Er verliert das zeitliche Leben, gewinnt aber das ewige ... Als ob man eine Kupfermünze fortgibt und tausendfach Goldpfunde zurückerhält ... Sei ruhig, Manolios weiß, was er tut.«

»Im tiefsten Grunde ist er klug und berechnend«, sagte der Lehrer und blickte lächelnd auf Manolios, der jetzt die Augen vom Evangelium erhoben hatte und über das ganze Gesicht strahlte.

Der Leibwächter kam herein, er stürzte vor und packte Manolios.

»Auf mit dir«, brüllte er. »Der Aga will mit dir reden.«

»In Gottes Namen«, murmelte Manolios, schlug das Zeichen des Kreuzes und folgte dem wilden Anatolier.

Der Aga saß mit gekreuzten Beinen in seinem Zimmer, er rauchte seinen langen Tschibuk und hatte Giousoufaki neben sich. Um die Mittagszeit, als es sehr heiß war, hatte Giousoufaki stärker zu riechen begonnen. Krumm und gebeugt kam die Sklavin Martha lautlos herein, in den Armen trug sie frische Rosen, Jasmin und Geißblattblüten, die sie über den in Auflösung geratenen Körper warf, dann eilte sie sofort hinaus, außerstande, den Gestank zu ertragen.

Der Aga jedoch saß in seiner Trauer vertieft und spürte nichts. Er rauchte seinen Tschibuk und war in Gedanken versunken. Er wirkte müde und ruhiger. So war es geschrieben, hatte er heute morgen gedacht, so war es geschrieben und bestimmt. Und er beruhigte sich etwas. Er sprach die Menschen von der Schuld frei und legte sie Allah auf, das machte ihn ruhiger. Wer konnte sich Allah widersetzen? Er war es, der es wollte und der es beschloß. Was geschehen war, entsprach seinem Willen. Neige dein Haupt und schweige. Er hatte bestimmt, daß der Aga aus Likovrisi Giousoufaki in Smyrna treffen sollte, er hatte auch bestimmt, wer Giousoufaki töten sollte, er hatte bestimmt, daß der Mörder gefunden werden sollte ... Alles war bestimmt ...

Er sah Manolios hereinkommen, warf den Tschibuk auf den Teppich, auf dem er saß, und kreuzte die Arme.

»Höre, was ich dir sagen werde, Manolios«, sprach er ruhig.

Er wandte sich zu dem Leibwächter.

»Ich brauche dich nicht, geh hinaus und stell dich vor die Tür.«

Dann sah er Manolios an.

»Ich habe geträumt, daß du es nicht gewesen bist, der Giousoufaki tötete ... Schweig, ungläubiger Hund, laß mich reden! Du hast es nur gesagt, um das Dorf zu retten. Du bist verrückt, oder auch fromm und heilig. Das ist deine Sache ... Sei ruhig, es soll geschehen, wie du willst. Ich werde dich aufhängen. Aber ich möchte nur eines wissen, Manolios: Bist du es wirklich gewesen, hast du Giousoufaki umgebracht?«

Der Aga tat Manolios leid. Noch nie hatte er eine solche Trauer gesehen. Der Aga war kein rasendes Tier mehr, die Trauer hatte ihn zum Menschen gemacht. Er zögerte einen Augenblick, hatte sich aber sofort wieder in der Gewalt und hob den Kopf.

»Der böse Geist trieb mich, Aga, es war so bestimmt, ich war es, der sie getötet hat.«

Der Aga lehnte sich gegen die Wand und schloß die Augen. »Allah, Allah«, murmelte er, »die Welt ist ein Traum . . .«

Er schlug die Augen auf und klatschte in die Hände. Der Leibwächter trat ein.

»Nimm ihn«, sagte er, »häng ihn in die Platane, wenn die Sonne im Sinken ist.«

Doch die drei Freunde, Michelis, Kostantis und Giannakos, gingen im Dorfe umher. Sie pochten an die Tore und beschworen die Bauern, einen Unschuldigen nicht umbringen zu lassen!

»Manolios ist unschuldig, er ist unschuldig, unschuldig! Er tut es, um das Dorf zu retten«, sagte Giannakos.

»Was wollt ihr, daß wir tun sollen?« antwortete ein alter Mann.

»Sollen wir hingehen und dem Aga beweisen, daß Manolios nicht der Mörder ist? Und was dann? Der Aga wird uns der Reihe nach aufhängen, er wird das ganze Dorf vernichten. An Stelle eines einzigen werden tausend Unschuldige sterben . . . Ist das recht? Nützt es jemandem? Ist es nicht besser, daß einer statt der Tausende stirbt? Und zumal er selbst noch will? Laßt ihn sterben, um uns zu retten, dann werden wir ihm eine Ikone aufhängen, wir werden ihm Lampen anzünden und ihn als Heiligen verehren. Doch erst muß er sterben.«

Ein kinderreicher Bauer fragte gereizt den Michelis: »Sag mir, hast du Kinder?«

»Nein.«

»Dann hast du nichts zu sagen.«

Eine alte Frau, die ihren Enkelsohn auf den Knien wiegte, wandte sich zu Giannakos und sagte:

»Was gehst du da herum und redest Unsinn, Giannakos? Tausend solche Manolios mögen gern sterben, wenn nur mein Enkel am Leben bleibt.«

»Sie sind wie wilde Tiere«, sagte Giannakos und wischte sich die Augen, »wie Füchse und Wölfe.«

»Sie sind keine wilden Tiere, Giannakos«, antwortete Michelis, »sie sind Menschen . . . Komm, laß uns gehen, wir vergeuden hier nur die Zeit. Es geschehe, wie Gott es will.«

»Du denkst an deinen Vater«, sagte Giannakos verletzt. »Auf diese Weise wird er ja frei.«

Michelis wandte sich um, er hatte Tränen in den Augen.

»Verzeih mir, Michelis«, rief Giannakos aus. »Ich weiß nicht, was ich rede.«

Als sie auf den Markt kamen, sahen sie Katarina fein hergerichtet daherkommen.

»Wohin des Weges, Katarina? Die ganze Stadt duftet«, sagte Giannakos.

»Ihr feigen Tröpfe! Wollt ihr Manolios auf diese Weise sterben lassen?« rief die Witwe, und ihre Augen füllten sich mit Tränen. »Ich lasse ihn nicht im Stich, ich suche den Aga auf.«

»Den Aga auf?« rief Kostantis aus. »Was hast du mit ihm vor? Willst du mit ihm anbändeln? Hast du deine alten Geschichten vergessen?«

»Auch du bist närrisch geworden, Katarina, durch deine Trauer«, sagte Giannakos. »Aber tu, was du kannst. Christus sei mit dir.«

»Unglückliche, kehr um, in seiner Wut schlägt er dich tot!« sagte Kostantis und bereute, was er eben erst gesagt hatte.

»Wozu soll ich noch leben? Manolios muß gerettet werden!« sagte die Witwe und glitt wie eine Fregatte ruhig an den dreien vorbei.

»Sie ist besser als wir alle«, murmelte Michelis und sah sie mit hocherhobenem Kopf in des Agas Haus verschwinden, dessen Pforte weit offenstand.

Ein dicker, warmer, schwerer Duft drang aus dem Zimmer mit all den Rosen und dem in Auflösung übergehenden Leib ... Der Aga hatte den Kopf an das kleine Eisenbett gelehnt, er war eingeschlafen und lächelte im Schlaf. Gewiß träumte er, daß das ganze Unglück ein Traum war und daß Giousoufaki bald erwachen werde, wieder neben ihm auf dem Balkon sitzen und sein Glas mit Raki füllen würde ...

Zwei Tauben spazierten auf dem Balkon. Sie gingen auf und ab, pickten und gurrten, und der Aga hörte sie im Schlaf und lächelte. Unten auf dem Hof hatte man den Brunnen offengelassen, das Wasser rann, der Hund lag mit hängender Zunge ausgestreckt auf den Steinen und keuchte. Eine schwarze Katze hatte sich im Schatten verborgen, tückisch glommen die Augen.

Katarina schritt über den Hof. Sie fürchtete, daß der Leibwächter erscheinen oder der Hund bellen würde. Doch der Leibwächter zeigte sich nicht, der Hund aber beschnüffelte sie, erkannte sie wieder und wedelte freundlich mit dem Schwanz. Sie spürte einen eigenartigen ekelhaften Geruch... Sie kannte die Räume des Hauses gut, oft hatte Martha ihr heimlich das Tor geöffnet und sie hereingelassen, als der Aga noch ganz allein war... Das war damals, bevor er nach Smyrna gereist war und im Türkenviertel Giousoufaki auf einem mit Perlmuttereinlagen geschmückten Schemel in der Mitte des Cafés hatte sitzen sehen und ihre Amán-Lieder singen hören. Der Aga hatte sich in sie vernarrt, und von dem Augenblick an hatte er Katarina keinen Gedanken mehr gewidmet. Oft hatte der Leibwächter ihn an die Witwe erinnert, aber der Aga hatte nur gelacht.

Katarina schritt über den Hof und betrat das Haus, sie zitterte. Der große Spiegel, die Polsterbetten, die einlagenverzierten Schemel, die schwere, bronzene Feuerschale, das Sofa, alles hatte der Aga zerschlagen, es waren nur noch Splitter von ihnen vorhanden. Dasselbe würde Panagiotaros für mich tun, dachte die Witwe und erschauerte.

Sie vernahm Schritte und versteckte sich hinter einem zerfetzten Sofa. Der Leibwächter steckte den Kopf herein, er sah wie ein fürchterliches Gespenst aus. Die Wangen eingesunken, die Augen starrten leer, aus den Mundwinkeln lief ihm der Speichel. Er blieb einen Augenblick stehen, blickte sich um, ohne sie zu bemerken, seufzte und wankte auf den Hof hinaus, wo er sich neben den Hund legte und weinte.

Die Witwe schlug das Zeichen des Kreuzes. »Christus«, murmelte sie, »Du bist der einzige, der eine Frau versteht und ihr vergibt, was sie auch tut. Jetzt bin ich bereit, vor Dich zu treten.« Sie hatte sich gewaschen, reine Wäsche und ihr gutes Kleid angezogen und Orangenduftwasser ins Haar geschüttet. »Christus, ich bin bereit«, murmelte sie wieder.

»Liebe Katarina, was tust du hier? Geh sofort wieder nach Hause, Unglückliche!«

Die Witwe wandte sich um und sah Martha übernächtig und mit zerzausten Haaren, den Arm voller Blumen, hereinkommen, um sie ins Zimmer hineinzutragen.

»Martha, ich will den Aga sprechen«, sagte die Witwe.

»Schon? Giousoufaki ist noch nicht kalt geworden, und du wagst es? ... Er wird dich in Stücke schlagen, Unglückliche!«

»Martha, ich will den Aga sprechen«, wiederholte die Witwe. »Ich habe ihm ein Geheimnis zu sagen, ich weiß, wer der Mörder ist.«

Die alte Sklavin kicherte. »Manolios?« fragte sie höhnisch.

»Nein, ein anderer. Du wirst sehen und dich entsetzen.«

Die Sklavin legte die Blumen auf die Treppenstufe, näherte sich der Witwe und richtete sich auf den Zehenspitzen auf. »Wer? Wer?« fragte sie mit zischender Stimme, und ihre Augen funkelten. »Bist du auch darauf gekommen? Ich auch, ich auch!«

»Wer?« fragte die Witwe verwundert.

Die Alte blickte sie an, schüttelte den Kopf, bückte sich und hob die Blumen wieder auf.

»Nichts«, sagte sie, »ich habe nichts gesagt ... Ich gehe jetzt hinein, um diese Blumen auf das verfluchte Mädchen da zu legen. Sie fängt schon an zu stinken.«

Sie bekam einen Brechreiz, spie aus und wurde plötzlich von Zorn gepackt.

»Voller Maden bist auch du, mein schönes Kind«, sagte sie. »Voller Maden bin auch ich. Wozu putzt du dich? Wir sind alle ein und dasselbe.«

Ein schweres, dumpfes Geräusch drang aus dem Zimmer, und eine wütende Stimme schrie:

»Wer ist da unten, Martha? Mit wem redest du da, du bucklige Hexe. Sei still!«

Die Alte kroch in sich zusammen, aber die Witwe ging kühn die Treppe hinauf.

»Ich bin es, Katarina.«

»Mach, daß du wegkommst, du Sau.«

Aber die Witwe ging schnell hinauf, die Treppe knarrte.

»Hast du denn keine Angst, du Ärmste?« zischte die Alte.

Doch die Witwe zuckte nur die Schultern und setzte ihren Weg fort.

Plötzlich erblickte der Aga sie vor sich.

»Vergib mir, Aga, vergib mir!« rief die Witwe und warf sich ihm zu Füßen.

Außer sich vor Wut, stieß sie der Aga mit dem Fuß zu Boden und versuchte, sie die Treppe hinunterzuwerfen. Doch die Witwe hatte die Treppenstange gepackt und rief:

»Höre mich, Aga! Ich konnte mein Geheimnis nicht länger für mich behalten. So bin ich gekommen und habe mich dir zu Füßen geworfen. Ich habe sie getötet!«

»Du? Du gemeines Stück? Du, du Hure?« brüllte der Aga und wandte sich zur Wand, um seinen Yatagan zu packen.

»Ja, ich, Aga, ich verirrtes Wesen, ich tötete sie, aus Liebe ... aus Eifersucht. Ich war eifersüchtig, denn seit sie in dein Haus kam, hast du dich nie mehr umgewandt nach mir, nie mehr nach mir gesehen, hast nie mehr nach mir geschickt ... Und ich weinte ... ich schwand dahin ... Tag und Nacht stand ich hinter dem Tor und wartete ... Nichts ... gar nichts ... Du hattest Giousoufaki und vergaßest mich ... Ich ging zu den Beschwörerinnen, ich legte Hexenblumen auf deine Schwelle und wartete ... Aber du hattest Giousoufaki und dachtest nicht an mich ... Aus Liebe und Eifersucht wurde ich verrückt, gestern nacht nahm ich das Messer ...«

Sie schleppte sich zu des Agas Füßen und umschlang sie mit den Armen.

»Töte mich, Aga! Töte mich!« rief sie. »Was soll ich mit meinem Leben noch beginnen? Töte mich!«

Der Aga fuhr mit den Blicken wild die Wände entlang, um seinen Yatagan zu finden. Das Haus drehte sich um ihn; die Augen verschleierten sich, er erkannte nichts. Die Witwe zog ein Messer aus dem Busen.

»Sieh, mit diesem Messer hier habe ich sie getötet.« Sie erhob sich auf die Knie und reichte dem Aga das Messer. »Mit diesem Messer, sieh« ... rief sie wieder und entblößte ihren Hals.

Der Aga sah Blut vor den Augen. Er wandte sich um und sah Giousoufaki dort bleich, mit offenem Mund und offenen Augen liegen, und dicke, blauschwarze Fliegen kamen und gingen über ihre Lippen und durch die Nasenhöhlen.

Er blickte vor sich hin und bekam die Witwe zu Gesicht. Er stürzte sich auf sie, packte das Messer, das sie ihm reichte, hob es hoch und stieß es ihr bis an den Griff ins Herz. Dann versetzte er ihr einen Tritt, daß sie die Treppe hinunterrollte.

10

Das Blut der Witwe hatte den Aga noch rasender gemacht. Er sah nur noch rot. Die alte Gier erwachte in ihm, rings um das geliebte, gemeuchelte Mädchen Massen von Tieren und Menschen abzuschlachten. Er hielt das Messer noch in der Hand, der Arm war bis zum Ellenbogen hinauf mit Blut besudelt, er rief den Wächter.

»Geh in den Keller hinab, nimm den Manolios und führe ihn zur Platane. Blase deine Trompete, damit die ungläubigen Hunde sich versammeln und ihn zu sehen bekommen. Und sorge dafür, daß Giousoufaki zur Platane hinuntergetragen wird, damit auch sie es sehen kann... Dann häng den Schuft, mag er nun der Mörder sein oder nicht sein, und gib mir die Peitsche, ich will selbst hinuntergehen und ihnen die Beine zerschlagen. Ich will mir Luft machen. Vielleicht hänge ich sie alle fünf noch heute abend einen nach dem andern auf, ob sie nun schuldig sind oder nicht, das macht nichts. Ich werde sie hängen. Weshalb sollen die Hunde am Leben sein, und meine Giousoufaki ist tot? Scher dich weg.«

Seine Augen füllten sich plötzlich mit Tränen, er wandte sich um und legte das blutige Messer mitten unter Rosen und Jasmin auf Giousoufaki.

»Nimm es mit dir, Giousoufaki«, sagte er.

Dann setzte er sich mit gekreuzten Beinen auf den Boden, lehnte sich an das kleine Eisenbett und begann zu rauchen. Er schloß die Augen, die Gedanken liefen über Berge, Felder und Dörfer. Sie wanderten wieder den Weg von Likovrisi nach Smyrna. Er fuhr im Pferdewagen, ritt auf Mauleseln und fuhr zuletzt in den verfluchten Maschinen, die die Satans-Franken ins Land gebracht hatten. Und plötzlich, eines Morgens, welches Wunder! Paläste, Basare, Moscheen, Tausende von Menschen,

Musik, Gärten und das offene Meer! Doch plötzlich verschwand alles, und nur ein Café am Meeresstrand blieb, die Türen waren geöffnet, es war warm, die Sonne sank, und rundum auf den Teppichen saßen frischgebadete Agas mit frischgeschwärzten Bärten in feinen Gewändern bei ihren Wasserpfeifen, und in der Mitte thronte auf einem hohen Schemel — Giousoufaki, und sie sang: Dünyá tabir, ruyá tabir, amán amán! Und dann verschwand plötzlich das Café, verschwanden die Teppiche, die Agas und Wasserpfeifen, und von ganz Smyrna blieb nur Giousoufaki zurück — ein auf den Knien liegender Mann, der bettelte und bat, und ein Mädchen, das geziert den Körper wiegte.

Der Leibwächter erschien mit der Peitsche und legte sie dem Aga in den Schoß. Der Aga beugte sich nieder und sah sie mit schweren Lidern an, doch er rührte sich nicht. Wohin sollte er jetzt gehen? Weshalb sollte er den Platz verlassen, an dem er mit Giousoufaki am Meeresstrand saß? Er schloß wieder die Augen und kehrte nach Smyrna zurück.

Draußen wurde wütend die Trompete geblasen. Die Sonne stand hoch am Himmel, es war sehr heiß, kein Blatt bewegte sich. Unbeweglich und ungeschützt hatte sich das Dorf unter der Sonne zusammengekauert und glühte.

Als die Trompete ertönte, gingen plötzlich die Tore auf, die Bauern kamen aus den Häusern und versammelten sich um die Platane. Einige waren düster gestimmt und schwiegen, andere gingen unruhig auf und ab, sie schwatzten und fragten sich verwundert, ob Manolios das Mädchen getötet habe oder nicht, ob er der Täter sei oder ein anderer.

»Stille Wasser sind tief«, sagte einer und schüttelte den Kopf. »Ich habe Manolios immer in Verdacht gehabt, teils mit der Witwe, teils mit Giousoufaki ... Er mag gern gehängt werden.«

Der alte Lampenanzünder tauchte plötzlich atemlos auf, voller Entzücken, eine neue grauenhafte Nachricht erzählen zu können.

»Ich ging an des Agas Haus vorbei, da sah ich die alte Martha auf dem Hof stehen, sich die Haare raufen und verzweifelt weinen. ›Was ist mit dir‹, sagte ich. — ›Er hat die Witwe getötet.‹ — ›Wer denn?‹ — ›Der Aga. Er hat sie wie ein Lamm abgestochen und mit dem Fuß die Treppe hinuntergestoßen. Dann hat er nach den Christen geschrien und sie gebeten, sie zu holen... auch sie war ja eine Christin, die Ärmste... und sie zu begraben!«

»Er will sie begraben wissen, sagte er!« kicherte ein fahler, gelber Greis. »Der Teufel soll sie holen.«

Plötzlich hörte man, daß sich das schwere Tor zum Hause des Aga öffnete. alle Köpfe wandten sich, man hörte ein Ah! aufsteigen – ruhig und lächelnd stand Manolios, die Hände auf den Rücken gebunden, auf der Schwelle. Das Blut rann ihm von Kopf und Armen herab.

Er war einen Augenblick stehengeblieben, als ob er die Bauern begrüßen wollte, der Leibwächter trieb ihn aber wütend von hinten an und schlug ihn mit der Peitsche. Stumm schritt Manolios über die Schwelle.

Ihm folgten die zwei Träger mit dem Eisenbett, auf dem unter lauter Blumen Giousoufakis in Auflösung übergegangene Leiche lag.

Manolios schritt ruhig vorwärts. Als ob er Abschied nehmen wollte, schweiften seine Blicke langsam über die Köpfe, über die Häupter und Bäume, weit in die Ferne über das Korn auf dem Felde, das seine schweren Ähren neigte und in der untergehenden Sonne glänzte. Ehre sei Gott, dachte er, in diesem Jahr werden wir gute Ernte bekommen. Die Armen werden sich satt essen können.

Dann bekam er die drei Freunde zu Gesicht, die ihn ansahen und weinten. Manolios lächelte ihnen zu und nickte einen Abschiedsgruß. Er blieb einen Augenblick stehen, sah die Leute an und sagte:

»Nun geh ich fort! Lebt wohl!«

Dann wandte er seinen Blick wieder den drei Freunden zu.

»Brüder!« rief er, »Michelis, Giannakos, Kostantis, ich gehe nun fort! Lebt wohl!«

»Unschuldig! Unschuldig! Unschuldig!« riefen die drei Freunde, und es fiel ihnen schwer, die Worte herauszubringen.

»Habt ihr kein Herz im Leib?« rief Giannakos den Bauern zu, die verblüfft gafften. »Fallt ihr nicht nieder vor ihm und betet ihn an, ihr herzlosen Menschen? Er geht, um für uns zu sterben, um das Dorf zu retten, begreift ihr das nicht? Wie Christus nimmt er alle unsere Sünden auf sich, Brüder...«

Doch er kam nicht dazu, seine Worte zu beenden. Der Wächter stürzte sich auf ihn, die Peitsche pfiff durch die Luft und wand sich um seinen Hals.

Der Aga trat aus dem Tor. Alle spürten sofort seine Anwesenheit und schwiegen. Die Leute wichen zur Seite und öffneten ihm den Weg. Schwer und düster, die Augen auf den Boden gerichtet, schritt er heran.

Er kam zur Platane und blieb stehen. Ohne sich umzudrehen und Manolios anzusehen, streckte er die Hand aus nach seinem Leibwächter. »Häng ihn!« befahl er.

Der grauenhafte Anatolier stürzte sich auf Manolios und packte ihn im Nacken. Im gleichen Augenblick aber ertönte ein gellender Schrei. Er klang entsetzlich und froh zugleich.

»Aga! Aga!«

Atemlos stürzte die alte Martha mit einem Kleiderbündel in den Armen herbei. Der Leibwächter erblaßte. Er ließ die Schlinge, die er bereithielt, sinken und lehnte sich an die Platane, das Kinn begann ihm zu zittern. Die bucklige Alte warf sich dem Aga zu Füßen. »Sieh!« schrie sie. »Aga, sieh!«

Sie entfaltete das Bündel und legte es vor des Agas Füßen auf die Erde. Eine Bluse, ein Paar Hosen, ein Paar Gamaschen, alles blutdurchtränkt. Der Aga beugte sich hinab.

»Wem gehört das?« fragte er.

»Dem Leibwächter«, antwortete die alte Martha.

Der Aga wandte sich um und sah den Wächter an, der am Fuße der Platane zusammengesunken war. Die Bauern hielten den Atem an.

Mit einem Satz stand der Aga bei ihm, trat ihn mit den Füßen und brüllte: »Ali Mouchtar!«

Der Wächter rollte sich zusammen und barg sein Gesicht in den behaarten Händen.

»Amán!« schrie er wie ein Kalb.

Die drei Freunde näherten sich, das Herz schlug ihnen, daß es nahe daran war, zu zerbrechen. Alle Leute begannen sich zu rühren und bildeten um den Aga, den Leibwächter und Martha einen Kreis. Ohne daß es jemand bemerkte, schlich sich Giannakos an Manolios heran und machte ihn los, er ergriff seine Hand und küßte sie.

Der Aga hob den Kopf, er sah die Bauern an, sah ihre Gesichter vor Freude glänzen und hob die Peitsche.

»Ungläubige Hunde!« schrie er. »Schert euch weg, ich werde euch allen den Hals umdrehen!«

In wilder Wut stürzte er sich auf die Menge und begann Frauen und Männer mit der Peitsche zu schlagen. Er schäumte vor wütendem Zorn.

In einem Augenblick war der Markt leer. Von Panik erfüllt, stürzten alle in ihre Häuser. Die Verwegensten versteckten sich hinter den Häusern und warteten. Die drei Freunde bemühten sich um Manolios, sie stellten sich der Platane gegenüber dicht an die Mauer und sahen zu und lauschten.

»Du? Du?« brüllte der Aga. Er spie den Leibwächter an und trat ihn mit dem Fuß, er zog den Yatagan und steckte ihn wieder zurück, er bückte sich, hob einen großen Stein auf und schlug ihm damit auf den Kopf, er wußte nicht, welche Todesart er wählen sollte. »Steh auf, du Hund!«

Der Wächter sprang auf. Der Aga zog den Yatagan, schwang ihn ein paarmal hin und her und schlug ihm Nase und Ohren ab. Der Wächter rührte sich nicht, gab keinen Ton von sich, stand gerade wie ein Baum, den man ästet.

Der Aga hob die Peitsche:

»Lauf!« schrie er.

Der Wächter begann mit wackligen Schritten um die Platane zu laufen.

»Steh!« brüllte der Aga wieder.

Der Wächter blieb stehen. Der Aga stürzte sich auf ihn und riß ihm die Hose herab. Er packte mit hartem Griff, was männlich an ihm war, schlug es mit einem Schlag des Yatagans ab und warf es mitten unter den Jasmin auf das tote Mädchen.

Der Mann gab einen fürchterlichen Schrei von sich und fiel zu Boden. Der Aga packte ihn im Nacken, stellte ihn auf die Bank, legte ihm die Schnur um den Hals und versetzte der Bank einen Tritt. Verstümmelt, geschändet und blutig schwankte der Wächter in der Luft.

Der Aga wischte sich den Schweiß, und sein Gesicht wurde rot vor Blut. Er setzte sich wieder mit gekreuzten Beinen auf die Erde, sah lange den Leibwächter an und brüllte wie ein Stier.

Als seine Seele gesättigt war, erhob er sich langsam, und ohne sich umzuwenden, ohne auf den Wächter oder auf Giousoufaki einen Blick zu werfen, ging er mit wankenden Füßen zu seinem Hause zurück, wo er glaubte, daß ihn niemand sah. Er trat nach dem Tor, um es hinter sich zu schließen, stolperte aber und fiel dumpf der Länge nach auf das steinerne Pflaster.

»Was mag dort oben geschehen?« fragte zur gleichen Zeit der Herr Patriarcheas seine Brüder im Unglück. Sie saßen, die Gesichter zur niedrigen Tür gewandt, auf der Erde, lehnten sich an die Wand und warteten.

»Ich werde es dir sagen«, antwortete der alte Ladas, der schon begonnen hatte, sich zu erholen, und sein schmeichlerisches Wesen gegenüber den Mächtigen wiedergewonnen hatte. »Manolios — Gott verzeih ihm — hängt nun in der Luft; zu Recht oder Unrecht, was geht es uns an? Das Wichtigste ist, daß wir frei sind. Jetzt wird gleich der Leibwächter erscheinen und schreien: ›Hinaus mit euch, ihr ungläubigen Hunde! Schert euch sofort nach Hause!‹ Er wird uns einen Tritt versetzen, und wir werden wieder ans Tageslicht und zu unserer Arbeit kommen. Und was wir vorhin gesagt haben, davon wollen wir nicht mehr reden.«

Ich möchte dir die Augen auskratzen, du Schuft, dachte der Priester Grigoris, aber er erinnerte sich, daß er ein Christ und Priester war, mit sanfter Stimme sagte er:

»Mit Gottes Hilfe werden wir frei werden, alter Ladas. Alles andere ist vergessen. Wir sind Menschen, wir sind in schwerer Bedrängnis gewesen, wir haben ein Wort zuviel gesagt, ich habe es bereits vergessen.«

»Ich werde es nicht vergessen, daß du mich ›Erzschwein‹ genannt hast«, sagte der alte Patriarcheas in klagendem Ton.

»Hab ich wirklich so etwas gesagt?« rief der alte Ladas wie verwundert aus. »Ich nehme das Wort zurück, es war ein Mißverständnis, ich fürchtete mich, ich brachte alles durcheinander und fand die rechten Worte nicht . . .«

Panagiotaros hob den zerschlagenen Kopf.

»Zur Hölle mit euch, ihr Gesindel!« schrie er. »Ihr habt Angst voreinander, ihr denkt schlecht voneinander, aber keiner will es geradeheraus sagen. Ihr wollt euch untereinander gut stellen, ihr Taugenichtse, um die kleinen Leute besser rupfen zu können! Ich aber, der arme Schlucker, ich habe keine Furcht vor euch! Priester, Herren, Gemeindeälteste, Schullehrer — zum Teufel mit euch allen!«

Der Lehrer öffnete den Mund, um Frieden zu stiften, doch gerade in diesem Augenblick öffnete sich die Tür und die alte Martha erschien. Ihre kleinen Augen funkelten im Zwielicht.

»Was bringst du für Nachrichten aus der Welt dort oben, Martha?« fragte der Herr Patriarcheas und stand auf.

Das alte Weib kicherte satanisch und streckte die Hand aus.

»Wenn ihr meine Hand nicht voll Zechinen schüttet, sage ich keinen Ton!« rief sie aus.

»Du Satansweib«, jammerte der alte Ladas. »Tun wir dir nicht leid? Wir sind bedauernswerte, arme Menschen, willst du unser Blut saufen?«

»Kommst du mit guten oder schlechten Nachrichten?« fragte der Priester Grigoris. »Sag uns das erst.«

»Ich sage nicht einen Mucks! Streckst du nicht auch zuerst die Hand aus, bevor du mit deinem Kyrie eleison beginnst? Weshalb sollte ich besser sein als du? Öffnet jetzt den Säckel, ihr Herren, ich will euer Bestes!«

Der alte Patriarcheas war der erste, der seine Börse zog und ein Goldpfund hervorholte. Dann wandte er sich an den Priester:

»Knausere nicht!« sagte er. »Öffne auch du deinen Beutel, alter Ladas, der du mich ein Erzschwein nennst. Ein kleiner Aderlaß wird dir guttun. Du wirst vielleicht den Schlag bekommen, armer Schullehrer, du bist arm; aber heraus mit dem, was du hast, damit wir zu Ende kommen. Die Alte kommt mit guten Nachrichten, seht ihr nicht, wie ihre Augen leuchten?«

Der Priester und der Lehrer öffneten ihre Beutel, der alte Ladas seufzte.

»Kann ich es dir nicht schuldig bleiben, Martha?« bat er. »Ich werde dir einen Schuldschein schreiben.«

»Ist dein Leben nicht ein lumpiges Pfund wert, du Geizhals?« fragte die Alte. »Heraus damit, öffne den Beutel!«

Sie wandte sich an Panagiotaros:

»Von dir, armer Gipsesser, will ich keinen Heller«, sagte sie und kicherte. »Die Witwe hat dich sicher leergepumpt.«

»Schweig, alte Vettel!« schrie Panagiotaros.

»Reize mich nicht, armer Gipsesser, ich habe auch für dich eine Nachricht. Du bist frei jetzt, frei bist du, frei, du liebeskranker Teufel! Die Witwe ist tot!«

Panagiotaros riß die Augen auf und versuchte etwas zu sagen, aber es blieb ihm im Halse stecken.

»Eben hat sie der Aga umgebracht. Er stieß ihr das Messer ins Herz. Da hat der leibhaftige Gottseibeiuns ein feines Geschenk bekommen!«

Panagiotaros fiel zu Boden und schlug den Kopf an die Wand. Er brüllte wie ein Stier und schrie nach der Witwe.

Der alte Patriarcheas sammelte von den andern das Geld ein und legte es der Alten in die Hand. Sie begann sofort zu erzählen. Sie erzählte und erzählte, lachte, drehte sich im Kreis, ahmte den Aga und den Leibwächter nach und kicherte und schrie... Der Priester Grigoris schlug das Zeichen des Kreuzes.

»Kommt, laßt uns gehn«, sagte er. »Der Name des Herrn sei gelobt. Als gewöhnliche Menschen sind wir hergekommen, als Helden und christliche Märtyrer gehen wir fort.«

»Kommt, laßt uns gehn«, sagte auch der alte Patriarcheas. »Wir sind billig davongekommen.«

»Ein ganzes Pfund hat es mich gekostet!« schrie der alte Ladas. »Sobald ich den Schurken Giannakos erblicke, werde ich ihm seine Eselin nehmen.«

Grigoris schritt über die Schwelle; die andern folgten.

»Morgen, Brüder, müssen wir ein Tedeum halten. Wir haben uns wie Männer und Christen betragen. Aus der furchtbaren Prüfung sind wir als Sieger hervorgegangen, gepriesen sei der Name des Herrn!«

Es war bereits Abend geworden, die Straßen lagen verlassen, die Bauern hatten sich in ihren Häusern zusammengefunden. Sie aßen und tranken etwas mehr als gewöhnlich, um die Ereignisse des Tages zu feiern. Manolios, der Leibwächter, die Witwe, der

Aga, Giousoufaki, die alte Martha – es summte in allen Häusern, das Dorf lebte wieder auf, die Älteren hatten etwas zu erzählen, die Nachbarn etwas zu schwatzen, die Kinder etwas zu hören und im Gedächtnis zu bewahren.

Der alte Patriarcheas saß am gedeckten Tisch, er aß und versuchte wieder in Form zu kommen, drall und munter, mit roten Wangen, trug Lenio auf. Sie hatte ein Huhn gebraten und eine Reissuppe mit Eiern und Zitronen gekocht, um ihn wieder auf die Beine zu bringen. Michelis saß ihm gegenüber und sah zu, wie der Alte sich gierig das Essen einverleibte und mit Schweiß und mit Mühe seine Kräfte wiederherzustellen versuchte.

Er hörte ihn reden, lachen und kauen und blickte ihn verwundert an. Das ist mein Vater, dachte er. Das ist mein Vater ...

»Wir sind billig davongekommen«, sagte er, den Mund voller Essen. »Als ich von Angesicht zu Angesicht Charon gegenüberstand, verstand ich, Michelis, was das Leben bedeutet ... Wir wollen keine Zeit verlieren, mein Junge, wir wollen essen und trinken und feiern und uns dranhalten ...«

Michelis aber saß schweigend da, sah ihm zu und dachte: Das ist mein Vater ... Das ist mein Vater.

Der Priester Grigoris saß auf seinem Hof unter den Weinstöcken mit ihren Trauben und aß, ein milder Sommerwind wehte, es duftete nach Basilikumblüten und Jasmin, und die Katze kam und strich schnurrend um die Füße ihres Herrn. Mariori stand mit der Weinkanne vor ihm und schenkte ihm ein, Freudentränen rannen ihr die bleichen Wangen hinab.

»Nicht einen Augenblick hat mein Herz gebebt. Ich habe mich wie ein wirklicher Führer, ein würdiger Stellvertreter Gottes in Likovrisi, aufgeführt. Freimütig sprach ich mit dem Aga, ich beschützte die Christenheit, und im Gefängnis stand ich aufrecht und gerade und sah dem Tod in die Augen. Du darfst stolz auf deinen Vater sein, Mariori!«

Der alte Ladas saß barfuß und ohne Leibriemen auf der Steinbank in seinem Hof. Er kaute sein Gerstenbrot, hin und wieder nahm er eine Olive und redete ununterbrochen zu Frau Penelope – über das, was er getan hatte, was man ihm getan hatte, was er gesagt hatte, was sie ihm gesagt hatten und was das Ganze ihn gekostet hatte ...

Er seufzte, ihm fiel etwas ein. Er ging hinein, öffnete den Geldkasten, zog das Kassenbuch hervor und trat näher ans Licht der Lampe. Er feuchtete den Finger an und begann zu blättern — wer ihm etwas schuldete und wieviel, wann die Zahlungsfrist abgelaufen war und wieviel es an Zinsen bringen würde. Er wurde zufrieden und lächelte.

»Morgen früh werde ich den Schaden wieder hereinholen, Penelope. Ich bin den Klauen des Todes entronnen, und nun, da ich gerettet bin, brauche ich nicht länger daran zu denken. Bin ich dir etwas schuldig, kannst du mir den Garaus machen. Bist du mir etwas schuldig, kann ich dir den Garaus machen. So bleibt es, solange wir leben. Was sagst du, Penelope?«

Aber Frau Penelope saß gleichgültig wie eine Tote da und richtete ihre Augen auf die Stricknadeln. Sie strickte und strickte in rasendem Tempo, als ob sie von Angesicht zu Angesicht Charon gegenüberstand und es eilig hatte, die Strümpfe fertigzubekommen.

Sie hatte sich nicht darüber beunruhigt, daß ihr Mann fort war, sie freute sich auch nicht, als er zurückkam, über den Hof ging, die Hosen mit den Händen hielt, sich kratzte und redete.

Im Dorf saß man lange wach und erzählte. Die Lampen brannten bis spät in die Nacht, bis Mitternacht. Dann erloschen sie eine nach der anderen, das Dorf schloß die Augen und begann zu schlafen.

Michelis hatte sich hastig von seinen Freunden verabschiedet und sich beeilt, seinen Vater zu treffen.

»Kommt, gehen wir heim zu mir zum Essen«, schlug Kostantis den beiden andern vor. »Wir wollen heute abend deine Auferstehung feiern, Manolios.«

Kostantis' Frau war heute abend guter Laune. Sie machte keine saure Miene, als sie sie erblickte. Sie rollte die Ärmel auf, machte Feuer und bereitete die Mahlzeit. Dann deckte sie den Tisch, brachte Wein und setzte den Wasserkrug an den Brunnen, um das Wasser kühl zu halten.

»Deine Schwester hat nicht ihresgleichen«, flüsterte Kostantis Giannakos zu, »sie hat nicht ihresgleichen, wenn sie guter Laune ist, und sie hat nicht ihresgleichen, wenn sie böse ist!

Gott sei Dank haben wir heute abend Glück. Willkommen, Brüder!« sagte er laut.

»Vielen Dank«, sagten die Gäste, und hungrig, wie sie waren, machten sich alle drei sofort über das Essen und die Getränke her. Die Frau des Hauses stand daneben und bewirtete sie.

Giannakos und Kostantis hoben ihre Gläser und stießen mit Manolios an.

»Christus ist auferstanden«, riefen sie vergnügt.

Doch Manolios sagte nichts, er lachte nicht, er saß in sich versunken und freute sich, daß er noch lebte und mit den Freunden essen, trinken und reden konnte. Er spürte, wie der Abendwind seine schweißige Stirne liebkoste ... er dachte aber auch daran, daß er sich heute abend anderswo hätte befinden können, und eine friedliche, weltferne Wehmut legte sich über sein Gesicht.

»Sei nicht so bekümmert, Manolios«, sagte Giannakos. »Das Paradies ist gewiß herrlich, aber die Erde ist es auch ... Im Paradies wirst du Kostantis und Giannakos gewiß nicht treffen«, fügte er hinzu und lachte. »Wie die Sachen stehen, kommen wir beide bestimmt in die Hölle, aber nicht ganz unten in die Tiefe, sondern hoch oben hinauf!«

Sie lachten alle drei und füllten wieder die Gläser.

»Mich dünkt es ein Jammer um die arme Witwe«, sagte Kostantis ganz leise, daß seine Frau es nicht hören konnte. »Sie war so schön!«

»Wer weiß«, sagte Giannakos, »ob nicht die Witwe Katarina eben jetzt im Paradiese ist und Maria Magdalena trifft, und die beiden spazieren Arm in Arm auf dem unsterblichen Gras, sie blicken auf die Erde hinab und lächeln ...«

»Vielleicht seufzen sie auch, Giannakos, denn sie haben sie sehr geliebt«, sagte Kostantis. »Was glaubst du, Manolios?«

»Ich beneide die Witwe«, antwortete Manolios. »Ich beneide sie, mich dünkt es nicht schade um sie. Warum sollte ich das denken? Gewiß spaziert sie mit den Engeln im Paradies, sie seufzt nicht, sie lächelt auch nicht über die Welt. Die hat sie völlig vergessen, die Welt ist da oben verschwunden, genau wie der Aussatz von meinem Gesicht verschwand.«

Kostantis' Frau hörte die letzten Worte, sie wandte sich zum ersten Male um und sah, daß Manolios' Gesicht, das angeblich geschwollen und voller Aussatz war, hell und klar leuchtete. Sie wollte ihn fragen, wie das Wunder geschehen sei, aber die Männer unterhielten sich. Sie war heute abend guter Laune und wollte sich nicht in ihre Unterhaltung mischen. Sie hielt nur die Ohren offen und lauschte.

»Na, und der arme Leibwächter, kommt auch er ins Paradies, Manolios?« fragte Kostantis. »Er war ein bösartiger Hund, doch meinem Herzen tut er leid!«

»Wenn er ein Christ gewesen wäre«, antwortete Manolios, aber er bereute es. »Wer weiß, Kostantis, vielleicht hat ihm Gott die Hand auf den Kopf gelegt und gesagt, ›dir soll verziehen sein, denn du hast sehr geliebt‹.«

»Wenn du so weit gehst, Manolios, kann ja jeder Beliebige, jeder beliebige Hund ins Paradies kommen!« sagte Giannakos.

»Das Paradies ist für Sünder«, murmelte Manolios.

»Laßt uns auf den Leibwächter trinken«, sagte Kostantis, der in Fahrt geraten war. »Laßt uns auf den Aga trinken, den armen Witwer, denn auch er hat sehr geliebt. Laßt uns auf Giousoufaki trinken, die so widerrechtlich getötet wurde. Was hat die Ärmste Böses getan? Sie hat Mastix gekaut und ihre Amánlieder gesungen. Hat sie etwas anderes getan?«

»Auch wenn sie etwas anderes getan hat«, sagte Giannakos und brach in Lachen aus. »Meinetwegen, gern!«

Kostantis wurde ängstlich und winkte mit den Augen zu seiner Frau hinüber, die sich den Anschein gab, als ob sie durch das offene Fenster die Sterne betrachtete. Giannakos verstand und biß die Lippen zusammen.

»Nur auf den alten Ladas dürft ihr mich nicht zu trinken bitten, und auf den Priester Grigoris auch nicht«, erklärte Kostantis. »Die sind wie wilde Tiere.«

»Dein Wein ist gut, Kostantis«, rief Giannakos aus, der mehr und mehr in Stimmung geraten war. »Ich trinke auch auf sie!«

Er füllte sein Glas.

»Auf den alten Ladas, der Teufel hole ihn!« Und er leerte sein Glas in einem Zuge. Dann füllte er es wieder.

»Auf den Priester Grigoris, der Teufel hole ihn!« sagte er und trank auch das zweite aus.

»Gibt es noch einen Sünder, dessen man gedenken könnte?«

Der Wein floß, die Herzen sprudelten über, sie öffneten sich und füllten sich mit guten Gedanken.

Wie der Wein ist Christus, dachte Manolios, er öffnete doch das Menschenherz der ganzen Welt, so wird er auch das Paradies den Sündern öffnen ... Und er freute sich über die Freunde, die einander umarmten und lachten.

»Und den Panagiotaros!« rief Giannakos aus. »Wir haben den Judas vergessen! Dein Wohl, Vater Jacobus!«

»Dein Wohl, Apostel Petrus!« antwortete Kostantis. Und sie leerten ihre Gläser aufs neue.

Kostantis Frau wandte sich um. Sie fürchtete, daß sie ihr den ganzen Wein austrinken würden, und begann, gereizt zu werden.

»Du trinkst zuviel, Kostantis«, sagte sie etwas streng.

Kostantis kroch in sich zusammen.

»Sei nicht böse, Frau«, sagte er. »Gib uns den Wasserkrug, damit wir uns etwas erfrischen können!«

Sie ging zum Brunnen, und Kostantis legte den Finger auf den Mund.

»Paßt auf«, sagte er leise, »sie fängt an, böse zu werden.«

»Es wird am besten sein, wir gehen«, schlug Giannakos vor. »Kommt, gehen wir, daß du keine Unannehmlichkeiten bekommst!«

»Nein, Freunde, wir wollen es klug machen. Wir werden mit Wasser auf ihr Wohl trinken, dann beruhigt sie sich. Du kennst die Frauen nicht.«

Seine Frau kam mit dem Wasserkrug herein, sie nahm die Weingläser, wischte sie aus und goß frisches Wasser hinein. Die Männer hoben ihr die Gläser mit Wasser grüßend entgegen.

»Dein Wohl, Schwester!« sagte Giannakos. »Gott möge deine Seele laben, wie du uns heute gelabt hast. Eine bessere Schwester und Frau als dich gibt es nicht. Wo auch Kostantis geht und steht, was er auch ist – er hat es dir zu danken!«

»Dein Wohl, Frau!« sagte Kostantis schüchtern. »Auf meine Ehre, es ist besser, mit dir in die Hölle zu kommen, als allein ins Paradies!« fuhr er fort und zwinkerte seinen Freunden zu.

»Dein Wohl!« sagte Manolios. »Vergib uns, aber es ist heute abend ein großer Tag. Das Dorf ist gerettet, Gott wird dir alle Mühe entgelten, die du dir gemacht hast.«

Sie tranken und erfrischten sich, und allmählich legte sich ihre Erregung. Kostantis zog den Tabaksbeutel hervor, er rollte sich eine Zigarette und reichte den Beutel den andern. Sie gingen auf den Hof hinaus und setzten sich auf die steinerne Bank. Kostantis' Frau murmelte etwas und begann den Tisch abzudecken.

Von den Feldern kam der Duft des reifen Getreides herüber und vom Feigenbaum in der Mitte des Hofes der Duft von Feigen.

Vor dem Außentor blieb jemand stehen und pochte. Kostantis erhob sich beunruhigt.

»Ich bin es, Michelis, öffnet!«

Erfreut öffnete Kostantis, und Michelis zeigte sich im Dunkel.

»Ich habe den Alten allein gelassen«, sagte er. »Er hat nur gegessen und getrunken und ist dann müde geworden, da ging ich hierher.«

Er setzte sich zu ihnen auf die Bank. Er empfand die wohltuende Stille um ihn her, wollte sie nicht stören und schwieg.

Manolios lehnte den Kopf an die Mauer und sah zu den Sternen empor. Seine Gedanken wurden hell wie das Sternenlicht. Leise hörte man seine Stimme: »Der Mensch plant das eine«, sagte er, »und Gott beschließt es anders. Er ließ mich nicht sterben und euch verlassen, Brüder. Wer weiß, Gott hatte wohl eine bestimmte Absicht. Wir haben unser Tagewerk hier auf Erden noch nicht beendet, wir müssen noch streben und viel Arbeit leisten, um unsere Seelen zu retten. Seht, heute abend, ihr Brüder, habe ich meinen Entschluß gefaßt.«

Er schwieg und hob den Blick zur Milchstraße empor.

Giannakos und Kostantis waren ruhiger geworden. Der Wein, der ihnen zu Kopf gestiegen war, verteilte sich und ließ den ganzen Körper trinken. Er schien ihnen eine stille Besinnlichkeit zu verleihen. Michelis berührte leise Manolios' Knie, als ob er sagen wollte: Ich auch.

Sie waren im Dunkel ganz allein. Es wehte ein leichter, milder Wind. Sie konnten einander kaum erkennen.

Manolios faßte Mut und fuhr fort:

»Als ich Klosterschüler war«, sagte er, »bevor Herr Patriarcheas kam und mich in die Welt hinausriß, kam eines Tages Vater Manasis — es möge ihm wohlergehen, wenn er lebt, Gott segne seine Gebeine, wenn er gestorben ist — und erzählte mir eine Geschichte, die er von einem guten Freunde, der Mönch war, gehört hatte. Es ist lange her, daß ich mich ihrer erinnert habe, heute abend aber, Gott weiß weshalb, kommt sie mir in den Sinn. Sie beschäftigt meine Gedanken ... Seid ihr müde?« fragte er und unterbrach sich, denn seine Freunde schwiegen, und er konnte ihre Gesichter im Dunkel nicht so genau erkennen.

»Um Gottes willen!« rief Kostantis. »Weshalb sagst du das?«

»Wir sind nie wacher gewesen, Manolios!« sagte Giannakos. »Laß uns nicht ungeduldig werden, erzähle!«

»Dieser Mönch hatte in seinem Leben einen großen Traum genährt, Gott möge ihn für würdig befinden, ans Grab Christi zu pilgern und dort zu beten. Er ging in den Dörfern umher und sammelte Almosen. Und nach vielen, vielen Jahren, als er alt geworden war, hatte er dreißig Pfund zusammengetragen, so viel, wie er zur Reise benötigte. Er beugte die Knie, erhielt des Igoumens[21] Erlaubnis und machte sich auf den Weg.

Er hatte sich noch nicht weit vom Kloster entfernt, als er einen in Lumpen gekleideten, blassen, betrübten Mann traf, der sich zur Erde bückte und Gras sammelte. Der Mann hörte den Stab des Mönches auf die Steine schlagen und hob den Kopf.

›Wohin gehst du?‹ fragte er ihn.

›Zum Heiligen Grabe, um zu beten. Um dreimal das Heilige Grab zu umwandern und anzubeten.‹

›Wieviel Geld hast du bei dir?‹

›Dreißig Pfund.‹

›Gib mir die dreißig Pfund, ich habe Frau und Kinder, die hungrig sind. Gib sie mir, geh dreimal um mich herum, dann fall nieder vor mir und bete mich an.‹

Der Mönch zog die dreißig Pfund heraus, reichte sie dem Armen, schritt dreimal um ihn herum, fiel vor ihm nieder und betete ihn an. Dann kehrte er ins Kloster zurück.«

Manolios senkte den Kopf und schwieg. Die drei Freunde nahmen seine Worte in sich auf und schwiegen auch. Sie waren tief ergriffen. Dann hob Manolios den Kopf.

»Später erfuhren wir, daß der Mönch, der sich zum Heiligen Grab begeben wollte, der Vater Manasis war. Er schämte sich, es einzugestehen. Nach all diesen Jahren hab ich heut verstanden, wer der arme Mann war, den er vor dem Kloster traf.«

Manolios schwieg. Seine Stimme begann zu zittern. Die Freunde rückten näher an ihn heran.

»Wer war es?« fragten sie ängstlich.

Lange zögerte Manolios, schließlich aber kam seine Antwort ruhig und still wie eine reife Frucht, die in einem Garten zu Boden fällt:

»Christus.«

Die drei Freunde zuckten zusammen. Es schien, als stände Christus selbst im Dunkel mitten unter ihnen, traurig, ärmlich gekleidet, von den Menschen verfolgt, ein Flüchtling, dessen Füße nach langer Wanderung wund geworden waren. Sie empfanden mit Beben und Jubel seine unsichtbare Gegenwart. Lange vermochten sie kein Wort zu sagen. Was sollten sie sagen? Wohin sollten sie sich wenden? Wen sollten sie ansprechen? Sie sahen niemand. Doch keine Gestalt erschien ihnen so gewiß und greifbar wie gerade diese unsichtbare Ahnung einer armen, geringen Menschengestalt.

Giannakos war der erste, der das Schweigen brach. Er blickte gerade vor sich ins Dunkel hinaus und sagte:

»Wer ist da? Mir ist, als habe jemand ans Tor gepocht. Wer ist da?« rief er wieder und hob die Hand.

Die Blätter des Feigenbaumes bewegten sich. Die Nacht füllte sich wieder mit Duft – von den Getreidefeldern, den Geißbartblüten, den reifen Feigen. Und als die vier diesen Duft in sich einsogen, spürten sie, wie das Unsichtbare in sie eindrang und sich von den Füßen her bis in ihren Kopf ausdehnte. Sie alle dachten an die Zeit, da sie noch Kinder und ihre Herzen noch rein und unschuldig waren. Da hatten sie das gleiche Unsichtbare gespürt, wie es am Karfreitag in sie eindrang und von ihnen Besitz ergriff, wenn sie zum Abendmahl gingen.

»Manolios«, sagte Michelis und wollte ihn umarmen, aber er beherrschte sich. »Manolios, von heute an, von jener Stunde an, da ich dich mit auf den Rücken gebundenen Händen aus des Agas Tor heraustreten und ruhig und froh daherkommen sah, um zu sterben und das Dorf zu retten, von da an spürte ich, daß ein neuer Schimmer, ein eigenartiger Glanz dich umgab. Es war, als wüchsest du, als ob du gleichsam schmaler und zu einer Flamme würdest. Von jener Stunde an faßte ich meinen Entschluß:

Wohin du gehst, will auch ich gehn, was du befiehlst, werde ich tun.«

Er schwieg einen Augenblick, als ob er zögerte, entschlossen fuhr er aber sogleich fort:

»Vorhin, als ich meinen Vater essen und trinken und müde werden sah, verstand ich, daß ich dir viel näherstand, Manolios, als ihm. Ich bin ihm nicht mehr Gehorsam schuldig als dir.«

Giannakos und Kostantis wollten auch etwas sagen, aber sie brachten es nicht hervor, ihre Augen füllten sich mit Tränen.

Kostantis' Frau kam auf die Schwelle hinaus, sie hörte sie weinen, schüttelte den Kopf und ging wieder hinein. Manolios ergriff Michelis' Hand und hielt sie lange fest.

»Mein Bruder«, sagte er, »du bist besser, reiner, frommer und Christus näher als ich. Die Lockungen des Teufels peitschen und jagen dich nicht, du findest deinen Weg sicherer und leichter. Was ich Jahre hindurch zu erreichen suchte und nicht erreichte, hast du mit einem ruhigen Schritt ohne alle Mühe erreicht. Gerade dein Opfer ist so wertvoll. Du kommst aus einem vornehmen Hause, du hast einen vornehmen Vater, du bist reich und hast einen Namen. Ich habe nichts. Ich opfere Gott nichts, und doch leide ich daran, dieses Nichts zu opfern.

Wie Vater Manasis hatte auch ich Armer einmal große Pläne, die Hirtenstube war für mich zu eng, das Dorf war für mich zu klein, ich wollte an Bord eines großen Schiffes gehn, ans Ende der Welt fahren und Befreiung erlangen. Ich glaubte, das Heilige Grab läge weit, weit fort, am Ende der Welt, und ich verachtete diesen kleinen Erdfleck, auf den Gott mich gestellt hatte... Aber jetzt verstehe ich, Christus gibt es überall, es gibt ihn in unserm Dorf, er pocht an unsere Türen und bettelt vor unseren Herzen. Hungrig, arm, ohne Dach über dem Kopf steht Christus in diesem reichen Dorf, in dem solche Menschen regieren wie der Aga, Ladas und der Priester Grigoris. Arm ist er, und seine Kinder hungern. Er bettelt, er pocht an die Türen und Herzen, und sie jagen ihn von Tür zu Tür, von Herz zu Herz.«

Manolios erhob sich, und sein Gesicht strahlte im Dunkel.

»Brüder«, sagte er, »wir wollen ihn aufnehmen, wir wollen ihm unsere Herzen und unsere Türen öffnen. Erst sah ich ihn nicht und hörte ihn nicht, aber jetzt sehe ich ihn und höre ich ihn. Gestern abend, als Giannakos zu mir in meine Einsamkeit kam, hörte ich ihn klar und deutlich meinen Namen rufen, und ich ging hinab ins Dorf. Ich glaubte, er riefe mich, um zu sterben, doch dazu rief er mich nicht. Nun weiß ich, wozu er mich rief, und habe meinen Entschluß gefaßt.«

Da sprach eine Stimme im Dunkel, vielleicht war es Kostantis' Stimme:

»Welchen Entschluß, Manolios?«

»Welchen Entschluß?« sagte Manolios und saß einen Augenblick in Gedanken versunken. »Wie sollte ich es in Worten zum Ausdruck bringen? Ich kann es nicht. Ich glaube, ich kann es nur durch Taten ausdrücken, wenn Gott es verlangt. Brüder, ich habe mich entschlossen, mein Leben ganz und gar zu ändern, das Vergangene abzutun, Christus von der Straße heraufzuholen. Wie der Leibwächter des Aga will ich mit der Trompete vorangehen und rufen. Was ich rufen werde, weiß ich nicht. Ich kümmere mich auch nicht so sehr darum. Wenn ich den Mund öffne, wird Christus mir die Worte, die notwendig sind, auf die Zunge legen. Dies ist der Entschluß, den ich gefaßt habe, Brüder.«

Er schwieg. Lange vernahm man auf dem Hof nichts als das Rauschen der Blätter im Feigenbaum. Nach einer Weile jedoch kamen die Fragen.

»Aber ich, ich mit meiner Eselin und meinen Waren?« fragte Giannakos.

»Und ich mit meiner Frau, meinen Kindern und meinem Café?« fragte Kostantis.

»Ich frage nicht«, sagte Michelis. »Ich habe meinen Entschluß gefaßt. Bevor ich fortging, euch zu treffen, hatte ich meinen Entschluß gefaßt. Ich werde meines Vaters Haus verlassen!«

Manolios schwieg. In dem spärlichen Licht der Sterne sah er, wie Giannakos und Kostantis ihre Gesichter zu ihm vorneigten, um zu fragen und eine Antwort zu erhalten. Was sollte er ihnen antworten? Wie sollte er für sie einen Entschluß fassen und ihr Leben auf den Kopf stellen? Ein jeder weiß die Stunde seiner Befreiung und kann urteilen und beschließen, wann und wo.

»Brüder«, sagte er schließlich. »Jeder Entschluß des Menschen ist wie eine Frucht am Baum. Langsam und geduldig sitzt die Frucht in Sonne, Regen und Wind, sie reißt und fällt zur Erde herab. Seid geduldig, Brüder, fragt nicht, eure Stunde wird kommen – dann braucht ihr nicht mehr zu fragen. Still, ohne Schmerz, werdet ihr Frau und Kinder, Eltern und Waren verlassen, all jene kleinen Perlen werdet ihr aufgeben, um die große Perle, Christus, zu finden.«

»Du öffnest uns den Weg, Manolios«, rief Giannakos, »ich komme mit dir!«

»Übereile dich nicht, Giannakos«, sagte Manolios und drückte dem Freund die Hand. »Laß mich erst allein kämpfen und leiden.«

»Du wirst doch nicht deiner Wege gehen?« fragte Kostantis und streckte seine Hand aus, als ob er Manolios zurückhalten wollte. »Du gedenkst doch nicht, uns zu verlassen?«

»Wohin sollte ich gehen, Kostantis? Hast du vergessen, wie der Mönch, von dem ich erzählte, zum Heiligen Grabe kam? Wer auf einer kleinen Scholle kämpft und leidet, der kämpft und leidet auf der ganzen Welt. Ich werde immer bei euch sein. Hier in Likovrisi und auf dem Berg, auf unserer Erde. Hier ist unser Druschplatz, hierher hat Gott mich gestellt, hier hat er mir befohlen zu bleiben und zu kämpfen. Jede Scholle ist das Heilige Grab.«

Kostantis' Frau zeigte sich wieder auf der Schwelle und murmelte etwas. Manolios erhob sich und sah zu den Sternen empor.

»Brüder«, sagte er. »Es ist gewiß Mitternacht jetzt, und ich muß auf den Berg hinauf. Lebt wohl, ich mache mich auf den Weg.«

»Auch wir werden gehen«, sagte Giannakos. »Meine Schwester ist schläfrig, glaube ich.«

»Es ist über Mitternacht«, sagte sie.

Sie sagten der Wirtin Lebewohl und versuchten, sie mit einigen freundlichen Worten milder zu stimmen. Kostantis tat ihnen leid, den sie jetzt schutzlos in ihren Klauen lassen sollten.

»Willkommen wieder, ihr Freunde!« sagte Kostantis und begleitete sie bis zum Außentor. »Christus sei mit euch.«

»Nicht so zuversichtlich, armer Kostantis!« murmelte Giannakos, sobald das Tor sich geschlossen hatte.

Sie sprachen auf dem ganzen Weg kein Wort. Was sollten sie sagen? Sie hatten alles gesagt.

Einsam, mit schnellen, leichten Schritten, als werde er von Engelsflügeln getragen, schlug Manolios den Weg zur Höhe ein.

## 11

Während die Menschen, von ihren Leidenschaften besessen, töteten und getötet wurden, peitschten und gepeitscht wurden, oder kämpften, um in den Himmel zu gelangen, schwollen und reiften die Getreideähren in Frieden und Stille, sie richteten ihre Köpfe auf und neigten, für die Sense bereit, die Halme zur Erde.

Die Mädchen hatten weiße Tücher um die Köpfe gewunden, damit die Sonne sie nicht verbrennen sollte. Sie hatten im Morgengrauen ihre Sicheln ergriffen und sich über die Felder verteilt. Die Gefahr, die über dem Dorf geschwebt hatte, war bereits vergessen. Sie flüsterten von der Witwe und lachten, sie erröteten und schauderten entsetzt, wenn sie an den Leibwächter dachten, den sie dieser Tage morgens halb nackt und entmannt in der Platane hatten hängen sehen. Es wehte ein Wind, die schaurige Leiche schwankte und knarrte, und die Zunge, in die er sich gebissen hatte, hing blauschwarz heraus.

Doch ihre Gesichter leuchteten auf, wenn sie an Manolios dachten. Als der Aga ihre Mütter vom Markt gejagt hatte und sie im Laufschritt nach Hause kamen, hatten sie nicht Worte genug gefunden, um zu schildern, wie stolz und blond und wie ein Erzengel so schön er aus der Pforte des Aga getreten war — was böse Zungen über den Aussatz in seinem Gesicht verbreitet hatten, war Lüge, nichts als Lüge. Sein Gesicht strahlte rein und klar wie die Sonne.

Sie waren aufs Feld hinausgegangen und hatten die Sichel sorgfältig ihre Arbeit beginnen lassen, als jagten sie dem Korne nach und umarmten es. Mit Händen und Armen sammelten sie die Ähren in Bündeln und häuften sie zu großen Garben hinter sich an; dabei schwatzten sie, scherzend und spöttisch flogen die Reden über die Burschen im Dorfe hin und her, es war wie ein Lied über ihre Fehler in allen Tönen — der eine war schief, der andere hatte krumme Beine, der dritte stotterte... Und die meisten Fehler hatte der, nach dem sie sich insgeheim am meisten sehnten.

Auch Panagiotaros' Frau war mit ihren beiden Töchtern Pelagia und Chrisoula hinausgegangen, um ihren kleinen Ackerfleck abzuernten. Lang und dünn wie eine Stange und mit einem bitteren Zug um den Mund, hatte die arme, vorzeitig gealterte Frau wie eine Witwe ein Tuch um den Kopf gewunden und ging müde und stumm vor den Töchtern einher. Weshalb war sie zur Welt gekommen? Was hatte sie Böses getan? Wofür mußte Gott sie so strafen? Was hatte ihr Mann Böses getan, daß er ein Säufer und Verschwender und ein Gespött für das ganze Dorf werden mußte? Er, der anständige Junge, der still und arbeitsam war und zitterte, ja kaum die Augen aufzuheben wagte, um sie anzusehen, wenn er an ihrer Tür vorüberging? Sie war eine wohlhabende Bauerntochter, er ein armer Schlucker, eines Tages aber rief ihr seliger Vater ihn zu sich. »Panagiotaros«, sagte er, »du gefällst mir, du bist arm, aber arbeitsam und ehrlich, ich weiß, daß du meine Tochter liebst. Nimm sie, du hast meinen Segen.« Und er bekam sie, und alles ging gut bis zu der verfluchten Stunde, da die Witwe vor ihm aufgetaucht war.

»Fluch über sie!« murmelte sie. »Das elende Stück hat mir mein Leben zerstört... Ach, du mein Gott, schenkst du achtbaren Frauen Gehör? Dann höre auf mich und wirf sie in die Hölle, damit sie dort mit Judas verbrennt.«

Als sie den letzten Namen genannt hatte, erschauerte sie, als ob sie eben Gott gebeten habe, nicht einmal in der Hölle ihren Mann von der Witwe zu trennen. Sie blieb verwirrt stehen.

Hinter ihr gingen rund, schwarzhaarig und herausfordernd ihre beiden Töchter. Sie hatten einen schwarzen Flaum auf Oberlippen und Wangen, rochen nach Schweiß und schnatterten und gafften.

»Jetzt ist der Alten wieder etwas in den Kopf gefahren. Sieh mal, sie bleibt wie eine Stange bolzengerade stehen!« sagte Chrisoula, die Jüngste.

»Ich wette, sie denkt schon wieder an die Witwe!« fügte Pelagia hinzu, und beide begannen zu kichern.

Der alte Ladas ging gebeugt, barfuß und in Gedanken versunken vorbei. Er wandte sich um und sah sie an.

»Ist das euer Feld? Habt ihr kein anderes?« fragte er die Mutter.

»Ja, Herr Ladas, das andere haben wir verkauft«, antwortete sie und seufzte.

Der alte Ladas warf einen Blick auf den Acker, schätzte ihn ab, berechnete, wieviel er bringen könnte, schüttelte den schmalen, kahlen Kopf und ging weiter. Panagiotaros' Schimpfworte zischten noch wie Klapperschlangen in seinem Ohr, jeden Tag traten sie neu in seine Gedanken, und jeden Tag schwor er sich, daß er ihm den restlichen Acker und den Weinberg fortnehmen werde. Ich werde dich lehren, du unehrenhafter Schurke, was unter einem ehrlichen Mann zu verstehen ist, wer Ladas ist, dachte er. Er ging weiter, blieb an jedem Feld stehen und machte seine Berechnungen. Jedes Jahr pflegte er so zu gehen, die Ernte zu besichtigen und dann auf gleiche Weise bei der Weinlese und Olivenernte zu verfahren. Sein Kopf war ein großes Kontobuch, dort schrieb er auf, wieviel Korn, Wein und Öl jeder Bauer hereinbekam, und er rechnete sich aus, ob er eine Anleihe würde aufnehmen müssen, um zurechtzukommen. Und Ladas kalkulierte, ob er ausleihen würde, wieviel er ausleihen und welchen Zinssatz er von einem jeden nehmen würde.

So pflegte es jedes Jahr zu sein, doch in diesem Jahr war der alte Ladas bei seiner Besichtigung gieriger denn je. Von dem Tage an, als er Charons Klauen entgangen war, hatte ihn eine Art Raserei gepackt, so viele Äcker, Weinberge und Olivenhaine wie nur irgend möglich mit Beschlag zu belegen, so viele Goldpfunde, wie nur in seinen Kisten Platz hatten, zu sammeln... Er zog den Leibriemen noch enger an, wollte kaum essen — seit gestern waren die Oliven vom Eßtisch verschwunden —, nichts trinken als das Wasser, das Gott ihm gab, kaum sich kleiden und keinerlei unnötige Ausgaben machen.

»Wir haben keine Zeit, Penelope«, sagte er zu seiner leblosen Begleiterin, »wir können jederzeit sterben, wir müssen uns beeilen, nicht wahr, Penelope?«

Die Griechen waren draußen auf den Feldern und ihre Töchter eifrig bei der Ernte, doch der Aga hatte sich in seinem Hause eingeschlossen und steckte nicht die Nase zur Tür hinaus. Zuweilen ging er im Zimmer sinnlos betrunken umher, stolperte und fiel hin, zuweilen aß oder trank er gar nichts, sondern saß nur mit gekreuzten Beinen auf seinen Kissen, rauchte seinen

Tschibuk, grübelte über diese trügerische Welt und folgte ergriffen dem Rauch, der seinem Tschibuk entstieg, sich in der Luft kräuselte und entschwand.

Eines Morgens jedoch, als er aufgestanden war und sich ankleidete, rief er die bucklige Martha.

»Sattle mir das Pferd!« sagte er. »Leg mir Brot und Fleisch und eine Flasche Wein in den Ranzen, ich werde zur Stadt reiten. Dort werde ich eine von den Satansmaschinen nehmen und mich nach Smyrna begeben. Achte auf das Haus, laß keine Seele herein! Keine Seele darf wissen, daß ich fort bin, sonst werde ich dir Nase, Ohren und Buckel abschlagen, wenn ich zurückkomme, hörst du es, du Taugenichts?«

»Glückliche Reise, Aga«, antwortete die alte Martha und kicherte. Er reist, um eine neue Giousoufaki aus Smyrna zu holen, der verfluchte Kerl, dachte sie.

In der Nacht – es sollte ihn niemand sehen – stieg der Aga zu Pferde und ritt in aller Heimlichkeit zum Dorf hinaus.

»Daß ich nicht früher daran gedacht habe! Was bin ich für ein Tor!« murmelte der Aga.

Einige Tage später war die Arbeit mit der Getreideernte beendet. Die Bauern legten die Mühlsteine auf die Druschplätze und begannen zu dreschen, das Korn zu worfeln und heimzubringen. Panagiotaros brachte sein Korn zur Mühle, drusch es dort, brachte es nach Hause und befahl seiner Frau und den Töchtern, Brot zu backen, und dann zog er seine Pistole, stellte sich mitten auf den Hof und begann in die Luft zu schießen. Er hatte erfahren, daß der Aga fort war, fürchtete niemanden, holte die Pistole aus dem Versteck hinter den Balken, wo er sie verborgen hatte, hervor und begann zu schießen und seine Frau und die Töchter anzuschreien:

»Hinaus! Hinaus! Schert euch weg! Zieht zur Hölle! Ich will allein sein!«

Die Nachbarinnen traten dazwischen, warfen sich zu seinen Füßen nieder und beschworen ihn. Seine Frau und die Töchter weinten. Er aber raste und schrie:

»Hinaus! Hinaus!«

Er riß sie an den Haaren und warf sie zum Hof hinaus, riegelte sich zweifach ein, holte eine große Ballonflasche mit Raki aus dem Keller, zog einige Würste, die er als Zuspeise verborgen hatte, hervor, stellte die frischgebackenen Brote um sich auf und ließ sich unter dem Olivenbaum in der Mitte des Hofes nieder.

Er aß und trank, zog hin und wieder die Pistole hervor und gab einige Schüsse ab, dann warf er sich rücklings zu Boden, stieß mit den Füßen und ballte die Fäuste zum Himmel. »Du Schurke!« schrie er. »Du Schurke!« und begann wieder zu essen und zu trinken.

Tage- und nächtelang hörten die Nachbarn ihn brüllen und schießen, zuweilen sang er auch. Allmählich aber wurde er heiser, die Pistolenschüsse nahmen ab, und eines Tages blickten die Nachbarn durch ein Loch im Tor hinein und sahen ihn dort völlig nackt, den roten Bart voller Ausgespienem liegen. Er gestikulierte und schrie mit seiner heiseren Stimme: »Du Schurke! Du Schurke!«

Am nächsten Tag hörten sie morgens einen Pistolenschuß, dann ein leises Ächzen und Stöhnen und schließlich nichts mehr. Die Nachbarinnen liefen vor dem Tor zusammen und blickten durch das Loch. Dort lag Panagiotaros und schlief unbeweglich. Sein Gesicht lag mitten in all dem Schmutz und den Speiseresten.

»Wir müssen das Tor aufbrechen«, sagte der Barbier Antonis. »Wenn er tot ist, liegt er da und fault, und das ganze Dorf kann krank werden.«

»Wir wollen erst den Priester Grigoris fragen«, meinte der Lampenanzünder und lief davon.

»Brecht das Tor auf! Er hat seine Seele gewiß dem Satan übergeben, begrabt ihn sofort, ich mische mich da nicht hinein!« lautete die Entscheidung des Priesters Grigoris.

Die Frau und die Töchter kamen herbei und brachen das Tor auf. Sie hoben Panagiotaros aus dem Schmutz auf, er war bleich wie der Tod, und es schien nur noch ein Fünkchen Leben in ihm zu sein. Er war über die zerschlagenen Flaschen gestürzt und voller Wunden, aber er lebte noch. Die Frau nahm ihn auf und wusch ihn, wie man Pferde wäscht, die Mädchen holten Wasser vom Brunnen auf den Hof und gossen es eimerweise über ihn. Schließlich erholte er sich ein wenig und schlug die Augen auf, doch als er die Frauen um sich sah, stieg der Zorn wieder in ihm auf.

»Hinaus! Hinaus mit euch!« schrie er und richtete sich mit schwankenden Beinen auf, um nach der Pistole zu greifen. Aber seine Kräfte reichten nicht aus, und er fiel hin.

Sie hoben ihn auf, trugen ihn hinein und legten ihn auf sein Bett.

Der Barbier Antonis schlug vor, ihn zur Ader zu lassen, aber die Nachbarinnen waren damit nicht einverstanden.

»Willst du sein Blut nehmen, Antonis? Er ist ja blaß wie Leinwand... Wir wollen die alte Mantalenia holen, sie soll den Dämon beschwören, der sich in ihm niedergelassen hat.«

Ein Junge lief, um die Beschwörerin zu holen.

Währenddessen schlug eine Frau vor, man solle ihm eine saure Zitrone geben, eine andere, man solle ihm einen glühheißen Ziegelstein auf den Leib legen, und eine dritte meinte, sie sollten ihn dreimal anspeien, damit der Dämon Furcht bekäme und entfliehe.

Doch bevor sie sich noch entschließen konnten, kam die alte Mantalenia geschwind und eifrig mit ihrer ganzen Arzneikunst daher. Drei kleine Beutel waren es, der eine weiß, mit allerlei duftenden Kräutern, der andere schwarz, mit Pulvern und kleinen Fläschchen, der dritte blau, mit schwarzen Bohnen, grünen Glasstücken, Teer, einem Stück des Heiligen Kreuzes, Blumen von der Mitternachtsmesse des Karfreitags und einem kleinen Knochen von der Fledermaus.

Sie beugte sich hinab, sah sich Panagiotaros genau an, schüttelte den Kopf und zog seine Frau abseits in eine Ecke.

»Du wirst entsetzlich gequält«, sagte sie leise. »Du tust mir furchtbar leid... Der da ist kein Mensch, er ist ein wildes Tier. Jetzt hat er für einen Augenblick seine Kraft verloren und ist schlaff geworden, bald aber erholt er sich und fängt wieder von neuem an, und dann wird es nur noch schlimmer. So einer ist dein seliger Mann, der Teufel hat ihn geholt... Ich weiß etwas, das ich dir anvertrauen kann, aber du mußt schwören, es geheimzuhalten, nicht einmal Gott darf es wissen.«

»Ja, ich schwöre es«, sagte die arme Frau und begann zu zittern.

»Sieh«, sagte die Alte und zeigte auf den kleinen Beutel. »Hier habe ich ein wundertätiges Pulver. Wenn wir es ihm geben, wird er in einigen Tagen ruhig und ohne Schmerzen verrecken. Was meinst du? Du wirst frei, Ärmste, und auch er wird frei sein von seinen Sünden.«

»Um Gottes willen, sag es nicht noch einmal!« entsetzte sich Panagiotaros' Frau.

»Wie du willst«, sagte die Alte und zuckte die Achseln. »Ich denke nur an dein Bestes, aber wie du willst . . .«

Sie steckte den kleinen, schwarzen Beutel wieder zu sich, nahm den weißen mit den Kräutern und begann ihre heilende Kunst. Sie kochte die Kräuter, gab sie ihm zu trinken, nahm Öl von Panagias' Lampe, vermengte es mit Pfeffer und rieb ihn damit ein. Man erzählte ihr von dem Ziegelstein, und sie legte einen glühheißen Ziegelstein auf seinen Leib. Dann nahm sie den Teer aus dem blauen Beutel und malte ein Kreuz auf die Schwelle zur Außentür. Darauf jagte sie alle aus dem Zimmer, verschloß die Tür, näherte sich Panagiotaros, spie dreimal auf ihn hinab und zeigte ihm eine lange Nase.

»Zur Hölle mit dir, Judas!«

Damit ging sie hinaus.

»Beunruhigt euch nicht«, sagte sie. »Ich habe über ihn den Segen gesprochen. Nach drei Tagen geht es ihm wieder gut.«

Als Bezahlung erhielt sie die trockenen Brotstücke, die auf dem Hof verstreut umherlagen und eine dicke Wurst, die im Olivenbaum hängen geblieben war. Sie schlug das Zeichen des Kreuzes und ging ihrer Wege.

Eben, da sie den Schlüssel hervorholte, um ihre Pforte zu öffnen, ging Giannakos mit seiner Eselin vorbei. Er hatte es eilig und war düsterer Stimmung.

»Na, na, warte ein wenig, daß man dich anschauen kann, Giannakos!« sagte sie. »Wie geht es meinem feinen Neffen? Tut er euch nicht leid? Ihr habt ihm völlig den Kopf verdreht. Und jetzt sitzt er einsam wie ein Kuckuck auf dem Berg und liest im Evangelium, behauptet man. Hörst du? Im Evangelium! . . . Anstatt mit Lenio Kinder in die Welt zu setzen!«

»Ist das der Dank, alte Mantalenia?« antwortete Giannakos empört.

»Ist denn keiner da, der vor ihm niederfallen und ihm die Füße küssen möchte? Zur Hölle mit euch, ihr erbärmlichen Wichte!« rief er ihr nach.

Aber die Alte, die schon die Schwelle überschritten hatte, machte einen Satz und stürzte hinaus.

»Ich hoffe, daß du eines schönen Tages krank wirst und ich dich in meine Klauen bekomme!« schrie sie. »Dann sollst du etwas erleben!«

Und sie schlug die Pforte zu und kicherte.

Warum sollte Giannakos mit ihr streiten? Seine Gedanken gingen hinauf nach Sarakina, wo er eben vorbeigekommen war und von Erschütterung und Erstaunen gepackt wurde. Man hatte mehrere Häuser gebaut, aber kein Holz für die Dächer. Die Kinder saßen blaß und schmächtig vor den Grotten. Sie konnten nicht spielen, sondern saßen ernst und gedankenvoll wie die Alten da und blickten auf die Ernte drunten auf den Feldern und auf die Mädchen mit den weißen Kopftüchern, die dort unten das Korn schnitten. Einige Frauen sammelten Gras, andere zündeten Feuer an, aber sie hatten kein Öl, kein Brot, keine Oliven, sie aßen Gras in Wasser gekocht. Die Männer waren in die angrenzenden Dörfer gegangen, um Arbeit zu suchen. Der Priester Fotis hatte einen Sack und das Evangelium genommen, er war als Bettler durch die umliegenden Dörfer gezogen und hatte um Almosen für die Seinen gebeten.

»Wie geht es euch?« fragte Giannakos einen alten Mann, der aus einer Vertiefung des Felsens Wasser holte und einen kleinen Erdstreifen, den er bepflanzt hatte, wässerte. »Wie geht es euch in euerm neuen Dorf?«

»Ehre sei Gott. Wir leben noch«, antwortete der Alte.

»Ich finde, die Kinder sehen schwächlich aus, ihre Beine sind wie Schilfhalme.«

»Oh, die werden schon noch stark, mach dir keine Sorgen deshalb. Einige werden sterben, das macht nichts. Die Männer können andere schaffen, das geht schon. Das Menschengeschlecht ist unsterblich. Hast du Kinder?«

»Nein.«

»Nicht? Weshalb nicht? Schaff dir Kinder, es gibt Frauen genug, Gott sei Dank, tu du das Deine dazu!«

Giannakos ging weiter. Einige erkannten ihn und grüßten ihn. Die Frauen versammelten sich um die Eselin und blickten sehnsuchtsvoll auf die Körbe. Ein kleines Mädchen streckte die Hand aus und zog ein rotes Band hervor. Sie war entzückt, streichelte es mit den Fingerspitzen, seufzte und steckte es wieder in den Korb zurück. Eine kleine, schwarzhaarige Frau zog einen Hornkamm aus dem Korb. Sie sah ihn an und besaß nicht das Herz, sich von ihm zu trennen. Ihr Auge flog vom Kamm zu Giannakos, sie meinte, den Kamm bereits bekommen und in die Schürze gesteckt zu haben, ohne daß jemand es gesehen hatte, und daß sie vor der Grotte saß und sich in der Sonne kämmte.

Giannakos unterhielt sich mit den Männern. Hin und wieder aber warf er auch einen Blick auf die Frauen, die sich um die Eselin zusammengefunden hatten. Ihre Hände gruben gierig in den Körben und fielen dann leer und kraftlos zurück. Plötzlich zuckte Giannakos zusammen. Seine Augen leuchteten auf. Er nestelte die Trompete vom Gürtel und blies. Dann setzte er die Hände wie einen Trichter an den Mund und rief:

»Kämme, Bänder, Spiegel, Nadeln, Stoffe, Spindeln! Kommt, wählt und nehmt! Geld verlange ich nicht. Ihr dürft mich in einer andern Welt bezahlen!«

Die Frauen horchten auf. Sie wollten zu den Körben laufen, aber sie beherrschten sich.

»Er scherzt nur«, sagte eine. »Laßt die Finger weg!«

»Er scherzt nicht, sage ich!« erwiderte die schwarzhaarige, kleine Frau und steckte den Kamm, den sie in der Hand hielt, in ihre Schürze. Das kleine Mädchen schrie auf, es steckte die Hand wieder in den Korb und zog das rote Band heraus.

Giannakos sah zu und lachte. Dann stieg er auf einen Stein.

»Greift nur in die Körbe hinein, habt keine Furcht! Was ich sagte, ist wahr, ich will kein Geld. Ihr dürft mich in einer andern Welt bezahlen! Ich vertraue darauf!«

Da stürzten sich die Frauen auf die Körbe, sie wählten nicht mehr, sie griffen auf gut Glück hinein, stießen kleine, frohe Rufe aus und steckten, was sie fassen konnten, in ihre Schürzen. In einem Augenblick waren die beiden Körbe geleert.

»Bist du verrückt oder bist du ein Heiliger? Was meinst du damit, Bruder Giannakos?« fragte ihn ein Alter.

»Ich bin ein Wucherer«, antwortete Giannakos und lachte. »Gott wird mir mit Zinsen zurückzahlen.«

»Ich habe gehört, mein Junge, daß unsere Priester ausleihen und Verträge schließen, um den Gegenwert in einer anderen Welt zu erhalten, aber sie sind gläubig.«

»Ich bin auch gläubig«, sagte Giannakos und faßte die Eselin am Zügel.

»Lebt wohl!«

Am Fuße des Sarakina war er, kurz bevor er die alte Mantalenia getroffen hatte, Nikolios begegnet, der ein Lamm auf den Schultern trug und ins Dorf hinuntereilte.

»Hallo, Nikolios!« rief Giannakos. »Was macht Manolios?«

Nikolios wandte sich um und lachte.

»Er liest, der Jämmerling, und denkt ... Ich geh mit einem Lamm zu meinem Herrn und werde heiraten!«

Ja, es traf zu, daß Manolios Tag und Nacht im Evangelium las und in Gedanken versunken war. Über den heiligen Text gebeugt, saß er und las und mühte sich ab; zu Beginn kostete es ihn viel Mühe, ein jedes Wort zu deuten und den Sinn zu erfassen. Es erschien ihm anfangs wie eine harte Nußschale, die er zerschlagen mußte, um den guten Kern zu finden und genießen zu können. Plötzlich aber erschien ihm alles so einfach. Christus erschien ihm als ein gutes Wort, das zu den einfachen, ungebildeten Menschen auf der Erde herniedergekommen war. Manolios folgte Christus Schritt für Schritt, ohne zu straucheln. Von dem Augenblick an, da er in Bethlehem geboren wurde und die Hirten — Manolios befand sich unter ihnen — erschienen und ihr Hosianna um die Krippe zu singen begannen, bis zu dem großen, strahlenden Tag der Auferstehung, da Christus sich aus dem Grab erhob und in sein Herz eintrat.

Er holte das Holzstück mit dem geschnitzten Christusgesicht hervor und begann es von innen auszuhöhlen, damit er hineinkommen und es sich nach seinem eigenen Gesicht anpassen könne. Und während er schnitzte, dachte er plötzlich daran, wie eines Tages, als er Klosterschüler war, ein gelehrter Theologe aus

Konstantinopel dorthin gekommen war, um das Osterfest zu feiern. Am Ostersamstagmorgen stieg er mit einem ganzen Stoß dicker Bücher in goldenem Einband unter dem Arm auf die Kanzel und begann zu den einfachen Mönchen in eigenartigen, altgriechischen Worten zu sprechen und versuchte zwei Stunden lang, ihnen das Mysterium der Auferstehung zu erklären. Aber die Mönche faßten Christi Auferstehung sehr einfach, sehr natürlich auf. Sie hatten nie nach dem Wie oder Warum gefragt. Es erschien ihnen so einfach, ebenso natürlich wie das Aufgehen der Sonne an jedem neuen Morgen. Und nun kam der gelehrte Theologe da mit all seinen Schwarten und all seinem Scharfsinn daher und brachte es ihnen nur durcheinander ... Als sie in ihre Zellen zurückkehrten, wandte sich der alte Manasis zu Manolios:

»Gott verzeih mir, mein Junge. Doch in diesem Jahr war es das erstemal, daß ich Christi Auferstehung nicht empfunden habe.«

Dann und wann legte Manolios das ausgehöhlte Holzstück auf sein Gesicht, um zu sehen, ob es paßte. Mitunter traf Nikolios ihn mit der Maske auf dem Gesicht und brach in Lachen aus.

»Herrgott, Manolios, du bist wieder ein Kind geworden, glaube ich. Du sitzt da und spielst mit Karnevalslarven.«

Manolios lächelte.

»Ich spiele nicht«, sagte er nur und schwieg.

Mehrere Tage hatte Nikolios seine Kreise um Manolios geschlagen, er hatte ihm etwas sagen wollen, aber die Worte blieben ihm im Halse stecken und kamen nicht heraus. Doch eines Tages faßte er Mut, er ging näher zu ihm heran, setzte sich neben ihn, lehnte sich vor und gab sich den Anschein, als ob er das geschnitzte Holz betrachte. Aber seine Gedanken waren weit fort. Schließlich gab er Manolios einen kräftigen Knuff.

»Hör mal, Manolios«, sagte er laut, als stände er auf dem Berge gegenüber und rief ihn an.

»Schrei nicht so, Nikolios. Sprich leise, ich höre.«

»Ich möchte dir etwas sagen. Aber du darfst nicht böse werden, hörst du?«

»Ich werde nicht böse, Nikolios. Rede nur.«

»Ich werde Lenio heiraten«, rief Nikolios und packte seinen schweren Hirtenstab fest mit der Faust, bereit, zuzuschlagen, wenn Manolios sich auf ihn stürzen sollte.

Manolios lächelte.

»Ich weiß es«, sagte er.

Nikolios riß die Augen auf.

»Du weißt es?« sagte er. »Du weißt es und gehst nicht auf mich los? So wahr ich lebe, ich würde dich totschlagen, wenn du an meiner Stelle wärst.«

»Ich gebe euch beiden meinen Segen. Möge alles gut gehen. Möget ihr leben, älter werden und eure Kinder zu guten Menschen machen.«

»Das begreife ich nicht«, murmelte Nikolios, nachdem er eine Weile gegrübelt hatte. »Schlägst du mich nicht tot?«

Manolios breitete die Arme aus und umarmte den Hirtenjungen.

»Schlägst du mich nicht tot?« fragte Nikolios wieder.

»Nein, nein, Nikolios, ich werde dich nicht totschlagen«, sagte er und lachte.

Nikolios erhob sich plötzlich erschrocken und warf einen letzten Blick auf Manolios, der wieder an dem Holz zu schnitzen begonnen hatte.

Er ist nicht recht beisammen, der Ärmste, er ist vollkommen verdreht. Ich mache mich am besten davon, dachte er. Er tat einen großen Sprung von dem einen Stein zum andern, steckte die Finger in den Mund und pfiff. Die Hunde kamen mit den Schafen und Ziegen, und Nikolios befand sich wieder unter Geschöpfen, auf die er sich verstand. Sie kannten ihn und er sie — er fühlte sich ruhig und sicher.

Einen Augenblick gingen Manolios' Gedanken zu Lenio. Sie war rund, weich und reizbar, genau wie Nikolios. Er legte das Holzstück in den Schoß und verfiel in Nachsinnen.

»Sie sollen meinen Segen erhalten«, murmelte er. »Sie haben den Weg eingeschlagen, den Gott den Menschen hier auf Erden eröffnet hat. Ich kämpfe, um auf einen anderen Weg zu gelangen — keine Frau, keine Kinder, keine Freude, ich schwöre der Welt ab, ich schüttele den Staub der Erde von meinen Füßen ... Tue ich recht? Christus tat recht daran, er war Gott, aber ein Mensch? Ist es nicht Hochmut, Gottes Spuren folgen zu wollen?«

Er konnte keine Antwort finden. In den großen Augenblicken fragte er nicht. Er ging seinen Weg voran, er war sicher. Nie hatte er eine solche Sicherheit, nie ein solches Glück empfunden als damals, da er mit auf den Rücken gebundenen Händen zu seiner Hinrichtung ging. Doch in den kleinen Augenblicken, da er nicht in seiner ganzen, tiefsten Seele gepackt war, fragte, überlegte, zweifelte er.

Vorgestern war er auf den Berg Sarakina gegangen, um den Priester Fotis zu treffen und ihn um Hilfe zu bitten. Vielleicht hatte er denselben Kampf durchlitten und würde ihm seine Hand auflegen. Doch der Priester war fort, in die Dörfer unterwegs, um Almosen zu sammeln. Da war er in die Einsamkeit zurückgekehrt und hatte das Evangelium genommen, es sollte ihm Antwort geben.

Jetzt erhob er sich, legte letzte Hand an das Christusgesicht. Er hatte es soweit ausgehöhlt, als erforderlich war. Er legte es an sein Gesicht, es paßte genau.

»Ehre sei Gott«, sagte er. »Es ist fertig.« Er fiel auf die Knie nieder und betete, dann ging er hinein und hängte es an die Wand neben die alte Kreuzigungsikone mit den Schwalben.

In diesem Jahr würde die hübsche, verführerische Katarina nicht zum Fest des Schutzheiligen des Dorfes kommen ... Jedes Jahr pflegte sie sich am Vorabend dieses Tages ihr Haar zu waschen und mit Lorbeeröl einzufetten, die Zähne mit Walnußblättern zu reiben, ein Halsband mit blauen Steinen um den Hals zu legen, um vor dem bösen Blick geschützt zu sein, und dann zum Propheten hinaufzugehen. Sie ging ganz allein, niemand näherte sich ihr am hellen Tag, und beugte die Knie vor der feuerflammenden Ikone. Der strenge Prophet blickte ernst auf sie herab, aber er konnte aus den Farben und dem Votivsilber, in die seine Bewunderer ihn gebannt hatten, nicht heraus. Die Witwe wußte das und preßte furchtlos ihre Lippen auf ihn.

Jetzt aber lag die Witwe unter der Erde, und alles war vergangen — das Haar, die Lippen, die Wangen und der Hals, und nur die Zähne waren in der Erde zurückgeblieben und glänzten wie kleine, weiße Steine an einem Strand.

Auch Panagiotaros war in diesem Jahr nicht zum Fest erschienen. Er lag noch auf seinem Bett und fluchte. Aber seine beiden

Töchter waren heimlich zum Außentor hinausgegangen und schritten bergauf – schwarzhaarig und rund, mit einem haarigen Flaum auf den Oberlippen und schweißigen, moschusduftenden Armen. Sie waren wie kleine wilde Tiere, deren Zeit herangekommen war, denen das Heim zu eng geworden war und die nun hinausschweiften und gierige, wilde Blicke nach rechts und links warfen, um ein männliches Tier zu fangen. Sie senkten die Augen, wenn ein Bursche vorbeiging, sie kicherten ihm nach und lachten über ihn.

»Sieh nur, wie schief der Ärmste ist! Sieh, was für Beine er hat, wirklich ein ›schöner‹ Bursche!« Und er mißfiel ihnen, weil er vorüberging und sich nicht über sie warf.

Auch der Barbier Antonis ging hinauf. Er trug einen Bart, da er viel zu tun gehabt hatte und sich nicht hatte rasieren können. Von dem Propheten Elias hielt er viel, denn alle Bauern ließen sich bei ihm rasieren, bevor sie sich zur Feier begaben, und wenn sie zurückkehrten, hatten sich einige stets erkältet oder betrunken und baten ihn, doch schnellstens zu kommen, um sie zur Ader zu lassen. Das waren seine größten Einkünfte. Er zog zwar auch Zähne, aber die Schufte hatten ja so gesunde Zähne, sie konnten die härtesten Mandeln knacken, und manchmal banden sie eine Schnur um einen Zahn – welcher Teufel hatte es sie gelehrt? – und zogen ihn selbst heraus, dann tranken sie ein Trinkglas voll Raki aus und begannen von neuem Nüsse und Mandeln zu knacken.

Die drei Freunde hatten sich am Ende der Schar gehalten, sie gingen langsam und plauderten. Anfangs waren Michelis und Giannakos neben dem Priester Grigoris gegangen, der eine, um ein Auge auf seinen Esel zu haben, auf dem Mariori ritt, ihn hin und wieder anzutreiben und mit ihm zu reden, um ihn merken zu lassen, daß er neben ihm ging, der andere, um Mariori Gesellschaft zu leisten, sie zärtlich und liebevoll anzusehen und heimlich mit ihr über ihre lichte Zukunft zu sprechen. Michelis war stolz auf die Zartheit, Schüchternheit und Würde seiner Braut und sie auf sein freundliches, weiches Gesicht, das dunkle, lockige Haar und die straffe Erscheinung. In dem verräterischen Nachmittagslicht, das wie ein Mitverschworener leuchtete, inmitten der summenden, murmelnden Schar, die aufwärts wanderte, vergaßen beide einen Augenblick ihre Unruhe, und in ihren Augen leuchtete ein Schimmer der Freude, die sie erwartete.

Mariori war von einem vergeistigten Lichtschein umhüllt, sie sah vor sich eine Mariori, die ein kleines Kind nährte.

»Ach, Elias, ich komme, eine Gnade von dir zu erflehen, mache mich würdig, einen Sohn zu bekommen.«

Kostantis war mit seiner Familie etwas weiter unten in der Menge. Voran ritt seine Frau, die beiden Kinder auf dem Esel hinter sich, er folgte ihr, ohne etwas zu sagen. Was sollte er sagen? Es war schon alles gesagt, im Guten zuweilen, zuweilen in Zank und Streit. Immer und immer wieder brauste sie auf und zankte mit ihm, doch er hatte die Waffen schon niedergelegt und war ins Himmelreich, in die Stille eingegangen, wie er sagte.

Allmählich jedoch hatten die drei Freunde, als ob es sie zueinander zöge, sich von den Ihrigen freigemacht und am Ende der Schau zusammengefunden.

»Wo ist Manolios? Ist er nicht dabei?« fragte Kostantis. »Kommt er nicht zum Fest?«

»Gestern abend ging ich an seiner Hütte vorbei, aber er war nicht daheim«, antwortete Michelis. »Ich fragte Nikolios, wo er sei, und er antwortete: ›Er ging heute früh mit einem Ölkrug und einem Büschel Lorbeerzweige zum Propheten Elias hinauf und ist noch nicht zurückgekehrt. Er ist nicht recht beieinander; ich glaube, er ist auf bestem Wege, verrückt zu werden. Ich erzählte ihm, ich hätte Lenio genommen, und er hat mich nicht umgebracht. Jetzt sitzt er da, liest und singt Kirchenlieder. Morgen wird er gewiß mit Steinen spielen.‹«

Die drei Freunde brachen in Lachen aus.

»Es ist wahr. Manolios ist nicht mehr der alte«, sagte Giannakos. »Glaubt ihr, was ich sage, Brüder? Vielleicht haben meine Augen mich betrogen, doch als ich eines Nachts mit ihm zusammen war, er auf der Steinbank saß und seinen Kopf an die Wand lehnte, sah ich einen eigenartigen hellen Glanz um sein Gesicht. Es war wie ein heller Kranz aus Licht – wie ihn die Heiligen auf den Ikonen haben ... Glaubt ihr es?«

»Ich glaube es«, sagte Michelis.

»Ich auch«, sagte Kostantis, und sie schwiegen.

Zwischen hohen Felsen eingekeilt leuchtete, frisch gekalkt und weiß, die kleine Kapelle nun vor ihnen auf. Genau so, wie man auf den Ikonen den strengen Propheten darzustellen pflegt inmitten von Felsen, die erbeben und wie ein Flügel um ihn her fliegen. Die steilen Felsen da oben in der Einsamkeit hatten wirklich die Gestalt von Flügeln und schienen ihn zum Himmel emporzutragen.

Neben der Kapelle lag eine baufällige Zelle, in der zu früheren Zeiten einst ein heiliger Asket gelebt hatte. Man hatte einen Schemel gerettet, auf dem er oben auf dem Felsen zu sitzen pflegte, und sein Knotenseil, an dem ein schwarzes Kreuz befestigt war. Vor der Zelle lag sein Grab mit einem eisernen Kreuz und einem Stein mit einem Namen darauf, der im Laufe der Zeit verwittert war.

Der alte Lampenanzünder hatte sich bei Tagesanbruch erhoben, um die Kapelle zu reinigen, sie mit Lorbeer zu schmücken und die Lampen anzuzünden. Doch als er die kleine Pforte öffnete, schrie er auf und blieb erschrocken stehen. »Herr, erbarme Dich! Herr, erbarme Dich!« murmelte er und schlug ein Kreuz. Die ganze Kapelle leuchtete rein und sauber, es war gescheuert und gewaschen, die Kerzenhalter waren geputzt, und die Lampen mit Öl gefüllt. Die Ikone war mit Lorbeer geschmückt, man hatte auch Kohlen in Brand gesetzt, und es duftete nach Räucherwerk.

Der Lampenanzünder wischte sich den Schweiß von der Stirn und wagte nicht einzutreten. Er fürchtete, es säße irgendwo ein Engel verborgen im Heiligtum. Einmal hatte er, als er eines Morgens in die Dorfkirche gegangen war, um sie zu säubern, den Erzengel Michael auf der linken Seite der Ikonostase leise die Flügel bewegen sehen und wäre beinahe in Ohnmacht gefallen. Seitdem wollte er keine Engel sehen und fürchtete sich vor jedem Wunder.

Er setzte sich auf die Schwelle, wandte sich dann und wann um und warf erschrockene Blicke in die Kapelle. Doch die Stunden gingen dahin, kein Engel zeigte sich, und er faßte Mut. Er hatte schon seit langem nicht gegessen, öffnete nun seine Tasche und zog eine Scheibe Brot und ein Stück Käse hervor, aber es blieb ihm im Halse stecken. Er konnte nichts hinunterbekommen. Er holte eine Flasche Wein hervor, trank einige Schluck und erholte sich, der Hals lockerte sich ihm, und er begann langsam zu kauen. Nachdem der alte Lampenanzünder gegessen und getrunken hatte, nahm er seinen ganzen Mut zusammen, schlug das Zeichen des Kreuzes und schritt kühn über die Schwelle. Er fiel vor dem Propheten Elias nieder, öffnete vorsichtig die kleine Pforte der Ikonostase und blickte in das Allerheiligste hinein. Es war niemand dort.

»Gott sei Dank«, sagte er, »er ist gekommen, hat saubergemacht und ist wieder seines Weges gegangen. Ich bin frei.«

Und er begann wieder zu säubern und zu putzen, die Leuchter nochmals zu polieren und die Teller auf der Bank des Kirchenrates zu ordnen, nur um die Zeit vergehen zu lassen. Der alte Lampenanzünder liebte die kleine Kapelle, sie war mit seinem eigenen Leben verschmolzen. Sie war völlig verfallen gewesen, und sein seliger Vater hatte dem Propheten Elias das Versprechen gegeben, sie wieder aufzubauen, wenn sein neugeborener Sohn — das war er, der alte Lampenanzünder — gesund würde. Er wurde gesund, und sein alter Vater hielt sein Wort.

Der Lampenanzünder dachte an die Vergangenheit und seufzte. Große Zeichen hatten seine Geburt begleitet. Er war vor fünfundsiebzig Jahren am Nachmittag des Karfreitags zur Welt gekommen, als man Christus kreuzigte. Seine Mutter erklärte sofort, daß ihr Sohn Metropolit werden solle, und da hatte sein Vater, der ein guter Christ und ein guter Hausvater war, sich gedacht, daß sein einziger Sohn studieren und seiner Berufung folgen solle. Alles ging nach Wunsch, der künftige Metropolit lernte lesen, er war begabt und gottesfürchtig; hatte das Gymnasium auf dem Berge Athos mit ausgezeichneten Zeugnissen durchlaufen und war bereit, zur theologischen Fakultät nach Chalkis zu reisen ... Doch eines Abends begegnete ihm auf einer verlassenen Straße der Teufel in Gestalt eines kleinen, dunklen Mädchens mit schwellender Brust in der Bluse und drei Schönheitsfleckchen auf der Oberlippe, sie war zwölf Jahre alt. Der arme zukünftige Metropolit verlor alle Vernunft, er wurde vollkommen närrisch und folgte ihr. Die drei Schönheitsfleckchen auf der Oberlippe hatten ihm den Kopf verdreht. Vergebens weinte und jammerte sein armer Vater und beschwor ihn, nicht von dem

Wege abzuweichen, den Gott ihm gewiesen hatte. Der künftige Metropolit erklärte, daß sie und keine andere es sei, er würde sich das Leben nehmen, wenn er sie nicht bekäme, und er nahm sie.

»Ehre sei Gott!« sagte er oft und tröstete sich. »Ehre sei Gott! Ich bin ein Lampenanzünder in der Kirche geworden, ich bin nicht vom Wege abgewichen.«

So mit den Gedanken in Gegenwart und Zukunft verging ihm die Zeit, die Sonne kam und schwand, und der Lampenanzünder saß wieder auf der Schwelle und war stolz und froh über die festlich Feiernden, die vom Tal heraufstiegen. Ihm war zumute, als beginge er selbst ein Fest und die Freunde kämen in sein Haus, um ihn zu beglückwünschen.

Er hörte immer deutlicher das Schreien der Esel und stand auf, er packte das Seil und begann das feierliche Läuten der kleinen Glocke.

Als erster erschien in vollem Ornat der Priester Grigoris auf seinem Maulesel. Der Lampenanzünder eilte herbei, um ihn zu begrüßen, und hielt ihm den Steigbügel, als er zu Boden stieg.

»Hast du gesäubert und gewaschen und die Kerzenhalter geputzt?« fragte der Priester, noch bevor er abgestiegen war.

»Es ist alles in Ordnung«, kam demütig die Antwort des Alten, der einmal fast ein Metropolit geworden wäre. Er wagte nicht das Wunder zu erwähnen, er wollte selbst die ganze Ehre für sich haben.

»Hast du die Teller auf die Bank des Kirchenrates gestellt, wie ich es dir sagte? Es müssen drei Teller sein, einer für den Priester, einer für den Heiligen und einer für die Kerzen.«

»Es ist alles in Ordnung.«

Dann kamen die andern Feiernden. Sie gingen in die Kirche hinein und legten einige Ähren und eine Traube Wein auf die Bank des Kirchenrates. Dann holten sie die Börse hervor und legten einige Münzen auf die Teller, sie kauften Kerzen und beugten vor dem gestrengen Propheten die Knie. Er war auf einem brennenden Wagen mit vier purpurroten Pferden über einer steilen Tiefe dargestellt. Er trug einen purpurnen Priesterrock, von seinem Kopf gingen feurige Flammen aus, der Wagen war bereits über den Felsrand gefahren und hing in der Luft. Ein Asket war zwischen den Felsen niedergestürzt, er hatte die Hand zum Schutz gegen die Sonne erhoben und blickte voller Angst auf den Propheten.

»Das ist die Sonne«, murmelte eine kleine Frau und bewunderte den Propheten. »Das ist die Sonne!«

»Das ist der heilige Elias! Versündige dich nicht, Frau Mariori!« sagte eine andere.

»Das ist dasselbe«, sagte eine dritte. »Fallt nieder auf eure Knie und betet!«

Die Sonne war untergegangen. Die Sterne hatten sich noch nicht gezeigt, und das Licht führte einen hoffnungslosen Kampf, sich zu behaupten. Die Nacht war aus der Erde aufgestiegen und jagte es von Felsen zu Felsen, bis zu seiner letzten Schanze, der kleinen, weißen Kapelle des Propheten Elias oben auf dem Berg. Plötzlich vermochte es nicht länger standzuhalten, es machte einen Sprung zum Himmel hinauf und entschwand.

In diesem Augenblick erschienen die Flüchtlinge vom Berge Sarakina, arm, in Lumpen gekleidet und mit von Hunger ausgezehrten Gesichtern, zur Feierlichkeit. Der Priester Fotis schritt mit seinem eisenbeschlagenen Mönchstab an der Spitze. Sie traten als letzte in die Kirche, sie hatten nichts auf die Teller zu legen, mit leeren Händen traten sie vor und fielen vor dem heiligen Propheten in die Knie.

»Vergib uns, strenger Prophet«, murmelte der Priester Fotis und blickte ihn an. »Du bist auch arm gewesen wie wir, du bist auch ärmlich gekleidet gewesen wie wir, du hattest nichts als ein großes Feuer, einen Funken dieses Feuers haben auch wir Flüchtlinge vom Berge Sarakina. Wir grüßen und verehren dich, unseren Gefährten.«

Sie fielen auf die Knie, gingen wieder hinaus und ließen sich auf den Steinen hinter den wohlhabenden Bauern aus Likovrisi nieder.

»Verzeih unsern Bauern«, sagte Michelis beschämt. »Sie haben ihre Säcke und Bündel voll.«

»Gott wird ihnen verzeihen, nicht ich«, antwortete der strenge Priester Fotis.

Er schwieg, aber seine Augen flammten. Er war heute morgen zurückgekehrt, und sein Sack für die Almosen war leer. Wie er dort oben auf dem Felsen saß und in die fruchtbare Ebene hinabblickte, glich er wirklich dem auf Feuersflammen dahinfahrenden Propheten.

»Die Erde gehört ihnen«, sagte der Priester Fotis wieder. »Mögen sie sich ihrer erfreuen. Gott wird uns den Himmel als unseren Anteil geben.«

Dann sagte er nichts mehr.

Die Feiernden breiteten ihre bunten Tücher rund um die kleine Kapelle aus, öffneten ihre schwellenden Säcke und Bündel und begannen zu kauen und zu essen. Sie holten die Flaschen heraus, der Wein plätscherte, es gluckste in den Hälsen, des Propheten strenge Einsamkeit war von Schwatzen und Menschengemurmel erfüllt.

Zwischen den Felsen wurden einige Laternen angezündet, sie warfen ihren Schein auf die erregten Frauengesichter, auf die weißen Hälse der Mädchen und die Schnurrbärte der Männer. Eine große Laterne mit drei Flammen hing an der Außenmauer der Kapelle und beleuchtete des Herrn Patriarcheas runde Wangen und dreifaches Doppelkinn und neben ihm einen weißen, zweigeteilten Bart und scharfe, kauende Zähne. Die beiden Vornehmsten des Dorfes saßen dort beisammen, hin und wieder fiel der Schein der Laterne auf Marioris zarte und flinke Hände, die den Braten zerteilten und die unersättlichen Rachen bedienten.

Eine nach der andern erloschen dann die Laternen, die Schatten legten ihren Schleier um die heiligen Felsen, und man sah nichts mehr. Man hörte nur Lachen und Gekicher, und bald darauf eine beunruhigende Stille. In aller Heimlichkeit schlichen sich die Menschen wie Skorpione zwischen die Felsen und feierten auf ihre Weise des feuerflammenden Propheten Fest.

Gott ließ es wieder Tag werden. Wie ihr Namensvetter, der Prophet[22], kam die Sonne auf einem feurigen Wagen. Die Menschen sprangen auf, reckten sich, gähnten, husteten, rieben sich die Augen und tranken Kaffee, um wach zu werden. Die silbern tönende, kleine Glocke begann wieder schnell und fröhlich zu läuten, der frische Klang sprudelte wie Wasser die Berghänge hinab und breitete sich über das ganze Feld.

Auf seinen Hirtenstab gestützt, kam Manolios ruhig und froh zwischen den Felsen heran. Sein Blick glitt suchend umher, er fand die Freunde auf einem Felsen. Er freute sich, stieg über die Feiernden hinweg und näherte sich ihnen. Sie erblickten ihn und riefen ihn an.

»Wir haben die ganze Nacht auf dich gewartet«, sagte Giannakos. »Weshalb kamst du nicht? Du sagtest doch ...«

»Ist alles bereit?« fragte Manolios.

Die Freunde verwunderten sich.

»Bereit? Was?« fragten sie.

»Sind die Seelen bereit, sich zu erheben?« antwortete Manolios lächelnd. »Die Rücken bereit, sich peitschen zu lassen? Die Lippen bereit, zu rufen?«

»Hast du etwas vor?« fragte Giannakos und faßte ihn am Arm. »In Leben und Tod gehe ich mit dir.«

»Nein, nichts«, antwortete Manolios. »Vielleicht aber Gott. Wir müssen bereit sein.«

Er blickte sich um.

»Mir gefällt diese Bergspitze hier«, sagte er, »und dieser Prophet, der auf dem Feuer ritt, der die Erde mit einem Schritt verließ und verschwand ... Mir gefallen auch die Bauern heute. Sie sind so sauber und fein, ihre Augen glänzen. Sie sind bereit, Feuer zu fangen und zuzuschlagen. Sind wir bereit?«

Doch vom Heiligtum her vernahm man des Priesters Grigoris donnernde Stimme. Die Messe begann, und sie schwiegen.

So viele Festteilnehmer, wie die kleine Kapelle fassen konnte, traten ein. Die andern standen auf den Felsen, der Gesang flutete aus der Tür und dem kleinen Fenster der Kapelle, er stieg gefühlvoll auf wie ein Echo der uralten, seit langem entschlafenen Ahnen, die noch Gesänge zu Gottes Ehre zu schaffen wußten.

Die Messe war beendet, das Volk strömte heraus, der Schullehrer stieg auf einen Stein und begann, ein wenig blaß und heiser, zu sprechen und des Propheten Lob zu verkünden. Doch plötzlich, ohne einen Übergang, sprang er keck zu einem Lobgesang auf das griechische Volk über, er vermengte den Propheten Elias mit Apollo, dann mit dem Licht und schließlich mit dem unsterblichen Geist der Griechen, der das Dunkel der Barbaren bekämpft und in die Flucht geschlagen hatte. Dann kam er vorsichtig auf die Türkei zu sprechen, stotterte etwas, ließ aber plötzlich die Zügel fahren und begann die Freiheitshymne zu singen.

Alle zuckten zusammen, das Blut geriet ihnen in Wallung, und ergriffen begannen sie in falschen Tönen pathetisch zu singen:

Ich erkenne dich wieder an der Schärfe
des Schwertes, das du drohend hebst...

Der Prophet Elias dort oben auf dem Berge war plötzlich zu Armatol und Kleft mit Stiefeln und langer Büchse geworden[23].

Manolios wandte sich an die Freunde.

»Seid ihr bereit?« fragte er wieder.

»Ja«, antworteten die drei. »In Gottes Namen, tritt vor.«

Sie wußten nicht, was Manolios zu sagen gedachte. Sie wußten auch nicht, wozu sie bereit sein sollten, aber sie spürten in sich, daß sie bereit waren.

Der Lehrer hatte schließlich ein Ende gefunden, er stieg vom Stein herab und murmelte etwas vor sich hin. Die Augen des alten Patriarcheas hatten sich verschleiert, der Priester Grigoris hob die Hand, um seine Herde zu segnen. Sie hatten ihre Pflicht Gott gegenüber erfüllt, jetzt war die Zeit gekommen, zu essen und zu trinken. In diesem Augenblick trat Manolios vor. Er beugte sich, küßte die Hand des Priesters Grigoris und bat um die Erlaubnis, sprechen zu dürfen.

Als die Bauern in ihrer Feiertagsstimmung Manolios erblickten, wurden sie gerührt und erinnerten sich, daß es dieser blonde Jüngling gewesen war, der sein Leben hatte geben wollen, um das Volk zu retten. Ein frohes Gemurmel begrüßte ihn.

Der Priester Grigoris runzelte die Augenbrauen und beugte sich vor. »Was gedenkst du zu sagen?« fragte er. »Kannst du zum Volke sprechen? Worüber willst du sprechen?«

»Über Christus«, antwortete Manolios.

»Über Christus?« sagte der Priester erstaunt. »Aber das ist doch meine Sache.«

»Christus hat mir befohlen zu sprechen«, beharrte Manolios.

»Er hat dir gewiß keine Anweisung gegeben, was du sagen sollst!« sagte der Priester Grigoris sarkastisch.

»Nein, aber Er wird es tun, sobald ich den Mund öffne.«

Michelis trat einen Schritt vor.

»Manolios will zu den Dorfbewohnern sprechen«, sagte er. »Alle Bauern bitten dich, es ihm zu erlauben. Als sich das ganze Dorf in Gefahr befand, war es Manolios, der vortrat und bereit war, sein Leben zu geben, um uns alle zu retten. Er hat ein Recht, zu sprechen.«

»Laß ihn reden«, sagte auch der alte Patriarcheas. »Er ist ein anständiger und lieber Junge.«

»Aber er gedenkt über Sachen zu reden, die er nicht begreift«, erwiderte der Priester.

»Das macht nichts«, brach Giannakos aus. »Du begreifst es.«

»Laßt ihn sprechen! Laßt ihn sprechen!« rief Kostantis.

Die Dorfbewohner faßten Mut, der Schlachter Dimitros, der Barbier Antonis und der alte Christofis begannen in die Hände zu klatschen und zu rufen:

»Laßt ihn sprechen! Laßt ihn sprechen!«

Der Priester Grigoris zuckte gereizt mit den Schultern.

»Na ja«, sagte er. »Es muß ein Ende finden mit dem Geschrei.«

Widerwillig legte er seine Hand auf Manolios' Kopf.

»Möge Gott dich leiten«, sagte er. »Sprich!«

Und er faltete seine Hände und hörte zu.

Manolios trat vor und stellte sich mitten unter die Menge. Giannakos und Kostantis rollten einen Stein heran, und Manolios stieg hinauf. Die Bauern, Männer und Frauen, schlugen um ihn einen Kreis. Auch der Priester Fotis näherte sich mit den Seinen, er neigte leicht den Kopf und grüßte den Priester Grigoris, aber dieser gab sich den Anschein, ihn nicht zu sehen.

Manolios wandte sich nach Osten, schlug das Zeichen des Kreuzes und begann.

»Brüder, ich will zu euch von Christus sprechen. Verzeiht mir, ich bin ungebildet und kann meine Worte nicht so gut fassen. Doch gestern, als ich bei Sonnenuntergang vor meiner Hütte saß, kam Christus und setzte sich — still und einfach, wie ein Nachbar zu kommen und sich niederzusetzen pflegt — neben mich auf die Bank. Er hatte einen leeren Sack bei sich, seufzte und ließ ihn zu Boden fallen. Seine Füße waren voller Staub, die fünf Wunden hatten sich geöffnet, und das Blut rann hervor.

›Liebst du mich?‹ fragte Er mit trauriger Stimme.

›Rabbi, befiehl mir, für dich zu sterben‹, antwortete ich.

Er schüttelte den Kopf, lächelte, sagte aber nichts. Lange saßen wir so, ich fürchtete mich und wagte nicht zu sprechen. Schließlich aber sagte ich:

›Du bist müde, Rabbi, deine Füße sind voller Staub und Blut, woher kommst Du?‹

›Ich bin in den Dörfern umhergegangen‹, antwortete Er, ›ich bin in Likovrisi gewesen. Meine Kinder hungern. Ich hatte diesen Sack bei mir, um Almosen zu sammeln. Sieh, ich komme zurück, und der Sack ist leer. Ich bin müde ...‹

Er schwieg wieder. Wir blickten beide in die untergehende Sonne. Plötzlich hörte ich Seine Stimme voller Klage:

›Weshalb sitzt du hier so ruhig und still mit gefalteten Händen, du, der du sagst, du liebst mich. Du ißt und trinkst, du sitzt und liest um deiner selbst willen voller Anteilnahme die Worte, die ich gesagt habe. Du weinst, wenn du von meiner Kreuzigung erzählst, und dann legst du dich in dein Bett und schläfst. Schämst du dich nicht? Liebst du mich so? Nennst du das Liebe?‹

Ich sprang auf und fiel ihm zu Füßen.

›Herr, ich bin ein armer Sünder, befiehl, was ich tun soll.‹

›Nimm deinen Hirtenstab, suche die Menschen auf und fürchte dich nicht, zu ihnen zu sprechen.‹

›Was soll ich sagen, Herr? Ich bin ein ungebildeter, armer Kerl, und ich bin feige, wenn ich viele Menschen versammelt sehe; dann fürchte ich mich und will fliehen. Und nun schickst Du mich, zu ihnen zu sprechen. Was soll ich sagen?‹

›Geh hin und sage ihnen, daß ich Hunger leide, daß ich an die Türen poche, meine Hand ausstrecke und um Almosen bitte.‹«

Der Priester Grigoris begann unruhig zu werden. Der alte Patriarcheas gähnte und blickte sich um, um zu sehen, ob er sich nicht aus dem Staub machen könne, er war hungrig. Der alte Ladas näherte sich dem Priester.

»Das gibt ein schlechtes Ende mit dem Fest«, murmelte er, »sag ihm, daß er schweigen soll.«

Doch die Bauern lauschten und gafften. Sie waren gerührt und wurden allmählich von einer eigenartigen Furcht gepackt. Es schien, als sähen sie wirklich Christus barfuß daherkommen, an ihre Türen pochen und um Almosen bitten; doch sie riefen von drinnen: »Gott erbarme sich!« und jagten ihn fort... War nicht vorgestern der Priester Fotis barfuß mit einem leeren Sack auf dem Rücken gekommen, und sie hatten ihn fortgejagt?

Manolios holte Atem. Der Schweiß rann ihm in Tropfen von der Stirn. Er blickte sich um und sah einen jeden der Bauern lange an. Sein Gesicht war von einem solchen Schmerz, einer solchen Bitterkeit und einer solchen Hoheit erfüllt, daß sie sich verwunderten. Eine alte Frau schlug das Zeichen des Kreuzes.

»Herrgott«, murmelte sie zu ihrer Nachbarin. »Ist das wirklich Manolios, des alten Patriarcheas' Hirte und Frau Mantalenias Neffe? Ist das nicht – Gott verzeihe mir – Christus selbst, der um unserer Sünden willen auf die Erde herabgekommen ist? Was sagst du?«

»Still, Persefoni, still, er beginnt wieder zu sprechen.«

Manolios streckte die Arme aus.

»Brüder und Schwestern, Männer und Frauen in Likovrisi«, sagte er. »Ich komme nicht aus mir selbst. Wie sollte ich, ein armer Habenichts, es wagen, zu den reichen Bauern, zu den großen Gemeindeältesten und zu denen, die älter sind als ich, zu sprechen und ihnen Ratschläge zu erteilen? Ich komme nicht aus mir selbst, Christus hat mich gesandt. Die Worte, die Er mich zu sagen bat, lauten: ›Ich hungere, ein Almosen, ihr christlichen Menschen!‹ Wer sich über die Armen erbarmt, leiht es Gott. Vorgestern ging einer der Dorfbewohner zu unseren Brüdern, den Flüchtlingen auf dem Berge Sarakina, hinauf – sie hungern und haben keine Kleider anzuziehen –, er hatte alles, was er besaß und was sein eigen war, bei sich und rief: ›Kommt und nehmt und verteilt, was ich habe, Brüder, ich will kein Geld, aber ich gebe es nicht umsonst, ich leihe es, und Gott wird mich in einer andern Welt bezahlen!‹«

Der alte Ladas konnte nicht länger an sich halten, er gab dem Priester Grigoris Zeichen, Manolios den Mund zu stopfen, doch umsonst. Da ging er selbst in die Menge hinein.

»Du meinst also«, schrie er, »daß wir das, was wir ehrlich und mit Schweiß und Mühe verdient haben, verteilen sollen und uns einen Schuldschein schreiben lassen sollen, um ihn im andern Leben bezahlt zu bekommen? Geh und werde Anstreicher! Ich will dir sagen, mein Junge, du verstehst nicht einen Deut von dem, was Christus dir gesagt hat. Das mußt du mir schon verzeihen. Besser einen Vogel in der Hand, als zehn im Walde, sage ich.«

»Laß ihn reden, alter Ladas!« sagte Giannakos. »Du hast gehört, wer ihn gesandt hat. Es ist Christus, der aus seinem Munde spricht.«

»Bist du das, Giannakos?« rief der alte Ladas wütend aus. »Denke daran, daß wir noch ein Geschäft zu erledigen haben.«

Der Lehrer stürzte herbei, um zu vermitteln.

»Es ist schön und fromm, was du sagst, Manolios, aber es ist nicht zu verwirklichen. Du baust die reinen Luftschlösser. Wir sind keine Götter, wir sind Menschen. Du mußt mit menschlichem Maßstab messen.«

»Das tue ich auch«, antwortete Manolios. »Wer von euch allen, die heute hierher zur Feier gekommen sind, ist ein Christ? Die Christen glauben an eine andere Welt. Was heißt es, an eine andere Welt zu glauben? Ja, alle unsere Handlungen hier auf Erden werden in einer andern Welt gewogen werden – die schlechten Taten werden bestraft, die guten werden belohnt. Wer in diesem Leben mit seinen Brüdern Mitleid hat, wird im ewigen seinen Lohn erhalten. Besser zehn Vögel im Wald, als einen in der Hand.«

»Dein Hirn ist wie des Farbenkleckser Bürste«, schrie der alte Wucherer und zischte vor Zorn.

»Was sollen wir denn tun?« riefen einige Gottesfürchtige aus. »Was befiehlt dir Christus? Sag es ordentlich, daß wir es verstehen und sehen können, ob es zu machen geht.«

»Sag nicht, daß wir alles verteilen sollen«, schrie ein alter kräftiger Greis. »Das geht nicht. Gib uns eine klare Antwort!«

»Die Ernte ist beendet«, sprach Manolios. »Ehre sei Gott! Das Jahr ist gut gewesen. Übermorgen geht die Weinlese zu Ende, bald wird die Olivenernte beginnen. Höret nun Christi Stimme, die ich in mein Herz einschneiden fühle. Bauern in Likovrisi, zu unseren Gehöften hier sind verfolgte Brüder gekommen. Der Winter ist nahe, sie werden vor Hunger, vor Kälte und Entbehrungen zugrunde gehen. Gott schlägt sein großes Buch der Rechenschaft auf, er blickt auf die Leute in Likovrisi hinab, er schreibt eines jeden Namen und Datum auf, wieviel er hat und wieviel er den Armen gab. Er schreibt zum Beispiel: Anastasios Ladas, des Michael Sohn, hatte in jenem Monat soviel und gab soviel, das soll am Jüngsten Tag mit einem soundso hohen Zins vergolten werden.«

Der alte Ladas kicherte höhnisch.

»Geh deiner Wege und friß Klee, du dummes Vieh«, murmelte er.

»Und nun?« fuhr Manolios fort, »nun sollst du das Maß hören, von dem du eben sprachst, Schullehrer. Jeder Bauer soll nach jeder Ernte den zehnten Teil nehmen und ihn, wie ich sagte, Gott leihen. Laßt uns unseren Brüdern auf dem Berge Sarakina ein Jahr, zwei Jahre helfen, bis sie sich erholt haben. Und weiter — wir haben Felder, die unbestellt sind, so viele entlegene Felder, so viele Äcker, die wir nicht bewältigt haben und ungenutzt liegen ließen. Ist das nicht eine Sünde vor Gott? Laßt uns ihnen diese Felder geben, daß sie sie bebauen und bepflanzen können, das Dorf wird reich werden, und die Hungrigen sollen sich satt essen dürfen. Wehe dem Bauern in Likrovrisi, der sich satt ißt und nicht der Kinder auf dem Berge Sarakina gedenkt! Für jedes, das dort stirbt, tragen wir alle die Verantwortung, und seinetwegen werden wir die ewige Verdammnis erleiden. Wie viele sind wir in Likovrisi? Zweitausend? Ein jeder, der vor Hunger auf dem Berge Sarakina stirbt, wird zu einem Knochenskelett, das euch am Halse hängt. Wollt ihr übermorgen vor dem Herrn mit diesem Schmuck erscheinen?«

Die Bauern entsetzten sich. Einige von ihnen griffen sich unfreiwillig an den Hals. Die Phantasiebegabteren sahen vor ihrem Auge zweitausend Menschen aus Likovrisi, einen nach dem andern am Tage des Jüngsten Gerichts in langer Reihe vorbeiziehen, und wie ein Rosenkranz hingen an eines jeden Hals zehn, fünfzehn, zwanzig Skelette.

Da rief der Barbier Antonis, der keine Weinfelder besaß:

»Ich bin dabei. Zieh das Buch, Manolios, und schreib auf: Ich, Antonis Giannidis, des Thrasivoulos Sohn, Barbier in Likovrisi, gelobe, den Brüdern auf Sarakina den Zehnten zu geben.

Ich leihe an Gott, Manolios, schreib es auf. Ich vertraue darauf, daß auch Gott es aufschreibt.«

Mehrere Stimmen klangen auf, man winkte mit den Händen.

»Ich auch! Ich auch! Schreib es auf, Manolios!«

Viele Augen hatten sich verschleiert, einige waren voller Unruhe und Schrecken, andere wieder betrachteten Manolios mit Haß. Der alte Patriarcheas hatte sich davonschleichen können und saß unter einem Felsen. Er hatte seinen Ranzen geöffnet und breitete auf einigen Zitronenblättern den Schweinebraten aus, der vom vergangenen Abend übriggeblieben war.

»Jetzt geht es für den armen Manolios übel aus«, sprach er und kaute. »Jetzt werden sie verfaulte Apfelsinen nach ihm werfen.«

Auch der Priester Grigoris war ärgerlich geworden und hob die Hand. Seine Augenbrauen gingen auf und nieder.

»Hallo, ihr Bauern!« rief er. »Halt! Kümmert euch nicht darum, was dieser Betrüger sagt. Nehmt euch in acht! Vier Pfeiler hat die Welt: Glauben, Vaterland, Ehre sind die ersten drei, und Reichtum der vierte. Streckt nicht die Hand nach ihnen aus, Gott verteilt das Gute nach Seinem geheimen Gesetz: Eines ist die Gerechtigkeit Gottes, ein anderes die Gerechtigkeit der Menschen. Gott hat Reiche und Arme geschaffen, weh dem, der diese Ordnung zu stören sucht! Er vergeht sich gegen Gottes Willen. Ja, Manolios, es ist meine Schuld, da ich dir die Erlaubnis zu sprechen gab. Steig nun herab, geh und weide deine Schafe und Ziegen. Das ist die Aufgabe, die Gott dir gab. Geh nicht weiter, grabe nicht dort, wo man nicht säen kann. Was du geschwätzt hast, ist wider Gottes Willen. Er bestimmt, und was in der Welt geschieht, geschieht nach Seinem göttlichen Plan!«

Er ereiferte sich und wandte sich zum Priester Fotis, der die ganze Zeit unbeweglich mit gebeugtem Kopf daneben gestanden und zugehört hatte. »Ja«, fuhr er fort, »bisher haben wir es gut in unserem Dorf gehabt. Es hat Eintracht und Ordnung geherrscht. Dann bist du mit deinen Leuten gekommen, und von diesem Tage an ist die Ruhe fort gewesen. Nur Kummer, Diebstähle und Unruhe, die Armen wollen sich erheben, und die Reichen dürfen nicht in Frieden schlafen. Doch beruhige dich, der

Aga kommt zurück. Dann werden die Gemeindeältesten ihm zu Füßen fallen und ihn bitten, euch zu verjagen, daß wir Frieden bekommen. Schert euch weg, irgendwo anders hin, mit tausend guten Wünschen von Gott, aber weit, weit fort von hier.«

Der Priester Fotis hob den Kopf.

»Du hast recht«, sagte er ruhig. »Was in der Welt geschieht, geschieht nach Gottes Plan. Manolios sagte, was er auf dem Herzen hat, da es Gott so wollte. Einige Herzen in Likovrisi wurden weich, als sie von unseren Leiden hörten, einige Augen in Likovrisi füllten sich mit Tränen, einige Keller öffneten sich, da Gott es so wollte. Wenn wir gekommen sind und, wie du sagst, Unruhe in euer ruhiges Dorf getragen haben, so ist auch dieses geschehen, weil Gott es so gewollt hat, denn wenn das Wasser stille steht, wird es trübe, und wenn die Seele stille steht, wird sie dunkel und trüb. Gott gebe, daß wir der Wind wären, der die Wellen aufwühlt und das Wasser wieder frisch und lebendig macht.«

Er wandte sich zu den Bauern von Likovrisi:

»Meine Brüder, auch wir sind einmal wohlhabende Bauern gewesen, nun sind wir Bettler geworden. Ich habe eine Wanderung in die Dörfer rundumher gemacht, ich habe der Reihe nach an alle Türen gepocht und bin zu meinen Leuten mit leeren Händen zurückgekehrt. Das bedeutet nichts für mich, ich sterbe gern; es bedeutet auch nichts für die Alten, sie haben ihr Brot gegessen und wissen auch zu sterben. Flehentlich aber bitte ich für die Kinder, jeden Tag sterben einige vor Hunger, und die, die noch leben, können sich nicht auf den Beinen halten. Was fehlt ihnen? Nur eine Scheibe trockenes Brot, ein Tropfen Öl, ein Fetzen Stoff, sich einzuhüllen. Wenn sie das bekommen, was ihr vor die Hunde und auf die Müllhaufen werft, können sie leben. Für die Kinder bettle ich, für sie strecke ich meine Hand aus und sage: Ein Almosen, ihr christlichen Menschen!«

Der Priester senkte den Kopf zu Boden und schwieg. Sein Gesicht war bleich wie Wachs, seine Augen hatten sich vergrößert, die auf der Brust gefalteten Hände leuchteten, und man erkannte deutlich die Knochen unter der durchsichtigen Haut.

Von allen Seiten hörte man Schluchzen. Mariori weinte heimlich und still. Eine jungverheiratete Frau nahm ihre Golddukaten vom Hals und versteckte sie. Sie schämte sich und hatte das Gefühl, sie gestohlen zu haben. In der breiten Brust des Schlächters Dimitros erwachte der alte, gottesfürchtige Mönch, und er rief: »Zum Sonntag schlachte ich ein fettes, kleines Kalb im Dorf, ich werde das Fleisch auf Sarakina verteilen, denn ich schäme mich, daß wir essen und unsere Brüder hungern.«

Der Barbier Antonis geriet in Ekstase.

»Ich werde jeden Samstag abend nach Sarakina hinaufgehen und alle kostenlos rasieren. Ich werde auch alle schlechten Zähne kostenlos ziehen.«

Auch der Schullehrer wurde von der Woge gepackt, er unterdrückte seine Furcht und rief:

»Ich habe einige Abc-Bücher und Lesebücher für Kinder. Ich habe Schiefertafeln und Griffel und eine Karte von Großgriechenland. Ich gebe alles der Gemeinde in Sarakina.«

»Der Teufel hole dich!« murmelte der alte Ladas und spie wütend aus.

Der Priester Grigoris wandte sich um und warf einen strengen Blick auf seinen Bruder, sagte aber nichts.

Manolios stieg vom Stein herab. Er trat zum Priester Fotis und küßte seine Hand.

»Du siehst ...«, sagte er. »Verzage nicht, Christus lebt noch, er geht noch auf der Erde umher, einige Herzen haben ihn gesehen und sich ihm aufgetan. Nur Mut!«

Auch die drei Freunde traten heran, und ihnen folgten vorsichtig der Schlächter Dimitros und der Barbier Antonis. Zögernd näherten sich auch die andern Bauern und zum Schluß der Lehrer.

Der Priester Fotis sah sie, er wandte sich um und schlug das Zeichen des Kreuzes.

»Kommt, laßt uns gehen, meine Kinder«, sagte er. »Wir haben auch eine Messe in der alten Grotte, dort ist unsere Kirche. Kommt, laßt uns alle gehen und Gott preisen. Es ist heute ein großer Tag, das Herz der Menschen beginnt in Schwingung zu geraten.«

Er wandte sich an das Volk, das sich zu zerstreuen begann und seine Bündel öffnete, um Fleisch und Wein hervorzuholen.

»Lebt wohl«, sagte er, »wohl bekomm's! Der Friede sei mit dir, Grigoris!«

»Der Teufel hole euch, ihr Aufrührer!« murmelte Grigoris, »der Teufel hole auch die, die mit dir gehn, du gottloser Gauner!«

»Gott, der die Schafe von den Ziegen scheidet, wird richten«, antwortete der in Lumpen gekleidete, verhungerte Priester ruhig. »Auf ihn setzen wir unsern Glauben und unsere Zuversicht.«

Und er zeigte mit seinen Händen zum Himmel hinauf.

## 12

Der Priester Fotis und die vier Freunde saßen außerhalb der Kirchengrotte auf Bänken, die von Christen vergangener Zeiten ausgehauen waren, die in diesen Höhlen des Berges Zuflucht gesucht hatten, als sie als Ungläubige und Ketzer verfolgt wurden. Es war dunkel geworden, es duftete nach Minze und Thymian.

Lange saßen die fünf Männer in Schweigen vertieft. Sie hatten den ganzen Tag hindurch mit ihren vertriebenen Brüdern gesprochen, sie waren von Grotte zu Grotte gegangen und hatten mit Bewunderung gesehen, wie die Menschen sich wie die Maulwürfe einzurichten verstanden. Unermüdlich war der Priester Fotis hin und her gegangen, hatte Rat erteilt und Trost geschenkt und Christus gebeten, auf den Berg Sarakina zu kommen, um es sich anzusehen und dann nach Likovrisi hinabzugehen, um es sich dort anzusehen, und dann sein Urteil zu fällen.

Bitter und müde saßen sie nun auf den grob zurechtgehauenen Steinbänken und sahen in die Nacht hinaus. Ein eigenartiges Gefühl hatte sie ergriffen. Es war, als seien sie von der ganzen Welt verjagt und hierher geflohen, um in aller Heimlichkeit in den Grotten eine Verschwörung vorzubereiten. Gegen wen sollten sie sich verschwören? Sie wußten es nicht. Was konnten diese fünf einfachen Menschen tun? Was vermochten sie umzustoßen und dem Erdboden gleichzumachen? Was für eine neue Welt konnten sie errichten? Doch es brannte und bebte in der Luft rings um sie her, unsichtbare Funken schienen vom einen zum andern zu fliegen.

»Die Nacht ist schön«, sagte Giannakos endlich, um seine Rührung zu verbergen.

Sie zuckten verwundert zusammen, als ob das Schweigen ein tiefer Traum gewesen sei, als ob von außen her eine Menschenstimme erklang, die den Traum erschrocken auffahren und entschwinden ließ. Ihre Gefühle krochen wieder in ihre geheimen Verstecke zurück, das unsichtbare Band zwischen ihnen schwand, und sie waren wieder fünf Männer.

Kostantis faßte Mut und begann:

»Es sind bald vier Monate, seit die Gemeindeältesten uns zusammenriefen und bestimmten, wen ein jeder von uns darstellen sollte, wenn wir das Mysterienspiel im Vorraum der Kirche aufführen würden. Bisher haben wir so viel anderes zu bedenken gehabt, wir haben unsere Aufgabe vergessen, jetzt müssen wir uns vorbereiten. Die Zeit ist herangekommen, es zu tun ... Aber wie? Was sollen wir tun? Du weißt es gewiß.«

Der Priester Fotis ließ sich zu seiner Antwort Zeit. Es schien, als weilten seine Gedanken weit in der Ferne und zögerten, zurückzukehren. Schließlich kamen sie zu den Freunden zurück, er hörte die Frage und lächelte. »Was ihr tun sollt?« fragte er. »Nur das, was ihr bisher getan habt, nicht mehr. Eine bessere Vorbereitung, etwas, das besser für Christi Leiden geeignet wäre, gibt es nicht.«

»Aber was tun wir? Wir tun doch nichts«, sagte Michelis bitter.

»Hast du die Körbe vergessen, Michelis?« fragte der Priester und drückte ihm freundlich die Hand. »Hast du vergessen, Giannakos, daß du vorgestern erst die Armen gebeten hast, deine Ware zu nehmen, und dabei lachtest? Und du, Kostantis, der du deine Arbeit in Stich gelassen hast und den Kopf gegen alles Unrecht erhebst? Du, ein einfacher Mensch, der bis zum gestrigen Tage nichts als ein anspruchsloser Gastwirt war und nun bereit ist, jeden Augenblick für eine Idee zu sterben? Und Panagiotaros? Was tut der Ärmste anderes, als sich auf die schwere und grauenhafte Rolle des Judas vorzubereiten? Ihr bereitet euch vor, meine Kinder. Ihr bereitet euch vor, ohne daß ihr es wißt. Das ist der Weg.«

Sie schwiegen wieder. Manolios seufzte und richtete den Blick auf einen großen Stern, der am Himmel tanzte und blinkte; der Hirte kannte diesen Stern sehr gut und liebte ihn. Wie oft hatte er nicht, als er noch klein war, geglaubt, daß es der Morgenstern sei, und hatte die Schafe und Ziegen auf die Weide getrieben. Man nennt ihn den spöttischen, irreführenden Stern, und das mit Recht, dachte er an diesem Abend und blickte ihn wie einen alten Spielkameraden an.

Kostantis senkte den Kopf. Er wurde plötzlich von einer Beklemmung gepackt, von allen war er der einzige, der nichts getan hatte, er blieb zurück, sogar Judas war ihm zuvorgekommen.

Auch Giannakos schüttelte verzweifelt den Kopf. Nichts habe ich getan, gar nichts habe ich getan, dachte er. Geld wegzugeben, die Waren wegzugeben, das ist nichts. Giousoufaki wegzugeben, würde ein wirkliches Opfer sein, das allein. Giannakos, kannst du das? Alles andere wiegt so leicht wie Luft.

Die ganze Nacht hatte der alte Patriarcheas wach im Bett gesessen und darauf gewartet, das Außentor sich öffnen und den Sohn über den Hof kommen zu hören... Er wartete und wartete, hörte Schritte auf dem Hof, erhob sich und trat ans Fenster, niemand war da. Er rauchte, warf sich wieder auf das Bett, und in der Dämmerung schlief er ein — er sah einen Falken auf den Hof herniederstoßen und seinen weißen Hahn packen, den er so liebgewonnen hatte. Der Falke nahm ihn in seine Fänge und flog mit ihm zum Himmel hinauf, und der Hahn schrie und krähte froh, als die Sonne aufging...

Er bebte erschrocken und spürte einen kleinen Schauer über den Rücken gehen. »Hebe dich hinweg von mir«, murmelte er und schlug ein Kreuz. Er klatschte in die Hände und rief Lenio. Sie kam verschlafen, halb angezogen und mit zerzaustem Haar herbei. Wie sie sich in den Hüften wiegend näherte, hüpften ihre Brüste, als wollten sie aus dem weißen Hemd heraus.

»Ist Michelis gekommen? Wo ist er die ganze Nacht gewesen? Wo hat er geschlafen?«

»Er ist nicht nach Hause gekommen. Ich ging an seinem Zimmer vorbei und blickte hinein, doch es war niemand da, und das Bett ist unberührt.« Dann fiel ihr etwas ein, und sie kicherte.

»Die Witwe ist tot«, sagte sie. »Gott weiß, wo die Burschen des Dorfes sich jetzt in den Nächten herumtreiben!«

»Wenn er kommt, sag ihm, daß ich mit ihm sprechen will ... Geh noch nicht. Was hast du gestern auf dem Fest getrieben? Ich habe dich ganz aus den Augen verloren.«

Lenio errötete und lachte verlegen, aber sie antwortete nicht.

»Du Schlampe! Kannst du dich nicht noch einige Tage halten? Wir haben doch gesagt, daß die Hochzeit übermorgen, am Sonntag, sein soll. Dann bist du frei und ledig und kannst mit Nikolios tun, was du willst ... Hörst du, was ich sage? Du schlägst die Augen nieder. Woran denkst du, Närrin?«

Lenio lachte und wand sich wie eine Katze.

»An den Berg«, antwortete sie.

Ihre Gedanken gingen wirklich auf den Berg. Dort, unter der großen Eiche ... Dort hatte sie Nikolios getroffen ... Doch plötzlich hörte sie die barsche Stimme ihres Herrn von neuem und zuckte zusammen.

»Woran denkst du, du kleine Feuerfliege? Hörst du nicht, daß ich mit dir rede? Sind deine Gedanken noch nicht vom Berg zurück?«

»Was wolltest du, Herr«, antwortete Lenio. »Verzeih mir, ich hörte nicht zu.«

»Bereite mir eine Tasse starken, süßen Kaffee. Mir ist wirr im Kopf, und ich fühle mich nicht wohl ... vielleicht, weil ich hungrig bin ...«

Lenio hatte bereits die Schwelle überschritten und klapperte die Treppe hinab.

Der Alte schloß die Augen und dachte wieder an seinen Traum.

»Was mochte der Falke bedeuten?« murmelte er. »Ich verstehe es nicht. Wolle Gott seine Hand über meinem Haus halten.«

Die Sonne war aufgegangen, die kleinen Dorfstraßen füllten sich mit Menschenstimmen, mit dem Meckern der Schafe und Ziegen und dem Schreien der Esel. Menschen und Tiere gingen zu ihrer Arbeit und begrüßten den neuen Tag.

Lenio erschien mit dem starken, süßen Kaffee. Der alte Herr setzte sich ans Fenster, er schlürfte das wunderbare Getränk in sich hinein, und seine Gedanken begannen sich zu klären. Dann zündete er sich eine Zigarette an und richtete seine Augen auf das Außentor. Er saß die ganze Zeit in sich gekehrt, drehte an seinem Schnurrbart und stöhnte. Der Priester Grigoris hatte gestern glühende Kohlen auf sein Haupt gesammelt. Als er geruhsam an seinem Schnurrbart kaute – hatte der Priester gesagt –, habe Manolios die Bauern aufgewiegelt und erklärt, Christus habe befohlen, jeder solle ein Zehntel der Ernte den Zerlumpten auf dem Berge Sarakina geben. Einige leichtgläubige Narren hätten ihm zugestimmt. Der Priester Fotis sei hinzugekommen, dieser Gauner, der als Asket auftrete, und habe das Dorf in zwei Lager geteilt, die Unruhestifter und die anständigen Bauern. Das Schlimmste von allem aber war, daß der erste und der Beste, der sich ihnen anschloß, Michelis war. Der verfluchte Manolios, diese scheinheilige Gestalt, begann, sich zu große Freiheiten herauszunehmen, er zog Michelis mit sich, und der Bocksbart von einem Priester impfte ihnen seine Erfindungen ein – möge Gott seine schützende Hand über dem Dorf halten!

»Ach, wenn ich meine Hand darüber halte«, murmelte der alte Patriarcheas, »braucht sich Gott nicht darum zu kümmern. Wie sollte er es mit allen Menschen schaffen? Ich werde in Likovrisi Ordnung schaffen. Zuerst werde ich meinen feinen Sohn beim Ohr nehmen, und dann soll die Reihe an den Schurken Manolios kommen.«

Im gleichen Augenblick ging das Außentor auf, und Michelis schlich sich herein. Der Alte sprang auf und rief aus dem Fenster:

»Guten Morgen, mein Junge. Willst du mir den Gefallen tun, heraufzukommen, daß ich dich ein wenig ansehen kann?«

»Ich komme, Vater«, antwortete Michelis.

Er ging die Steintreppe hinauf und grüßte den Alten. Dieser wandte sich nicht nach ihm um, sondern bemühte sich, ernsthaft böse zu werden. Er hatte bis zu diesem Augenblick einen rasenden Zorn auf den Sohn gehabt, doch als er ihn nun hereinschleichen sah – wie er es in seiner Jugend in seines Vaters Haus getan hatte, wenn er von seinen Abenteuern kam –, frisch über den Hof gehn und zwei Stufen auf einmal nehmen sah, da spürte der Alte, daß ihm das Herz weich wurde. So war auch ich, dachte der Alte, aber ich kam in der Nacht nach Hause, denn ich hatte manch einen Streich auf dem Gewissen. Dieser da kommt am Tag, denn er hat mit seinen Freunden von Gott geredet; ach, auch das ist ein Streich, er ist noch jung, es geht vorbei. So saß er und überlegte, den Rücken zu seinem Sohn gekehrt und versuchte, böse zu werden. Doch als er sah, daß der Zorn auf sich warten ließ, wandte er sich, verärgert, daß er nicht hatte böse werden können, um und sagte:

»Was höre ich? Was habe ich zu hören bekommen? Schämst du dich denn gar nicht? Denkst du nicht an deine Stellung? Hast du vergessen, wer dein Vater und dein Großvater sind?«

Er freute sich, denn er merkte, daß er in Zorn geriet, während er sprach. Dann hob er die Stimme:

»Ich verbiete dir, Manolios wiederzusehen.«

Michelis zögerte mit der Antwort. Er sagte sich: Dies ist dein Vater — Geduld! Der ist nicht stark, der in Hitze gerät, sondern der, der sich beherrschen kann; beherrsche dich!

»Weshalb antwortest du nicht? Wo bist du die ganze Nacht gewesen? Auf Sarakina, was? Mit dem Bocksbart von Priester da und dem Narren Manolios? Welch eine Gesellschaft! Daß du so tief gesunken bist!«

»Vater«, sagte der Sohn ruhig, »sprich nicht häßlich von denen, die über uns stehen ...«

Jetzt wurde der Alte wirklich wütend und sprang auf.

»Was sagst du? Bist du völlig verrückt geworden? Die über uns stehen? Der Lumpenkerl von Priester und der Taugenichts von Knecht?«

»Der Lumpenkerl von Priester, wie du ihn nennst, ist ein frommer und heiliger Mann. Wir Herren Patriarcheas sind alle nicht würdig, seine Schuhriemen zu lösen.«

Der Alte warf die Zigarette fort, das Blut stieg ihm zu Kopf.

»Und was Manolios angeht«, fuhr Michelis still und unbarmherzig fort, »so weißt du sehr wohl, daß Manolios, während ihr Gemeindeältesten alle, Priester und Schullehrer, zusammengekauert in des Aga Keller lagt und zittertet und an nichts anderes dachtet, als wie ihr eure eigene Haut retten könntet und nicht das Dorf, wie es eure Schuldigkeit gewesen wäre, daß es da der arme Knecht Manolios war, der vortrat, um das Volk zu retten, und sagte: ›Ich bin es gewesen, der das Türkenmädchen tötete, häng mich!‹ In diesem entscheidenden Augenblick, wer war da der wirkliche Führer des Dorfes? Du, Herr Patriarcheas?

Oder vielleicht der Priester Grigoris? Nein, nein! Manolios ist es gewesen!«

Der Alte fiel rücklings auf das Bett, er breitete die Arme aus, rang ächzend nach Atem und war nahe daran, die Besinnung zu verlieren. Michelis schwieg. Er schämte sich, daß er bereits vergessen, was er sich eben erst vorgenommen hatte, und der harten Worte. Er trat zu ihm und legte ihm die Kissen zurecht.

»Willst du noch etwas, Vater?« fragte er. »Willst du, daß Lenio dir Zitronensaft bringen soll?«

»Du bist wie deine Mutter!« murmelte der Alte und blickte verwundert auf den Sohn. »Du bist wie deine Mutter – außen weich und sanft wie Honig, innen aber scharf und spitz wie eine Nadel.«

Es flimmerte Michelis vor den Augen. Nebel stieg zwischen ihm und seinem Vater auf, und wie ein Blitz erschien in ihm das Bild seiner Mutter, bleich, schlank und abgezehrt, voller Demut und Würde. »Meine Mutter!« murmelte Michelis und blickte auf den vorbeihuschenden Schatten. Der Nebel teilte sich, und das heilige, teure Bild entschwand.

»Woran denkst du?« fragte der Alte.

»An meine Mutter«, antwortete der Sohn. »Du hast meine Mutter viel leiden lassen.«

»Ich bin ein Mann«, antwortete der Alte mit Mühe. »Ich lasse die Frauen leiden, sie wollen es so. Wie kannst du das verstehen? Du hast ja noch ihre Milch auf deinen Lippen.«

»Wolle Gott, daß diese Milch nie entschwände!«

Das Bild der Mutter richtete sich wieder drohend zwischen ihnen auf. Sie nickte mit dem Kopf ihrem Sohne zu und streckte ihre Hand über ihm aus, als ob sie ihm ihren Segen gäbe, als ob sie ihm sage: ›Kopf hoch, mein Junge, halte den Kopf hoch, fürchte ihn nicht, wie ich es tat. Was ich ihm nicht zu sagen wagte, sollst du ihm sagen und deiner Mutter Genugtuung verschaffen, Michelis.‹ Der Sohn verstand jetzt die Ursache seines Gegensatzes zum Vater, er lehnte sich an das Fenster und wartete. Der Alte erhob sich, seufzte und trat heran.

»Hör zu«, sagte er.

»Ich höre«, antwortete der Sohn und blickte dem Vater gerade in die Augen.

»Entschließe dich jetzt, du hast zwischen mir und Manolios die Wahl. Entweder du verläßt Manolios und seine Gesellschaft, oder du kannst dich aus meinem Hause scheren.«

»Ich werde mich aus deinem Hause scheren«, antwortete Michelis.

Erschrocken riß der Alte die Augen auf.

»Ziehst du den Knecht deinem eigenen Vater vor?« fragte er.

»Ich ziehe nicht Manolios vor, gewiß nicht. Was hat Manolios hier zu besagen. Christus wähle ich. Du hast gefragt, ohne es zu verstehen, und das ist meine Antwort.«

Der Alte schwieg. Er ging auf und ab, dann blieb er wieder vor Michelis stehen.

»Was hast du gegen mich?« kam es klagend heraus.

»Ich habe nichts gegen dich. Aber du willst, daß ich wählen soll, und ich habe gewählt. Das ist nicht meine Schuld.«

Da fiel der Alte mit seiner ganzen Schwere auf das Bett und hielt sich mit beiden Händen den Kopf. In ihm brach etwas entzwei.

»Geh!« murmelte er nach einer Weile. »Geh, ich will dich nicht mehr sehen.«

Der Sohn wandte sich um, er sah den Vater den Kopf in den Händen halten, und er tat ihm leid. Doch in ihm war eine unbeirrbare Stimme, die sagte: »Geh!«

Er trat zum Vater und beugte das Knie. »Vater, ich gehe«, sagte er. »Willst du mir deinen Segen geben?«

»Nein«, antwortete der Alte.

Michelis erhob sich und schritt zur Tür. Der Vater wollte rufen: Mein Junge! Doch er schämte sich, nachzugeben und schwach zu werden. Der Sohn öffnete die Tür und wandte sich noch einmal zu seinem Vater. »Leb wohl, Vater«, sagte er und schritt über die Schwelle.

Lange Zeit hatte Lenio keine Stimme mehr gehört. Sie ging leise hinauf und legte ihr kleines, spitzes Ohr ans Schlüsselloch. Tiefe Schnarchtöne mit Schluchzen vermengt, waren zu hören. Das Bett knarrte und krachte.

»Der Alte schläft, und der Alpdruck quält ihn. Der Streit ist zu Ende. Zu Mittag wird er gewiß erwachen und hungrig sein. Es ist am besten, ich drehe wieder einem Huhn das Genick um ...

Der Magen, der Magen, ach ich schaffe es nicht, er stopft immer nur in ihn hinein, er wird nie voll, der Magen ist wie ein Abgrund!«

Sie ging die Treppe hinab und zum Hühnerhof hinaus, um das Huhn auszusuchen, dem sie den Hals umdrehen wollte. Der weiße Hahn stand dort aufrecht und stolz mit rotem Kamm und breiter Brust, und um ihn liefen gackernd die Hühner und pickten. Sie blieben stehen, um zu sehen, auf welches Huhn der Hahn sich jetzt wohl stürzen würde, um dann stolz einherzuspazieren, seine weißen Federn zu spreizen und zufrieden zu krähen. Seit langem schon war das ihr Vergnügen. Sie konnte den Blick nicht abwenden, wurde rot und versetzte sich an die Stelle der Hühner. Welch ein Kerl! Anfangs war er für sie nichts anderes als ein Hahn, dann bekam er für einige Zeit das Aussehen des Manolios, dann das des Nikolios. Seitdem hatte es sich nicht verändert.

Sie wählte ein kräftiges, hübsches Huhn. Doch als sie die Hand ausstreckte, um es zu fassen, belegte der Hahn es mit Beschlag, Lenio tat das Huhn leid, und sie nahm ein anderes.

Zur Mittagsstunde deckte sie den Tisch. Sie machte die Suppe zurecht und wartete, daß der Herr herunterkommen sollte. Doch es zog sich hin. »Der Abgrund läßt sich Zeit«, murmelte Lenio.

Sie wurde unruhig. Mein Gott, wenn er nur noch bis Sonntag abend durchhält, bis Montag morgen, wie soll es sonst mit der Hochzeit werden? Ich halte es nicht länger aus, dachte sie.

Sie ging wieder hinauf, öffnete leise einen Spalt weit die Tür und blickte hinein. Herr Patriarcheas lag mit offenen Augen auf dem Bett und starrte zur Decke hinauf. Er wandte sich nicht um und seufzte nicht.

Lenio wurde ängstlich und ging hinein.

»Herr, die Suppe ist fertig. Komm herunter.«

Der Alte senkte die Augen und sah sie an.

»Ich habe keinen Hunger«, sagte er. »Mir ist nicht gut. Liebe Lenio, bitte den Priester Grigorios zu mir.«

Lenio schrie auf.

Der Alte richtete sich auf, sein Gesicht war blau angelaufen und mit roten Adern durchzogen.

»Sei still, ich sterbe nicht. Ich will mit ihm reden. Ist Michelis unten?«

»Nein. Er ging auf sein Zimmer und zog sich um, er zog den Alltagsanzug an. Dann nahm er ein Bündel und ging fort.«

»Sagte er nichts?«

»Nein, nichts.«

»Schicke jemand auf den Berg. Er soll den verfluchten Manolios herholen. Er soll sofort kommen, bevor die Sonne untergeht, hörst du? Geh jetzt.«

»Willst du nicht essen?«

Der Alte überlegte eine Weile.

»Was hast du gekocht?«

»Ein gebratenes Huhn, das du liebst.«

»Tu viel Zitronensaft in die Suppe, ich komme.«

Froh klapperte Lenio die Treppe hinab. Er wird sicher bis Montag früh durchhalten, dachte sie. Aber mir gefällt sein Gesicht nicht. Ich werde den Antonis bitten, herzukommen und ihn zur Ader zu lassen, damit er sich nicht vorher davonmacht.

Währenddessen war Michelis mit dem Bündel unter dem Arm auf den Berg gegangen. Er traf Manolios nicht in der Hütte an und setzte sich draußen auf die Bank. Die Schatten nahmen ab, die Mittagsstunde nahte heran. Auf dem gegenüberliegenden Berg war des Propheten Elias kleine Kapelle in dem senkrecht fallenden Licht verschwunden.

Michelis schloß die Augen. Er war müde und bekümmert, aber glücklich. Ihm war, als sei er von einer schweren Krankheit genesen. Alles hat ein Ende, dachte er, alles hat einen Beginn. Du hast mir den Weg geöffnet, Christus, hilf mir, ans Ende zu gelangen. Du stehst am Ende des Weges und erwartest mich. Ich weiß es.

Er öffnete sein Bündel und zog ein großes Evangelium in silberbeschlagenem Einband hervor, ein Erbe seiner Mutter, es war in Schweinsleder gebunden und hatte Schließen. In eine Seite hatte er ein Lorbeerblatt gelegt, nun schlug er sie auf und las: »Wenn jemand zu mir kommt und haßt nicht Vater und Mutter, Frau und Kinder, Brüder und Schwestern und sein eigenes Leben dazu, kann er nicht mein Jünger sein. Und wer nicht sein Kreuz aufnimmt und mir folgt, kann nicht mein Jünger sein...«

Er hatte mehrere Tage diese Worte Christi wieder und immer wieder gelesen und sie zu verstehen versucht. Sie erschienen ihm am Anfang unmenschlich und hart. Gibt es nicht einen ausgeglicheneren Weg, dachte er, der mit unsern Gefühlen besser übereinstimmt? Müssen wir das Heil mit diesem grausamen Preis bezahlen? Weshalb stehen Vater und Mutter im Wege? Können wir sie nicht lieben und uns gleichzeitig zu Gott erheben? Weshalb müssen wir alle Wurzeln aus der Erde reißen, um in den Himmel zu gelangen?

Michelis fragte und fragte, konnte aber keine Antwort finden. Doch allmählich fühlte er sich leichter ums Herz. Die Wurzeln herausreißen! Verstehen! Nach dem gestrigen Abend schwebte plötzlich sein Herz zwischen Himmel und Erde. Kurz nach Mittag kehrte Manolios von seinen Tieren zurück. Er war verwundert, seinen Freund zu dieser Zeit auf dem Berge zu sehen.

»Ich habe meines Vaters Haus verlassen«, sagte Michelis. »Er wollte, daß ich eine Wahl treffe, und ich habe den Weg Christi gewählt. Ich bin froh, dir zu begegnen, Manolios.«

»Es ist ein schwerer Weg, Michelis«, sagte Manolios gedankenvoll. »Schwer für die Reichen, du bist willkommen.«

Er deckte den Tisch, sie aßen ein Stück Brot, und Michelis erzählte, was zwischen ihm und seinem Vater vorgefallen war und welchen Beschluß er gefaßt hatte.

»Ich hielt es nicht länger aus, Manolios. Mein Leben war zu bequem, die Welt erschien mir allzu böse und ungerecht, der Weg, den ich eingeschlagen hatte, war falsch. Ich vermochte es nicht länger zu ertragen.«

»Willkommen«, sagte Manolios wieder. »Der Weg ist voller Steine, der Abhang ist steil, anfangs werden die Füße Wunden bekommen, Michelis, aber allmählich werden sie Flügel erhalten, es wird sein, als ob nicht wir selbst gingen, sondern die Engel uns bei den Armen hielten und uns führten.«

Er erhob sich und nahm den Hirtenstab.

»Dein Vater hat mich gebeten, sofort zu ihm zu kommen«, sagte er.

»Ich ahne, was er will. Guten Abend. Gott sei mit dir.«

Lenio lag kniend auf dem Hof, feuerrot und mit aufgekrempelten Ärmeln scheuerte sie die Töpfe, die der alte Patriarcheas ihr als Mitgift gegeben hatte. Er war wirklich ein gebefreudiger, nobler Herr. Lenio scheuerte und sang, ihre Stimme erreichte den Berg und Nikolios, der unter der schattigen Eiche stand. Er richtete seine spitzen Ohren zum Dorf hinunter und lauschte. Dann zog er seine lange Flöte hervor und gab Antwort. Die beiden Laute verschmolzen über den Dächern des Dorfes, die alten Frauen gedachten ihrer Jugend, die Jungverheirateten lächelten, die Mädchen seufzten.

Manolios kam auf dem Wege heran, hörte Lenio singen und lächelte. Lenio ist wie ein kleines, wildes Tier, dachte er, ein gefährliches, wildes Tier, aber das Kind wird sie zähmen.

Lenio hob ihr erhitztes Gesicht und sah Manolios die Schwelle überschreiten.

»Guten Tag, Lenio«, sagte ihr einstiger Verlobter. »Du triffst deine Vorbereitungen, sehe ich. Glück zu!«

»Glück zu auch für dich!« antwortete Lenio sarkastisch. »Ich wünschte, ein schönes Mädchen entführte dich. Beeile dich, der Herr erwartet dich.«

Und sie begann noch eifriger zu singen, denn sie wollte ihrem einstigen Verlobten zeigen, daß sie ihn keineswegs vermißte, sondern etwas Besseres bekommen hatte, so daß er vor Ärger zerspringen sollte.

Der alte Patriarcheas rollte sich eine Zigarette nach der anderen und rauchte. Er verdaute das Huhn und wartete, in einen langen, feinen Rock gekleidet und um der Wärme willen barfuß. Sein Gesicht hatte eine violette Farbe angenommen, die Adern am Halse waren geschwollen. Er ging auf und ab und atmete schwer. Mitunter warf er sich ermattet aufs Bett.

»Es ist meine Schuld! Es ist meine Schuld!« sagte er immer wieder. »Es tat mir leid um ihn, und ich holte ihn aus dem Kloster, in dem er Mönch werden sollte, und wollte ihn zum Menschen machen. Wie schön! Ich nährte die Schlange an meinem Busen. Der alte Ladas hatte recht. Wie oft sagte er zu mir, und ich lachte ihn aus: ›Wenn du Böses tust, hat man Furcht vor dir und achtet dich, wenn du Gutes tust, bekommst du nur Ungelegenheiten.‹ Ja, ich habe wahrhaftig Ungelegenheiten bekommen!«

Plötzlich ging ihm Lenios Gesang auf die Nerven.

»Das verfluchte Ding! Wenn sie doch bald heiraten wollte, daß sie ihr Maul hält, sonst stürzt noch das ganze Dorf ein«, murmelte er und eilte ans Fenster, um sie zum Schweigen zu bringen. Doch im gleichen Augenblick öffnete sich die Tür, und er stand Manolios gegenüber. Er zuckte zusammen, seine Augen funkelten vor Zorn.

»Komm herein«, schrie er und schlug die Tür mit einem Krach hinter ihm zu.

Er stieß und trieb ihn gegen die Wand.

»So, so, das ist der Dank!« brüllte er. »Ich habe dich in mein Haus aufgenommen, und du hast es auf den Kopf gestellt. Bevor du kamst, ging es uns gut. Es war ruhig und still hier im Dorf, aber dann bist du gekommen, du falscher Prophet, und hast Ruhe und Ordnung gestört... Weshalb? Was hattest du für ein Recht, dieser Tage hier vorzutreten und unser Dorf retten zu wollen? Das ist meine Sache! Weshalb kommst du und störst diese Ordnung? Um den frommen Heiligen zu spielen, um die Idioten hier zu täuschen? Um dir einen Namen zu verschaffen und dann an des Propheten Elias Feiertag auf den Berg zu gehen und Aufruhr zu predigen!«

»Aufruhr?« fragte Manolios verwundert.

»Ja. Was waren es denn für unverschämte Worte, die du vorgestern auf dem Berge von dir gabst? Wir sollten der Lumpengesellschaft da einen Tribut geben, meinst du. Wir sollten gleich werden, alle Brüder sein, das will heißen, alle solche Lumpen? Wir sollten ihnen die Hälfte unserer Äcker geben, und weshalb? Sie gehören uns, sie sind unser Vätererbe, unser Blut. Sollen wir uns selbst verstümmeln, um ihnen Nahrung zu geben? Das ist das Ende der Welt!«

Außer sich vor Wut packte er Manolios am Rock.

»Weshalb sollen wir hier ein Rußland schaffen, wo sie sich gegenseitig totschlagen und auspeitschen, Herren und Diener ein und dasselbe sind, und die Läuse regieren und dick und groß wie Schildkröten werden. Gott bewahre mich. Willst du nun herkommen und mir die Läuse ins Bett bringen?«

Er sah bereits die Läuse vor sich und zitterte und wandte sich wieder an den Hirten.

»Es war einmal – hast du das nicht gehört, du Hühnerhirn? –, es geschah einmal, daß der Magen sich erhob und in den Kopf stieg, um das Kommando zu übernehmen. Da kamen die Exkremente dem Menschen zu Nase, Mund und Augen heraus, und der Mensch verreckte. Störe nicht Gottes Ordnung! Der Magen soll an seinem Platz stehen und der Kopf an dem seinen, um das Kommando zu führen. Ich bin der Kopf!«

Er lief auf und ab wie ein Raubtier in seinem Käfig, schlug mit den Fäusten gegen die Wände und spie.

»Keine Reichen mehr, erklärt man. Wenn es keine Reichen mehr gibt, wer soll dann den Armen geben? Hast du daran gedacht? Bei wem soll deine Tante Mantalenia Arbeit finden? Bei wem willst du dienen?«

Er wurde Feuer und Flamme.

»Ihr schäbigen Hunde, ihr Aufrührer!« brüllte er. »Ihr, die ihr nicht den kleinsten Fetzen Erde habt, kommt her und schreit: ›Wir sind Brüder!‹ Weshalb? Um brüderlich zu teilen und uns die Hälfte fortzunehmen ... Wer hat solche Ideen in deinen Kopf gesetzt? Du Narr!«

»Christus«, antwortete Manolios.

»Der Teufel hole dich! Welcher Christus? Der eure und nicht der unsere. Ihr habt einen Christus nach eurer Erscheinung geschaffen, einen ausgehungerten, schäbigen Rebellen. Ihr legt ihm in den Mund, was euch paßt, und dann hebt ihr ihn wie eine Kirchenfahne in die Luft und ruft: ›Wir haben alle den gleichen Vater. Laßt uns das Erbe teilen! Wir sind alle Brüder. Her mit dem Braten, daß wir alle von ihm essen können!‹ Nein, das sollt ihr nicht tun dürfen!«

Er warf die Zigarette zum Fenster hinaus und spie auf den Hof hinab. Dann trat er an Manolios heran und packte ihn am Rock.

»Fort mit dir aus meinem Dienst«, schrie er. »Sofort, heute abend! Geh und suche dir Recht bei deinesgleichen, bei der Lumpengesellschaft da. Ihr könnt eure schäbige Habe, eure Läuse und euer Himmelreich miteinander teilen!«

Gerade als er so schrie, öffnete sich die Tür, und der Priester Grigoris trat großartig wie ein Leitbock herein.

»Verzeih, ich wurde aufgehalten«, sagte er. »Meiner Tochter Mariori geht es nicht gut.«

Er wandte sich um, sah Manolios und runzelte die Stirn.

»Hier steht die Welt auf dem Kopf!« sagte der alte Patriarcheas. »Herr Manolios hat sein Banner erhoben, er will die Welt in Flammen setzen. Auch mein feiner Sohn hat sein Banner erhoben und mir heute früh erklärt: ›Ich verlasse dich, ich verlasse das Haus. Ich verlasse dich, alter Patriarcheas, ich wähle Christi Weg.‹ Als ob mein Weg der Weg des Antichrist wäre! Das ist das Ende der Welt! Es ist gut, daß du gekommen bist. Wir müssen die Ordnung wiederherstellen.«

Der Priester Grigoris streckte die Hand aus und zeigte auf Manolios. »Er trägt die Schuld. Er setzt das Dorf in Brand und füllt die Hirne des Volkes mit Maulheldentum und Prahlerei. Was hast du vorgestern bei der Feier für Worte von dir gegeben, du Idiot?«

»Die Worte Christi«, antwortete Manolios. »Habt Erbarmen mit den Armen. Wer zwei Hemden hat, soll eines fortgeben. Wir sind alle Brüder. Nichts anderes.«

Der Zorn zuckte in den Augen des Priesters Grigoris auf, aber er würdigte den Knecht nicht, sich in ein Gespräch mit ihm einzulassen, er wandte sich an den alten Herrn:

»Der Kerl da ist gefährlich«, sagte er. »Wir müssen ihn fortjagen, müssen ihn aus dem Dorf jagen, damit er uns nicht alle ansteckt. Er hat deinem Sohn den Kopf verdreht, er wird in seinem Hochmut größer und größer werden und uns noch alle um die Ecke bringen. Fort mit ihm. Das ist kein Hirte für unsere Schafe, das ist ein Wolf!«

Manolios trat vor und legte die Hand auf seine Brust.

»Lebt wohl, ihr Herren und Priester, ich gehe!« sagte er.

»Gottes Fluch möge dir folgen!« sagte der Priester und hob die Hand.

»Der Fluch der Vornehmen und der Priester«, erwiderte Manolios. »Ihr Priester, ihr habt Christus gekreuzigt, und wenn er auf die Erde herniederkäme, würdet ihr ihn wieder kreuzigen! Lebt wohl!«

Ruhig schritt er zur Tür, öffnete sie und wandte sich um.

»Lebt wohl«, sagte er noch einmal. Dann ging er mit leichten Schritten die Treppe hinab und hatte ein Gefühl, als sei er von Engeln getragen.

## 13

Als Manolios auf den Berg ging, war es bereits dunkel geworden. Am Himmel hatten sich Wolken angesammelt, ein milder, östlicher Wind wehte, einige Regentropfen begannen auf Manolios' Gesicht und die erhitzte Erde zu fallen. Sein Körper freute sich, er dürstete wie die Felder und der Berg, er war eins mit ihnen geworden, ein steinerner, irdener Pfeiler.

Wie wunderbar ist doch diese Welt, sagte er zu sich selbst. Wenn ich die Augen aufschlage, sehe ich die Berge, die Wolken und den Regen, der herniederfällt. Und wenn ich die Augen schließe, sehe ich Gott, der die Berge, die Wolken und den fallenden Regen schuf. Überall, in Licht und Dunkel, umschließt uns Gottes Freude.

Er hatte bereits seinen Herrn und den Priester vergessen, hatte alle drückenden Sorgen in den Wind geschlagen, und sich über alle kleinen Freuden und bitteren Sorgen erhoben, und die größte Freude, die größte Sorge erreicht. Über alle Freude und Sorge hinaus hatte er den stillen Frieden gefunden.

In der Frühe des nächsten Morgens würde er von dem Berg, den er so liebte, Abschied nehmen. Er war von seinem Herrn, dem er so treu gedient hatte, fortgejagt worden. Er würde sein kärgliches Bündel auf den Rücken und seinen Hirtenstab in die Hand nehmen, verarmt und wehrlos würde er einen öden Weg beschreiten, der ständig aufwärts führte. Doch seine Füße und seine Seele weilten in den Gärten.

Die Regentropfen fielen dichter, einige entfernte, dumpfe Donnerschläge waren zu hören, und Manolios beschleunigte seine Schritte. Der Wind blies ihm in den Rücken und trieb ihn voran, und Manolios freute sich, daß auch der Wind Arme, Brust und Atem hatte wie ein Mensch.

Von weitem sah er das Fenster seiner Hütte erhellt. Zu dieser Tageszeit, dachte er, hat Nikolios schon gemolken und gegessen und schläft. Das Licht da mußte von Michelis stammen, der ihn erwartete; und das Herz pochte ihm heftig, als er an seinen Freund dachte.

»Er wird es nicht ertragen«, murmelte er. »Er ist der Sohn eines vornehmen Herrn. Er ist an gutes Essen, ein weiches Bett, an Wärme und gesicherte Verhältnisse gewöhnt. Es ist besser, er kehrt nach Hause zurück. Er muß sich gedulden, seine Zeit ist noch nicht gekommen. Ob er es will oder nicht, der Reichtum wird ihn bedrücken, behindern. Mariori ist es, die ihn unfreiwillig an die Erde bindet ...«

Und er erinnerte sich der strengen, unbarmherzigen Worte Christi: ›Es ist leichter für ein Kamel, durch ein Nadelöhr zu gehen, als daß ein Reicher in den Himmel kommt ...‹

Michelis saß vor dem angezündeten Herd und blickte in die Flammen.

»Guten Abend«, sagte Manolios froh und trocknete sich sein nasses Haar und Gesicht. »Morgen sage ich dieser lieben Hütte Lebewohl und ziehe davon. Dein Vater hat mich fortgejagt.«

Er setzte sich ebenfalls vor dem Feuer auf die Erde und begann ruhig zu erzählen, wie außer sich der alte Herr gewesen war, was er gesagt, wie er ihn fortgejagt hatte, und wie der Priester ihn verfluchte.

»Alles geschah, wie es geschehen sollte, wie ich es erwartet habe. Ich klage nicht«, sagte er schließlich. »Dein Vater mußte mich fortjagen, der Priester mußte mich verfluchen, ich muß davongehen.«

»Wohin wirst du nun gehen?« fragte Michelis und drückte freundlich seine Hand.

»Die Nacht wird mir Rat bringen. Gott pflegt oft im Traum zu uns zu kommen, während wir schlafen, und uns den Weg zu weisen. Er wird es auch diesmal tun. Wir werden sehen, ich bin unbesorgt.«

»Erinnerst du dich an den Abend auf Kostantis' Hof? Ich sagte damals zu dir — erinnerst du dich? —, daß ich dorthin gehen würde, wohin du gingst, Manolios. Ich wiederhole es heute.«

»Übereile dich nicht. Übereile dich nicht, Michelis. Die Nacht ist heilig und ohne Ende. Morgen werden wir sehen.«

Beide waren müde und legten sich. Der Regen strömte jetzt mit stürmischer Freude herab. Das Fenster stand offen, und der Raum füllte sich mit dieser herrlichen Erquickung, mit diesem ungebundenen, ewig neuen Jubel, den die Erde empfindet, wenn sie den Himmel in ihrem Schoß empfängt. Das dürre Gras auf dem Berge begann zu duften, von ferne kam der Wind mit honigmildem Pinienduft. Die Erde öffnete sich und strömte Düfte aus. Auch Manolios' Seele öffnete sich wie eine Ackerscholle und nahm den erfrischenden Regen in sich auf.

War dies vielleicht die Begegnung mit Gott? Kam er jetzt wie ein lauer Regen zu ihm in der Nacht? Manolios nahm Gott in sich auf und fühlte, wie ein großes Glück seinen ganzen Körper durchströmte.

Auch Michelis hörte den Regen. Er spürte den Duft der offenen Erde, er mußte an Mariori denken. Als er sie zuletzt gesehen hatte, war sie ungeschminkt, matt und blaß, sie hielt das Taschentuch vor den Mund und hustete, und der Schleim, den sie auswarf, war nicht mehr weiß, sondern rot und ähnelte Blut. »Michelis«, hatte sie gesagt. »Mein Vater will mich zu den Ärzten in die Stadt bringen. Ich bin nicht gesund...«

Michelis spürte den Duft der gelockerten Erde, und sein Herz erbebte. »Mein Herz ist noch an diese Erde gebunden«, murmelte er. »Es ist noch an die fruchtbare, feuchte Erde gebunden...«

Allmählich übermannte beide der Schlaf in dem nächtlichen Regen, und als sie am Morgen die Augen aufschlugen, lächelte der Berg rein und frisch gewaschen. Weiße Wolkenberge schoben sich über den Himmel, und die Regentropfen leuchteten und zitterten auf den Büschen.

Manolios nahm die Ikone mit der Kreuzigung von der Wand und auch das Christusantlitz, das er geschnitzt hatte, hüllte beide in einige Kleidungsstücke und machte sich ein Bündel, das er auf die Steinbank legte.

Michelis sah ihm zu, sagte aber nichts. Sie setzten sich und tranken Milch, ohne ein Wort zu sagen. Dann stand Manolios auf, er warf einen langen Blick auf die Hütte, die Bank, die Felsen rundum und den ganzen Berg. Er nahm Abschied von ihnen. Dann ergriff er seinen Hirtenstab. Michelis erhob sich ebenfalls.

»Hast du deinen Beschluß gefaßt, Manolios? Gedenkst du fortzugehen? Wohin gehst du?«

»Leb wohl, Michelis.«

»Wohin gehst du?«

»Nach Sarakina. Ich gehe, um den Hunger mit ihnen zu teilen.«

»Darf ich nicht mit dir gehen?«

»Noch nicht. Gedulde dich, du hast einen Vater, hast eine Braut, ich habe nichts. Das ist leicht.«

»Wer nicht haßt seinen Vater, seine Frau und seine Kinder, ist nicht wert, mein Jünger zu sein!«

»Ich weiß es, Michelis. Aber hat dein Herz sich von der Erde, vom Vater und von der Frau gelöst? Noch nicht! Gedulde dich, die schöne Stunde wird kommen, übereile dich nicht. Sie kommt wie das Rebhuhn mit lautlosem Schritt.«

»Ich gehe nicht zurück in meines Vaters Haus.«

»Gut, tu es nicht, bleib hier in der Mitte zwischen Sarakina und Likovrisi, bis das Rebhuhn – ich will sagen, bis die schöne Stunde kommt. Wir sehen uns wieder.«

Er reichte Michelis die Hand. Dieser umarmte ihn.

»Manolios«, sagte er, »ich komme bald und besuche dich. Das schwöre ich dir. Wir sehen uns wieder!«

Manolios nahm sein Bündel unter den linken Arm, schlug das Zeichen des Kreuzes und ging. Die Flügel der Engel stellten sich wieder ein, er flog von Stein zu Stein und näherte sich der kleinen Kapelle des Propheten Elias. Sie leuchtete, zwischen den Felsen auf dem Gipfel des Berges eingekeilt, sie schimmerte wie eine Rose, sie lächelte in den ersten schrägen Sonnenstrahlen und ragte stolz und aufrecht wie ein Wächter empor. Manolios hob seinen Stab und stieß einen frohen Ruf aus wie ein Falke, der sein Nest wiederfindet und es begrüßt.

Der alte Patriarcheas wartete einen Tag, daß sein Sohn zurückkommen sollte. Er wartete zwei Tage, drei Tage, er schickte Verwandte, die mit ihm reden sollten, er schickte den Schullehrer und ließ schließlich Giannakos rufen.

»Tu mir den Gefallen, Giannakos, geh hinauf zu meinem Sohn und sprich auch du mit ihm. Ihr haltet zusammen, ihr habt die gleichen Ideen, vielleicht hört er auf dich.«

Giannakos schüttelte den Kopf.

»Ich glaube, daß ich mich selbst bald auf den Berg begeben werde«, sagte er. »Schick einen andern.«

In dieser Zeit kam Panagiotaros zu ihm.

»Herr Patriarcheas«, sagte er, »ich habe aus sicherer Quelle gehört, daß Manolios auf dem Berge Sarakina Zuflucht gesucht hat, daß er die Flüchtlinge sammelt und zu ihnen spricht, sie aufhetzt und sagt, daß die Hungernden das Recht haben, die zu plündern, die nicht hungern; sei gewiß, wenn der Hunger sie quält, werden sie in unser Dorf herunterkommen und hier wie die Wölfe wüten.«

Er hielt einen Augenblick ein, als ob er zögere. Dann seufzte er, blickte sich um und neigte sich zu dem Alten.

»Ich habe einen Verdacht«, sagte er leise.

»Welchen? Panagiotaros, ich höre. Du bist ein listiger Fuchs, heraus damit.«

»Manolios ist ein Bolschewik!«

»Bolschewik«, sagte der alte Herr und kratzte sich den Kopf. »Was ist damit gemeint?«

»Das bedeutet stehlen und plündern! Das ist eine Räuberbande, die sich in letzter Zeit in der Welt verbreitet hat.«

»Und du meinst . . .«

»Bestimmt. Sie haben ihre Anhänger in jedem Land und jedem Dorf bis an die Grenzen der Welt. Geht man in die Wüste, trifft man sie, fährt man auf einsame Inseln, findet man sie, wo immer man einen Stein beiseite rollt, begegnet man ihnen. Sie haben Manolios nach Likovrisi geschickt.«

»Was sagst du, Panagiotaros? Du setzt mir Ameisen in den Kopf. Ich glaube, ich werde verrückt. Heraus damit, rede keinen Unsinn!«

»Es ist schon wahr, daß die Menschen jetzt verrückt sind. Mit welchem Geschick arbeiten doch diese Teufel da? Du hast gesehen, wie Manolios vor uns den heiligen Onoufrios gespielt hat, er liebt das Fleisch nicht, sagte er, er lügt nicht, läuft nicht den Mädchen nach, hat nur das Evangelium; wenn es jemand sieht, blättert er darin und gibt sich den Anschein zu lesen, der Heuchler. Kannst du dir denken, was ich erfahren habe? Höre und schaudere! An jenem Tag, als er gehängt werden sollte, hatte er sich mit der alten Martha, die die blutigen Kleider des Leibwächters gefunden hatte, darüber geeinigt, daß sie mit ihnen nicht eher als im letzten Augenblick hervorkommen sollte. Weshalb? Damit die Bauern sehen sollten, daß Manolios bereit war, für die Rettung des Dorfes sein Leben zu geben, um sich auf diese Weise einen Namen zu machen, um später dann, wenn er den Befehl aus Moskau erhielt, das ganze Volk für sich zu haben, es aufzuwiegeln und die Herren und Gemeindeältesten totzuschlagen ...«

Der alte Patriarcheas sank auf dem Stuhl zusammen und griff sich mit beiden Händen an den Kopf.

»Gott bewahre mich«, murmelte er. »Das ist ja das Ende der Welt!« dann jagte er hoch und riß die Augen auf.

»Und mein Sohn ...«, sagte er, sein Mund verzerrte sich und war ganz entstellt.

»Ihn hat Manolios ordentlich eingewickelt. Er hat ihm das Gehirn vollgepfropft, so daß Michelis, ohne es selbst zu erfassen, auch Bolschewik geworden ist. Hast du nicht gesehen, daß er sich von seinem Vaterhaus entfernt hat und auf den Berg gegangen ist, um ihn zu treffen? Bald wird auch Giannakos hingehen, du wirst es erleben. Und auch Kostantis wird hingehen und Haus und Heim verlassen ... Es ist eine ansteckende Krankheit, der eine steckt den andern an, gewiß wird auch der Barbier Antonis dabeisein und der Schlächter, der dicke Dimitros, und wahrscheinlich auch der Lehrer ...«

»Was sagst du, Panagiotaros? Das ist ja das Ende der Welt ...! Ich muß den Priester Grigoris sprechen, wir müssen die Ordnung wiederherstellen ...«

»Und wenn du nach dem Priester Fotis und all dem Lumpengesindel fragst, das er wie einen Schwanz hinter sich herzieht, der Moskowiter hat sie geradenwegs nach Likovrisi geschickt. Die Türken haben sie ausgeplündert, sagt er ... Sie haben fürs Vaterland gelitten, sagt er ... Unsinn, der Moskowiter hat sie geradenwegs hergeschickt, er hat ihnen gesagt, daß es hier in Likovrisi Brot und Reichtümer gibt. Kommt nur und plündert. Hier gibt es nur einen verweichlichten alten Herrn, er wird keinen Widerstand leisten. Siehst du, deshalb kamen Manolios und der Priester Fotis so schnell überein. Sie wurden sofort Freunde, sie blinzelten einander zu und haben die Sache abgemacht. Wohin ging er vorgestern, als du ihn fortjagtest? Was glaubst du? Geradenwegs nach Sarakina! Die Sache ist klar.«

Der alte Patriarcheas lief auf und ab: Dann beruhigte er sich einen Augenblick und faßte seinen Entschluß.

»Geh zum Priester Grigoris und sag ihm, daß ich ihn noch heute abend unbedingt sprechen muß.«

»Der Priester Grigoris hat sich mit seiner Tochter in die Stadt begeben, er kommt morgen zurück. Er will einen Arzt für sie suchen, sie hustet und speit Blut, sie ist sehr krank.«

»Der Teufel hole dich«, brach der Alte wütend aus. »Das ist ja eine richtige Sintflut, die du in dieser Morgenstunde über mein Haus losläßt!«

»Ich erzähle nur, was ich erfahren habe. Du darfst es glauben oder nicht, das ist deine Sache. Ich habe dich aufgehalten, verzeih. Jetzt muß ich gehen.«

»Zieh zur Hölle, du Judas Ischariot!« zischte der Alte durch die Zähne. Laut aber sagte er: »Leb wohl solange, Panagiotaros. Und wenn du noch etwas erfährst ...«

»Sei unbesorgt, Herr Patriarcheas.«

Er trottete mit schweren Schritten wie ein Bär davon, und das ganze pockennarbige Gesicht lachte.

Der alte Patriarcheas warf sich rücklings auf sein Bett und überdachte, was Panagiotaros gesagt hatte. Er vermochte es noch nicht zu verdauen. Was fällt da über uns her? dachte er. Gott hat uns alle blind gemacht. Weder der Priester, der ein listiger Fuchs ist, noch der Schullehrer mit all seinen Büchern noch ich – keiner hat eine Ahnung davon gehabt... Hab ich einen Spion in meinen Diensten gehabt? Sollte von meinem Haus das Feuer ausgegangen sein, das unser Dorf zerstören wird? Hölle und Teufel! Und dieser Bär da, die Bestie da kommt jetzt, um uns die Augen zu öffnen. Wir müssen den Schurken Manolios aus der Gegend verjagen! Das Lumpengesindel auf Sarakina, die verfluchten Bolschewiken müssen verschwinden. Die Gegend muß gesäubert werden, so daß Ehre und Gerechtigkeit wieder im Dorf zu ihrem Recht gelangen. Wenn der Priester zurückkommt, werden wir die Ordnung wiederherstellen.

Er beruhigte sich. Dann schloß er die Augen, um zu schlafen, aber er kam zu keinem Schlaf. Unten sang Lenio und gurrte wie eine Taube. Der Hof war ihr zu eng, sie öffnete das Tor und ging ein wenig auf und ab, sie erwartete ihre Freundinnen, die kommen wollten, um ihre Mitgift zu bewundern, die sie zusammen mit dem Myrtenkranz, dem Konfekt und den weißen

Hochzeitsfackeln geschickt auf dem Treppenabsatz aufgebaut hatte, damit sie recht groß wirken sollte.

Heute abend würde Nikolios in dem neuen Anzug, den ihm der Hausherr als Hochzeitsgabe geschenkt hatte, und mit dem roten, von Lenio verehrten Seidentuch, um das rabenschwarze Haar gewunden, vom Berge herunterkommen. Morgen, am Sonntag, sollte die Hochzeit sein, und auf einem Maulesel mit einer roten Decke würde die Braut, Frau Nikolena, dann zum Berg hinauf in ihr Königreich ziehen.

Als der Alte so rücklings auf seinem Bette lag, hörte er Lenio unten singen und die Freundinnen kommen. Er hörte die frohen Rufe und das Mädchenlachen. Er erinnerte sich, wie froh er selbst gewesen war, als er im Alter von zweiundzwanzig Jahren frisch, schlank und schön wie Ai Giorgis auf einem weißen Pferd in das Dorf der Braut geritten war, um sie zu holen. Die Braut stand auf der Schwelle ihres Vaterhauses, wie der Brauch es gebot, in einen weißen Schleier gehüllt, damit man ihr Gesicht nicht sehen sollte. Aber der Bräutigam war ungeduldig und rief den Schwiegereltern zu: »Nehmt die Wolke fort und laßt die Sonne scheinen!« Mit Tränen in den Augen reckte sich da die alte Mutter auf ihre Zehenspitzen und nahm den Schleier ab — und der ganze Hochzeitszug, Bräutigam, Eltern, Freunde, Pferde, Maulesel und bunte Decken, strahlte, daß man meinte, die Sonne sei wirklich aufgegangen.

Und dann flogen die Gedanken des alten Patriarcheas mit langen Flügelschlägen durch die Zeit.

Die Jahre gingen, die Sonne verbarg sich hinter den Wolken, Ai Giorgis wurde dick, allzu dick, aber das Blut brauste noch in ihm, und er hatte in seinem Haus eine Dienstmagd, ein dickes, dralles Mädchen, Garoufalia. Welche Brüste, welche Schenkel, welche Füße! Eines Nachts ging er die Treppe hinunter, leise, so leise, daß sie nicht knarren sollte, damit seine vorzeitig gealterte Frau es nicht hörte. Er ging in das Zimmer, in dem Garoufalia lag, und so kam Lenio zustande.

Morgen nun war es Lenio, die heiratete.

Der alte Herr lächelte. Er hatte vergessen, was Panagiotaros gesagt hatte. Vergessen auch, daß sein Sohn sich von zu Hause fortbegeben hatte. Die vergangenen Jahre erwachten in ihm wieder zum Leben, alle Feste und Feiern, die er mitgemacht hatte, wurden wieder lebendig. Alle Hühner, Truthähne, Hasen, Rebhühner und Spanferkel, die er gegessen hatte, und all die unzähligen am Spieß gebratenen Lämmer traten wieder vor seine Augen. All die Reisgerichte, Ragouts, kleinen Fleischstücke am Spieß, Austern, Mandelkuchen, Vermizellenkuchen, Spanisches Brot, Weintrauben, Kaviar und all die alten Weine ... »Ehre sei Gott«, murmelte er. »Es war ein herrliches Leben!«

Dann schloß er die Augen und schlummerte ein.

Unterdessen ritt der Priester Grigoris auf seinem grauen Maulesel und Mariori auf Giannakos' kleinem Esel an dem Berg vorbei, auf dem Michelis sich niedergelassen hatte. Das Mädchen bat seinen Vater um einen Gefallen.

»Darf ich ihn treffen, Vater? Darf ich ihn sprechen? Denn ich weiß nicht, ob ich von dort, wohin ich reise, zurückkommen werde.«

»Sprich nicht so, mein Kind«, sagte der Vater und hielt ein Schluchzen zurück. »Du wirst gesund werden, wenn Gott es so will. Weihnachten soll die Hochzeit sein, und ich werde dir zu Ehren tanzen.«

»Laß uns am Berg vorbeireiten, daß ich ihn noch einmal sehen kann«, bat das Mädchen.

»Geschehe, wie du es willst, mein Kind. Wie sollte ich dir die Freude verweigern können?« sagte er und zog am Zügel, so daß der Maulesel den Weg zum Berg hinauf einschlug.

Michelis saß einsam auf der Steinbank. Nikolios hatte sich als Bräutigam gekleidet, das rote Seidentuch um sein frischgewaschenes Haar gewunden, den Stab auf seine sonnengebräunten Schultern gelegt und sich gewissermaßen vom Berge losgebrochen.

»Guten Abend«, rief er Michelis zu, der ihn schweigend bewunderte. »Guten Abend! Ich will gehen und Hochzeit halten. Grüß mir die Eulen!« Und der Berg hallte von seinem Lachen wider.

Er ging an seiner Herde vorbei, steckte die Finger in den Mund und pfiff den Tieren einen fröhlichen Gruß zu. Doch als er den krummhornigen Leitbock Dasos heranstürzen und ihn wütend anblitzen sah, konnte er sich nicht im Zaume halten, er ging näher heran, packte ihn an den Hörnern und begann mit ihm zu ringen.

»Geh zu deinen Ziegen!« sagte er, als er vom Ringen genug hatte. »Ich geh zu meiner Lenio. Montag früh sehen wir uns wieder. Gib mir deinen Segen, lieber Dasos!«

Er pfiff und lief den Berg hinab.

Michelis hörte Stimmen und erhob sich von der Bank. Zwischen den Felsen erblickte er den Priester Grigoris und hinter ihm seine liebe Mariori; das Herz begann ihm unruhig zu pochen.

»Wohin wollen sie? Weshalb kommen sie her? Ist ein Unglück geschehen?« murmelte er und eilte ihnen entgegen.

»Michelis«, sagte der Priester. »Es ist gut, daß wir dich hier in der Einsamkeit treffen. Wir fahren zur Stadt, und Mariori will nicht abreisen, bevor wir dich begrüßt haben. Sie ist nicht ganz gesund, und wir wollen hinfahren und hören, was es ist.«

»Wir sind froh, dich zu sehen, Michelis«, sagte das Mädchen leise und errötete vor Freude über ihren Verlobten.

Michelis half ihnen absteigen, und sie setzten sich zu dritt auf die Bank. Die Sonne stand noch hoch, die Felder unten waren noch in Licht gehüllt und dampften, zwei Krähen flogen krächzend über sie hinweg. Der Priester sah sie und runzelte die dicken Augenbrauen, sagte aber nichts. Die beiden Jungen bemerkten sie nicht. Michelis hatte die zarten Finger seiner Verlobten ergriffen, an denen der goldene Verlobungsring glänzte.

»Ich werde hingehen und mir ansehen, wie du wohnst«, sagte der Priester und ging in die Hütte, um sie allein zu lassen.

»Geht es dir nicht gut, Mariori?« fragte Michelis. »Gott ist groß, Liebste, vertraue auf ihn. Du wirst wieder gesund werden. Es ist nichts. Behalte nur Mut, die Monate vergehen schnell, dann kommt Weihnachten.«

»Ja«, flüsterte Mariori. »Dann kommt Weihnachten – hast du

mit deinem Vater gesprochen?« fragte sie nach einer Weile.

»Bekümmere dich nicht um meinen Vater, Mariori. Es ist unangenehm, darüber zu reden. Tue es nicht. Ich liebe dich, ich will dich nicht verlieren. Du bist die einzige, die mich noch an die Erde bindet. Das sollst du wissen.«

»Wenn ich fortgehe, was wirst du dann tun?«

Michelis legte ihr die Hand auf den Mund.

»Still«, sagte er.

Mariori gelang es, Michelis' Hand zu küssen.

»Mein Liebster«, murmelte sie, und Tränen begannen aus ihren großen Augen zu rinnen.

Der Priester Grigoris erschien auf der Schwelle.

»Wir dürfen uns nicht zu lange aufhalten, Mariori«, sagte er. »Komm, machen wir uns in Gottes Namen auf den Weg.«

Er wandte sich an Michelis:

»Ich möchte mit dir reden, Michelis«, sagte er. »Aber nicht, bevor ich zurück bin. Wann gedenkst du zu deinem Vater zurückzukehren?«

»Wann Gott es will«, antwortete Michelis und beugte sich nieder, um seine Hand zu küssen.

»Gott erwartet zuweilen, daß das eigene Herz dem Menschen ein Zeichen geben soll, Michelis«, sagte der Priester und sah ihn ernst an. Er wollte noch etwas hinzufügen, doch er beherrschte sich.

»Glückliche Reise!« sagte Michelis. »Gott sei mit euch!«

Einen Augenblick hielt er Marioris kleine Hand in der seinen. »Mariori«, flüsterte er. »Nur du!«

Er wandte sich ab, damit sie nicht seine Tränen sehen sollten, dann stieg er auf einen hohen Felsen und sah sie abwärts reiten. »Noch ist mein Herz an die Erde gebunden«, murmelte er.

Er machte einen Spaziergang auf dem Berg und blickte in die Ebene hinab. Die Weinlese hatte begonnen. Man hörte deutlich die Mädchen ihre Liebeslieder singen. Sie schnitten die reifen Trauben ab und warfen sie in die Körbe. Ihre Hände troffen vom Blut der Trauben, und sie sahen die Burschen an, die die Körbe holten. Die einen seufzten, die anderen wurden unruhig, alle aber erleichterten ihr Herz durch ein Lied.

Michelis blieb stehen. Er hörte nun, wie die Burschen mit ihren tiefen Stimmen den Mädchen Antwort gaben. Er fühlte eine unbezwingbare Trauer im Herzen. So viele Jahre hatte Michelis diese Lieder bei der Weinlese gehört, in diesem Jahr aber fand er, sie glichen einer Totenklage.

Michelis stand unbeweglich, er spürte, wie das Leben in ihm unerbittlich, unaufhaltbar kreiste. Das Rad der Erde drehte sich. Jetzt war die Weinlese, dann würden die Oliven an die Reihe kommen, und dann käm Christi Geburt. Danach würden die Mandelbäume wieder blühen, die Saaten grünen und wieder die Heuernte beginnen...

Es wirbelte und sauste vor Michelis' Augen, er war wie betäubt. Er griff nach einem Felsen, als ob er das Rad anhalten, es hindern wollte, weiterzurollen. Doch er fiel zu Boden, und ohne daß er wußte, weshalb, quollen die Tränen hervor.

Am nächsten Tage, der ein Sonntag war, stand der alte Patriarcheas nicht auf. Er hatte in der Nacht nicht schlafen können. Und als er für einige Augenblicke eingeschlummert war, hatte er Alpdrücken, das Blut stieg ihm zu Kopf und es fiel ihm schwer, zu atmen. Er hatte seinen Sohn gebeten, zu Lenios Hochzeit zu kommen, doch er hatte geantwortet:

»Wenn es um den Tod ginge, würde ich kommen. Zu einer Hochzeit komme ich nicht.« Für den Alten war es wie ein Messerstich.

»Was habe ich getan? Was habe ich getan?« murmelte er unglücklich und bekam Tränen in die Augen. »Nur ihn liebe ich in der Welt. Weshalb will er nichts von mir wissen? Was habe ich getan?«

Er blickte auf sein ganzes Leben zurück. Er erinnerte sich seines Vaters, als der alt geworden war. Er war böse und hielt den Mund verschlossen, wollte kein Wort reden, hatte nur immer die Peitsche zur Hand und prügelte Knechte und Mägde. Er nahm Steine und warf sie nach den Mädchen, wenn sie zum Brunnen gingen, und zerschlug ihre Krüge. Er aß wie ein Riese, trank wie ein Ochse, war niemals krank, er begann neue Zähne zu bekommen und war der Schrecken aller. Eines

Tages aber stürzte er von einem Felsen und brach sich das Genick. Der alte Patriarcheas erinnerte sich seines Gefühls, als er die Nachricht erhielt: »Dein Vater ist tot.« Er lachte, und das ganze Dorf summte und zeigte keinerlei Trauer; er lachte und fühlte sich erleichtert, als sei ein großer Stein von seiner Brust genommen. Nun konnte er frei atmen und brauchte seine Freude nicht zu verbergen.

Heute erinnerte sich der alte Herr dieses Geschehens und erschauerte. »Möge Michelis mich nicht als einen großen lastenden Stein empfinden, der ihn nicht atmen läßt. Alles wiederholt sich in dieser Welt – wird auch Michelis in Lachen ausbrechen?«

Erschrocken riß er die Augen auf.

»Aber ich liebte doch meinen Vater ... Und Michelis liebt mich ... Was nun? Ich begreife es nicht. Ist es so bestimmt, daß ein jeder Sohn Abscheu vor dem Mann empfinden soll, den Mann hassen soll, der ihn zeugte? Weshalb? Weshalb? Ich begreife es nicht.«

So grübelte der alte Patriarcheas und seufzte. Er drehte sich im Bett um, und das ganze Zimmer bebte. Erst gegen Abend, als die Tore des Hauses geöffnet wurden, als die Gäste eintrafen, der Priester Grigoris erschien und der Kirchengesang begann, stand er auf und wusch sich, zog sich gut und sorgfältig an, schwärzte Schnurrbart und Augenbrauen, goß sich Orangenduftwasser ins Haar und ging hinab, um das Mädchen mit dem Hirtenjungen zu verheiraten.

Braut und Bräutigam glänzten frisch gewaschen und frisch geputzt, sie dampften wie Pferde, die eben aus dem See gekommen waren. Man spürte, daß, wenn nur diese beiden allein in der Welt zurückgeblieben wären, sie bald wieder voller Menschen sein würde.

Der alte Herr trat heran und stellte sich neben sie. Er wollte selbst Gevatter stehen und die Hochzeitskränze tauschen. Der Priester Grigoris hatte bereits zu singen begonnen, der Lampenanzünder schwenkte langsam die silberne Schale mit dem Räucherwerk. Die Gäste standen stolz rundherum. Zwei Mädchen warteten, jedes mit einem Teller Konfekt.

Der Priester Grigoris hatte es eilig. Er war nicht in Stimmung.

Seine Gedanken weilten bei seiner Tochter, die die Ärzte heute früh untersucht hatten. Sie hatten den Kopf geschüttelt. Er beeilte sich mit dem Singen, verschluckte die Worte, hatte es eilig. Braut und Bräutigam hatten es ebenfalls eilig; sie begriffen nicht, weshalb das alles für ihre Absichten erforderlich war. Auch der alte Patriarcheas hatte es eilig, denn er spürte die Beine unter sich wanken; doch er biß die Zähne zusammen und blieb fest und sicher stehen, denn er schämte sich, es zu zeigen.

»Kinder«, sagte er, als die Zeremonie beendet war, »es ist ein Freudenfest heute abend für Lenio und Nikolios. Willkommen in meinem Hause! Eßt, trinkt und feiert, wir haben Lämmer in Massen geschlachtet. Gott sei Dank haben wir viel Wein, die Weinlese hat begonnen, die Fässer sollen wieder voll werden. Trinkt, soviel eure Mägen fassen.« Er wandte sich an das jungverheiratete Paar:

»Ihr sollt leben, liebe Kinder!« sagte er zu ihnen. »Ihr sollt Kraft und Gesundheit bis ins hohe Alter behalten! Ihr sollt euch Kinder und Enkelkinder schaffen, daß das Menschengeschlecht sich vermehrt und das Feuer in den Herden nicht erlischt! Möge Charon uns nicht überholen, er erntet, wir säen. Lasset uns sehen, wer siegen wird! Hörst du es, Nikolios? Denke immer daran.

Verzeiht mir, Kinder, ich gehe jetzt hinauf, um etwas zu ruhen, es geht mir nicht gut. Doch ihr macht euch ans Werk! Eßt, trinkt und feiert, bis die Sonne aufgeht!

Und ihr, ihr keuschen kleinen Mädchen, und ihr, ihr bartlosen Burschen, bald kommt auch eure Zeit; ich wünschte, ich wäre auf eurer Hochzeit, wäre wieder ein bartloser Junge und könnte euch Wein in Waschkörben holen.«

Alle lachten. Der Herr Patriarcheas hob die rechte Hand und grüßte. Ein Mädchen lief und öffnete ihm die Tür. Aber er blieb auf der Schwelle stehen und wandte sich zum Priester Grigoris, der still seine Stola zusammenfaltete und seine Sachen zusammenlegte.

»Sei so nett und komm herauf zu mir, sobald du etwas gegessen hast, damit wir miteinander reden können«, sagte er.

»Ich komme sofort«, antwortete der Priester. »Gott sei mit

euch, Kinder. Glück und Segen über eure Hochzeitskränze, ihr Jungvermählten!«

Die beiden Gemeindeältesten gingen. Das Volk atmete auf und stürzte sich über die Speisen und Getränke.

Die beiden vornehmsten Männer des Dorfes gingen ins Zimmer hinauf und schlossen sich ein. Doch unten erreichte das Fest seinen Höhepunkt. Fleisch und Wein wurden zu Tanz und Gesang, zu Gelächter und Liebesseufzern. Die beiden Alten dort oben hörten nichts. Sie waren in ihre Sorgen vertieft:

Der alte Patriarcheas lag auf dem Bett und berichtete. Er war in Fahrt gekommen und redete über die Bolschewiken. Seine Phantasie machte sie halb zu Menschen, halb zu Raubtieren, die eisenbeschlagen vom Norden herabströmten, daß die Steine Feuer stoben und die Dörfer in Brand gerieten. Allen voran lief als erster Manolios, auch er war wie ein reißendes Tier, Feuer sprühte aus seinem Mund, er hatte die Hand ausgestreckt und zeigte auf Likovrisi.

»Und der verfluchte Priester Fotis ist bei ihm«, sagte der Priester Grigoris. »Er ist der Anführer!«

»Ja, der Priester Fotis und das ganze Lumpengesindel auf dem Berge Sarakina, der ganze Sarakina ist ins Wanken geraten und wird auf unser Dorf stürzen. Du hattest recht, als du sagtest, die Füße erheben sich, um den Kopf zu schlagen... Deshalb wollte ich, daß wir zwei jetzt überlegen und sehen, was wir tun können, um die Ordnung wiederherzustellen.«

Der Priester Grigoris hörte zu. Einen Augenblick brauste er zornig auf, doch seine Gedanken kehrten wieder zu Mariori zurück, seine Augen verschleierten sich, es sauste ihm in den Ohren, und er hörte nichts mehr.

Sie saßen und redeten bis Mitternacht. Schließlich wurden beide müde, sie wurden einander überdrüssig und blickten sich wütend an. Wenn er doch in seine Zunge ein Loch bekäme und endlich schweigen wollte, dachte der Priester Grigoris. Wenn er doch verschwinden wollte, er bringt mich um, der Bocksbart, dachte der andere.

Der Priester Grigoris mußte wieder an Mariori denken. Er hatte sie in einem Krankenhaus in einem erstickend warmen, winzigen Zimmer mit einem schmalen Fenster, das zum Hof hinausführte, zurückgelassen. – »Sie kann hier eine Weile bleiben. Dann werden wir weitersehen«, sagte der Arzt. – »Ist es etwas Ernstes?« fragte der Priester und zitterte. »Ist es etwas Ernstes?« – »Beides besteht, ernste Gefahr und Hoffnung. Wir werden sehen. Zwei Kräfte kämpfen im Blute des Mädchens miteinander. Wir werden sehen, welche von ihnen siegt.« – »Sagt mir die ganze Wahrheit«, bat der Priester. – »Wir haben sie gesagt. In einem Monat kannst du wiederkommen.« – »Ich werde zu Gott beten«, sagte der Priester. – »Tu, was du kannst, auch du. Wir werden alles tun, was in unserer Macht steht. Leb wohl, Gott schütze dich!« Sie hatten es eilig, ihn fortzubekommen, denn sie hatten noch andere Kranke.

Der Priester erhob sich plötzlich und streckte die Hand aus.

»Gute Nacht«, sagte er und seufzte. »Wir können uns morgen wiedersehen und weiter darüber reden.«

»Willst du nicht noch etwas bleiben? Weshalb hast du es so eilig? Verzeih mir, ich habe vergessen, dich nach Mariori zu fragen. Was sagten die Ärzte?«

»Es ist nichts. Sie ist ein Mädchen, sie ist zart. Sie muß sich bald verheiraten«, sagte er.

Dann wechselten sie das Gesprächsthema.

»Wie steht es mit Michelis?« fragte er. »Ich bin etwas in Sorge um ihn.«

»Das brauchst du nicht zu sein«, antwortete Herr Patriarcheas nervös. »Er ist jung, hat seine Einfälle, das geht vorbei. Wenn wir nur den Manolios loswerden, kommt alles wieder zurecht ... Gute Nacht!« Und er drehte sich wieder zur Wand.

Er hörte den Priester mit schweren Schritten die Treppe hinuntergehen.

»Der Bocksbart«, murmelte er. »Er ist um Michelis besorgt, sagte er. Ich bin um seine Mariori besorgt. Wenn mein Sohn die Schwindsucht bekommt und unser Geschlecht verseucht wird, ist es besser, daß das Mädchen stirbt. Die Ärmste tut mir leid, sie tut mir wahrhaftig leid, weiß Gott! Aber es ist besser, daß sie stirbt!«

Während die beiden Gemeindevorsteher in Likovrisi überlegten, wie sie Manolios loswerden sollten, saß dieser mit dem Priester Fotis zusammen und versuchte, eine Lösung zu finden, wie die Flüchtlingsschar auf dem Berge Sarakina über den Winter kommen und vermeiden könne, an Hunger und Kälte zu sterben.

»Nur Arbeit kann uns retten«, sagte der Priester Fotis, »Arbeit und Liebe.«

Sie hatten die Männer und Frauen, die arbeiten konnten, in verschiedene Gruppen eingeteilt, in gewisse Bruderschaften mit einem verantwortlichen Leiter, einem ersten Bruder und einer ersten Schwester für jede Gruppe, und sie in die Dörfer der Umgegend geschickt, um dort in Dienste zu treten und zu arbeiten. Die Gruppen hatten sich auf den Weg gemacht und die Alten auf dem Berg Sarakina zurückgelassen, um für die Kinder zu sorgen.

»In Gottes Namen, meine Kinder«, sagte der Priester Fotis zu ihnen, als er sie auf den Weg brachte. »Arbeitet, spart, was ihr könnt, an Getreide, Öl und Wein und an Kleidern und denkt immer an diese unsere neue Heimat. Seht die Bienen, die von dem Bienenkorb ausfliegen, über Berge und Felder fliegen und einsammeln, um dann mit dem Honig in ihre kleinen Wachshäuser zu den Jungen, die sie verließen, zurückzukehren. So sollt auch ihr es tun, arbeitet und haltet aus, und Gottes Segen möge euch geleiten!«

Manolios begleitete sie oft und redete mit ihnen auf dem Weg. Er munterte sie auf und gab ihnen Hinweise, welche Dörfer in der Nähe lagen, was dort gebraucht wurde, an welche Türen sie anklopfen sollten. Er verschaffte ihnen Arbeit und kehrte dann nach Sarakina zurück. Gemeinsam mit dem Priester Fotis sammelte er die Kinder um sich und lehrte sie das Alphabet auf den Schreibtafeln, die der Schullehrer Chatzis Nikolis ihnen gegeben hatte.

Wenn die Nacht herniedersank, pflegten die beiden auf der Steinbank vor der Kirche zu sitzen und zu plaudern.

»In dem geringsten kleinen Stein«, sagte der Priester Fotis eines Abends, »in der anspruchslosesten, kleinen Blume und in der dunkelsten Seele ist Gott. Laßt uns aus diesem unserm kleinen Dorf, diesem Bienenstock, machen, was wir können, daß es arbeitsam und segenbringend von Gottesfurcht strahlt. So wie wir es wünschen, daß die ganze Welt werden soll. Denn du weißt, auch in der entlegensten Wüste hat eine gute Tat ihre Weiterwirkung auf die ganze Welt.«

Manolios blickte auf und sah den Priester Fotis an. Ihn dünkte, des Priesters Gesicht leuchtete milde im Dunkel, als ob es befreit, als ob es durchsichtig wäre, und als er die Hände zum Himmel erhob, bewegten sie sich wie Flammen.

»Jeder Mensch«, sagte Manolios ergriffen, »vermag die Welt zu retten. So oft denke ich daran und erschauere. Tragen wir eine so große Verantwortung? Was müssen wir tun, bevor wir sterben? Welcher Weg ist uns bestimmt?«

Er schwieg. Die Nacht nahm an Dunkelheit zu, die alten Frauen hatten Feuer angezündet und Essen bereitet, die Kinder krochen hungrig um sie herum und warteten.

Manolios streckte die Hand aus und berührte den Priester Fotis, der in Gedanken versunken saß und schwieg.

»Wie sollen wir Gott lieben?« fragte er.

»Indem wir die Menschen lieben, mein Junge.«

»Und wie sollen wir die Menschen lieben?«

»Indem wir daran arbeiten, sie auf den rechten Weg zu führen.«

»Und welches ist der rechte Weg?«

»Der Weg empor.«

## 14

Am nächsten Tage kehrte der Aga zur Mittagszeit aus Smyrna zurück, er kam nicht allein. Ihm folgte auf einem kleinen, grauen Pferd ein neuer Türkensprößling, diesmal war es ein Junge. Verdrossen und böse, zornig und reizbar, kaute er keinen Mastix, statt dessen war er beständig hungrig und durstig und aß und trank. Er sang nicht »Die Welt ist ein Traum«, er schrie beständig und fluchte, hatte seine Launen und erteilte dem verliebten Aga, der ihm in die Augen sah und alles zu Gefallen tat, seine Befehle. Er hieß Braimaki, war fünfzehn Jahre alt und hatte schnippisch geschürzte Lippen mit einem dichten Flaum.

Der Aga hatte ihn in einem übel beleumundeten Quartier getroffen, in dem jedes Haus eine rote Laterne vor der Türe hatte. Er lief dort umher und verkaufte die Waren, die in buntem Durcheinander in seinem Korb lagen – Pistazien, englische Stoffe, gekochte Krabben und Jasmin. In dieses Quartier kamen in den Abendstunden Männer und junge Burschen in Massen, Juden, Mohammedaner und Christen, um sich eine Weile zu amüsieren und die Sorgen des Tages zu vergessen. In den Toren standen halbnackte Frauen, die wie mit einer Maurerkelle das Gesicht dick bestrichen hatten und lachten. Als der Aga Braimaki zu Gesicht bekam, verliebte er sich in ihn. Er ging zu ihm, verhandelte mit ihm, und sie einigten sich. Er beschaffte ihm ein kleines Reitpferd, einen neuen Anzug aus feinem Stoff, eine silberne Uhr mit Kette, eine kleine Flasche Moschus und eine Tüte Zimtpulver. Er nahm ihn ins türkische Bad mit, goß Öl ins Wasser und wusch ihn. Dann führte er ihn zu einem Barbier, der ihm die Haare schnitt und sie mit Lavendel einrieb, zu guter Letzt brachte er ihn zu einem türkischen Priester, einem alten Freunde – einem Gauner, der reif für den Galgen war –, der ihn in mancherlei Künsten unterwies.

So gewaschen und geputzt wurde Braimaki vom Aga in sein Königreich geführt. Martha begrüßte mürrisch das neue Paar, aber als sie sich den neuen Gast näher angesehen hatte, lachte sie entzückt: »Der wilde Junge da wird den Aga schon in Bewegung bringen ...«

»Gibt es etwas Neues, Martha?« fragte der Aga, als er auf dem Hof vom Pferde stieg. »Ist jemand im Dorf gestorben, hat jemand geheiratet? Wie war die Ernte, wie steht es mit der Weinlese? Lebt der alte Patriarcheas noch? Und der priesterliche Bocksbart Grigoris? Sind die Griechen einander in die Haare geraten? Mir ist, als sei ich Jahre fortgewesen.«

Dann wandte er sich an Braimaki.

»Das ist Frau Martha, unsere Sklavin«, sagte er, »eine ordentliche Frau, verschwiegen und ehrlich ... Ein bißchen bucklig, aber daran gewöhnst du dich. Tu mit ihr, was du willst. Peitsche sie aus, schlage sie tot, reite auf ihr, sie ist dein.«

Braimaki verzog die Lippen, legte seine Hand der Alten auf den Buckel und brach in Lachen aus.

»Was soll ich mit ihr?« fragte er. »Du hast mir ein Kamel geschickt.«

Damit ging er hinein, um des Agas Haus in Besitz zu nehmen.

»Kümmere dich nicht um ihn, Martha«, sagte der Aga. »Das Füllen ist noch ungezähmt, es schlägt und beißt, aber sage nichts, ich sage auch nichts. Geduld, liebe Martha, Geduld, er wird schon zur Ruhe kommen.«

Braimaki kam auf den Hof hinaus.

»Gibt es hübsche Mädchen in deinem Dorf?« fragte er den Aga. »Du sollst sie eines Tages vor mir tanzen lassen, damit ich sie mir ansehen und meine Wahl treffen kann.«

Der Aga sprang auf.

»Alles, was du willst, aber nicht das. Hier gibt es nur Griechen, ich will keine Ungelegenheiten. Bleib auf dem Diwan, auf den du gehörst!«

»Eben, da gehören sie auch hin!« rief das ungebändigte Füllen und brach in Lachen aus. »He, alter Buckel, tisch uns auf, daß wir zu essen bekommen, ich bin hungrig!«

Der Aga seufzte, er dachte an seine Giousoufaki. Sie hatte einen Mund, aber sie sagte nichts. Er sagte zu ihr: »Sing!« und sie sang, er sagte: »Zünde mir meinen Tschibuk an!« und sie setzte ihn in Brand, er sagte: »Komm, geh mit mir ins Bett!« und sie kam ... Der hier dagegen war ein kleiner gallendurchtränkter Teufel, aber unterhaltsam war er, der schamlose Taugenichts.

»Ja, ja, Braimaki, es wird schon alles gut werden, gedulde dich nur ... Martha, dreh einem Huhn den Hals ab.«

Nachdem der Aga und der Junge gegessen hatten und lange drinnen geblieben waren, kam der Aga zufrieden heraus und rief Martha herbei.

»Geh und sag dem Patriarcheas, er soll herkommen, ich habe ihm etwas zu sagen. Braimaki will die Mädchen tanzen sehen. Können wir ihm das Vergnügen verweigern? Nimm deinen Schal und mache dich sofort auf den Weg!«

Im Hause des alten Patriarcheas fand Martha alles auf den Kopf gestellt. Hunde sprangen auf dem Hof umher, Mägde fegten die Reste zusammen, wuschen Teller ab, reinigten die Tische und säuberten das ganze Haus ... Lenio hatte sich mit ihrem Manne schon auf den Weg gemacht. Sie waren gegangen, um Manolios' Hirtenhütte in Besitz zu nehmen. Das feine Haus lag heute in Frau Mantalenias Händen. Sie brachte die Frauen in Gang, gab ihre Anweisungen und Befehle, bald klar und deutlich, bald leise und diskret; hin und wieder ging sie die große Steintreppe hinauf, um zu sehen, wie es dem alten Herrn ging.

Er fühlte sich heute gar nicht wohl; als er erwachte, war er teilweise gelähmt, konnte den rechten Arm und das rechte Bein nicht bewegen, und sein Mund war schief verzogen.

»Das ist nichts«, sagte Frau Mantalenia zu ihm, »das ist gar nichts, mach dir keine Sorgen, ich werde dich reiben und kneten, dann geht es vorbei. Es ist eine Erkältung ...«

Doch der alte Herr starrte zum gegenüberliegenden Fenster hinaus, und der Speichel rann ihm aus dem Mund.

Sobald Frau Mantalenia die alte Martha die Schwelle überschreiten sah, lief sie ihr entgegen und ließ sie nicht weiter hinein. Sie mochte sie nicht und war eifersüchtig auf sie.

»Was willst du, liebe Martha? Hat ein neues Unglück unser Dorf getroffen? Ist der Aga zurückgekehrt? Sprich!«

»Gedulde dich, du bringst mich ja um, Alte. Ich muß den Herrn sprechen, es ist dringend!«

»Es geht nicht. Nein, es geht nicht, sage ich. Er ist sehr krank, er ist gelähmt und hat seinen Sohn rufen lassen. Es ist ein Schlaganfall; er kann nicht reden, er lallt, und der Speichel rinnt ihm aus dem Mund. Du kannst ihn nicht sprechen.«

»Laß es mich wenigstens mit eigenen Augen sehen, daß der Aga mir glaubt.«

»Ich lasse dich nicht hinein!« Sie gerieten aneinander. Die Mägde liefen herbei und trennten sie. Die bucklige Alte rollte geschwind wie ein Ball davon, sie haspelte sich wie eine Spindel ab, gelangte an die Treppe und lief hinauf. Sie öffnete die Tür und schlich hinein. Der alte Herr verdrehte die Augen und bekam sie zu Gesicht, aber er bewegte sich nicht.

»Ich bin Martha«, sagte die Alte. »Viele Grüße vom Aga,

er läßt dich bitten, zu ihm zu kommen, er hat etwas mit dir zu besprechen.«

Der Alte versuchte den Kopf zu bewegen, er bewegte die Lippen und stammelte etwas hervor. Martha trat näher zu ihm, doch im gleichen Augenblick kam Frau Mantalenia herein, stieß sie zur Seite und lehnte sich über den Alten.

»Was sagst du?«

Der Alte bewegte erneut die verzerrten Lippen. Frau Mantalenia wandte sich an die Bucklige.

»Er sagte, du sollst dich zur Hölle scheren.«

»Was soll ich dem Aga sagen?« fragte die Alte hartnäckig.

Der Alte bewegte wieder die Lippen, und Frau Mantalenia wandte sich wieder zu der alten Martha.

»Er sagt, auch er soll sich zur Hölle scheren.«

Martha aber schüttelte den Kopf, sie trat näher heran und neigte sich zu dem alten Herrn.

»Der Aga hat üble Pläne gegen das Dorf im Schilde«, sagte sie, »er hat einen neuen Teufel aus Smyrna mitgebracht, einen, der das Dorf in Brand setzen wird! Der Satansjunge verlangt, daß alle Mädchen des Dorfes sich unter der Platane versammeln und tanzen sollen, damit er seine Wahl treffen kann ... Es ist ein Unglück, daß du krank geworden bist.«

Der Alte riß die Augen auf, sein Gesicht wurde feuerrot. Er nahm seine ganze Kraft zusammen und sagte:

»Niemals!« Dann fiel er erschöpft in die Kissen zurück.

»Du wirst ihn ums Leben bringen, du verfluchter Buckelrücken! Zieh zur Hölle!« rief Frau Mantalenia. Sie packte Martha am Buckel und warf sie zur Tür hinaus.

Dann ging sie zurück und begann den Alten mit Öl und Kampfer zu reiben. Das verschaffte ihm etwas Erleichterung, und er schlug die Augen auf.

»Schick zum Priester Grigoris«, sagte er und schloß wieder die Augen. In diesem Augenblick öffnete sich die Tür, und Michelis trat herein. »Geh!« sagte er zu der Alten und näherte sich dem Bett. Mantalenia sammelte ihre Heilmittel zusammen und verschwand. Michelis stand unbeweglich und betrachtete seinen Vater. Die Tränen traten ihm in die Augen. Das Gesicht des Alten war geschwollen und bleich. Die Kinnfalten waren zusammengesunken und lagen schlaff auf dem Hals, der Mund war verzerrt und hing rechtsseitig herab. Der Alte schlug die Augen auf, bekam den Sohn zu Gesicht und lächelte.

»Willkommen!« murmelte er und streckte ihm die linke Hand entgegen. Michelis bückte sich und küßte sie. Der Alte richtete seine Augen auf den Sohn, es war ein schwerer, hoffnungsloser Blick, als nähme er Abschied von ihm.

Er faßte seine ganze Kraft zusammen und sagte, so deutlich er vermochte:

»Mein Junge, ich gehe nun fort. Ich stehe vom Tische auf und lege das Mundtuch zusammen, ich bin fertig ... Wenn ich dir ein hartes Wort gesagt habe, vergib. Ich bin ein Vater, ich liebe. Die Liebe weiß nicht immer, was sie sagt. Nur um eines bitte ich dich ...«

»Sprich, Vater.«

»Mariori ...«

Er schwieg. Der Schweiß stand dick auf seiner Stirn, der Sohn beugte sich hinab, nahm ein Taschentuch und trocknete dem Alten das Gesicht. »Mariori hat eine schwere Krankheit, glaube ich. Wenn dem so ist, sollst du sie nicht zu deiner Frau machen. Sie wird unser Blut verseuchen ... Hörst du?«

»Ich höre, Vater.«

»Willst du tun, was ich sage?«

Michelis schwieg.

»Ich verlange nichts anderes von dir. Willst du es tun? Sag ja, daß ich ruhig sterben kann.«

Einige Sekunden vergingen. Ängstlich blickte der Alte auf den Sohn.

»Ja ...«, sprach Michelis endlich.

Der Alte schloß die Augen.

»Es ist gut«, murmelte er. »Nichts mehr!«

Michelis trat ans Fenster und sah hinaus. Es begann schon Abend zu werden. Die Bauern kamen müde von ihren Weinbergen zurück, einige Mädchen gingen mit dem Wasserkrug auf der Schulter vorbei. Der alte Ladas kam gebückt und barfuß, die Hände voller Rebensaft, auch er hatte seinen Wein geerntet.

Der alte Herr bewegte sich im Bett und seufzte. Michelis wandte sich um, und der Alte machte ihm ein Zeichen.

»Geh nicht«, sagte er, »warte.«

»Ich gehe nicht, Vater, schlaf...«

Weit fern von der Ai-Vasilis-Quelle her hörte man ein Mädchen eine klagende Liebesweise singen. Es klang, als ob das Mädchen sich in Trauer und Sehnsucht verzehre. Michelis mußte an seine Verlobte denken, und er spürte heftige Lust, in den fernen Gesang des Mädchens einzustimmen.

Plötzlich bemerkte er auf der Schwelle des Hofes die rüstige Gestalt und den weißen zweigeteilten Bart des Priesters Grigoris. Er ging leise, um den Alten nicht zu wecken, hinaus, öffnete die Tür und stellte sich, um ihn zu erwarten, oben auf die Treppe.

»Was haben die Ärzte gesagt?« fragte er ängstlich, als der Priester mit langsamen, feierlichen Schritten die Treppe hinaufgekommen war.

»Es ist nichts, mein Junge. In einem Monat wird sie ein Sonnenstrahl sein.«

Er blickte zur offenen Tür hinein.

»Er ist krank«, sagte er, »er hat mich rufen lassen.«

»Es geht ihm nicht gut, tritt ein... Still, wir wollen ihn nicht wecken.«

Doch der alte Herr schlief nicht, er hörte das leise Gespräch und schlug die Augen auf.

»Willkommen!« murmelte er dem Priester zu.

»Wie geht es dir! Es ist bestimmt nichts, nur Mut!«

»Es ist nichts. Ich sterbe, das ist alles. Setz dich. Ich habe dir etwas zu sagen. Komm auch du näher, Michelis.«

Und er begann hervorzustammeln, was er sagen wollte, nämlich, daß ihn der Aga hatte zu sich rufen lassen und daß der neue Giousoufaki alle Mädchen des Dorfes vor sich tanzen sehen wollte, um seine Wahl treffen zu können.

»Niemals!« rief der Priester Grigoris aus und sprang auf. »Dann ist es besser, daß sie alle sterben!«

»Dann ist es besser, daß wir alle sterben!« berichtigte Michelis, der auch in Erregung geraten war.

»Tut eure Schuldigkeit«, sagte der Sterbende mühsam. »Ich kann nicht länger mit euch sein. Michelis soll meine Stelle übernehmen.«

Erschöpft schloß er die Augen, dann reichte er dem Priester Grigoris die Hand.

»Komm heute abend und gib mir das Abendmahl«, sagte er.

Der Priester Grigoris zog sich zur Tür zurück, und Michelis folgte ihm.

»Verlasse ihn nicht, Michelis. Dein Vater befindet sich nicht wohl, Gott schütze ihn.«

Dann überlegte er eine Weile.

»Ich werde nun sofort den Aga aufsuchen und mit ihm reden. Gott wird eine solche Schändlichkeit nicht zulassen.«

Michelis ging hinein und setzte sich neben seinen alten Vater. Die ganze Nacht wachte er und hielt die Augen auf das gealterte Gesicht mit dem schiefen Mund, den hängenden Wangen und dem schweißtriefenden weißen Haar gerichtet.

»Das war mein Vater«, murmelte er. »Das war mein Vater ... Das war der große Herr Patriarcheas, der in jungen Jahren flink und rüstig wie Ai Giorgis war, der auch zu Fuß wie ein Ritter aussah, der große Herr Patriarcheas, der das beste Essen aß, die besten Weine trank, der Mädchen und Frauen, zwei Nonnen und eine Äbtissin küßte und die fremden Höfe mit Söhnen und Töchtern füllte ...«

Die Stunden vergingen, das Dorf schlief, der Priester kam auf einen Augenblick herein, nahm dem alten Herrn die Beichte ab, vergab ihm seine Sünden und reichte ihm das Abendmahl. Michelis blieb wieder mit dem schweren, unbeweglichen Leib, der einmal sein Vater gewesen war, allein ... Im Morgengrauen begann in der Nachbarschaft ein Hund zu bellen. Michelis erhob sich und trat ans Fenster. Der Himmel hatte sich rot zu färben begonnen, aber noch schliefen die Bäume, die Vögel und das Wasser, es herrschte der tiefste Frieden, der nur durch das Heulen des Hundes gestört wurde.

Der alte Patriarcheas hörte es, er schlug die Augen auf und sah den Erzengel mit den schwarzen Schwingen über seinem Bett. Er stieß einen leisen Schrei aus und übergab seine Seele ohne Widerstand. Die Türe öffnete sich, der Priester Grigoris trat über die Schwelle, er trat ans Bett und legte seine Hand auf das Herz des alten Herrn. Es war stehengeblieben. Wütend und außer sich, wandte er sich an Michelis:

»Du bist es, der ihn getötet hat«, sagte er dumpf, »gerade du!« Michelis hob den Kopf und blickte dem Priester in die Augen, aber er sagte kein Wort.

Einer der Pfeiler, die Likovrisi gestützt hatten, war eingestürzt. Das ganze Dorf erbebte, als die Botschaft von Tür zu Tür, von Tor zu Tor ging: »Der alte Patriarcheas ist tot.« Der Aga, der eben erwacht war, mit halbgeöffneten Augen auf dem Balkon saß und durchdachte, was er nachts in seinen Träumen gesehen und getan hatte, wandte sich verwundert zu der alten Martha, die ihm die Nachricht gebracht hatte.

»Ist er tot? Ist der Turm gestürzt? Ist das Dorf auf einem Bein lahm geworden? Ich schlief so tief, ich habe den Stoß nicht gehört.«

»Alle Hunde im Dorf bellten heute nacht«, versicherte die Alte. »Ich wußte, daß der Erzengel ins Dorf kommen würde, um eine bedeutende Person zu holen, daß die Hunde ihn sahen und sich fürchteten.«

»Er war ein anständiger Kerl«, sagte der Aga und schlürfte seinen Kaffee. »Ein anständiger Kerl, einer von denen, die ins Paradies gelangen ... Ein Freund der Feste, ein Friedhof der Speisen! ... Schade, daß er nicht Mohammedaner gewesen ist, der Ärmste, daß er in unser Paradies hätte kommen können – dort gibt es Frauen und Reis mit Tomaten im Überfluß, dort hättest du versuchen sollen hineinzukommen, Patriarcheas, jetzt aber ist es zu spät!«

In diesem Augenblick kam Braimaki ungekämmt und verschlafen herein, und die Gedanken des Aga nahmen eine andere Richtung.

»Wann werden die Mädchen tanzen?« fragte der Türkenjunge eifrig.

»Übereile dich nicht, ich werde dir schon deinen Willen tun, aber ich will das Dorf nicht auf den Kopf stellen. Gestern abend kam der Priester zu mir und sagte: ›Beleidige uns nicht auf diese Weise, Aga. Du erregst nur das Dorf, gedulde dich, wir werden einen Ausweg finden ...‹ Gedulde dich also, Braimaki, es wird schon noch ein Fest geben, dann werden sie von selbst tanzen, ohne daß wir sie zu zwingen brauchen, und dann sollst du sie dir ansehen dürfen.«

Doch während seiner Worte geriet der Aga in steigenden Zorn.

»Ich will dir nur das eine sagen«, schrie er, »ich habe dich nicht hergeholt, um dich durch eine Heirat weiterzugeben!«

Das Tor zum Hause des Herrn Patriarcheas war weit geöffnet. Man hatte den Toten in der Mitte des Hofes aufgebahrt, und das ganze Dorf kam, um von ihm Abschied zu nehmen. Alle seine Fehler waren vergessen, nur seine guten Taten lebten, und man wurde nicht müde, die Verdienste des Toten zu preisen. Nicht einmal Panagiotaros konnte es unterlassen, eine kleine Träne fallen zu lassen, als er erschien, um ihm seinen letzten Gruß zu bringen. »Vergib mir, und möge Gott dir vergeben«, murmelte er, als er mit seinen dicken Lippen die feuchte Stirn des Toten berührte.

Auch der alte Ladas kam und küßte ihn, mit den Augen durchkämmte er das vornehme Haus, er dachte an den reichen Leichenzug, an die Weinberge, die Felder und Gärten des Verstorbenen und seufzte: »Schade um das Vermögen. Michelis wird es bald verkleinern, ich muß die Augen offenhalten ... aber ich fürchte den Priester.«

Frau Mantalenia wollte gerade die Mirologie beginnen. Sie hatte ihr Kopftuch abgenommen und ihr Haar gelöst; doch Michelis führte sie zur Seite. »Ich will kein Klagelied!« sagte er.

Am offenen Grab sprach der Lehrer, er begann mit dem alten Griechenland, mit Miltiades, Themistokles und den Perserkriegen. Dann kam er auf Alexander den Großen und die Zeit Christi zu sprechen, fuhr mit dem byzantinischen Kaiserreich fort, verharrte lange bei der Hagia Sofia und dem Bulgarentöter[24] und gelangte dann aufgeregt und schweißtriefend zum Fall Konstantinopels. Er konnte seine Tränen nicht zurückhalten. Alle Leute murmelten, als sie ihn in Ekstase singen hörten: »Nach Zeit und Jahren wird es wieder unser sein ...«[25] Dann holte er ein wenig Atem, wischte sich den Schweiß, fing wieder an, überging hastig die Jahrhunderte der Sklaverei und kam zum Jahre 21[26], um mit einem kühnen Sprung an dem heutigen offenen Grabe stehenzubleiben und Herrn Patriarcheas zu erblicken.

Von seiner langen Fahrt durch die Zeiten müde geworden, hielt er einen Augenblick an, um Atem zu schöpfen und seine angelaufenen Brillengläser zu trocknen. Dann nahm er alle Kraft zusammen und begann die Lobrede auf den Toten.

»Der unvergeßliche Georgios Patriarcheas«, sagte er, »war ein echter Sohn der alten Hellenen. Er war ein echter Edelmann des stolzen byzantinischen Kaiserreiches, er war ein echter Sohn der Helden von 21. Dieser vornehme Mann übernahm die immerwährende Aufgabe des griechischen Volkes — den Kampf des Menschen um die Freiheit. Jeder Gefahr bot er die Brust, stets bereit, sein Leben zu opfern. Wie Alexander der Große hielt auch Georgios Patriarcheas hier in der Tiefe Asiens die Lampe des Geistes am Brennen und ließ es nicht zu, daß die Barbaren das Licht der Griechen löschten. Georgios Patriarcheas' Tod wäre ein unersetzlicher nationaler Verlust, wenn nicht sein würdiger Sohn Michelis wäre. Er wird die ehrenreiche Tradition seines leuchtenden Vaters fortsetzen.«

Einen Augenblick glaubten alle an die Worte des Lehrers. Sie erkannten zum erstenmal, welchen bedeutenden Vorkämpfer und Helden sie verloren hatten, und begannen zu weinen... Giannakos und Kostantis traten zu Michelis heran, der unbeweglich am Grabe stand, den Sarg in die Erde sinken sah und nur an die Worte des Priesters dachte: »Du bist es, der ihn getötet hat, gerade du...« Sie nahmen ihn mit sich und kehrten still in das herrenlose Haus zurück. Doch er dachte immer nur an die grauenhaften Worte: »Du bist es, der ihn getötet hat, gerade du...«, und sagte nichts.

Als sie das Tor hinter sich geschlossen hatten, sank Michelis in der Mitte des Hofes, dort, wo seines Vaters Leiche am Morgen gestanden hatte, zusammen. Er beugte sich hinab, küßte die Erde und sprang plötzlich leicht und mit ausgestreckten Armen auf, als wollte er zu tanzen anfangen. Tief in sich fühlte er eine unsagbare Freude. Nach außen war es das Menschenherz, das den verstorbenen Vater liebte und betrauerte, nach außen waren es die Augen, die tränten, im Innersten seines Herzens aber empfand er Freude, Freude und Befreiung.

Er rief die Mantalenia.

»Mach uns Kaffee«, befahl er. »Schlachte auch ein Huhn und bereite uns etwas Essen, schnell!«

Die Freunde sahen ihn beruhigt an. Seine Augen waren voller

Tränen, seine Stimme jedoch klang frisch und froh. Er ging im Hause hin und her, als ob er es zum ersten Male sah, ging hinab in den Keller und nahm die Verschlüsse von den großen Krügen, er klopfte an die Tonnen, um zu sehen, ob sie voll waren, und öffnete die Kisten ... Dann ging er hinauf und setzte sich an den gedeckten Tisch, mit Giannakos zu seiner Rechten und Kostantis zu seiner Linken. Er füllte die Gläser mit Wein und hob sein Glas.

»Was der Lehrer am Grabe über meinen Vater geschwätzt hat, war Lüge«, sagte er. »Mein Vater war kein Held. Er hat niemals seine Brust der Gefahr geboten, er hat nie einen mutigen Entschluß fassen können, er war nur ein guter Mensch, der das ruhige Alltagsleben und das Wohlbehagen in dieser Welt geliebt hat.

Doch was der Lehrer über das griechische Volk sagte, ist richtig gewesen. Jeder Grieche in dieser Welt, auch der anspruchsloseste und unwissendste, ist, ohne es zu wissen, ein gewaltiger Herr, der eine große Verantwortung trägt. Ein jeder Grieche, der nie, nicht ein einziges Mal in seinem Leben einen mutigen Entschluß faßt, verrät sein Volk. Als der Lehrer sprach, sah ich, wie nahe ich daran war, den gleichen Weg wie mein Vater, den bequemen breiten Weg, einzuschlagen. Doch plötzlich fühlte ich meine Pflicht, ich würde gerne den Weg einschlagen, den unser Volk seit Tausenden von Jahren gewandert ist ...«

»Welchen Weg?« fragte Giannakos, der gerührt die Worte des Freundes angehört hatte. »Welchen Weg, Michelis?«

»Den Weg nach oben, den Weg empor! Deshalb bitte ich euch um einen Gefallen, Freunde: Wenn es Abend wird, wollen wir auf den Berg Sarakina gehen und Manolis und den Priester Fotis aufsuchen. Während der ganzen Nacht, in der ich wachte und meinen sterbenden Vater betrachtete, habe ich unablässig daran gedacht. Eben am Grabe habe ich meinen Entschluß gefaßt. Heute abend, wenn wir fünf beisammen sind, werde ich es sagen. Ich bitte um eure Hilfe, Brüder!«

»Wir halten zu dir bis zum Tod, Michelis!« sagten die beiden Freunde.

Sie stießen mit den Gläsern an.

Gegen Abend saßen der Priester Fotis und Manolios vor ihrer Grotte und unterhielten sich. Sie waren soeben aus den umliegenden Dörfern zurückgekehrt, wohin sie gegangen waren, um den Ihrigen Arbeit zu schaffen. Beide waren sie müde, denn sie waren zu Fuß gegangen, und die Hitze und der Staub der Ebene hatten sie mitgenommen. Auf dem Heimwege waren sie dem alten Christofis begegnet und hatten erfahren, daß der Herr Patriarcheas gestorben und schon begraben worden war.

»Es ist ein Jammer um die Fabrik, die nun aufgehört hat, Dünger und uneheliche Abkömmlinge zu produzieren«, sagte der grobgehobelte Führer und Wegweiser. »Viele Frauen in den Nachbardörfern sind jetzt Witwen geworden. Sie sollen leben!«

»Wann starb er, und wie? Sprich wie ein Mensch, Christofis.«

»Bei der Hochzeit seiner Tochter dieser Tage hat er zwei Spanferkel gegessen, sagt man. Dann wollte er sich an ein gefülltes Puterküken machen, aber der rechte Arm wurde ihm lahm, und sie legten ihn ins Bett. Am Morgen fanden sie ihn kalt und steif. Der Schullehrer hat eine Menge über ihn geredet und viele Jahrhunderte durchwandert, aber der Teufel soll mich holen, wenn ich ein Wort verstand. Ich habe dann auch angefangen zu weinen, denn ich sah die andern weinen. Dann habe ich eine Handvoll Erde genommen und sie auf ihn geworfen. Er hat so viel Erde bekommen, daß sie ihm zum Halse herausstand. Das wurde sein letztes Spanferkel. Gott, der Allmächtige, möge seinen Magen wohl empfangen!«

Er wollte seinen Weg fortsetzen, blieb aber einen Augenblick stehen und sagte, in Lachen ausbrechend:

»Ich habe gehört, daß das Tor zum Paradies sehr schmal sein soll. Ein dicker Kerl kommt da nicht hinein, sagt man. Aber wir drei, wir kommen bestimmt hinein. Es lebe die magere Armut!«

»Der alte Christofis hat eine böse Zunge, aber er redet die Wahrheit«, sagte der Priester Fotis. »Es ist sehr schwer für den Reichen, das Seelenheil zu erlangen, auch wenn er ein anständiger Mensch ist, denn obwohl er weiß, daß es Menschen gibt, die Hunger leiden, teilt er nicht mit ihnen, er gibt sich den Anschein taub zu sein, er ist verwöhnt, wagt es nicht ... Nun, wir werden sehen, was Michelis jetzt tut.«

»Ich vertraue Michelis«, sagte Manolios.

»Gott soll dich hören. Aber ich habe so viel in meinem Leben gesehen ...«

Er beendete den Satz nicht, denn die drei Freunde traten eben in die Grotte. Manolios und der Priester standen auf.

»Wir bedauern deine Trauer, Michelis«, sagten sie. »Gott möge seine Seele aufnehmen!«

Sie setzten sich, eine Weile sprachen sie nicht, schließlich begann Michelis:

»Brüder«, sagte er, »ich habe meinen Vater beweint, ich war Fleisch von seinem Fleisch, ich habe getrauert und gelitten, gleichzeitig aber fühlte ich mich – Gott möge mir verzeihen! –, ich fühlte mich freier. Mir war, als sei eine Last von mir genommen. Von heute an, das fühle ich, muß ich für meine Taten allein Rechenschaft geben. Zwei Wege öffnen sich mir: Der Weg, den mein Vater ging, und ein anderer, viel schwererer, auf den Christus mich führt. Welchen Weg soll ich einschlagen? Heute früh habe ich an meines Vaters Grab meinen Entschluß gefaßt – ich bin gekommen, mit euch darüber zu sprechen und eure Hilfe zu erbitten.«

Er schwieg und legte seine Hand auf des Priesters Fotis Knie, als ob er sagen wollte: Hilf mir, steh mir bei!

Der Priester Fotis ergriff Michelis' Hand und drückte sie in seinen schmalen, durchsichtigen Händen.

»Mein Junge«, sagte er. »Wir alle sind in dieser Prüfungsstunde bei dir. Sprich dich aus und vertraue uns.«

»Mein Vater erbte von seinem Vater, und dieser wieder von seinen Vorvätern, viel Erde und viele Bäume, sie hatten ihre Freude daran. Hin und wieder warfen sie ein wenig an die Armen aus und starben zufrieden, im Bewußtsein, ihre Pflicht getan zu haben. Sie glaubten es, und ich glaubte es auch, bis Gott, dank eurer Hilfe, mir die Augen öffnete und mich sehend werden ließ. Er öffnete mein Herz, und ich litt. Und so habe ich nun meinen Entschluß gefaßt: Ich werde mein ganzes Vermögen, meinen ganzen Besitz den Armen geben. Ich will nicht einmal ein so geringes Stück behalten, wie es meine Väter den Hungrigen hinwarfen. Alles, was ich habe, will ich deiner Gemeinde hier auf dem Berge Sarakina geben, Fotis, nimm es!«

Alle hatten die Köpfe gesenkt und lauschten seinen Worten. Als Michelis endete, hob lange Zeit keiner den Kopf. Plötzlich hörte man den Priester Fotis im Dunkel schluchzen.

Giannakos konnte nicht an sich halten, er sprang auf, packte Michelis und umarmte ihn. Er wollte ihn küssen, doch er stockte und begann zu lachen und zu tanzen.

»Ich schenke meine Eselin der Gemeinde von Sarakina«, brachte er schließlich hervor. »Mehr besitze ich nicht in der Welt, nimm sie!«

Der Priester erhob sich und legte seine Hände auf Michelis' gesenkten Kopf.

»Ich habe viel Gift im Leben getrunken, mein Junge«, sagte er. »Jetzt aber habe ich alles vergessen. Möge es dir wohlergehen, Michelis, in dieser und in der kommenden Welt! Tausende von Seelen rettest du vor Elend und Tod. Alle diese Flüchtlinge, ihre Kinder und Kindeskinder, Geschlecht um Geschlecht! Du sollst gesegnet sein!«

Manolios hielt noch immer den Kopf gesenkt und weinte. Nie hatte er eine größere Freude empfunden, nicht einmal damals, als er aus dem Tor des Aga trat und zur Platane ging, um gehängt zu werden... Denn nun erkannte er, daß Christi Saat allmächtig ist und alles Gute auf Erden übertrifft. Es ist leicht, Gott das Kleine zu opfern, schwer aber ist es, alles zu opfern. Michelis opferte alles, und Manolios vermochte vor Freude und Verwirrung noch nicht den Kopf zu heben und zu sprechen... Plötzlich aber sprang er auf, umarmte Michelis und küßte ihn.

Kostantis sah und hörte alles mit an und fühlte sich in seinem Herzen bedrückt. Ich habe nichts gegeben, dachte er. Ich habe nichts getan. Ich habe nichts um Christi willen aufgegeben, nichts verlassen, weder meine Frau noch meine Kinder, nichts, gar nichts...

Die Nacht war schön, der Mond stand plötzlich ruhig und lächelnd am Himmel und goß seinen weißen Honig über den Berg Sarakina aus.

Still und wehmütig sah Michelis den Mondschein auf die Erde herniederfluten und sie weich und sanft machen, aber er fühlte eine lastende Schwere in seinem Herzen. Ich bin nichts wert, dachte er. Was ich tue, tue ich nicht aus Güte, sondern aus Furcht. Ich fürchte, meinen Vater getötet zu haben. Das ist eine furchtbare Sünde, die mich bedrückt. Ich gebe alles fort, um frei zu werden und zu vergessen, um ruhig schlafen zu können, um nicht mehr die furchtbaren Worte hören zu müssen: »Du bist es, der deinen Vater getötet hat, gerade du!«

Als am nächsten Tage die Nachricht wie eine Bombe einschlug, daß Michelis sein ganzes Vermögen den Armen auf dem Berge Sarakina gegeben hatte, stürzte der Priester Grigoris in seinen alten Pantoffeln, ohne Schärpe, ohne Priesterhut, mit unordentlichen Haaren hinaus und eilte in des Herrn Patriarcheas Haus, um mit Michelis zu reden. Er fand das Tor offen, eilte die Treppe hinauf und traf Michelis in seinem Zimmer. Er saß vor dem Fenster und schrieb. Er schrieb an Mariori. Lange hatte er an einem Satz gefeilt, der ihr sagen sollte, wie sehr er sie liebe, zugleich aber auch, wie er gezwungen sei, sie zu verlassen. Er hatte immer wieder von neuem begonnen, die Worte erschienen ihm zu hart, zu eckig und abgerissen, zu unbehauen und roh. Das gleiche Wort konnte nicht die zarteste Liebe und zugleich die bitterste Trennung wiedergeben, die Worte »immer« und »nie« waren so verschieden, und Michelis versuchte gerade ein Wort zu finden, das die beiden ungeheuren Tiefen seines Herzens zu erfassen vermochte.

In diesem Augenblick stürzte der Priester Grigoris ins Zimmer, mit seinem flatternden Priesterrock kam er wie eine schwarze Wetterwolke daher.

»Was für ein neues Unglück muß ich hören, Michelis?« schrie er keuchend. »Du schenkst alles, was du besitzt, erzählt man sich, den Lumpenkerlen auf dem Berge Sarakina? Das ist ja ein Verbrechen, ein Verbrechen ist das, eine Schande!«

Michelis erstarrte, er zerriß den Brief, an dem er geschrieben hatte und blickte den rasenden Priester an, aber er sagte nichts.

»Hast du denn kein Gefühl für deines Vaters Andenken? Ist es nicht genug, daß du ihm das Leben nahmst? Willst du ihn jetzt auch noch in kleine Stücke zerschlagen und an die Barfußzigeuner und Rebellen da verteilen? Fürchtest du denn nicht Gott?«

»Gerade weil ich Gott fürchte, tue ich es. Was nützt es dir, die Gebote zu halten, sagt Christus, das reicht nicht aus. Verkaufe dein Eigentum und verteile es an die Armen, wenn du ins Himmelreich kommen willst. Ich habe getan, wie Christus befahl. Was willst du?«

Der Priester Grigoris geriet außer sich vor Wut, er lief in seinen alten Pantoffeln auf und ab und biß sich vor Zorn in die Finger.

»Weshalb antwortest du mir nicht? Habe ich getan, was Christus befiehlt oder nicht? Ja oder nein? Antworte mir!«

»Du stößt die Grundlagen der Gesellschaft um, das steht fest. Ich gebe dir den Verlobungsring meiner Tochter zurück, das ist meine Antwort. Ich will keine Verwandtschaft mit dir! Bald werde ich dich wohl auf den Dorfstraßen mit einem Sack auf dem Rücken umherziehen und betteln sehen!«

»Was bedeutet das, da ich das Himmelreich gewonnen habe?« sagte Michelis still. »Welchen Wert besitzt dieses Leben?«

»Du bist verrückt. Du weißt nicht, was du sprichst. Du bist ein kompletter Narr!«

»Ich bin ein Christ, nichts weiter.«

»Ich werde dich von der Kanzel in Acht und Bann tun, dich und deinen Lehrer Manolios! Schurken seid ihr, Schurken alle beide, ja, alle drei, mit dem Bocksbartpriester Fotis zusammen! Ja, ja, starre mich nicht so an, ich kenne euer Geheimnis sehr wohl!«

»Geheimnis?« sagte Michelis verwundert. »Welches Geheimnis?«

»Ihr seid Bolschewiken! Ihr empfangt Befehle aus Moskau, um die Religion, das Vaterland, die Familie und das Eigentumsrecht, die vier großen Grundpfeiler der Welt, zu zerstören! Und der verfluchte Manolios da ist euer Führer. Und dann ist der Priester Fotis mit seinem neuen Evangelium von des Teufels Großmutter, dem Befehl der Moskowiter, gekommen.«

»Aber dann ist Christus ja ein Bolschewik!«

»So wie ihr Ihn nach eurem Bilde gemacht habt, ist Er nicht Christus, sondern der Antichrist!«

Michelis wurde böse und sprang auf.

»Wie ihr Ihn gemacht habt, ihr Priester, ihr Herren und reichen Bauern, ist Christus zu einem alten Ladas, einem Wucherer, Heuchler und Lügner, einem jämmerlichen, feigen Lumpen mit Kisten voller türkischer und englischer Pfunde geworden! Euer Christus, Er verhandelt und schließt Geschäfte mit all den Mächtigen der Erde ab, um Seine Haut und Seine Börse zu retten!«

»Erklärst du den Krieg, Herr Michelis?« schrie der Priester, und der Speichel aus seinem Munde sprühte bis an die Wand.

»Ich erkläre keinen Krieg, ich verkünde Gerechtigkeit! Wenn ihr euch aber auf uns stürzt, werden wir uns wehren. Der wirkliche, wahre Christus ist mit uns, und das arme, zerlumpte Sarakina wird eines Tages über das reiche Likovrisi, das wirst du sehen, die Oberhand gewinnen!«

Der Priester zuckte zusammen. Er schlug sich vor die Stirn, als ob ihm plötzlich etwas eingefallen sei.

»Deshalb also verteilst du deine Äcker und Häuser an die Leute von Sarakina, damit sie in Likovrisi Fuß fassen und uns eines Tages vernichten sollen? Aber sie werden nicht in unser Dorf kommen! Nein, das wird nicht geschehen! Wenn sie kommen, werden wir sie verjagen! Deine Olivenhaine, deine Gärten und Äcker werden unbestellt und unbewässert bleiben, sie werden stillgelegt werden und brachliegen. Ich hebe meine Hand und schwöre! Am Sonntag aber werde ich die Kanzel besteigen und meinen Bannfluch sprechen.«

Damit ging er hinaus und warf die Tür hinter sich zu. Michelis sah vom Fenster aus, wie er in seinen alten Pantoffeln über den Hof hetzte, den Priesterrock schwenkend das ganze Außentor füllte und auf der Straße verschwand. Dann hörte er nichts mehr als die Hunde, die ihn erschrocken anbellten.

Michelis setzte sich wieder ans Fenster und begann seinen Brief an Mariori von Anfang an neu zu schreiben. Jetzt fand er die Worte, er berichtete ihr, wie ihr Vater eben außer sich vor Zorn seiner Wege gegangen war, weil Michelis Christi Worten folgend sein Eigentum unter die Armen verteilt hatte, und wie ihm der Vater den Verlobungsring zurückgegeben hatte.

Dann begann Michelis ihr offen von seiner Liebe zu erzählen, wie er Tag und Nacht an sie dachte, wie sie in seinem Herzen lebte und wie sein Leben ohne sie eine harte düstere Wanderung nach oben werden würde. Er schrieb von seiner Liebe, und je mehr er schrieb, desto mehr wuchs sie an, nein, sie wuchs nicht, sie wurde geboren und füllte sein Herz mit einem neuen, unbekannten Schmerz. Es war ihm, als schaffe jedes Liebeswort, das er schrieb, um Mariori zu trösten, ein neues Gefühl, das nicht bestanden hatte, bevor es zum Ausdruck kam... Plötzlich dünkte ihn das Leben ohne Mariori ein unerträgliches Martyrium. Ihm traten Tränen in die Augen.

»Ich habe nicht gewußt, wie sehr ich sie liebe«, murmelte er, »ich habe es nicht gewußt.«

Unterdessen machte sich der Priester Grigoris auf den Weg und suchte seinen Bruder, den Lehrer, den alten Ladas und die bedeutendsten Bauern des Dorfes auf. Er sprach mit ihnen, und sie waren sich einig, daß die Gefahr groß war und daß alle ehrlichen und wohlhabenden Männer sich vereinen müßten, den Antichrist mit aller Kraft zurückzuschlagen, und das sofort, bevor es ihm gelang, an Stärke zuzunehmen und das Dorf zu verderben. Nur der Lehrer brachte einen Zweifel vor, aber sein Bruder wurde böse und begann zu schreien, und der Lehrer fügte sich.

Sie kamen überein, die Leute von Sarakina mit Gewalt zu verjagen, wenn sie erschienen, um des Patriarcheas Eigentum in Besitz zu nehmen. Am Sonntag nach der Messe sollte der Priester Grigoris die Kanzel besteigen und den Bannfluch verkünden, anfangs nur über ihren Führer Manolios, doch später, wenn sie sich nicht besserten, auch über seine Freunde Michelis, Giannakos, Kostantis und die andern. »All diese Abenteurer«, sagte der Priester Grigoris, »müßten mit den Wurzeln aus der Erde gerissen und wie Unkraut aus dem Dorfe geworfen werden, so daß nur die guten Halme übrigbleiben.« Er beeilte sich, an seine Tochter zu schreiben, daß sie seinen Segen erhalten werde, wenn sie ihren feinen Verlobten aus ihrem Herzen risse. Er werde ihr einen andern, verständigeren und gottesfürchtigeren Mann verschaffen, schrieb er, wenn sie mit Gottes Hilfe gesunden und bald ins Dorf zurückkehren würde. Man müsse Gott danken, daß Michelis entlarvt worden sei, daß man erfahren habe, welch ein böser Mensch er sei, bevor es zur Heirat kam.

Dann rief er Panagiotaros zu sich.

»Du mußt jetzt auf alles achtgeben, Panagiotaros«, sagte er zu ihm, »geh hin und wieder auf den Sarakina hinauf, sieh dich dort um, versuche festzustellen, was sie tun und sagen, und berichte es uns dann. Wir haben die gleichen Feinde, du bist kräftig und deiner selbst sicher, du wirst uns bald nützlich und hilfreich sein können.«

»Ich verabscheue euch alle«, antwortete Panagiotaros, »am meisten aber den Schurken Manolios und seine Freunde, die den Christus und die Apostel spielen wollen. Deshalb trete ich in eure Dienste, aber ich denke verflucht schlecht über euch.«

Der Priester reichte ihm die Hand, damit er sie küssen sollte. Doch Panagiotaros wandte ihm den Rücken.

»Ich küsse keine Hände und schmutzigen Füße!« sagte er und ging über die Schwelle.

Am nächsten Tag, einem Sonntag, hatte sich das ganze Dorf, Männer wie Frauen, in der Kirche versammelt. Einige waren unruhig, andere froh, sie hatten die Kranken und kleinen Kinder mitgenommen, damit sie sehen sollten, wie es denen erging, die Christus verleugneten und schmähten.

Die Kirche summte wie ein Bienenstock, in den eine Wespe eingedrungen war, um zu plündern. Der alte Ladas stand stolz in der Bank und hatte sich zu Ehren des Feiertages sogar Schuhe angezogen. Er hatte sie einst als Bräutigam in der Stadt gekauft und benutzte sie einmal im Jahre, zu Ostern. Sie waren sehr eng und scheuerten, und wenn er sie trug, hüpfte er wie eine Krähe. Wenn er von zu Hause fortging, trug er sie in der Hand, und er zog sie an, wenn er zur Kirche kam. Wenn die Messe beendet war, zog er sie wieder aus und ging mit ihnen unter dem Arm nach Haus.

Auch Panagiotaros, der monatelang nicht in der Kirche gewesen war, kam und strahlte mit seinem pockennarbigen Gesicht. Er hatte sich eine Zigarette hinters Ohr gesteckt, die er mit Vergnügen rauchen würde, wenn der Bannfluch ausgesprochen war.

Die alte Mantalenia war ebenfalls erschienen – schwarz gekleidet und erregt –, um sich über ihren Neffen zu beklagen, der ihr ehrliches Haus mit seinen Tollheiten entehrt hatte, dieser Antichrist. Immer hatte sie sich gesagt, daß der Schlingel da für all das Lesen noch einmal seine Strafe erhalten werde, und sie war froh, daß sie die Wahrheit prophezeit hatte und ihn jetzt der Teufel holen würde.

Auch Michelis erschien, blaß, bekümmert und im schwarzen Gewand. Die letzten Nächte hatte er kein Auge geschlossen, und als er im Morgengrauen einschlief, träumte er, daß sein Vater ihn ansah und den Kopf schüttelte, als ob er ihn verfluche. Neben Michelis standen Giannakos und Kostantis und etwas entfernter der Barbier Antonis und der dicke Schlächter Dimitros.

»Ich werde ein Lamm schlachten«, vertraute er dem Barbier an. »Ich werde ein Lamm schlachten und es zum Berge Sarakina mit hinaufnehmen, um die Ächtung zu feiern. Komm auch du und bring etwas zu essen mit.«

»Ich werde hinaufgehen, Manolios rasieren und ihm etwas von meinem Lavendelwasser geben«, erklärte der Barbier. »Ich habe das Rasiermesser und das Fläschchen schon in der Tasche.«

Der Lehrer stand neben der Chorbank rechts von den Sängern, um mitzusingen. Er war düsterer Stimmung, ihm gefiel diese unmenschliche Zeremonie nicht, eine unwürdige Angelegenheit, meinte er, persönliche Feindschaft, niedrige Begierden, aber er wagte es nicht zu äußern. Von Kindheit an hatte er den Priester Grigoris gefürchtet, der sein älterer Bruder war und ihn unbarmherzig verprügelt hatte, als sie noch klein waren. Seitdem hatte er sich von seiner Furcht nicht freimachen können, obwohl er nun ein alter Mann von sechzig Jahren war.

Der Priester Grigoris erschien. Mit seiner strengen Miene und seinem zweigeteilten weißen Bart wirkte er wie ein Prophet. Die Messe vollzog sich in größter Eile. Er hatte es eilig, alle Bauern hatten es eilig. Dann betrat er die Kanzel, die Leute hoben die Köpfe und blickten ihn mit innerem Beben an. Die Kirchenglocken begannen das Todesläuten, eine Seele war fortgegangen.

Der Priester Grigoris betrachtete forschend seine Herde von oben. Sein Blick wurde streng und seine Stimme hart und rauh.

»Christliche Brüder«, donnerte er, und im ganzen Kirchengewölbe hallte es wider, »christliche Brüder, die Kirche gleicht einer großen Hürde. Die Gläubigen sind die Schafe, Christus ist der Hirt, und der Priester ist der Stellvertreter Christi. Wenn eines der Schafe eine ansteckende Krankheit bekommt, nimmt der Hirte es aus der Hürde, damit es nicht die anderen Schafe ansteckt, und jagt es weit fort bis an den Abgrund, damit es dort abstürzen und umkommen soll. Es tut ihm leid, daß eine Seele verlorengeht, aber er muß hart sein, um die andern Seelen zu retten.

Ein Schaf unserer christlichen Hürde ist räudig geworden, christliche Brüder, es ist Manolios. Er hat sich gegen Christus erhoben, es ist unsere Pflicht, ihn auszutilgen. Er hat sich gegen das Vaterland, gegen die Familie und das Eigentumsrecht erhoben, er hat sein eigenes Banner, ein rotes Banner, aufgerichtet, um uns in Blut zu ertränken. Er nimmt Befehle von Moskau entgegen, der Glaube, das Vaterland, die Ehre sind in Gefahr. Er ist ein Bolschewik! Es ist unsere Pflicht, ihn in Acht und Bann zu tun, das heißt, ihn von den gesunden Schafen zu trennen und an den Abgrund Satans zu jagen, daß er dort abstürzen soll und wir andern gerettet werden. Nun steige ich von der Kanzel herab, um ihn zu verjagen!«

Er schritt die Kanzelstufen hinunter, der Lampenanzünder eilte mit einer Weihwasserschale herbei, Grigoris senkte den Weihwedel in die Schale, sprengte das Wasser in die Luft und rief mit donnernder Stimme:

»Fort! Fort! Geächtet! Verbannt!«

Er machte wieder einen Schritt und wieder rief er:

»Fort! Fort! Geächtet! Verbannt!«

Es hatte den Anschein, als befinde sich Manolios unsichtbar in der Luft und Gottes Diener schritte gegen ihn vor und jage ihn fort. Er kam ans Kirchenportal, indem er unablässig Weihwasser in die Luft sprengte. Die Bauern wichen erschrocken zurück, als ob sie fürchteten, von dem geächteten Schatten berührt zu werden, der vor ihm entwich und aus der Kirche verjagt wurde.

Der Priester wandte sich dann zu den Dorfbewohnern um:

»Ruft nun dreimal, christliche Brüder, ruft dreimal: ›Manolios ist verbannt!‹«

Ein gewaltiger Ruf erscholl, die Kirche erbebte, alle hoben die Hände hoch und riefen dreimal: »Manolios ist verbannt!«

Der Priester besprengte zum letztenmal die Luft und rief: »Fort! Fort! Geächtet! Verbannt!« Dann schloß er mit einem heftigen Ruck das Portal. Alle atmeten auf, als ob der böse Geist entflohen und die Luft rein geworden sei.

Der Priester wandte sich um und blieb in der Mitte der Kirche stehen.

»Vom heutigen Tage an, christliche Brüder, darf keiner sich ihm nähern! Keiner darf ihm die Hand entgegenstrecken und ihm einen Bissen Brot, eine Schale Wasser reichen. Niemand darf mit ihm sprechen und niemand ihn grüßen. Wer ihm begegnet, soll dreimal zu Boden speien und einen anderen Weg einschlagen. Er hat Christus verleugnet, Christus verleugnet jetzt ihn. Er hat die Religion, das Vaterland, die Familie, das Eigentumsrecht verleugnet, und sie verleugnen jetzt ihn. Fort mit ihm bis in das Feuer der Hölle! Amen!«

»Amen!« schrie die Menge, froh und haßerfüllt zugleich.

»Amen!« donnerte über allen des Panagiotaros rauhe Stimme. Im selben Augenblick aber hörte man eine stille, einsame Stimme in der Mitte der Kirche.

»Manolios ist nicht allein. Ich gehöre zu ihm, ächte auch mich, Michelis Patriarcheas!«

Darauf eine andere, etwas rauhere Stimme:

»Auch mich, den Kaufmann und Briefträger Giannakos, auch ich gehöre zu ihm!«

»Auch mich, den Gastwirt Kostantis, auch ich gehöre zu ihm!«

Die Bauern gerieten in Bewegung, sie wichen zurück und ließen die drei in der Mitte allein.

Wieder erscholl da des Priesters Grigoris donnernde Stimme:

»Ihr kommt auch noch dran, ihr Engel des Satans! Habt nicht solche Eile! Langmütig und barmherzig ist die Kirche Christi. Sie gibt euch Zeit, zu bereuen. Christi Blitz hängt geduldig über des Menschen Haupt und wartet. Ich überlasse euch Gottes Barmherzigkeit.«

»Gott wird uns richten«, rief Giannakos. »Auf Ihn setzen wir unsere Zuversicht. Gott, nicht du!«

»Gott richtet euch durch meine Stimme!« schrie der Priester, und die Röte stieg ihm ins Gesicht. »Ich, der Priester, ich bin Gottes Stimme in Likovrisi!«

»Nur ein reines Herz vernimmt Gottes Stimme!« antwortete Michelis, »unsere Herzen sind rein!«

Er wandte sich zu seinen Freunden: »Kommt, gehen wir, Brüder, wir werden den Staub Likovrisis von unseren Füßen schütteln. Bauern, lebt wohl.«

Niemand antwortete. Die Frauen schlugen entsetzt das Zeichen des Kreuzes und murmelten: »Kyrie eleison, Herr, erbarme dich!«

»Bauern, lebt wohl«, sagte Michelis wieder. »Unser Christus ist arm und verfolgt, er pocht an die Türen, und niemand öffnet ihm. Euer Christus ist ein reicher Bauer, er macht seine Geschäfte mit dem Aga, er verriegelt seine Tür und ißt sein Essen. Euer satter Christus verkündet: ›Diese Welt ist gerecht, ehrbar und barmherzig, ich liebe sie. Geächtet sei ein jeder, der sich erhebt, um ihren Lauf zu stören!‹ Unser armer Christus sieht auf die, die da hungern, auf die Seelen, die irregehen, und ruft: ›Diese Welt ist ungerecht, unehrlich, unbarmherzig, sie muß von Grund auf geändert werden!‹«

Der Priester Grigoris hob seinen Priesterrock auf und stürzte vor. »Bolschewiken!« schrie er. »Fort aus Gottes Angesicht!«

Die Bauern gerieten in Aufruhr. Der alte Ladas stürzte von seiner Bank herbei. Panagiotaros hob die Faust.

»Hinaus! Hinaus! Hinaus!« ließen sich wütende Stimmen vernehmen. Giannakos war bereit, zuzuschlagen, doch Michelis packte ihn am Arm.

»Komm, laß uns gehen«, sagte er. »Überlassen wir es Gott, zu richten.«

Er schritt über die Schwelle der Kirche, Giannakos und Kostantis folgten ihm. In längerem Abstand trennten sich dann der Barbier Antonis und der Schlächter Dimitros heimlich von der Menge und folgten ihrem Weg.

»Weshalb verläßt du uns, Kostantis?« ertönte eine Stimme hinter ihnen. »Weshalb verläßt du deine Frau und deine Kinder?«

Kostantis wandte sich um und erblickte seine Frau, die mit zerwühlten Haaren herbeigelaufen kam. Er blieb einen Augenblick stehen, doch Giannakos zog ihn gewaltsam mit sich fort.

»Komm, laß uns gehen. Sieh dich nicht um!«

## 15

Der Priester Grigoris ging in sein Haus zurück. Heißer, rachsüchtiger Zorn erfüllte sein Herz.

Ein Priester sollte das Recht haben, zu töten, dachte er, zu sagen: »Geächtet sollst du sein!« und dann den Geächteten tot zu Boden sinken sehen. Dann würde die Welt von allen Feinden frei sein, und Gerechtigkeit und Frieden würden herrschen.

Er dachte an all die Menschen, die er umbringen würde, wenn er eine solche Macht besäße. Als ersten den Manolios, er war der gefährlichste, denn man konnte kein böses Wort über ihn sagen, er stahl nicht, er fluchte nicht, log nicht, lief nicht den Mädchen nach... ihn also von allen zuerst! Dann, oder am liebsten gleichzeitig den schurkischen Priester Fotis, ihn haßte er, und wenn er es gekonnt hätte, würde er ihm die Augen ausgekratzt haben. Alles an ihm ging ihm auf die Nerven, sein asketisches Gesicht, die flammenden Augen, die ernste Stimme, daß er kaum etwas aß, sich niemals betrank, keine Fehler hatte und von seinen Leuten verehrt wurde – ihn würde er zu Boden werfen, den Bart ihm ausreißen, die Nase abschlagen mögen! Je mehr der Priester Grigoris an ihn dachte, desto wütender wurde er und wußte schließlich nicht, wen er als ersten töten würde, den Priester Fotis oder Manolios.

Nach ihnen würde er Giannakos und Kostantis umbringen. Sie hatten einen schlechten Weg eingeschlagen, hatten ein schlechtes Beispiel gegeben, es war am besten, daß auch sie verschwanden. Michelis? Der Priester fiel in Gedanken. »Warten wir noch ein wenig!« murmelte er. Den alten Ladas aber würde er bestimmt umbringen, nicht etwa, weil er ein Geizhals, ein böser Mensch war, der eine Menge elternloser Kinder auf die Straße gejagt hatte, sondern weil er ihn an jenem Tage im Keller des Aga einen »Teufelspriester« genannt hatte.

Diese fünf würde er als erste umbringen, und dann Tag um Tag einen jeden, der sich widersetzte. Er hatte noch einige Beziehungen zum Hause des Bischofs selbst – und er würde die Angelegenheit wohl mit ihm ins reine bringen. Aus seiner Studienzeit hatte er außerdem einige alte Kameraden, die seine Hilfe in Anspruch genommen hatten; wenn sie noch lebten, würde er es auch mit ihnen ins reine bringen können...

Der Priester Grigoris seufzte. Eine solche Macht sollte der Priester haben! dachte er.

Die Bauern gingen im Dorf umher, einige standen auf dem Markt, andere auf dem Platz rund um die Kirche, und unterhielten sich angeregt und eifrig. Ihr Leben hatte gewissermaßen plötzlich einen neuen Wert erhalten – sie hatten sehen und erleben dürfen, daß ein Mensch gehängt wurde, daß ein bedeutender Gemeindevertreter starb, daß ein Türkenmädchen ermordet und eine Witwe niedergestochen wurde, und nun hatten sie eine Ächtung miterleben dürfen. Panagiotaros saß unter der Platane, er hatte sich eine Zigarette angesteckt und rauchte zufrieden. Es geht gut, dachte er. Meine Medizin hat gewirkt, ich werde sie alle aus der Welt schaffen. Alle! Alle! Den Christus und die Apostel! Zur Hölle mit ihnen! Er sog gierig die letzten Züge in sich ein, ließ den Rauch durch die Nasenflügel entweichen, spie aus und erhob sich, um auf den Berg Sarakina zu gehen und dort auszuspionieren, was man etwa beabsichtigte.

Er wählte seinen eigenen Weg und ging hinauf. Ein Greis von Sarakina ging umher und las Zweige und Äste auf, um Feuer anzuzünden.

»Guten Tag«, sagte Panagiotaros. »Gibt es etwas Neues?«

»Gute Nachrichten, hast du es nicht gehört? Sie haben uns Äcker und Weinberge geschenkt, sagt man, so daß wir armen Schlucker nicht an Hunger zu sterben brauchen. Ehre sei Gott! Schon morgen wollen wir nach Likovrisi hinunter und den Wein ernten.«

»Werden eure eigenen Leute zur Weinlese kommen?«

»Gewiß. Wir haben tüchtige Burschen und Mädchen. Morgen sollt ihr sie zu Gesicht bekommen.«

Panagiotaros ging weiter. Es war gut, daß er das erfuhr,

dachte er, ich werde hinuntergehen und es dem Bocksbart erzählen.

Er war bei einem Felsen angelangt, von dem aus er beobachten konnte, was in den Grotten vor sich ging. Er legte sich der Länge nach auf den Boden, stützte das Kinn auf die Hände und riß die Augen auf.

Der Priester Fotis hatte die Messe beendet. Eine Menge alter Männer, alter Frauen und Kinder hatte sich vor der Grotte, ihre Heiligenlegenden in der Hand, zusammengefunden; der Priester Fotis und Manolios standen in ihrer Mitte und sprachen mit ihnen. Panagiotaros spitzte die Ohren. Hin und wieder erreichten ihn einige zusammenhängende Worte, die er nicht verstehen konnte, aber er fügte die einander widersprechenden Worte zusammen und bekam den Sinn heraus. Manolios sagte: »Gott hat mich nicht geächtet, der Priester Grigoris hat es getan, das ist nicht das gleiche!«

Etwas weiter abseits hatte man ein Feuer angezündet. Der dicke Dimitros lag auf seinen Knien und drehte ein Lamm am Spieß, Giannakos stand über ihm und stach hin und wieder ein Messer in das Lamm, um zu prüfen, ob es schon gebraten war. Sie sagten etwas zueinander und lachten. Neben ihnen schlug Antonis seine Seife zu Schaum, er hatte einen Alten zum Sitzen gebracht und rasierte ihn. Die Kinder waren auch hinzugekommen, um geschoren zu werden, sie liefen umher und warteten, daß die Reihe an sie kommen sollte. Kostantis ging mit ein paar alten Frauen auf und ab und trug Wasser.

»Aber hier ist ja ein Fest«, grunzte Panagiotaros. »Hier gibt es ja keine Trauer... Wo ist denn der Blitz, von dem du sprachst, mein lieber Grigoris? Wo ist das Feuer zur Hölle? Der Teufel hole dich!« Er kroch näher heran, um hören zu können, und hing mit dem Kopf über dem Abhang.

»Wo ist Michelis?« fragte er sich. »Ich sehe ihn nicht. Vielleicht sitzt er irgendwo und beweint sein Schicksal, der Narr! Es ist ihm alles verquer gegangen. Er hat sein Erzschwein von Vater verloren, er hat sein Vermögen verschenkt, der Idiot, und dann hat ihm der Priester den Verlobungsring ins Gesicht geworfen — vaterlos, völlig verarmt und verwitwet!«

Er hörte Stimmen und Gelächter. Ein Flüchtling saß über seiner

Mandoline und stimmte sie. Giannakos und der dicke Dimitros nahmen das Lamm aus der Glut. Sie legten es auf die Steine. Die ganze hungrige Schar eilte herbei und gruppierte sich im Kreis um den Braten; einige begannen auf alte Töpfe zu schlagen und hüpften und tanzten. Der Priester Fotis kam hinzu, er schlug das Zeichen des Kreuzes, segnete das Lamm und begann die Stücke wie geheiligtes Brot zu verteilen. Dann lagerten sie sich auf dem Boden und lachten, und die Mandoline erklang. Plötzlich sprang Manolios auf und blickte sich unruhig um.

»Michelis!« rief er. »Michelis!« Doch es war vergebens, niemand antwortete ihm.

Der Priester Fotis streckte die Hände aus. Er war nun in Stimmung gekommen und sprach laut. Panagiotaros hörte es deutlich.

»Meine Kinder«, sagte er, »gesegnet sei dieser Tag! Was Christus den Jüngern prophezeite, seht, das ist heute als ein Segen über uns gekommen. Christus sagte: ›Ihr werdet die Seligkeit gewinnen, wenn die Menschen euch hassen, wenn sie euch verfluchen und um Christi willen verunglimpfen und verleumden. Freuet euch heute, denn euer Lohn im Himmel ist groß! Alles kehrt wieder. Was sie euch tun, das haben ihre Väter den Propheten getan.‹ Das sind Christi Worte, meine Kinder. Seht, heute verunglimpfen, verleumden und verfolgen uns die Menschen um Christi willen, und der Priester hat unsern Freund Manolios heute geächtet. Ehre sei Gott! Wir folgen dem rechten Pfad. Christus geht uns voran, und wir folgen Ihm nach! Tanzt und freuet euch, meine Kinder, Christus ist auferstanden!«

Er füllte einen Tonkrug mit Wasser und trank ihn in einem einzigen Zug aus.

»Das sind keine Menschen, das sind wilde Tiere«, grunzte Panagiotaros. »Die Kirchenglocken haben das Todesläuten geläutet. Man hat sie geächtet, man hat sie aus der Kirche gestoßen — und sie lachen und freuen sich! Ist es der leibhaftige Teufel, den sie bei sich haben und für Christus halten? Verflucht will ich sein, wenn ich das begreife!«

Er streckte wieder den Kopf vor und lauschte. Doch plötzlich fühlte er, wie eine Hand ihn zangengleich im Nacken packte.

Er wandte sich wütend um, es war Michelis, der sich über ihn neigte und ihn freundlich ansah.

»Weshalb bleibst du hier, Panagiotaros?« fragte er ruhig. »Weshalb kommst du nicht hinunter zu uns und nimmst dir ein Stück? Komm mit ...«

Und er zog ihn leicht am Arm.

Doch Panagiotaros bekam Stacheln wie ein Igel.

»Ich gehe nicht hinunter«, schrie er. »Ich will euer Essen nicht! Ich will von eurer Gesellschaft nichts wissen. Der Teufel hole euch! Laßt mich in meiner Einsamkeit, in meinem Glück allein!«

»Schämst du dich nicht, Panagiotaros, du, der du ein wirklicher Mann, ein aufrechter und ehrlicher Kerl bist, dich mit den Gaunern und Tagedieben zusammenzutun? Haben sie dich geschickt, um uns auszuspionieren?«

»Ich habe mich mit niemandem zusammengetan. Ich bin ein einsamer Mann, Michelis, mutterseelenallein wie der Wolf, verstehst du das nicht? Ich verabscheue euch und sie! Schweig, sprich mich nicht an, ich beiße.«

»Was ist mit dir, Panagiotaros?« fragte Michelis und setzte sich neben ihn. »Seit einigen Monaten bist du nicht mehr wiederzuerkennen. Du bis immer mürrisch gewesen, jetzt aber bist du böse. Wer hat dich dazu gebracht, Panagiotaros? Wer trägt die Schuld? Was ist mit dir los?«

»Vieles! Du weißt es wohl. Weshalb fragst du mich? Du weißt es doch selbst!«

»Weil man dich für den Judas ausersehen hat?« fragte Michelis vorsichtig. »Aber das ist doch ein Spiel. ein heiliges Mysterienspiel. Das ist doch keine Wirklichkeit ... Wie sollte wohl Manolios Christus sein können? Oder ich Ärmster der Lieblingsjünger Johannes? Wie kannst du dir eine solche Sünde denken? Das geschah doch nur, weil du einen roten Bart hast!«

»Ich werde ihn mir abnehmen!« schrie Panagiotaros wütend. »Ich werde ihn abrasieren, den Satansbart!«

Michelis lachte.

»Komm doch, der Barbier ist da ... Komm, er wird dich rasieren, daß du ihn loswirst.«

»Nein, ich werde ihn mir abbrennen, mir selber abbrennen, mit glühenden Kohlen!« schrie Panagiotaros und sprang auf, als ob er plötzlich einen Entschluß gefaßt hätte.

»Komm zu uns«, bat Michelis wieder mit seiner sanftesten Stimme. »Komm zu uns! Und du wirst sehen, daß wir dich mit offenen Armen empfangen. Nur du fehlst uns noch, damit wir wirklich glücklich sind.«

Aber Panagiotaros hatte sich schon vom Felsen heruntergleiten lassen und lief davon. Er wandte sich kurz um, sah, daß Michelis ihm einen traurigen Blick nachwarf, und schrie:

»Zur Hölle mit allen, ihnen und euch!«

Das Licht träufelte spärlich in die Grotte, in der Manolios und Michelis geschlafen hatten, und liebkoste die beiden Gesichter und das silberbeschlagene Evangelium des Michelis in einer Höhlung des Felsens.

»Wir haben heute viel zu tun«, sagte Manolios und sprang auf. »Wir haben etwa zwanzig Burschen und Mädchen, die außerhalb arbeiten, gebeten, herzukommen und die Weinberge abzuernten, die du der Gemeinde geschenkt hast. Du hast viele Seelen gerettet, Michelis!«

»Ich habe überhaupt nichts empfunden, als ich fortgab, was ich besaß. Deshalb finde ich auch, daß ich nichts getan habe, um meine Seele zu retten, Manolios. Nur das Opfer hat einen Wert, und ich habe kein Opfer gebracht. Giannakos brachte ein viel größeres Opfer, als er seine Eselin gab.«

Manolios überdachte einen Augenblick die Worte des Freundes.

»Ich glaube, du hast recht, Michelis«, sagte er nach einer Weile. Etwa zehn Jungen und ebensoviel Mädchen waren erschienen und plauderten froh vor der Grotte. Als sie Michelis herauskommen sahen, eilten sie herbei und drückten seine Hand.

»Du hast uns wieder zu grundbesitzenden Bauern gemacht«, sagten sie zu ihm. »Möge Gott deines Vaters Gebeine segnen!«

»Für seine Seele habe ich es getan«, murmelte er und senkte den Kopf, »für seine Seele, möge Gott ihm Frieden schenken ...«

Er zögerte einen Augenblick, dann hatte er seinen Entschluß gefaßt. »Es war sein letzter Wunsch in der Todesstunde, daß ich sein Vermögen unter die Armen verteilen sollte ...«

Manolios wandte sich um, er sah seinen Freund an, trat zu ihm und drückte ihm die Hand. Doch dieser schüttelte traurig den Kopf und ging hinein, um seine Unruhe zu verbergen.

Da kam der Priester Fotis.

»Kinder«, sagte er, »schlagt das Zeichen des Kreuzes, und Gottes Segen möge euch begleiten, da ihr nun geht, um unsere Weinberge zu ernten. Manolios wird euch den Weg zeigen. Geh mit ihnen, Manolios und zeige ihnen, wo die Weinberge liegen. Michelis und ich werden in die Stadt gehen und die amtlichen Papiere in Ordnung bringen, damit unsere Gemeinde rechtmäßiger Eigentümer von Herrn Patriarcheas' Besitztum wird.«

Sie schlugen das Zeichen des Kreuzes und setzten sich mit Manolios an der Spitze in Bewegung.

Am Tage zuvor war Panagiotaros nach seiner Rückkehr vom Berge Sarakina zum Priester Grigoris geeilt.

»Morgen werden sie kommen, den Wein zu ernten«, berichtete er. »Triff deine Vorbereitungen!«

Der Priester Grigoris, der gerade beim Essen war, warf die Gabel hin.

»Ich erlaube es nicht, daß sie ins Dorf kommen«, sagte er. »Ich werde den Aga aufsuchen!«

Er legte seinen neuen Priesterrock und das schwere Silberkreuz an, er nahm seinen Stock mit der Elfenbeinkrücke und ging mit langsamen, feierlichen Schritten zum Hause des Aga.

Der Aga hatte seine Mahlzeit soeben beendet und trank seinen Kaffee. Hinter ihm saß, mit dem Rücken zum Aga, Braimaki und rollte sich eine Zigarette. Sie schienen sich wieder gestritten zu haben. Der arme Aga trank seinen Kaffee und wischte sich die Lippen, als ob er Gift getrunken hätte.

Der Priester kam zur Tür herein und verneigte sich.

»Guten Tag, Aga!«

Der Aga vermochte nicht den Kopf zu wenden.

»An der Stimme höre ich, daß es der Priester ist«, sagte er voller Verdruß. »Was bringst du für neue Unannehmlichkeiten? Tritt vor, daß ich dich sehen kann. Nimm dir einen Schemel und setz dich!«

Er klatschte in die Hände, und die bucklige Martha erschien. »Eine Tasse Kaffee für den Herrn Priester!« befahl er. Dann wandte er sich zu ihm:

»Heraus mit der Sprache!«

»Wie du weißt, Aga, hängt die Welt an einem Haar. Wenn es durchschnitten wird, fällt die Welt herab und geht in Trümmer.«

»Das weiß jeder Idiot«, sagte der Aga nervös. »Weiter!«

»Dieses Haar, Aga — es gibt einen, der es durchschneiden will —«

Der Aga packte erregt seinen Yatagan. Er erhob sich, bereit, hinauszurasen.

»Sag, wer es ist«, schrie er, »daß ich ihm den Kopf abschlagen kann! Bei Mohammed, sag nur, wer es ist, und du sollst es erleben, Priester!«

»Der Moskowiter«, antwortete der Priester.

Der Aga zuckte einen Schritt zurück.

»Er ist so weit, weit fort, der Satansbraten«, sagte der Aga und ließ den Yatagan sinken, »so weit fort, wie soll ich dorthin kommen? Kümmere dich nicht um ihn. Tu, als gäbe es ihn nicht.«

»Aber du brauchst Likovrisi nicht zu verlassen, Aga! Der Moskowiter hat seine Leute in unser Dorf geschickt. Hier in Likovrisi wollen sie beginnen, das Haar zu durchschneiden. Ich habe heute früh in der Kirche meine Schuldigkeit getan. Tu du nun deine!«

»Ja, die bucklige Alte hat mir etwas vorgeschnattert, aber ich habe es nicht verstanden!«

»Ich habe den Moskowiter Manolios geächtet. Ich habe ihn aus der christlichen Gemeinschaft ausgeschlossen.«

»Weshalb? Der arme Schlucker ist ein anständiger Kerl, ein bißchen närrisch ist er. War er es nicht, der sich hängen lassen und die Schuld auf sich nehmen wollte, um das Dorf zu retten?«

»Heuchelei, Aga, reine Heuchelei! Das hat er nur getan, um das Volk zu betrügen.«

Der Aga kratzte sich den Kopf. Das hier ging ihm auf die Nerven. »Ihr Griechen, verflucht nochmal, ihr setzt sogar den Läusen Hufeisen auf!« schrie er. »Wie soll ein vernünftiger

Kerl begreifen, was ihr wollt? Ihr tut das eine, sagt ein anderes und denkt dabei ein drittes. Sag, was du meinst! Quäl mich nicht mehr. Heraus mit der Sprache! Ich bin heute nicht in Stimmung, ich habe auch den Teufel hier ...« Und er zeigte auf Braimaki.

Doch Braimaki saß da und rauchte und sagte kein Wort. Er blies den Rauch zur Zimmerdecke hinauf und knirschte mit den Zähnen. Es waren die scharfen, weißen Zähne eines Hundes. Als er seinen Namen hörte, wandte er sich wütend zum Aga um.

»Erzähl dem Priester, was du weißt«, sagte Braimaki, »sonst fahre ich nach Smyrna zurück. Hier krepiere ich!«

Er wollte sich erheben, aber der Aga packte ihn am Arm.

»Setz dich, du Teufel!« sagte er. »Sitz still, ich werde es schon sagen!«

Er wandte sich zum Priester.

»Was willst du von mir? Du bist gekommen, mich um einen Gefallen zu bitten. Was ist das für ein Gefallen? Heraus damit, dann werden wir die Sache überlegen. Aber kurz und klar und deutlich, daß ich es begreife! Mein Hirn ist kein Unterschlupf für Ameisen und Maden, ich höre.«

»Es verhält sich so«, sagte der Priester Grigoris und schob seinen Schemel näher an den des Agas heran. »Es verhält sich so, daß der unwürdige Sohn des Patriarcheas sein Eigentum an das Lumpengesindel auf dem Berge Sarakina verschenkt hat.«

»Das ist seine Sache«, sagte der Aga. »Oder etwa nicht? Er kann damit wohl tun, was er will.«

»Ja, gewiß. Aber das Lumpengesindel da sind die Leute des Moskowiters. Er hat sie hergeschickt, um das Haar zu durchschneiden, von dem ich sprach.«

»Was meinst du? Sie alle?«

»Ja, alle! Als Anführer haben sie den Priester Fotis und Manolios, und morgen kommen sie, um ihren Wein zu ernten. Verstehst du, was das heißt? Sie werden festen Fuß in unserem Dorf, in deinem Dorf, fassen. Aga, allmählich werden sie uns alle hinauswerfen, und das Haar zerreißt!«

»Na, und weiter? Was willst du?«

»Daß du morgen, wenn die Moskowiter kommen, dich an den Eingang des Dorfes stellst und sie verjagst.«

»Aber weshalb? Sind es nicht ihre Weinberge?«

»Nein!«

»Weshalb nein? Ich verstehe nicht. Haben sie die Weinberge nicht von Michelis bekommen?«

»Nein, sage ich, Aga! Wir werden Michelis als gestört erklären . . .«

»Gestört? Was ist das? Heraus mit der Sprache und das deutlich!«

»Na, ›verrückt‹ mit anderen Worten. Er weiß nicht, was er tut, und die Schenkung ist ungültig.«

»Ist Michelis verrückt? Meiner Seel, er ist klug und verständig!«

»Verrückt oder klug, dafür gibt es keine Grenzen, Aga. Niemand weiß, wo die Klugheit endet und wo die Verrücktheit beginnt. Wir werden schon einen Weg finden, um zu beweisen, daß Michelis verrückt ist!« Der Aga griff sich mit beiden Händen an den Kopf und brach in Lachen aus.

»Ich begreife«, rief er aus. »Ich verstehe, du listiger Teufel! Ihr seid imstande, aus der ganzen Welt Fleischklöße zu machen und sie dann zu verspeisen!«

»Nun, was meinst du?«

»Hör zu. Ich werde dir eine Antwort geben. Gaben und Gegengaben, verstehst du? Ich werde mich an den Eingang des Dorfes stellen, wie du es willst, und die armen Schlucker von Sarakina verjagen. Aber du . . . Wir haben davon gesprochen, Geschenke und Gegengeschenke!« Der Priester erblaßte, er verstand.

»Hörst du? Ich werde dir den Willen tun, Priester, aber du sollst auch mir zu Willen sein!«

»Sprich es aus, Aga«, sagte der Priester zwischen den Zähnen, »wenn es an mir liegt . . .?«

»Das ist eine leichte Sache. Mach dir keine großen Sorgen darum. Braimaki wünscht, daß die Mädchen des Dorfes eines Tages vor ihm tanzen, damit er wählen kann.«

»Eine schwere Sache, Aga.«

»Schwer oder nicht, es geht nicht anders. Siehst du ihn nicht? Er ist ein Teufel von fünfzehn Jahren. Wer kann ihn ducken? Du? Ich? Er schluckt uns beide mit einem Biß. Nur ein Mädchen kann ihn im Zaume halten. Laß uns ein Frauenzimmer finden, das ihn zur Ruhe bringt, jetzt ist er wie ein ungezügeltes Eselsfüllen. Wenn du ihn jetzt zu reiten versuchst, wirft er dich ab, wenn wir ihn aber zur Ruhe bringen, wird man auf ihm reiten können, und er wird mit dem Schwanz wedeln.«

Braimaki horchte und kicherte zufrieden.

»Ein Jammer, daß die Witwe tot ist!« murmelte der Priester. »Wir werden wohl noch eine andere finden ...«

Doch Braimaki brauste auf.

»Ich will ein junges und fettes Mädchen, keinen Buckelrücken«, schrie er, »und weiß wie Weizenbrot soll sie sein. Ich will mich mit ihr schlagen, sie hinwerfen können, daß sie schreit und weint und sich die Haare rauft. Ich will mein Vergnügen mit ihr haben ... Begreifst du, Priester?«

Der Priester versank in Gedanken.

»Wir müssen irgendein elternloses Mädchen finden«, sagte er schließlich, »eine, die keine Verwandten im Dorf hat, damit es keinen Skandal gibt ... Ich habe Angst vor dem Skandal, Aga, vor dem Skandal, vor nichts anderem ... Gib mir Bedenkzeit, Aga ...«

»Was sagt er? Was will er?« fragte Braimaki gereizt.

»Einige Tage Bedenkzeit, um das Mädchen zu finden, das du haben willst, du Satansbursche! Der Priester hat recht, glaubst du, daß er sie in seinem Hühnerhof hat? Glaubst du, daß es sich hier um Hühner handelt und er nur die herauszusuchen braucht, die du haben willst? Rümpfe nicht die Nase, denn dann, bei Mohammed, werde ich dich kastrieren, du Schuft, damit du dich ruhig verhältst und wir endlich Ruhe bekommen, hörst du? Schweig! Und wenn es dir zu schwerfällt, hast du die Martha.«

»Pfui Teufel«, erwiderte Braimaki und spie an die Wand.

»Kümmere dich nicht um ihn«, sagte der Aga zum Priester. »Ich gebe dir einige Tage Zeit. Du hast gehört, was er will: Jung, dick, weiß und unberührt.«

Der Priester seufzte.

»Abgemacht, Aga«, sagte er. »Sobald morgen die Moskowiter kommen ...«

»Ja, abgemacht. Und du ...«

»Ich werde versuchen, eine zu finden ... Gott verzeihe es mir.«

»Hab keine Angst, Er wird dir schon verzeihen. Schreib es Ihm auf, Er kann vieles auf sich nehmen«, sagte der Aga und brach in Lachen aus.

Gedankenvoll verließ der Priester des Agas Haus. Was hier geschah, gefiel ihm gar nicht, aber es mußte sein. Wenn nur das Dorf nicht unterging und in die Klauen des Priesters Fotis fiel ... Wenn nur die Religion, das Vaterland, die Ehre und das Eigentumsrecht nicht in Gefahr gerieten ... Wenn nur das Haar nicht durchschnitten wurde, das die Welt in der Schwebe hielt, wenn sie nur nicht abstürzte und in kleine Stücke zersprang ...

Er berief die Bauern zu sich und sprach zu ihnen.

»Morgen wird das Lumpengesindel erscheinen, um die Weinberge zu ernten, die der dreimal verrückte Michelis ihnen gegeben hat. Aber wir alle können es bezeugen – wir können es auf unsern Eid nehmen, wenn das erforderlich ist –, daß Michelis von klein auf nicht richtig beisammen war, versteht ihr? Daß er Gesichte hat, daß er blödsinnig, geistesgestört ist, daß ein übler Bursche wie dieser Priester Fotis ihn zum Beispiel um den Finger wickeln und dazu bringen kann, alles zu unterschreiben, was er will ... Deshalb habe ich ihm – Gott ist mein Zeuge! – den Verlobungsring zurückgegeben ... Daß die Schenkung also ungültig ist, die Weinberge ihnen nicht gehören, auch nicht die Felder, Gärten und Häuser ... Andere Verwandte hat Herr Patriarcheas nicht gehabt, alles fällt der Gemeinde zu ... Seid ihr einverstanden?«

»Ja«, antworteten alle und bewunderten die Geschicklichkeit ihres Priesters.

»Ich komme gerade aus dem Haus des Aga und bin mit ihm einig geworden. Nach vielen Schwierigkeiten habe ich ihn dazu gebracht, daß er sich an den Eingang des Dorfes stellt und die Lumpenkerle, oder sagen wir die Bolschewiken da, nicht hereinläßt. Ihr alle aber sollt euch mit Knechten, Hunden und Stöcken dort einfinden, um dem Aga zu helfen. Aber seid vorsichtig! Kein Blut, keine Wunden, nicht einmal eine blutige Nase! Wir sind Christen und müssen unsere Feinde lieben!«

Dann rief er den Panagiotaros zu sich, der gegen Abend gänzlich unerkennbar erschien. Er hatte sich mit glühenden Kohlen den Bart abgesengt und war mit Brandwunden und Flecken an Wangen und Hals übersät. Das Haar hatte er sich mit der großen Schafschere geschoren.

Trotz aller Sorgen konnte der Priester ein Lachen nicht unterdrücken.

»Ach, du Ärmster«, sagte er, »was ist mit dir geschehen?«

»Das ist meine Sache«, grunzte Panagiotaros. »Wühle nicht zuviel darin herum, Priester, dann gehe ich meiner Wege, und du kannst stehen und gaffen. Ich weiß, daß du mich brauchst.«

»Werde nicht böse, Panagiotaros, hör zu. Morgen will ich dich dabeihaben. Nimm deinen Knüttelstock, und wenn Manolios mit ihnen erscheint, so wirf dich auf ihn. Er ist geächtet, du brauchst niemandem Rechenschaft zu geben, du kannst ihn sogar töten. Gott ist mit dir.«

»Laß Gott in Frieden, Priester! Bring Ihn nicht in unsere Geschäfte, du fürchtest den Priester Fotis, ich verabscheue den Manolios, das ist alles. Bring nicht Gott und die Panagia hinein, das wirkt gar nicht auf mich. Du bist schlau und verschlagen und verstehst, was ich meine.«

Er ging zur Tür, wandte sich um, warf einen Blick auf den Priester Grigoris und lächelte satanisch.

»Der Teufel kann uns gerne beide holen!« sagte er.

Die Leute vom Berge Sarakina kamen mit Gesang von oben herab. An ihrer Spitze schritt nachdenklich Manolios. Gott gebe, daß wir auf keinen Widerstand stoßen, dachte er.

Doch als sie sich dem Dorfe näherten und zur Ai-Vasilis-Quelle kamen, merkte er, daß sich eine Menge Leute angesammelt hatte, einige saßen auf dem Boden, andere gingen mit Knüppeln auf und ab, man hörte Drohungen und Geschrei.

Manolios blieb stehen und wandte sich an seine Begleiter:

»Freunde«, sagte er, »ich glaube, sie werden uns Widerstand leisten... Die Mädchen mögen hierbleiben und warten. Wir Männer aber werden weitergehen, Gott stehe uns bei. Das Recht ist auf unserer Seite, doch wenn sie nun auf jeden Fall Streit heraufbeschwören wollen, werden wir uns nicht mit ihnen einlassen, sie sind unsere Brüder, sondern zum Aga gehen. Er regiert das Dorf, er soll schlichten. Es besteht kein Zweifel, die Weinberge gehören uns, er wird uns recht geben. Vorwärts also, in Gottes Namen!«

Die Mädchen setzten sich in einem Kreis auf die Felsen und warteten. Die Männer gingen weiter. Sie waren noch nicht hundert Schritte gegangen, als ein Stein über Manolios' Kopf sauste, dann wieder einer und noch einer. Der Steinhagel begann. Die Leute von Likovrisi setzten sich in Bewegung und kamen ihnen entgegen, an ihrer Spitze mit schweren Schritten wie ein Bär Panagiotaros. Er war außer sich vor Wut und sah furchterregend aus, wie er da an Kopf und Kinn zugerichtet war.

»Was sollen wir tun?« murrte der gewaltige Loukas. »Sollen wir sie über uns herfallen lassen? Nehmt Steine, Jungens, und dann auf sie!«

Doch Manolios stellte sich zwischen sie.

»Bleibt stehen, Brüder, kein Blut!«

Wütende Stimmen erschollen: »Zurück! Zurück!«

Manolios trat vor, er hob die Hand und gab ein Zeichen, daß er reden wollte.

»Brüder, Brüder, hört mich an.«

»Geächteter! Dieb! Mörder! Bolschewik!« Rasend stürzten sich alle über ihn.

Aber Panagiotaros hob die Fäuste und brüllte: »Keiner darf ihn anrühren, er gehört mir! Ich werde ihm den Garaus machen!« Und er stürzte sich auf Manolios. Doch die Männer von Sarakina hatten bereits einen Ring um ihren Anführer geschlossen.

»Wer Manolios anrührt, dem werde ich den Schädel zertrümmern, daß er spritzt wie eine Wassermelone!« schrie Loukas und packte einen großen Stein.

Doch der Lampenanzünder, der vom Priester Grigoris eingeweiht worden war, lief auf und ab und schrie:

»Er ist geächtet! Bring ihn um, Panagiotaros! Gott segne deine Hand!«

Atemlos stürzte der Lehrer vor.

»Um Gottes willen, was ist los? Beruhigt euch!« rief er.

»Sie wollen in unser Dorf eindringen und es in Besitz nehmen!« schrie der Lampenanzünder.

»Wir wollen den Wein in unsern Weinbergen ernten, Lehrer!« schrien die Leute vom Berge Sarakina. »Sie gehören uns, Michelis hat sie uns geschenkt!«

»Michelis ist für verrückt erklärt! Die Schenkung ist ungültig«, kreischte der alte Ladas, der sich hinter dem Lehrer versteckt hatte.

»Die Schenkung ist ungültig! Weg mit euch, ihr Bolschewiken, ihr gedungene Heiducken, ihr Verräter!«

Panagiotaros stürzte sich mit gesenktem Kopf wie ein Stier auf Manolios. Doch Loukas hob seinen großen Stein mit beiden Händen und schleuderte ihn auf ihn. Er schälte dem Panagiotaros die Haut vom Knie und warf ihn zu Boden. Da stürzte sich Loukas über ihn, setzte sich rittlings auf ihn und schlug wie ein Rasender auf ihn ein. Panagiotaros strengte sich an, es gelang ihm, hochzukommen, er packte seinen Gegner um den Leib, sie rangen und rollten auf dem Boden brüllend hin und her.

Der Lampenanzünder ergriff einen Stein und zielte auf Manolios.

»Du geächteter Schurke! Du Bolschewik!« brüllte er und warf den Stein nach ihm. Er traf Manolios zwischen die Augenbrauen, und das Blut strömte ihm über das Gesicht.

»Sie bringen unsern Manolios um! Auf sie!« schrien die Männer von Sarakina und stürzten vor.

Es entstand eine allgemeine Schlägerei. Der alte Ladas nahm die Beine in die Hand, der Schullehrer versuchte dazwischenzutreten, aber sie verprügelten ihn unbarmherzig von beiden Seiten.

Ein Junge lief ins Dorf hinab und begann voller Freude zu rufen:

»Sie haben Manolios totgeschlagen! Sie haben den Geächteten getötet! Sie haben den Bolschewiken umgebracht!«

Kostantis stürzte aus dem Café, packte seinen Knüppel und lief. »Wo?« schrie er den Jungen an. »Wo?«

»An der Ai-Vasilis-Quelle!«

Kostantis lief weiter. Auf dem Weg traf er Giannakos. Sie wechselten kein Wort, liefen nur.

Um die Quelle war ein fürchterliches Durcheinander entstanden. Es war wie ein Knäuel, das mit Getöse und Geschrei zwischen den Steinen hin und her rollte.

Die Burschen von Sarakina waren wütend geworden, handfest und arbeitsgewohnt, mit Armen, die durch die Arbeit daheim und auf den Feldern hart geworden waren, schlugen sie sich wie richtige Männer.

»Manolios! Manolios!« vernahm man zwei ängstliche Rufe. Manolios, der auf einem Stein saß und seine Wunde verband, erkannte die Stimmen und hob den Kopf.

»Hier bin ich, Brüder«, rief er. »Fürchtet euch nicht!«

Im gleichen Augenblick schrie der alte Ladas von einem hohen Stein, auf den er gestiegen war, voller Freude:

»Der Aga kommt! Der Aga kommt!«

Man hörte das Pferd galoppieren, auf dem Steinpflaster des Dorfes stoben Funken auf, und plötzlich tauchte der Aga mit seinen silberbeschlagenen Pistolen, seinem langen Yatagan und dem roten Fez an der Quelle auf. Er war völlig betrunken. Er riß heftig an den Zügeln, das Pferd stieg in die Luft, er saß aber fest im Sattel und fiel nicht herab. Der Aga zog seine Pistole und schoß in die Luft, dann hörte man seine heisere, zornige Stimme: »Ungläubige Hunde!«

Plötzlich löste sich das Knäuel, auf der einen Seite standen die Burschen von Sarakina, auf der anderen die Leute von Likovrisi, alle waren übel zugerichtet, mit Staub bedeckt und blutig. In der Mitte zwischen ihnen lag verwundet der Lehrer. Er versuchte, sich zu erheben, um den Aga zu grüßen, vermochte es aber nicht.

»Ungläubige Hunde!« brüllte der Aga wieder und blickte mit rotunterlaufenen Augen auf die Männer von Sarakina. »Was habt ihr hier in meinem Dorf zu suchen? Schert euch weg! Schert euch weg, ihr ungläubigen Hunde!«

Manolios trat vor.

»Wir haben die Weinberge von Likovrisi erhalten, Aga«, sagte er. »Wir sind hergekommen, um unseren Wein zu ernten, sie gehören uns.«

»Der Teufel soll euch holen! Seit wann gehören sie euch? Wie seid ihr zu ihnen gekommen, ihr Lumpengesindel?«

Der alte Ladas hockte auf dem großen Stein und kicherte.

»Michelis hat sie uns geschenkt«, antwortete Manolios.

»Seine Unterschrift gilt nicht, ihr Taugenichtse! Sie gilt nicht, er ist unmündig!« sagte der Aga.

»Nicht unmündig, Aga«, berichtigte ihn der alte Ladas vom Stein herab. »Nicht unmündig, ›gestört‹«.

»Das ist das gleiche, du Geizhals! Schweig!«

Er zog die Pistole und richtete sie auf den alten Ladas.

»Amán! Amán!« schrie da der Gemeindeälteste und brachte sich hinter dem Stein in Sicherheit. »Du hast recht, Aga! Du hast recht! Unmündig!«

Der Aga steckte die Pistole in den Gürtel zurück und brach in Lachen aus. Dann wandte er sich an die Leute von Sarakina:

»Wer von euch ist Manolios?« schrie er. »Ich kann ihn nicht sehen, er soll vortreten!«

»Ich bin es«, sagte Manolios und näherte sich dem Pferde des Aga.

»Du bist ein anständiger Kerl, Manolios, behauptet man. Na, du kleiner ungläubiger Hund? Erzähle mir mal ehrlich, was mit einem Bolschewiken gemeint ist. Man hat meine Ohren in der letzten Zeit mit dem Wort da vollgestopft. Ist das ein Mensch? Ist das ein wildes Tier? Ist das eine Krankheit wie Cholera? Ich verstehe es nicht... Verstehst du es?«

»Ich verstehe es, Aga«, sagte Manolios.

»Heraus damit, daß auch ich es verstehen kann!«

»Die ersten Christen...«

»Zur Hölle mit den ersten Christen! Du ungläubiger Hund. Mach du mich nicht auch noch verrückt! Der Raki genügt! Verschone mich mit den ersten Christen... Ich frage dich, was mit Bolschewik gemeint ist.«

»Ich werde es dir sagen, Aga«, schrie der alte Ladas. »Keine Reichen und keine Armen, alle arm! Keine Herren und keine Knechte, alle Knechte! Nicht meine und nicht deine Frau, alle für alle gemeinsam!«

»Und auch nicht Aga und Griechen!« brüllte der Aga. »Soll es denn keine Ordnung geben in der Welt, du Idiot?«

Er streckte seine Finger vor Manolios aus.

»Reiß deine Rabenaugen auf und sieh her. Sind alle Finger

gleich? Es gibt kleine und große, so hat Gott sie geschaffen, so hat er auch die Menschen geschaffen – einige klein, andere groß, einige Knechte, andere Herren! So hat er auch die Fische gemacht, und die großen fressen die kleinen auf. Er hat auch die Lämmer geschaffen und neben ihnen die Wölfe, eben, damit die Wölfe die Lämmer fressen sollen. Das ist die Ordnung der Welt, und jetzt kommt ihr Bolschewiken ... Der Teufel hole euch!«

Er schrie und zog den Yatagan. Er gab seinem Pferd die Sporen und ritt auf die Männer von Sarakina zu.

Die Mädchen schrien und liefen den Berg hinauf. Auch die Burschen zogen sich erschrocken zurück, nur Manolios blieb unbeweglich stehen.

»Du ungläubiger Hund!« schrie der Aga. »Scher dich weg, sonst schlage ich dir den Kopf ab! Hast du keine Furcht?«

»Ich fürchte nur Gott!« antwortete Manolios, »nicht die Menschen.«

»Du bist, meiner Treu, verrückt, total verrückt«, sagte der Aga und brach wieder in Lachen aus. »Aber du bist ein lustiger Bursche. Soll ich dich heimnehmen zu mir als meinen Hofnarren? In unserer Religion sind die Verrückten und Heiligen dasselbe, es gibt keinen Unterschied. Du bist verrückt und heilig, du machst mir Spaß, sage ich dir! Komm nach Hause zu mir, ich werde dir zu essen und zu trinken geben, ich werde dich einkleiden und zu einem Menschen machen ... Willst du nicht? Zieh zur Hölle, du Taugenichts! Ich habe mich besonnen, ich werde dich nicht totschlagen!«

Er wandte sich zu den Leuten von Likovrisi um, die voller Freude gehört hatten, wie der Aga sie verteidigte.

»Aber ihr, ihr ungläubigen Hunde, ihr seid weder verrückt noch heilig! Zur Hölle mit euch! Ehrenmäner oder Schurken! Tüchtige oder Tagediebe! Der Teufel hole euch alle miteinander!«

Sie machten sich erschrocken, aber zufrieden auf den Heimweg. Giannakos und Kostantis hoben den Schullehrer auf und führten ihn heim, denn der Ärmste hatte Schmerzen und hinkte.

## 16

In der Frühe des nächsten Tages ging Michelis vom Berg hinab ins Dorf. Er war außer sich vor Zorn und erklärte, er werde zum Priester gehen und ihm den Bart ausreißen. Er werde die Gemeindeältesten ausschelten, die Kirchenglocken läuten und das ganze Dorf zusammenrufen, daß man ihn anhöre.

Es kochte und brodelte in ihm, keine Worte erschienen ihm hart genug, doch er wußte nicht, wie er beginnen sollte ... Er hatte die ganze Nacht kein Auge geschlossen, im Morgengrauen hatte er ihn mit offenen Augen gesehen, der Tote kehrte zurück, neigte sich über ihn, sah ihn traurig an und schüttelte den Kopf ... er bewegte die Lippen, dann hörte er seine Stimme, ein Flüstern, eine dumpfe, tote Stimme vom anderen Ufer: »Weshalb? Weshalb? Weshalb?« Und weiter nichts.

Er sprang auf, nahm seinen Stock und machte sich bebend auf den Weg ins Dorf.

Er lief geradenwegs zum Priester Grigoris, stieß das Tor auf und ging hinein, schritt über den Hof und fand den Priester im Tageslicht gebeugt am Fenster sitzen und einen Brief lesen. In seinen Augen standen Tränen.

Als er Michelis sah, steckte er hastig den Brief fort, doch Michelis hatte noch die Handschrift gesehen und erkannt. Sein Zorn legte sich, er sah den Tod in der Luft, und sein Herz schnürte sich zusammen. Inzwischen hatte sich der Priester erholt, seine Augen waren wieder trocken geworden, er sah Michelis an.

»Weshalb kommst du her?« fragte er höhnisch. »Bist du Sarakinas schon müde geworden? Das Mönchsleben ist hart. Du kehrst ins Dorf zu deinen Reichtümern zurück ... Hast du jene Papiere da unterschrieben?« fügte er unruhig hinzu.

»Ich besitze nichts mehr, ich bin frei.«

»Hast du jene Papiere unterschrieben?« wiederholte der Priester ängstlich.

»Ja.«

»Du bist toll! Irrsinnig! Verrückt!« schrie der Priester und schlug wütend mit der Faust aufs Fensterbrett. »Du hast vollkommen den Verstand verloren, Unglücklicher, bist völlig zum

Sklaven des herumzigeunernden Priesters geworden, es ist ein Jammer um das Vermögen!«

»Ich bin frei«, sagte Michelis wieder, und der Zorn begann wieder in ihm aufzusteigen. »Du bist ein Sklave! Es ist ein Jammer um das heilige Gewand, das du trägst!«

Der Priester senkte die Stimme. Sie bekam einen bitteren Ton.

»Alles, was ich tat, war zum Besten meiner Tochter und zu deinem Besten. Jetzt ist alles vergebens gewesen!«

»Was schreibt sie?«

»Lies«, erwiderte er und warf den Brief Michelis zu.

Michelis nahm ihn, er war voller Flecken, ob von den Tränen des Alten oder denen des Mädchens, wußte er nicht. Langsam und mit Mühe entzifferte er ihn, und es schimmerte vor seinen Augen.

»Es geht mir nicht gut, Vater. Verzeih mir, es geht mir nicht gut ... Jeden Tag schwinde ich mehr dahin und werde matter und matter. Die Ärzte gehen an meinem Bett vorbei und wenden sich nicht mehr nach mir um, sie rechnen nicht mehr mit mir. Und ich liege und starre zur Decke, als sei es der Himmel, einen anderen Himmel gibt es für mich nicht als dieses Dach. Ich würde ruhig sein, vielleicht sogar glücklich sein, sterben zu dürfen, wenn ich nicht wüßte, daß du ganz einsam sein wirst und niemand mehr hast, der dir ein Glas Wasser reicht ... Du tust mir leid, noch mehr mein einstiger Verlobter. Er kann ja nicht darum trauern, daß ich fortgehe, aber ich weine und weine nur, wenn ich an ihn denke. Weshalb? Weshalb? Was habe ich getan? Ich wollte nur ein Heim und ein Kind ... Und jetzt? ...«

Michelis konnte nicht weiterlesen, er ließ den Brief auf dem Fensterbrett liegen und zog sich zur Tür zurück.

»Gut«, sagte er. »Ich gehe jetzt meiner Wege.«

»Was wolltest du von mir? Weshalb bist du gekommen?«

»Nichts. Ich wollte nichts von dir. Was sollte ich von dir wollen? Leb wohl.«

»Gott ist hart. Er trifft die Menschen ohne Erbarmen ... Was habe ich dir getan?«

Michelis war bis an die Schwelle der Außentür gelangt, er wandte sich zornig um.

»Er hätte dich schlagen sollen, dich, gerade dich, der du voller Sünde und niedriger Begierden bist, nicht deine Tochter!«

»Er hat auch mich geschlagen...«, murmelte der Priester, und seine Augen begannen wieder zu tränen.

Doch plötzlich wurde er böse und stürzte barfuß auf den Hof hinaus.

»Ihr alle tragt die Schuld daran«, schrie er, »Manolios, der Bocksbart von Priester da auf dem Berge Sarakina und du! Ihr tragt die Schuld mit eurem Verrat und eurer Herumtreiberei! Es ging uns gut, alle folgten Gottes Weg. Meine Tochter würde ihre Gesundheit wiederbekommen haben, du würdest mit deinem Verhalten nicht deinem Vater das Leben genommen haben und ich würde nach einem Jahr einen Enkel auf meinem Schoß gehalten haben... Aber Manolios, der Jesuit, hat dir den Kopf verdreht, und dann kam der Betrüger, der Bocksbart da — dein Vater starb vor Kummer und Sorgen, du hast dein Vermögen vertan, ich gab dir den Verlobungsring zurück, und meine Tochter wurde kränker, als sie es erfuhr. Sie siecht dahin, schwindet dahin, verkümmert... Du trägst die Verantwortung auch für sie... Bis dahin hatte die Ärmste den Mut, dagegen anzukämpfen, jetzt aber?...«

Er ging im Hof auf und ab, schwor und seufzte und weinte. Dann brauste er wieder auf.

»Es ist gut, daß ich bekanntgegeben habe, daß du geistesgestört bist, daß deine Unterschrift keine Gültigkeit besitzt. Ich werde alles übernehmen und der Gemeinde geben. Das verfluchte Sarakina soll nicht einen Rosinenkern, nicht eine einzige Olive, nicht ein Getreidekorn erhalten... Nein, nein, es wird nicht so gehen, wie du glaubst. Ich werde dich umbringen, das schwöre ich, wie du meine Tochter, wie du deinen Vater umgebracht hast. Du wirst sehen, wirst es erleben! Lache nicht! Ich werde zum Bischof gehen und mit ihm reden! Ich habe das ganze Dorf zum Zeugen! Ich habe den Aga auf meiner Seite. Ich werde euch alle, alle um die Ecke bringen!«

»Alle hast du auf deiner Seite!« erwiderte Michelis, und er litt darunter, des Priesters ganzen Schmerz und ganze Bosheit mit ansehen zu müssen. »Alle hast du auf deiner Seite, nur Gott nicht! Kann dein Herz es dulden, so viele Menschen auf

Sarakina an Hunger sterben zu lassen? Fürchtest du nicht Gott?«

»Wenn Mariori stirbt, werde ich ein reißendes Tier, dann fürchte ich niemand. Ich werde den Priesterrock ablegen, werde das Gewehr nehmen und die Menschen erschießen. Weshalb mußte er meine Mariori sterben lassen? Was hat sie getan? Gab es ein unschuldigeres, besseres, sanfteres Wesen in der Welt? Als ersten werde ich den Manolios umbringen. Der Hund hat mir das Leben genommen! Der Aga hat ihn nicht gehängt, ich werde es tun! Er spielt den heiligen Märtyrer und Helden und ist vom Moskowiter gekauft, ein Verräter, ein Gottesleugner, ein Bolschewik!«

Er schäumte vor Wut, schüttelte seine beiden Fäuste über Michelis' Kopf und schrie:

»Scher dich weg, daß ich dich nicht mehr sehen muß! Scher dich weg, damit ich nicht mit dem Kopf gegen die Wand renne und ihn mir zerschlage!«

Er fiel auf dem Pflaster des Hofes zu Boden, und der Mund zitterte ihm.

Es war niemand im Hause. Michelis bückte sich, nahm alle Kräfte zusammen, hob den Alten vom Boden auf, trug ihn hinein und legte ihn auf ein Ruhebett. Dann ging er in die Küche, füllte ein Glas mit Wasser und gab es ihm. Der Alte nahm das Glas, trank es in großen Zügen aus und schlug die Augen auf.

»Michelis«, murmelte er, »ich bin ein verlorener Mann. Gott schlägt mich direkt aufs Haupt, aber ich kann nicht, ich kann nicht bereuen. Ich kann keinem vergeben, keinem! Scher dich weg, ich will dich nicht mehr sehen!«

Er erholte sich wieder, erhob sich, ging über den Hof und öffnete das Tor.

»Scher dich weg und setze deinen Fuß nicht mehr in dieses Haus!«

Dann warf er das Tor hinter Michelis krachend zu.

Michelis ging in den kleinen Dorfstraßen umher. Ihm war, als sei er plötzlich in einen fremden Ort gekommen, als ginge er im Traum spazieren und sähe zum erstenmal diese Häuser und Läden und die Platane. Als er an seinem Vaterhaus vorbeikam, stand er lange still und betrachtete es, als versuche er, sich zu erinnern ... Er wollte die Schwelle überschreiten und hineingehen, doch plötzlich packte ihn ein Schrecken, er werde einen toten Mann groß und dick und vom Gras der Erde umwuchert auf dem Hof stehen sehen, die Hände ihm entgegenstrecken und ihm den Eintritt verwehren ... Er schauderte entsetzt, beschleunigte seine Schritte und ging weiter. Einen Augenblick meinte er, daß des Priesters unheimliche Worte »Du bist es gewesen, der ihn getötet hat, gerade du«, zu Menschen, zu Gespenstern geworden seien, die ihn jagten ...

Als er ans Ende des Dorfes gekommen war, blieb er stehen. Weshalb bin ich hierhergegangen, dachte er. Ich war böse, weshalb hat mein Zorn sich jetzt gelegt? Plötzlich stieg Marioris Bild vor ihm auf. Sie war blaß, starrte ihn an und hielt ein rotes Taschentuch vor den Mund ... Dieses Dorf ist voller Toter, murmelte er, voller Gespenster. Ich muß fort von hier.

Der Himmel begann sich mit Wolken zu bedecken, die Sonne verschwand, es begann zu wehen, die Bäume schwankten, die vergilbenden Blätter taumelten hernieder, und die Erde wurde voll kranker, gelber Flecken.

Einige Bauern gingen vorbei. Sie gaben sich den Anschein, ihn nicht zu sehen, und verschwanden schnell in den kleinen Dorfgassen. Ein Kind wandte sich um, sah ihn und begann zu weinen. Eine alte Frau öffnete das Tor, bekam ihn zu Gesicht, schlug das Zeichen des Kreuzes und schloß sofort das Tor. Sie wandte sich zu ihrem Alten, der auf dem Hof umherging und einen Sonnenstrahl zu finden suchte, um sich die Beine zu wärmen.

»Da draußen steht der feine junge Herr Michelis«, sagte sie leise, »es ist ein Jammer, ihn zu sehen. Gott bewahre mich, was aus ihm geworden ist. Er ist hager und bleich, und seine Augen sind wie aus Glas!«

Der Alte schüttelte den Kopf.

»Es geschieht ihm recht«, sagte er. »Er hat seinen Reichtum verschenkt, jetzt streicht er auf den Dorfstraßen umher ... Ist er barfuß?«

»Nein, er hat noch seine alten Schuhe ... Der Ärmste! Es stimmt schon, wenn man sagt, daß er närrisch geworden ist.«

»Es geht zu Ende mit Patriarcheas' Geschlecht!« sagte der

Alte und kicherte. »Sie haben die Welt auf den Kopf gestellt. Und wie ist es jetzt gekommen? Ja, Gott ist gerecht! Höre, Frau, wenn er morgen an die Türen zu klopfen beginnt, gib ihm ein Stück Brot. Man soll von uns nicht sagen, daß wir nicht Erbarmen mit Patriarcheas' Geschlecht gehabt hätten.«

Er schlug das Zeichen des Kreuzes.

»Ehre sei Gott!« murmelte er zufrieden.

In der Ferne hörte man den Donner grollen. Die Luft war feucht und roch nach Regen. Michelis zuckte zusammen.

»Ich werde zu Giannakos gehen«, sagte er und ging wieder ins Dorf hinein.

Einige schwere Tropfen begannen zu fallen. Die kleinen Straßen lagen verlassen, er kam am Hause der Witwe vorbei und blieb stehen. Er stieß das Tor auf, der Hof lag verlassen, die roten Nelken waren verwelkt, er trat ein. Man hatte die Schemel und Decken und eine Kiste, die sie besaß, gestohlen. Man hatte das Bett zerschlagen und hatte die Fensterrahmen entfernt. Nur einer war noch da, er hing heraus und schlug im Winde hin und her, er knurrte und ächzte. Leute, die vorbeigekommen waren, hatten bereits begonnen, Ecken und Wände zu verschmutzen ...

»Arme Katarina ...«, murmelte Michelis. »Was gabst und was empfingst du an Freude? Was hat dieses verwüstete Zimmer gehört und gesehen! In welch einer Welt leben wir doch!«

Er schloß das Tor hinter sich und ging zu Giannakos.

Es ist gewiß wahrscheinlicher, dachte er, daß Katarina mit all ihren Liebesgeschichten ins Paradies gelangt, als der Priester Grigoris mit all seinen Priestergewändern ... Sie ist gewiß schon hineingekommen und plaudert mit Maria Magdalena.

Etwas leichter ums Herz pochte er an Giannakos' Tor.

Giannakos saß seit der Dämmerung im Stall und nahm Abschied von seiner Eselin, die er den Leuten auf dem Berge Sarakina versprochen hatte. Gestern abend hatte er vom alten Ladas einen Brief erhalten – er solle entweder die drei Pfunde zurückzahlen, oder er, Ladas, werde seine Eselin nehmen. Er möge zwischen letzterem und dem Gefängnis wählen.

Er hatte seine Arme um den Hals des Tieres geschlagen und sprach mit den zärtlichsten Worten, die ihm einfielen.

»Meine Giousoufaki, was wird nun in den Händen dieses Geizkragens aus dir werden, da er uns trennen will? Was wird aus mir Einsamen in der Welt? Es ist aus mit uns, Giousoufaki. Ich verfluche die bösen Menschen und ihr Geld und das Schicksal, das uns arm machte und uns Unrecht zufügte. Leb wohl, Giousoufaki!«

Er neigte sich vor und küßte den warmen, glänzenden Hals, er ließ die Hände langsam über den weißen, daunenweichen Bauch bis zu den Hüften gleiten, zog am Schwanz und weinte ...

Giousoufaki freute sich über die Liebkosungen ihres Herrn. Sie schüttelte stolz den Kopf, hob den Schwanz und stieß einen leisen, wehmütigen Schrei aus.

Es pochte ans Tor, Giannakos sprang erschrocken auf, doch als er Michelis sah, kehrte sein Herz auf den rechten Platz zurück.

»Willkommen, Michelis«, sagte er erleichtert. Aber seine Augen waren noch feucht und geschwollen.

»Was ist, Giannakos? Hast du geweint?«

Giannakos wischte sich die Augen, er schämte sich.

»Ich glaube, ich werde schnurrig«, sagte er. »Ich habe von meiner Eselin Abschied genommen. Der alte Ladas will sie mir fortnehmen. Ich wünschte, Charon holte ihn!« Und er zeigte ihm den Brief.

»Hast du etwas zu essen?« fragte Michelis. »Ich bin hungrig. Ich bin heute früh am Morgen vom Berge heruntergekommen, und die Mittagsstunde ist nahe. Höre, Giannakos, ich werde geradenwegs zum alten Ladas gehen. Der Esel gehört Sarakina, er darf ihn dir nicht nehmen.«

Giannakos schüttelte den Kopf. Er hatte gehört, daß der Priester bereits mit dem Aga übereingekommen war und auch an den Bischof geschrieben hatte, daß sie Michelis nicht an sein Erbe rühren lassen sollten, bevor entschieden war, ob seine Unterschrift Gültigkeit besaß oder nicht. Das ganze Dorf war bereit, falsches Zeugnis abzulegen und auszusagen, daß des Patriarcheas Sohn seinen Verstand nicht mehr beisammen hatte.

»Wenn er mir meine Eselin nimmt«, brach er plötzlich aus, »werde ich sein Haus in Brand setzen, so wahr ich Giannakos heiße.«

Er ging hinein, briet einige Eier, holte Brot, Trauben und Käse hervor. Der Regen hatte aufgehört. Sie setzten sich auf den Hof vor dem Stall und aßen. Drinnen kaute zufrieden die Eselin.

»So gut haben wir es hier, wir drei«, seufzte Giannakos, »und der alte Geizhals will uns trennen.«

»Ich gehe sofort«, sagte Michelis. Er wischte sich den Mund und stand auf.

»Gott sei mit dir, Michelis. Tu, was du kannst.«

Der alte Ladas saß mit gekreuzten Beinen vor dem niedrigen kleinen Tisch und aß gemeinsam mit seiner Frau. Frau Penelope hatte den Strumpf, an dem sie strickte, neben sich auf einen Schemel gelegt und warf sich kleine Bissen in den Mund wie in ein Loch, sie kaute langsam und müde, ohne ein Wort zu sagen. Der Alte war guter Laune und hielt ihr einen langen Monolog.

»Alles geht gut, Penelope. Ehre sei Gott. Der Priester ist ein listiger Teufel, er ist mit dem Aga einig geworden, er hat auch an den Bischof geschrieben, das Eigentum des alten Patriarcheas wird bald in meine Hände gelangen, das wirst du sehen. Man sagt, die Gemeinde soll es bekommen. Unsinn, weit gefehlt. Daraus wird nichts, Penelope. Ich habe auch ein kleines Geschäft mit dem Priester. Wir werden es unter den Hammer bringen. Der Priester soll seinen Anteil bekommen – der Gauner will alles mit Beschlag belegen, aber das lasse ich nicht zu –, wir haben einen Kompromiß gefunden. In einigen Tagen werden wir auch die Eselin des Giannakos bekommen, die sollst du haben, Penelope. Du sollst auf ihr herumreiten und unsern Grundbesitz betrachten. Sie ist ruhig, gefügig und wohlgenährt, und sie hat einen Sattel – du hast ihn gesehen, das reine Daunenpolster –, du wirst auf ihm sitzen wie eine Königin! Wir haben keine Kinder, keine Hunde, Penelope, wir haben keine Ausgaben, wir sind wie Könige, ach, ich würde hundert Jahre, zweihundert Jahre leben wollen, dann würde ganz Likovrisi in meine Hände fallen! Weshalb? Ja, alle die andern sind hochmütig und dumm, sie schaffen sich jedes Jahr neue Kleider und Schuhe an, sie schaffen sich Kinder an, das sind große Ausgaben, und der Piaster ist rund und rollt ... Wir aber ... Dein Wohl, Penelope!«

Er füllte seine Schale mit kühlem Wasser, setzte sich nieder und schmeckte zufrieden mit der Zunge.

»Eine Schande, statt Gottes Wasser Wein zu trinken!« sagte er.

Ohne anzuklopfen stieß Michelis das Tor auf und ging hinein. Der alte Ladas sah ihn und runzelte die Stirn. Er will einen Streit vom Zaun brechen, dachte er.

»Guten Tag, Herr Michelis«, sagte er. »Du hast gewiß gegessen.«

Frau Penelope erhob sich und deckte den Tisch ab, sie holte ihren Strumpf, setzte sich in die Ecke und begann zu stricken.

»Herr Gemeindeältester«, sagte Michelis. »Was wirst du mit den Äckern, den Weinbergen und Olivenhainen, den Häusern und vollen Kisten beginnen, die du gesammelt hast? Wirst du sie mit dir ins Grab nehmen? Mit dem einen Fuß stehst du schon drinnen, bist du noch immer nicht satt? Jetzt willst du auch dem armen Giannakos die Eselin nehmen, höre ich. Fürchtest du denn nicht Gott? Schämst du dich nicht vor den Menschen?«

Meiner Seel, dachte der alte Ladas und rieb sich den spitzen Kopf, ich glaube wahrhaftig, er ist wirklich verrückt geworden. Jetzt vermengt er Gott mit meinen Geschäften!

»Ach, Michelis«, antwortete er in einem weinerlichen, unglücklichen Ton, »was soll ich tun? Gerechtigkeit! Gerechtigkeit! Er schuldet mir drei türkische Goldpfunde. Was soll ich tun?«

»Ich werde dir ein Papier geben, daß ich sie dir schuldig bin. Ich unterschreibe es.«

»Böse Zungen behaupten, Michelis, verzeih, daß eben jetzt deine Unterschrift ... Werde um Gottes willen nicht böse! Ich glaube nicht daran, aber wir sind Menschen, eine empfindliche Maschine, eine Schraube kann sich lockern ...«

Michelis sprang auf. Er ergriff den Stuhl, auf dem er saß, und warf ihn zu Boden. Wenn die so weiter fortfahren, dachte er, machen sie mich wirklich verrückt! Er näherte sich dem Alten, seine Augen waren groß geworden und funkelten.

Der alte Ladas kroch in die Ecke, er schlich sich zur Tür und warf einen Blick auf den Hof. Gott sei Dank, dachte er, das Tor ist offen, wenn es schwierig wird, kann ich auf die Straße hinaus ...

»Wenn du es hast, gib es mir in bar«, krächzte er.

»Ich werde heimgehen und es dir holen, du ekelhafter Wurm«, schrie Michelis und näherte sich dem Alten. »Du Geizhals, du Kirchenräuber! Du ekelhafter Wucherer!«

»Der Aga hat heute deines Vaters Haus mit Siegel und Petschaft verschlossen«, sagte der Alte und biß sich auf die Zunge. Das hätte ich nicht sagen sollen. Jetzt wird er rasend wie ein Türke.

Michelis faßte sich an den Kopf. Er spürte, wie er ihm bersten wollte. »Um Gottes willen! Ich werde verrückt! Keine Witze, Ladas! Jagt man mich aus meines Vaters Haus? Wahrhaftig, ich werde eine Petroleumkanne nehmen, sie über das Dorf schütten und Feuer anlegen! Geh nicht, du Geizhals! Wohin willst du? Komm her, du verfluchter Kerl!«

Er stürzte vor, um Ladas zu packen. Doch der Alte war mit einigen Sätzen bereits ans Tor gelangt. Michelis stürzte ihm nach und packte ihn im Genick. Der Alte sank in die Knie und schrie.

»Wer? Der Priester? Der Aga? Du?«

»Ich nicht, ich nicht, Michelis! Frag Frau Penelope. Ich bin dauernd zu Hause gewesen .... Man hat es mir erzählt, frag Frau Penelope. Man erzählt, der Aga sei mit dem Priester Grigoris heute früh dort erschienen ... Man sagt, der Bischof wird Ärzte schicken aus der Stadt.«

»Ärzte?« schrie Michelis. Und die Haare sträubten sich ihm. »Ärzte?«

»Laß mich los, Michelis! Laß mich los! Drück mich nicht so, ich werde dir alles sagen! Erwürg mich nicht!«

Michelis hielt ihn im Nacken und hob ihn hoch.

»Erzähle jetzt alles! Alles, du Schurke!«

»Penelope! Gib mir ein Glas Wasser ... Ich ersticke!«

Frau Penelope aber strickte und strickte und rührte sich nicht. Sie strickte und lächelte still und unbewegt wie eine Tote.

»Laß mich das Tor schließen, daß uns nicht die Nachbarn hören«, sagte der Alte. Er machte einen Satz, raste auf die Dorfstraße hinaus und begann zu laufen und aus allen Kräften zu schreien.

»Hilfe! Hilfe! Michelis will mich erwürgen!«

Die Tore rundum wurden verriegelt. Man bekam es mit der Angst. Der alte Ladas lief und schrie, er brachte das ganze Dorf in Bewegung und gelangte schließlich zum Priester Grigoris. Der Priester kam ans Tor.

»Hilfe! Michelis ist vom bösen Geist befallen, er will mich erwürgen! Laß mich hinein und Atem holen!«

Doch der Priester stützte die Hände gegen beide Pfosten des Tores und ließ ihn nicht an sich vorbei.

»Lauf«, sagte er, »schrei und bring das ganze Dorf auf die Beine! Bravo! Alter Ladas. Alle werden dich hören und dir glauben! Los! Mach dich auf und lauf!«

Dann schloß er das Tor.

Der Regen setzte wieder ein. Der alte Ladas verstand den Gedanken des Priesters, er lief im ganzen Dorf umher und schrie. Er hatte ein Tauende vom Boden aufgelesen und zeigte es vor.

»Michelis ist gekommen und hat mich mit dem Tau hier erwürgen wollen, helft mir, Brüder! Öffnet das Tor! Laßt mich ein! Michelis kommt, er kommt mit einer Petroleumkanne!«

Und wenn das Tor geöffnet wurde, lief er weiter und schrie:

»Er hat eine Petroleumkanne bei sich, er will das Dorf in Brand setzen! Zu Hilfe! Zu Hilfe!«

Das ganze Dorf geriet in Aufruhr. Einige holten ihre alten Gewehre hervor, verbarrikadierten sich hinter den Toren und warteten. Der Aga trat auf den Balkon hinaus.

»Zwei handfeste Männer sollen hingehen und ihn festnehmen. Wo ist Panagiotaros?«

»Ich stehe zu deinen Diensten, Aga.«

Der Aga warf ihm ein Seil zu.

»Da, binde ihn und bring ihn her! Hör zu, Panagiotaros, von heute an nehme ich dich als Leibwächter in meinen Dienst. Du bist handfest, rothaarig und böse, hast alles, was zu einem Wächter gehört. Bleib stehen, daß ich dir den Fez des früheren Wächters aufsetze! Ihn sollst du tragen! Glück dazu!«

Er wandte sich um, nahm von einem Nagel den Fez des erhängten Leibwächters und warf ihn ihm zu.

»Nimm vorlieb damit und viel Glück!«

Panagiotaros fing das Tau in der Luft auf und auch den Fez und eilte zum Hause des alten Ladas.

Doch Michelis hatte sich aus dem Staube gemacht, er lief die abseitigsten Gassen entlang. Die Bauern bekamen Furcht, als sie ihn sahen, er lief, die Frauen schrien, und die Tore schlossen sich vor ihm. Nachdem er eine Strecke bergaufwärts gekommen war, verlangsamte er seinen Schritt. Der Atem war ihm knapp geworden.

Es begann nun still und eintönig zu regnen, der Berg lag in einen leichten Nebel gehüllt, die Ebene lag wie erstickt unter ihm. Michelis kroch unter einen Felsen, um abzuwarten, daß das Wetter sich etwas bessern sollte. Er hatte ein Gefühl, als habe er Gift genommen.

»Mein Gott! Wenn du nur unerschüttert und beständig bleibst!« murmelte Michelis und bekam Tränen in die Augen. »Wenn du nicht wärst, wo sollte der Mensch dann einen Halt finden, wenn alles wankt, in Auflösung gerät und stürzt? Bei der Frau, die man liebt? Bei dem Vater, der einen zeugte? Bei den Menschen? Alles löst sich auf, wird zermahlen und stürzt ein, nur Du, mein Gott, stehst unerschütterlich fest! Laß mich Halt finden an Dir, mich anlehnen dürfen an Dich. Halt mich aufrecht, mein Gott! Alles dreht sich vor mir!«

Der Priester Fotis und Manolios saßen seit mehreren Stunden in der Grotte und warteten voller Unruhe auf Michelis.

»Es wird viel Kampf erfordern, damit wir zu unserem Recht gelangen«, sagte Manolios. »Lohnt es die Mühe, so viel Zeit an das Irdische zu vergeuden?«

»Ja, es lohnt, Manolios«, antwortete der Priester Fotis, und seine Augen leuchteten. »Einmal habe ich auch gesagt: Weshalb kämpfe ich um das Irdische? Was interessiert mich diese Welt? Ich bin ein Flüchtling aus dem Himmel und habe es eilig, in mein Vaterland zurückzukehren. Doch allmählich begriff ich, daß keiner in den Himmel zu gelangen vermag, der nicht erst die Erde bezwungen hat. Und keiner vermag die Erde zu bezwingen, der nicht tapfer, zäh und ohne Zugeständnisse mit ihr kämpft. Nur auf der Erde kann der Mensch zum Sprung ansetzen, um in den Himmel zu gelangen. All die Grigoris und Ladas, all die Agas sind Kräfte des Bösen, die zu bekämpfen unser Schicksal geworden ist. Wenn wir die Waffen niederlegen, sind wir hier unten auf der Erde wie oben im Himmel verloren.«

»Michelis ist sehr empfindsam, sehr zart und zerbrechlich. Er wird es nicht können ...«

»Wir können es! Wir werden sehen, welche Nachrichten er uns heute abend bringt. Wenn die Dinge schlecht stehen, werde ich mich morgen auf den Weg machen, den Bischof aufsuchen und unser Recht verlangen. Der Winter naht, wir können ihm nicht nackt und ungeschützt begegnen.«

»Ich würde mein Leben geben mögen für alle, die sich in Gefahr befinden«, murmelte Manolios.

»Es ist leichter, sein Leben einmal für immer zu geben, als es tropfenweise im Kampfe des Alltags zu lassen. Wenn man mich fragt, welcher Weg in den Himmel führt, würde ich antworten: ›Der schwerste.‹ Laß uns diesen Weg einschlagen, Manolios.«

Manolios schwieg. Der tägliche Kampf erschien ihm farblos und traurig, er hatte es eilig.

Sie hörten den Regen rauschen und das Wasser rinnen. Hin und wieder flammte ein Blitz auf und spaltete jäh das Dunkel, er drang in die Grotte und erhellte die beiden blassen Gesichter, einen Hals, eine Hand. Dann wurde es wieder dunkel wie zuvor.

Plötzlich hörten sie hastige Schritte auf den Steinen.

»Michelis!« rief Manolios und sprang auf.

Die beiden Freunde umarmten sich im Dunkel und gingen dann in die Grotte hinein.

»Willkommen, Michelis!« sagte der Priester Fotis. »Was hast du aus Likovrisi zu berichten?«

»Meine Unterschrift gilt nicht mehr ... der Aga hat meines Vaters Haus versiegelt ... Ärzte sollen mich untersuchen ... Mariori stirbt – das habe ich zu berichten, mehr nicht!«

Er sank zu Boden, lehnte sich an den Felsen und schwieg.

Der Priester sprang auf.

»Des Menschen Aufgabe ist es, alles Unrecht zu erleiden, es

zu ertragen, nicht nachzugeben. Wir werden nicht nachgeben, werden nicht weichen, Michelis. Morgen werde ich in die Stadt gehen und kämpfen!«

Michelis schüttelte den Kopf.

»Tu, was Gott dir rät. Ich kreuze die Arme, ich kann nicht ... Einen Augenblick packte mich da unten die Wut. Ich hätte fast den alten Ladas erwürgt, Petroleum aufs Dorf gegossen, es in Brand gesetzt, doch dann schien es mir, als hätte ich es schon getan, ich wurde müde, verzweifelt, fürchtete mich und lief davon.«

»Laß uns kämpfen, Michelis«, sagte Manolios und faßte im Dunkel die Hand des Freundes. Sie brannte.

Der Regen hatte aufgehört. Der Priester Fotis stand auf.

»Gute Nacht!« sagte er. »Ich werde mich hinlegen und den morgigen Tag überdenken. Wir wollen frühzeitig aufbrechen.«

Und er verschwand in der Nacht.

»Das Leben ist schwer«, seufzte Michelis. »Tu mir einen Gefallen, Manolios. Such Mariori auf, wenn du morgen in die Stadt kommst. Grüße sie von mir, sonst nichts.«

Er legte sich auf sein Lager und schloß die Augen, und wieder sah er seinen Vater vor sich.

Der Priester Fotis und Manolios wechselten auf dem ganzen Wege nur wenige Worte. Der Himmel war bedeckt, doch es regnete nicht. Gestern dagegen war eine richtige Sintflut niedergegangen, sie stampften barfuß im Schlamm und konnten nur mit Mühe — einer hinter dem andern — vorankommen.

Fruchtbare, uralte Äcker, Gärten und Weinberge, dann und wann eine flache Ebene, Felder wie weiche, gefällige Wogen auf dem Lande. Einen Augenblick öffneten sich die Wolken der Sonne, dann lachte ihnen ein Streifen des blauen, klaren, frischen Himmels entgegen. Von einer Anhöhe leuchteten zwei antike Marmorsäulen.

»Dieses ganze Land ist einmal unser gewesen«, seufzte Manolios.

Der Priester Fotis blieb stehen, sah die zwei geborstenen Säulen an und schlug das Zeichen des Kreuzes, als ginge er an einer Kirche vorbei. Es glomm in seinen Augen auf, aber er sagte nichts.

Stumm gingen sie mit zwei Säcken auf dem Rücken dahin. Der Priester in seinem zerschlissenen Priesterrock und Manolios im grauen Hirtengewand.

In der Dämmerung kamen sie zur Stadt. Von weitem erkannten sie die Kuppeln und Moscheen, und zwei schmale Minaretts, die kraftvoll und gefällig zum Himmel ragten. Als sie das Schloßtor durchschritten, hörten sie den Muezzin[27] mahnend rufen.

Die Wächter standen auf ihren Plätzen am Stadttor, die Straßen waren voller Türken — da gab es Beis, die mit gekreuzten Beinen und ihren Wasserpfeifen auf Strohmatten saßen, rundliche kleine Mädchen mit grellen Stimmen schlugen Tamburine und sangen Amán-Gesänge. Türkische Frauen bewegten sich langsam und kokett, in ihre Schleier gehüllt, barfüßige Türkenjungen riefen schwer duftenden Salep[28] und gerösteten Mais aus . . .

Die beiden Wanderer kehrten in das christliche Wirtshaus ein — das Erdgeschoß war voller Esel und Maulesel, oben befand sich ein großer Raum mit zwei langen Reihen Strohbetten. Der Priester Fotis kannte den Wirt, den Herrn Gerasimos — einen gewaltigen, lauten Kephalonier, einen alten Seekapitän, der mitten auf dem Festland Anker geworfen, in alten Tagen eine süße kleine, dralle Anatolierin geheiratet hatte, Kinder bekommen und ein Wirtshaus eröffnet hatte. Die Frau bereitete das Essen, er selbst war mit den Menschen und Tieren beschäftigt und schlug, scherzte und fluchte. Er war dick und kahlköpfig und hatte einen gewaltigen Bauch, der ihn, wie man sagte, daran hinderte, zu sehen, ob er Mann oder Frau war . . .

Sobald er den Priester Fotis zu Gesicht bekam, sprang er vom Schanktisch auf und eilte herbei, um ihn zu begrüßen.

»Du kommst wie auf Bestellung«, rief er entzückt aus. »Du kommst gerade, da ich dich brauche! Gestern habe ich eine schwere Sünde begangen: Ein Kaufmann vergaß vorgestern seine Börse voller Goldpfunde, und ich gab sie ihm zurück. Seitdem findet meine Seele keine Ruhe, sie hat gesündigt, die Ärmste, und will fast vor Ärger zerspringen!«

Doch der Priester Fotis war nicht zu Scherzen aufgelegt.

»Wir bleiben zwei Tage, Herr Gerasimos. Gib uns zwei Teller mit Essen und zwei saubere Betten zum Schlafen. Geld haben wir nicht, schreib auf, was es kostet, ich werde es dir eines Tages bezahlen.«

»Wer fragt nach Geld?« sagte der alte Kapitän und brach in Lachen aus. »Du hast keines, aber die großen und reichen Bauern haben es, die in meinem Wirtshaus verkehren, von denen werde ich das Doppelte und mehr nehmen, und wenn ich wieder eine Börse finde, werde ich sie nicht zurückgeben ... Seid willkommen! Wir essen heute abend zusammen, ihr seid keine Reisende, ihr seid meine Gäste! Hallo, Kroustalenia.«

Eine fette, kleine Anatolierin mit großen, mandelförmigen Augen kam mit einer Kasserolle in der Hand aus der Küche.

»Küsse unserem Priester die Hand!« befahl Herr Gerasimos. »Ich speise heute abend mit ihm. Begreifst du, was das heißt? Schweinekoteletts!«

Frau Kroustalenia kam schwerfällig heran, küßte die Hand des Priesters und zog sich wieder in ihre Küche zurück.

Am nächsten Morgen schlug der Priester Fotis das Zeichen des Kreuzes, zog seinen alten, zerschlissenen Priesterrock an und ging barfuß zum Hause des Bischofs. Ein kleines, rundes Bauernmädchen öffnete ihm. Sie sah seine leeren Hände und verzog den Mund.

»Man pflegt nicht so zeitig zu kommen«, sagte sie. »Der Bischof ist noch nicht erwacht. Setz dich auf die Bank im Hof und warte.«

Allmählich kamen auch andere, Männer und Frauen, ein jeder mit einem kleinen Geschenk – einem Korb Eier, einem Hasen, einem Käse, einem Huhn ... Das runde Bauernmädchen nahm sie entgegen, lächelte, trug sie hinein und stellte je nach der Größe der Gabe einen Stuhl oder einen Schemel hinaus.

»Das ist seine Nichte«, sagte ein kleiner alter Mann leise.

Nach einer Stunde ging es von Mund zu Mund über den ganzen Hof, daß der Bischof erwacht sei. Einer hörte das Bett knarren, ein anderer ihn husten, ein dritter, wie er sein Morgengurgeln verrichtete.

»Jetzt schlürft er ein rohes Ei für seine Stimme«, sagte der kleine Alte.

Alle bewegten sich ehrfürchtig und warfen vorsichtige Blicke zu dem Fenster mit den geschlossenen Fensterläden hinauf. Man hörte ein starkes Husten, heftiges Niesen, ein leichtes Plätschern von rinnendem Wasser.

»Jetzt wäscht er sich«, sagte der kleine Alte. Alle schwiegen und horchten auf das heilige Tun.

Nach einer Viertelstunde ließ sich das Geklapper von Tassen und Schüsseln, von Messern und Gabeln und das Knarren von Stühlen vernehmen.

»Jetzt trinkt er seinen Kaffee . . .«

Nach einer halben Stunde ertönte gellendes Schreien und Weinen.

»Jetzt verprügelt er seine Nichte!«

Wieder nach einer Weile hörte man endlich die Treppe knarren, und alle wischten sich erschrocken die Nasen.

»Jetzt kommt er herunter«, sagte der kleine Alte und sprang auf.

Alle erhoben sich und starrten auf die Tür. Eine tiefe Baßstimme erscholl.

»Angeliki? Wer kam zuerst? Er mag hereinkommen.«

Die Tür öffnete sich, das runde Mädchen erschien mit roten Augen und gab dem Priester Fotis ein Zeichen. Er trat vor und ging hinein. Hinter ihm schloß sich die Tür.

Der Bischof stand vor einem runden Tisch. Er war untersetzt und kräftig gebaut, er hatte einen kurzgeschorenen, grauen Bart und eine Warze auf der Nase. Er sah wie ein Nashorn aus.

»Ich höre dich an, aber fasse dich kurz«, sagte er. »Ich glaube, ich habe dich bereits früher gesehen. Bist du nicht ein Flüchtling, wie?«

Einen Augenblick durchzuckte ein unbedachter Gedanke den Priester Fotis, davonzulaufen, die Tür hinter sich zuzuschlagen und seiner Wege zu gehen. War dies der Stellvertreter Christi? Konnte dieser Mann Gerechtigkeit und Menschenliebe verkünden? Konnte man erwarten, bei ihm irgendwelche Gerechtigkeit zu finden? Doch er beherrschte sich, er dachte an die Kinder auf dem Berge Sarakina und an den drohenden Winter. Er öffnete seinen Mund, um zu sprechen, aber der Bischof hob die Hand.

»Das nächstemal, wenn du zum Bischof kommst«, sagte er, »sollst du Schuhe an deinen Füßen tragen.«

»Ich habe keine«, antwortete der Priester Fotis. »Ich habe sie besessen, aber ich besitze keine mehr, vergib mir, auch Christus ist barfuß gegangen.«

Der Bischof runzelte die Stirn. »Der Priester Grigoris hat mir von dir erzählt«, sagte er und schüttelte den Kopf. »Du willst uns den Christus vorspielen, sagte er, willst uns mit Gleichheit und Gerechtigkeit in der Welt kommen ... Schämst du dich nicht? Du willst, daß es keine Reichen und Armen geben soll, auch keine Bischöfe, glaube ich ... Rebell!«

Dem Priester sauste es in den Schläfen, er ballte die Fäuste, aber dann erinnerte er sich wieder, er beherrschte sich und schwieg.

»Hast du die theologische Fakultät auf Chalkis absolviert?«

»Nein.«

»Was hast du mich dann zu fragen? Ich diskutiere nicht mit dir. Du bist gekommen, eine Gunst von mir zu erbitten. Was willst du? Schnell, es sind noch andere da, die warten, und bedenke wohl, was du sagst.«

»Ich bin nicht gekommen, eine Gunst zu begehren, ich bin gekommen, Gerechtigkeit zu begehren.«

»Dein Blick ist voller satanischer Überheblichkeit, senke ihn und sprich ruhig.«

Der Priester Fotis blickte sich um. Ein gekreuzigter Christus hinter dem Rücken des Bischofs, Bücher in Gold gebunden auf dem Regal, ein großes Gemälde, größer als das Christusbild, das den Bischof in seinem ganzen goldenen Staat mit der schweren Bischofsmütze auf dem Kopf und dem hohen Krummstab zeigte. Er sagte nichts. Der Bischof wurde nervös.

»Entweder sprichst du, Priester, oder du gehst deiner Wege, ich habe keine Zeit zu vergeuden!«

»Auch ich nicht, ich gehe meiner Wege, ich hatte gedacht, mein Recht zu verlangen, aber jetzt verstehe ich! Ich werde es von Ihm verlangen!« Und er wies mit dem Finger auf den gekreuzigten Christus.

»Von wem?« fragte der Bischof und wandte sich um.

»Von dem gekreuzigten Christus!«

Jetzt wurde der Bischof rasend und schlug mit der Faust auf den Tisch.

»Der Priester Grigoris hat recht, du bist ein Bolschewik!«

»Ja, und ein Türke auch!« antwortete der Priester und zeigte wieder auf den Gekreuzigten.

»Angeliki!« rief der Bischof.

Die runde Nichte erschien.

»Wenn dieser Priester hier noch einmal erscheint – sieh ihn dir genau an! –, sollst du ihn nicht hereinlassen!«

»Gott wird uns richten, lebe wohl! Dann werden wir beide barfuß vor ihm stehen«, sagte der Priester Fotis ruhig, öffnete die Tür und ging.

Stunden streifte er umher, ging in den Basar, stand auf dem Hof der Moschee, ging über die gewölbte Brücke, gelangte in die Gärten, kehrte um und ging wieder in die Gassen. Er sah und sah und sah doch nichts. Es kochte in ihm, und seine Augen verschleierten sich. Er sah nichts, dachte an den Bischof, die Kinder auf Sarakina und an den Winter, der kam.

Plötzlich stand er vor dem Gasthaus des Herrn Gerasimos.

Er trat ein. Manolios war fort.

»Das Küken ist verschwunden!« rief der Gastwirt. »Auch er ist heute früh hinausgegangen, einen Spaziergang zu machen.«

Der Priester Fotis setzte sich. Er war müde, als sei er vom Ende der Welt gekommen. Er lehnte sich an die Wand, schloß die Augen und seufzte.

Zu gleicher Zeit saß Manolios an Marioris Bett und sah sie an. Sie war eine Weile eingeschlummert, und Manolios wartete unbeweglich, bis sie erwachen sollte. Sein Herz schnürte sich zusammen. Sie war schmal geworden. Zwei große, blaue Ringe lagen unter ihren Augen, die Haut war blaß und durchsichtig und spannte sich über den Backenknochen. Es schien, als habe die schwarze Erde sie bereits berührt und ihr Antlitz ausgezehrt.

Plötzlich seufzte Mariori, schlug die Augen auf und erblickte Manolios.

»Willkommen, Manolios«, sagte sie. »Hat er dich geschickt?«
»Ja, Mariori, Michelis hat mich geschickt.«
»Bat er dich, mir etwas zu sagen?«
»Ja, Mariori, er bat mich, dich zu grüßen.«
»Sonst nichts?«
»Nein, sonst nichts.«
Ein bitteres Lächeln glitt über ihre Lippen.
»Was kann ich noch verlangen? Ein Gruß, das ist genug.«
Sie wandte ihr Gesicht auf die andere Seite, denn sie begann zu weinen. Doch sie beherrschte sich, verschluckte das Weinen und wandte sich wieder um.
»Ich habe auch einen Gruß, Manolios«, sagte sie.
Sie suchte unter dem Kopfkissen und zog eine Schere hervor.
»Hilf mir, mich aufzurichten«, sagte sie.
Manolios faßte sie unter die Arme, er legte ihr das Kissen in den Rücken und lehnte sie an den Rahmen des Bettes.
Mariori nahm das Tuch ab, das sie um ihr Haar gewunden hatte und knüpfte das schwarze Seidenband auf, das ihre beiden dicken, braunen Zöpfe zusammenhielt. Sie nahm die Schere, um sie abzuschneiden, doch sie konnte es nicht.
»Ich kann es nicht!« sagte sie. »Hilf mir, Manolios!«
»Sie abzuschneiden?« fragte Manolios erschrocken.
»Ja, schneide sie ab!« antwortete sie mit dumpfer Stimme.
Manolios ergriff die warmen, lebenden Flechten des Mädchens. Ihm zitterte die Hand.
»Schneide sie ab!« sagte Mariori wieder.
Manolios hörte die Schere erst die eine, dann die andere Flechte abschneiden. Es schauderte ihn, als habe er in lebendes Fleisch geschnitten.
Mariori nahm die Zöpfe in ihre Hände. Sie blickte sie lange an und neigte langsam den müden Kopf, dann konnte sie sich nicht mehr beherrschen und brach in heftiges Weinen aus. Sie beugte sich hinab, trocknete die Tränen mit ihrem Haar, nahm das Kopftuch und wickelte die Zöpfe langsam und vorsichtig ein, wie man einen lieben Verstorbenen einhüllt, band die Zipfel zusammen und streckte ihre Hände Manolios entgegen.
»Nimm es«, sagte sie, »gib es ihm. Grüße ihn von Mariori. Das ist alles.«

## 17

»Es ist gut so? Es ist gut so!« sprach der Priester Fotis auf dem Heimweg zu sich selbst, während er durch den Schlamm watete. »Es ist gut so! Ehre sei Gott!«

Ihm folgte gebeugt Manolios, mit einem Schauder spürte er in seinem Sack das weiße Kopftuch mit den beiden Mädchenzöpfen. Er hatte das Gefühl, er trage eine Tote auf dem Rücken.

Der Himmel bewölkte sich, der Donner rollte, und ein heftiger Regen begann herniederzugehen.

»Es ist gut so! Es ist gut so!« murmelte der Priester Fotis wieder und beschleunigte seine Schritte.

Sonst brachte er kein Wort hervor. Er hielt die Blicke zu Boden gerichtet, nahm den Regen hin und eilte voran. Eine Schar Kraniche flog über ihn hinweg, aber er hob nicht den Kopf, um nach ihnen zu sehen.

Erst als sich gegen Abend der spitze Gipfel des Sarakina im Regen abzeichnete, wandte er sich zu Manolios um und sagte:

»Wir werden kämpfen, Manolios. Auf der einen Seite die Bischöfe, Priester, Gemeindeältesten, der blinde Haufen und auf der anderen wir, ein paar barfüßige Männer und Christus. Fürchte dich nicht, wir werden siegen.«

Er watete weiter durch den Schlamm. Dann lachte er.

»Weshalb ich keine Schuhe an den Füßen habe, fragte er mich. Ich möchte wetten, daß Kaiphas genau dasselbe zu Christus gesagt haben würde.«

Sie begannen den Sarakina hinaufzugehen.

Während dieser beiden Tage war Michelis voller Unruhe beständig auf und ab gegangen. Er hatte nicht gewagt, sich hinzulegen. Sobald er eingeschlafen war, hatte sich ihm der tote Vater streng und böse gezeigt.

Er nahm sein großes Evangelium. Er schlug es auf, um darin zu lesen und die unheimliche Erscheinung zu beschwören, doch die Buchstaben zerliefen vor ihm, er konnte sie nicht festhalten. Da schlug er das Buch wieder zu und begann abermals in der Grotte auf und ab zu gehen. Am gleichen Abend kam der Lehrer zu Besuch, um ihm Gesellschaft zu leisten, wie er sagte. Er sprach von Michelis' Vater und von seiner Verlobten. Sie sprachen dann über den herannahenden Winter, über die Unglücklichen auf dem Berge Sarakina, wie sie ihn überstehen würden ... Dann führte der Schullehrer das Gespräch auf tiefere Dinge — was das Leben sei und der Tod und was die Pflicht der Menschen sei. Michelis antwortete widerstrebend, er empfand ein heftiges Verlangen, allein zu sein. Der Lehrer blickte ihm in die Augen. Plötzlich begriff Michelis, er sprang wütend auf.

»Bist du gekommen, um festzustellen, ob ich verrückt bin, Schullehrer?« fragte er.

»Was meinst du damit, Michelis?« entgegnete der Lehrer und errötete.

»Du bist ein ehrenhafter Mensch. Dein Gewissen läßt dir keine Ruhe, so bist du heute abend hergekommen, um dich zu vergewissern, inwieweit dein Bruder, der Priester, bösartig und verlogen ist. Zu welchem Ergebnis bist du gekommen, Chatzis Nikolis?«

Nikolis schwieg.

»Arme, ehrliche Seele«, murmelte Michelis und blickte den Lehrer mitleidig an. »Arme, ehrliche Seele! Du wagst nicht zu antworten.«

»Nein«, sagte der Schullehrer leise, »ich wage es nicht.«

»Wenn man dich fragt, wirst du dann die Wahrheit sagen?«

»Ja, aber man wird mich nicht fragen.«

»Wenn man dich nicht fragt, wirst du dann nicht selbst aufstehen und die Wahrheit sagen?«

Der Lehrer erhob sich völlig zerknirscht.

»Der Geist ist willig«, sagte er, »aber das Fleisch ...?«

Michelis hatte sich in Feuer geredet, denn er spürte, daß er selbst dem Lehrer glich, und er sprach zu ihm so streng, um sich selbst zu geißeln und in Scham zu versetzen.

»Weshalb sind die Bösen so stark in der Welt?« fuhr Michelis fort. »Weshalb sind die Guten so schwach? Kannst du mir das sagen, Schullehrer?«

»Nein, ich kann es nicht«, antwortete er.

Nach einer Weile aber fuhr er fort:

»Du beschämst mich, Michelis, und das mit Recht. Mein Bruder, der Priester, ist stärker als ich, er ist immer stärker gewesen, er hat mich verprügelt, als wir Kinder waren. Und noch heute kann ich mich nicht gegen ihn erheben ... Wenn er fort ist, vielleicht ...«

Michelis zögerte einen Augenblick.

»Wirst du nicht von einer Lust gepackt, Chatzis Nikolis, von einer furchtbaren Versuchung – ihn zu töten?« fragte er schließlich.

Der Lehrer zuckte erschrocken zusammen.

»Niemals ... Nie!« flüsterte er. »Sehr selten, aber nur in meinen Träumen ...!«

Er bereute es sofort. Er wurde auf Michelis böse und zog sich zum Eingang der Grotte zurück. Es regnete noch, draußen war es kohlrabenschwarz geworden.

»Ich gehe jetzt«, sagte er. »Guten Abend.«

»Es ist dunkel, Schullehrer«, sagte Michelis. »Es ist dunkel, niemand kann dich sehen, wenn du vom Sarakina herunterkommst, geh jetzt und erzähle es deinem Bruder, leb wohl!«

Am Fuße des Berges erkannte der Schullehrer zwei Menschen, die auf dem Wege herauf waren. Er schlug sich auf die Seite und verbarg sich hinter einem großen Stein, um nicht gesehen zu werden. Sobald sie vorbei waren, eilte er mit unsicheren Schritten den Pfad hinab.

»Michelis hat recht«, murmelte er vor sich hin, während er hinunterging. »Er hat recht. Mein Bruder ist böse und verlogen, und ich bin ein armer, ehrlicher Mensch. Aber ich werde mein Herz fest in die Hand nehmen, ich werde heute abend noch zu ihm gehen und ihm die Wahrheit ins Gesicht schleudern. Gott stehe mir bei!«

Der Priester Fotis und Manolios trafen den wartenden Michelis vor der Grotte. Sobald er sie zu Gesicht bekam, beruhigte er sich. Er war nicht länger einsam, und das Bild des Verstorbenen schwand.

»Willkommen!« sagte er. »Die Einsamkeit ist schwer.«

»Auch die Reise war schwer, doch Gott verleiht Schwingen«, sagte der Priester Fotis.

Mit wenigen Worten berichtete er stehenden Fußes von seinem Besuch bei dem Bischof und den Worten, die zwischen ihnen gewechselt wurden.

»Also Krieg?« fragte Michelis. Und die Luft war wieder von der Nähe des Todes erfüllt.

»Ja, Krieg!« antwortete der Priester Fotis. »Erst waren es die Türken, jetzt sind es unsere eigenen, die Besitzenden, die Reichen, sie sind die Schlimmsten, doch der barfüßige Christus ist mit uns.«

Er wandte sich an Manolios.

»Christus ist nicht immer der, dessen Gesicht du einmal in Holz geschnitzt hast, Manolios, wohlwollend, friedfertig, die andere Wange hinwendend, wenn man ihm eine Ohrfeige gibt. Er ist mitunter auch streng und hart, er geht voran, und ihm folgen alle, die hier auf der Erde ungerecht behandelt worden sind, ›Glaubt ihr, ich sei gekommen, den Frieden zu bringen auf Erden, ich bin gekommen, ein Feuer anzuzünden auf Erden, ich halte ein Schwert in meiner Hand!‹ Wessen Worte sind das? Christi Worte! So zeigt sich jetzt Christi Angesicht vor uns, Manolios!«

Er schwieg, nach einer Weile fuhr er fort.

»Ich freue mich, meine Kinder, daß wir einen solchen Anführer haben. Das Lamm ist gut, doch wenn es rundum Wölfe gibt, ist der Löwe besser.«

Am Eingang der Grotte zeichnete sich eine Gestalt ab. Ein Gesicht erschien, zwei Hände streckten sich vor.

»Wer ist da?« rief Michelis und bebte.

Da vernahmen sie mitten in der Nacht im strömenden Regen anklagend und verärgert Giannakos' Stimme.

»Ich bin es, Brüder. Ich habe das abscheuliche Dorf verlassen und suche Zuflucht auf euerm Berg!«

»Willkommen, Giannakos!« riefen alle und eilten hinzu, um ihn zu umarmen.

»Was ist geschehen, Giannakos?« fragte Manolios. »Weshalb kommst du zu dieser Stunde, in diesem Regen?«

Giannakos ergriff die Hand des Priesters Fotis und küßte sie voller Inbrunst.

»Ich hörte deine letzten Worte«, sagte er zum Priester. »Ich stimme ganz mit dir überein. Das Lamm ist gut, doch wenn es rundum Wölfe gibt, ist der Löwe besser.«

Aus seinen Haaren rann das Regenwasser, er legte den Sack,

den er bei sich hatte, ab und setzte sich darauf. Alle schwiegen.

»Heute abend kam Panagiotaros, der neue Leibwächter des Aga. Er hatte ein Schreiben mit seinem Siegel bei sich«, sagte Giannakos endlich. »Er nahm mir meine Eselin. Ich war ja dem Schurken Ladas Geld schuldig . . .«

Er konnte die Tränen nicht zurückhalten, doch dann wurde er wütend und sprang auf.

»Eines Nachts werde ich hinuntergehen und sein Haus in Brand setzen. Ja, bei Christo! Das werde ich tun!« rief er aus.

»Wir werden gemeinsam hinuntergehen, Giannakos!« sagte der Priester. »Übereile dich nicht, alle gemeinsam!«

»Ist die Stunde gekommen?« fragte Giannakos.

»Sie kommt bald. Deshalb sage ich euch, vom morgigen Tage an sollen alle Frauen und Kinder lernen, mit Schleudern zu werfen. Wir müssen bereit sein!«

Er zog sich zum Eingang zurück.

»Es ist genug für heute abend, Kinder«, sagte er. »Neun Arten Gift haben die Menschen uns heute trinken lassen. Das ist genug. Nun ist es Zeit, zu schlafen, damit der Schlaf die Wunden heilt. Morgen erhalten wir neue . . . Komm mit zu mir, Giannakos. Wir wollen meine arme Zelle teilen. Sei willkommen bei mir!«

Giannakos hob seinen Sack wieder auf und folgte dem Priester.

Die zwei Freunde blieben allein. Michelis wandte sich um und ergriff die Hand seines Freundes.

»Sprich«, sagte er leise.

Manolios zog das Kopftuch aus dem Sack.

»Mariori grüßt dich«, sagte er.

Michelis nahm die bittere Gabe entgegen und betastete sie. Die Hände zitterten ihm, er verstand. Er beugte sich über die schweren Zöpfe, verbarg sein Gesicht in ihnen und begann, sie weinend zu küssen.

Nach langer Zeit hob er den Kopf.

»Ist sie tot?« fragte er.

Manolios antwortete nicht.

Zur gleichen Zeit, da sie auf dem Berge Sarakina sich berieten und erzählten, hatte der Schullehrer, wie er sagte, sein

Herz in beide Hände genommen, und seinen Bruder, den Priester Grigoris, aufgesucht. Michelis' Worte hatten ihn beschämt, sie machten ihm Mut. Zum erstenmal in seinem Leben beschloß er, sich gegen seinen Bruder aufzulehnen.

Er traf ihn bei Tisch. Sein Bruder hatte gut gegessen, reichlich Wein genossen, sich eine Zigarette angezündet und rauchte zufrieden vor sich hin. Der Aga hatte ihm gestern seinen Willen getan, er hatte die Leute von Sarakina verjagt und auf des Herrn Patriarcheas Haus ein Siegel gesetzt. Nun war es Zeit, daß er selbst den Dienst erwies, den Braimaki begehrte. Tage und Nächte hatte er darüber nachgedacht und hatte kein Mädchen gefunden, das in des Aga Haus hätte kommen dürfen, ohne Skandal zu erregen. Doch gerade an diesem Abend, als er dort saß und seine Zigarette rauchte, hatte er sie gefunden. Er fühlte sich erleichtert.

»Sie paßt«, murmelte er und füllte sich das Glas mit Wein. »Gottes Finger! Das Mädchen ist gut und wird auch wollen. Es gibt keinen Tumult. Der Aga wird zufriedengestellt, und wir haben ihn auf unserer Seite. Ehre sei Gott!«

In diesem Augenblick trat der Schullehrer ein.

»Guten Tag, Nikolis«, sagte der Priester, ohne sich von seinem Platz zu rühren. »Woher kommst du? Du bist ja völlig durchnäßt und verdreckt!«

»Vom Berge Sarakina«, antwortete der Lehrer barsch.

Der Priester fuhr in seinem Lehnstuhl auf.

»Was hast du in dem verfluchten Wespennest zu suchen? Weißt du nicht, daß zwischen Sarakina und Likovrisi ein Kampf auf Leben und Tod besteht?«

»Ich ging, um Michelis zu treffen. Ich wollte wissen, ob es wahr ist, daß er verrückt ist.«

»Aha«, donnerte der Priester. »Du wolltest das wissen! Na und?«

»Ich sprach eine ganze Stunde mit ihm über allerlei, große und kleine Dinge . . .«

»Na und?«

»Ich fand ihn vollkommen vernünftig und klug.«

Der Priester sprang auf.

»Halte dich an das Deine, Schullehrer!« schrie er. »Mische

dich nicht in anderer Leute Geschäfte! Hab ich gesagt, daß du hingehen sollst? Weshalb hast du es getan?«

»Es bedrückte mein Gewissen ...«, murmelte der Schullehrer. »Ich hatte einen Verdacht, es sei ungerecht ...«

»Willst du mir sagen, was ungerecht oder gerecht ist? Michelis ist verrückt, das ist gerecht!«

»Aber er ist es nicht ...«, wagte der Schullehrer zu sagen.

»Er ist es, sage ich. Du siehst nicht weiter, als deine Nase reicht. Du kannst nicht mehr sehen als den einzelnen Menschen, ich aber wache über die einzelnen und das Ganze, ich bin ein Führer des Volkes! Begreifst du das, Schullehrer?«

Der Lehrer schwieg.

»Wenn ein einzelner Unrecht erleidet und das Ganze von diesem Unrecht Vorteil hat, dann ist es gerecht, daß er dieses Unrecht erleidet! Aber wie kannst du Hühnerhirn das begreifen?«

Er stellte sich vor den Lehrer, der mit gesenktem Kopf vor ihm saß und zuhörte.

»Wenn man dich fragt, sollst du das sagen, wenn du es nicht kannst, dann schweig!«

»Ich werde schweigen«, sagte der Lehrer. »Doch in mir ...«

Der Priester lachte höhnisch auf.

»Was in dir geschieht, darauf pfeife ich! In dir bist du frei! Aber nach außen — sieh dich vor!«

Dann milderte er seinen Ton.

»Wir sind Brüder!« sagte er. »Vor der Welt müssen wir ein und dieselbe Meinung haben, nämlich meine, verstehst du?«

Der Lehrer wollte sagen: »Wie lange? Ich habe auch eine Seele und auch eine Meinung. Ich stimme mit dir nicht überein, ich unterschreibe die Ungerechtigkeit nicht, ich werde mich auf den Markt stellen und schreien!« Statt dessen aber zog er sich an die Türe zurück und sagte: »Gute Nacht!«

»Idiot!« murmelte der Priester und trank seinen Wein aus. »Er sagt, er habe auch eine Meinung.«

Er legte das Mundtuch weg, schlug das Zeichen des Kreuzes und dankte Gott, der den Menschen Essen und Trinken im Überfluß gegeben hatte; dann ging er hinein, um zu schlafen.

»Morgen früh werde ich Martha zu mir bitten.«

Früh am Morgen kam wütend und krumm die alte Martha.

Was zum Teufel will der Bocksbart um diese Tageszeit von mir? dachte sie. Jetzt steht der verfluchte Junge im Hause des Aga bald auf und schreit, daß er dies will und jenes, und er weiß nicht, was er will, wie eine schwangere Frau... Paß auf, Martha!

Sie trat ein. Der Priester saß mit gekreuzten Beinen auf dem Sofa und schlürfte seinen Kaffee. Seine Augen waren noch dick und geschwollen vom Schlaf.

Martha neigte sich bis zum Boden, küßte seine Hand, zog sich in eine Ecke zurück und faltete die Hände.

Der Priester grübelte und grübelte. Er wußte nicht, wie er seine Worte fassen sollte.

»Liebe Martha«, sagte er schließlich. »Du wirst ganz gewiß eines Tages gerade und glatt wie ein Kerzenlicht ins Paradies kommen. Du arbeitest so viel für die Türken, aber du hast nie das Christentum vergessen, und wenn wir Christen etwas brauchen, rufen wir dich. Deshalb habe ich dich heute hergebeten.«

Aha, dachte die bucklige Alte. Jetzt stellt der Teufelspriester die Falle auf. Er legt den Käsebrocken hin, öffnet die Tür...

»Dein Wort ist Gottes Wort. Befiehl über mich!«

»Du weißt, Braimaki will ein Mädchen. Er will, daß die Mädchen des Dorfes vor ihm tanzen sollen, damit er wählen kann, der Hund. Das ist eine große Schande. Da ist es besser, sofort zu sterben, oder wie, Martha?«

»Ja, da ist es besser, sofort zu sterben!« versicherte die bucklige Alte.

»Aber wir dürfen uns mit dem Aga nicht überwerfen. Die Gemeinde hat große Interessen wahrzunehmen. Wir müssen ihn auf unserer Seite haben. Und der Aga hat heute gesagt, wenn wir nicht ein Mädchen für Braimaki herbeischaffen, wird er mit der Gemeinde einen Krieg beginnen. Du verstehst, Martha. Dann ist es aus mit uns. Was muß also geschehen? Dem Braimaki ein Mädchen beschaffen oder die Gemeinde untergehen lassen? Was meinst du, daß wir tun sollen, Martha?«

»Die Gemeinde untergehen lassen«, sagte die Alte, die glaubte, daß das die Meinung des Priesters sei.

»Gott bewahre mich! Was sagst du, Martha? Die Gemeinde untergehen lassen? Das Christentum untergehen lassen? Der Herr bewahre mich! Nein, nein! Denk besser nach, Martha!«

»Ja, ich habe schon besser nachgedacht«, sagte Martha sofort. »Wir müssen ein Mädchen finden.«

»Bravo! Genau das, mein Kind! Du weißt, wie er sie haben will? Fett, weiß wie Weizenbrot und unberührt...«

»Fett, weiß wie Weizenbrot und unberührt?... Hm, was soll ich sagen? Ich weiß keine.«

»Denk ein wenig nach, mein Kind. Du würdest mir einen großen Dienst erweisen.«

»Was soll ich sagen? Ich gehe sie alle durch. Eine ist fett und unberührt, aber nicht weiß... Eine andere ist weiß und unberührt, aber nicht fett...«

»Weißt du, an wen ich dachte? An Pelagia, die älteste Tochter des Panagiotaros. Und ich will dir sagen, weshalb.«

»Aber sie ist nicht weiß. Man nennt sie die Schwarze, wie du weißt.«

»Das macht nichts, das kann berichtigt werden. Ich werde dir eine Schachtel Puder geben, mit dem du sie bestreuen kannst. Sie soll ihn früh am Abend auf ihr Gesicht legen, dann wird es weiß wie Weizenbrot.«

»Ja, dann wird alles wie ein Uhrwerk gehen.«

»Aber glaubst du denn, daß sie selbst wollen wird?«

»Sie? Die Feuerfliege da? Sie ist ein Braimaki in Röcken! Braimaki ist ein Kerl und sagt frei heraus, was er will, Pelagia ist ein Frauenzimmer und verbirgt, was sie will. Das wird ein Leben werden, wenn die beiden Wildkatzen zusammengeraten! Das Dach wird in die Luft gehen!«

Die bucklige Alte kicherte und strich sich mit dem Ärmel die tropfende Nase.

»Gut! Gut!« sagte der Priester ernst. »Denk jetzt nicht daran, laß uns beide bedenken, wie wir es zustande bringen. Panagiotaros ist der Leibwächter des Aga. Niemand wird darüber verwundert sein, daß Pelagia ins Haus des Aga geht, um ihren Vater zu besuchen. Das mußt du besorgen, Martha. Du bist darin geübt. Dann wird Braimaki sie zu sehen bekommen... vorher aber mußt du sie pudern...«

Er erhob sich, öffnete einen kleinen Schrank und zog eine Puderdose hervor.

»Hier ist sie«, sagte er und legte die Schachtel in Marthas ausgestreckte Hand. »Man kann es mit etwas Mehl vermengen, um zu sparen, sag ihr das.«

Die Alte schüttelte den Kopf. Sie merkte, daß der Priester sie antrieb, und zögerte.

»Soweit ist alles gut und schön«, sagte sie, »aber wir haben etwas vergessen, das Wichtigste...«

»Was denn, Martha?«

»Wie wird es gehen, wenn Panagiotaros es erfährt? Erst schlägt er mich tot, dann Braimaki und dann dich, und schließlich setzt er das ganze Dorf in Brand... Du kennst ihn doch!«

Der Priester kratzte sich den Kopf.

»Das ist richtig«, sagte er. »Er ist imstande, auch mich totzuschlagen. Aber was sollen wir tun? Ich habe eine Idee! Ich werde den Aga dazu bringen, Panagiotaros auf eine längere Reise zu schicken!«

»Aber wenn sie Kinder bekommt?«

»Wer?«

»Pelagia natürlich.«

»Du bist ein wahrer Unglücksrabe, Satansweib!« schrie der Priester nervös. »Das darf sie nicht!«

»Wie weißt du das?«

»Gott ist groß«, antwortete der Priester, der nicht wußte, was er sagen sollte.

»Hm«, murmelte die bucklige Alte. »Mußt du Gott in deine schmutzigen Geschäfte verwickeln?«

»Na, sprich mit Mantalenia. Sie kennt gewisse Kräuter.«

»Gut! Mir graut davor, aber ich werde tun, was ich kann. Tu auch du, was du kannst. Ich bin nur ein armes Weib!«

»Sei ruhig, du sollst keine Unannehmlichkeiten haben... Geh nun, wir brauchen nicht weiter darüber zu sprechen, es ist alles klar.«

Die Alte beugte sich nieder und küßte des Priesters Hand.

»Ich verstehe, was du willst, du hast auch verstanden, was ich will. Ich werde noch heute gehen und Pelagia aufsuchen. Das liederliche Stück wird vor Freude springen.«

»Gott sei mit dir! Geh jetzt und kehre bald mit guten Nachrichten zurück.«

Er klopfte ihr väterlich auf Schulter und Buckel.

»Und was dich betrifft, Martha«, sagte er, »werde ich versuchen, einen anständigen Mann, in aller Ehrbarkeit und mit einem Brautkranz, für dich zu finden, damit du aus den Klauen der Türken freikommst.«

»Wenn du eine solche gute Tat vollbringst«, sagte die Alte gerührt und blieb stehen, »wenn du das tun kannst, möge Gott es dir reichlich lohnen!«

Sie ging und wischte sich die Nase, die wieder zu laufen begann.

»Die verfluchte Alte«, murmelte der Priester, sobald sie die Tür geschlossen hatte. »Soll man es glauben? Die Frau ist ein Mysterium, Gott bewahre mich vor ihr.«

Er wartete voller Unruhe einen Tag, zwei Tage. Am dritten Tag öffnete sich das Tor, und Panagiotaros erschien in seinem neuen, roten Fez. Der Priester begann zu zittern, als er ihn sah.

»Was gibt es, Panagiotaros?« sagte er und stand auf.

»Der Aga schickt mich zu dir.«

»Was hast du mir von ihm zu sagen?«

»Was weiß ich. Bestimmt irgendwelche Heimlichkeiten. Er bat mich, dich zu grüßen, Braimaki sei ein Lamm geworden.«

## 18

Der Winter brach plötzlich herein. Gottes Antlitz verhärtete sich. Es regnete unaufhörlich, ein eiskalter Wind wehte von den Bergen herab, die Blätter an den Bäumen vergilbten und bedeckten den Boden, die Erde ließ sie verwittern und zog sie wieder an sich.

Die Bauern gingen frühzeitig nach Hause. Sie zündeten das Feuer auf dem Herde an und holten aus dem Keller all das Öl, all die Früchte und den Wein, die sie im Sommer geerntet hatten, herauf. Sie aßen und tranken und ließen es sich gut ergehen. Die Öllampen beleuchteten die Frauen, die spannen und strickten, die Saat reinigten und uralte Sagen und unpassende Rätsel erzählten, um die Zeit vergehen zu lassen.

Nikolios sammelte seine Schafe in der Hürde und setzte sich an den brennenden Herd, dicht neben Lenio, die Unmengen von Wolle gesponnen hatte und jetzt an einer Mütze und einer kleinen Jacke für den Kleinen arbeitete, der kommen sollte. Sie war bereits stark geworden, und Nikolios betrachtete sie wie der Bauer, der den wohlgepflügten und wohlbestellten Acker betrachtet, wenn es regnet.

»Wir wollen ihn Giorgis nennen«, sagte Lenio. »Giorgis ist der Name seines mütterlichen Großvaters, des alten Patriarcheas ...«

»Nein! Wir werden ihn Charidimos nennen. Das ist meines Vaters Name«, beharrte Nikolios.

»Nein! sage ich. Wir nennen ihn Giorgis.«

»Der Mann hat zu befehlen! Er soll Charidimos heißen!«

So zankten sie eine Weile und versöhnten sich dann.

So oft es das Wetter zuließ, ritt der Priester Grigoris auf seinem Maulesel in die Stadt, um Mariori zu besuchen. Immer kam er düster und ohne Hoffnung zurück. Als er eines Tages auf dem Heimweg Pelagia traf, die mit rosigen Wangen barfuß im Schlamm daherlief, zürnte er Gott.

Weshalb bist Du so ungerecht zu mir? Wo ist Deine Gerechtigkeit? Du löschst Mariori aus wie ein Licht und verleihst den Huren Rosenwangen, dachte er.

Braimaki saß, leergepumpt und müde, am Kamin, um sich zu wärmen, er setzte ergeben des Agas Tschibuk in Brand und füllte sein Glas mit Raki, ohne etwas zu sagen. Der Aga schielte ihn an und lächelte boshaft.

»Wie findest du das Leben, Braimaki? Willst du nach Smyrna zurückfahren?«

»Ich habe es gut hier in Likovrisi. Ich will nicht fort.«

»Die Weiber haben dir dein volles Teil gegeben. Sagte ich dir nicht, du solltest dich vor den Weibern in acht nehmen? Du wolltest ja nicht. Jetzt hast du deinen Willen. Glück zu. Es geschieht dir recht.«

Der alte Ladas war von seiner Habgier hart wie Stein geworden. Wenn die Sonne schien, ging er auf seinen Weinbergen umher, vor ihm ritt seine Frau auf Giannakos' Eselin.

»Du siehst, Penelope«, sagte er, »Gott ist die Gerechtigkeit selbst. Er ist ein guter Hausvater wie ich und versteht sich auf Geschäfte. Wir haben jetzt unsere Eselin, und du kannst von ihr herab die Welt genießen ... Ja, ich sage dir, wenn ich noch zweihundert Jahre leben dürfte, würde ich dich zur Königin machen!«

In Kostantis' Café trafen sich die Bauern und tranken ihren Kamillentee. Sie rauchten ihre Nargileh und spielten ihr »Priffe«[29], die Jugend saß am Brettspiel. Die Luft war dick von Kamillenduft und Tabaksrauch. Jeden Samstag abend kam auch der Lehrer. Er erhielt seinen Platz in der Mitte und erzählte von den Heldentaten der Väter. Je mehr er erzählte, desto mehr geriet er in Feuer, schwenkte die Hände und schrie. Er schob die Stühle mit den Wasserpfeifen zur einen, die Tische mit den Brettspielen zur anderen Seite.

»Hier rechts«, rief er, »sind die Schlachtlinien der Perser, links die der Griechen ... Ich bin Miltiades! Wie viele Perser sind es? Millionen! Wie viele Griechen sind es? Zehntausend! Die Schlacht beginnt!«

Der Lehrer stürzte sich zwischen die Stühle und warf sie um. Die Wasserpfeifen gerieten in Gefahr, den gleichen Weg zu gehen, doch Kostantis trat in den Streit und beruhigte die Kämpfenden.

»Wir haben die Übermacht besiegt!« rief der Lehrer, triefend von Schweiß. »Wir haben sie bei Marathon ins Meer gejagt! Es lebe Griechenland!«

Anfangs lachten die Bauern und faßten es als Scherz auf, doch allmählich wurden sie mitgerissen und begeistert. Keiner wollte auf der rechten Seite bei den Persern stehen, alle beeilten sich, sich Chatzis Nikolis, dem Miltiades, unterzuordnen.

»Es lebe Miltiades!« riefen sie, wenn der Kampf vorüber war, und gossen ihren Tee hinunter.

Eines Tages ging Giannakos vom Berg hinab ins Dorf. Es fiel ein schneevermengter Regen, die Dorfstraßen lagen verlassen. Er blickte auf den Rauch der Schornsteine, spürte den Geruch des Essens, das die Bauernfrauen bereiteten und erkannte an seinem Duft jedes einzelne Gericht — das waren Bratkartoffeln, dort brieten sie Wurst auf der Glut, dort wieder gossen sie zerlassene Butter über den Reis ...

»Sie haben es gut, die Hunde«, murmelte er. »Sie stopfen sich ordentlich voll. Der Teufel hole sie!« Weiter unten buken sie Brot, und der Duft kitzelte seine Nase.

»Brot«, sagte er. »Brot ...« Und er leckte sich die Lippen.

Er beeilte sich und kam bald an das Haus des alten Ladas, er umwanderte es einmal, zweimal, er kannte die Mauern, die Fenster, den kleinen Garten dahinter gut. »Hier ist die Mauer tiefer«, murmelte er. »Hier ist es am besten ...« Plötzlich blieb er stehen, das Herz klopfte ihm schnell. Im Garten hörte er Giousoufaki, seine geliebte Giousoufaki, schreien. Es schien, als habe die Eselin ihren Herrn gewittert. Giannakos lehnte sich an die Mauer, legte die Hand ans Ohr und horchte gerührt. Nie hatte er eine lieblichere Stimme gehört, nie hatte Giousoufaki so klagend geschrien. Als er jung war, erinnerte er sich, hatte er vor dem Fenster seiner Liebsten, seiner seligen Frau, gesungen. Doch das hier war etwas anderes. Welche Trauer! Welche Klage! Welche Sehnsucht!

»Sei ruhig, Giousoufaki«, murmelte er, und Tränen traten ihm in die Augen. »Sei ruhig, meine Giousoufaki, ich werde dich befreien.«

Als er auf den Berg zurückkehrte, war es Nacht. Er fror und war hungrig, er machte einen Spaziergang durch die Grotten, in denen die Frauen sich zusammengefunden hatten und ihre Kinder an die Brust drückten, um sie zu wärmen. Giannakos ging hinein, sprach einige freundliche Worte und versuchte sie zu ermuntern. Er bat sie, auszuharren, es würde gewiß vorübergehen. Die Männer murrten, aber antworteten nicht, die Frauen schüttelten den Kopf und seufzten.

»Vertrauet auf Gott!«

»Wie lange, Giannakos?«

Er ging weiter und wußte nicht, was er antworten sollte.

»Was tun die da unten in Likovrisi? Kommst du von dort, Giannakos?«

»Es raucht in den Schornsteinen. Sie essen, der Teufel hole sie!«

»Sie haben unsere Weinberge geerntet und trinken unsern Wein! Sie haben unsere Oliven abgenommen und essen unser Öl, aber Gott hält die Augen offen und sieht.«

Giannakos setzte seinen Weg fort.

Drei Männer saßen im Dunkeln und plauderten. Sie saßen dicht aneinandergerückt, um sich warm zu halten. In der Mitte saß Loukas, der riesige Bannerträger.

»Ihr habt die Kinder gesehen«, sagte der eine. »Sie beginnen vor Hunger anzuschwellen. Mein eigener Junge kann sich nicht mehr auf den Beinen halten.«

»Bisher haben wir auf Gott vertraut«, sagte ein anderer, »aber jetzt ...«

»Ai Giorgis, hilf uns! Rühr auch deine Hände!« sagte Loukas. »Es ist an der Zeit, daß wir Mut fassen und das, was unser ist, in Besitz nehmen, daß wir ins Dorf hinuntergehen und ... Wer da?«

»Nur ich, Giannakos!«

»Gut, Bruder, komm herein und wärme dich!«

»Ich siede und brenne«, antwortete Giannakos. »Ich friere nicht. Ich komme aus Likovrisi.«

»Wann wird das geschehen, wovon wir sprachen?« fragte Loukas.

»Vielleicht heute abend«, antwortete Giannakos.

»Wir sind bereit«, sagten die drei. »Bestimme du, je eher, desto besser.«

»Also dann, heute abend ist es gut! Schwarz wie Pech ist es draußen. Es fällt ein schneevermengter Regen. Die Bauern sind in ihre Häuser gekrochen, haben sich sattgegessen und liegen nun und schnarchen. Keine lebende Seele wird uns bemerken ...«

»Wir sind bereit«, sagten die drei wieder. »Wir warten hier, komm, hole uns.«

»Gut, holt die Ledersäcke und die anderen Säcke, und du, Loukas, nimm die Laterne.«

»Es ist alles hier, Giannakos, beeile dich.«

Giannakos ging zur Grotte des Manolios. Auf dem Wege dorthin traf er Michelis, der sich mit einigen Zweigen ein Feuer angezündet hatte und etwas im Schoß hielt, das er betrachtete.

Giannakos näherte sich ihm auf Zehenspitzen. Michelis erschien ihm in letzter Zeit so still und grüblerisch, er ging von Grotte zu Grotte unter die Leute und beobachtete sie.

Jetzt beugte sich Giannakos vor und sah ihn an. Michelis hielt in seinem Schoß ein kleines, dreijähriges Kind und betrachtete es. Es war völlig ausgezehrt, der Leib war geschwollen, die Beine waren zu dürren Stöcken geworden, am Kinn wuchsen ihm lange Haare.

»Michelis ...«, sagte Giannakos leise, um den Freund nicht zu erschrecken. »Michelis, sieh dir das nicht an!«

Michelis wandte sich um, seine Augen standen voller Tränen.

»Sieh, Giannakos«, murmelte er, »sieh, ihm wächst ein Bart! Drei Jahre alt, und ihm wächst ein Bart – vor Hunger. Ich fand das Kind am Wege.«

»»Sieh es dir nicht an«, sagte Giannakos wieder.

»Ich fand es am Wege«, wiederholte Michelis. »Ich kann nicht mehr. Ich halte das nicht mehr aus ... Kannst du es?«

»Komm, gehen wir«, sagte Giannakos und packte ihn am Arm.

»Warte ... Siehst du nicht, das Kind will sterben.«

Das Kind wollte schreien, aber es vermochte es nicht mehr. Es öffnete und schloß den Mund wie ein Fisch, den man an Land geworfen hat, bewegte seine kleinen Hände und erstarrte plötzlich in Michelis' Schoß. »Komm, gehen wir«, sagte Giannakos wieder und faßte ihn am Arm. »Laß das Kind hier, morgen werden wir ein kleines Grab graben.«

»Ich halte es nicht mehr aus, Giannakos. Hältst du es aus?«

Doch Giannakos hatte ihn fest am Arm gepackt und zog ihn mit sich fort. Sie trafen Manolios in einer Ecke seiner Grotte.

»Gibt es neue Nachrichten, Manolios?« fragte Giannakos.

»Schlechte, Giannakos. Die Leute, die in den Nachbardörfern Arbeit fanden, haben etwas Brot mitgebracht, aber wie weit reicht das? Wir haben Leute nach Likovrisi hinabgeschickt, ›Ihr könnt gerne verhungern‹, meinte der alte Ladas. ›Jetzt kann der Priester Fotis seine Wunder tun‹, sagte der Priester Grigoris. Nur der Schlächter Dimitros hat uns etwas Fleisch geschickt, und Kostantis stibitzte etwas aus seinem Keller. Aber das ist noch nicht ein Mundvoll für jedes Kind.«

»Wo ist der Priester?«

»Hier ist er.«

Der Priester Fotis kam herein und setzte sich ruhig auf die Erde.

»Ach«, sagte er, »wer Gott mit dem Maß des Herzens messen will, der ist verloren, der kann den Verstand verlieren und beginnen, Gott zu verfluchen und zu verleugnen . . .«

Er schwieg wieder. Er entsetzte sich selbst über seine Worte, aber er hielt es nicht mehr aus.

»Was ist das für ein Gott, der die Kinder sterben läßt?« fragte er und stand auf.

»Ich messe nicht Gott, ich messe die Menschen«, sagte Giannakos.

»Ich habe die Menschen in Likovrisi gewogen und gemessen, ich habe sie verurteilt, und heute abend gehe ich hinunter und hole mir selbst, was sie uns verweigern!«

»Du hast meinen Segen«, sagte er, »ich nehme das Verbrechen auf mich.«

»Das nehme ich allein auf mich«, versicherte Giannakos. »Das trete ich nicht an dich ab.« Er stand auf.

»Die Kinder warten auf mich«, sagte er. »Wir sind wieder Armatole und Klefte geworden[30].«

»Gott sei mit dir. Bald werden wir alle gemeinsam und offen hinabgehen.«

»Ich gehe auch mit«, sagte Michelis.

Er faßte ihn an der Hand und sie tasteten sich im Dunkel vor. Giannakos war in Stimmung gekommen.

»Es wird gut gehen, Michelis. Wir müssen etwas auftauen, Brüder! Bisher haben wir gesagt: ›Komm, Brot, daß ich dich essen kann.‹ Aber das Brot versteckt sich, es ist närrisch geworden. Streck deine Hand aus und nimm es dir! Wir dürfen nicht alles Gott auferlegen. Er ist gut, aber Er hat an so viel anderes zu denken, daß Er es nicht schafft. Wir müssen uns selbst rühren.«

Er hatte die Kameraden erblickt, die in der Grotte um ein kleines Feuer saßen und warteten. Sie sprangen auf.

»In Gottes Namen«, sagte Giannakos. »Der Priester hat uns seinen Segen gegeben. Kommt, gehen wir! Zieht aber nicht eure schweren Schuhe und Stiefel an. Sie machen nur Lärm und verraten uns.«

Sie lachten, woher sollten sie Schuhe nehmen? Sie hatten die Füße in Lumpen gewickelt.

»Hast du die Laterne, Loukas?«

»Gibt es einen März ohne Fasten? Hier ist sie.«

Giannakos sah ihn an und lachte.

»Der arme Kapitän Fourtounas hat sie uns geschenkt«, sagte er. »Jetzt wird er in der Hölle sitzen, zu uns hinaufsehen und in ein tolles Gelächter ausbrechen.«

Als erste gingen Giannakos und Loukas, dann die beiden andern. Michelis trennte sich von ihnen und blieb für sich.

»Besorgt ihr das eure, Kameraden«, sagte er, »laßt mich. Ich werde einen Gang durchs Dorf machen.«

Es war kohlrabenschwarz und regnete. Das Wasser goß in Strömen herab, es sammelte sich auf dem Boden und lief über die Steine. Hin und wieder ließ ein Nachtvogel aus den Höhlen des Berges einen leisen, klagenden Schrei vernehmen. Er langweilte sich und suchte Gesellschaft. Vom Gipfel des Propheten Elias hörte man plötzlich ein entferntes, langgezogenes Heulen. Die vier Männer blieben stehen.

»Ein Wolf«, sagte Giannakos. »Auch er ist hungrig.«

»Vielleicht ist es Ai Lias selbst«, sagte Loukas. »Vielleicht ist auch er hungrig.«

»Möge der Heilige Wolf uns helfen!« sagte Giannakos. »Kommt jetzt, Freunde. Das Lamm drunten im Dorf erwartet uns.«

Sie setzten sich wieder in Bewegung. Loukas nahm Giannakos am Arm. »Hast du dir überlegt, wo wir einsteigen wollen?« fragte er.

»Ja, bei dem Reichsten, Frechsten und Geizigsten, beim alten Ladas. Wir werden uns die Säcke füllen. Das arme Sarakina soll zu essen bekommen, es soll essen dürfen und nicht schreien müssen!«

Nach einer Weile fügte er hinzu:

»Eines Nachts wollen wir hinuntergehen und Petroleum mitnehmen.«

»Brot und Petroleum! Du hast recht, Giannakos. Das sind die beiden Dinge, die der Mensch braucht, um zu leben und Rache zu nehmen, denn es genügt nicht nur, zu leben.«

Sie näherten sich dem Dorf. Giannakos blieb stehen und wandte sich zu den andern.

»Ich werde vorangehen«, sagte er. »Ich kenne die Verhältnisse. Kommt mir in Abständen nach, einer hinter dem andern. Ich werde als erster hinübersteigen.«

Sie kamen in die kleinen Dorfstraßen hinein. Sie lagen verlassen. Es war nahe Mitternacht, das ganze Dorf lag in seinem ersten Schlaf. Wenn Giousoufaki mich nur nicht am Geruch erkennt und zu schreien beginnt, dachte Giannakos, als sie zum Hause des alten Ladas gekommen waren. Gott gebe, daß sie schläft.

Er stellte sich dicht unter die Mauer und wartete auf die andern. Sie kamen einer nach dem andern heran.

»Gehen wir hinter dem kleinen Garten hinein. Dort ist die Mauer am niedrigsten. Gib mir die Laterne, Loukas. Kommt jetzt, Vorsicht!«

»Hat er einen Hund?« fragte einer von ihnen.

»Einen Hund? Der alte Geizhals? Hunde brauchen Fressen«, antwortete Giannakos.

Dann wandte er sich an Loukas.

»Höre, du Riese! Du bleibst draußen. Du sollst unsere Treppe sein. Wir werden dir auf die Schultern steigen und hinunterspringen. Wenn du Gefahr witterst, schrei wie eine Eule. Seid ihr fertig?«

»Ja.«

Der Riese lehnte sich an die Wand, packte Giannakos und warf ihn sich auf die Schultern.

»In des Heiligen Wolfes Namen, spring«, sagte er.

Giannakos saß rittlings auf der Mauer und sprang hinab. Er stellte sich dicht neben die Mauer und wartete auf die anderen. Sie sprangen einer nach dem andern, die leeren Säcke auf dem Rücken.

Sie gingen durch den Garten, die kleine Tür war offen, und traten ins Haus. Vom Zimmer über sich hörten sie das Schnarchen des Alten.

»Er schläft«, sagte Giannakos. »Wir haben Glück.«

Er zündete die Laterne an, fand die Tür des Kellers und stieß sie auf. Sie gingen hinunter.

Es roch nach Öl, Wein, gedörrten Feigen und verfaulten Quitten. Das Licht spielte umher und beleuchtete die großen bauchigen Krüge, die dort aufgereiht standen, und die Weinfässer auf den Böcken.

»Schnell, Jungens, füllt alle Säcke!« murmelte Giannakos. Der eine öffnete den Hahn zu einem Weinfaß und füllte den Ledersack mit Wein. Der andere füllte seinen Sack mit Korn, und Giannakos nahm die Ölkanne und füllte einen Sack mit Öl. Dann nahm er den andern Sack und füllte ihn mit Früchten.

Er blickte sich um und sah eine starke Strickleiter an der Wand hängen.

»Gott sei Lob und Dank«, sagte er. »Wie sollten wir sonst wieder über die Mauer kommen? Gott hilft uns stehlen. Vorwärts, Jungens!«

Sie nahmen die Säcke auf den Rücken, ergriffen die Strickleiter, gingen durch den kleinen Garten, befestigten die Strickleiter an der Mauer und kletterten mit ihrer wertvollen Beute hinauf. Loukas hob die Arme, er nahm die Säcke entgegen und legte sie auf den Boden. Dann stieg einer nach dem andern auf Loukas Schultern hernieder und sprang zu Boden. Giannakos kam als letzter. Er saß rittlings auf der Mauer und hatte nicht das Herz, nachzufolgen.

»Wartet einen Augenblick, Freunde«, sagte er. »Ich muß meine Eselin begrüßen, ich komme sofort.«

»Laß die Eselin, Giannakos«, sagte Loukas. »Komm, du weißt nicht, was geschehen kann.«

»Ich kann nicht«, sagte er. »Ich kann nicht. Einen Augenblick, Freunde, ich komme sofort.«

Und er ging in den kleinen Garten zurück. Die andern waren verdrossen, aber sagten nichts. Glücklicherweise näherte sich kein Fremder auf dem Weg, und kein Tor öffnete sich.

»Geht ihr beiden«, sagte Loukas zu seinen Kameraden, »es ist besser, wir verteilen uns. Ich warte auf ihn.«

Er half ihnen die Säcke auf den Rücken zu nehmen, und sie machten sich auf den Weg.

Loukas blieb allein. Er hockte sich auf den Boden und wartete. Plötzlich hörte man ein frohes, triumphierendes Schreien wie eine Trompete des Jüngsten Gerichts. »Der Teufel hole seinen Esel«, murmelte Loukas, »der weckt ja alle Menschen auf.«

Im Hause wurde ein Fenster geöffnet, eine Stimme war zu hören, der alte Ladas war es.

»Penelope, schläfst du? Penelope, was ist mit dem Esel? Er schreit.«

Doch niemand antwortete, das Schreien hörte auf, und man hörte nur den Regen, der wie eine Sintflut auf die Welt herniederflutete. Loukas hob den Kopf, ein Schatten saß rittlings auf der Mauer.

Der Riese sprang auf, lehnte sich an die Mauer und packte Giannakos an den Beinen.

»Los, Loukas, los! Ich glaube, der Alte ist aufgewacht.«

Sie warfen die Säcke auf den Rücken und nahmen die Beine in die Hand.

»Bist du zufrieden?« fragte Loukas, als sie aus dem Dorf heraus waren.

»Ja«, sagte Giannakos und seufzte. »Wenn ich die Eselin die Treppe hinaufbekäme, würde ich sie – meiner Seel – mitnehmen ... Aber wo ist Michelis?« fragte er unruhig.

»Er wollte auf eigene Faust einen Gang unternehmen, sagte er. Aber gewiß ist er bereits auf dem Rückweg, beeilen wir uns!«

Und sie sprachen nichts mehr.

Als der alte Ladas am Morgen erwachte, in den kleinen Garten hinunterging und die Strickleiter an der Mauer hängen sah, wurde ihm wirr im Kopf. Er wandte sich um und rief seine Frau, die erwacht war, am Fenster saß und die Welt mit ihren glasigen Augen betrachtete.

»Penelope, wer hat die Strickleiter an die Mauer gehängt? Du vielleicht?«

Aber Frau Penelope hatte schon den Strumpf hervorgeholt und strickte. Sie wandte sich nicht einmal um.

Der Alte nahm die Strickleiter auf die Schulter und ging mit ihr in den Keller hinab. Er blickte sich um, alles stand an seinem Platz. Die großen Krüge, die Weinfässer, die Feigen und die Quitten.

»Gott sei Dank«, murmelte er. »Nur gut, daß es keine Diebe waren. Sie hat völlig den Verstand verloren, die Ärmste. Ich muß auf dem Posten sein, sie ist imstande, eines schönen Tages das Haus anzuzünden.«

Er ging in den Stall und fand die Eselin an ihrem Platz.

»Was war in dich gefahren, daß du in der Nacht schreien und mich wecken mußtest?« sagte er und schlug sie.

Und die kleine gottesfürchtige Eselin senkte den Kopf, sie schloß die Augen und bat ihren Gott – einen Gott mit einem gewaltigen, üppigen Schwanz, einem weißen Eselskopf, einem goldenen Sattel und rotem, mit sieben silbernen Sternen besticktem Zaumzeug:

»Mein Gott, laß den Traum, den ich heute nacht gehabt habe, Wahrheit werden!«

Inzwischen hatte sich die Nachricht über das Wunder am frühen Morgen über ganz Sarakina verbreitet: Vier Engel waren in der Nacht mit Getreide, Öl und Wein zu den Hungrigen gekommen! Die Frömmsten glaubten es und schlugen das Zeichen des Kreuzes, die Schlaueren sahen Giannakos und Loukas an und lächelten. Die Frauen stürzten sich über das Korn, reinigten es und sangen mit weicher, stiller Stimme, als ob sie ein kleines Kind wiegten, als ob sie ein uraltes Gotteskind in Schlaf sangen. Fiel etwas Korn zu Boden, streckten sie sofort die Hand danach aus und nahmen es auf, als ob es ein kostbarer Teil Gottes selbst sei und nicht beschmutzt werden dürfe. Hastig zermahlten sie etwas Korn zwischen den Steinen, formten kleine Brotkuchen und buken sie auf der Glut. Sie gossen etwas Öl über sie, damit sie saftiger werden sollten, und an einen jeden wurde ein kleines Stück wie heiliges Brot verteilt.

Wahrhaftig, war es nicht wie das Fleisch des leibhaftigen Gottes? Sie spürten, daß der Körper neue Kraft gewann, und wenn sie einen Schluck Wein tranken, konnten die Frauen ihre Tränen nicht länger zurückhalten.

Mein Gott, dachten sie, einen Bissen Brot, einen Schluck Wein!

Was braucht die Seele mehr, um Schwingen zu bekommen und zu fliegen!

Am Abend nahmen zwei Männer das Mahlgut, um mit ihm zur Mühle zu gehen. Die Frauen begleiteten sie ein Stück ihres Weges, als ob sie Furcht hätten, daß es nicht zurückkommen würde.

»Wann kommt ihr zurück?« riefen sie ihnen zu.

»Morgen früh. Habt keine Furcht!« antworteten sie und lachten.

Giannakos war nun Lagerverwalter auf dem Berge geworden. Er wachte über die Vorräte und teilte jeden Morgen an die Frauen aus, was sie für den Tag benötigten.

»Jetzt heißt es sparen, Kinder«, sagte er. »Zieht den Leibriemen an. Die Engel haben auch noch anderes zu tun. Sie können nicht jeden Tag hier erscheinen!«

»All dieses Korn und Öl, all dieser Wein sollen Fleisch und Blut werden, daß wir Kraft bekommen, unseren Ausfall zu machen«, sagte der Priester eines Tages zu Manolios. »Wir können nicht immer hungern und stehlen, wir müssen ins Dorf hinabgehen und im Guten oder mit Gewalt die Erde in Besitz nehmen, die uns Michelis gab. Wenn wir sie nur bekommen, können wir auf dem dürren Berge hier leben und Wurzel schlagen.«

»Bald muß der Wein geschnitten werden. Bald müssen die Olivenbäume geästet, die Äcker müssen gedüngt werden«, sagte Manolios. »Sollen wir sie all das zerstören und vernichten lassen? Die Zeit geht dahin, worauf wartest du?«

»Ich warte auf eine Nachricht von innen, Manolios, auf eine Stimme, die mir den Befehl geben wird, zu gehen. Ich habe nie in meinem Leben einen wichtigen Entschluß gefaßt, ohne auf diese Stimme zu hören, und es ist ein wichtiger Entschluß, Manolios, es wird Blut fließen!«

## 19

Es begann bereits zu tagen, als Manolios den Priester Fotis vom Gipfel des Berges herabkommen sah. Er sprang von Stein zu Stein, der Priesterrock flatterte wie schwarze Flügel, das Haar fiel ihm über die Schultern herab. Es schien wirklich, als sei er der Prophet Elias, denn hinter ihm, im Osten, rötete es sich mit starkem Leuchten, so daß er von feurigen Flammen umgeben herabzukommen schien.

Einige Frauen waren hinausgegangen, um ihre Krüge mit Wasser zu füllen. Sie bekamen ihn zu Gesicht, erschraken und schrien auf. »Ai Lias kommt vom Berge herab!«

Die Männer stürzten hinaus, an der Spitze Manolios, und alle setzten sich in Bewegung, um ihm entgegenzugehen.

»Was hält er in den Händen, Freunde?« rief Giannakos.

»Ja, was hat er?« sagte Michelis und versuchte es zu erkennen.

»Eine Ikone, eine Ikone!« rief Loukas, der voranging.

Er hat den Ai Lias mitgebracht, dachte Manolios. Ein gutes Zeichen. Jetzt erkannten sie deutlich das Gesicht des Priesters. Es war streng und ernst, als ob er sie nicht sähe, als ob er ihre Rufe nicht hörte, als ob seine Gedanken die strenge Einsamkeit noch nicht verlassen hätten.

»Wir wollen beiseite treten und ihm Platz machen«, sagte Manolios.

»Wir wollen ihn nicht ansprechen, er redet noch mit Gott!«

Sie wichen zur Seite und gaben den Weg frei.

Der Priester kam schnell herab, er eilte heran, die Steine lockerten sich unter seinen Füßen und rollten davon. Alle erkannten nun deutlich, daß er die wundertätige Ikone des Propheten in seinen Armen trug. Die Frauen waren den Männern auf den Berg nachgefolgt. Sie erzählten von Wundern, von Heiligen und Träumen, sie reckten die Hälse und sahen den Priester näher kommen – eine sah, daß er schwarze Flügel hatte und flog, eine andere, daß es nicht Flügel waren, sondern der Priesterrock, daß aber ein Rabe auf seiner Schulter saß mit einer glühenden Kohle im Schnabel und ihm zu essen gab. Plötzlich verstummten alle, der Priester ging vorbei.

»Kommt mit«, sagte er zu den Männern, ohne stehenzubleiben.

»Ihr auch, ihr Frauen!« sagte er zu dem Frauenhaufen und ging schnell mit dem Propheten im Arm hinab.

Alle verwunderten sich. Es war, als sei ein wilder Raubvogel zwischen ihnen hindurchgeflogen und habe sie mit seinen schwarzen Schwingen leicht berührt. Die Männer gingen voran, unruhig und erregt folgten die Frauen. Die Sonne war hinter den dünnen Wolken hervorgekommen, sie war aufgestiegen und hing wie ein weißer Ball am Himmel. Unten lag die Ebene noch in schmutziggrauen Nebel getaucht. Einige alte Frauen, die zurückgeblieben waren, traten aus den Grotten und hielten die Hände vor die Augen, um die Leute zu betrachten, die herabkamen.

Bei den Grotten machte der Priester halt. Er stellte die Ikone auf einen Stein und sammelte Männer, Frauen und Kinder um sich.

Er streckte die Hand aus und sprach; anfangs war seine Stimme heiser, allmählich aber gewann die Stimme wieder Klang.

»Hört mich an, ihr Männer!« sagte er. »Ihr Frauen auch, hebt eure Kinder auf die Arme, daß auch sie hören können. Ich bin von einem feurigen Wagen herabgestiegen. Wohin er mich führte, werde auch ich euch führen. Was er mir anvertraut hat, davon werde ich vor euch Zeugnis ablegen. Das Leben ist kein stillstehendes Wasser, Ergebung und Geduld sind nicht die größten Tugenden, auch nicht die gottgefälligsten. Ein ehrenhafter Mann kann die Kinder nicht vor sich umfallen und Hungers sterben sehen, ohne sich zu erheben und von Gott Rechenschaft zu verlangen.

Ich ging auf den Gipfel hinauf, um den gestrengen Herrn unseres Berges zu treffen, um mit ihm zu sprechen, zu hören, was er sagt, und ein Heilmittel für alles Unglück zu finden. Unsere Kinder sind ja auch seine Kinder, er hat die Verantwortung.«

Er streckte die Hand aus und wandte sich zur Ikone.

»Du trägst die Verantwortung, du Prophet des Feuers, deshalb ging ich in deine Wohnung, um es dir zu sagen. Wie der Pächter hingeht, um dem Grundherrn seinen Jahresrechenschaftsbericht zu geben und von seinen Weinbergen und Gärten Geschenke in Fülle mit sich führt, so bin auch ich gegangen und habe das Leiden und die Tränen des Volkes getragen; jetzt lege ich sie vor diesen deinen Füßen nieder.

Die ganze Nacht stand ich vor dem Propheten und redete mit ihm. Ich berichtete ihm, wer wir sind, woher wir kommen, und wie wir uns auf dem Berg niedergelassen und unter seinem Schutz Zuflucht gesucht haben. Er wußte es bereits, aber ich wiederholte es, und es war gut für ihn, es nochmals zu hören. Er hörte zu und sagte nichts.

Dann sprach ich zu ihm von den Nachbarn in Likovrisi, wie sie uns behandelt haben, wie sie alle — Priester, Gemeindeälteste und Bauern — uns verjagten, wie sie uns ausplünderten und nicht die Erde bebauen ließen, die Michelis uns gab ... All das sagte ich, er hörte zu und schwieg.

Ich sprach von unseren Entbehrungen, vom Hunger, der Kälte, den Krankheiten ... ›Die Anmaßung der Reichen ist immer größer geworden, der Hals der Satten und Gemästeten ist geschwollen, das Messer geht ihnen hinein bis zum Schaft. Spann deine feurigen Pferde vor und komm herab!‹ Er hörte zu und sagte nichts.

Ich kam in Erregung und wurde böse, sah ihn an und sagte mir: Sollte sein Herz nicht brechen? Wie kann er so viel Elend, so viel Unrecht, so viel Schamlosigkeit dulden? Wird er nicht aus der Ikone heraussteigen? Wird er nicht den feuerflammenden Wagen anspannen, mich beim Nacken fassen, neben sich setzen und nach Likovrisi hinabfahren? Ich neigte mich zur Ikone und legte mein Ohr daran. ›Elias‹, sagte ich, ›Hauptmann Elias, höre mich an. Unsere Kinder können sich vor lauter Hunger nicht mehr auf den Beinen halten. Einige haben Krücken, andere Stöcke, auf die sie sich stützen, sie hinken wie Krähen bettelnd nach Likovrisi hinab, weißt du das? Hörtest du es? Hast du dich von deinem Gipfel hinabgebeugt, um zu sehen, wie das Volk in Likovrisi sie empfing?‹

Da spürte ich unter meinen Lippen, daß der Körper des Propheten sich erwärmte und sich bewegte. Ich faßte Mut.

›Willst du nicht die Güte haben, von dem brennenden Wagen, auf dem du sitzt, hinabzublicken und zu sehen, wie die Leute in Likovrisi sie empfangen haben? Einige nahmen Stöcke und jagten sie von den Toren, andere verprügelten sie!‹

Doch als ich das gesagt hatte, fuhr ich erschrocken zurück, mir war, als habe die Ikone mich angestoßen, als hätten die vier feurigen Pferde Leben bekommen, als hätten die Lippen des Propheten sich bewegt, und ich hörte seine mächtige Stimme: ›Komm, gehen wir!‹

Und schon lag die Ikone in meinen Armen.«

Die Leute gerieten in Bewegung und murmelten, die Frauen fielen vor der wundertätigen Ikone in die Knie und riefen sie an; die Männer wurden von den Worten des Priesters gepackt, traten näher heran und blickten auf den Propheten, der von Flammen umgeben vom Gipfel herniederkam. Sie sahen es deutlich – der Berg dort war der Sarakina.

»Wann? Wann?« ließen sich überall erregte Stimmen hören.

»Sofort! Sofort!« rief Giannakos, »solange wir noch einen Bissen Brot zu essen haben und uns Kräfte verschaffen können.«

Manolios näherte sich dem Priester, er küßte seine Hand.

»Streck deine Hand aus«, sagte er, »gib ein Zeichen, wir sind bereit.«

Der Priester Fotis streckte die Hände aus über das Volk.

»In drei Tagen, Kinder, in drei Tagen!« sagte er. »Am 22. Dezember wird das Licht geboren, wird der Prophet Elias geboren. Ein großer Tag! Macht euch bereit! Wir gehen dann hinab!«

Die Männer nahmen die Ikone, alle fielen vor ihr nieder, das Holz und die Farben gewannen Leben, der Prophet bewegte sich, sein Mantel flatterte, als ob er eine Flamme sei, die der Wind entfachte. Die Frauen sahen Schweißtropfen von seiner Stirne rinnen, und die Kinder, die herankamen, sahen seine Augen groß und streng werden. Sie begannen zu weinen und wollten nicht niederfallen und ihn anbeten.

Der Priester Fotis legte sich erschöpft in die Grotte. Er schloß die Augen und wartete, daß der Schlaf kommen sollte. Manolios nahm die Ikone mit dem flammenden Propheten in seine Arme und stellte sie ins tiefste Dunkel der Grotte neben die alte Ikone mit der Kreuzigung und den Schwalben.

Von jener Stunde an begann es auf dem Sarakina wie in einem Feldlager zu summen. Wer keinen Knüppel besaß, ging auf dem Berg umher, um eine Eiche zu finden, deren Zweige er abschlagen konnte. Wer mit Schleudern werfen konnte, lehrte es die Frauen und Kinder. Der Priester Fotis teilte die vorhandenen Waffen an die Tüchtigsten aus und sprang unermüdlich von einem zum andern, um seine Anweisungen und Ratschläge zu erteilen.

Gegen Abend kam Kostantis vom Dorf herauf. Er war verwundert, so viel Lärm zu hören, Männer und Frauen mit aufgerollten Ärmeln Schleudern schwingen, Äste entzweigen und Knüppel anfertigen zu sehen, als ob sie sich alle auf einen Krieg vorbereiteten. Er traf Manolios hingekauert an, wie er in aller Hast an dem neuen Christusantlitz arbeitete, als ob auch dieses eine Waffe sei und auch er sich beeilte, damit fertig zu werden.

Kostantis setzte sich neben ihn, er schien betrübt zu sein.

»Manolios«, sagte er, »wenn du Zeit hast, hebe den Kopf und höre mir zu. Ich komme mit traurigen Nachrichten.«

»Sie sind willkommen, Kostantis. Die Berge sind Schnee gewöhnt. Komm nur heraus damit!«

»Heute mittag gelangte die Nachricht ins Dorf, daß Mariori gestorben ist.«

Manolios legte das Holzstück zur Seite, seine Augen blickten entsetzt.

»Ist sie gestorben?« sagte er betroffen, als ob es das erstemal sei, daß er vom Tode sprechen hörte.

»Gestern traf ganz plötzlich die Nachricht ein. Der alte Vater schrie auf, und das ganze Dorf geriet in Bewegung. Er setzte sich sofort auf seinen Esel und machte sich klagend auf den Weg. Heute früh kam er zurück. Als er zur Stadt kam, hatte man sie bereits begraben. Er konnte ihr nicht einmal die Augen schließen. Der alte Priester ist fast nicht mehr zu erkennen, er ist ganz eigenartig und närrisch vor Trauer geworden. Ich sah ihn im Dorf an die Tore pochen und bekam es mit der Angst, er tat mir leid. Er ging ungekämmt und barfuß im Dorfe umher, pochte an die Tore und bat alle, zur Kirche zu kommen, dort wollte er zu ihnen sprechen. Den Lampenanzünder brachte er dazu, die Totenglocke zu läuten. Wir ließen alle unsere Arbeit im Stich und gingen hin. Er versammelte uns vor der Kirche, stieg auf eine Bank, das Kinn zitterte ihm, und er konnte nicht sprechen. Aber die Augen flammten und schossen Feuer. Endlich nahm er alle Kraft zusammen, und eine schaurige Stimme ließ sich vernehmen.

›Nur einige Worte, meine Kinder, mehr kann ich nicht, mein Herz ist nahe daran, zu brechen. Sarakina will uns vernichten, Sarakina will uns zerstören! Auf! Bewaffnet euch! Ich werde vorangehen, wir müssen sie verjagen! Sie wollen über unser Dorf herfallen; seit der verfluchten Stunde, da sie sich hier festsetzten, sind nur Unglücksfälle und Tod über uns gekommen. Die erste Ursache dieses Unglücks ist der geächtete Manolios. Er hat Michelis den Kopf verdreht und ihn verrückt gemacht, er ist die Ursache dessen, daß Michelis' Verlobung mit Mariori aufgehoben wurde, er hat sie umgebracht!‹

Er wollte weitersprechen, wurde aber von einem Schwindelanfall gepackt und streckte die Hand aus, um an der Wand Halt zu finden. Aber er sah nichts mehr, sondern wankte und fiel zu Boden.«

Kostantis schwieg. Manolios zog einen Zipfel seines Kopftuches herab und biß hinein, um nicht aufzuschreien. »Mariori ist tot... Sie ist tot«, sagte er zu sich selbst – ohne den Sinn der Worte zu erfassen.

Er wandte sich zu Kostantis.

»Nun?« fragte er. Aber seine Gedanken weilten weit in der Ferne.

»Ich bin gekommen, Manolios, um dich zu bitten, daß ihr euch vorseht. Die Bauern sind nach den Worten des Priesters Feuer und Flamme geworden, sie gedenken herzukommen, euch zu verprügeln und zu verjagen. Sie haben einen Anlaß gesucht, jetzt haben sie ihn gefunden. Die Bauern fürchten euch, weil ihr Bolschewiken seid, sagt man. Es sind viele, sie haben Waffen, nehmt euch in acht.«

»Geh, such Michelis auf und sag ihm alles, Kostantis. Ich kann es nicht... Sag es ihm vorsichtig, in letzter Zeit ist Michelis völlig verändert und nicht wiederzuerkennen, er geht auf und ab, ohne ein Wort zu sagen, er sieht dich an, aber seine Gedanken sind weit fort. Fragst du ihn, dann antwortet er nicht ... Nachts wagt er nicht, sich hinzulegen und zu schlafen. Einmal fragte ich ihn: ›Wovor fürchtest du dich, Michelis?‹ Nur mit Mühe konnte er die Lippen auseinanderbringen: ›Vor dem Toten‹, antwortete er, ›vor dem Toten.‹ Aber verlier nicht den Mut, Kostantis, geh und such ihn auf, ich werde mich nach dem Priester umsehen.«

»Alles ist vollendet«, sagte Michelis und schlug das silberbeschlagene Evangelium, in dem er gelesen hatte, zu. »Ich brauche nichts, Kostantis. Gott hat ein Messer genommen und mein Leben in zwei Teile geteilt, die eine Hälfte hat Er zu Boden geworfen, jetzt wirft Er auch die andere hin. Ich fühle mich erleichtert.«

Kostantis wurde unruhig, als er sah, wie gelassen Michelis die traurige Botschaft hinnahm. Er spürte, wie hinter Michelis' ruhigem Gesicht die Welt in Scherben zerfiel.

»Es ist zu Ende, alles ist vollendet«, sagte der junge Mann und erhob sich. Er nahm aus einer Höhlung im Felsen eine Schnur und band sie fest um das Evangelium, als ob es ein gefährliches Tier sei, das beißen wollte.

Er sah Kostantis an und schüttelte den Kopf.

»An wen sollen wir uns wenden, Kostantis? An die Menschen? Schmutz und Gestank! An Gott? Er läßt den alten Ladas leben und regieren und läßt Mariori sterben! An uns selbst? Einen Wurm, der bebend in der Sonne liegt; zur gleichen Zeit, da er sagt: ›Es geht mir gut, ich liege in der Sonne ...‹, tritt ihn ein Fuß zu Brei. Verstehst du etwas davon, Kostantis?«

Kostantis hatte Kinder. Wie sollte er es verstehen, er stand auf.

»Ich werde Giannakos aufsuchen«, sagte er.

Giannakos stand in der Grotte, die er zu seiner Vorratskammer gemacht hatte, und maß das Mehl und Öl, das noch übrig war. Der Wein war seit mehreren Tagen zu Ende gegangen.

»Zwei Tage noch«, murmelte er, »höchstens drei. Es reicht genau, dann gibt es Krieg, und wir werden weitersehen. Das Leben ist eine Krankheit, die geheilt werden kann. Solange ich daran denke, daß ich lebe und daß auch Giousoufaki lebt, behalte ich Mut. Ein Tag wird kommen, da wir uns wiedersehen. Der Tod aber ist nicht zu heilen.«

»Guten Tag, Giannakos«, hörte er eine Stimme hinter sich. »Wie steht es mit dir? Du kommst jetzt nie mehr ins Dorf hinab.«

Giannakos wandte sich um und erkannte Kostantis.

»Guten Tag, Kostantis«, sagte er froh. »Ich gehe wohl mitunter ins Dorf hinab, aber wie solltest du mich sehen können? Dann ist es pechrabenschwarz!« Und er berichtete unter Lachen, wie er gleich einem Wolf ins Dorf eingefallen war.

»Sieh«, sagte er schließlich, »das gestohlene Essen geht für uns zu Ende. Aber das Petroleum hier, das steht unberührt in der Ecke, das wartet darauf, seine Aufgabe zu erfüllen.«

»Was für eine Aufgabe?« fragte Kostantis unruhig.

»Feuer zu werden, Kostantis. Ist das nicht eine Aufgabe? Weshalb hat es Gott sonst in die Welt geschickt?«

Er grübelte eine Weile und schlug sich vor die Stirn.

»Es ist gut, daß du gekommen bist«, sagte er. »Gott hat dich mir gesandt. Willst du mir einen Gefallen tun? Heute ist Sonntag. Kannst du übermorgen – Dienstag – meine Eselin aus dem Hause des Ladas holen? Sag, du brauchtest sie. Wenn du den alten Geizkragen bezahlst, wird er sie dir geben. Behalte sie bei dir zu Hause, hörst du, damit meiner Eselin nicht ein Haar versengt wird. In deinem Haus ist sie in Sicherheit.«

»Gedenkst du des alten Ladas Haus in Brand zu setzen?« rief Kostantis erschrocken aus.

»Was haben wir eben gesagt? Ist das nicht die Aufgabe des Petroleums? Gott weiß, was er tut.«

»Bedenke die Sache gut, damit du keine Unannehmlichkeiten bekommst, Giannakos!«

»Ich habe viel daran gedacht, Kostantis. Es ist genau, als hätte ich einen Befehl bekommen. Ich habe es auch zu unserm Propheten Elias, dem Hauptmann Elias, wie der Priester ihn kürzlich nannte, gesagt. Er ist mit mir einer Meinung.«

Kostantis rieb sich den Kopf.

»Ich begreife es nicht«, sagte er.

»Du begreifst es nicht, weil du ein Café hast, weil du Frau und Kinder hast, weil du nicht hungerst, sondern einigermaßen zurechtkommst... Du fügst dich, aber der Heimatlose, Kostantis, der fügt sich nicht. Das ist das ganze Geheimnis. Am Dienstag gehen wir ins Dorf hinab. Gott steh uns bei!«

»Ich halte zu euch, Giannakos«, sagte Kostantis nach einer Weile und seufzte. »Antonis, der dicke Dimitros, der Lehrer und ich haben oft miteinander geredet. Was können wir tun?«

»Geh, frag den Priester Fotis, er wird es euch sagen. Ich bitte dich nur um eines, daß meine Eselin am Dienstag bei dir ist, sonst nichts ... Und hüte dich, zu irgend jemand einen Mucks zu sagen.«

Der Sonntag verging, der Montag kam. Gegen Mittag begann ein feiner Schnee zu fallen, der Berggipfel wurde weiß und eisüberkrustet, der Prophet Elias zog seinen weißen Pelz an, der Schnee wehte in die Höhlen, die Krähen fielen hungrig in die Ebene ein. Der Himmel glänzte dunkelrot wie ein Kupferkessel.

Manolios saß schon vom frühen Morgen an über sein Holzstück gebeugt. Er hatte seine ganze Kraft in dieses Stück Eichenholz gelegt. Seine Seele war zu einem Stahlmesser geworden, das in das Holz schnitt und darum kämpfte, das in ihm verborgene Antlitz Christi zu befreien. Starr und unbewegt erblickte er in sich das göttliche Antlitz, wie es ihm vorgestern im Schlaf begegnet war, herb, traurig und streng, ein Schnitt von der rechten Schläfe bis zum Kinn bildete eine tiefe Wunde, der Schnurrbart hing herab, die Augenbrauen waren zusammengezogen und voller Trauer.

Vom Morgengrauen arbeitete er daran, das Antlitz aus dem Holz herauszuarbeiten. Er schnitzte eifrig, und die Späne flogen nach allen Seiten ... und gegen Abend strahlte das göttliche Angesicht im bleichen Winterlicht. Es stieg aus der Eiche auf, tauchte ganz aus dem Traum hervor und wurde im Holz Gestalt.

In diesem Augenblick kam Michelis still und verzweifelt hinzu, er sah das geschnitzte Holz und zuckte zurück.

»Wer ist das?« rief er aus. »Ist das Mars?«

»Nein, Christus!« sagte Manolios und trocknete sich die schweißige Stirn.

»Wo ist der Unterschied zwischen Ihm und Mars?«

»Es gibt keinen!« antwortete Manolios.

Es war bereits Nacht geworden. Die Schneeflocken fielen dicht; lautlos und ruhig bedeckten sie die Erde. Unten waren die Felder verschwunden, der Himmel hatte sich herniedergesenkt und ließ sein Laub auf die Erde rieseln.

Manolios zündete die Öllampe an, er nahm das alte Christusantlitz, das er ins Lindenholz geschnitzt hatte, herab und legte es neben das neue.

»Welch ein Unterschied!« murmelte Michelis und seufzte. »Ist es derselbe?«

»Ja! Vorher war Er ruhig, friedlich und voll guten Willens, jetzt ist Er böse. Verstehst du das, Michelis?«

Michelis schwieg. Nach einer Weile sagte er:

»Bisher verstand ich es nicht, jetzt aber verstehe ich ...«

Dann schwieg er wieder.

Am Dienstag waren alle Leute auf dem Berge Sarakina schon vor Tagesanbruch auf den Beinen. Der Berggipfel glänzte weiß, der Prophet war vollständig eingehüllt, die ersten Lichtstrahlen leuchteten auf, und als sie ihn erreichten, errötete er und gewann Leben.

Der Priester Fotis sammelte seine Leute um sich.

»Dieser Tag wird unser Schicksal entscheiden, Kinder!« sagte er. »Wir sind geduldig gewesen, solange wir es vermochten. Wir sind bis an den Rand des Abgrundes gelangt; gedulden wir uns noch, stürzen wir ab, erst die Kinder, dann die Männer und Frauen. Wir hatten zu wählen, auf der einen Seite den Tod, auf der anderen den Kampf um das Leben. Wir haben den Kampf gewählt. Seid ihr alle der gleichen Meinung?«

»Ja, alle!«

»Ich habe auch den Wächter, der dort über uns steht, den Hauptmann Elias, gefragt, ob er mit uns gleicher Meinung ist. Ich habe auch mein Herz gefragt, auch mein Herz stimmt zu. Was wir heute tun, tun wir nicht blind, wir tun es mit offenen Augen, mit klarem Kopf, als freie Menschen. Wir gehen, um unser Recht, nicht Barmherzigkeit, sondern Gerechtigkeit zu fordern! Die Gärten und Weinberge dort unten, die Olivenhaine und Häuser sind unser Eigentum, wir wollen, daß man sie uns gibt. Wir wollen keine fremde Erde betreten, wir wollen nur unsere eigene bearbeiten, um leben zu können. Wir sind nicht das Kriegsheer des Hungers, sondern das Heer der Ungerechtbehandelten, die es müde geworden sind, länger Unrecht zu leiden. Wir wollen nicht als erste zuschlagen, aber wenn wir Schläge erhalten, haben wir Fäuste. Gott hat uns Fäuste gegeben, und wir werden uns schlagen. Was kann die Gerechtigkeit tun, was kann sie in einer ungerechten und schändlichen Welt erreichen, wenn sie nicht bewaffnet ist? Wir wollen der Gerechtigkeit Waffen verleihen, wie stark bewaffnen sich doch die Ungerechten! Wir wollen zeigen, daß die Tugend Fäuste besitzt. Christus ist nicht nur ein Lamm, Er ist auch ein Löwe! Heute geht Er als Löwe mit uns! Manolios hat sein Antlitz in Holz geschnitten, hier ist es, das ist der Christus, der uns vorangehen wird, der uns als unser Feldherr anführen wird!«

Er hob das strenge Antlitz vor sich empor. Im Morgennebel bewegte sich Christi Antlitz schreckenerregend über der Menge. Manolios hatte im letzten Augenblick die von der Schläfe zum Kinn verlaufende Wunde rot gefärbt, und Christus erschien nun der Menge als ein gewaltiger Held, der in früheren Kriegen verwundet wurde und jetzt erneut in den Kampf zieht.

»Er ist unser Feldherr!« rief der Priester. »Hebt die Hände auf und grüßt Ihn!«

Er wandte sich an Loukas, den Bannerträger.

»Loukas«, sagte er, »befestige dieses heilige Bild hoch oben am Banner. Es soll uns vorangehen und uns den Weg frei machen. Und nun, ein jeder an seinen Platz! Gott hat den Tag anbrechen lassen, jetzt können wir gehen. Erst Loukas mit dem Banner, dann die Männer mit den Waffen, zuletzt die Frauen und Kinder mit den Schleudern.«

Das Heer ordnete sich, alle schlugen das Zeichen des Kreuzes, der Priester Fotis nahm die Ikone mit dem Propheten Elias in seine Arme. Manolios ging mit den Seinen an der Spitze, dann folgte Giannakos mit der Petroleumkanne unter dem Arm. Michelis stand auf einem Felsen und sah sie sich in Bewegung setzen.

»Ich gehe nicht mit«, hatte er dem Priester Fotis erklärt. »Meine Hände sind gebunden.«

Er sah, wie sie sich in Bewegung setzten. Die Kleider hingen an ihnen in Lumpen, viele waren barfüßig, andere hatten Lammfelle oder Stücke von Säcken um die Füße gebunden. Die Gesichter waren eingefallen, die Backenknochen standen hervor, die Augen wirkten wie schwarze Höhlen. Sie waren hungrig und froren und liefen, um sich warm zu halten... Sie haßten niemand, sie wollten nur warm werden, Essen bekommen und nicht sterben...

Giannakos setzte für einen Augenblick die Petroleumkanne auf den Boden und rieb seine steifgefrorenen Hände.

»Wollen wir nicht singen, Freunde?« rief er. »Geht man so stumm zu einem Fest? Vorwärts! Einen Marsch, ein Lied, eine Amané – was ihr wollt! Aber wir wollen singen, Freunde, um uns warm zu halten!«

Plötzlich straffte sich ihnen die Brust, die Lippen öffneten sich, der Priester Fotis war der erste, und alle begannen triumphierend den alten Kriegsgesang zu singen, den die Ahnen gesungen hatten, wenn sie gegen die Barbaren ausgezogen waren.

»Errette, Herr, Dein Volk
und segne Dein Erbe,
verleih uns Sieg über die Barbaren...!«

## 20

Zu dieser Tageszeit begann Likovrisi, sich zu recken und zu strecken und aufzuwachen. Heute hatte es Frost gegeben, auf den Bergen hatte es geschneit, die Bauern fühlten sich in ihren warmen Betten wohl und blieben in ihnen liegen, solange sie konnten. Gestern hatten sie Schweine geschlachtet, sie hatten ihnen die Borsten abgebrüht, sie geöffnet und die Eingeweide herausgenommen und alles für die Frauen und Töchter vorbereitet. Diese sollten heute nun Sülze von ihnen kochen, die Därme füllen und Würste machen, die Krüge mit Fett, gepökeltem Fleisch und allerlei Fleischabfällen und Fleischklumpen füllen.

Deshalb waren heute die Frauen als erste aufgestanden. Sie

rollten die Ärmel auf, stellten die Kessel auf große Feuer und begannen Pfeffer und Kümmel für die Würste zu mahlen, Apfelsinen und Zitronen für die Sülze auszupressen. Unbeweglich, frisch gewaschen und frisch rasiert hing unterdessen das fette Schwein mit den Beinen an den Haken in der Küche.

»Daß du mir kein Schweinefleisch ins Haus bringst oder es hier gar zubereitest, Martha!« sagte der Aga am Abend zuvor zu seiner Dienerin, als er das Schreien der Schweine den ganzen Tag über gehört hatte.

»Der Teufel soll sie holen, die sich mit Schweinefleisch verunreinigen, Würste kochen und die Luft verpesten!«

Der Aga war ganz verrückt nach der Schweinewurst, es gab keine bessere Zuspeise zum Raki, und die schlaue Alte beschaffte sie ihm jedes Jahr und sagte, sie sei aus gesalzenem Kamelfleisch. Der Aga wußte, was es war, aber er machte gute Miene, er aß und leckte sich die Finger und hielt gleichzeitig die Vorschriften des Propheten ein, nicht einmal in seinem Innern gestand er sich ein, daß das gute Fleisch Schweinefleisch war, und jeden Tag während des Schweineschlachtens brüllte er zornig die bucklige Alte an:

»Daß du mir kein Schweinefleisch ins Haus bringst!«

»Sei ohne Sorge«, antwortete die Alte und wagte nicht einmal zu lächeln, »ich werde dir auch in diesem Jahr genügend Kamelwurst beschaffen, beunruhige dich nicht.«

Unterdessen marschierten die verhungerten, in Lumpen gekleideten Menschen den Berg hinab. Einmal wandte sich Giannakos um und sagte zu den Leuten neben sich:

»Der Priester hat einen ausgezeichneten Tag für uns ausgesucht, um ins Dorf hinunterzugehen, Brüder. Die Schweine hängen fertig an den Haken. Die Bauernfrauen haben die Herdfeuer angezündet und machen alles für uns bereit. Das wird den Magen des Armen erquicken! Ich frage mich, ob auch der Geizhals Ladas ein Schwein geschlachtet hat.«

Sie waren nun am Fuße des Berges angekommen und hatten die Ebene erreicht. Das Dorf lag mit allen seinen schneebedeckten Häusern vor ihnen und rauchte aus allen Schornsteinen.

Die ausgehungerten Menschen sogen begierig den Duft des kochenden Schweinefleisches ein. Die Frauen dachten an ihre verwüsteten Heime, sie dachten daran, daß sie zu Weihnachten das gleiche zu tun pflegten und seufzten. Bevor sie zur Ai-Vasilis-Quelle kamen, blieb der Priester Fotis stehen und gab ein Zeichen, daß er reden wollte.

»Seid vorsichtig, Kinder!« rief er. »Wir werden erst in das Haus des alten Patriarcheas gehen und uns dort verschanzen. Wenn das Tor verschlossen ist, werden wir es gewaltsam öffnen. Das Haus gehört uns, und wir werden hineingehen. Dann werden wir uns über unsere Gärten, unsere Weinberge und Äcker verteilen und sie in Besitz nehmen. Gott gebe, daß sie sich nicht auf uns stürzen, aber wenn sie es tun, werden wir uns wehren, dann gibt es Kampf, wir fordern unser Recht, Gott möge uns verzeihen. Das Dorf ist erwacht, ich sehe Leute zusammenlaufen, ich höre die Glocke läuten! Seid vernünftig! Vorwärts!«

Die Glocke läutete wirklich verzweifelt und schrill. Das Dorf war zum Leben erwacht. Panagiotaros hatte nicht schlafen können, er hatte etwas gewittert, war im Morgengrauen auf des Aga Balkon hinausgetreten und hatte zum Berg hinübergesehen. Nach einer Weile erkannte er im Morgengrauen die Menschen, die vom Berge Sarakina herniederströmten. Er stürzte die Treppe hinab, lief auf den Markt, gelangte zur Kirche, packte das Seil der Glocke und begann wie ein Rasender zu läuten und das Gefahrensignal zu geben.

Zu gleicher Zeit war die alte Mantalenia mit ihrem Krug zur Ai-Vasilis-Quelle gegangen. Sie hatte von weitem die Schar kommen sehen. Sie lief ins Dorf zurück und schrie:

»Sie kommen! Die Geächteten kommen! Zu den Waffen, ihr Bauern, zu den Waffen!«

Die Bauern hatten in Ruhe und Wohlbehagen in ihren Betten gelegen, als sie die Glocke läuten und die alte Mantalenia schreien hörten. Sie sprangen aus den Betten, rissen die Tore auf und stürzten, nur in ihre Decken gehüllt, zur Kirche. Die Bäuerinnen ließen ihre Arbeit an den Schweinen im Stich. Sie sahen zu den Toren und Fenstern hinaus und schrien den Männern, die vorbeiliefen, zu:

»Was ist los? Was gibt es? Weshalb läutet die Glocke?«

Doch niemand antwortete. Alles rannte.

Der Priester Grigoris war schon zur Kirche gekommen, stand bestürzt und völlig außer Fassung vor dem Tor und schrie:

»Zu den Waffen, Freunde! Die Bolschewiken kommen! Sie kommen vom Sarakina herab. Wir dürfen sie unser Dorf nicht zerstören lassen! Eilt nach Hause und bewaffnet euch! Dann treffen wir uns alle an der Ai-Vasilis-Quelle.«

Er wandte sich zu Panagiotaros, der immer noch wütend die Glocke läutete:

»Geh und wecke den Aga. Sag ihm, daß er sein Pferd besteigen und sich schnellstens zur Ai-Vasilis-Quelle begeben soll. Die Bolschewiken sind da!«

Der Schullehrer kam atemlos heran. Er hatte seine Brille vergessen, stolperte hierhin und dorthin und war völlig verwirrt.

»Greift nicht zu den Waffen, Brüder!« rief er. »Ich werde in Güte mit ihnen reden. Wir sind Brüder, ertränkt unser Dorf nicht in Blut.«

»Geh nach Hause und kümmere dich um deine Sachen, Schullehrer«, schrie wütend der Priester. »Hier handelt es sich nicht um irgendeinen Vergleich. Jetzt ist die Zeit gekommen, mit ihnen abzurechnen. Auf sie, Freunde! Zu den Waffen, Brüder! Tod dem Lumpengesindel!«

Die Bauern gerieten in Feuer. Sie stürzten nach Hause, bewaffneten sich mit Knüppeln, Pistolen und Sensen. Viele ergriffen die Messer, mit denen sie gestern die Schweine geschlachtet hatten. Sie bildeten eine große Schar und eilten mit dem Priester Grigoris an der Spitze zur Ai-Vasilis-Quelle. Panagiotaros kam herbeigelaufen und stellte sich neben den Priester. Er hob die Pistole und schoß in die Luft.

»Drauf, Kameraden! Wir werden sie fertigmachen!«

Der Aga hatte den Pistolenschuß im Schlaf gehört und klopfte mit dem Stock auf den Boden. Die alte Martha erschien.

»Was sind das für Pistolenschüsse?«

»Die Bolschewiken kommen über uns, Aga!«

»Welche Bolschewiken, du Buckelrücken? Mach keine Witze! Aus Rußland, was?«

»Nein, vom Sarakina. Du sollst dich aufs Pferd setzen und kommen ... sagt man.«

Der Aga brach in Gelächter aus. Er war müde und drehte sich auf die andere Seite. »Wenn die aus Rußland kommen, kannst du mich wecken«, sagte er. »Scher dich zur Hölle!«

Als der Priester Fotis die wütenden Bauern Likovrisis heranrasen sah, ließ er die Seinen halten und trat unbewaffnet, nur mit dem Propheten Elias im Arm, vor.

»Brüder!« rief er. »Ich habe euch ein Wort zu sagen. Bleibt stehen, hört mich in Christi Namen an. Es darf kein Blut fließen!«

Die beiden feindlichen Scharen blieben einen Augenblick stehen und warteten. Der Priester Fotis ging noch einige Schritte weiter.

»Mit dir, Grigoris, habe ich ein Wort zu reden. Komm näher!«

»Was willst du, Bocksbart?« antwortete der Priester Grigoris und trat vor. »Hier bin ich.«

Die beiden Priester standen sich jetzt zwischen den beiden Fronten gegenüber. Der eine hochgewachsen, wohlgenährt und glänzend wie ein Stier, der andere nur Haut und Knochen, mit eingesunkenen Wangen.

»Es ist eine große Sünde, Brüder gegeneinander in den Kampf zu hetzen«, sagte der Priester Fotis laut, damit die Leute ihn hören sollten. »Das Blut, das fließen wird, wird auf unsere Häupter kommen ... Ich habe dir ein Wort zu sagen, hört auch ihr zu, Brüder! Legt die Waffen auf die Erde, beruhigt euch und wartet. Wir beide, der Priester Grigoris und ich, ein jeder der Vertreter seiner Leute, werden ohne Waffen hier zwischen euch kämpfen. Und wir werden schwören: wenn der Priester Grigoris mich umwirft und meinen Rücken auf die Erde drückt, werden wir friedlich und mit leeren Händen zum Sarakina zurückgehen, aber wenn ich ihn umwerfe und seinen Rücken auf die Erde lege, werden wir die Erde, die Michelis Patriarcheas unserer Gemeinde gab, in Besitz nehmen. Gott schaut auf uns hernieder und fällt das Urteil.«

Die Bauern aus Likovrisi jubelten, als sie die Worte des Priesters Fotis hörten. Sie sahen sein abgezehrtes Gesicht, seine Hände und Beine, die dünn wie die einer Heuschrecke waren, und lachten.

»Puste ihn um, Grigoris!«

Die Leute vom Berge Sarakina aber zitterten.

»Nein!« rief Loukas. »Nein! Der Stärkste von ihnen soll kommen und sich mit mir schlagen! Panagiotaros mag vortreten, er steht da und prahlt mit seinen Pistolen und seinem Fez, der Satanstürke. Er soll vortreten, wenn er es wagt!«

Er reichte sein Banner einem Manne neben ihm und rollte die Ärmel auf.

»Ich komme, du Lump! Ich komme, du Bolschewik!« brüllte Panagiotaros und stürzte vor. »Ich werde dir die Augen auskratzen!«

Er steckte die Pistole ein und machte einen Sprung, aber der Priester Grigoris trat dazwischen und rief:

»Bleibt stehen! Laßt uns allein das Urteil sprechen. Ich nehme deine Herausforderung an, Bocksbart, ich schwöre bei Gott: wenn ich dich niederschlage, sollst du dich davonmachen! Aber wenn du mich schlägst, kannst du die Erdklumpen da, die der Tropf Michelis euch gegeben hat, in Besitz nehmen! Ich rufe Gott an, herbeizukommen und sich hoch oben zwischen uns zu stellen und zu richten.«

»In Gottes Namen dann«, sagte der Priester Fotis.

Er wandte sich zu den Seinen, gab einem Greis ein Zeichen und legte die Ikone mit dem Propheten in seine Arme.

Dann zog er den abgetragenen Priesterrock aus, faltete ihn vorsichtig zusammen und legte ihn auf einen Stein, das zerfetzte schwarze Hemd und die hundertfach ausgebesserten Hosen kamen zum Vorschein. Die dürren Beine stachen wie knorrige Zweige wundenübersät hervor.

Der Priester Grigoris stand mit gekreuzten Armen breitbeinig da und wartete. In seinen Augen spiegelten sich Wut und Verachtung, er stampfte die Erde mit den Füßen wie ein Pferd; er hatte es eilig. Doch als er den ausgezehrten Priester Fotis in seinen Lumpen vor sich sah, die schwarzen Augen wie zwei tiefe Brunnen, da erschauerte er. Es schien ihm plötzlich, als erhöbe sich Charons Vogelscheuche vor ihm.

»Schlage das Zeichen des Kreuzes«, sagte der Priester Fotis ruhig, »ich bin bereit!«

Der Priester Grigoris schlug mechanisch das Zeichen des Kreuzes und rührte sich nicht von der Stelle.

»Komm doch, du kleiner Heuschreck!« schrie er. »Komm her!«

»Kannst du den Mund nicht öffnen, ohne zu schimpfen? Lobst du Gott mit solchen Lippen? Sind das die Hände, die das heilige Sakrament emporheben?«

»Das sind die Hände, die dem Bocksbart die Beine brechen werden!«

Und er stürzte sich mit gesenktem Kopf auf ihn wie ein Stier. Wütend hob er die Faust, um zuzuschlagen, doch der Priester Fotis wich gewandt zur Seite, die Faust fuhr in die Luft, und der Priester Grigoris wäre beinahe umgefallen. Er wurde wütend, stürzte sich von neuem auf ihn, packte ein Bartbüschel und riß es los. Doch der Priester Fotis schwenkte seine hagere, stählerne Faust und traf Grigoris mitten in den Magen. Der Priester brüllte vor Schmerz. Es schwamm ihm vor den Augen, und er wurde blaß. Doch nahm er alle Kraft zusammen und packte den Priester Fotis um den Leib. Er warf sich mit seinem ganzen Gewicht auf ihn, biß ihn in den Hals und versuchte, ihn zu erwürgen. Es fiel kein Wort. Hin und wieder aber brüllte der Priester wie ein Raubtier.

Die Leute vom Berge Sarakina hielten den Atem an. Einige beugten sich vor und reckten den Hals.

»Unser Priester ist verloren«, murmelte Giannakos. »Der Teufelspriester da wird ihn erwürgen!«

»Keine Furcht, Giannakos. Siehst du nicht Gott? Er steht über ihm.«

Manolios hatte seine Worte noch nicht beendet, als Fotis mit der einen Hand den zwiegeteilten Bart des Priesters packte und mit der anderen ihm einen kräftigen Schlag auf den Mund versetzte. Grigoris brüllte, duckte sich und spie Blut und Zähne aus, und bevor er sich von seinem Schmerz hatte erholen können, packte der Priester Fotis ihn um den Leib, schwenkte ihn nach rechts und nach links, warf sich mit ganzer Kraft auf ihn, und preßte ihn zu Boden.

Er erhob sich, um ihm das Knie auf die Brust zu setzen, aber er kam nicht dazu, Panagiotaros hatte ihn gepackt und schlug wütend auf ihn ein. Nun stürzte auch Loukas herbei, nach ihm kamen Manolios und Giannakos, die beiden Scharen gingen mit Schleudern, Knüppeln, Messern und Pistolen aufeinander los.

»Kostantis«, schrie Giannakos und machte sich aus dem Haufen frei, »hast du getan, worum ich dich bat?«

Kostantis sah ihn verwundert an.

»Meine Eselin ...«.

»Keine Sorge, Giannakos, sie ist bei mir.«

»Dann kann ich gehen«, sagte Giannakos und nahm die Petroleumkanne auf die Schulter.

Die Männer von Likovrisi begannen zu weichen und sich langsam ins Dorf zurückzuziehen. Viele schlichen sich davon und schlossen sich in ihren Häusern ein. Die Leute vom Sarakina hoben den Priester Fotis auf. Sie legten ihn an der Quelle nieder und wuschen seine Wunden. Der Kopf war ihm zerschlagen, und das Blut strömte.

»Mut, Freunde!« rief Manolios. Er hatte Panagiotaros die Pistole entrissen, schoß in die Luft und jagte dem erschöpften Haufen nach.

Einen Augenblick hörte man die Stimme des Lehrers:

»Halt, Brüder! Halt! Tötet nicht! Wir werden uns einigen! Wir werden uns einigen! Wir sind alle Griechen, sind alle Christen!«

Aber er verschwand zwischen den beiden Haufen, Freunde und Feinde stießen ihn um und traten ihn. Irgendeiner schmetterte einen großen Stein auf ihn, und der Lehrer rollte bewußtlos in einen Graben.

Die Männer von Likovrisi hatten sich in die Mitte des Dorfes zurückgezogen. Loukas ergriff die zweite Petroleumkanne, die die Frauen bewacht hatten, lief umher und begann Petroleum über die Wände zu gießen.

»Folgt mir, ihr Frauen! Zündet die Häuser an!« rief er.

Bald begannen die Flammen die Wände zu belecken. Die in den Häusern eingeschlossenen Frauen begannen zu schreien. Der Priester Grigoris lag bewußtlos auf dem Boden. Man hatte ihn aufgehoben, in das Haus der alten Mantalenia getragen und dort auf dem Hofe niedergelegt. Die Alte erschien mit ihren Heilmitteln, beugte sich über ihn, begann seine Wunden zu säubern und mit Salben zu beschmieren.

Unterdessen drang Manolios mit seinen Männern weiter vor. Sie gelangten ans Haus des alten Patriarcheas, zertrümmerten das Tor und drangen ein.

»Hier werden wir uns verschanzen!« rief Manolios. »Bringt unseren Priester herein, wir nehmen das Haus in Besitz!«

Zwei Männer beeilten sich, den Priester Fotis zu holen. Die Bauern liefen mit Eimern hin und her, um das Feuer zu löschen. Das ganze Dorf stand völlig auf dem Kopf...

Plötzlich hörte man erschrockene Stimmen.

»Das Haus des alten Ladas brennt!«

»Sie haben seine großen Krüge zerschlagen und sein Öl ausgegossen. Sie haben seine Weinfässer zertrümmert und seinen Wein auslaufen lassen!«

»Der alte Ladas ist mit seiner Frau auf die Straße hinausgelaufen und weint.«

Manolios stand über den Priester Fotis gebeugt, den man auf das weiche Bett des Herrn Patriarcheas gelegt hatte. Die Frauen hatten seine Wunden verbunden, er schlug die Augen auf, sah sich um und lächelte.

»Sie haben ihren Schwur nicht gehalten«, sagte er. »Gott wird sie bestrafen. Ich habe den Priester Grigoris niedergeworfen, seine Schultern berührten den Boden, ich freue mich!«

»Hast du Schmerzen?« fragte Manolios.

»Gewiß habe ich Schmerzen, Manolios. Aber ich freue mich, sage ich. Wir haben gesiegt!«

Auf dem Hofe waren frohe Rufe zu vernehmen. Loukas hatte sich mit zwei Männern in die brennenden Häuser geschlichen, während die Tore offenstanden und die Frauen Wasser schleppten, um das Feuer zu löschen. So war es ihnen gelungen, ein paar geschlachtete Schweine, die an den Haken hingen, an sich zu reißen, und sie erschienen nun mit ihnen voller Jubel in Patriarcheas' Haus.

»Macht Feuer, ihr Frauen!« riefen sie. »Wir haben Holz in Massen. Öffnet den Keller! Holt Mehl herauf! Backt Brot! Bratet das Fleisch! Die Burschen sind hungrig!«

»Es ist mitten in der Fastenzeit. Man darf nicht einmal Öl zu sich nehmen«, erklärte ein Alter. »Fürchtet ihr nicht Gott?«

»Fragen wir den Priester«, sagte Loukas.

»Ich nehme das Vergehen auf mich«, sagte der Priester Fotis. »Eßt nur!«

Giannakos erschien schmutzig und verschwitzt.

»Ich bin gerächt, Brüder«, rief er aus. »Meine Seele ist voller Freude!«

Es polterte am Tor. Kostantis' Stimme war draußen zu hören.

»Öffnet, Freunde! Öffnet! Der Lehrer ist tot!«

Sie beeilten sich, den Riegel vom Tor zu ziehen, Kostantis kam mit dem dicken Dimitros und Antonis herein, sie brachten den Toten. Er hatte ein großes Loch im Kopf, das Gehirn quoll hervor, die Augen waren offen und schienen hart wie Glas, der Unterkiefer war zertrümmert.

»Er trat zwischen uns, er wollte uns versöhnen, und wir töteten ihn«, sagte Manolios und wischte sich die Augen.

Der Aga lag auf seinem breiten Bett, hörte die Pistolenschüsse und rauchte seinen Tschibuk.

Er klatschte in die Hände, und die alte Martha erschien.

»Was geht da vor sich, Martha?«

»Sie schlagen sich gegenseitig tot. Die beiden Priester sind verwundet, der eine hat dem andern den Bart ausgerissen. Panagiotaros hat seinen Fez eingebüßt, das Knie ist ihm zerschlagen. Des alten Ladas Haus haben sie in Brand gesetzt, Öl und Wein laufen aus.«

Der Aga brach in Lachen aus.

»Bravo! Ihr ungläubigen Hunde!« sagte er. »Das ist, als hätte ich sie dafür bezahlt! Bring uns Honig und Nüsse!«

Er wandte sich zu Braimaki, der sich an der Schlägerei beteiligen wollte.

»Du bist nicht klug. Mische dich nie in die Angelegenheiten der Griechen! Das ist ein alter Rat von Allah.«

Martha erschien mit dem Honig und den Nüssen.

»Öffne das Fenster, Martha, daß ich die Schreie und Pistolenschüsse hören und mich in meiner Seele freuen kann. Füll die

Schale mit Raki! Wenn sie so viele erschlagen haben, wie sich nur erschlagen lassen, dann komm und erzähle es mir, daß ich hinreiten und die Ordnung wiederherstellen kann!«

Gegen Abend, als die Pistolenschüsse seltener wurden und der Lärm sich legte, fanden sich die Bauern in ihren Häusern wieder ein. Sie reinigten ihre Wunden, bestrichen sie mit Salben, holten die Gläser hervor und tranken ihren Kamillentee. Sie zündeten die Lampen an und betrachteten ihren Leib, um zu sehen, welchen Schaden er erlitten hatte. Sie sahen sich auch das Dorf an. Einige Fensterläden waren zertrümmert, einige Türen eingeschlagen, drei geschlachtete Schweine fehlten, das Haus des alten Ladas stand noch in Brand, Öl und Wein waren ausgelaufen, das Korn war verschwunden.

»Wie ist es seiner Frau, der armen Penelope, dem harmlosen Geschöpf, ergangen?« fragte die alte Mantalenia, die mit Salben von Haus zu Haus ging und Pflaster anlegte.

»Die Nachbarinnen gingen in das brennende Haus hinein und retteten sie. Die Ärmste saß unbeweglich auf der Bank und schrie. Sie erhob sich nicht, um zie fliehen, sie hielt den Strumpf mit den Stricknadeln in den Händen und schrie in einem fort.«

»Und ihr Mann? Ist er nicht ins Haus gerannt, um sie zu retten?«

»Er ist wohl hineingerannt, dieser verfluchte Kerl, aber statt die Frau zu retten, nahm er die Kiste mit dem Geld, lief damit auf die Dorfstraße, setzte sich darauf und heulte. Penelope setzten sie ebenfalls auf die Kiste, und ihr mögt es glauben oder nicht, sie begann sofort zu stricken. Du hast recht, Frau Mantalenia, sie ist eine fromme Frau!«

Die Alte beschleunigte ihre Schritte, sie hatte es eilig. Sie ging mit ihren kostbaren Salben zum Priester Grigoris, um seine Wunden zu behandeln. Man hatte ihn nach Hause getragen, ein paar Frauen aus der Nachbarschaft waren gekommen und reichten ihm Kaffee, Fastengebäck, gepreßte Zitronen, Sesamsuppe und Fischrogen in Salat, um seinen Appetit anzuregen und seine Stimmung zu beleben.

»Es ist nichts Gefährliches«, sagte eine kleine zerlumpte und verhungerte Alte mit einer riesigen Nase mitleidig. »Es ist nichts. Morgen wirst du wieder hungrig sein und essen. Alle Krankheiten kommen vom Hunger, iß, dann wirst du wieder gesund.«

Im Bett sitzend, aß und trank also der Priester. Er erholte sich, und abgesehen vom Verlust der Vorderzähne, die der Priester Fotis ihm ausgeschlagen hatte, rann nur noch etwas Blut von der Stirn, aber nun sollte ja Frau Mantalenia mit ihren Salben kommen ...

Alles ging gut. Die Schmerzen begannen sich zu legen, in ihm aber kochte es.

## 21

Am nächsten Morgen erwachte der Aga; er spitzte die Ohren ... keine Pistolenschüsse, keine Schreie, alles war still. Er wurde unruhig.

»Die ungläubigen Hunde«, murmelte er, »haben sie schon aufgehört, sich zu schlagen, was, zum Teufel, ist in sie gefahren? Schlagen sie sich nicht mehr tot?«

Er rief Martha.

»Schlagen sie sich nicht mehr tot?«

»Nein, sie haben sich beruhigt, Aga. Aber die Aufrührer haben sich im Hause des alten Patriarcheas festgesetzt und wollen sich nicht entfernen. Es gehört ihnen, sagen sie. Der arme Schullehrer ist tot.«

»Ist er tot!« brach der Aga entzückt aus, »das ist gut! So ist doch einer den Weg aller Wege gegangen. Und die Priester?«

»Die haben sieben Leben wie die Katzen, Aga. Sie haben sich gegenseitig das Gesicht zerkratzt und die Haare ausgerissen, aber sie sind am Leben, die sind nicht tot.«

»Das ist dumm«, murmelte der Aga, »aber nur Geduld, warten wir bis zur nächsten Rauferei. Sattle das Pferd.«

Die Alte wollte ihrer Wege gehen, aber der Aga rief sie zurück.

»Wo ist Braimaki? Er hat sich heute früh aus dem Staube gemacht.«

»Pelagia ist gekommen, Aga. Sie kam, als es dunkel war, die Range.«

»Der Teufel hole sie. Hatte ich sie nicht satt bekommen? Was fällt ihm ein, dem schamlosen Lümmel? Aber er ist klein, der arme Kerl, er kann zwischen Nieren und Pferdedreck noch nicht unterscheiden... Geh jetzt und sattle das Pferd!«

Der Priester Fotis war früh erwacht. Er empfand noch Schmerzen, aber er kniff die Lippen zusammen und verbiß den Schmerz, um sich nicht schämen zu müssen. Er rief Manolios.

»Manolios, schnell, wir haben keine Zeit zu verlieren«, sagte er. »Teile die Männer ein und bitte sie, sich auf den Weg zu machen und unsere Gärten, Weinberge und Olivenhaine zu besetzen... An jeder Stelle sollen sie eine kleine Hütte errichten und sich verschanzen, so daß sie niemand vertreiben kann. Gott segne euch, macht euch jetzt auf den Weg.«

»Hast du noch Schmerzen?«

»Was will das besagen, ob ich Schmerzen habe oder nicht. Hier geht die Welt unter, und du stehst da und siehst mich an! Mach dich auf den Weg, sammle die Männer! Ihr müßt euch verteilen. Und wo auch immer der Aga ist, er soll sofort kommen.«

Manolios ging hinab, der Schullehrer lag noch mit starren Augen auf den Steinen des Hofes.

Die Frauen hatten Lorbeerzweige abgebrochen und über ihn geworfen. Einige kleine alte Frauen hockten mit gekreuzten Beinen bei ihm und weinten leise und still ohne tiefere Trauer, eine Mutter hatte in seine gefalteten Hände einen großen Basilikumzweig gelegt, einen Gruß ihres kleinen Sohnes an den Toten; er war im letzten Jahre in Chatzis Nikolis' Schule gegangen, und der Lehrer hatte ihn sehr gern gehabt.

Manolios rief die Männer. Er teilte sie in drei Gruppen, sie ergriffen ihre Knüppel und soviel sie aus dem Keller des Hauses mitnehmen konnten, öffneten das Tor und machten sich auf den Weg. Eine Gruppe sollte sich in den Gärten des alten Patriarcheas festsetzen, eine andere in seinen Weinbergen und die dritte in den Olivenhainen.

Das Dorf schlief, sie schritten schnell durch die verlassenen Dorfstraßen, das Haus des alten Ladas rauchte noch, auf den

Feldern war schon der Schnee geschmolzen, der Himmel war völlig klar, der Gipfel des Propheten Elias aber war weiß von Schnee.

Der Lampenanzünder hörte das Getrappel, er öffnete die Fensterläden, bekam sie zu Gesicht und begriff. In aller Hast kleidete er sich an und eilte entzückt mit der schlechten Nachricht zum Priester Grigoris.

»Ich werde ihm Feuer unter den Schwanz setzen«, murmelte er und kicherte. »Ich sollte der Metropolit sein und er Lampenanzünder, aber das Schicksal hat es anders bestimmt, es ist blind.«

Er eilte das Dorf hinauf, einige Tore wurden vorsichtig geöffnet, die Hähne erwachten, er kam zu des Priesters Haus, stieß die Türe auf und ging hinein. Der Priester Grigoris hatte sich vom Bett erhoben und blickte durch das gegenüberliegende Fenster dem dämmernden Tag entgegen. Gestern abend hatte ihm die alte Mantalenia eine dicke gelbe Salbe auf die wunde Stirn gestrichen, um sie zu heilen, und seinen Kopf mit einem schwarzen Leinenband umwickelt. Der Bart hatte sich gelichtet, rechts unter der Wange fehlte ein großes Büschel Haare, die rechte Hälfte des Schnurrbartes war ausgerissen.

Doch er empfand weder Trauer noch Schande, nur ein Gedanke beschäftigte ihn — mit Manolios ein Ende machen zu dürfen. Ihm genügte nicht, daß er ihn geächtet und aus dem Dorfe gejagt hatte, er wollte seinen Tod. Schlummernde Raubtierinstinkte erwachten in ihm zum Leben. Christliche Liebe und Güte, Gottesfurcht, Hölle und Paradies — alles war im Priester Grigoris ausgelöscht und nur eines in der wilden Wüstenei seines Innern zurückgeblieben: Der Wolf. Der Lampenanzünder näherte sich mit trockenem Hals und schluckte. Er wußte nicht, wie er die Worte wählen sollte, um den vornehmen Priester an einer empfindlichen Stelle zu treffen und gleichzeitig so zu lamentieren, daß es sich anhörte, als ob er ihn herzlich beklage.

»Verzeih mir«, begann er heuchlerisch ... »Große Boote — große Stürme. Du bist ein großes Boot, und die Wogen sind über deinem Haupte zusammengeschlagen.«

»Laß deine Klagelieder, du Jesuit«, schrie der Priester. »Ich durchschaue dich! Du hast Metropolit werden wollen, du Schelm!

Es gelang dir nicht, und jetzt läuft dir das Gift aus dem Munde... Steh also nicht da und spiel noch länger den Betrübten, heraus damit, was gibt es?«

Der Lampenanzünder geriet in Wut, aber er beherrschte sich. Tropfen für Tropfen verspritzte er sein Gift.

»Dem Priester Fotis ist nichts Besonderes widerfahren...«, sagte er in jämmerlichem Ton, »er lebt und gedeiht.«

»Weiter, du Jesuit. Hast du noch mehr zu berichten? Heraus mit deiner Galle.«

»Die Leute von Sarakina sind heute in der Frühe hinausgegangen, um Patriarcheas' Eigentum in Besitz zu nehmen. Ich sah es mit eigenen Augen. Wir haben das Spiel verloren.«

»Der Teufel hole dich! Weiter!«

»Alle Bauern, diese Lumpen, lachen darüber, daß der Priester Fotis dich, wie man behauptet, umgeworfen hat und deine Schultern auf die Erde drückte...«

»Komm näher, du kleiner Jesuit!«

Aber der Lampenanzünder fürchtete sich vor des Priesters Faust und zog sich in die Ecke zurück.

»Und das Schlimmste...«

»Das Schlimmste? Heraus damit, du verfluchter Kerl. Willst du mich umbringen!?«

Der Priester packte die Tabaksdose aus Eisen und warf sie in die Richtung seines Kopfes, aber der Lampenanzünder bückte sich, so daß die Dose an die Tür flog und der feingeschnittene Tabak sich über den Fußboden verstreute.

»Heraus mit der Sprache, sonst stehe ich auf und verprügle dich! Das Schlimmste?«

»Was? Weißt du es nicht? Ach, wie soll ich es nur sagen, ich glaube, ich falle in Ohnmacht... dein Bruder...«

Doch der Priester konnte nicht länger an sich halten. Er warf die Laken von sich, sprang auf den Fußboden und raste auf den Lampenanzünder zu. Diesem gelang es jedoch, den Tisch und einige Stühle als Schutzwand vor sich zu rücken.

»Man hat ihn erschlagen!« murmelte er in jämmerlichem Ton.

»Wer hat ihn erschlagen? Wer?« brüllte der Priester, und das Blut begann ihm zu Kopf zu steigen. »Wer hat ihn umgebracht?«

»Ich weiß es nicht, wie sollte ich armer Kerl es wissen. Man fand ihn in einem Graben mit einem Loch im Kopf ... Sie hatten einen großen Stein auf ihn geworfen, der ihn zerquetschte. Und jetzt haben sie ihn der Länge nach auf des Patriarcheas' Hof gelegt.«

»Hast du niemand in Verdacht, Charalampos? Denkst du an keinen im besonderen?«

»Was soll ich sagen? ... Keinen ... doch ... das heißt ...«

»Doch ... das heißt? Erinnere dich gut, du bist ein schlauer Fuchs, etwas weißt du gewiß ...«

Er trat näher heran, schob den Tisch und die Stühle beiseite und legte langsam und weich seine Hände auf des Lampenanzünders Schultern.

»Du weißt etwas. Es ist nicht anders möglich. Sprich ...«

»E ... E ... Etwas haben meine Augen gesehen ... Aber ich will nicht in Verdammnis geraten ...!«

»Fürchte dich nicht vor der Hölle, ich bin hier, sprich frei heraus ... ich denke an denselben ... Teufel! Sahst du ihn, sahst du ihn mit deinen eigenen Augen?«

Der arme Lampenanzünder schwieg, er fürchtete sich vor dem Priester, er fürchtete sich vor der Hölle. Er fühlte sich völlig verloren.

Der Priester schüttelte ihn heftig.

»Wirst du Zeuge sein?« fragte er. »Hilf mir, du weißt, wie viel ich von dir halte. Hilf mir, mich anzuziehen; ich will den Aga aufsuchen, das vergossene Blut soll gerächt werden ... Du hast ihn also gesehen, ihn mit deinen eigenen Augen gesehen!«

»Was soll ich sagen ... mir scheint, ich habe ihn gesehen ... oder auch nicht gesehen ...«

Der Priester geriet in Wut und hob die Hand.

»Du hast ihn gesehen, weshalb verbirgst du es?«

Der Lampenanzünder blickte auf und sah die Hand über sich.

»Gib mir Zeit, meine Gedanken zu sammeln, mich zu erinnern.«

»Gut, ich warte!«

Ich habe gesagt, daß ich ihn gesehen habe, dachte der Lampenanzünder, aber wen ich sah, das habe ich nicht gesagt. Ich bin also für niemandes Unglück verantwortlich. Was also tut es, wenn ich sage, daß ich ihn sah?

Er fühlte sich erleichtert und schrie:

»Ich sah ihn – jetzt erinnere ich mich –, ich sah ihn mit meinen eigenen Augen, ich schwöre es. Als du zu Boden fielst und der Priester Fotis das Knie auf dich setzte ...«

»Gut, gut, ich frage dich nicht danach, halt dein verdammtes Maul! Hilf mir jetzt, mich anzukleiden ... Es war gut, daß du ihn sahst, den Antichrist! Du weißt nicht, was du damit der Christenheit Gutes tust ...«

Der Lampenanzünder wurde vergnügt, er nahm die Unterhosen, die Strümpfe und den langen Rock und begann das große priesterliche Leibesgebäude anzukleiden. Er zog ihm die Schuhe an, setzte ihm den Hut auf und begleitete ihn dann zufrieden mit eiligen Schritten zur Tür.

»Komm mit mir ins Haus des Aga ... Langsam, lauf nicht so schnell, Teufelskerl! Und dann geh und sag, daß man die Leiche in die Kirche trägt.«

Der Aga wollte gerade zu Pferde steigen, als er den Priester Grigoris hinkend, blutig und mit verbundenem Kopf daherkommen sah. Er brach in Lachen aus.

»Was ist das für ein herrlicher Anblick?« rief er. »Wer hat dir den Schädel eingeschlagen?«

»Gerechtigkeit, Aga!« rief der Priester und streckte die Hand empor. Dann fuhr er fort:

»Gerechtigkeit und Rache! Das ist Manolios! Er hat ganz Sarakina aufgewiegelt und das Dorf niedergebrannt, mir den Kopf zerfetzt und meinen Bruder, den Lehrer, totgeschlagen. Ich habe Zeugen dafür! Du bist die türkische Obrigkeit und hast die Macht in Likovrisi, ich komme zu dir und strecke meine Hände aus – Gerechtigkeit, Rache! Übergib mir Manolios, daß ich ihn richten darf, das ganze Dorf ruft danach und verlangt es!«

»Schrei nicht so, Priester. Das verschließt meine Ohren. Setz dich! Martha mag dir eine Tasse Kaffee geben, und du kannst dich erholen! Das bedeutet nichts, ihr seid Griechen, ihr habt griechische Köpfe, die geraten natürlich aneinander und gehen dabei entzwei!«

»Übergib mir Manolios!« schrie der Priester wieder und lehnte sich gegen die Mauer, um nicht zu fallen.

Martha lief herbei, gab ihm einen Stuhl und half ihm, sich zu setzen. Der Aga band sich langsam den Patronengurt um, steckte seine silberbeschlagenen Pistolen hinein und nahm die Peitsche unter den Arm.

Da ging die Tür auf, und ein kleingewachsener alter Mann kam herein, barfüßig, zerlumpt und krumm, mit halbversengtem Haar und Bart, mit roten Wunden an Wangen und Händen. Er stolperte herein und fiel dem Aga zu Füßen.

»Erbarmen, Aga!« rief er.

»Ist das nicht der alte Ladas?« sagte der Aga und trat ihn mit dem Fuß. »Was hast du für eine Schnauze? Wie bist du dazu gekommen?«

»Sie haben mein Haus niedergebrannt, Aga. Sie haben meine Krüge und Weintonnen zerschlagen. Sie haben meine Kisten, meine Kleider, mein Herz verbrannt!«

»Wer — sie?«

»Manolios! Manolios, der Bolschewik!«

»Wir haben einen Zeugen, Aga!« schrie der Priester. »Panagiotaros hat ihn gesehen, der Lampenanzünder hat ihn gesehen ... Ich habe ihn gesehen!«

»Verbrenne ihn, Aga, verbrenne ihn, wie er mich verbrannt hat!« schrie jammernd der alte Ladas. »Mitten auf dem Markt wollen wir einen Holzstapel errichten, wir wollen ihn mit Teer beschmieren und anzünden!«

Der Aga kratzte sich den Kopf und spie gelangweilt auf den Boden.

»Was für eine Schererei ...«, murmelte er. »Der Teufel hole euch Griechen.«

Er ging im Hofe auf und ab und schlug mit der Peitsche durch die Luft, und je mehr er schlug, desto wütender wurde er.

»Bei Mohammed«, schrie er, »ich werde euch alle in einem einzigen Bündel greifen, Priester, Gemeindevertreter und Bolschewiken und euch an den Beinen aufhängen!«

Er hörte, daß das Tor geöffnet wurde und wandte sich um. Panagiotaros humpelte herein, ohne Fez, nur eine Pistole im Gürtel, mit zerrissenen, blutbesudelten und verschmutzten Kleidern. Das Gesicht war geschwollen und völlig blau.

Der Aga konnte sich vor Lachen nicht halten.

»Was ist das für eine Witzblattfigur? Mit wem soll ich dich vergleichen, Panagiotaros? Mit einem Bären ohne Fell oder einem räudigen Kamel?«

Panagiotaros lehnte sich halb von Sinnen an die Wand, würgte grunzend etwas hervor, antwortete aber nicht. Er hatte Schmerzen im Knie, konnte sich nicht aufrecht halten, glitt langsam nieder und fiel wie ein Sack zu Boden.

»Haha, was seid ihr für Wracks«, rief er, »was sind das für zerfetzte Fahnen, was sind das für verdreckte Feldherrn? So ist das ganze griechische Volk. Er stinkt! Fort aus dem Hof mit ihnen! Martha, komm her, nimm einen Besen und kehre sie damit hinaus!«

Da wurde der Priester in seinem Selbstgefühl getroffen und hob den Kopf.

»Aga, du weißt«, sagte er, »daß du den Behörden des Staates Rechenschaft schuldig bist! Hier ist ein von Moskau bezahlter Agent, der gekommen ist, unser Dorf zu zerstören ... die Türkei zu zerstören! Nimm die Sache nicht so leicht, lache nicht, sondern hebe deine Faust und schlag zu! Was tun wir, wenn ein Wolf in die Herde kommt? Wir töten ihn. Überlasse Manolios uns ... Misch dich nicht hinein. Das ganze Dorf wird sich heute vor deinem Hause versammeln. Des Volkes Stimme ist Gottes Stimme. Höre auf das Volk, höre es rufen. Du bist Aga hier im Dorf, schaffe Gerechtigkeit!«

Der Aga fiel in Gedanken: Das ist nicht so dumm, einen Griechen loszuwerden ... Einer weniger ist immerhin etwas ... Nicht die Nase hineinstecken ... wollen sehen.

»Was grübelst du so lange, Aga?« Nun war es Panagiotaros, der hochfuhr. »Ich sah ihn den Schullehrer mit einem großen Stein erschlagen, ich sah ihn Giannakos die Petroleumlampe geben und sagen: ›Zünde erst das Haus des Aga an, Giannakos. Verbrenne den Hund, daß unser Dorf von den Türken befreit wird!«

»Kannst du einen Eid darauf leisten, Panagiotaros?« schrie der Aga, und der Zorn begann in seinen Augen aufzusteigen. »Kannst du es beschwören?«

Panagiotaros blickte hastig auf Grigoris, dieser nickte.

»Ja, Aga.«

»Er ist ein Bolschewik, Aga«, sagte der Priester Grigoris und versuchte sich aus dem Stuhl zu erheben. »Er hat den Auftrag erhalten, die Türkei in die Luft zu sprengen! Hinter sich hat er den Moskowiter, der ihm den Rücken steift. Wenn wir ihn lebend aus den Händen lassen, wird er zum reißenden Tier und stellt die ganze Welt auf den Kopf!«

»Was redest du für Dummheiten, Priester!« sagte der Aga, der indessen unruhig zu werden begann.

Der Priester hatte sich nun erhoben, er nahm alle Kräfte zusammen und näherte sich dem Aga.

»Dummheiten? Aber es ist doch sonnenklar! Erinnere dich, Aga, was Manolios anfangs hier im Dorfe war und was er geworden ist! Ein Hirte war er, Patriarcheas' Knecht, ohne ein einziges Lamm, ohne ein einziges Stück Land — er war nichts, weniger als nichts. Nach einigen Monaten schon, dank der Intrigen und der Hilfe des Moskowiters, sieh, was er nun geworden ist, ein reißendes Tier! Er hat seine eigene Fahne aufgerichtet, Menschen erschlagen, Familien zerrissen. Des Teufels Großmutter ließ ihn den Priester Fotis und sein Lumpengesindel herholen, sich nach Sarakina begeben und mitten vor unserer Nase ein neues Dorf, ein Bolschewikendorf, gründen. Er hat geschworen, herabzukommen, dein Haus in Brand zu setzen und dich zu erschlagen, Aga, um das Dorf zu plündern und den Moskowiter herrufen zu können, daß er es in Besitz nehme. Es geht um deinen eigenen Kopf, Aga. Der Wolf ist in die Hürde eingebrochen, töte ihn!«

Der Aga begann besorgt zu werden. Bisher hatte er die Sache als Bagatelle betrachtet. Es war nur ein gewöhnlicher griechischer Krawall, hatte er gedacht. Griechen schlagen sich mit Griechen, die dürfen sich gern die Augen auskratzen. Jetzt aber kamen die Staatsinteressen ins Spiel. Es ging um die Türkei. Wenn ich das Gewürm Manolios zu einem reißenden Tier werden lasse, wie soll es dann der Türkei ergehen? Der Moskowiter wird wieder herunterkommen und uns blockieren. Ich nehme mich am besten in acht ... Der Bocksbart da hat recht: der Wolf ist in meine Hürde eingebrochen, wenn ich ihm nicht ans Leben gehe, dann wird er mir das Leben nehmen!

»Was ihr Griechen untereinander habt, soll mich den Teufel

kümmern«, sagte er, »jetzt aber sehe ich, daß es nicht nur eine griechische Angelegenheit ist. Die Sache beginnt ernster zu werden... Schert euch zur Hölle alle miteinander, laßt mich allein, damit ich überlegen kann, wie ich es in Ordnung bringe...!«

Er hob die Peitsche und begann sie über ihren Köpfen und Rücken zu schwingen.

Sinnlos vor Schrecken und zusammengekrümmt, damit die Peitschenschläge sie nicht treffen sollten, rasten sie eng beieinander zur Tür, hinter ihnen her pfiff die Peitsche. Der Aga warf mit einem Tritt die Türe zu, verriegelte sie und war allein.

»Gib mir die Schale mit Raki«, sagte er zu Martha, »ich habe einen Entschluß zu fassen!«

Der Priester Grigoris und Ladas gingen im Dorfe umher, den Lampenanzünder schickte der Priester, die Totenglocke zu läuten. Die Bauern strömten auf dem Marktplatz zusammen, selbst die Verwundeten kamen. Die ganze Nacht hatten sie von der Schande gesprochen, daß man das Lumpengesindel nicht hatte verjagen können, jetzt waren sie wütend und forderten Rache. Der Priester stand mitten auf dem Markt. Er war wieder zum Leben erwacht und redete.

»Kameraden, Männer! Wir schämen uns«, sagte er, »wir müssen uns rächen. Ich habe mit dem Aga gesprochen, und wir sind uns einig. Wer ist schuld an all unserem Unglück? Nur einer — Manolios, der Geächtete! Aber seine Stunde ist gekommen, der Aga wird ihn uns ausliefern, daß wir an ihm Rache nehmen, ihn verurteilen, sein Blut trinken können. Auf, versammelt euch alle vor des Agas Haus, zerreißt eure Gewänder und ruft: ›Manolios, Manolios, gib uns den Manolios heraus!‹ Das ist alles, was ihr zu tun habt. Für den Rest sorge ich!«

Er ging zur Kirche, fiel an seines Bruders Leiche nieder, küßte ihn und sprach den Segen über ihn. Er hatte es eilig, seine Gedanken weilten anderwärts. Die Bauern bückten sich, hoben den Toten auf und trugen ihn auf den Friedhof. Der Priester stützte sich auf seinen hohen Stab, er erinnerte sich der Kinderjahre und bekam Tränen in die Augen. Der Lehrer wurde in rasender Eile begraben, man trank ein Glas Raki für sein Seelenheil und trennte sich. Alle dachten an anderes und hatten es eilig.

Zur Mittagszeit war der Aga völlig betrunken und hatte seinen Beschluß gefaßt. Er rief Panagiotaros, der wie ein verprügelter Hund draußen auf der Schwelle saß und wartete.

»Komm herein, Panagiotaros«, sagte er, »kannst du gehen oder lahmst du noch, du Tropf?«

»Wenn es Manolios gilt, kann ich alles«, antwortete er.

»Deinen Kopf sehe ich, wo aber ist der Fez? Wo hast du ihn gelassen, du ungläubiger Hund?«

»Ich verlor ihn gestern an der Ai-Vasilis-Quelle. Ich habe erfahren, daß die alte Mantalenia ihn gefunden hat und werde dafür sorgen, daß sie ihn mir schickt.«

»Setze deinen Fez auf, nimm zwei handfeste Kerle mit, wenn du es nicht allein schaffst, und bring den Manolios her. Mach dich auf den Weg!«

»Lebendig oder tot?«

»Lebendig!«

Der Gipsesser eilte entzückt davon.

»Jetzt ist deine Stunde gekommen, Manolios!« rief er und rieb sich die Hände.

Manolios hatte sich mit den Seinen in dem großen Garten des Partiarcheas außerhalb des Dorfes in der Nähe des kleinen Sees Voidomata gelagert. Sie hatten bereits eine kleine Hütte errichtet. Manolios bestimmte einige Männer, die als Wachen zurückbleiben und bereitstehen sollten, sobald der Tag sich seinem Ende näherte, er selbst wollte ins Dorf gehen, um zu beobachten, was geschah, und sich mit dem Priester Fotis zu beraten, der das neuerliche Glockenläuten gehört hatte und voller Unruhe war.

Nach der Mittagsstunde kam Kostantis mit neuen Nachrichten.

»Der Priester bringt Himmel und Erde in Bewegung, er geht mit seinem zerfetzten Kopf umher, stachelt die Bauern auf und bittet sie, sich vor des Agas Haus zu versammeln und zu rufen: ›Liefere uns den Manolios aus! Er ist es, der schuld ist!‹ Sie wollen dich greifen, Manolios! Sie wollen dir die ganze Schuld aufbürden, dich aburteilen – wie man sagt – wegen Raub und

Mord, wegen Brandstiftung im Dorfe und weil du ein Bolschewik bist. Alles, alles wälzt man auf dich... Flieh und verbirg dich hinter Sarakina, flieh noch weiter, dein Leben ist in Gefahr, sie sind rasend!«

»Mein Platz ist hier. In der Gemeinschaft meiner Brüder, die sich auch in Gefahr befinden«, antwortete Manolios. »Wie sollte ich fliehen können, Kostantis? Wie steht es mit den andern? Hast du sie gesehen?«

»Giannakos hat die Eselin aus meinem Haus geholt und sie im großen Olivenhain verborgen. Dort hat er sich mit den Seinen verschanzt. Dem Priester Fotis geht es besser, morgen will er aufstehen, sagt er, um mit dem Aga zu reden. Er sei ein roher und ungeschliffener Türke, meint er, aber ein anständiger Kerl, der unser Recht begreift... Aber ich fürchte für dich, Manolios, der Priester hat es geschworen, er will deinen Tod.«

»Ach, wenn doch alle Sünden auf mich fallen könnten, Kostantis, und er mir den Tod gäbe! Dann würde er sich beruhigen und unsere Freunde in Frieden lassen... Ja, das will ich. Auf alle Anklagen werde ich sagen: ›Ja, ich bin es, der gestohlen hat, kein anderer als ich; ich bin es, der getötet und Feuer gelegt hat, ja, ja, ich bin Bolschewik.‹ Alles, alles, wenn nur das Volk gerettet wird. Allein will ich mich auf den Weg machen und mich dem Aga übergeben.«

Kostantis riß die Augen auf und sah Manolios an. Sein Gesicht hatte sich gewandelt, es leuchtete, seine Gestalt war gewachsen. Er stand zwischen den Bäumen des Gartens wie eine Säule des Lichts. Es flackerte und flimmerte vor Kostantis' Augen.

»Ich kann dir keinen Rat geben, Manolios«, sagte er. »Meine Seele hat Raum für mich und mein Haus und einige Freunde, für mehr aber reicht sie nicht. Deine Seele hat Raum für ein ganzes Volk. Was ich mit Schrecken herannahen sehe, das nimmst du auf dich und begrüßt es mit Freuden. Was ich Furcht heiße, nennst du Hoffnung... Du willst, du kannst Christi Spuren folgen. Tu, was Gott dir sagt, Manolios...«

»Komm, gehen wir...«, sagte Manolios und schritt dem Eingang des Gartens zu.

Kostantis senkte den Kopf und folgte ihm.

Sie kamen hinaus und gingen am Ufer des kleinen Sees entlang, der Himmel war ganz klar, und der Wintertag strahlte von kristallener Helligkeit. Der dunkelgrüne Voidomata glänzte unbewegt, einige Schilfhalme, einige Trauerweiden spiegelten sich im Wasser, ein Storch stand auf einem Bein und blickte herüber, zwei andere flogen langsam mit angezogenen Beinen davon, die Augen auf das Wasser gerichtet, denn sie waren hungrig.

Manolios warf einen weiten Blick in die Runde — er glitt über den See, die kahlen, hellen Bäume, den dunkelvioletten Sarakina weit in der Ferne mit dem schneeverhüllten Wächter auf dem Gipfel, er glitt die Hänge hinab, umfaßte die Olivenbäume, streifte die Gärten ... Die Mispelbäume blühten bereits, die Zitronen leuchteten zwischen den Blättern, ein Mandelbaum hatte schon die Ankunft des Frühlings verkündet, seine Knospen waren geschwollen und bereit, sich zu öffnen ...

»Die Welt ist schön ...«, sagte Manolios und lächelte.

Noch schöner ist zuweilen eines Menschen Seele, dachte Kostantis. Aber er sagte nichts.

Sie gingen dem Dorfe entgegen. Von der Glocke erklang immer noch das Todesläuten. Weit in der Ferne hörte man Schreie von Menschen und Hundebellen, ein paar Hähne krähten.

»Das Wetter schlägt um«, sagte Manolios, »hörst du die Hähne ...«

Doch Kostantis biß die Lippen zusammen; er fürchtete in Tränen auszubrechen, wenn er den Mund öffnete, und folgte schweigend mit gesenktem Kopf.

Als sie sich der Ai-Vasilis-Quelle näherten, sahen sie plötzlich Panagiotaros mit zwei Männern aus einer Hecke hervorbrechen, in der sie sich verborgen hatten. Alle drei besaßen Knüppel, Panagiotaros hatte wieder seinen roten Fez auf dem Kopf. Kostantis erblickte sie und erstarrte.

Sie kommen, ihn zu holen, dachte er. Er wollte davonlaufen, aber er schämte sich; zitternd blieb er stehen.

Panagiotaros ließ die Männer hinter sich zurück und schritt so stolz er vermochte heran, um zu verbergen, daß er lahmte.

»Wohin gedenkst du zu gehen, du geächteter Lümmel?« fragte er und legte Manolios die Faust auf die Schulter.

»Ich will zum Aga, Panagiotaros, errege dich nicht. Ich

habe erfahren, daß er mich sucht, und ich gehe nun, mich ihm zu überantworten.«

Panagiotaros sah ihn verwundert an.

»Hast du keine Angst?« fragte er. »Hast du keine Furcht vor dem Aga, vor dem Priester, vor dem Dorf? Was, zum Teufel, bist du für einer?«

»Wer den Tod nicht fürchtet, Panagiotaros, fürchtet niemand. Das ist das Geheimnis . . . Komm also, gehen wir!«

»Geh voran, du sollst mir nicht entkommen!«

Er wandte sich den beiden Männern zu.

»Geht, ich werde allein fertig mit ihm. Macht euch davon! Scher auch du dich weg, Kostantis, du verdammter Bolschewik!«

Kostantis zögerte und blickte zu Manolios hinüber.

»Geh, Kostantis, geh heim in dein Haus, zu deinen Kindern, verlasse mich jetzt!«

Sie waren allein und gingen lange schweigend dahin.

»Panagiotaros«, sagte Manolios endlich mit seiner milden, sanften Stimme, »haßt du mich wirklich so sehr, daß du meinen Tod verlangst? Was habe ich dir getan?«

»Sprich nicht in einem solchen Ton zu mir«, murrte Panagiotaros, »du hast mir das Herz zerrissen.«

Wieder stieg die Gestalt der Witwe vor ihm auf — ihr perlendes Lachen, ihr roter voller Mund, die weißglänzenden Zähne, das honigblonde Haar, das liebliche Erbeben ihres Körpers. Seine Augen verdunkelten sich, er seufzte und war im Innersten zerstört.

»Wenn du tot bist, Manolios«, sagte er, »werde ich mir das Leben nehmen. Ich lebe nur noch, um dich zu töten. Was bleibt mir dann, wofür zu leben es lohnte? Ein Pistolenschuß, und ich gehe geradewegs zur Hölle.«

Sie kamen ins Dorf. Die Glocke dröhnte, laute Rufe erschollen vom Markt. Alle Männer hatten sich vor des Agas Haus versammelt und schrien.

»Was rufen sie?« fragte Manolios und blieb stehen, um zu lauschen.

»Du wirst es noch erfahren! Beeile dich!«

Die Rufe wurden deutlicher, man konnte Worte unterscheiden. Manolios lächelte bitter und beschleunigte seine Schritte.

»Ich komme ... Ich komme«, murmelte er. »Ich komme, schreit doch nicht!«

Als Manolios auf dem Markt angekommen war und das Volk ihn zu Gesicht bekam, stürzten sie wie besessen auf ihn los, Panagiotaros trat vor ihn und breitete die Arme aus.

»Niemand darf ihn anrühren! Er gehört mir! Geduldet euch!«

»Dieb, Mörder, Bolschewik!« brüllte das Volk und drängte sich vor, um ihn in Stücke zu reißen.

Der Priester Grigoris sah ihn von weitem und lief wie ein Wahnsinniger auf ihn zu.

»Tötet ihn, Männer! Tod dem Geächteten!«

Doch das Tor öffnete sich, Panagiotaros versetzte Manolios einen Stoß, und sie gingen in des Agas Haus.

Der Aga saß mit untergeschlagenen Beinen in seinem Zimmer auf dem Kissen. Er trank und blickte in die glühenden Kohlen der kupferglänzenden Feuerpfanne, die eine behagliche Wärme verbreitete. Es roch nach Raki und Wurst, und der Aga schloß zufrieden die Augen.

Vom Balkon her hörte er die ganze Zeit das Volk, das unter ihm zusammengelaufen war, rufen: »Manolios! Gib uns den Manolios heraus! Er soll des Todes sein!« Und er lächelte.

Welch ein elendes Volk! dachte er. Was für Füchse, Raufbolde und Teufel! Die Raben hacken einander die Augen aus, aber die Griechen reißen einander sowohl die Augen als auch die Augenbrauen, Nasen und Kinnbacken aus. Jetzt wollen sie dem armen Manolios den Garaus machen ... Was hat er ihnen getan? Er ist verrückt, aber er tut keinem Menschen etwas zuleide, und doch wollen sie seinen Tod! Was geht es mich an? Schütze ich ihn, bekomme ich nur Ungelegenheiten. Wollt ihr den armen Kerl umbringen? Nehmt ihn, schlagt ihn tot, Glück zu! Ich wasche meine Hände und trinke meinen Raki, ich habe die Kamelfleischwürste ... Ich habe Braimaki ... Ich habe meine Peitsche. Mehr brauche ich nicht!

Auf der Treppe ließen sich Schritte vernehmen, und der Aga hob den Kopf. Die Türe öffnete sich, Panagiotaros kam herein, schloß die Tür, verbeugte sich und trat etwas hinkend, aber stolz heran.

»Ich habe ihn gefangen, Aga. Er hatte sich mit seinen Leuten, etwa zwanzig Männern, alle wie Hunnen bewaffnet, im Garten verschanzt. Meine zwei Männer bekamen es mit der Angst! ›Schert euch weg, ihr feigen Tröpfe!‹ sagte ich zu ihnen, ging allein vor und zog die Pistole. ›Zurück, ihr Räuber!‹ schrie ich. ›Ich bin Panagiotaros!‹ Als sie es hörten, liefen sie davon. Nur Manolios blieb. Im Namen der Wahrheit muß ich sagen, daß er der einzige war, der nicht davongelaufen ist. Ich ergriff ihn und bringe ihn nun her.«

»Gut gebrüllt, mein Löwe«, sagte der Aga und lächelte unter dem frisch gefärbten schwarzen Schnurrbart. »Du redest darauflos, doch dafür bist du ein Grieche, und deshalb lügst du auch ... Aber bring ihn herein jetzt, daß wir eine vergnügte Stunde haben.«

Panagiotaros packte Manolios beim Arm, versetzte ihm einen Knuff und stieß ihn hinein. Manolios verschränkte die Hände, stand ruhig vor dem Aga und wartete.

»Schließ die Türe, Panagiotaros und bleibe draußen«, befahl der Aga.

Der Aga füllte die Schale mit Raki, stürzte sie in einem einzigen Zuge hinunter, stopfte einen großen Bissen Wurst in den Mund und zerkaute ihn bedächtig. Zufrieden schloß er die Augen zur Hälfte und blickte Manolios an.

»Höre, Manolios«, sagte er. »Das ist das zweitemal, daß du in meine Fänge gerätst, aber ich glaube, dieses Mal kommst du nicht heraus. Es sind viele große Verbrechen, die man dir zuschreibt, armer Kerl, du hast gestohlen, sagt man, hast gemordet, hast das Dorf in Brand gesteckt ... ist das wahr?«

»Ja, Aga, es ist wahr.«

Der Aga runzelte die Stirn und geriet in Wut.

»Mache es nun nicht wie das erstemal!« schrie er. »Spiele nicht den Heiligen, denn dann soll dich der Teufel holen, daß du es weißt. Du solltest stehlen, morden, das Dorf in Brand setzen? Das wirst du mich niemals glauben machen, Manolios.«

»Ich gebe mir den Anschein, Aga, fromm und unglücklich zu sein. Ich lehne mich gegen keinen Menschen auf, in mir selbst aber bin ich ein Teufel.«

Die Rufe auf dem Markt nahmen zu.

»Manolios! Manolios! Er soll des Todes sein!«

»Hörst du? Sie schreien, daß ich dich herausgeben soll, du kommst nicht lebend aus ihren Krallen, mach nun deine Rechnung mit der Welt!«

»Das habe ich getan, Aga. Liefere mich aus. Nur um eines bitte ich dich: übergib ihnen keinen anderen. Die Leute von Sarakina haben recht, aber sie haben es nicht richtig angefaßt. Ich wollte mit Gewalt vorgehen, und ich tat, was ich konnte. Ich bin der Schuldige, niemand sonst. Sie sind anständige Leute, Aga, ruhige, ehrliche, arbeitsame Leute.«

»Sie sind Bolschewiken, sagt man, sie wollen die Türkei in die Luft sprengen.«

»Glaube das nicht, Aga. Sie sind arm, sie wollen leben, in der Erde Wurzel fassen, sonst nichts.«

Der Aga griff sich an den Kopf. Das Zimmer begann sich vor ihm zu drehen.

»Ihr Griechen macht mich verrückt. Ich höre den einen, er hat recht, ich höre den andern, er hat auch recht; es dreht sich vor mir ... Bei Allah, eines guten Tages werde ich euch alle packen und aufhängen, um Frieden zu bekommen.«

Wieder hörte man, jetzt wilder und immer wilder, die Schreie von unten.

»Manolios! Manolios! Gebt ihm den Tod!«

»Ich weiß, zum Teufel, nicht, was ich tun soll«, murmelte der Aga. »Du tust mir leid, armer Kerl, denn du bist — wie gesagt — närrisch und fromm. Wie die Gluckhenne willst du mit deinen Fittichen Schmutz und Unsauberkeit der ganzen Welt zudecken. Du tust mir leid, aber wenn ich ihnen nicht den Willen tue, bekomme ich nur Scherereien. Wie soll ich es wissen, ob du ein Bolschewik bist, ob nicht? Dieser Teufelspriester, der das Volk aufhetzt und Staub aufwirbelt, er ist imstande, zum Pascha nach Smyrna zu fahren, um mich anzuzeigen. Dann fällt mein Kopf! Begreifst du das, Manolios? Versetz dich in meine Lage! Was würdest du tun? Ist es nicht besser, ich liefere dich aus und lasse sie mit dir verfahren nach ihrem Gefallen, als daß Tag und Nacht über mir die Guillotine hängt? Sag, was du meinst; hab ich recht?«

»Du hast recht, Aga, liefere mich aus.«

»Sag das nicht so ruhig, denn dann werde ich rasend. Sag, daß du Bolschewik bist, daß ich zornig werden und dich ausliefern kann, damit ich ruhig sein kann, daß ich nicht ein unschuldiges Lamm an die Wölfe ausgeliefert habe. Begreifst du, was ich will? Ich will Ruhe haben, der Teufel hole euch! Ich will Frieden haben vor dir und ihnen. Aber ich will keinen Unschuldigen auf meinem Gewissen haben... Begreifst du? Wenn du sagst, daß du ein Bolschewik bist, geht alles in Ordnung.«

»Ich bin ein Bolschewik, Aga«, sagte Manolios. »Bist du nun zufrieden? Ich bin eine Gefahr für den Staat. Wenn ich es könnte, würde ich ihn in die Luft sprengen!«

»Mehr davon, mehr, meine Seele, blas dich auf, so sehr du kannst, damit ich zornig werden kann!«

»Diese Welt ist unehrlich, Aga, ungerecht und gar nichts wert. Die Besten hungern und werden betrogen, die Schlechtesten essen und trinken und regieren, ohne Glauben, ohne Scham, ohne Liebe. Ich halte es nicht mehr aus. Ich will auf die Straße gehen, mich auf die Märkte stellen, auf die Dächer steigen und rufen: ›Kommt, ihr Ausgehungerten alle, ihr Übervorteilten und Ehrlichen, wir wollen Feuer an die Erde legen und sie von allen Herrn und Agas säubern!‹«

»Mehr, Manolios! Mehr! So ist es gut. Ich beginne wirklich zornig zu werden.«

»Ich wünschte, die Kraft zu haben, Aga, aufzustehen und Aufruhr über die ganze Welt zu verkünden. Alle Menschen — weiße, schwarze, gelbe — zu einer einzigen allmächtigen Armee des Hungers hochzureißen, die in die verfaulten Staaten, die ehrlosen Paläste, die schamlosen Serails der Stadt eindringen und alles in Brand setzen kann. Aber ich bin zu schwach und zu gering, ein armes Nichts in einem verlorenen Dorf in der Tiefe Anatoliens, und meine Stimme ist außerhalb Likovrisis und Sarakinas nicht zu hören. So stehe ich denn zwischen Likovrisi und Sarakina und rufe: ›Erhebt euch, ihr Brüder, zu den Waffen, Kameraden, wie lange wollen wir Sklaven sein! Wie lange wollen wir den Nacken beugen und stöhnen und sagen: Töte mich, Aga! Vorwärts, die Stunde ist gekommen, Freiheit oder Tod! Geben sie uns unser Recht nicht im Guten, so nehmen wir es uns mit dem Schwert! Sammelt ein Heer, geht hinab in das reiche, unehrliche Dorf, tötet alle, die sich euch widersetzen, setzt das Haus des alten Geizkragens Ladas in Brand, des Patriarcheas' Haus gehört euch! Geht hin und verschanzt euch darin!

Aber wenn ihr euch dort festgesetzt habt und stark geworden seid, dann erhebt euch und schlagt den Aga, daß er sich davonmacht von der griechischen Erde, jagt ihn zurück in sein Land . . .‹«

Manolios kam nicht dazu, seinen Satz zu beenden. Schäumend vor Wut sprang der Aga auf, er packte Manolios im Nacken und schüttelte ihn wie von Sinnen; er warf ihn zu Boden, öffnete die Tür und versetzte ihm einen Tritt, daß er vor die Treppe rollte, dann lief er ihm nach, griff ihn wieder im Nacken, zog ihn auf den Hof hinaus und öffnete das Tor.

Die Menschen strömten herbei, erstarrten aber und blieben plötzlich stehen. Gelb vor Wut und mit Geifer vor dem Mund hielt der Aga Manolios im Nacken, und hinter ihm erschien Panagiotaros mit seinem blauen geschwollenen Gesicht und lachte und winkte der Menge zu und gab Zeichen, daß sie näher kommen sollten. Als erster von allen stürzte der Priester Grigoris heran, er blieb mit ausgestreckten Armen stehen, bereit, Manolios zu packen.

Man hörte die heisere, wütende Stimme des Aga:

»Nehmt ihn, schlagt ihn tot! Macht ihn zu Brei! Der Teufel hole euch alle!«

Und er warf die Pforte hinter sich zu, daß es dröhnte.

Als erster stürzte der Priester hinzu und packte Manolios an einer Schulter. Panagiotaros packte die andere, das Volk schrie und drängte sich um ihn, sie traten ihn und schleppten ihn zur Kirche. Die Nacht war hereingebrochen, es war kein Stern zu sehen. Schwarze Wolken hatten wieder den Himmel überzogen, weit im Westen flackerte Wetterleuchten auf und verlosch in der Ferne.

Sie gingen an der Platane vorüber. Der Lampenanzünder sprang voraus, er zog den großen Schlüssel hervor und öffnete die Kirchentore weit. Das Volk strömte herein. Drei silberne Lampen brannten vor der Ikonostase, die eine vor dem Herrn

Christus, die andere vor Panagia und die dritte vor Johannes, dem Täufer. All die anderen auf die Wände gemalten Märtyrer und Engel waren im Dunkel untergetaucht. Nur an der kleinen Tür zum Allerheiligsten glänzten die zwei großen Schwingen des Erzengels Michael von Panagias Lampe erhellt, und seine Füße leuchteten rot wie die eines Rebhuhns. Die Kirche duftete nach Wachs und Räucherwerk.

Der Priester Grigoris hatte Manolios jetzt im Nacken gepackt, er zog ihn bis zur Ikonostase, warf ihn mit einem Stoß zu Boden und brachte ihn dazu, vor dem Erzengel die Knie zu beugen. Er war so ungeduldig, so froh, sich rächen zu können, daß seine Worte nur ein verworrenes Brüllen waren.

Panagiotaros versetzte Manolios, der mit erhobenem Kopf kniete und ruhig und still auf die roten Füße des Erzengels blickte, einen Tritt. Der alte Ladas schlängelte sich aus dem Haufen heran, näherte sich kichernd und spie ihn an. Die Leute kamen näher, sie drängten sich hinter Manolios, betrachteten ihn gierig und warteten ungeduldig und mit einem geheimen Grausen auf den Augenblick, da der Priester Grigoris ihnen das Zeichen geben würde, sich über ihn zu werfen. Sie leckten sich die Lippen, die Zunge klebte ihnen im Gaumen, als ob sie plötzlich von einem unerträglichen Durst gepackt wären.

Der Priester Grigoris ging in das Allerheiligste, er legte sich die goldgestickte Stola um, öffnete die kleine Tür in der Mitte der Ikonostase und blieb dort stehen. Unter den drei Lichtern leuchtete sein Gesicht streng und hart. Die Wunde auf der Stirn hatte sich wieder geöffnet, und der Bart war voll blutiger, roter Flecken.

Er gab Panagiotaros ein Zeichen. Dieser packte Manolios unter den Armen und warf ihn vor die Füße des Priesters. Das Volk drängte noch näher heran, um sich nichts entgehen zu lassen.

»Im Namen des Vaters, des Sohnes und des Heiligen Geistes«, hörte man die tiefe Stimme des Priesters, als ob er eine Messe begänne.

»Amen«, antworteten die Leute, und alle machten das Zeichen des Kreuzes.

»Brüder«, sagte der Priester Grigoris, »kniet nieder und lasset uns alle Gott bitten, daß Er in die Kirche herniedersteige und Gerechtigkeit übe. Hier zu Deinen Füßen, o Herr, liegt jetzt der Geächtete und wartet darauf, unter Deinem Schwerte zu fallen. Er hat gestohlen, gebrannt und gemordet, er hat Zwietracht im Volke gesät und in den Familien Anstoß erregt, er hat Verlobungen gebrochen, hat Mann und Frau getrennt und Feindschaft gestiftet zwischen Vater und Sohn, er hat Lumpengesindel und Aufrührer aufgewiegelt und hergezogen, um unser von Gott gesegnetes Dorf Likovrisi niederzubrennen und zu plündern. Solange er lebt, o Herr, sind die Religion und die Ehre in Gefahr, solange er lebt, sind die Christenheit und die griechische Welt — die beiden großen Leitsterne der Hoffnung auf Erden — in Gefahr. Er ist vom Moskowiter, dem Sohne Satans, bezahlt, um Deinen Namen vom Angesicht der Erde zu tilgen. Wir haben uns heute in Deinem Haus versammelt, o Herr, um ihn zu richten. Steige herab, Allmächtiger, vom Gewölbe der Kirche und richte Du. Leite unsere Hände, das gerechte Urteil zu vollziehen.«

Er empfand zugleich Jubel und Wut, als er seinen Fuß auf Manolios' Rücken setzte und sagte:

»Ich habe meine Tochter und meinen Bruder verloren, und er trägt die Schuld. Die Eintracht im Dorf ist geschwunden, und er trägt die Schuld. Der moskowitische Antichrist ist in unser Dorf gekommen, und er ist es, der ihm die Tore geöffnet hat. Die Hänge Sarakinas sind voller Wespennester, und er ist es, der die Wespenschwärme hierhergezogen hat. Christliche Brüder, Volkes Stimme ist Gottes Stimme, fällt euer Urteil!«

Während der Priester sprach, stieg die Wut im Volke an. Unruhe entstand in der dunklen Masse. Panagiotaros stand gebückt und starrte auf Manolios, als ob er fürchtete, daß er entfliehen könne; bewegte sich Manolios etwas nach rechts, rückte er nach rechts, bewegte sich Manolios wieder nach links, tat er das gleiche, bereit, sich auf ihn zu stürzen und ihn zu packen. Und der alte Ladas, der auch herangekommen war, dachte an sein Haus, das verbrannt war, an seine Weinfässer und Krüge und begann zu weinen.

Der Priester Grigoris beugte sich über Manolios, der jetzt still auf der Treppenstufe saß.

»Du Geächteter«, sagte er, »erhebe dich. Heb ihn auf, Panagiotaros und halt ihn, daß er nicht fällt. Hast du all das Böse gehört, das du dem Dorfe zugefügt hast? Hast du gehört, welche Verbrechen dich belasten? Hast du etwas zu deiner Verteidigung zu sagen?«

»Nein, nichts«, erwiderte Manolios ruhig.

»Gestehst du, daß du gestohlen, gebrannt und gemordet hast?«

»Ich gestehe, daß ich die Schuld trage an allem, was geschah, keiner sonst!«

»Gestehst du, daß du ein Bolschewik bist?«

»Wenn mit Bolschewik der gemeint ist, an den ich denke, dann bin ich ein Bolschewik.«

Das Gemurmel in der Kirche stieg bis in die Kuppel, in der der Allmächtige saß. Der alte Ladas sprang auf und schrie: »Tötet ihn! Schlagt ihn tot! Weshalb lassen wir ihn noch leben? Was braucht es noch anderer Beweise? Tötet ihn!«

Das Volk bekam Mut und schrie, alle erhoben die Hände.

»Tötet ihn, tötet ihn! Gebt ihm den Tod!«

Manolios wand sich aus Panagiotaros' Griffen und schritt die Treppe zum Allerheiligsten hinab. Das Volk wich zurück. Manolios tat einen weiteren Schritt und kreuzte die Arme.

»Tötet mich«, sagte er.

Als er vortrat, ruhig, ungeschützt, ohne Zaudern und das milde Licht der Lampen auf seine blonden Haare fiel, blickte das Volk ihn mit Erstaunen an und machte ihm unfreiwillig Platz. So groß war die Verwunderung, daß, wenn Manolios bis an die Tür gegangen und sich hinausbegeben hätte, niemand sich gerührt haben würde, ihn zu halten. Aber mitten in der Kirche unter dem Bild des Allmächtigen in der Kuppel blieb er stehen und breitete die Arme aus.

»Tötet mich«, sagte er wieder, als ob er sie darum bäte.

Der Priester Grigoris kam herab und gab Panagiotaros ein Zeichen, ihm zu folgen. Er ging langsam, gebeugt und mit vorgerecktem Hals hinter Manolios, die Finger gespreizt, bereit, die Beute zu packen.

»Schließ die Tür!« rief er heiser. »Schließ die Tür, daß er nicht hinauskommen kann.«

Der Lampenanzünder beeilte sich, die Tür zu schließen und zu verriegeln und stellte sich mit dem Rücken gegen sie.

Der heisere Ruf des Priesters riß das Volk aus der zitternden Erwartung. Sie schlugen dicht um Manolios einen Kreis, er spürte ihren schweren, heftigen Atem.

Einen Augenblick war er nahe daran, den Mut zu verlieren. Er wandte sich zur Tür, sie war verschlossen, er blickte zu den erhellten, unbeweglichen, silberbeschlagenen Ikonen der Ikonostase — Christus lächelte mit seinen rosenfarbigen Wangen, Panagia widmete sich ihrem Sohn, Johannes der Täufer predigte in der Wüste ... Er richtete die Blicke zur Kuppel hinauf und erfaßte ahnend im Dunkel das strenge Bild des Allmächtigen, der sich ohne Erbarmen über die Menschen erhob. Er blickte auf die Menschen, die ihn umringten, und glaubte im Dunkel der Kirche einige Messer blitzen zu sehen.

Wieder war die gellende Stimme des Ladas zu hören:

»Tötet ihn! Gebt ihm den Tod!«

Im gleichen Augenblick vernahm man harte Schläge gegen die Tür, alle verstummten und wandten sich um, deutlich hörte man draußen die Stimmen.

»Öffnet! Öffnet!«

»Das ist die Stimme des Priesters Fotis«, sagte einer.

»Das ist Giannakos' Stimme«, sagte ein anderer. »Die Leute von Sarakina kommen, um ihn uns zu entreißen!«

Die Tür erzitterte, die Türangeln krachten, draußen hörte man das Lärmen und Schreien von Männern und Frauen.

»Öffnet, ihr Mörder! Fürchtet Gott!« vernahm man jetzt deutlich die Stimme des Priesters Fotis.

Der Priester Grigoris hob die Hände.

»In Gottes Namen!« rief er, »ich nehme es auf mich!«

Panagiotaros zog sein Messer und wandte sich zum Priester Grigoris. »Mit deinem Segen, Priester!« sagte er.

»Ja! Mit meinem Segen, Panagiotaros!«

Doch die Masse hatte sich schon auf Manolios gestürzt, das Blut spritzte über die Gesichter, einige Tropfen fielen warm und salzig auf die Lippen des Priesters Grigoris.

»Brüder ...«, hörte man Manolios' ersterbende Stimme, aber er konnte nicht fortfahren. Er war auf den steinernen Boden der

Kirche gefallen und lag dort bebend mit ausgebreiteten Armen, als ob er gekreuzigt wäre. Und überall tropfte Blut von den Messern.

Wieder warfen sie sich über ihn. Der alte Ladas preßte seinen zahnlosen Mund an Manolios' Hand und versuchte in irrer Wut, ein Stück von ihm loszureißen. Panagiotaros trocknete das Messer an seinem kurzgeschnittenen roten Haar, sein ganzes pockennarbiges Gesicht war verschmiert, und er schrie:

»Du hast mir das Herz zerrissen, Manolios, ich habe mich gerächt! Die Rechnung ist beglichen, gute Nacht!«

Der Priester Grigoris beugte sich nieder, füllte die Hand mit Blut und sprengte es über das Volk.

»Möge sein Blut über unser aller Häupter kommen!« rief er. Das Volk empfing die Tropfen und erschauerte.

»Öffnet! Öffnet! Ihr Mörder!« hörte man wieder die Stimmen von draußen.

Der Priester Grigoris gab dem Lampenanzünder, der zitternd näher kam, ein Zeichen.

»Öffne die Tür!« befahl er, »und mach dich sofort daran, das Blut von dem Boden zu entfernen. Vergiß nicht, daß wir dann die Mitternachtsmesse feiern zu Christi Geburt.«

Er wandte sich an seine Herde.

»Kommt, gehen wir, christliche Brüder«, sagte er, »wir haben unsere Pflicht getan, Gott ist mit uns, laßt jetzt den Priester Fotis kommen und ihn begraben!«

Der Lampenanzünder entriegelte die Tür, im Dunkel schimmerten unruhige, erregte Gesichter von Männern und Frauen.

»Wo ist Manolios?« hörte man Giannakos' atemlose Stimme.

»Dort drinnen, geht hin und holt ihn euch«, antwortete der Priester Grigoris. »Gebt Raum, daß wir hinauskommen können.«

»Wenn ihr ihn getötet habt«, rief der Priester Fotis, »komme sein Blut über euch und eure Kinder!«

»Er ist dort drinnen«, sagte der Priester Grigoris wieder. »Geht hin und holt ihn euch.«

»Sie haben ihn ermordet!« schrie Giannakos und stürzte in die Kirche. Ihm folgten der Priester Fotis, Kostantis, der Barbier Antonis, der Schlächter Dimitros und fünf oder sechs Frauen.

Als Giannakos dem Allerheiligsten zulief, strauchelte er in

der Mitte der Kirche, er fiel über Manolios' Leiche, und man hörte seinen herzzerreißenden Schrei: »Manolios!«

Giannakos umarmte seinen ermordeten Freund und küßte und liebkoste ihn unter wildem Schreien.

Gegen Mitternacht begann die Glocke froh zu läuten und die Christen zur Kirche zu rufen, zur Geburt des Herrn. Die Lampen wurden angezündet und leuchteten in den Häusern auf, ein Tor nach dem andern öffnete sich, und man ging fröstelnd zur Kirche. Die Nacht war still und kalt und ohne Sterne. Nur in des Patriarcheas' Haus war das Tor geschlossen, und die Vorbeigehenden hörten drinnen Gemurmel männlicher Stimmen und hin und wieder ein leises Klagelied der Frauen. Manolios lag ausgestreckt auf des alten Patriarcheas' breitem Bett, dicht in ein weißes Laken aus der Mitgift von Michelis' Mutter gehüllt und wie ein neugeborenes Kind gewickelt. Um ihn wachten bleich und stumm die Freunde. Giannakos hatte den Kopf an Manolios' Füße gelehnt und weinte lautlos und verzweifelt wie ein Kind vor sich hin. Kostantis war nach Sarakina gelaufen, um Michelis zu holen, ein paar Frauen hatten sich – das Gesicht zur Wand gekehrt – in eine Ecke gesetzt und sangen leise ein Klagelied ...

Der Priester Fotis stand vornübergebeugt und blickte im Schimmer der brennenden Lampe auf Manolios' Antlitz, das einen friedlichen Ausdruck trug, bleich, mit einem großen Messerstich von der rechten Schläfe zum Kinn. Hin und wieder streckte er die Hand aus und richtete sein Haar, das voller Blut war. Dann senkte er wieder den Kopf und versank in Gedanken. Die alte Martha hatte ihm kürzlich erzählt, daß der Aga, von Schrecken gepackt, heimlich einen Boten in die Stadt gesandt hatte mit dem Begehren, Infanterie und Reiter nach Likovrisi zu schicken, denn – so meinte er – die Bolschewiken waren gekommen und wollten ihn töten.

Sie werden mit Gewehren, Kanonen und Pferden kommen, dachte er. Wie sollen wir ihnen Widerstand leisten? Sie werden uns allen ein Ende bereiten. Wir müssen fliehen, müssen fliehen ... Wie lange, mein Gott, wie lange?

Er streckte die Hand aus und liebkoste in trostlosen Gedanken Manolios' Gesicht.

»Vergebens, vergebens hast du dein Leben gegeben, Manolios«, murmelte er.

Der Priester Fotis hörte die Glocke zum Hochamt läuten und verkünden, daß Christus geboren war, daß Er auf die Erde herabgekommen war, um die Welt zu retten ... Er schüttelte den Kopf und seufzte.

»Vergebens, Christus, vergebens!« murmelte er. »Nun sind fast zweitausend Jahre vergangen, und immer noch kreuzigen sie Dich. Wann wirst Du geboren werden, Christus, um nicht mehr gekreuzigt zu werden, um ewig unter uns zu leben?«

Als es dämmerte, lehnte der Priester Fotis seinen Kopf an den eisernen Rahmen des Bettes, auf dem Manolios lag, und schlummerte ein. Er hatte einen Traum. Ihm war, als jage er um einen dichtbelaubten Baum einem winzigkleinen gelben Vogel, fast einem Kanarienvogel, nach, und ihm schien, er war ein kleiner Junge, als er damit begann, doch die Jahre vergingen, er wurde groß, wurde ein Jüngling und Mann mit rabenschwarzem Haar und rabenschwarzem Bart, der langsam bleichte, und immer noch jagte er dem kleinen gelben Vogel nach, und immer noch entkam er ihm ...

Der Traum war kurz wie ein Blitz, doch als der Priester Fotis zusammenfuhr und die Augen aufschlug, meinte er, Tausende von Jahren gelebt zu haben und unermüdlich und mit immer erneuerter, unverminderter Kraft in Tausenden von Jahren einem nicht greifbaren wilden Vogel nachgejagt zu haben, der einem Kanarienvogel glich. Im Innersten jedoch spürte der Priester Fotis, daß dieser gelbe Vogel nicht ein Kanarienvogel war, der einmal spöttisch zwitscherte und ein andermal wieder verzückt den Hals zum Himmel streckte und sang.

»Was kann das sein? Soll ich ihm nachjagen, bis ich sterbe?«

Er erhob sich, rief und versammelte um sich alle seine Leute, Männer und Frauen auf des Patriarcheas großem Hof. In der Nacht waren auch alle die anderen gekommen, die sich auf die Gärten, die Weinberge und Olivenhaine verteilt hatten. Der Hof war voller Leute.

»Kinder«, sagte er, »schlagt einen Knoten um euer Herz,

nehmt es fest in beide Hände. Es ist schwer, was ich euch jetzt zu sagen habe, aber eure Schultern sind stark, sie werden auch dieses tragen. Gestern nacht erhielt ich die Nachricht, daß türkische Truppen kommen, um uns zu verjagen. Auf, Kinder! Nehmt mit, was ihr könnt, wir machen uns wieder auf den Weg, daß sie uns weder in Likovrisi finden noch in Sarakina. Wir sind nicht viele auf dieser Welt, wir Griechen, doch was unsere Feinde auch sagen mögen, wir sind das Salz der Erde, wir werden nicht untergehen, Brüder!«

»Wir werden nicht untergehen, sei unbesorgt!« rief Loukas, der schon das Banner mit dem Ritter Ai Giorgis erhoben hatte. »Auf, ihr Brüder, folgt Ai Giorgis und dem Weg, den er uns weist!«

Priester Fotis öffnete den Keller und gab die Rationen aus. Alle waren mit Essen und Kleidern beladen, sie hoben eine Türe aus und legten Manolios darauf; vier Männer legten sie sich auf die Schultern, die Alten erhoben die Ikone, Priester Fotis setzte sich an die Spitze, und in Eile machten sie sich auf den Weg nach Sarakina.

»Wir wollen erst an Sarakina vorbei«, sagte der Priester, »wir wollen Manolios begraben, die Gebeine unserer Väter ausgraben und mitnehmen. Frischen Mut, Kameraden, seid standhaft und hart, wir sind unsterblich!«

Sie kamen zur Ai-Vasilis-Quelle. Dort hielt der Priester Fotis einen Augenblick an.

»Heute kam Christus zur Erde hernieder als ein neugeborenes Kind«, sagte er. »Wir wollen Ihn mit uns nehmen. Wir haben Mütter, die Ihm Milch reichen können . . . Frohe Weihnacht, ihr Brüder!«

Giannakos folgte als letzter. Er hatte in der Nacht seine Eselin von Kostantis geholt und sie beladen. Nun ging er neben ihr, stumm und mit gesenktem Kopf. Hin und wieder verfinsterte sich die Welt vor ihm, er rieb sich die Augen, und wieder strahlte sie in dem hellen Wintermorgen. Zärtlich streichelte er die Eselin.

Der Tag war wie Kristall, die Kapelle des Propheten Elias leuchtete, fern am Horizont glänzten die Berge, teils rosenrot, teils in strahlendem Blau.

Kostantis wartete auf sie vor den Grotten, er näherte sich hastig dem Priester Fotis.

»Michelis will nicht vom Gipfel herunterkommen, er hat sich ein Bündel Kleider mitgenommen, das große Evangelium und Marioris Zöpfe und ist in die Zelle des alten Asketen übergesiedelt. ›Ich habe es gut hier‹, sagte er zu mir. ›Ich will keine Menschen sehen, weder gute noch schlechte, niemand! Ich will als Einsiedler leben!‹«

Der Priester Fotis wiegte den Kopf.

»Vielleicht hat er recht«, sagte er, »stören wir nicht seinen Frieden. Dies ist sein Weg. Laß uns den unseren wählen.«

»Und welches ist unser Weg?«

»Sobald wir Manolios begraben haben, sollst du heimkehren zu deinen Kindern, Kostantis«, sagte der Priester und legte die Hand auf des treuen Freundes Haupt, als ob er ihn segnen wollte.

Sie legten Manolios vor der Grotte, die sie als Kirche verwendet hatten, auf die Erde. Der Priester band sich die Stola um und begann die Totenmesse, rundum sang das Volk. Doch hin und wieder brachen bei Giannakos und Kostantis die Tränen hervor, hin und wieder mußte der Priester Fotis sich unterbrechen, sein Gesang verstummte und wurde vom Volk beendet.

Alle knieten nieder und grüßten den Toten, das Grab war bereit, und an seinem Rande stand der Priester, um Manolios einige Abschiedsworte zu sagen. Doch sie erstarrten ihm im Halse, und er brach in Tränen aus. Da faßte eine kleine Frau Mut, sie fiel vor dem Toten nieder, löste ihr weißes Haar und sang als Abschiedslied ihren Mirolog, ihr Klagelied.

»Des Jünglings Name
ward in den Schnee geschrieben,
die Sonne kam,
zu Wasser schmolz der Schnee,
zerronnen ist der Name ...«

Nach einer Weile hob der Priester Fotis die Hand und gab das Zeichen. »In Gottes Namen«, murmelte er. »Jetzt beginnt unsere Wanderung von neuem. Frischen Mut, meine Kinder!«

Und sie nahmen ihre endlose Wanderung nach Osten wieder auf.

## NACHWORT

Mit der Erscheinung und dem Werk von Niko Kazantzakis trat das neugriechische Schrifttum machtvoll und ebenbürtig in die Weltliteratur ein.

Zwar schrieb Kazantzakis auch Reiseberichte – er war weit in der Welt herumgekommen, in Rußland, Spanien, im Nahen und Fernen Osten –, er verfaßte ein großes lyrisches Epos in 33.333 Versen, er übersetzte Dante, Shakespeare, Goethe, Nietzsche, Darwin, Rimbaud, schuf Vers- und Prosadramen über große Gestalten der Geschichte, jedoch sind es eigentlich die Romane, die seinen Ruhm in der ganzen Kulturwelt widerhallen ließen, vor allem: »Alexis Sorbas, Abenteuer auf Kreta«, 1917 in griechischer, 1952 in deutscher Sprache erschienen, 1965 als Film, und »Griechische Passion«, 1951 deutsch, 1954 als Drama, 1957 als Film unter dem Titel »Der Mann, der sterben muß« bekanntgeworden.

In seinem Buch »Ausländische Dichter und Schriftsteller unserer Zeit« bezeichnet Franz Lennartz diesen Roman als Kazantzakis' Hauptwerk und schreibt, er gelte »als eine der stärksten christlichen Romandichtungen unserer Zeit«; es erstehe darin »die Passion Christi in einer Tragödie unserer Tage wieder«. Es ist aber nicht nur das Christliche, das in diesem Werk in überwältigender Anschaulichkeit zutage tritt, sondern auch Urheidnisches, fast möchte man sagen: Urmenschliches. Etwa die Gestalt des Hirten Nikolios – das Griechenland in seiner archaischen Zeit, wild, ungezügelt, elementar, atmet, keucht in dem Knaben.

Diese auf kleinasiatischem Boden unter türkischer Herrschaft lebenden Griechen zeigen noch die Tugenden und Laster ungebrochen, den Geiz, die Wollust, die Eifersucht, die Habgier; die Hoffnung, die Liebe, den Glauben, die Opferbereitschaft. Der

Dichter läßt alles das noch viel mehr, die ganze Welt der Gefühle, an Menschen sichtbar werden, die ungebeugt, unverbildet, mit nur der allernötigsten Heuchelei ihr Leben ausleben, ihre Leiden durchleiden, ihr Glück trinken. In unverbrauchter Sprache, in vielen neuen Bildern, oft von feinster lyrischer Schönheit, oft von geradezu brutaler Wucht, schleudert der Dichter diese Schöpfung aus sich heraus, schafft Gestalten, die wie wirklich vor dem Leser aufstehen, in ihrer Leiblichkeit, ihrem Charakter und Schicksal. Aber auch die Wandlungen, die sie erfahren, werden klar, etwa, als die Menschen, denen für die Passionsspiele des Dorfes ihre Rollen zugeteilt werden, sich mit den heiligen Gestalten identifizieren — was schließlich nicht nur zum Opfertod des Hirten Manolios führt, sondern auch andere symbolisch-tragische Folgen nach sich zieht.

Niko (auch Nikos oder Nikolaos) Kazantzakis kam am 18. Februar 1885 in Heraklion auf Kreta zur Welt und starb am 26. Oktober 1957 in Freiburg im Breisgau. Sein Leben war von rastloser Tätigkeit erfüllt. Nach seinen Studien in Athen und in Paris, wo er Schüler des Philosophen Henri Bergson war, wirkte er als Jurist und Politiker, war sogar Minister, Mitglied der UNESCO und so weiter, beschäftigte sich wissenschaftlich, vor allem mit den großen Weltanschauungen, und hinterließ der Nachwelt ein an Umfang und Tiefe überreiches künstlerisches Erbe.

Daß er zum Nobelpreis vorgeschlagen war, ihn aber nicht rechtzeitig vor seinem Tod erhielt, mag Niko Kazantzakis, diesen Menschen von umfassender Geistigkeit und scharfem Wirklichkeitsblick, nicht enttäuscht haben. Sein Ruhm wird dadurch keineswegs geringer.

Walter Zeleny

## ANMERKUNGEN

[1] Die grotesken Anspielungen lassen sich in der Übersetzung nicht wiedergeben. »Erotokritos« ist der Titel des vornehmsten Werkes der neugriechischen Renaissance-Literatur. Die Wendung »Auch Zähne werden gezogen« hat im Original eine Fassung, die besagt, daß Zähne sich wie Haare abrasieren lassen.

[2] Die Welt und der Traum sind eins, amán, amán!

[3] Panagia: die »Allerheiligste Jungfrau Maria«.

[4] Altes byzantinisches Kriegslied mit der Bitte an Gott um den Sieg über die Türken, das noch in griechischen Kirchen gesungen wird.

[5] Ein Name des berühmten Archimandriten Gregorios Dikios, der tatkräftig am Befreiungskrieg teilnahm und nach tapferem Kampf an der Spitze seiner Truppen bei Maniaki in Messenien im Jahre 1825 fiel.

[6] Aus der ersten Strophe von Solomos Freiheitslied.

[7] Alte Münze mit Kaiser Konstantins Bildnis.

[8] Griechischer Nationalheld des Mittelalters, der die Widerstandskraft des Griechentums gegen die vordrängenden Türken und andere asiatische Völker personifiziert.

[9] Panagias Name auf einer berühmten Ikone im Kloster Iviron auf dem Berge Athos.

[10] Der letzte byzantinische Kaiser, dessen Name noch in der Erinnerung der Griechen lebt.

[11] Ein Hinweis auf die alte griechische Sage von der Brücke bei Arta.

[12] Ein kleiner Kobold des griechischen Volksglaubens mit abstoßendem Aussehen, der während der zwölf Nächte nach Weihnachten in den Häusern sein Unwesen treibt.

[13] Der Fluß Jordan ist die Milchstraße. Der Jupiter heißt griechisch »Gelasteros«, der spöttische Stern. Der Planet Jupiter betrügt die Bauern, die glauben, daß er der Morgenstern sei, und deshalb aufstehen.

[14] Ein sehr beliebtes orientalisches Gericht.

[15] Ein Wortspiel: Griechisch »Parades« = Geld, »Paradiso« = Paradies.

[16] Ein altes Sprichwort aus dem griechischen Mittelalter, das sich auf das damals reiche Venedig bezieht. Hier hat es die Bedeutung, daß die Welt nicht eines so unbedeutenden Plunders verlustig gehen soll.

[17] Ins Deutsche nicht übertragbares Wortspiel. Neutestamentlich-altgriechisch „παρακληθησονται" bedeutet ursprünglich 1. herbeirufen, 2. auffordern, ermahnen und erst in 3. Linie »trösten«. Im Neugriechischen ist die 3. Bedeutung völlig in Vergessenheit geraten, dort bedeutet es jetzt »bitten, ersuchen«.

[18] Das altgriechische Wort »opsontai ton theón« für »werden Gott sehen« ist für einen modernen Griechen schwer verständlich. Die Wortspiele sind schlecht wiederzugeben. „οφονιον" z. B. bedeutet heute »Einkauf«, die neugriechischen Worte für »sehen« lauten „βλεπω" und „κυτταζω".

[19] Der Berg Athos.

[20] Volkstümlicher Ausdruck, der dem französischen »Sainte Nitouche« (Heilige Einfalt) etwa entspricht.

[21] Griechisch-katholischer Klostervorsteher.

[22] Im Neugriechischen wird Helios = Ilios, Elias = Ilias ausgesprochen.

[23] Namen von Mitgliedern der griechischen Freischaren während des jahrhundertelangen Kampfes gegen die Türken.

[24] Der berühmte Kaiser Basilios II., Bulgaroktonos (der Bulgarentöter) aus der mazedonischen Dynastie (976–1025).

[25] Ein altes griechisches Klagelied aus dem 14. Jahrhundert über den Fall Konstantinopels.

[26] Der 1821 begonnene griechische Befreiungskrieg wird stets »Ikosiena« (= 21) genannt.

[27] Der M. ruft die gläubigen Mohammedaner vom Turm des Minaretts täglich mehrmals zum Gebet.

[28] Wurzelknollen gegen Durchfall.

[29] Privé.

[30] Griechische Freischaren, die sich unter der Türkenherrschaft gewaltsam nahmen, was sie zu ihrem Lebensunterhalt brauchten.